Ullstein

maritim
Ullstein Buch Nr. 22651
im Verlag Ullstein GmbH,
Frankfurt/M – Berlin
Englischer Originaltitel:
»Hornblower and the Hotspur«
Übersetzt von
Eugen von Beulwitz

Umschlagentwurf:
Hansbernd Lindemann
Umschlagillustration:
Chris Mayger

Mit Genehmigung des
Wolfgang Krüger Verlags,
Hamburg

Printed in Germany 1994
Gesamtherstellung:
Ebner Ulm
ISBN 3 548 22651 5

14. Auflage Juni 1994
Gedruckt auf alterungs-
beständigem Papier mit
chlorfrei gebleichtem Zellstoff

Vom selben Autor
in der Reihe
der Ullstein Bücher

Fähnrich zur See Hornblower (22433)
Leutnant Hornblower (22441)
Hornblower wird Kommandant (22462)
Der Kapitän (22481)
An Spaniens Küsten (22502)
Unter wehender Flagge (22529)
Der Kommodore (22555)
Lord Hornblower (22570)
Hornblower in Westindien (22598)
Zapfenstreich (22836)
Die letzte Fahrt der »Bismarck« (22430)
Die »African Queen« (22754)
Die Kanone (21083)
Tod den Franzosen! (21092)
Brown von der Insel (23376)
Zahlungsaufschub (10564)
Glatter Mord (10612)

CIP-Titelaufnahme
der Deutschen Bibliothek

Forester, Cecil Scott:
Hornblower auf der »Hotspur«: Roman /
C. S. Forester. [Übers. von Eugen von
Beulwitz]. – 14. Aufl. – Frankfurt/M;
Berlin: Ullstein, 1994
(Ullstein Buch; Nr. 22651: Maritim)
Einheitssacht.: Hornblower and the
Hotspur <dt.>
Bis 11. Aufl. als: Ullstein-Buch; Nr.
2651: Maritim
ISBN 3-548-22651-5
NE: GT

C. S. Forester

Hornblower auf der »Hotspur«

Roman

Ullstein

1

»Bitte, sprechen Sie mir nach«, sagte der Priester: »Ich, Horatio, nehme dich, Maria Ellen ...«

In diesem Augenblick machte sich Hornblower klar, daß die letzten Sekunden gekommen waren, einen Schritt zu widerrufen, den er nur zu deutlich als unüberlegt empfand. Er selbst gab zwar gewiß einen guten Ehemann ab, aber Maria war eben doch nicht die richtige Frau für ihn. Wenn er nicht von allen guten Geistern verlassen war, dann machte er jetzt dieser Feier kurzerhand ein Ende. Er brauchte ja nur zu sagen, er trete von seinem Entschluß zurück, dann konnte er dem Altar, dem Priester und Maria den Rücken kehren und als freier Mann aus der Kirche schreiten.

»... zu meiner angetrauten Ehefrau ...« Wie ein Automat wiederholte er weiter, was ihm der Priester vorsprach. An seiner Seite stand Maria in dem weißen Brautkleid, das ihr so gar nicht stand. Sie schmolz vor Glück, sie verzehrte sich förmlich in ihrer Liebe zu ihm, einer Liebe, die er, ach, so wenig zu erwidern wußte. Nein, er brachte es nicht übers Herz, ihr einen so grausamen Schlag zu versetzen. Sie bebte neben ihm am ganzen Körper, er merkte es deutlich, aber dieses Zittern entsprang nicht der Angst, denn ihr Vertrauen zu ihm war felsenfest und unerschütterlich. Er hätte es nicht über sich gebracht, dieses Vertrauen zu enttäuschen, so wenig, wie es ihm in den Sinn gekommen wäre, seine Ernennung zum Kommandanten der HOTSPUR abzulehnen.

»... und verspreche dir unverbrüchliche Treue«, wiederholte Hornblower. Jetzt ist es geschehen, sagte er sich. Offenbar waren das die entscheidenden Worte, die der Hochzeitsfeier gesetzlich bindende Kraft verliehen. Er hatte sein Versprechen gegeben und konnte nun nicht mehr zurück. Seltsamerweise schien ihm diese Erkenntnis ein wenig leichter zu ertragen, als er sich sagte, daß sich sein Geschick ja nicht erst in diesem Augenblick, sondern schon vor einer Woche entschieden hatte, als ihm Maria schluchzend in die Arme sank und mit stammelnden Worten ihre Liebe gestand. Da hatte ihm sein weiches Herz verboten, sie einfach auszulachen, er hatte es aber auch – ob aus Schwäche oder aus Anstand? – nicht über sich gebracht, ihre willenlose Hingabe nur zu mißbrauchen, um sie dann schnöde sitzenzulassen. Nein, er hatte sie angehört, er hatte ihre Küsse zärtlich und liebevoll erwidert, und alles Weitere mußte sich unvermeidlich daraus ergeben: das weiße Brautkleid, die Hochzeitsfeier hier in der Kirche des hl. Thomas Becket und,

was er kommen sah – daß er die Liebesgier dieser Frau nur zu bald nicht mehr ertrug.
Bush stand mit dem Ring bereit, Hornblower streifte ihn auf Marias Finger, dann sprach der Geistliche die abschließenden Worte.
»Ich verkünde hiermit, daß ihr nun Mann und Frau seid«, sagte er und erteilte ihnen den feierlichen Segen.
Fünf Sekunden hörte man keinen Laut, dann brach Maria das Schweigen.
»O Horry!« sagte sie und legte ihre Hand auf seinen Arm.
Hornblower gab sich alle Mühe, ihr einen freundlich lächelnden Blick zu schenken und war ängstlich darauf bedacht, zu verbergen, was ihm erst kürzlich klargeworden war: daß er den Kosenamen Horry noch weniger leiden konnte als seinen richtigen Namen Horatio.
»Dies ist der glücklichste Tag meines Lebens«, sagte er. Wenn schon etwas geschah, dann geschah es am besten gründlich, also fuhr er im gleichen Sinne fort: »Ich wüßte keinen, der schöner gewesen wäre.«
Es tat förmlich weh, das selige Lächeln zu sehen, mit dem sie ihm für seine ritterlichen Worte dankte. Jetzt tastete sie auch mit der anderen Hand zaghaft nach seiner Schulter, was offenbar hieß, daß sie augenblicks hier vor dem Altar einen Kuß von ihm begehrte. Hier im Gotteshaus schien ihm dieses Unterfangen recht ungewöhnlich und kaum am Platz, in seiner Unkenntnis fürchtete er, bei frommen Gläubigen Ärgernis zu erregen, aber wieder gab es kein Zurück, und so beugte er sich denn nieder und küßte die weichen Lippen, die sie ihm begehrend darbot.
»Sie müssen jetzt im Kirchenbuch unterzeichnen«, flüsterte der Geistliche voll Ungeduld und schritt ihnen voran zur Sakristei. Dort schrieben sie ihre Namen in das Buch.
»So, jetzt darf ich meinem Schwiegersohn wohl auch einen Kuß geben«, verkündete Mrs. Mason mit erhobener Stimme. Gesagt – getan. Sie schloß Hornblower in ihre kräftigen Arme und drückte ihm einen festen Kuß auf die Wange. Dieser meinte, es sei wohl nicht zu vermeiden, daß einem die Schwiegermutter so greulich war. Zum Glück kam ihm jetzt Bush zu Hilfe. Der sonst so ernste Mann streckte ihm lächelnd die Hände entgegen und beglückwünschte ihn mit herzlichen Worten.
»Vielen, vielen Dank«, sagte Hornblower. »Dank auch für Ihre treuen Dienste.«
Bush geriet darüber sichtlich in Verlegenheit, er wehrte Hornblowers Dank mit einer Geste ab, als wollte er lästige Fliegen verjagen. Und

doch war er auch jetzt bei allem, was mit dieser Hochzeit zusammenhing, wieder seine starke und unentbehrliche Stütze gewesen, nicht anders als beim Seeklarmachen seiner HOTSPUR.
»Beim Frühstück bin ich wieder zur Stelle, Sir.« Mit diesen Worten zog er sich aus der Sakristei zurück und hinterließ eine fühlbare Lücke.
»Ich hatte darauf gerechnet, daß mir Mr. Bush zum Auszug aus der Kirche den Arm bieten würde«, bemerkte Mrs. Mason nicht ohne Schärfe.
Es sah Bush so gar nicht gleich, die Versammelten auf diese Art einfach im Stich zu lassen; jedenfalls hatte er sich im Trubel der letzten Tage von einer ganz anderen Seite gezeigt.
»Macht nichts«, sagte die Pfarrersfrau, »wenn es Ihnen recht ist, gehen wir beide zusammen, mein Mann kommt dann hinter uns her.«
»Das ist sehr freundlich von Ihnen, Mrs. Clive«, antwortete Mrs. Mason in einem Ton, der deutlich verriet, daß sie mit dieser Lösung keineswegs einverstanden war. »Nun, dann kann sich das junge Paar ja auf den Weg machen.«
Geschäftig ordnete Mrs. Mason den kleinen Zug. Hornblower fühlte, wie Maria ihre Hand unter seinen Arm schob, er brachte es nicht übers Herz, ihren leisen Druck unerwidert zu lassen, und preßte sie an seine Rippen, wofür sie ihm mit einem Lächeln dankte. Mrs. Mason gab ihm von hinten einen leichten Schubs, und er machte sich auf den Weg zurück in die Kirche, wo ihn brausender Orgelklang begrüßte. Eine halbe Krone für den Organisten und einen Schilling für den Blasebalgtreter hatte Mrs. Mason für diese Ovation aufgewandt. Hornblower dachte unwillkürlich, daß es eine bessere Verwendung für dieses Geld gegeben hätte, und daran knüpfte sich für ihn zwangsläufig die Frage, wie man denn an diesem ekelhaften Lärm Gefallen finden konnte. So kam es, daß er mit Maria am Arm das Kirchenschiff schon fast durchschritten hatte, bis er wieder in die Wirklichkeit zurückfand.
»Die Matrosen sind alle weg«, flüsterte ihm Maria in weinerlichem Ton zu, »die Kirche ist fast leer.«
In der Tat sah man in den Kirchenstühlen nur noch zwei, drei Menschen, offenbar Neugierige, die nichts Besseres zu tun hatten. Die wenigen Hochzeitsgäste waren zur Unterschrift mit in die Sakristei gezogen, die fünfzig Matrosen aber, die Bush von der HOTSPUR an Land gebracht hatte – alles Leute, von denen er wußte, daß sie nicht desertierten –, diese fünfzig Mann waren weg, spurlos verschwunden. Etwas enttäuscht mußte sich Hornblower eingestehen, daß Bush eben doch nicht wußte, was sich gehörte.

»Das soll uns gleich sein«, sagte er und suchte krampfhaft nach einem Wort des Trostes für Maria. »Solche Kleinigkeiten können uns doch den Hochzeitstag nicht verderben.«
Seltsamerweise war es für ihn fast schmerzlich, festzustellen, wie fügsam Maria auf seine Worte ansprach, wie ihr zögernder Gang auf dem Wege durch die leere Kirche plötzlich fester und sicherer wurde. Heller Sonnenschein erwartete sie draußen vor der westlichen Pforte, und Hornblower suchte sogleich wieder nach ein paar angemessenen, lieben Worten.
»Glücklich die Braut, die die Sonne bescheint«, sagte er. Jetzt traten sie aus der Dämmerung des Gotteshauses hinaus in die strahlende Sonne, da waren plötzlich alle Schatten verflogen, und die Welt zeigte ihnen wieder ein freundliches Gesicht. Bush hatte sie also nicht enttäuscht, er zeigte sich ganz im Gegenteil wieder einmal von seiner besten Seite.
Hornblower hörte ein scharfes Kommando und den Lärm klirrenden Stahls. Vom Kirchentor bis zur Straße hinab erstreckte sich ein doppeltes Spalier der fünfzig Matrosen, unter deren gekreuzten Entermessern das junge Paar hindurchschreiten sollte.
»Oh, wie schön!« rief Maria in kindlichem Entzücken. Das feierliche Schauspiel hatte überdies noch eine Menge Menschen angelockt, die neugierig die Hälse reckten, um einen Blick auf den Kapitän und seine junge Frau zu werfen. Gewohnheitsmäßig musterte Hornblower erst das eine, dann das andere Glied der Matrosen mit kritischem Blick. Die Männer trugen alle die neuen blau-weiß karierten Hemden, die er erst unlängst für die »Schlappkiste« der HOTSPUR angeschafft hatte, ihre weißen Leinenhosen waren wohl meist abgetragen, aber sauber gewaschen und lang und weit genug, um etwa schlechtes Schuhwerk zu verdecken. Kurzum, die Männer machten einen guten Eindruck.
Wo die Allee gekreuzter Entermesser zu Ende war, stand Bush neben einer unbespannten Postkalesche. Hornblower wußte zunächst nicht, was er davon halten sollte, aber zum Fragen war keine Zeit, darum führte er Maria ohne Zögern darauf zu. Bush half ihr galant beim Einsteigen, und Hornblower nahm neben ihr Platz. Jetzt endlich fand er Zeit, seinen Zweispitz unter dem Arm hervorzuziehen und aufzusetzen. Er hatte gehört, wie die Entermesser mit kurzem Ruck in die Scheiden gestoßen wurden, gleich darauf kam die Ehrenwache in klapperndem Laufschritt herbeigeeilt. Dort, wo an der Kutsche sonst die Pferdestränge saßen, waren zwei mit Pfeifenton sauber geweißte Zugleinen festgemacht. Die fünfzig Mann bemächtigten sich dieser auf-

geschossenen Leinen und liefen sie aus, fünfundzwanzig die rechte und fünfundzwanzig die linke. Jetzt wandte sich Bush an Hornblower:
»Bitte, lösen Sie die Bremse, Sir. Ja, diesen Griff, Sir.« Hornblower folgte seinem Wunsch, Bush kehrte ihm wieder den Rücken und stieß einen unterdrückten Ruf aus. Die Matrosen legten sich erst langsam, dann immer schneller ins Zeug und fielen zuletzt in einen gleichmäßigen Trab, die Kutsche ratterte lärmend über das Kopfsteinpflaster, die Zuschauer schwenkten ihre Hüte und riefen hurra!
»O Horry! Liebster«, stieß Maria hervor, »wie schön das ist! Ich hätte nie gedacht, daß ich so glücklich sein kann.«
Voll Übermut, wie er Seeleute an Land so leicht packt, schwenkten die Männer an den Zugleinen um die Straßenecke in die High Street ein und jagten in wilder Eile auf das »George« zu. Beim Einbiegen wurde Maria heftig gegen ihren Mann geschleudert und schloß ihn in angstvoller Verzückung in die Arme. Als sie am Ziel anlangten, bestand natürlich Gefahr, daß der weiterrollende Wagen in die Matrosen hineinfuhr. Hornblower machte sich das blitzschnell klar, im gleichen Augenblick riß er sich von Maria los und griff nach dem Hebel der Bremse. Dann saß er für eine Weile unschlüssig auf seinem Platz, er wußte nicht, was nun weiter geschehen sollte. Eigentlich hätte es sich gehört, daß ein Hochzeitspaar vor dem Gasthaus festlich empfangen wurde, der Wirt und seine Frau, der Stiefelputzer, der Hausknecht, der Kellner und die Mädchen pflegten sich bei solchen Gelegenheiten vor der Tür zu versammeln — aber heute, bei ihm, war kein Mensch da. Er mußte ohne Unterstützung von seinem Sitz herunterspringen und allein Maria beim Aussteigen helfen.
»Vielen Dank, Leute«, rief er zum Abschied den Matrosen zu, und diese erwiderten seinen Gruß, indem sie ihre Fingerknöchel an die Stirnen führten und unbeholfene Glückwünsche murmelten.
Jetzt erschien Bush an der Straßenecke und kam auf sie zugeeilt. Hornblower brauchte sich also nicht mehr um die Männer zu kümmern und konnte Maria — leider bar aller Feierlichkeit — in das Gasthaus führen. Hier trat endlich der Wirt in Erscheinung. Mit einer Serviette über dem Arm kam er angerannt, seine Frau folgte ihm auf dem Fuß.
»Willkommen, Sir, willkommen, meine Gnädige. Darf ich die Herrschaften bitten . . .«
Bei diesen Worten riß er die Tür zum Frühstückszimmer auf, wo auf schneeweißem Tischtuch zum Hochzeitsmahl gedeckt war.
»Der Admiral kam erst vor fünf Minuten an, wir bitten daher unsere Säumnis zu entschuldigen, Sir.«

»Der Admiral? Wer ist es denn?«
»Seine Exzellenz, Admiral Sir William Cornwallis, Sir, der Befehlshaber der Kanalflotte. Sein Kutscher erzählte, der Krieg stünde unmittelbar bevor.«
Für Hornblower war das längst eine ausgemachte Sache. Vor einigen Tagen schon hatte er den Erlaß des Königs an das Parlament gelesen, auch die Preßkommandos auf den Straßen waren ihm nicht entgangen. Er selbst hatte seine Ernennung zum Kommandanten der Hotspur erhalten und daraufhin — wie ihm jetzt wieder einfiel — Maria Hals über Kopf die Heirat versprochen. Bonapartes ruchloses Vorgehen drüben auf dem Festland bedeutete zwangsläufig ...
»Ein Glas Wein, meine Gnädige? Ein Glas Wein, Sir?«
Hornblower sah Marias Blick fragend auf sich gerichtet. Sie wagte es nicht, die Einladung anzunehmen oder abzulehnen, ehe sie wußte, wie sich ihr Mann dazu stellte.
»Wir wollen lieber warten, bis alles versammelt ist«, sagte Hornblower. »Da, man kommt ...« Schwere Schritte auf dem Gang verrieten, daß Bush eingetroffen war.
»In zwei Minuten sind die Gäste alle da«, verkündete dieser.
»Es war ein hübscher Einfall von Ihnen, die Männer vor den Wagen zu spannen«, sagte Hornblower und legte sich blitzschnell zurecht, was man als liebevoller junger Ehemann wohl noch hinzufügen konnte. Schließlich schob er seine Hand unter Marias Arm und fuhr fort: »Mrs. Hornblower sagte, Sie hätten ihr eine große Freude bereitet.«
Marias verzücktes Kichern verriet ihm deutlich, wie schön sie es fand, daß er sie so unerwartet bei ihrem neuen Namen nannte. Genau das war seine Absicht gewesen.
»Mrs. Hornblower«, sagte Bush mit feierlicher Miene, »ich erlaube mir, Ihnen meine ergebensten Wünsche zum Ausdruck zu bringen.« Dann wandte er sich an Hornblower: »Wenn Sie gestatten, Sir, gehe ich jetzt wieder an Bord.«
»Wie, jetzt schon?« fragte Maria.
»Die Pflicht ruft, gnädige Frau, leider«, gab ihr Bush zur Antwort und wandte sich dann gleich wieder an Hornblower: »Ich nehme die Mannschaften mit, Sir, es könnte immerhin sein, daß die Proviantleichter längsseit kommen.«
»Ja, Sie haben recht, Mr. Bush«, sagte Hornblower, »obwohl ich Sie ungern misse. Bitte, halten Sie mich über alles unterrichtet.«
»Aye, aye, Sir«, sagte Bush und war im nächsten Augenblick verschwunden.

Jetzt strömten die anderen Hochzeitsgäste herein, und alle Bedenken über den Verlauf des Festes waren wie weggeblasen, als Mrs. Mason die Gäste an ihre Plätze wies und das Hochzeitsfrühstück in Gang brachte. Die Pfropfen knallten, die ersten Trinksprüche wurden ausgebracht. Jetzt galt es den Hochzeitskuchen anzuschneiden, und Mrs. Mason bestand darauf, daß Maria den ersten Schnitt mit Hornblowers Säbel führte. Sie war nämlich überzeugt, daß ihre Tochter damit dem Beispiel der Seeoffiziersbräute aus der besten Londoner Gesellschaft folgte. Hornblower war dessen keineswegs so sicher, galt doch für ihn seit einem Jahrzehnt das ungeschriebene Gesetz, daß man unter Deck oder unter einem Dach nicht blankzog. Aber seine schüchternen Einwände fanden kein Gehör, Maria faßte den Säbel mit beiden Händen und schnitt damit unter allgemeinem Beifall in den Kuchen. Hornblower zügelte mühsam seine Ungeduld, bis er die Waffe endlich wieder an sich nehmen durfte, und wischte dann mit rascher Hand den Zuckerguß von der Klinge. Voll Ingrimm stellte er sich dabei die Frage, wie den Leuten hier wohl zumute wäre, wenn sie wüßten, daß er in gleicher Weise schon einmal Menschenblut davon abgewischt hatte. Noch war er nicht fertig, als der Wirt zu ihm trat und heiser flüsternd sagte:

»Verzeihung, Sir, darf ich stören?«

»Ja, was gibt's?«

»Eine Empfehlung von Seiner Exzellenz. Er läßt Ihnen bestellen, daß er sich freuen würde, wenn Sie ihm bei gegebener Gelegenheit Ihre Aufwartung machten.«

Hornblower stand mit dem Säbel in der Hand und sah drein, als ob er nicht recht verstanden hätte.

»Der Admiral, Sir. Er logiert im Vorderzimmer im ersten Stock, wir nennen es das Admiralszimmer.«

»Sie meinen doch Sir William?«

»Gewiß, Sir.«

»Gut. Bestellen Sie ihm meine ergebensten Empfehlungen und — nein, es ist besser, ich gehe gleich zu ihm. Besten Dank.«

»Ich danke auch, Sir. Und nichts für ungut wegen der Störung.«

Hornblower schob seinen Säbel mit einem Ruck in die Scheide und warf einen Blick auf die Hochzeitsgesellschaft. Aller Augen waren auf das Serviermädchen gerichtet, die mit den Schnitten des Hochzeitskuchens geschäftig von Gast zu Gast eilte. Auf ihn schien im Augenblick niemand zu achten. Da hakte er seinen Säbel ein, zog die Halsbinde zurecht, griff rasch nach dem Hut und verschwand geräuschlos aus dem Saal.

Als er im ersten Stock an die Tür des vorderen Zimmers klopfte, antwortete eine wohlbekannte tiefe Stimme sogleich mit einem kräftigen »Herein«. Das Zimmer war so groß, daß das mächtige Himmelbett am anderen Ende ganz unscheinbar wirkte, so fern und klein wie der Sekretär, der dort am Fenster an seinem Schreibtisch saß. Cornwallis stand in der Mitte des Raums, offenbar war er gerade beim Diktat und sah sich nun plötzlich unterbrochen.
»Ach, sieh da, Hornblower. Guten Morgen.«
»Guten Morgen, Sir.«
»Wann trafen wir uns doch das letztemal? War das nicht die dumme Geschichte mit dem irischen Aufrührer? Eine üble Angelegenheit! Ich weiß noch, wir mußten den Kerl hängen.«
»Jawohl, Sir.« Cornwallis, »Billy Blue« genannt, hatte sich in den vier Jahren, die seitdem vergangen waren, nicht viel verändert. Er war der gleiche schwere, kraftvolle Mann geblieben, der mit unbeirrbarer Ruhe allen Nöten und Schwierigkeiten Trotz bot.
»Bitte, nehmen Sie Platz. Darf ich Ihnen ein Glas Wein anbieten?«
»Danke, nein, Sir.«
»Das dachte ich mir, Sie kommen ja gerade vom Feiern. Verzeihen Sie, daß ich Ihr Hochzeitsfest unterbrochen habe, aber ich kann ja nichts dafür, der wahre Schuldige ist Boney.«
»Gewiß, Sir.« Hornblower sagte sich wohl, daß hier eine beredtere Antwort am Platz gewesen wäre, aber es fiel ihm beim besten Willen nichts anderes ein.
»Ich fasse mich so kurz wie möglich, damit Sie bald wieder zu Ihren Gästen kommen. Sie wissen doch, daß ich zum Chef der Kanalflotte ernannt worden bin?«
»Jawohl, Sir.«
»Ist Ihnen bekannt, daß mir damit auch die HOTSPUR untersteht?«
»Das nehme ich an, Sir, bekannt war es mir noch nicht.«
»Die dahin lautende Verfügung der Admiralität habe ich in meinem Wagen mitgebracht, Sie werden sie an Bord vorfinden.«
»Jawohl, Sir.«
»Ist die HOTSPUR seeklar?«
»Nein, Sir.« Nur keine Ausflüchte. Hier galt allein die Wahrheit, alles andere war sinnlos.
»Wie lange brauchen Sie noch?«
»Zwei Tage, Sir. Wenn sich die Anlieferung der Munition verzögert, entsprechend länger.«
Cornwallis durchbohrte ihn förmlich mit dem Blick, aber Hornblower

sah ihm ohne Scheu in die Augen. Er hatte sich wahrhaftig nichts vorzuwerfen, vor neun Tagen hatte die HOTSPUR noch außer Dienst und abgetakelt in der Werft gelegen.
»Ist sie gedockt und kalfatert?«
»Jawohl, Sir.«
»Ist sie voll bemannt?«
»Jawohl, Sir. Ich habe eine gute Besatzung, die Auslese der gepreßten Leute.«
»Ist das Schiff getakelt?«
»Jawohl, Sir.«
»Sind die Rahen aufgebracht?«
»Jawohl, Sir.«
»Sind die Offiziere vollzählig an Bord?«
»Jawohl, Sir, ein Leutnant und vier Steuermannsmaate.«
»Sie brauchen für drei Monate Proviant und Wasser.«
»Der Stauraum faßt bei vollen Rationen Proviant für hundertelf Tage. Die Küferei liefert heute nachmittag die Wasserfässer. Bis heute abend habe ich alle Vorräte an Bord.«
»Haben Sie das Schiff schon aus der Werft verholt?«
»Jawohl, Sir. Es liegt im Spithead vor Anker.«
»Sie haben Ihre Sache gut gemacht.«
Hätte Hornblower diese Worte gleichgültig zur Kenntnis nehmen sollen? Nein, solche Heuchelei brachte er nicht über sich. Wenn Cornwallis so etwas sagte, dann war das keine simple Anerkennung, sondern hohes, von Herzen kommendes Lob.
»Danke, Sir.«
»Was fehlt Ihnen also jetzt noch?«
»Die Ausrüstung für das Bootsmannshellegatt, Sir: Tauwerk, Segeltuch, Reservespieren.«
»Die Werft wird zur Zeit nicht so leicht zu bewegen sein, sich von diesen Dingen zu trennen. Nun, ich werde ein Wort mit den Leuten reden. Außerdem brauchen Sie noch Ihre Munition, so sagten Sie doch, nicht wahr?«
»Jawohl, Sir. Das Artillerieressort erwartet eine Lieferung von Neunpfünder-Kugeln. Im Augenblick sind hier keine zu haben.«
Vor zehn Minuten noch hatte Hornblower eifrig nach Worten gesucht, um seiner Maria Liebes zu sagen, jetzt galt es wieder, jedes Wort zu wägen, weil er Cornwallis eine genaue, ehrliche Meldung erstatten wollte.
»Auch darum will ich mich kümmern«, sagte Cornwallis. »Ich werde

dafür sorgen, daß Sie übermorgen auslaufen können, wenn es der Wind erlaubt. Darauf können Sie sich verlassen.«

»Jawohl, Sir.«

»Und nun zu Ihrem Auftrag. Sie bekommen Ihren Operationsbefehl noch heute schriftlich zugestellt, aber ich will Ihnen lieber gleich sagen, was er enthält, damit Sie Fragen stellen können, wenn Ihnen etwas nicht klar sein sollte. Der Krieg steht unmittelbar bevor. Er ist zwar noch nicht erklärt, aber wir möchten nicht, daß uns Boney zuvorkommt.«

»Jawohl, Sir.«

»Ich werde Brest blockieren, sobald ich mit der Flotte in See gehen kann, Sie sollen vor uns dorthin auslaufen.«

»Jawohl, Sir.«

»Sie müssen aber alles vermeiden, was zu einem vorzeitigen Ausbruch der Feindseligkeiten führen könnte. Liefern Sie Boney auf keinen Fall einen Vorwand dazu!«

»Ich verstehe, Sir.«

»Ist der Krieg erst erklärt, dann können Sie natürlich handeln, wie es die Lage erfordert. Bis dahin dürfen Sie nur beobachten. Halten Sie ein wachsames Auge auf Brest. Dringen Sie so weit in die Einfahrt vor, wie es möglich ist, ohne daß Sie Feuer auf sich ziehen. Zählen Sie die Kriegsschiffe, die dort liegen, stellen Sie fest, welcher Art und Größe sie sind. Wie viele davon haben die Rahen aufgebracht, wie viele sind noch außer Dienst? Ich möchte wissen, was für Schiffe schon auf Reede liegen und wie viele in Begriff sind, seeklar zu machen.«

»Jawohl, Sir.«

»Boney hat im vorigen Jahr seine besten Schiffe und Besatzungen nach Westindien entsandt, er wird es noch schwerer haben als wir, seine Flotte zu bemannen. Sobald ich vor Brest eintreffe, möchte ich das alles von Ihnen gemeldet haben. Wie tief geht die Hotspur?«

»Bei voller Ausrüstung ist ihr Tiefgang achtern dreizehn Fuß, Sir.«

»Dann haben Sie ja im Goulet reichlich Raum zum Manövrieren. Ich brauche Ihnen wohl nicht eigens zu sagen, daß Sie Ihr Schiff nicht auf Grund setzen sollen.«

»Nein, Sir.«

»Aber eines lassen Sie sich dennoch gesagt sein: Es gibt blindes, törichtes Draufgängertum und es gibt kühlen, berechnenden Wagemut. Treffen Sie hierin nur immer die rechte Wahl, und ich werde Ihnen in allem Ungemach zur Seite stehen, das Ihnen aus Ihrem Handeln erwachsen könnte.«

Die großen blauen Augen des Admirals begegneten dem festen Blick der braunen Augen des Kapitäns. Was Cornwallis da eben gesagt hatte, und mehr noch, was unausgesprochen geblieben war, gab Hornblower mächtig zu denken. Cornwallis hatte ihm seinen Beistand versprochen, aber das Gegenstück dazu, die Drohung für den Fall seines Versagens, war unterblieben. Wollte der Admiral damit seinen Worten eine größere Wirkung verleihen, oder handelte es sich gar nur um einen billigen Trick, ihm, dem Untergebenen gegenüber? Nein, beides war ausgeschlossen. Was Cornwallis gesagt hatte, war ganz und gar der Ausdruck seiner Wesensart. Offenbar war er ein Mann, der seine Untergebenen nicht nur antrieb, sondern wirklich führte. Das war höchst bemerkenswert.

Hornblower fuhr erschrocken zusammen. Er hatte seinen Oberkommandierenden sekundenlang hemmungslos angestarrt, während ihm das alles durch den Kopf ging. Das war wohl recht taktlos von ihm gewesen.

»Ich habe alles verstanden, Sir«, sagte er. Nun erhob sich Cornwallis von seinem Stuhl.

»Auf See treffen wir uns also wieder. Noch einmal: Unterlassen Sie alles, was zu Feindseligkeiten führen könnte, ehe der Krieg erklärt ist.« Er sagte das lächelnd, und dieses Lächeln verriet ihn vollends als Mann der Tat. Hornblower entnahm daraus, daß er den bevorstehenden Kampfhandlungen schon voll Ungeduld entgegensah. Dieser Mann suchte bestimmt nicht nach Gründen oder Ausreden, um eine fällige Entscheidung hinauszuschieben. Plötzlich zog Cornwallis die schon ausgestreckte Hand wieder zurück.

»Mein Gott!« rief er. »Ich habe ja ganz vergessen, daß heute Ihr Hochzeitstag ist.«

»Jawohl, Sir.«

»Sie sind erst heute morgen getraut worden?«

»Vor einer Stunde, Sir.«

»Ich habe Sie also von Ihrer Hochzeitstafel weggeholt?«

»Jawohl, Sir.« Es wäre geschmacklos gewesen, dem Admiral mit abgedroschenem Schwulst zu kommen und etwa zu sagen: »Für König und Vaterland«, oder »Zuerst die Pflicht, dann das Vergnügen«.

»Ihre junge Frau wird darüber recht traurig sein.«

Vor allem die Schwiegermutter, dachte Hornblower, aber auch das mußte er schicklicherweise für sich behalten. Er begnügte sich damit zu sagen: »Ich werde das schon wieder in Ordnung bringen, Sir.«

»Es wäre wohl eher an mir, das zu tun«, gab Cornwallis zur Antwort. »Wie wäre es, wenn ich mich bei Ihrer Feier einfände, um auf das Wohl Ihrer Frau zu trinken?«

»Das wäre ausnehmend gütig von Ihnen, Sir.«

Wenn es etwas gab, das ihm bei Mrs. Mason Vergebung für seine Ungezogenheit erwirken konnte, dann war es das Erscheinen Seiner Exzellenz des Admirals Sir William Cornwallis K. B. an der festlichen Hochzeitstafel.

»Also gut. Wenn Sie sicher sind, daß ich nicht unerwünscht bin, komme ich gleich mit. Hatchett, meinen Säbel. Wo ist mein Hut?«

Als Hornblower wieder in der Tür des Frühstückszimmers erschien, wollte ihn Mrs. Mason sofort mit einem Schwall bitterer Vorwürfe empfangen, aber die Worte erstarben ihr auf den Lippen, als sie bemerkte, welch bedeutendem Gast er den Vortritt ließ. Sie sah die glitzernden Epauletten und das breite rote Band mit dem Stern, das Cornwallis als taktvoller Mann zu dieser feierlichen Gelegenheit angelegt hatte. Hornblower übernahm die Vorstellung.

»Viel Glück und langes Leben«, sagte Cornwallis und beugte sich über Marias Hand. »Das wünsche ich der jungen Frau eines der tüchtigsten Offiziere unserer Königlichen Marine.«

Maria konnte nur nicken, die goldglitzernde, prunkvolle Erscheinung des Admirals raubte ihr einfach die Sprache.

»Ich freue mich sehr, Ihre Bekanntschaft zu machen, Sir William«, sagte Mrs. Mason.

Der Pfarrer und seine Frau sowie die anderen Gäste — alles Nachbarn Mrs. Masons — waren schon hell begeistert, daß sie mit einem Mann im selben Zimmer weilen durften, der Grafensohn, Ritter des Bath-Ordens und Flottenchef in einer Person war, und wußten vollends nicht mehr, wie ihnen geschah, als er sich jetzt gar persönlich an sie wandte.

»Ein Glas Wein, Sir?« fragte Hornblower.

»Mit Vergnügen.«

Cornwallis ergriff das gereichte Glas und blickte um sich. Wie nicht anders zu erwarten, richtete er das Wort am Ende an Mrs. Mason.

»Wurde denn schon ein Trinkspruch auf das Wohl des jungen Paares ausgebracht?«

»Nein, Sir«, antwortete Mrs. Mason trunken vor Glück.

»Erlauben Sie mir also, daß ich das Wort ergreife? Ja? Meine Damen und Herren, bitte erheben Sie sich von Ihren Plätzen und schließen Sie sich den Wünschen an, die ich dem jungen Paar an diesem ihrem Hochzeitstag darbringen möchte. Kummer und Sorge bleibe den beiden erspart, ihr Leben lang sei ihnen Gesundheit und Wohlergehen beschert.

Die Frau möge sich bei dem Gedanken glücklich schätzen, daß ihr Mann für König und Vaterland seine Pflicht tut, den Mann aber möge die Treue seiner Frau in seiner eigenen Pflichttreue bestärken. Geben wir unserer Hoffnung Ausdruck, daß aus diesem Lebensbund eine ganze Schar Knaben hervorgehen möge, die eines Tages, dem väterlichen Beispiel folgend, des Königs Rock tragen werden, und eine Schar Mädchen, denen es bestimmt ist, eine neue Jugend zur Welt zu bringen. Ich trinke auf das Wohl der Neuvermählten, sie leben hoch!«
Unter Hochrufen hob man die Gläser und trank den beiden zu; aller Blicke hingen an Maria, die mit glühenden Wangen und niedergeschlagenen Augen auf ihrem Platz saß. Gleich darauf ließ die Aufmerksamkeit von ihr ab und wandte sich Hornblower zu, der sich eben erhob. Ehe Cornwallis noch halb zu Ende war, hatte er schon gemerkt, daß der Admiral nur wiederholte, was er bei Hochzeiten seiner Offiziere wohl schon Dutzende Male zum besten gegeben hatte. Warte nur, ich will's dir schon zeigen, dachte er und verzog den Mund zu einem Grinsen, als er dem Blick des Admirals begegnete. Er wollte ihm mit gleicher Münze heimzahlen, Cornwallis sollte eine Antwort erhalten, die er gewiß auch schon ein paar Dutzend Male gehört hatte.
»Sir William, meine Damen und Herren, im Namen meiner lieben Frau« — dabei griff er nach Marias Hand — »und für meine eigene Person kann ich nur meinen Dank für die schönen Worte zum Ausdruck bringen, die wir soeben gehört haben.«
Als das Gelächter erstarb — Hornblower hatte vorausgesehen, daß die Leute lachen würden, wenn er Maria »seine Frau« nannte, obwohl er selbst dabei nichts zu lachen fand —, als wie gesagt die Lacher endlich verstummten, blickte Cornwallis nach seiner Uhr. Daraufhin beeilte sich Hornblower, ihm für sein Erscheinen zu danken, und begleitete ihn dann zur Tür. Als sie draußen waren, drehte sich Cornwallis um und gab ihm mit seiner großen Hand einen Klaps auf die Brust.
»Ich will meinen Befehl für Sie ergänzen«, sagte er. Hornblower merkte genau, daß das freundliche Lächeln des Admirals von einem forschenden Blick begleitet war.
»Sir?«
»Sie bekommen schriftliche Erlaubnis, heute und morgen an Land zu schlafen.«
Hornblower öffnete den Mund zu einer Antwort, aber seine Lippen blieben stumm. Zum erstenmal im Leben ließ ihn seine Geistesgegenwart im Stich. Was er gehört hatte, machte ihm so viel zu schaffen, daß die Sprache darüber zu kurz kam.

»Daran hatten Sie wohl nicht gedacht?« sagte Cornwallis grinsend. »Die HOTSPUR gehört jetzt zur Kanalflotte, ihr Kommandant muß bestimmungsgemäß an Bord schlafen, es sei denn, er würde ausdrücklich davon befreit. Das ist hiermit geschehen.«
»Gehorsamsten Dank, Sir«, sagte Hornblower, der endlich seine Sprache wiedergefunden hatte.
»Vielleicht vergehen ein paar Jahre, bis Sie wieder einmal an Land schlafen können. Wenn Boney Ernst macht, könnte es sogar noch länger dauern.«
»Es sieht ganz so aus, Sir.«
»Nun, auf Wiedersehen in drei Wochen vor Ouessant. Bis dahin alles Gute!«
Als Cornwallis schon eine ganze Weile gegangen war, stand Hornblower noch immer tief in Gedanken vor der halb offenen Tür zum Frühstückszimmer und trat von einem Bein auf das andere, eine Art der Bewegung, die dem Auf- und Abschreiten an Deck noch am nächsten kam. Daß es Krieg gab, daran hatte er nie gezweifelt, denn Bonaparte gab auf keinen Fall freiwillig auf, was er einmal in Händen hatte. Aber bis zu diesem Augenblick hatte er sich dennoch leichtfertigerweise eingebildet, daß man ihn nicht in See schicken werde, ehe der Krieg formell erklärt war, also frühestens in etwa zwei bis drei Wochen, nach dem Scheitern der letzten Verhandlungen. Offenbar hatte er sich darin gründlich geirrt, und darum haderte er jetzt mit sich selbst. Denn bei näherem Zusehen sprach ja wirklich eine Menge dafür, daß man ihn, gerade ihn, sobald wie möglich aus dem Hafen jagte. Er hatte eine gute Besatzung an Bord – die erste Ernte der Preßkommandos –, er konnte als erster seeklar sein, sein Schiff war klein und fiel als Machtfaktor nicht ins Gewicht, es hatte wenig Tiefgang und eignete sich daher vortrefflich für die Aufgabe, die ihm Cornwallis zugedacht hatte. Das alles wußte er und hatte doch keinen Schluß daraus gezogen.
Dies war die erste bittere Pille, die es für ihn zu schlucken gab. Als nächstes galt es herauszufinden, warum ihm dieser böse Denkfehler unterlaufen war. Die Antwort lag auf der Hand, aber – und das war nun erst recht arg – er scheute sich, ihr ins Auge zu sehen. Es gab keine Zweifel: Nur um Marias willen hatte er sich so in die Irre führen lassen. Er wollte ihr auf keinen Fall Kummer bereiten, darum hatte er sich versagt, klar ins Auge zu fassen, was für ihn in der Luft lag. Statt dessen hatte er gedankenlos in den Tag hineingelebt, immer in der vagen Hoffnung, daß ihm ein glückliches Geschick vielleicht doch eine Trennung von seiner Maria ersparen könnte.

Als ihm dies klargeworden war, gab er sich plötzlich einen Ruck. Wie, ein glückliches Geschick sollte das sein? Aufgelegter Unsinn! Er war Kommandant eines guten Schiffes, er stand damit in vorderster Linie! Gab es eine bessere Gelegenheit, Ruhm zu ernten, sich auszuzeichnen? Dies, nur dies war sein glückliches Geschick – nicht auszudenken, wenn man ihn dazu verurteilt hätte, im Hafen zu bleiben! Kampf, Pflichterfüllung und der Einsatz von Ehre und Leben, schon die Erwartung dessen, was ihm bevorstand, jagte ihm wieder jene Schauer der Erregung durch die Glieder, deren er sich aus früheren Tagen so deutlich entsann. Gewiß, es ging ihm um den Ruhm, aber im Augenblick lag ihm noch mehr daran, zu wissen, daß mit ihm selbst wieder alles im Lot war. Er hatte zu sich gefunden und sah die Dinge wieder in der richtigen Ordnung. In erster Linie war und blieb er Seeoffizier, der Ehemann mußte sich mit dem zweiten Platz abfinden und füllte selbst diesen herzlich schlecht aus.

Das war alles schön und gut, aber was half es ihm am Ende? Die Trennung, der Augenblick, da er sich Marias Armen entwinden mußte, rückte unerbittlich näher.

Es ging nicht an, daß er noch länger hier auf dem Gang vor dem Frühstückszimmer herumstand. Trotz seines aufgewühlten Gemütszustandes mußte er unverzüglich wieder zu der Gesellschaft stoßen. Entschlossen trat er ein und zog die Tür leise hinter sich ins Schloß.

»Das wird sich im ›Naval Chronicle‹ gut ausnehmen«, sagte Mrs. Mason: »›Flottenchef trinkt mit herzlichen Worten auf das Wohl des jungen Paares.‹ Aber schau, Horatio, einige deiner Gäste haben leere Teller.«

Hornblower war noch im Begriff, seinen Pflichten als Gastgeber schlecht und recht nachzukommen, da sah er am anderen Ende des Zimmers von neuem das sorgenvolle Gesicht des Wirtes auftauchen. Erst ein zweiter Blick verriet ihm, was den Mann abermals hergeführt hatte.

Er brachte Hewitt, Hornblowers neuen Bootssteurer. Der war nämlich so klein, daß man ihn vom anderen Ende des Zimmers her nicht ohne weiteres bemerkte. Was ihm an Länge fehlte, machte er durch um so größere Breite wett; vor allem aber zierte sein Gesicht ein glänzend gewichster schwarzer Schnurrbart, wie er zur Zeit in den Mannschaftsdecks Mode war. Mit dem Strohhut in der Hand kam er wiegenden Schrittes durch das Zimmer, hob grüßend die Knöchel zur Stirn und reichte Hornblower eine Nachricht. Die Adresse stammte von Bushs Hand, sie lautete sehr korrekt, wenn auch für derzeitige Begriffe etwas altmodisch: »Seiner Hochwohlgeboren Herrn Horatio Hornblower, Korvetten-Kapitän und Kommandant.« Während er die wenigen Zeilen las, versank die ganze Gesellschaft in ein für seine Begriffe nicht eben taktvolles Schweigen.

»Seiner Majestät Korvette HOTSPUR, *den 2. April 1803*
Sir, ich höre eben von der Werft, daß der erste der Leichter längsseit kommen kann. Den Werftarbeitern sind keine Überstunden in Aussicht gestellt, die Arbeit wird also bei Dunkelwerden eingestellt. Ich stelle gehorsamst anheim, mir die Aufsicht bei der Übernahme der Vorräte zu übertragen, falls Sie noch nicht gewillt sind, selbst an Bord zu kommen.

Ihr gehorsamer Diener Wm. Bush«

»Liegt das Boot am Hard?« fragte Hornblower den Mann.
»Jawohl, Sir.«
»Gut, ich komme in fünf Minuten.«
»Aye, aye, Sir.«
»O Horry«, sagte Maria mit einem Unterton, der sich wie leiser Vorwurf anhörte — nein, Vorwurf war das nicht, es war reine Enttäuschung.
»Ach, Liebling«, begann Hornblower und wollte schon zitieren: Wenn du wüßtest, wie mein Herz dir schlägt ... aber er gab diese Absicht sogleich wieder auf. Die Verse paßten nicht hierher, sie paßten vor allem nicht auf seine Frau.
»Jetzt genst du wieder auf das Schiff ... immer das Schiff«, seufzte Maria.
»Ja, es muß sein.«
Er konnte nicht an Land bleiben, wenn es zu tun gab. Wenn man die Leute richtig in Schwung brachte, mußte es gelingen, heute die Hälfte der Vorräte überzunehmen und morgen den Rest zu schaffen. Entsprach das Artillerieressort dem Drängen des Admirals, so kamen auch Pulver und Kugeln an Bord. Dann konnte er schon übermorgen bei Hellwerden auslaufen.
»Heute abend bin ich ja wieder bei dir«, sagte er und zwang sich zu einem wehmütigen Lächeln, er mußte sich Gewalt antun, für einen Augenblick zu vergessen, daß ihm das große Abenteuer winkte, daß ihm der Weg zu Ruhm und Ehren offenstand.
»Ich finde immer wieder zu dir zurück, Liebling«, sagte er. Er legte ihr die Hände auf die Schultern und gab ihr einen schmatzenden Kuß, den die Hochzeitsgesellschaft mit lautem Beifall bedachte. Auf diese

Art bekam der Abschied eine heitere Note, das allgemeine Gelächter gab ihm eine Art Deckung, als er sich rasch davonmachte. Während er zum Hard hinuntereilte, verknäulten sich in seinem armen Kopf zwei Vorstellungen wie die beiden Schlangen eines Äskulapstabs — dort seine Maria, die ihre ganze Liebesglut an ihn verschwenden wollte, und hier er selbst, der Kommandant eines Kriegsschiffs, das schon übermorgen in See ging.

2

Irgendwer mußte schon eine ganze Weile an der Schlafzimmertür geklopft haben. Hornblower meinte wohl, etwas zu hören, aber das Geräusch reichte nicht hin, seine Schlaftrunkenheit zu verjagen. Doch nun öffnete sich leise knarrend die Tür, Maria fuhr hoch und klammerte sich in panischer Angst an ihm fest, so daß auch er im Augenblick hellwach war. Durch die dicken Bettvorhänge drang ein schwacher Lichtschimmer herein, die eichenen Dielen des Zimmers knarrten unter einem schlürfenden Schritt, und eine weibliche Fistelstimme sagte:
»Acht Glasen, Sir, acht Glasen.«
Die Vorhänge öffneten sich einen Zoll breit, sie ließen etwas mehr Licht herein, und Maria packte sofort noch fester zu. Erst als Hornblower endlich seine Sprache gefunden hatte, schlossen sich die Vorhänge wieder.
»Danke, ich bin wach.«
»Ich zünde Ihnen die Kerzen an«, piepste die Stimme, die Schritte schlürften hier- und dorthin durchs Zimmer, und durch die Vorhänge drang etwas mehr Licht herein.
»Wie ist der Wind? Ich meine aus welcher Richtung kommt er?« fragte Hornblower. Er war jetzt so weit wach, daß er fühlte, wie sich seine Muskeln spannten und wie sein Herz rascher schlug, als er sich Rechenschaft gab, was dieser Morgen für ihn bedeutete.
»Das kann ich Ihnen leider nicht sagen, Sir«, piepste die Stimme wieder. »Ich verstehe mich nicht auf die Kompaßstriche, und außer mir ist noch niemand wach.«
Hornblower knurrte ärgerlich, weil man ihm die Antwort schuldig blieb, an der ihm so viel gelegen war, und warf gedankenlos das Federbett zurück, um aufzuspringen und selbst nach der Windrichtung zu schauen. Aber Maria hielt ihn fest umklammert und zeigte ihm auf diese Art, daß er nicht so mir nichts, dir nichts aus dem Bett springen

und davonrennen konnte. Nein, da gab es ein strenges Ritual, das keine Kürzung zuließ; seine Ungeduld mußte er eben solange zügeln. So wandte er sich denn zu ihr und küßte sie; sie erwiderte seine Küsse voll Leidenschaft und doch anders als sonst. Er fühlte etwas Nasses auf seiner Wange — eine Träne, es sollte die einzige bleiben, die sie vergoß, da sie sich eisern in die Gewalt nahm. Seine nicht gerade leidenschaftliche Umarmung gewann allmählich an Wärme.

»Jetzt heißt es Abschied nehmen, Liebling«, flüsterte Maria, »ja, Liebster, ich weiß, du mußt fort. Aber ich ... ich kann mir nicht vorstellen, wie ich ohne dich leben soll. Du bist ja mein ein und alles, du bist ...«

Hornblower fühlte, wie ihn eine Woge warmer Zärtlichkeit mit sich fortriß, zugleich aber flüsterte ihm die leise Stimme seines Gewissens recht häßliche Dinge ins Ohr. So viel Liebe hätte ja nicht einmal der vollkommenste Mann auf Erden verdient. Wenn Maria erführe, wie es wirklich um ihn stand, dann stürzte ihre ganze Welt in Trümmer, dann kehrte sie ihm gewiß verzweifelt den Rücken. Nein, davon durfte er ihr nichts verraten, es wäre der grausamste Schlag, den er ihr zufügen konnte.

Aber siehe da, während er sich mit diesen Vorstellungen herumschlug, weckte ihre Glut auch in ihm immer neue Wogen zärtlichen Gefühls. Er küßte sie auf die Wangen und suchte ihre weichen, begehrenden Lippen. Plötzlich spürte er, wie sie ihm wehrte, wie sie sich seinen Liebkosungen entzog.

»Genug, mein Liebling, genug. Nein, ich darf dich nicht hier festhalten. Du wärst mir gewiß böse, jetzt nicht, aber später bestimmt. Du mein ein und alles, komm, sag mir jetzt Lebewohl. Sag, daß du mich liebst, daß du mich immer lieben wirst. Leb wohl, mein Herzensschatz! Nur eines versprichst du mir noch: daß du ab und zu an mich denkst, so wie ich unaufhörlich an dich denke.«

Hornblower sagte, was sie hören wollte, und traf in seiner weichen Stimmung auch genau den richtigen Ton, Maria gab ihm noch einen heißen Kuß, dann riß sie sich von ihm los und warf sich zur Wand herum, wo sie mit dem Gesicht nach unten liegen blieb. Hornblower lag noch eine Weile still, er mußte sich mit aller Kraft gegen seine Gefühle wappnen, ehe er den Entschluß fand, sich zu erheben. Jetzt hörte er Maria wieder sprechen, ihre Stimme war vom Kopfkissen halb erstickt, aber auch so war deutlich zu merken, wie sie sich mit Gewalt zu kühler Sachlichkeit zwang.

»Dein frisches Hemd liegt auf dem Stuhl, Liebling, und die zweitbesten Schuhe stehen am Kamin.«

Hornblower schwang sich aus dem Bett und schlug den Vorhang zur Seite. Hier im Schlafzimmer war es entschieden kühler als in dem von Vorhängen umschlossenen Himmelbett. Jetzt ging wieder die Tür, er hatte gerade noch Zeit, sein Nachthemd vor sich zu halten, als das alte Zimmermädchen den Kopf hereinsteckte. Hornblowers schamhaftes Benehmen entlockte ihr ein lustiges Gekicher in den höchsten Tönen.
»Der Hausknecht sagt, es sei schwacher Südwind, Sir.«
»Besten Dank.«
Die Tür fiel hinter ihr ins Schloß.
»Kannst du denn Südwind brauchen, Liebling?« fragte Maria, immer noch hinter dem Vorhang versteckt.
»Mag sein«, sagte Hornblower. »Es wird sich zeigen.«
Unterdessen eilte er zum Waschtisch und rückte die Kerzen zurecht, daß ihr Schein auf sein Gesicht fiel.
Jetzt, Ende März, war leichter Südwind bestimmt nicht von Dauer. Er mochte krimpen oder ausschießen, auf jeden Fall aber frischte er mit Hellwerden auf. Wenn die HOTSPUR so gut segelte, wie er annahm, dann kam er bestimmt damit vom Foreland frei und verschaffte sich auf diese Art so viel Seeraum, daß er die weitere Entwicklung der Wetterlage mit Ruhe abwarten konnte. Aber wie dem auch war, Zeitvergeudung konnte man sich in der Navy nicht leisten, darum ging Hornblower jetzt in aller Eile ans Werk. Er fuhr sich mit dem Rasiermesser kratzend über die Wangen und sah dabei im Spiegel immer wieder das flüchtige Bild Marias, die sich beim Ankleiden hinter ihm im Zimmer umherbewegte. Jetzt füllte er das Becken mit kaltem Wasser, um sich zu waschen. Als er fertig war, fühlte er sich köstlich frisch und fuhr sogleich mit den gewohnten raschen Bewegungen in sein Hemd.
»Mein Gott, du bist ja schon fast fertig«, rief Maria ganz bestürzt. Hornblower hörte ihre Schuhe über die eichenen Dielen klappern, sie zog sich in aller Eile eine frische Morgenhaube über das Haar und war offenkundig bestrebt, so rasch wie möglich fertig zu werden, auch wenn sie dabei der Eleganz einiges schuldig blieb.
»Ich laufe eben rasch hinunter und schaue nach, ob dein Frühstück fertig ist«, sagte sie und war auf und davon, ehe er noch ein Wort des Einspruchs über die Lippen brachte.
Sorgfältig und mit geübten Händen faltete er seine Halsbinde und schlüpfte dann in den Rock. Er warf einen Blick auf die Uhr und steckte sie in die Tasche, als letztes zog er seine Schuhe an. Das Waschzeug rollte er in die dazu bestimmte Tasche und verschnürte deren Bänder.

Das Hemd von gestern, das Nachthemd und die Morgenjacke stopfte er in den bereitliegenden Segeltuchbeutel, die Tasche mit dem Waschzeug kam obenauf. Mit einem letzten Rundblick im Zimmer überzeugte er sich, daß er nichts vergessen hatte, dabei mußte er allerdings jetzt genauer achtgeben, als er es von früher her gewohnt war, weil hier und dort noch Marias Sachen verstreut lagen. Bebend vor innerer Erregung riß er die Fenstervorhänge auf und warf einen Blick nach draußen – die Morgendämmerung kündigte sich noch mit keinem Zeichen an. Den Segeltuchbeutel in der Hand, stieg er die Treppe hinunter und betrat das Frühstückszimmer. Hier roch es nach abgestandenem Essen; eine Öllampe, die von der Decke herabhing, verbreitete dämmriges Licht. Maria kam von der Tür gegenüber zu ihm herein.
»Hier ist für dich gedeckt, Liebling«, sagte sie, »dein Frühstück kommt sofort.«
Sie rückte den Stuhl zurecht, auf den er sich setzen sollte.
»Ich setze mich erst nach dir«, sagte Hornblower. Er fand es einfach geschmacklos, sich von Maria bedienen zu lassen.
»Aber das geht doch nicht«, sagte Maria, »ich muß ja für dein Frühstück sorgen – außer der alten Frau ist noch kein Mensch auf.«
Sie drückte ihn auf den Stuhl. Hornblower fühlte, wie sie ihn auf den Kopf küßte und wie ihre Wange flüchtig die seine streifte, aber ehe er sie noch mit einem raschen Griff nach rückwärts zu fassen vermochte, war sie schon wieder verschwunden. In seinem Ohr klang ein Geräusch nach, das er als Mittelding zwischen Schnauben und Schluchzen empfand. Als sich die Tür zur Küche auftat, drang warmer Speisenduft herein. In einer Pfanne brutzelte anscheinend Fett, und Maria hatte offenbar mit der Alten Wichtiges zu reden. Dann kam sie wieder herein, ihr rascher Schritt verriet, daß ihr der Teller, den sie trug, zu heiß war. Vor seinem Platz ließ sie ihn so hastig los, daß er hart auf den Tisch knallte: auf ihm lag, noch immer leise zischend, ein gewaltiges Rumpsteak.
»Laß dir's schmecken, Liebling«, sagte sie und setzte ihm alle möglichen Zutaten vor, während Hornblower immer noch entgeistert auf das riesige Steak sah.
»Ich habe es dir gestern eigens ausgesucht«, sagte sie stolz. »Als du auf dem Schiff warst, ging ich hinüber zum Metzger.«
»Auf dem Schiff!« Hornblower gab es einen Stich, wenn er so etwas hörte, und noch dazu aus dem Munde einer Seeoffiziersfrau. Konnte sie nicht sagen »an Bord«, wie sie es von ihm hörte? Und jetzt mitten in der Nacht setzte sie ihm ausgerechnet ein Steak vor, wo er doch für

Steaks so wenig übrig hatte und obendrein so aufgeregt war, daß er ohnedies kaum einen Bissen hinunterbrachte. Mein Gott, wie sollte das werden, wenn er diesmal heil zurückkam und wenn ihn ein unvorstellbares Schicksal etwa gar für alle Zukunft an Haus und Familie fesselte? Da wurde ihm bestimmt auch bei jeder passenden und unpassenden Gelegenheit ein solches Steak vorgesetzt. Diese Vorstellung gab ihm den Rest, er wußte schon im voraus, daß er keinen Bissen hinunterbrachte — und doch durfte er Maria nicht verletzen.

»Wo ist denn das deine?« fragte er, um Zeit zu gewinnen.

»Das meine?« fragte Maria zurück. »Ich bekomme kein Steak.«

Offenbar kam sie gar nicht auf den Gedanken, daß einer Frau das gleiche Essen zustehen könnte wie ihrem Mann. Da sah sich Hornblower um und rief: »Hallo, Küche! Bringen sie rasch einen zweiten Teller — aber heiß muß er sein.«

»Nicht doch, Liebling, nicht doch!« wehrte ihm Maria ganz aufgeregt. Aber Hornblower war schon aufgesprungen und nötigte sie, neben ihm Platz zu nehmen.

»Bleib sitzen«, sagte er. »Keine Widerrede. Ich dulde keine Meuterei in meiner Familie. Ah, danke!«

Da war der zweite Teller. Hornblower schnitt das Steak mitten durch und gab Maria das größere Stück.

»Aber, Liebling . . .«

»Ich habe schon einmal gesagt, daß ich mit Meuterern nicht verhandle«, schnauzte Hornblower im Spaß, als stünde er einem aufsässigen Matrosen gegenüber.

»Ach, Horry, Liebster, du bist zu gut für mich, viel zu gut.«

Im nächsten Augenblick schlug sie mit verzweifelter Geste die Hände vors Gesicht. Hornblower fürchtete schon, sie würde vollends zusammenbrechen, aber sie ließ alsbald die Hände wieder sinken und steifte mit einem energischen Ruck ihren Rücken. Man sah deutlich, daß sie ihre Gefühle mit wahrem Heldenmut zu meistern suchte. Hornblower wurde warm ums Herz, er griff nach ihrer Hand, die sie ihm willig überließ, und schloß sie mit einem liebkosenden Druck.

»So, und jetzt möchte ich dich ordentlich essen sehen«, sagte er immer noch in scherzhaft polterndem Ton, der dennoch seine herzlichen Gefühle verriet. Maria griff zu Messer und Gabel, und Hornblower folgte ihrem Beispiel. Er zwang sich, ein paar Bissen zu essen, und fetzte den Rest so auseinander, daß man nicht merkte, wieviel er übriggelassen hatte. Dann nahm er einen Schluck aus seinem Bierkrug — er mochte nun einmal kein Bier zum Frühstück, nicht einmal, wenn es so dünn war wie dieses. Aber die Alte hatte eben wahrscheinlich nicht an die Teebüchse herangekonnt. Jetzt hörte man Geklapper vor den Fenstern. Der Hausknecht öffnete eben die Läden, schattenhaft tauchte kurz sein Gesicht hinter den Scheiben auf, aber draußen war es noch immer stockdunkel. Hornblower warf einen Blick auf seine Uhr, es war zehn Minuten vor fünf. Um fünf Uhr hatte er sein Boot an den Sally Port bestellt. Maria war seinen Bewegungen gefolgt und starrte ihn ganz entgeistert an. Ihre Lippen bebten, in ihren Augen schimmerte es feucht, aber sie behielt sich eisern in der Gewalt.

»Ich hole meinen Mantel«, sagte sie leise und eilte fluchtartig aus dem Zimmer. Bald darauf war sie wieder da, ihr grauer Mantel hüllte sie vom Kopf bis zu den Füßen ein, die Kapuze überschattete ihr Gesicht. Auf dem Arm trug sie Hornblowers Überrock.

»Sie verlassen uns, Sir«, piepste die Alte, die soeben das Zimmer betreten hatte.

»Ja«, sagte Hornblower, »Madame wird die Rechnung bezahlen, wenn sie zurückkommt.« Er holte eine halbe Krone aus der Tasche und legte sie auf den Tisch.

»Verbindlichsten Dank, Sir. Eine gute Reise und Prisengelder die Menge!« Ihr Singsang verriet Hornblower, daß sie diesen Abschiedsgruß offenbar schon Hunderten von Seeoffizieren geboten hatte, wenn sie das »George« verließen, um in See zu gehen. Ihre Erinnerungen reichten gewiß bis Hawke und Boscawen zurück.

Er knöpfte den Mantel zu und griff nach seinem Sack. »Ich werde zusehen«, bemerkte er fürsorglich, »daß uns der Hausknecht mit einer Laterne begleitet, damit er dich nachher zurückbringen kann.«

»Ach nein, Liebster, bitte nicht. Der Weg ist ja so kurz, und ich kenne jeden Schritt.« Es verhielt sich in der Tat so wie sie sagte, darum bestand er nicht weiter auf seinem Willen.

Sie traten in die schneidend kalte Nachtluft hinaus, es war so finster, daß sie trotz der miserablen Beleuchtung im Frühstückszimmer eine ganze Weile brauchten, bis sich ihre Augen an die Dunkelheit gewöhnt hatten. Hornblower gab sich darüber Rechenschaft, daß sich sein Aufbruch bestimmt nicht so sang- und klanglos abgespielt hätte, wenn er ein Admiral oder wenigstens ein hochverdienter Kommandant gewesen wäre. Dann wären gewiß der Wirt und die Wirtin aus dem Bett gekrochen, um ihm feierlich Lebewohl zu sagen.

Sie bogen um die Ecke und gingen den steilen Weg hinab, der zum Sally Port führte. Erst in diesem Augenblick wurde ihm wieder mit aller Deutlichkeit bewußt, daß es in den Krieg, an den Feind ging. Die

Sorge um Maria hatte diesen Gedanken bis jetzt fast ganz zu verdrängen vermocht, nun aber überfiel er ihn aufs neue mit solcher Gewalt, daß er vor Erregung immerzu schlucken mußte.
»Liebster«, sagte Maria, »ich habe noch ein kleines Geschenk für dich.«
Sie holte etwas aus ihrer Manteltasche und drückte es ihm in die Hand.
»Nur Handschuhe, Schatz, aber ich habe meine ganze Liebe hineingearbeitet. In der kurzen Zeit konnte ich ja nichts Besseres schaffen. Am liebsten hätte ich dir etwas gestickt – etwas sehr Schönes, das deiner wert gewesen wäre. An den Handschuhen hier habe ich gearbeitet ... jede freie Minute, seit ... seit ...«
Ihre Stimme versagte, aber sie riß sich wieder zusammen, und es gelang ihr nochmals, dem drohenden Zusammenbruch zu entgehen.
»Jedesmal wenn ich sie trage, werden meine Gedanken bei dir sein«, sagte Hornblower. Trotz der Behinderung durch den Sack, den er trug, gelang es ihm, hineinzuschlüpfen. Die Handschuhe waren aus dicker, warmer Wolle und hatten getrennte Daumen und Zeigefinger.
»Sie passen großartig. Ich danke dir für deine Aufmerksamkeit, mein Liebling.«
Jetzt näherten sie sich schon dem Hard, dieses gräßliche Theater nahm also, Gott sei Dank, bald ein Ende.
»Du hast doch die siebzehn Pfund sicher in Verwahrung?« fragte Hornblower ganz unnötigerweise.
»Ja, danke, Liebster, aber sag, ist denn das nicht zuviel für mich?«
»Du kannst jeden Monat mein halbes Gehalt abheben«, fuhr er unbeirrt durch ihren Einwurf in sachlichem Tone fort, um sich ja keine Gemütsbewegung anmerken zu lassen. In dem gleichen bewußt kalten Tone sagte er dann weiter: »Jetzt heißt es allen Ernstes Abschied nehmen, meine Herzallerliebste.«
Er hatte sich richtig zwingen müssen, dieses ungewohnte Kosewort zu gebrauchen.
Der Wasserstand am Hard war hoch, es lief die letzte Flut, was er übrigens schon bei Erteilung seines Seeklarbefehls in Rechnung gestellt hatte, weil ihm daran lag, die jetzt einsetzende Ebbe in ihrer ganzen Dauer für seine Zwecke zu nutzen.
»Liebling!« seufzte Maria und blickte unter ihrer Kapuze tiefgerührt zu ihm auf.
Er küßte sie. Unten am Wasser hörte man das vertraute Geklapper eingenommener Riemen auf hölzernen Duchten und dann das Gemurmel männlicher Stimmen, als die Bootsbesatzung die beiden Schat-

tengestalten auf dem Hard entdeckte. Maria hörte diese Laute ebenso deutlich wie Hornblower und entzog ihm hastig ihre kalten Lippen, die sie ihm eben noch so durstig dargeboten hatte.
»Leb wohl, mein Engel.«
Mehr hatte man sich nicht zu sagen, mehr gab es nicht zu tun. Eine kurze Episode seines Lebens war damit zu Ende. Er kehrte Maria und dem Frieden einer bürgerlichen Ehe den Rücken, sein Schicksal, seine Zukunft waren der Krieg.

3

»Stauwasser, Sir«, meldete Bush, »in zehn Minuten setzt die Ebbe ein. Anker ist kurzstag, Sir.«
»Danke, Mr. Bush.« Der Nachthimmel hatte sich schon so weit erhellt, daß die Gestalt Bushs deutlichere Umrisse zeigte. An seiner Seite stand Prowse, der diensttuende Steuermann, ein Obersteuermannsmaat mit Befugnis zur Ausübung des Steuermannsdienstes. Eben war er unaufdringlich bemüht, Hornblowers Aufmerksamkeit von Bush auf sich zu lenken. Prowse war durch Befehl der Admiralität mit der Aufgabe betraut, »das Schiff nach Anweisung des Kommandanten zu navigieren und von Hafen zu Hafen zu führen«. Aber Hornblower fiel es natürlich nicht ein, seinen anderen Offizieren zu verwehren, daß sie ihr Können übten und bewiesen, ganz im Gegenteil, daran war ihm sogar besonders gelegen. Im übrigen war es möglich, ja sogar wahrscheinlich, daß Prowse mit seinen dreißig Jahren Borddienstzeit den Ehrgeiz entwickelte, seinen jungen, unerfahrenen Kommandanten zu überspielen und die Führung des Schiffes an sich zu reißen.
»Mr. Bush«, sagte Hornblower, »bitte lichten Sie Anker. Bringen Sie das Schiff auf einen Kurs, der gut frei vom Foreland führt.«
»Aye, aye, Sir.«
Hornblower beobachtete gespannt, wie Bush sich verhielt, und war zugleich ängstlich darauf bedacht, daß dieser nichts davon merkte. Bush nahm noch einmal einen Rundblick, er schätzte den leichten Wind und die Richtung des eben einsetzenden Ebbstromes.
»Klar bei Spill!« befahl er. »Klar bei Vorsegelsfallen! Heiß die Vorsegel! Rahgäste enter auf! Marssegel los!«
Hornblower merkte sofort, daß er sich auf Bushs Seemannschaft ganz und gar verlassen konnte. Er sah jetzt ein, daß seine Bedenken überflüssig gewesen waren, aber sein Eindruck von dem Mann war immer-

hin schon volle zwei Jahre alt und hatte in dieser langen Zeit vielleicht an Berechtigung eingebüßt. Bush gab seine Befehle in wohlüberlegten, dem Fortgang des Manövers entsprechenden Zeitabständen. Als der Anker aus dem Grund gebrochen war, nahm die Hotspur zunächst Fahrt über den Achtersteven auf. Sogleich wurde das Ruder hart gelegt und die Backgäste holten die Vorsegel back, so daß der Bug aus dem Wind kam. Im rechten Augenblick ließ Bush die Schoten dichtholen und die Rahen an den Wind brassen. Es war eine Freude, zu erleben, wie weich und empfindsam die Hotspur jetzt auf den leichten Luftzug ansprach. Sie legte sich kaum ein paar Grad über und nahm sofort Fahrt auf. Wie sie so dahinglitt und willig dem leisesten Druck des Ruders gehorchte, glich sie in der Tat einem köstlichen, von zauberhaftem Leben erfüllten Geschöpf. Es war nicht nötig, Bush für dieses einfache Manöver des Ankerlichtens mit Worten der Anerkennung zu bedenken. Hornblower gab sich also für eine Weile ganz dem Genuß hin, wieder einmal in See zu sein, während die Besatzung eifrig dabei war, erst die Bram- und dann die Untersegel zu setzen. Plötzlich schoß ihm ein Gedanke durch den Kopf.
»Mr. Prowse, bitte geben Sie mir doch einen Augenblick Ihr Glas.«
Er setzte den schweren Kieker ans Auge und richtete ihn backbord achteraus. Noch war es nicht ganz Tag, über dem Wasser lag der übliche Dunstschleier, die Hotspur hatte ihren Ankerplatz schon über eine halbe Meile hinter sich gelassen. Dennoch unterschied er den winzigen einsamen grauen Fleck am Wasser dort drüben auf dem Hard. Vielleicht – es sah fast so aus – flatterte da etwas Weißes: Maria winkte wohl mit dem Taschentuch, aber bestimmt konnte er das nicht behaupten, wahrscheinlich hatte er sich doch getäuscht. So blieb denn nur der einsame graue Fleck. Hornblower faßte ihn noch einmal ins Auge, dann zwang er sich, den Kieker abzusetzen, er war sehr schwer, und seine Hände zitterten ein wenig, so daß das Bild unscharf wurde. Es geschah ihm heute zum erstenmal im Leben, daß er beim Inseegehen einen Menschen zurückließ, der an seinem Schicksal Anteil nahm.
»Danke, Mr. Prowse«, sagte er in ungewollt barschem Ton.
Er mußte jetzt unbedingt an etwas anderes denken, er mußte schnell etwas finden, das ihn ganz in Anspruch nahm. Glücklicherweise ist ein Kommandant, dessen Schiff gerade in See geht, nie in Verlegenheit um Gesprächsstoff.
»Hören Sie, Mr. Prowse«, sagte er mit einem Blick auf das Kielwasser und dann auf die Segel, »der Wind ist fürs erste stetig. Geben Sie mir jetzt den Kurs nach Ouessant.«

»Ouessant, Sir?« Prowse hatte ein langes, kummervolles Maultiergesicht und war eine ganze Weile damit befaßt, diese Neuigkeit zu verarbeiten, ohne dabei eine Miene zu verziehen.

»Haben Sie nicht gehört, was ich eben sagte?« sagte Hornblower gereizt, weil ihm das Gehaben dieses Mannes auf die Nerven ging.

»Jawohl, Sir«, bestätigte Prowse eiligst. »Ouessant, Sir, aye, aye, Sir.«

Die Überraschung, die dieses Wort auslöste, war natürlich zu verstehen. Außer Hornblower wußte ja kein Mensch um den Befehl, der die HOTSPUR in See schickte, kein Mensch konnte ja ahnen, welchen Platz in der weiten Welt sie ansteuern sollte. Die Erwähnung Ouessants engte die ungemessene Zahl von Möglichkeiten wenigstens um einiges ein. Die Nordsee und die Ostsee schieden aus, ebenso Irland und der St. Lorenzstrom jenseits des Atlantik. Aber Westindien, das Kap der Guten Hoffnung oder das Mittelmeer kamen nach wie vor in Frage, denn Ouessant war der Abgangspunkt für jedes dieser Ziele.

»Mr. Bush!« rief Hornblower.

»Sir!«

»Ich bin einverstanden, wenn Sie die Freiwache wegtreten und Frühstück ausgeben lassen.«

»Aye, aye, Sir.«

»Wer ist Wachhabender Offizier?«

»Mr. Cargill, Sir.«

»Gut, dann kann er jetzt übernehmen.«

Hornblower sah sich um, es war alles in bester Ordnung, die HOTSPUR lag voll und bei und steuerte in den Kanal hinaus. Und doch war diesmal nicht alles so wie sonst, das ganze Geschehen hatte für ihn einen seltsam ungewöhnlichen Zug. Endlich kam ihm die Erleuchtung, woran das lag: Er ging heute zum erstenmal in Friedenszeit mit einem Schiff in See. Zehn Jahre hatte er in der Navy gedient, ohne daß er dies auch nur ein einziges Mal erlebte. Bisher war es noch immer so gewesen, daß sein Schiff neben den Tücken der See sofort andere Gefahren zu gewärtigen hatte, wenn es den Hafen verließ. Auf jeder seiner früheren Reisen hatte man damit rechnen müssen, daß plötzlich ein Gegner an der Kimm erschien und binnen Stundenfrist Schiff und Besatzung in einen Kampf auf Leben und Tod verstrickte. Und der gefährlichste Abschnitt einer jeden Reise war noch immer ihr Beginn gewesen, wenn man mit einer neuen Besatzung, die noch nicht einmal richtig eingeteilt, geschweige denn eingetrimmt war, zum erstenmal in See ging. Grade wenn man am wenigsten darauf

gerüstet war, fügte es ein böses Schicksal allzu leicht, daß man einem Gegner in die Arme lief.
Heute liefen sie nun ohne alle diese Sorgen aus. Das war ein ganz ungewöhnliches Erlebnis, etwas Neues — so neu wie es war, Maria an Land zurückzulassen. Er versuchte, diesen Gedanken von sich abzuschütteln, und hätte ihn am liebsten achteraus entschwinden sehen, wie die Boje, die da eben an Steuerbord vorüberglitt. So war es ihm denn nur willkommen, als Prowse mit einem Zettel in der Hand auf ihn zutrat und erst nach dem Kommandowimpel, dann nach der Kimm sah, um abzuschätzen, wie sich das Wetter entwickeln würde.
»Der Kurs nach Ouessant ist Südwest zu West ein halb West, Sir«, sagte er. »Wenn wir an der Boje über Stag gehen, können wir das mit dichten Schoten anliegen.«
»Danke, Mr. Prowse, schreiben Sie den Kurs an die Tafel.«
»Aye, aye, Sir.«
Prowse freute sich über dieses Zeichen des Vertrauens, er ahnte natürlich nicht, daß Hornblower schon gestern zu demselben Ergebnis gekommen war, als er sich am Nachmittag durch den Kopf gehen ließ, was er tags darauf zu veranlassen hatte. Eine wässrige Morgensonne warf eben ihre ersten Strahlen auf die grünen Höhen der Isle of Wight.
»Dort ist die Boje, Sir«, sagte Prowse.
»Danke. Mr. Cargill, gehen Sie bitte über Stag.«
»Aye, aye, Sir.«
Hornblower zog sich nach achtern zurück. Er wollte nicht nur beobachten, wie Cargill manövrierte, sondern auch, wie sich die Hotspur dabei benahm. Man mußte ja damit rechnen, daß es zu Feindseligkeiten kam, dann aber hingen Gedeih oder Verderb, Freiheit oder Gefangenschaft nicht nur möglicherweise, sondern sogar höchstwahrscheinlich davon ab, wie die Hotspur durch den Wind ging, ob sie überhaupt ein »handiges« Schiff war oder nicht.
Cargill zählte erst dreißig Jahre, machte aber mit seinem roten Gesicht und seiner korpulenten Gestalt einen älteren Eindruck. Im Augenblick war er offenbar krampfhaft bemüht zu vergessen, daß Kommandant, Erster Offizier und Segelmeister zugleich mit höchst kritischen Blicken verfolgten, wie er mit diesem Wendemanöver fertig wurde. Er stand neben dem Ruder, blickte mit gespielter Ruhe zu den Segeln hinauf und dann achteraus auf das Kielwasser. Hornblower sah, wie sich seine am Schenkel herabhängende Rechte immerzu öffnete und schloß. Das mochte ein Zeichen von Aufregung sein, vielleicht war es aber

auch nur eine gewohnheitsmäßige Geste des Rechnens oder Zählens. Die Männer der Wache waren vollzählig auf Manöverstationen, für Hornblower waren sie alle unbeschriebene Blätter, es war darum bestimmt von Nutzen, wenn er nebenbei auch ihr Verhalten im Auge behielt.

Jetzt sah man deutlich, wie sich Cargill zusammenriß – offenbar sollte es nun losgehen. Da kam auch schon das erste Ruderkommando.

»Rhee!« brüllte er, aber sein Kraftaufwand nützte wenig, weil ihm mitten im Schreien die Stimme überschnappte.

»Los Vorschoten!« Auch diesmal ging es nicht viel besser. Bei Sturm wäre das Kommando ungehört verweht, heute, bei dem ruhigen Wetter drang es noch bis nach vorn durch. Klüver und Vormarssegel begannen zu killen.

»Hol auf Halsen und Schoten!«

Die Hotspur drehte in den Wind und legte sich auf ebenen Kiel. Sie kam, langsam, aber sie kam. Wie? Blieb sie etwa doch im Winde stekken?

»Rund achtern! Hol die Großbrassen, hol!«

Dies war der entscheidende Augenblick. Die Männer verstanden sich auf ihr Handwerk. Im Handumdrehen waren die Backbordbuliens und -brassen losgeworfen, dann wurden die Steuerbordbrassen kunstgerecht im Laufschritt geholt oder wie man sagt »aufgelaufen«. Die Rahen schwangen herum, aber die Hotspur sprach nicht mehr darauf an. Sie verweigerte den Gehorsam und blieb genau im Wind liegen. Gleich darauf fiel sie mit killenden Segeln zwei Strich nach Backbord zurück und hatte nun auch den letzten Rest Fahrt verloren. Wie in Fesseln geschlagen trieb das Schiff hilflos dahin, bis man es sachgemäß aus seiner Lage befreite.

»Auf Legerwall wäre das eine saubere Sache, Sir«, meinte Bush.

»Abwarten«, sagte Hornblower. Cargill sah sich nach ihm um, als erwartete er einen Befehl. Das machte sich nicht gut. Hornblower hätte es bedeutend lieber gesehen, wenn er aus eigenem Antrieb weiter bemüht geblieben wäre, das verunglückte Manöver kunstgerecht zu beenden.

»Machen Sie weiter, Mr. Cargill.«

Die Männer machten einen guten Eindruck, sie verhielten sich mäuschenstill und warteten gespannt auf die nächsten Befehle.

Cargill trommelte mit den Fingern aufgeregt an seinem rechten Bein, es half ihm nichts, zum eigenen Besten mußte er ganz allein dieser häßlichen Lage Herr werden. Hornblower sah, wie sich seine Finger

zur Faust ballten, sah, wie er sich zusammenriß und einen raschen Blick voraus und achteraus warf. Die HOTSPUR nahm langsam Fahrt über den Achtersteven auf, weil der Wind in die back stehenden Segel drückte.
Jetzt, jetzt fand Cargill den Absprung. Ein scharfes Kommando, und das Ruder wirbelte hart steuerbord, ein zweiter Befehl, und die Rahen schwenkten schwerfällig wieder zurück. Einen Augenblick schien die HOTSPUR widerwillig zu zögern, dann fiel sie träge auf den Backbordbug zurück und nahm gehorsam Fahrt voraus auf, als Cargill just im richtigen Augenblick das Ruder den anderen Weg legen ließ und die Rahen hart an den Wind braßte. Seeraum gab es hier in Fülle. Keine gefährliche Leeküste gebot sofort wieder zu wenden, darum konnte Cargill ruhig zuwarten, bis alle Segel richtig zogen und die HOTSPUR so viel Fahrt lief, daß das Ruder gut ansprach. Ja, er hatte sogar den sehr klugen Einfall, das Schiff einen guten Strich abfallen zu lassen, um für den nächsten Versuch möglichst viel Schwung zu holen. Nur daß er seine Befehle etwas zu hastig und aufgeregt gab, wollte Hornblower nicht recht gefallen; er hätte sich zu dem ganzen Manöver ruhig ein paar Minuten mehr Zeit lassen können.
»Klar bei Vorschoten!« befahl Cargill jetzt von neuem und begann gleich wieder mit den Fingern nervös an seinem Bein zu trommeln.
Aber sein Kopf war immerhin so klar, daß er alle Befehle in der richtigen Folge und zur rechten Zeit gab, wie es sich gehörte. Die HOTSPUR schoß wieder in den Wind, Schoten und Brassen wurden schnell und gewandt bedient. Und wieder kam der lähmende Augenblick, da die Drehung stockte, man konnte in der Tat meinen, sie wollte die Wendung ein zweites Mal versagen. Aber diesmal hatte sie doch ein klein wenig mehr Schwung, und dazu kam ein günstiges Zusammentreffen von Wind und See, so daß sie die letzten paar kritischen Grade glücklich überwand. Es war geschafft, die HOTSPUR war durch den Wind.
»Voll und bei!« befahl Cargill dem Rudergänger, und seine Stimme verriet deutlich, daß ihm jetzt leichter ums Herz war. »Rund vorn! Hol die Schoten und Brassen!«
Als das Manöver beendet war, wandte er sich seinen Vorgesetzten zu, um ihre Kritik entgegenzunehmen. Der Schweiß perlte in dicken Tropfen auf seiner Stirn. Hornblower merkte, wie Bush neben ihm schon Luft holte, um den armen Kerl zusammenzustauchen. Bush vertrat ja mit Überzeugung die Ansicht, daß dem Untergebenen bei passender Gelegenheit eine gründliche Abfuhr nicht schaden konnte, und hatte

mit dieser Meinung auch in der Regel recht. Aber diesmal lagen die Dinge eben doch anders, irgend etwas stimmte da nicht, Hornblower hatte sehr genau verfolgt, wie sich die HOTSPUR benahm.
»Schon gut, Mr. Cargill«, sagte er, und der wandte sich froh und erleichtert ab.
Bushs Blick verriet, daß ihm diese Milde seines Kommandanten nicht recht einleuchten wollte.
»Das Schiff ist zu vorlastig«, erklärte Hornblower, »darum bleibt es im Wind hängen und verweigert das Abfallen.«
»Das könnte sein«, meinte Bush zweifelnd.
Da der Bug der HOTSPUR dem Wasser mehr Widerstand bot als das Heck, benahm sie sich wie eine Wetterfahne, indem sie das Vorschiff hartnäckig im Wind hielt.
»Wir müssen versuchen, das zu ändern. So kann es auf keinen Fall bleiben, das Schiff muß umgetrimmt werden, so daß es achtern mindestens einen halben Fuß tiefer geht. Welche Gewichte können wir zu diesem Zweck verlagern?«
»Hm«, machte Bush.
Er malte sich aus, wie es in den Eingeweiden der HOTSPUR aussah, wo jeder verfügbare Winkel mit Vorräten vollgestopft war. Es war eine herkulische Leistung gewesen, das kleine Schiff seeklar zu machen, nur unter Aufgebot größten Scharfsinnes hatte man für alles Platz gefunden, was nicht entbehrt werden konnte. Wie sollte man diese Gewichte jetzt verschieben? Ausgeschlossen! — Doch, so mochte es gehen!
»Vielleicht ...« fuhr Bush fort, und im nächsten Augenblick waren die beiden ganz in eine Erörterung technischer Fragen vertieft.
Prowse trat grüßend auf sie zu und meldete, daß die HOTSPUR eben Ouessant anliegen könne. Bush spitzte die Ohren, als er den Namen Ouessant hörte, Prowse aber war sofort eifrig dabei, über die Änderung der Trimmlage des Schiffes mitzureden. Sie mußten beiseite treten, um für das allstündliche Loggen Platz zu machen, der Wind schlug ihnen die Rockschöße um die Beine, aber jetzt war man endlich, endlich in See, die gräßliche Zeit des Ausrüstens und Seeklarmachens war überstanden, und das andere — wie sollte man es doch nennen — ja, der Rausch, der Rausch der Hochzeitstage war auch vorüber. Das Leben nahm wieder seinen geregelten Lauf, man durfte vor allem wieder etwas schaffen, so wie eben jetzt, da sie versuchten, der HOTSPUR durch wohlüberlegte Änderungen Leben einzuhauchen.
Bush und Prowse besprachen sich noch immer eifrig über die Trimm-

lage des Schiffes und die Möglichkeit, sie zu ändern, als Hornblower aus seinem Sinnen erwachte.

»An beiden Seiten ist doch die achterste Stückpforte frei«, sagte er. Wie so oft, war ihm auch diesmal wieder eine verblüffend einfache Lösung des Problems eingefallen, während er sich in Gedanken gerade mit ganz anderen Dingen befaßte. »Wir könnten doch die zwei vordersten Geschütze nach achtern bringen.«

Prowse und Bush ließen ihre eigenen Pläne fallen und befaßten sich sofort mit der Idee ihres Kommandanten. Hornblower selbst machte sich mit seinem wachen Verstand sogleich daran, die mathematischen Auswirkungen seines Vorhabens zu überschlagen. Die Neunpfünder der Hotspur wogen je sechsundzwanzig Zentner. Wenn man die Lafetten und die Bereitschaftsmunition dazurechnete, die ja ebenfalls achteraus gebracht werden mußten, ergab das eine Gewichtsverschiebung von insgesamt vier Tonnen. Diese vier Tonnen – Hornblower nahm mit den Augen Maß – befanden sich jetzt vierzig Fuß vor dem Schwerpunkt des Auftriebs und sollten an eine Stelle kommen, die dreißig Fuß hinter diesem Punkt lag. Obwohl die Hotspur vierhundert Tonnen verdrängte, war die Hebelkraft dieser Gewichtsverlagerung doch wohl etwas zu groß.

»Ob sie uns damit nicht zu achterlastig wird?« gab Prowse zu erwägen, als er zwei Minuten nach Hornblower zu dem gleichen Ergebnis kam.

»Ja, Sie haben recht. Wir nehmen also nicht das erste, sondern das dritte Geschütz. Dann dürfte die Rechnung genau stimmen.«

»Und die Lücke in unserer Batterie?« gab Bush kopfschüttelnd zu bedenken. »Was macht das für einen Eindruck, Sir?«

Ja, diese Lücke fiel auf wie ein fehlender Schneidezahn. Sie klaffte in beiden sorgfältig ausgerichteten Batterien, so daß man meinen mochte, das Schiff sei mit der Ausrüstung nicht ganz fertig geworden.

»Ein häßliches Schiff, das schwimmt«, sagte Hornblower, »ist mir immer noch lieber als ein noch so schönes, das sich auf Legerwall auf die Felsen setzt.«

»Jawohl, Sir«, sagte Bush und würgte die bittere Pille gehorsam hinunter.

»Wenn mehr Vorräte verbraucht sind, können wir ja den Schönheitsfehler wieder beseitigen«, beruhigte ihn Hornblower. »Und jetzt bitte ich Sie, die Arbeit gleich in Angriff zu nehmen.«

»Aye, aye, Sir«, sagte Bush und wandte sich sofort den praktischen Problemen zu, die sich ergaben, wenn man Geschütze über ein schlingerndes Deck von einer Stelle zur anderen bringen sollte. »Ich werde die Rohre mit Stagtakeln aus den Lafetten heißen und auf eine Matte fieren lassen . . .«

»Ausgezeichnet, Mr. Bush, ich bin überzeugt, daß Sie genau wissen, wie die Aufgabe anzupacken ist.«

Kein vernünftiger Mensch hätte sich einfallen lassen, ein Geschütz in seiner Lafette über ein schwankendes Deck zu bewegen – es wäre im nächsten Augenblick auf und davon gerollt. Nein, dazu mußte man das Rohr allein auf eine Matte legen, daß es sich nicht rühren konnte, um es dann samt seiner Unterlage dorthin zu holen, wo man es haben wollte. An Ort und Stelle heißte man es dann wieder in seine Lafette. Bush befahl dem Bootsmann, Mr. Wise, sofort Stagtaljen anzuschlagen.

»Wir werden die Klarschiffrolle ändern müssen«, entfuhr es Hornblower, als ihm der Gedanke durch den Kopf schoß, daß man ja nun die Geschützbedienungen neu einteilen mußte.

»Aye, aye, Sir«, sagte Bush. Die Disziplin verbot es ihm, seinem Ärger über diese Bemerkung anders Luft zu machen als durch eine kaum hörbare Schärfe im Ton seiner Antwort. Es gehörte zu seinen Pflichten als Erster Offizier, diese Dinge zu regeln, der Kommandant brauchte ihn nicht erst daran zu erinnern. Hornblower war denn auch gleich bemüht, seine Entgleisung wiedergutzumachen.

»Bitte, führen Sie alles Weitere nach Ihrem Ermessen durch, Mr. Bush«, sagte er. »Melden Sie mir, wenn die Geschütze versetzt sind.«

»Aye, aye, Sir.«

Auf dem Weg nach seiner Kajüte ging Hornblower über das Achterdeck. Dabei kam er an Cargill vorüber, der eben das Anschlagen der Stagtaljen beaufsichtigte.

»Wenn wir die Geschütze versetzt haben«, sagte er zu ihm, »ist das Schiff bestimmt leichter über Stag zu bringen. Dann werde ich Ihnen noch einmal Gelegenheit geben, Ihre Kunst zu zeigen.«

»Besten Dank, Sir«, erwiderte Cargill. Es war ihm anzusehen, daß ihm sein mißlungenes Manöver immer noch schwer zu schaffen machte. Nachdenklich setzte Hornblower den Weg zur Kajüte fort. In dem komplizierten Getriebe eines Schiffes mußte jedes Rädchen geölt werden, damit es sich leicht und willig bewegte, und es war eine der Pflichten des Kommandanten, dafür zu sorgen. Der Posten Kajüte nahm Haltung an, als er eintrat. Sein Blick wanderte flüchtig über die Einrichtung, die wirklich nur aus dem Allernötigsten bestand. An den Decksbalken baumelte seine Schwingkoje, es gab nur einen einzigen Stuhl, an der einen Schottwand hing ein Spiegel und darunter in einem hölzernen Rahmen ein Waschbecken aus Segeltuch. Am Schott gegenüber war sein Schreibtisch mit Eisenklammern befestigt, unter ihm stand seine Seekiste. Eine Segeltuchbahn, die als Vorhang von einem Decksbalken herabhing, ersetzte den Kleiderschrank, indem sie die dahinterhängenden Sachen dem Blick entzog. Das war alles, für mehr gab es keinen Platz. Aber gerade die Winzigkeit dieser Kajüte war in einer Hinsicht von Vorteil. Sie lag ganz achtern und bot keinen Raum für Geschütze. Darum war es auch nicht nötig, ihre Einrichtung bei Klarschiff jedesmal in aller Hast aus dem Weg zu räumen. Die paar bescheidenen Sachen – für ihn waren sie Luxus und Reichtum, für ihn bedeuteten sie alles Glück der Welt. Neun Tage – nein, zehn war es jetzt schon her –, da lief er noch als Leutnant auf Halbsold herum, dem zu allem Überfluß die Bezüge gesperrt worden waren, weil die Admiralität seine Beförderung wegen des Friedens von Amiens nicht mehr bestätigt hatte. Er ahnte buchstäblich nicht, wo er die nächste Mahlzeit hernehmen sollte. An einem einzigen Abend war dann die wunderbare Wendung eingetreten. Zuerst hatte er beim Whist ein paar hohen Offizieren, von denen einer Lord der Admiralität war, fünfundvierzig Pfund abgenommen, am gleichen Tage hatte der König das Parlament durch eine Note von dem Beschluß der Regierung unterrichtet, die Navy aufs neue zu mobilisieren. Da hatte man ihn zum Commander befördert und zugleich zum Kommandanten der HOTSPUR ernannt, mit dem Auftrag, das Schiff ohne Verzug seeklar zu machen. Jetzt wußte er, wo er die nächste Mahlzeit herbekam, wenn sie auch nur aus Salzfleisch und Hartbrot bestand. Und dazu kam – weniger zufällig, denn als Folge dieses plötzlichen Wandels der Dinge – daß er sich Hals über Kopf mit Maria verlobte und sie in allzu jungen Jahren zum Traualtar führte.

Das dumpfe Dröhnen des Rumpfes verriet, daß eben eines der Neunpfünderrohre achteraus geschafft wurde. Das war wieder einmal rasche Arbeit, wie man sie von Bush erwarten konnte. Auch er war vor zehn Tagen noch Leutnant auf Halbsold gewesen, als ihn Hornblower, der wesentlich jüngere, schüchtern und auf eine Abfuhr gefaßt, fragte, ob er Lust hätte, unter ihm Erster Offizier der HOTSPUR zu werden, als einziger Leutnant, für den es auf einer kleinen Korvette eine Stelle gab. Er war überrascht und fühlte sich sehr geschmeichelt, als er sah, mit welcher Begeisterung Bush auf sein Angebot einging.

»Ich hatte wohl gehofft, daß Sie mich fragen würden, Sir«, hatte Bush gesagt, »dennoch konnte ich im Ernst nicht glauben, daß Sie mich als Ersten Offizier haben wollten.«

»Ich wüßte nicht, wer mir lieber wäre«, antwortete Hornblower darauf. In diesem Augenblick hätte er um ein Haar das Gleichgewicht verloren, denn die HOTSPUR hob mit einem Male ihren Bug, holte weit nach Lee über und schwang zuletzt das Heck in die Höhe, wie es bei hart am Wind segelnden Schiffen so üblich ist. Also war sie jetzt aus dem Lee der Insel Wight heraus und begegnete daher der vollen Wucht des Seegangs, der in den Kanal hereinstand. Wie töricht war es wieder einmal gewesen, daß er damit so wenig gerechnet hatte. Im Lauf der letzten zehn Tage war ihm die Seekrankheit wohl dann und wann einmal eingefallen, allein er hatte sich frisch und fröhlich eingebildet, die achtzehn Monate an Land hätten ihn von dieser dummen Schwäche befreit. Heute morgen hatte er schon gar nicht mehr daran gedacht, weil es viel zuviel zu tun gab. Aber jetzt, im ersten Augenblick der Muße, war das Elend auch schon da. Er hatte seine Seebeine verloren – beim nächsten Überholen taumelte er krachend gegen das Schott – und zugleich fühlte er, daß ihm schlecht wurde. Kalter Schweiß trat ihm auf die Stirn, die erste Welle der Übelkeit stieg in ihm auf. Noch fand er Zeit zu einem bitteren Scherz – hatte er sich nicht eben beglückwünscht, daß er jetzt wußte, woher die nächste Mahlzeit kommen werde, nun, im Augenblick wußte er bestimmt noch weitaus besser, wohin die letzte Mahlzeit ihren Weg nehmen sollte. Dann aber packte ihn das Elend mit grausamer Härte.
Mit dem Gesicht nach unten hatte er sich quer über seine Schwingkoje geworfen. Da hörte er das Rumpeln von Lafettenrädern und war gerade noch in der Lage, daraus zu folgern, daß Bush die Rohre achteraus geschafft hatte und nun die Lafetten nachholte. Aber wie wenig ging ihn jetzt das alles noch an! Sein Magen krampfte sich aufs neue zusammen, und damit war seine ganze Umwelt wie weggewischt. Sein eigenes Leiden füllte ihn vollkommen aus, er konnte nichts anderes mehr denken. Halt, was war das? Hieb da nicht jemand mit aller Kraft gegen seine Tür? Mühsam machte er sich klar, daß dieser Lärm wohl mit einem leisen Klopfen begonnen haben mußte, das seiner Aufmerksamkeit entgangen war.
»Was ist los?« krächzte er heiser.
»Meldung vom Steuermann, Sir«, sagte eine unbekannte Stimme, »von Mr. Prowse.«
Er mußte sich anhören, was das war. Mühsam erhob er sich von der Koje, taumelte an den Schreibtisch und warf sich auf seinen Stuhl. Mit hochgezogenen Schultern beugte er sich über die Tischplatte, so daß man sein Gesicht nicht sehen konnte. »Herein!« rief er.

Als die Tür aufging, hörte man plötzlich in voller Stärke den Lärm, der schon eine ganze Weile hereingedrungen war.
»Was ist los?« wiederholte Hornblower. Er hoffte, daß er mit seiner gebeugten Haltung den Anschein erweckte, als nähme ihn der Papierkrieg des Schiffes ganz und gar in Anspruch.
»Meldung von Mr. Prowse, Sir«, sagte wieder die Stimme, die Hornblower beim besten Willen nicht zu identifizieren wußte, »der Wind frischt auf und schralt, Schiff kann nicht mehr Kurs halten, Sir.«
»Gut, ich komme.«
»Aye, aye, Sir.«
Es ließ sich nicht vermeiden, er mußte an Deck. Langsam erhob er sich und hielt sich mit einer Hand am Schreibtisch fest, während er mit der anderen die Uniform zurechtzog. Dann riß er sich noch einmal mit aller Kraft zusammen und taumelte auf das Achterdeck. Hatte er denn wirklich alles vergessen? Wußte er nicht mehr, wie frisch der Wind auf See blies, wie die Takelage in den Böen heulte, wie das Deck unter unsicheren Schritten schwankte? Als das Heck jetzt wieder stieg und stieg, riß es ihn einfach nach vorn. Vergeblich suchte er die Würde zu wahren und brachte es eben zur Not noch fertig, an den Finknetzen Halt zu finden, ehe Schlimmeres geschah. Prowse kam sofort auf ihn zu.
»Der Kurs ist jetzt West zu Süd, Sir«, sagte er. »Ich mußte das Schiff zwei Strich abfallen lassen, der Wind schießt anscheinend nach Westen aus.«
»Ja, es hat den Anschein«, sagte Hornblower. Er warf einen langen Blick auf Himmel und See und zwang sich nachzudenken: »Wie steht denn das Barometer?«
»Es ist kaum gefallen, Sir. Aber ich schätze, daß der Wind vor Dunkelwerden auffrischen wird, Sir.«
»Vielleicht haben Sie recht.«
Jetzt erschien Bush und legte grüßend die Hand an den Hut, den er tief in die Stirn gezogen hatte.
»Die Geschütze sind nach achtern versetzt und festgelascht, Sir.«
»Danke.«
Hornblower nahm die Hand nicht von den Hängemattskästen und hielt den Blick starr nach vorn gerichtet. Er wandte sich weder Bush nach der einen noch Prowse nach der anderen Seite zu, damit keinem von beiden sein blasses Landrattengesicht auffiel. Dabei versuchte er angestrengt, sich die Seekarte des Kanals zu vergegenwärtigen, die er gestern so eifrig studiert hatte. Zwischen Start Point und den Casquets waren nur zwanzig Meilen Seeraum: traf er jetzt eine falsche Ent-

scheidung, so hielt ihn widriger Wind womöglich tagelang innerhalb dieser Linie fest.

»Auf diesem Kurs kommen wir gerade noch von Start Point frei«, gab Prowse zu erwägen. Just in diesem Augenblick wurde Hornblower von einem Anfall besonders heftiger Übelkeit heimgesucht, den er nur durch unablässiges Auf- und Abrennen zu bannen vermochte. Nein, er hatte durchaus keine Lust, einfach zu tun, was ihm Prowse nahelegte. Das schoß ihm eben durch den Kopf, als er wieder einmal kehrtmachte und dabei Cargill ins Gesichtsfeld bekam, der neben dem Ruder stand. Richtig, Cargills Wache war ja noch nicht zu Ende – und dieser Umstand zusammen mit Bushs Meldung und Prowses Drängen brachte Hornblowers Entschluß vollends zur Reife.

»Nein«, sagte er zu Prowse gewandt, »wir wollen nicht durchhalten, wir wollen wenden.«

»Aye, aye, Sir«, sagte Prowse und verriet durch sein ganzes Gebaren, daß er anderer Meinung war.

Hornblower wandte den Blick wieder Cargill zu und versuchte ihn durch Fixieren auf sich aufmerksam zu machen, weil er den Halt an den Hängemattskästen auf keinen Fall aufgeben wollte.

»Mr. Cargill«, sagte er schließlich, »jetzt, nachdem der Trimm geändert ist, können Sie uns noch einmal zeigen, wie Sie das Schiff über Stag bringen.«

»Aye, aye, Sir«, war Cargills Antwort. Was hätte der arme Teufel als Antwort auf einen eindeutigen Befehl auch anderes sagen sollen? Man sah ihm an, wie aufgeregt er war. Er eilte wieder ans Ruder und nahm das Megaphon aus seinen Stroppen, damit man ihn bei dem frischen Wind auch hörte.

»Klar zum Wenden!« rief er über Deck, und sein Befehl erhielt durch die Pfeifen der Bootsmannsmaate und das Gebrüll Mr. Wises sofort den nötigen Nachdruck. Die Männer eilten auf ihre Manöverstationen, Cargill blickte noch einmal prüfend nach Wind und Seegang. Jetzt war es gleich soweit. Hornblower sah, wie er sich krampfhaft schluckend zusammenriß, dann kam der Befehl für das Ruder: »Rhee!« Diesmal trommelte er mit den Fingern der Linken auf seinem Bein, weil er die Rechte für das Megaphon brauchte. Die HOTSPUR legte sich auf ebenen Kiel, während die Männer die Schoten und Halsen bedienten. Sie drehte – sie drehte!

»Rund achtern!« brüllte Cargill durchs Megaphon. Hornblower meinte, er an seiner Stelle hätte damit noch drei oder vier Sekunden gewartet, aber er war seiner Sache nicht sicher, denn die Seekrankheit beeinträchtigte seine Urteilskraft, und außerdem konnte er hier, wo er stand, und mit achteraus gerichtetem Blick, bestimmt nicht fühlen, wie sich das Schiff benahm. Der Erfolg zeigte alsbald, daß Cargill im Recht war, oder doch Glück hatte, denn die HOTSPUR drehte ohne Zögern durch den Wind.

»Luv das Ruder!« schrie Cargill dem Rudergänger zu, und der ließ das Rad herumwirbeln, daß die Speichen flimmerten. So wurde der Dreh des Schiffes abgefangen, als es weiter abfallen wollte. Ein paar Männer holten mit aller Kraft am Fockhals, andere setzten die Buliens steif. Die HOTSPUR lag nun auf dem anderen Bug, sie war so leicht und willig über Stag gegangen, wie man es sich nur wünschen konnte. Hornblower trat ans Ruder.

»Wie steuert das Schiff?« fragte er den Rudergänger.

Der kam mit dem Rad ein paar Speichen auf und behielt dabei das Luvliek des Großmarssegels im Auge; als das Schiff abzufallen begann, brachte er es gleich wieder an den Wind.

»Sehr luvgierig ist es nicht, Sir«, gab er dann zur Antwort. »Höchstens ein klein wenig, es ist kaum der Rede wert, Sir. Ein bißchen Leeruder genügt jetzt vollkommen?«

»So muß es auch sein«, sagte Hornblower. Bush und Prowse hatten während des ganzen Manövers kein Wort verloren, da es auch wirklich nichts zu bemerken gab.

Und Cargill – ja, dem wollte er noch was Nettes sagen, er hatte es verdient.

»Na«, meinte er, »jetzt werden Sie wohl besser schlafen, wenn Ihre Wache um ist, wie?«

»Jawohl, Sir«, sagte Cargill, »besten Dank, Sir.«

Cargill verzog sein rotes rundes Gesicht zu einem breiten Lächeln, im gleichen Augenblick wurde die HOTSPUR von einer See angehoben und hart nach Lee übergelegt. Die unerwartet heftige Bewegung raubte Hornblower das Gleichgewicht, er taumelte über das schrägliegende Deck, bis er an Cargills breiter Brust Halt fand. Glücklicherweise war Cargill ein schwerer Mann, der fest auf den Beinen stand und den Stoß sicher auffing, sonst hätte es sein können, daß er samt seinem Kommandanten hilflos nach Lee getorkelt und im Wassergang gelandet wäre. Hornblower wollte vor Scham vergehen. Wo waren seine Seebeine geblieben? Eine Landratte konnte sich nicht tölpelhafter benehmen. Wie er Cargill, Bush und Prowse beneidete, die so sicher auf ihren Beinen standen und die Bewegungen des Schiffs so behende abfingen! Er hätte sie in diesem Augenblick allesamt hassen können.

Und obendrein sah es so aus, als ob ihn sein Magen aufs neue vor aller Welt blamieren wollte. Das durfte auf keinen Fall sein, darum bot er jetzt das letzte bißchen Haltung auf, das ihm noch zu Gebote stand, und wandte sich steifbeinig an seinen Ersten Offizier.

»Mr. Bush«, sagte er, »lassen Sie mir bitte melden, wenn eine Kursänderung nötig werden sollte.«

»Aye, aye, Sir.«

Das Deck tanzte auf und nieder, aber er wußte, daß seine Bewegungen längst nicht so heftig waren, wie ihn seine verstörten Sinne glauben machten. Er zwang sich, den Weg achteraus in seine Kajüte in einiger Haltung zurückzulegen. Zweimal mußte er stehenbleiben, um sich festzuhalten, und da die HOTSPUR gerade im unpassendsten Augenblick wieder ihren Bug besonders hoch hob, wäre er an dem Posten vor seiner Kajüte beinahe richtig vorbeigestürzt, jedenfalls ging er rascher, als es sich für einen Kommandanten geziemte, und taumelte schließlich mit einigem Schwung gegen seine Tür. Daß der Posten eine Pütz neben sich an Deck stehen hatte, wirkte alles andere als beruhigend, der Anblick machte sein Elend ganz im Gegenteil nur noch schlimmer. Mühsam öffnete er die widerspenstige Tür, dann stand er einen Augenblick wie von Geisterhand festgehalten, als die HOTSPUR mit dem Heck in der Luft einstampfte, und stürzte zuletzt aufstöhnend mit dem Oberkörper über seine Koje. Seine Füße schleiften über Deck, so oft die Koje im Seegang hin- und herschwang.

4

Hornblower saß in seiner Kajüte am Schreibtisch und hielt ein Paket in der Hand. Vor fünf Minuten hatte er seine Seekiste aufgeschlossen und das Paket herausgeholt, in weiteren fünf Minuten durfte er es öffnen, insofern sein gegißter Schiffsort stimmte. Das Paket hatte ein erstaunliches Gewicht, so daß man meinen konnte, es sei mit Blei oder Eisen beschwert. Allerdings sah es Admiral Cornwallis durchaus nicht ähnlich, daß er seine Kommandanten mit Sendungen von Schrot oder Eisenstücken bedachte. Vier große ungebrochene Siegel bildeten den Verschluß, auf der Hülle aus Segeltuch stand mit Tinte geschrieben:

»Instruktionen für den Hochwohlgeborenen Herrn Horatio Hornblower, Korvettenkapitän und Kommandant Seiner Majestät Korvette HOTSPUR. Zu öffnen bei Passieren des sechsten Grads westlicher Länge von Greenwich.«

Ein versiegelter Befehl. Hornblower hatte seit Beginn seiner Laufbahn immer wieder davon reden hören, jetzt hatte er zum erstenmal selbst einen in Händen. Am Nachmittag nach seiner Hochzeit war das Paket an Bord gesandt worden, und er hatte seinen Empfang bestätigt. Und heute, eben um diese Stunde, passierte sein Schiff den sechsten Längengrad, die Fahrt nach dem Westausgang des Kanals war erstaunlich glatt verlaufen, nur während einer einzigen Wache war es nicht möglich gewesen, Kurs zu steuern. Ein Glück, daß er gewendet hatte, um Cargills Selbstvertrauen wieder aufzurichten: der Wind war nicht nennenswert nach Westen ausgeschossen, und selbst das nur für kurze Zeit. Die HOTSPUR hatte sich nicht in die Lyme-Bucht einschließen lassen und war sauber in Luv der Casquets vorbeigelaufen, das alles nur als Folge jenes glücklichen Befehls. Hornblower merkte deutlich, daß er Prowse als Nautiker und Wetterprophet Achtung abgenötigt hatte. Das war ohne Zweifel von Vorteil. Prowse sollte auf keinen Fall dahinterkommen, daß der rasche Verlauf der Reise nur dem Glück, dem Zusammentreffen günstiger Umstände zu verdanken war.
Hornblower warf einen Blick auf seine Uhr und rief mit erhobener Stimme nach dem Posten vor seiner Tür.
»Mr. Bush soll zu mir kommen.«
Hornblower hörte, wie der Posten rief und wie sein Ruf über das Achterdeck weitergegeben wurde. Die HOTSPUR hob sich in einer langen, langen Stampfbewegung und holte dabei kaum merklich über. Die mächtige atlantische Dünung, in deren Bereich sie nun gelangt waren, gab dem Schiff ganz andere – nach Hornblowers Meinung viel angenehmere – Bewegungen, jedenfalls wurde nun seine leidige Seekrankheit sehr rasch besser. Bush ließ sich lange nicht blicken, offenbar war er nicht auf dem Achterdeck, vielleicht machte er gerade ein Schläfchen oder es beschäftigte ihn irgendein anderes außerdienstliches Anliegen. Wie dem auch war, es schadete ihm nichts und kam ihm bestimmt auch nicht überraschend, daß er so plötzlich aufgescheucht wurde, denn das hatte man in der Navy stets zu gewärtigen.
Endlich klopfte es an der Tür, und Bush kam herein.
»Sir?«
»Ah, Mr. Bush«, sagte Hornblower steif. Bush war sein bester Freund, aber wenn es um eine dienstliche Maßnahme ging, galt es eben vor allem, die Form zu wahren. »Können Sie mir für den gegenwärtigen Augenblick den Schiffsort angeben?«
»Nein, Sir, nicht genau, Sir«, stammelte Bush mit ratlosem Ausdruck. »Soviel ich weiß, peilt Ouessant Ost in zehn Meilen Abstand.«

»Zur Zeit befinden wir uns auf sechs Grad und einigen Sekunden westlicher Länge, die Breite ist achtundvierzig Grad vierzig Minuten, aber die ist für uns jetzt ohne Belang — seltsamerweise, nicht wahr? Wesentlich ist nur die Länge. Wollen Sie die Güte haben, dieses Paket in Augenschein zu nehmen?«

»Oh, jetzt verstehe ich, Sir«, sagte Bush, als er die Aufschrift gelesen hatte.

»Bitte überzeugen Sie sich, daß die Siegel unverletzt sind.«

»Das sind sie, Sir.«

»Dann wollen Sie bitte die Güte haben, nach dem Verlassen der Kajüte sogleich festzustellen, auf welcher Länge wir uns befinden, um notfalls bezeugen zu können, daß ich meinen Befehl ausgeführt habe.«

»Das soll geschehen, Sir«, sagte Bush. Dann folgte Schweigen. Erst als er nach einer ganzen Weile merkte, daß Hornblower die Unterredung als beendet ansah, ließ er ein verlegenes »Aye, aye, Sir« folgen.

Warum erlag er nur immer wieder der Versuchung, den guten Bush zu veralbern? Das fragte sich Hornblower, als Bush die Tür hinter sich geschlossen hatte. Er durfte sich darin nicht mehr so gehenlassen, sonst gab es womöglich Verdruß. Außerdem war dieser Spaß sehr unwürdig, Bush war ja so leicht zu treffen wie ein Vogel, der auf dem Ast saß.

Über diesen Gedanken hatte sich die aufregende Öffnung des Geheimbefehls noch um einiges verzögert. Aber jetzt zog Hornblower sein Federmesser und schnitt die Naht der Umhüllung auf. Im nächsten Augenblick fand auch das Gewicht des Pakets seine Erklärung: Es enthielt drei Rollen Münzen — lauter Goldstücke. Hornblower breitete sie vor sich auf dem Schreibtisch aus. Es waren ihrer fünfzig kleine, nicht größer als Sixpencestücke, zwanzig größere und zehn ganz große. Die nähere Prüfung ergab, daß die mittelgroßen französische Zwanzigfrancstücke waren; sie glichen dem, das ihm Lord Parry vor acht oder vierzehn Tagen gezeigt hatte. Auf der Vorderseite stand: »Napoleon Erster Konsul«, auf der Rückseite »Französische Republik«. Die kleinen waren Zehnfrancstücke, die ganz großen galten vierzig Francs. Alle zusammen ergaben eine beträchtliche Summe Geldes, es waren bestimmt über fünfzig Pfund, ohne den Aufpreis für Gold gerechnet, der in England mit seiner schäbigen Papierwährung ganz bestimmt darüber hinaus zu entrichten war.

Auch die Bestimmungen lagen bei, die ihm erklärten, wozu das Geld dienen sollte. »Sie werden hiermit angewiesen ...«, hieß es nach ein paar einleitenden Sätzen. Hornblower sollte mit den Fischern von Brest

Fühlung nehmen und herauszufinden suchen, ob der eine oder andere für Bestechungsgelder empfänglich war, er sollte alles aus ihnen herausholen, was sie über die dort im Hafen liegende französische Flotte zu berichten wußten. Wenn es zum Krieg kam, so hieß es zum Schluß, waren Nachrichten aller Art und Herkunft, selbst Zeitungen, erwünscht und von Wert.

Hornblower las den Befehl aufmerksam durch, dann nahm er noch einmal den offenen Befehl vor, der ihm gleichzeitig zugegangen war, jenen, der ihn mit seinem Schiff auslaufen hieß. Jetzt galt es, alles gründlich zu überlegen; unwillkürlich stand er auf, ließ sich aber gleich darauf wieder auf seinen Stuhl sinken, weil die winzige Kajüte keinen Raum zum Auf- und Abgehen bot. Er mußte seine Wanderung wohl oder übel noch etwas verschieben. Maria hatte ihm hübsche Leinenbeutel für seine Haarbürsten gestickt – er hatte nur keine Verwendung dafür, weil er die Bürsten stets in die Tasche mit dem Waschzeug rollte. Nun griff er sich den einen der Beutel, füllte das ganze Geld hinein und legte ihn zusammen mit dem Befehl wieder in seine Seekiste. Schon war er im Begriff abzuschließen, als ihm noch etwas einfiel. Er klappte den Deckel wieder hoch, zählte zehn Zehnfrancstücke ab und steckte sie in die Hosentasche. Jetzt, da er die Kiste verschlossen hatte, war es ihm endlich verstattet, an Deck zu gehen.

Prowse und Bush gingen, in eine lebhafte Unterhaltung vertieft, an der Luvseite des Achterdecks auf und ab. Zweifellos wußte bereits das ganze Schiff, daß der Kommandant seinen versiegelten Befehl geöffnet hatte – aber außer Hornblower wußte einstweilen noch kein Mensch, was ihm bevorstand, ob die Hotspur nicht etwa gar nach dem Kap der Guten Hoffnung und nach Indien unterwegs war. Es lag ein gewisser Reiz darin, die Menschen noch eine Weile in Ungewißheit zappeln zu lassen, aber Hornblower wies diese Versuchung weit von sich. Außerdem hätte solche Geheimtuerei auch wenig Sinn gehabt – lagen sie erst ein paar Tage vor Brest herum, dann konnte sich ohnedies jeder an den Fingern abzählen, was die Hotspur dort sollte. Prowse und Bush wollten sich rasch nach Lee zurückziehen, um dem Kommandanten die Luvseite zu überlassen, aber Hornblower rief sie zurück.

»Mr. Bush! Mr. Prowse! Wir wollen ein Blick nach Brest hineinwerfen, um zu sehen, was Freund Boney im Schilde führt.«

Mit diesen wenigen Worten war den Männern alles gesagt, die während des letzten Krieges in der Navy gedient und die rauhen Gewässer um England befahren hatten.

»Jawohl, Sir«, sagte Bush schlicht.

Zusammen blickten sie auf den Kompaß, nach dem Horizont und nach dem auswehenden Kommandowimpel. Es war keine Kunst, den Kurs abzusetzen, Bush und Prowse machten das spielend; um so schwieriger war es, das Rechte zu treffen, wenn es um die Beziehungen der Staaten ging, wenn Fragen der Neutralität und Aufgaben der Spionage zu lösen waren.

»Mr. Prowse, werfen wir einen Blick auf die Karte. Wie Sie sehen, müssen wir von Les Fillettes gehörig Abstand halten.«

Les Fillettes, das waren die »Inseln der kleinen Mädchen«, die mitten in der Einfahrt nach Brest lagen – ein seltsamer Name für Felsen, die bestimmt Geschützbatterien trugen.

»Also gut, Mr. Prowse. Bitte brassen Sie auf und gehen Sie auf Kurs.«

Heute wehte eine leichte Brise aus Nordwest, da war es die einfachste Sache der Welt, die Reede von Brest anzusteuern. Die HOTSPUR rollte kaum und stampfte nur ganz wenig. Hornblower bekam rasch wieder Seebeine und schritt schon so sicher wie früher über das schwankende Deck, er konnte sich auch schon fast darauf verlassen, daß sein Magen den Inhalt bei sich behielt. Seit ihn seine Seekrankheit in Ruhe ließ, fühlte er sich besonders wohl und gesund. Jetzt im April war die Luft wohl noch scharf und frisch, aber nicht mehr von lähmender Kälte, Hornblower brauchte seine Handschuhe und seinen dicken Mantel kaum noch zu tragen. Seltsamerweise fiel es ihm gerade unter solchen Umständen besonders schwer, sich auf seine bevorstehenden Aufgaben zu konzentrieren. Er war geneigt, Überlegungen dieser Art hinauszuschieben. Jetzt verhielt er plötzlich seinen Schritt und blickte mit einem Lächeln zu Bush hinüber, das diesen sofort veranlaßte, herbeizueilen.

»Ich darf wohl annehmen, daß Sie die Absicht haben, mit der Mannschaft Ausbildungsdienst zu machen, nicht wahr, Mr. Bush?«

»Jawohl, Sir«, gab ihm Bush zur Antwort und nicht etwa: »Selbstverständlich, Sir«, weil er wußte, daß sich das für einen Untergebenen nicht gehörte. Aber seine Augen leuchteten auf, denn für Bush gab es nichts Schöneres, als Marssegel zu reffen und auszureffen, als Bramrahen an Deck zu nehmen und wieder aufzubringen, als Trossen aus ihren Lasten zu zerren und nach der Heckpforte zu mannen, um sie als Spring zu benutzen, als all die Dutzende – nein Hunderte von Manövern wieder und wieder durchzuproben, die Wetter oder Krieg eines Tages erfordern mochten.

»Zwei Stunden werden Ihnen für heute wohl genügen, nicht wahr,

Mr. Bush? Ich kann mich nur an ein einziges kurzes Geschützexerzieren erinnern.«
Im Kanal hatte ihm die Seekrankheit so böse mitgespielt, daß er seiner Sache nicht ganz sicher war.
»Jawohl, Sir, wir exerzierten nur einmal.«
»Dann wollen wir heute nach der Essenspause eine Stunde an den Geschützen exerzieren. Es ist leicht möglich, daß wir für unser Können sehr bald Verwendung haben.«
»Sehr wahrscheinlich, Sir.«
Bush sah mit unerschütterlichem Gleichmut dem Ausbruch eines Krieges entgegen, der die ganze Welt in Brand setzen mußte.
Die Pfeifen der Bootsmannsmaate riefen alle Mann, und bald war das Exerzieren in vollem Gange. Schwitzend jagten die Matrosen die Wanten hoch und enterten wieder nieder, oder sie holten aufgereiht im Takt an einem Ende. Die Unteroffiziere trieben sie unermüdlich an, und Mr. Wise überschüttete sie dabei mit einer wahren Sturzflut von Schmähworten. Es war natürlich gut und richtig, die Mannschaft in Übung zu halten, aber ernstliche Mängel, die behoben werden mußten, zeigten sich dabei nicht. Die HOTSPUR hatte das Glück gehabt, daß sie nach der Einrichtung der Preßkommandos als allererstes Schiff bemannt wurde. Von ihren hundertfünfzig Mann waren nicht weniger als hundert erfahrene Seeleute im Rang von Vollmatrosen, dazu kamen noch zwanzig Leichtmatrosen, zwanzig Schiffsjungen und nur zehn unbefahrene Landratten. Das war ein ganz ungewöhnliches Zahlenverhältnis, eines, das im Lauf der weiteren Mobilmachung der Flotte wohl auf keinem Schiff mehr zu erzielen war. Dazu kam, daß mehr als die Hälfte dieser Männer schon vor dem Frieden von Amiens auf Kriegsschiffen gedient hatte; sie waren also nicht nur Seeleute von Beruf, sondern überdies altgediente Männer der Royal Navy, die während des kurzen Friedens kaum Zeit für eine einzige Reise auf einem Handelsschiff gefunden hatten und nun aufs neue dem Preßkommando in die Hände gelaufen waren. Die meisten dieser Männer waren also bereits in der Bedienung von Schiffsgeschützen geübt, zwanzig oder dreißig von ihnen hatten sogar schon Gefechte mitgemacht. Darum wußte jeder von ihnen auch sofort, was ihm oblag und worauf es ankam, als es jetzt ans Geschützexerzieren ging.
Nach beendeter Übung nahm Bush vor Hornblower Haltung an, hob die Hand zum Gruß an den Hut und wartete auf den nächsten Befehl.
»Danke, Mr. Bush. Bitte befehlen Sie ›Ruhe‹.«
Die Pfeifen zwitscherten, das Schiff versank in lautloses Schweigen.

»Ich werde jetzt besichtigen; wollen Sie die Güte haben, mich zu begleiten, Mr. Bush.«
»Aye, aye, Sir.«
Hornblower begann sogleich die Karronaden auf dem Steuerbordachterdeck zu inspizieren. Er fand hier nichts zu bemängeln und begab sich jetzt weiter nach vorn, um die Steuerbord-Neunpfünder zu mustern. Bei jedem Geschütz machte er halt und ließ sich das Zubehör zeigen: Kartusche, Kuhfuß, Handspake, Schwamm und Keil. So ging er von Kanone zu Kanone.
»Was haben Sie zu tun, wenn Ihr Geschütz feuert?«
Er hatte diese Frage an den jüngsten Matrosen gerichtet, den er entdecken konnte. Der Junge trat verlegen von einem Fuß auf den anderen, als er begriffen hatte, daß der Kommandant ihn meinte.
»Nimm Haltung an, Mensch!« schrie ihn Bush an.
»So sagen Sie mir doch, welche Station Sie haben«, wiederholte Hornblower geduldig.
»Hier – hier, Sir. Ich bediene den Ansetzer, Sir.«
»Ich freue mich, daß Sie es wissen. Wenn Sie Ihre Gefechtsstation im Kopf haben, obwohl Kommandant und Erster Offizier auf Sie einreden, dann werden Sie auch wissen, was Sie zu tun haben, wenn feindliche Kugeln in die Bordwand schlagen.«
Hornblower ging weiter. Ein Kommandant hatte es wirklich nicht schwer, seine Leute mit einem Scherzwort zum Lachen zu bringen. Jetzt machte er schon wieder halt.
»Was soll denn das, Mr. Cheeseman?«
»Sir?«
»Sie haben ja ein Pulverhorn zuviel. Für je zwei Geschütze ist doch immer nur eins vorgesehen.«
»Ja ... jawohl, Sir. Das kommt daher ...«
»Ach, ich weiß sehr gut, woher das kommt. Aber eine Begründung ist noch längst keine Entschuldigung, Mr. Cheeseman. Mr. Orrock! Wieviel Pulverhörner haben Sie bei Ihrer Geschützgruppe? Sehen Sie, da haben wir's.«
Die Verschiebung des dritten Geschützes nach achtern hatte Orrocks Geschützgruppe um ein Pulverhorn gebracht und dafür Cheeseman ein überzähliges in die Hand gespielt.
»Es hätte den jungen Herren gut zu Gesicht gestanden, selbst dafür zu sorgen, daß die Geschütze ihrer Gruppe richtig ausgestattet sind. Auf einen Befehl brauchten Sie dazu nicht zu warten.«
Cheeseman und Orrock waren zwei der vier »jungen Herren«, die von

der Marineschule an Bord kommandiert waren, um als Fähnriche ausgebildet zu werden. Was Hornblower bisher von ihnen gesehen und mit ihnen erlebt hatte, wollte ihm gar nicht gefallen, aber er mußte sie als diensttuende Unteroffiziere einsetzen und im eigenen Interesse mit Liebe und Sorgfalt erziehen, damit sie brauchbare Leutnants wurden. Seine dienstliche Aufgabe deckte sich also hier durchaus mit dem eigenen Besten. Er hatte die Bürschchen zurechtzubiegen, aber er durfte sie nicht brechen.

»Ich bin überzeugt, daß ich keine weitere Zurechtweisung nötig haben werde«, sagte er, obwohl er das genaue Gegenteil erwartete. Aber ein gutes Wort war in jedem Fall besser als eine Drohung. Dann ging er weiter und brachte die Besichtigung der Steuerbordgeschütze zu Ende. Auf der Back nahm er die beiden Bugkarronaden in Augenschein und ging darauf an den Backbordgeschützen entlang wieder nach achtern. Bei dem Seesoldatenposten am vorderen Niedergang machte er halt.

»Wie lautet Ihre Wachvorschrift?«

Der Seesoldat stand in straffer militärischer Haltung vor ihm, die Füße im Winkel von fünfundvierzig Grad, die Muskete am rechten Bein, den Zeigefinger der Linken an der Hosennaht. Sein Kopf wurde durch die Halsbinde wie in einem Schraubstock festgehalten, er starrte eisern geradeaus und über Hornblowers Schulter hinweg, da dieser nicht genau vor ihm stand.

»Es ist mir verboten, meinen Posten zu verlassen . . .«, begann er und betete seinen Wachbefehl her, wie er ihn wohl schon tausend Male heruntergeleiert hatte. Erst als er an den Schlußsatz kam, der sich auf seine augenblickliche Verwendung bezog, klangen seine Worte etwas lebhafter.

»Ich darf niemand erlauben unter Deck zu gehen, mit Ausnahme von Leuten, die leere Kartuscheimer tragen.«

Diese Bestimmung sollte verhindern, daß sich Feiglinge ein Versteck tief unter der Wasserlinie suchten.

»Was machen Sie, wenn man Verwundete unter Deck bringen will?«

Dem armen Seesoldaten verschlug es die Sprache. Er fand so schnell keine Antwort, denn mit dem Denken war es nach all den Jahren des Drills so eine Sache.

»Darüber habe ich keinen Befehl«, stammelte er endlich. Dabei drehte er immerhin die Augen, nicht aber den Kopf in Hornblowers Richtung.

Hornblower warf Bush einen Blick zu.

»Ich werde mit dem Feldwebel der Seesoldaten sprechen«, sagte Bush.

»Wer hat sich nach der Klarschiffrolle um die Verwundeten zu kümmern?«
»Der Küfer und sein Maat, der Segelmacher und sein Maat, Sir, vier Mann im ganzen.«
Man konnte wetten, daß Bush über alle diese Einzelheiten auf Anhieb Aufkunft zu geben wußte. Hornblower hatte wohl eben zwei Kleinigkeiten bemängeln müssen, für die Bush letzten Endes verantwortlich war, aber er brauchte darüber kein weiteres Wort zu verlieren, denn so wie er Bush kannte, schämte sich der ohnedies in Grund und Boden.
Jetzt ging es den Niedergang hinunter zum Pulvermagazin. Durch das Glasfenster der Lichtkammer schimmerte eine Kerze und spendete gerade so viel Helligkeit, daß die Pulverjungen genug sehen konnten, wenn man ihnen die geladenen Kartuschbeutel durch die doppelten Wollvorhänge reichte, die sie von der eigentlichen Pulverkammer trennten. Dort standen der Feuerwerker und sein Maat, beide bereit, die Kartuschen auszugeben und nötigenfalls zu füllen.
Nun war noch der achtere Niedergang an der Reihe, wo sich der Arzt und sein dicker Sanitätsgast bereithielten, die Verwundeten zu versorgen. Wie leicht, dachte Hornblower, mochte es eines Tages auch ihm widerfahren, daß man ihn blutüberströmt und mit zerschmetterten Knochen hierher schaffte. Er wurde diese dummen Gedanken erst los, als er wieder an Oberdeck kam.
»Mr. Foreman« – das war wieder einer von den »jungen Herren« –, »was wissen Sie über die Ausgabe von Laternen bei Nachtgefechten?«
»Ich muß warten, bis Mr. Bush ausdrücklich befiehlt, daß sie ausgegeben werden.«
»Und wen schicken Sie nach den Laternen, wenn Sie diesen Befehl erhalten?«
»Firth, Sir.«
Dabei deutete er auf einen jungen Matrosen, der neben ihm stand und einen besonders aufgeweckten Eindruck machte. Aber hatte er mit seiner Antwort nicht den Bruchteil einer Sekunde gezögert? Hornblower wandte sich an Firth.
»Nun, sagen Sie mir, wohin Sie in diesem Fall gehen.«
Firth schielte blitzschnell hinüber zu Foreman. Immerhin, das konnte man als Verwirrung oder Verlegenheit deuten, aber Foreman schwankte nun ein ganz klein wenig auf den Beinen, als wollte er mit der Schulter in eine bestimmte Richtung weisen, dazu kam eine rasche Handbewegung vor seinem Leib, die sich offenbar auf Mr. Wises korpulente Figur bezog.

»Nach vorn, Sir«, sagte Firth, »der Bootsmann gibt sie aus, unter der Back, Sir.«
»Richtig«, sagte Hornblower.
Er zweifelte keinen Augenblick, daß Foreman einfach vergessen hatte, Bushs Befehl über die Gefechtslaternen weiterzugeben. Aber Foreman war immerhin schlau genug gewesen, das Versäumte wiedergutzumachen, und Firth hatte nicht nur erstaunlich rasch begriffen, was der andere wollte, sondern überdies höchst anständig gehandelt, weil er seinen Unteroffizier nicht in der Patsche sitzenließ. Es war aus verschiedenen Gründen gut, wenn man die beiden im Auge behielt. Daß sich die Laternen unter der Back befanden, hatte der Bursche einfach deshalb erraten, weil dort auch das Bootsmannshellegat lag.
Hornblower gelangte, immer von Bush gefolgt, wieder aufs Achterdeck. Er ließ seinen Blick noch einmal nachdenklich über das Schiff wandern und musterte nur noch kurz die Backbordachterdecks-Karronade, das einzige Geschütz, das er noch nicht besichtigt hatte. Dann suchte er sich einen Platz aus, wo man gut verstehen konnte, was er sagte:
»Mr. Bush«, ließ er sich dort vernehmen, »wir haben ein ausgezeichnetes Schiff. Wenn wir uns richtig ins Zeug legen, ist auch die Besatzung bald so, wie sie sein soll. Wenn Boney eine Lektion braucht, kann er sie von uns bekommen. Bitte fahren Sie mit dem Artilleriedienst fort.«
»Aye, aye, Sir.«
Die sechs Seesoldaten auf dem Achterdeck, der Rudergänger, die Bedienung der Karronaden, Mr. Prowse und alle übrigen Achtergäste hatten jedes Wort gehört. Sein Gefühl hatte ihm gesagt, daß eine feierliche Ansprache im Augenblick nicht am Platze war, dafür konnte er sicher sein, daß jedes seiner Worte schon während der Abendwache im Schiff die Runde machte. Er hatte diese Worte mit aller Sorgfalt gewählt. Sein betontes »wir« vor allem war ein Aufruf zur zielbewußten Zusammenfassung aller Kräfte. Inzwischen fuhr Bush mit dem Geschützexerzieren fort.
»Kanonen los!« – »Mündungspfropfen raus!« – »Richtung querab!« – Und so weiter in unablässiger Folge.
»Wir werden sie bald im richtigen Trimm haben, Sir«, sagte Bush, »dann können wir beruhigt beim Gegner längsseit gehen.«
»Längsseit gehen? Das muß doch nicht unbedingt sein. Bei der nächsten Schießübung wollen wir vor allem Schießen auf weite Entfernung üben, bitte denken Sie daran.«
»Jawohl, Sir, ich werde es im Auge behalten.«

Aber damit redete er seinem Kommandanten nur nach dem Mund. Seegefechte auf größere Entfernung lagen ihm nicht, sein Sinnen und Trachten war auf den Nahkampf gerichtet, bei dem man nicht vorbeischießen konnte und nur möglichst schnell zu landen und zu feuern brauchte. Für ein Linienschiff im Kampf zweier Flotten mochte das das Richtige sein, für die HOTSPUR war diese Taktik jedoch kaum zu empfehlen. Die HOTSPUR war ja nur eine Korvette, ihre Außenhaut und ihre Verbände waren sogar noch schwächer als die einer Fregatte. Die zwanzig Neunpfünder, die sie — ohne die Karronaden gerechnet — als Gefechtskraft in die Waagschale werfen konnte, waren Langrohrgeschütze, waren zum Schießen auf ein paar Kabellängen Entfernung besser geeignet als zum Nahkampf, bei dem ihre größere Treffsicherheit nicht mehr zur Geltung kam. Die HOTSPUR war das kleinste Fahrzeug mit drei Masten, Back und Achterdeck, das in der Liste der Kriegsschiffe zu finden war. Es war darum so gut wie sicher, daß ihr jeder Gegner, den sie traf, an Größe, an Gewicht einer Breitseite wie auch an Stärke der Besatzung weit überlegen war. Kühnheit und Wagemut mochten ihr trotz alldem zum Sieg verhelfen, aber gute Ausbildung, Bedachtsamkeit und überlegene Seemannschaft führten eben doch noch sicherer zum Erfolg. Das alles ging Hornblower durch den Kopf, und schon fühlte er in allen Gliedern wieder jenes seltsame Prickeln, das er von früheren Kämpfen her so gut kannte. Das Dröhnen der Lafettenräder beim Ausrennen der Geschütze lieferte dazu genau die richtige Begleitmusik.
»Land! Land in Sicht!« schrie der Ausguckposten aus dem Vortopp. »Land ein Strich in Lee!«
Das war Frankreich, das war Ouessant, der Schauplatz ihrer künftigen Taten, vielleicht aber auch ihrer Niederlage und ihres Todes. Natürlich ging sofort eine Woge der Erregung durch das Schiff, alles hob die Köpfe, alles hielt Ausschau.
»Rohre auswischen!« brüllte Bush durchs Megaphon. Man konnte sich darauf verlassen, daß er trotz aller Ablenkung Zucht und Ordnung hielt. »Geschütze laden!«
Bei dem, was draußen vor sich ging, war es für die Männer natürlich bitter hart, unverdrossen mit der Zirkusvorstellung an den Geschützen fortzufahren. Aber die Disziplin verlangte eben, daß man Ärger und Enttäuschung schluckte.
»Geschütze richten! Mr. Cheeseman! Der Mann mit der Handspake am siebten Geschütz paßt nicht auf! Melden Sie mir seinen Namen!«
Prowse richtete seinen Kieker nach vorn, als verantwortlicher Nautiker

war er dazu sogar verpflichtet, heute konnte dies zweifellos als Vorrecht gelten.

»Geschütze einrennen!«

Hornblower hätte es Prowse nur zu gern nachgetan, aber er wußte sich zu beherrschen. Gab es etwas Wichtiges zu sehen, so setzte ihn Prowse sicher sofort ins Bild. Er ließ noch eine Breitseite durchexerzieren, dann sagte er: »Mr. Bush, Sie können die Geschütze festmachen lassen, ich danke Ihnen.«

»Aye, aye, Sir.«

Jetzt reichte ihm Prowse sein Glas:

»Das ist der Leuchtturm von Ouessant, Sir«, sagte er.

Hornblower fand es nicht leicht, das Ding im Gesichtsfeld zu halten. Es war ein kümmerliches Holzgerüst mit einer Pechpfanne obenauf, in der die französische Regierung in Friedenszeiten zum Besten der Schiffahrt ein Leuchtfeuer unterhielt. Gut die Hälfte aller Handelsschiffe der Welt pflegte ja beim Ansteuern des Kanals hier Land zu machen.

»Danke, Mr. Prowse.« Wieder rief sich Hornblower das Bild der Karte ins Gedächtnis und erinnerte sich der Überlegungen, die er angestellt hatte, sobald ihm die Aufgabe der Indienststellung eine Pause gewährte, sooft ihm sein Brautstand dazu Muße ließ und wann immer ihn die Seekrankheit für eine Weile verschonte – kurz in den ganzen letzten von Pflichten randvollen Tagen und Nächten.

»Der Wind holt weiter nach Westen, aber es wird dennoch Nacht, ehe wir Cap St. Mathieu querab haben. Wir wollen unter kleinen Segeln bis Mitternacht südlichen Kurs steuern. Eine Stunde vor Tagesanbruch möchte ich eine Meile westlich der Pierres Noires stehen.«

»Aye, aye, Sir.«

Jetzt trat Bush zu den beiden, er war eben mit dem Festzurren der Kanonen zu Ende gekommen.

»Schauen Sie, Sir!« rief er. »Dort segelt ein Vermögen vorbei.«

In Luv war ein großes Schiff in Sicht, sein Rumpf ragte schon über die Kimm, seine Segel leuchteten in der Sonne des späten Nachmittags.

»Ein französischer Indienfahrer«, stellte Hornblower nach dem ersten Blick durch seinen Kieker fest.

»Gut und gern eine Viertelmillion Pfund schwimmen da«, stöhnte Bush. »Hunderttausend wären für Sie, Sir, hätten wir nur erst Krieg. Läßt Sie das denn völlig kalt, Sir? Der Bursche behält den günstigen Wind bestimmt bis Le Havre, dann kann ihm nichts mehr geschehen.«

»Es gibt schließlich noch andere Schiffe«, meinte Hornblower, um ihn zu beruhigen.

»Viele werden es nicht mehr sein, Sir. Boney weiß, was er tut. Sobald er sich zum Krieg entschließt, gibt er das allenthalben bekannt, und Schiffe unter französischer Flagge suchen daraufhin sofort in neutralen Häfen Zuflucht. Sie liegen dann in Madeira und auf den Azoren, in Cadiz oder Ferrol, und wir haben das Nachsehen.«
Die Aussicht auf Prisengelder war für jeden Seeoffizier Gegenstand unermüdlicher Spekulationen.
»Vielleicht haben wir dennoch Glück«, meinte Hornblower. Er dachte an Maria und ihren Anteil an seinem Gehalt — schon ein paar hundert Pfund hätten da eine große Rolle gespielt.
»Gewiß, die Möglichkeit besteht, Sir«, sagte Bush, aber man merkte ihm deutlich an, daß er sich keine großen Hoffnungen machte.
»Schauen Sie doch einmal dorthin«, sagte Hornblower und wies mit schwungvoller Geste nach der Kimm, »das ist ein anderes Bild.«
Da draußen waren mindestens sechs Segel in Sicht — alles englische Schiffe. Sie zeugten von dem ungeheuren Umfang des britischen Handels, sie schafften die Reichtümer herbei, die die englische Heimat in Stand setzten, Flotten in Dienst zu halten, Bundesgenossen zu unterstützen und Waffen gegen den Feind zu schmieden — ganz abgesehen davon, daß sie die unentbehrliche Schule aller jener Seeleute waren, die die Navy so notwendig brauchte, um die Meere für Englands Schiffahrt offenzuhalten, für die der Feinde Englands dagegen zu sperren.
»Das sind ja nur Engländer, Sir«, sagte Prowse verwundert. Er konnte sich beim besten Willen nicht vorstellen, was Hornblower darin so Besonderes sah. Auch Bush starrte seinen Kommandanten eine ganze Weile fragend an, ehe ihm des Rätsels Lösung dämmerte.
Hornblower fühlte sich versucht, den beiden eine richtige Standpauke zu halten, aber Loggen und Wachwechsel verhinderten, daß es noch dazu kam.
»Was laufen wir, Mr. Young?«
»Dreieinhalb Meilen, Sir.«
»Danke.« Hornblower wandte sich wieder an Prowse: »Steuern Sie diesen Kurs weiter.«
»Aye, aye, Sir.«
Hornblower richtete seinen Kieker nach Backbord voraus. Dort sah man einen auf- und niedertanzenden schwarzen Punkt, der sich auf die Insel Molène zu bewegte. Den behielt er eine ganze Weile im Auge.
»Mr. Prowse«, sagte er dann, ohne den Kieker abzusetzen, »wir könnten noch ein wenig mehr nach Land zu halten — sagen wir zwei

Strich. Ich möchte das Fischerboot dort in geringem Abstand passieren.«

»Aye, aye, Sir.«

Das Fahrzeug war eines der kleinen Boote, die hier den Sardinenfang betrieben, es war den Fischerbooten an der Küste Cornwalls zum Verwechseln ähnlich. Seine Besatzung war im Augenblick damit beschäftigt, das Zugnetz einzuholen. Als die HOTSPUR allmählich näher kam, konnte man durch das Glas erkennen, wie die vier Männer im Gleichtakt an den beiden Zugleinen rissen.

»Bitte fallen Sie noch eine Kleinigkeit ab, Mr. Prowse, ich möchte noch näher heran.«

Jetzt sah Hornblower, daß das Wasser an einer Seite des Fischerbootes seltsam verfärbt war. Es zeigte einen metallischen Schimmer, der sich deutlich von der weiten grauen Fläche der See abhob. Offenbar war das Boot auf einen Sardinenschwarm gestoßen, um den sich jetzt das Netz zusammenzog.

»Mr. Bush, versuchen Sie doch bitte den Namen des Bootes zu entziffern.«

Sie kamen rasch näher, ein paar Minuten später konnte Bush bereits die schwungvolle weiße Schrift am Heck des Fahrzeugs lesen.

»Es ist aus Brest, Sir, und heißt DUKE'S FREERS.«

Mit dieser Nachhilfe gelang es Hornblower jetzt, selbst zu buchstabieren: DEUX FRÈRES, Brest.

»Mr. Young, Großmarssegel back!« rief Hornblower dem Wachhabenden Offizier zu und sagte dann zu Bush und Prowse gewandt:

»Ich möchte heute Fische zum Abendbrot.«

Die beiden blickten ihn mit kaum verhohlener Verblüffung an.

»Sie wollen Sardinen, Sir?«

»Ganz recht.«

Die DEUX FRÈRES hatte das Schleppnetz jetzt längsseit und die Massen silberner Fischchen ergossen sich auf ihr Deck. Die Fischer waren durch die Bergung ihres reichen Fanges so in Anspruch genommen, daß sie die leise Annäherung der HOTSPUR überhaupt nicht bemerkt hatten. Sprachlos vor Bestürzung starrten sie auf das schöne Schiff, das aus dem Nichts aufgetaucht zu sein schien und nun plötzlich im Schein der untergehenden Sonne vor ihnen lag. Zunächst verloren die vier anscheinend ganz und gar den Kopf, dann aber mußten sie sich wohl sagen, daß sie in Friedenszeiten von einem englischen Kriegsschiff bestimmt nicht so viel Schlimmes zu befürchten hatten wie von

einem französischen, das die zwangsweise »Inscription Maritime« durchführte.
Hornblower nahm das Megaphon aus seiner Halterung. Er bebte vor Erregung und mußte sich mit aller Kraft zusammenreißen, um ruhig zu bleiben. Immer wieder kam ihm der Gedanke, daß sein Vorhaben sehr wohl für den weiteren Verlauf der Geschichte von entscheidender Bedeutung sein konnte. Dazu kam die Sorge um sein Französisch. Wie lange war es schon, daß er es das letzte Mal gesprochen hatte! Er mußte sich Wort für Wort zurechtlegen, was er nun gleich sagen wollte.
»Bon soir, mon Capitaine!« rief er durch sein Megaphon, und die Fischer, die nun überzeugt waren, daß ihnen nichts Böses bevorstand, winkten freundlich zurück. »Wollen Sie mir ein paar Fische verkaufen?«
Die Fischer steckten eilig ihre Köpfe zusammen, dann rief einer von ihnen zurück:
»Wie viele denn?«
»Zwanzig Pfund.«
Sie berieten von neuem.
»Einverstanden.«
»Mon Capitaine«, fuhr Hornblower fort und suchte dabei nicht nur krampfhaft nach den französischen Wendungen, die er brauchte, sondern auch nach einem passenden Stichwort, das den erwünschten Kontakt herbeiführen sollte. »Machen Sie Schluß mit Ihrer Arbeit und kommen Sie zu mir an Bord. Trinken Sie mit mir ein Glas Rum auf die Freundschaft der Nationen.«
Der Anfang dieses Satzes war recht unbeholfen, das war ihm klar, aber er wußte eben nicht, was »Holen Sie Ihren Fang an Bord« auf französisch hieß. Die Aussicht, englischen Rum zu bekommen, war bestimmt recht verlockend — ja, und auf den Ausspruch »l'amitié des nations« tat er sich sogar im stillen einiges zugute. Wie hieß doch gleich ein Dingi auf französisch? Chaloupe, meinte er. Auf diese Art malte er seine Einladung noch mit neugefundenen Worten und Sätzen aus. Schließlich winkte einer von den Fischern zusagend herüber, ehe er sich im Verein mit den anderen wieder daranmachte, den Fang vollends einzubringen. Als die Fische endlich an Bord waren, sprangen zwei der vier Männer in das Dingi, das längsseit der DEUX FRÈRES lag — es war begreiflicherweise fast so groß wie das Fischerboot selbst, da es ja dazu diente, das Zugnetz auszufahren. Zwei kräftig gehandhabte Riemen brachten das Boot rasch zur HOTSPUR.

»Ich werde den Kapitän gleich in meine Kajüte führen«, sagte Hornblower. »Bitte sorgen Sie dafür, Mr. Bush, daß sein Begleiter nach vorn gebracht und gut versorgt wird. Geben Sie auch ihm ordentlich zu trinken.«

»Aye, aye, Sir.«

An einer Leine wurden zwei große Eimer Fische an Bord geholt, dann folgten zwei Männer in dicken blauen Jumpern nach, die sich trotz ihrer schweren Seestiefel mit erstaunlicher Leichtigkeit über die Reling schwangen.

»Es ist mir ein großes Vergnügen, Sie kennenzulernen, mon Capitaine«, sagte Hornblower zu dem älteren der beiden, als er ihn auf dem Mitteldeck empfing. »Bitte kommen Sie mit in meine Kajüte.«

Der Fischermann sah sich neugierig um, als er über das Achterdeck zur Kommandantenkajüte geführt wurde. Er ließ sich vorsichtig auf dem einzigen Stuhl nieder, den es dort gab, Hornblower setzte sich auf seine Koje. Hose und Jumper des Fischers waren mit Schuppen übersät – die Kajüte roch nun bestimmt eine Woche lang nach Fisch. Hewitt brachte Rum und Wasser, Hornblower füllte zwei große Gläser. Der Kapitän nickte genießerisch, als er den ersten Schluck getrunken hatte.

»Haben Sie einen guten Fang gehabt?« erkundigte sich Hornblower höflich.

Er hörte geduldig zu, während ihm nun der Kapitän in fast unverständlichem Bretonisch auseinandersetzte, wie wenig bei der Sardinenfischerei zu verdienen sei. Die Unterhaltung plätscherte weiter, man sprach von den Annehmlichkeiten des Friedens und dann, nun ja, von den Wechselfällen des Krieges – die Überleitung war gar nicht schwer, denn wo immer zwei Seeleute zusammenkamen, gab es ohnehin kaum ein anderes Thema als den Krieg.

»Man wird sich jetzt bei Ihnen die größte Mühe geben, Besatzungen für die Kriegsschiffe zu finden.«

Der Kapitän zuckte die Achseln: »Natürlich.«

Das Achselzucken verriet mehr als alle Worte.

»Ich kann mir vorstellen, daß das seine Zeit braucht«, sagte Hornblower, und der Kapitän nickte zustimmend.

»Aber die Schiffe selber werden wohl seeklar sein?«

Hornblower hatte keine Ahnung, was »außer Dienst gestellt« auf französisch hieß, darum mußte er die Frage im entgegengesetzten Sinne formulieren.

»O nein, keine Spur«, sagte der Kapitän und gab Hornblower zu verstehen, wie wenig von den französischen Marinedienststellen zu halten war. Kein einziges Linienschiff sei einsatzbereit, erklärte er, wie könnte es auch anders sein?

»Lassen Sie sich einschenken, Kapitän«, sagte Hornblower. »Die Fregatten werden wohl zuerst ihre Besatzungen bekommen, nicht wahr?« Ja, soweit es welche gebe. Der bretonische Kapitän wußte das nicht. Dann fiel ihm etwas ein. Richtig, da war doch ... Hornblower brauchte eine Weile, bis er begriff, was der andere meinte. Die Fregatte LOIRE (dieser Name, bretonisch ausgesprochen, gab ihm das größte Rätsel auf) sei in der vergangenen Woche seeklar gemacht worden, um nach dem Fernen Osten auszulaufen, aber das Oberkommando der Marine habe ihr in seiner üblichen Borniertheit im letzten Augenblick die besten Leute von Bord geholt, um sie als Besatzungsstämme auf andere Schiffe zu verteilen. Der bretonische Kapitän vertilgte erstaunliche Mengen Rum und nahm dabei kein Blatt vor den Mund. Er erzählte von dem schweren Groll des bretonischen Volkes gegen die atheistische Richtung, die zur Zeit in Frankreich am Ruder war, er wußte mit drastischen Worten zu schildern, wie man in den Kreisen der Berufsseeleute über die törichten Maßnahmen dachte, die von den hohen Herren der republikanischen Marine ausgeheckt wurden. Hornblower brauchte ihm nur fleißig einzuschenken und aufmerksam zuzuhören. Dabei bewährte sich wieder einmal seine Gabe, einer Unterhaltung in fremder Sprache so genau folgen zu können, daß ihm nichts von dem Gehörten entging. Als sich der Kapitän schließlich erhob, um Abschied zu nehmen, bedauerte Hornblower mit herzlichen Worten, daß sein Besuch schon zu Ende sei, und man darf sagen, daß dies sogar ehrlich gemeint war.

»Aber, mon Capitaine, wir könnten uns am Ende doch wiedersehen – auch wenn es Krieg geben sollte. Sie dürften ja wissen, daß sich die Royal Navy von Großbritannien nicht dazu hergibt, Krieg gegen Fischer zu führen. Ich werde mich immer freuen, wenn ich Ihnen etwas von Ihren Fängen abkaufen kann.«

Jetzt traf ihn ein scharfer Blick des Franzosen, wahrscheinlich weil damit die Geldfrage angeschnitten war. Das war ein entscheidender Augenblick, es galt genau zu überlegen: Wieviel sollte man geben? Was sollte man dem Mann sagen?

»Die heutige Lieferung zahle ich Ihnen jetzt gleich«, sagte Hornblower mit der Hand in der Tasche. Er brachte zwei Zehnfrancstücke zum Vorschein und drückte sie in die schwielige Hand des Kapitäns. Der konnte nicht verhindern, daß sein wettergegerbtes Gesicht im ersten Augenblick maßloses Staunen verriet, aber dem Staunen folgte sogleich ein Ausdruck der Habgier, dann in rascher Folge Argwohn, Berechnung und endlich der Entschluß, das Gebotene anzunehmen, wobei sich seine Finger zur Faust schlossen und das Geld in die Hosentasche versenkten. Gleich dem Farbenspiel eines sterbenden Delphins hatten sich die verschiedenen Regungen in den Zügen des Kapitäns gespiegelt. Zwanzig Francs in Gold für ein paar Pützen voll Sardinen, das war eine Menge Geld. Wahrscheinlich konnte er sich, seine Frau und seine Kinder für diesen Betrag eine ganze Woche lang ernähren. Zehn Francs mochten seine Leute in der Woche an Heuer bekommen. Wie man die Sache auch ansah, irgend etwas stimmte da nicht. Entweder hatte der britische Kapitän keine Ahnung, was Geld wert war, oder ... Aber wie es sich damit auch verhielt, der Franzose war um zwanzig Francs reicher, daran war nicht zu rütteln, und überdies war es zum mindesten denkbar, daß aus der gleichen Quelle noch mehr Gold floß.

»Ich hoffe, wir treffen uns bald wieder, mon Capitaine«, sagte Hornblower. »Sie werden verstehen, daß wir hier draußen auf See immer gern hören, was sich an Land ereignet.«

Die beiden Bretonen stiegen mit ihren leeren Pützen über die Reling in ihr Boot. Bush betrachtete kopfschüttelnd den Schweinestall, den sie mit ihren Fischen an Deck angerichtet hatten.

»Das läßt sich doch aufschwabbern, Mr. Bush«, meinte Hornblower. »Damit fände ein guter Tag ein gutes Ende.«

5

In der Kajüte war es noch stockdunkel, als Hornblower erwachte; nicht einmal durch die beiden Heckfenster fiel ein hellerer Schimmer herein. Er lag zusammengekrümmt auf der Seite und dämmerte halbwach vor sich hin. Erst ein einzelner harter Schlag der Schiffsglocke rüttelte ihn so weit auf, daß er sich auf den Rücken wälzte und halb übellaunig, halb genießerisch die Glieder reckte. Dabei versuchte er zugleich Ordnung in seine Gedanken zu bringen. Was er eben gehört hatte, war zweifellos ein Glas auf der Morgenwache, denn ein Glas auf der Mittelwache hatte ja geschlagen, als er sich eben wieder niederlegte, nachdem er zum Wendemanöver um Mitternacht geweckt worden war. Selbst wenn man diese Unterbrechung in Betracht zog, hatte er insgesamt sechs Stunden Schlaf gehabt. Man hatte eben doch so man-

chen Vorteil, wenn man Kommandant eines Schiffes war. Die Wache zum Beispiel, die sich eben nach Mitternacht in die Kojen verzogen hatte, war ja nun schon wieder eine halbe Stunde an Deck.
Die Koje, in der er lag, schwankte sachte und langsam hin und her. Das verriet ihm, daß die HOTSPUR die Segel stark gekürzt hatte. Soweit es sich sagen ließ, war die Brise leicht und stand von Backbord querein. Demnach war alles in bester Ordnung. Bald schon war es wieder Zeit aufzustehen – er drehte sich auf die andere Seite und war alsbald eingeschlafen.
»Zwei Glasen, Sir«, meldete Grimes, als er mit einer brennenden Laterne die Kajüte betrat. »Zwei Glasen, Sir, die Luft ist etwas diesig, Mr. Prowse läßt melden, daß er gern über Stag gehen möchte.«
Grimes war ein junger Windbeutel, der sich auf die Behauptung stützte, er sei auf einem Westindienfahrer Kapitänssteward gewesen.
»Gib mir meinen Mantel«, sagte Hornblower.
Wenn man nur einen Mantel über dem Nachthemd trug, war es in der diesigen Dämmerung ausgesprochen kalt. Hornblower fand in einer Tasche Marias Handschuhe und zog sie mit dankbaren Gefühlen an.
»Zwölf Faden, Sir«, meldete Prowse, als sich das Schiff auf den neuen Kurs eingesteuert hatte, während in den Fockrüsten ununterbrochen das Lot geschwungen wurde.
»Danke.«
Jetzt hatte er Zeit, sich anzuziehen – Zeit, in Ruhe zu frühstücken, er hatte Zeit – eine Woge der Versuchung schlug über ihm zusammen. Eine, zwei, drei Tassen Kaffee wollte er haben, stark und siedend heiß. Dabei hatte er doch nur zwei Pfund Kaffee an Bord – für siebzehn Schilling das Pfund, mehr konnte er sich einfach nicht leisten. Die märchenhaften fünfundvierzig Pfund waren dahingeschmolzen wie Butter in der Sonne, er hatte sie am Abend gewonnen, ehe der König die Flotte aufrief. Dann galt es seine Seeausrüstung zu kaufen, den verpfändeten Säbel auszulösen und die Einrichtung seiner Kajüte anzuschaffen. Maria mußte siebzehn Pfund haben, daß sie durchkommen konnte, bis er sein erstes Gehalt bekam. Da blieb denn nicht viel für die sogenannten »Kommandantenvorräte«. Er hatte sich keinen Hammel, kein Schwein, ja nicht einmal ein Huhn gekauft. Mrs. Mason hatte sechs Dutzend Eier für ihn besorgt – sie lagen in Sägespänen in einer Balje, die im Kartenhaus festgelascht war – und sechs Pfund stark gesalzener Butter. Dazu kam ein Zuckerhut und ein paar Krüge mit Marmelade, weiter hatte das Geld nicht gereicht. Er besaß keinen Schinken, kein eingemachtes Fleisch. Gestern abend hatte er Sardinen gegessen –

daß sie mit dem Gelde des Königlichen Geheimdienstes eingekauft waren, verlieh ihnen eine Art Würze –, aber Sardinen schmecken ja nicht. Natürlich spielte dabei auch das sinnlose Vorurteil des Seemanns gegen Fisch eine Rolle, er mochte nun einmal kein Geschöpf essen, das seinem eigenen Element entstammte. Er hatte kein Verständnis dafür, daß das ewige Einerlei von Salzfleisch und Speck einmal durch eine Fischmahlzeit unterbrochen wurde – wobei allerdings zu bedenken ist, daß der Fischgeruch nicht so leicht von Bestecken und Geschirren wich, da man dieses ganze Eßgerät ja nur oberflächlich in Seewasser zu spülen pflegte. In diesem Augenblick der erwachenden Dämmerung kam aus dem mittschiffs in Klampen stehenden Boot ein klägliches »Bäh«, es stammte von einem der Schafe, die dort unter einem Netz gefangen saßen. Die Mitglieder der Offiziersmesse hatten vier dieser Tiere eingekauft, als die HOTSPUR in Dienst stellte, und konnten jetzt Tag für Tag Lammbraten essen – Hornblower nahm sich vor, sich gleich heute zum Dinner in die Messe einladen zu lassen. Bei dieser Vorstellung merkte er, daß er hungrig war, vor allem aber stand ihm jetzt der Sinn nach heißem Kaffee.

»Wo ist mein Bursche?« rief er plötzlich. »Grimes! Grimes!«

»Sir?«

Grimes spritzte um die Ecke der Kartenhaustür.

»Ich ziehe mich jetzt an und möchte dann mein Frühstück – Kaffee, verstanden?«

»Kaffee, Sir?«

»Ja.« Hornblower verschluckte gerade noch ein böses »verdammt noch mal«. Es lag ihm nicht, einen Mann mit Fluchworten zu traktieren, der ihm nicht mit gleicher Münze heimzahlen konnte und dessen einzige Waffe seine Wehrlosigkeit war. Aus dem gleichen Grund widerstrebte ja manchen Leuten auch die Fuchsjagd.

»Hast du denn keine Ahnung von Kaffee?«

»Nein, Sir.«

»Dann bring mir gleich einmal meine Eichenschatulle her.«

Er erklärte Grimes die Geheimnisse der Kaffeebereitung, während er in einer Schale Frischwasser Schaum zum Rasieren schlug.

»Du zählst zwanzig von diesen Bohnen ab und schüttest sie auf eine Pfanne. Die gibt dir der Koch. Dann röstest du diese Bohnen auf dem Kombüsenherd, aber paß dabei gut auf und schüttle sie ständig hin und her, bis sie braun sind. Braun, verstanden, nicht schwarz. Also geröstet, nicht verbrannt! Hast du das begriffen?«

»Jawohl, Sir.«

»Die gerösteten Bohnen bringst du zum Arzt — mit einer Empfehlung von mir.«

»Zum Arzt? ... Jawohl, Sir.« Grimes merkte, wie sich Hornblowers Augenbrauen auf seine Frage hin unheildrohend zusammenzogen, und hatte die Geistesgegenwart, blitzschnell seiner Überraschung Herr zu werden, daß sogar der Schiffsarzt bei diesem Geschäft eine Rolle spielen sollte.

»Der hat ein Pistill und einen Mörser, um damit seine Latwergen zu reiben. In diesem Mörser zerstampfst du meine Bohnen, ganz fein, verstanden, aber nicht zu Staub — sie müssen aussehen wie körniges Geschützpulver, nicht wie gemahlenes. Ist das klar?«

»Jawohl, Sir, ich glaube, ich komme damit zurecht, Sir.«

»Gut, dann — nein, mach lieber erst was ich dir gesagt habe, dann melde dich wieder bei mir.«

Grimes war offenbar alles andere als flink. Hornblower war längst mit dem Rasieren fertig, er hatte sich fix und fertig angezogen und rannte mit knurrendem Magen auf dem Achterdeck auf und ab, als Grimes endlich mit einem Häufchen verdächtig aussehenden Kaffeepulvers erschien. Er hörte mit gerunzelter Stirn zu, als ihm Hornblower nun kurz erklärte, wie man daraus Kaffee bereitete.

»So, und nun los, mach daß du fertig wirst ... Halt, noch eins! Ich möchte zwei Eier haben. Kannst du Spiegeleier bereiten?«

»Hm — jawohl, Sir.«

»Gut, dann laß sie so lange braten, bis das Dotter fast hart ist, fast hart, wohlgemerkt, nicht ganz hart. Dazu holst du mir eine Kruke Butter und eine Kruke Marmelade aus der Last.«

Hornblower war so versessen auf ein gutes Frühstück, daß er darüber ganz vergaß, auf Wind und Wetter zu achten. Unversehens fiel eine Bö von vorne ein, so daß die Segel der HOTSPUR back schlugen. Während sie abfiel und wieder Fahrt aufnahm, ging zu allem Überfluß ein kurzer, aber eiskalter Aprilschauer nieder. Als Grimes just in diesem Augenblick erschien und meldete, daß das Frühstück bereit sei, schickte ihn Hornblower natürlich wieder weg. Erst einer zweiten Aufforderung konnte er Folge leisten, weil das Schiff bis dahin wieder richtig auf Kurs lag.

Da es nun schon fast taghell war und da die Sicht immer besser wurde, blieb ihm nicht mehr viel Zeit.

»Mr. Young, in zehn Minuten bin ich wieder an Deck.«

Das Kartenhaus war ein winziges Gelaß neben seiner Kajüte — diese, das Kartenhaus, seine Anrichte und seine Toilette nahmen den ganzen

Raum unter dem Achterdeck der HOTSPUR ein. Hornblower klemmte sich in den Sessel hinter dem kleinen Tisch.

»Sir«, sagte Grimes, »Sie kamen nicht, als das Frühstück bereit war.« Ach, die Eier! Das Weiße hatte einen kohlschwarzen Rand, die Dotter waren steinhart.

»Na ja«, knurrte Hornblower. Er konnte Grimes keinen Vorwurf daraus machen.

»Kaffee, Sir?« sagte Grimes. Da die Kartenhaustür geschlossen war, konnte er sich in der drangvollen Enge kaum rühren. Er füllte aus der Kanne eine Tasse, und Hornblower führte sie gespannt an die Lippen. Der Kaffee war ohne weiteres zu trinken, das hieß, daß er längst nicht heiß genug war, außerdem war die Brühe voller Satz.

»Das nächste Mal siehst du gefälligst zu, daß der Kaffee heiß ist«, sagte Hornblower. »Außerdem mußt du ihn besser filtern.«

»Jawohl, Sir«, Grimes' Stimme schien von weither zu kommen. Der Mann konnte kaum noch flüstern. »Sir . . .«

Hornblower blickte zu ihm auf. Grimes schlotterte förmlich vor Angst.

»Was ist denn los?«

»Ich habe diese Eier aufgehoben, Sir, weil ich sie Ihnen zeigen wollte.« Bei diesen Worten wies er eine Pfanne vor, die blutigen, stinkenden Schleim enthielt. »Die ersten beiden Eier waren schlecht, Sir. Ich wollte nicht, daß Sie vielleicht denken . . .«

»Schon gut.« Offenbar fürchtete Grimes, daß man ihn des Diebstahls beschuldigen könnte. »Laß die verdammten Dinger verschwinden.«

Sah es Mrs. Mason nicht ähnlich, daß sie ihm Eier besorgte, von denen die Hälfte verdorben war? Hornblower aß seine beiden mit Widerwillen, sie waren nicht gerade schlecht, aber ihr Geschmack verriet, daß nicht mehr viel daran fehlte. Er tröstete sich damit, daß er sich zuletzt noch an der Marmelade schadlos halten konnte, um alle Enttäuschungen wettzumachen. Genüßlich bestrich er ein Stück Hartbrot mit der kostbaren Butter und nahm von der Marmelade. Das hatte noch gefehlt! Ausgerechnet schwarze Johannisbeeren. Wie man nur so unsinniges Zeug kaufen konnte! Grimes, der sich eben wieder durch die Tür ins Kartenhaus quetschen wollte, zuckte richtig zusammen, als Hornblower endlich die Selbstbeherrschung verlor und den Fluch ausstieß, der ihm schon seit Minuten auf der Zunge lag.

»Sir?«

»Ach, hol dich der Teufel, du bist nicht gemeint«, schrie Hornblower außer sich vor Wut.

Er mochte Marmelade für sein Leben gern, aber schwarze Johannisbeeren bildeten eine Ausnahme, die gaben ihm von all den vielen Sorten am allerwenigsten ab. Die Enttäuschung war bitter, aber was half's, er hatte keine Wahl. Mit Todesverachtung begann er, an dem eisenharten Schiffszwieback zu knabbern.

»Du brauchst nicht anzuklopfen, wenn du mir Essen servierst«, sagte er zu Grimes.

»Ich werde es nicht mehr tun, Sir.«

Die Hand, in der Grimes die Kaffeekanne hielt, zitterte heftig, und als Hornblower den Blick hob, sah er, daß auch seine Lippen bebten. Er war drauf und dran, ihn in barschem Ton zu fragen, was er denn habe, aber die Antwort lag auf der Hand, darum konnte er diese Frage für sich behalten. Der Mann hatte einfach Angst, schlotternde, physische Angst vor ihm, seinem Kommandanten. Ein Wort von ihm, und Grimes sah sich an die Fallreepgräting gebunden, um mit Peitschenhieben traktiert zu werden, die ihm grausam das Fleisch von den Knochen fetzten. Ja, es gab in der Navy Kommandanten, die solche Strafen verhängten, wenn sie ein schlechtes Frühstück auf den Tisch bekamen — als ob ihnen Schlimmeres überhaupt nicht zustoßen könnte.

Es klopfte an der Tür. »Herein!«

Grimes drückte sich gegen die Schottwand, damit er nicht durch die Tür hinausfiel, wenn sie aufging.

»Meldung von Mr. Young«, sagte Orrock. »Der Wind schießt wieder aus.«

»Ich komme«, sagte Hornblower.

Grimes machte sich ganz klein, als er sich an ihm vorüberdrückte. Gleich darauf betrat er das Achterdeck. Sechs Dutzend Eier, die Hälfte davon schlecht. Zwei Pfund Kaffee, das reichte längst keinen Monat, wenn er jeden Tag davon trank. Schwarze Johannisbeermarmelade und nicht einmal von dem Zeug genug. Das alles ging ihm noch durch den Kopf, als er an dem Posten Kajüte vorüberkam, aber dann sah er sich davon mit einem Schlag befreit. Das machte einmal die köstliche Seeluft, die ihm wieder um die Nase wehte, zum anderen und vor allem aber die Fülle der auf ihn einstürmenden Probleme.

Prowse hielt nach Backbord Ausschau durch den Kieker, es war jetzt schon hellichter Tag, und der Regen hatte die diesige Luft geklärt.

»Die Pierres Noires liegen an backbord querab, Sir«, meldete Prowse. »Sie können ab und zu sogar die Brecher sehen.«

»Ausgezeichnet«, sagte Hornblower. Über den Ärger mit dem Frühstück war ihm wenigstens die aufreibende Spannung erspart geblieben, die ihn jedesmal befiel, wenn ein entscheidender Tag bevorstand.

Heute galt sein ganzes Denken erst in diesen letzten Sekunden dem Plan, den sein fieberhaft tätiger Geist längst fix und fertig zur Reife gebracht hatte und zu dessen Ausführung jetzt die Befehle zu geben waren.

»Mr. Orrock, haben Sie gute Augen?«

»Äh ... ich ...«

»Heraus mit der Sprache, können Sie gut sehen oder nicht?«

»Jawohl, Sir.«

»Dann nehmen Sie ein Glas und entern Sie in den Vortopp. Melden Sie alles, was Sie an Schiffen ausmachen können, während wir die Einfahrt zur Reede passieren. Setzen Sie sich dazu mit dem Ausguckposten in Verbindung.«

»Aye, aye, Sir.«

»Guten Morgen, Mr. Bush, bitte lassen Sie ›Alle Mann‹ pfeifen.«

»Aye, aye, Sir.«

Nicht zum ersten Mal kam Hornblower dabei jener Hauptmann aus dem Evangelium in den Sinn, der seine Befehlsgewalt mit den Worten umriß: »Wenn ich zu einem meiner Leute sage: komm, so kommt er, und zu einem anderen: geh, so geht er.« In der Royal Navy herrschte genau die gleiche Zucht wie ehedem im römischen Heer.

»Nun, Mr. Prowse, wie weit schätzen Sie im Augenblick die Sicht?«

»Zwei Meilen, Sir, vielleicht sogar drei«, gab Prowse zur Antwort. Die Frage hatte ihn überrascht, darum blickte er jetzt prüfend nach der Kimm, um sich auf den Gedankengang des Kommandanten einzustellen.

»Ich möchte lieber sagen vier Meilen«, sagte Hornblower.

»Das kann sein, Sir«, gab Prowse zu.

»Die Sonne steigt, die Luft wird klarer, bald werden wir zehn Meilen Sicht haben. Der Wind ist nördlicher als West. Wir wollen La Parquette ansteuern.«

»Aye, aye, Sir.«

»Mr. Bush, bitte lassen Sie die Bramsegel bergen — und die Untersegel auch, Marssegel und die Vorsegel genügen.«

»Aye, aye, Sir.«

Mit der kleinen Besegelung fiel die Hotspur weniger auf. Bei geringerer Fahrt war auch länger Zeit, Beobachtungen zu machen, während sie die Einfahrt nach Brest überquerten.

»Sonnenuntergang an einem Tag mit klarer Sicht wäre ein besserer Zeitpunkt für uns«, bemerkte Hornblower zu Prowse. »Wir könnten dann mit der Sonne im Rücken hineinschauen.«

»Jawohl, Sir«, Prowse nickte zustimmend, »Sie haben durchaus recht.«
In seinen schwermütigen Zügen glomm etwas wie Achtung auf, als er das sagte. Er wußte natürlich, daß der Goulet de Brest fast von West nach Ost verlief, dennoch hatte er daraus noch nie irgendwelche Folgerungen oder Pläne abgeleitet.
»Aber wir sind nun einmal hier und haben diese Gelegenheit zu nützen. Wind und Wetter sind uns günstig, es kann Tage dauern, bis wir es wieder so gut treffen.«
»Jawohl, Sir«, sagte Prowse.
»Bitte Kurs Ost zu Süd, Mr. Prowse.«
»Aye, aye, Sir.«
Die HOTSPUR glitt langsam der Küste zu. Das Wetter war wolkig, aber klar, der Horizont weitete sich von Minute zu Minute. Dort lag das Festland Frankreichs, Point de St. Mathieu – Point Matthew – war deutlich auszumachen. Von dort aus wich die Küste wieder zurück und verlor sich allmählich in der Ferne.
»Land in Lee!« rief Orrock aus dem Vortopp.
»Das wird das andere Kap sein, Sir«, sagte Prowse.
»Ja, Toulinguet«, stimmte ihm Hornblower zu. Dann korrigierte er sofort seine Aussprache und sagte: »Toolingwette«. Vielleicht hatte er Monate und Jahre an dieser Küste zu kreuzen, da wollte er auf keinen Fall riskieren, daß ihn einer seiner Offiziere nicht richtig verstand, wenn er ihm einen Befehl gab.
Zwischen diesen beiden Kaps hatte der Atlantik eine breite Lücke in die wilde bretonische Küste gerissen. In einer der tief ins Land geschnittenen Buchten lag die Reede von Brest.
»Mr. Orrock, können Sie die Einfahrt schon ausmachen?« rief Hornblower.
»Noch nicht, Sir – noch nicht genau.«
Ein Kriegsschiff – ein Schiff des Königs – das eine fremde Küste ansteuerte, hatte auch in Friedenszeiten keinen leichten Stand. Es durfte nicht in fremde Hoheitsgewässer einlaufen (es sei denn bei schwerem Wetter), ohne vorher die Erlaubnis dazu erbeten und erhalten zu haben, es durfte sich vor allem nicht erlauben, in den Bereich eines ausländischen Kriegshafens einzudringen, wenn es nicht einen Austausch ungehaltener Noten zwischen den beteiligten Regierungen heraufbeschwören wollte.
»Wir müssen uns außerhalb der Reichweite der Küstenbefestigung halten«, sagte Hornblower.

»Jawohl, Sir ... selbstverständlich, das ist besonders wichtig.«
Prowse hatte erst im letzten Augenblick begriffen, was Hornblowers Worte bedeuteten, darum war ihm diese nachdrückliche Bekräftigung entfahren. Die Staaten erhoben Anspruch auf Hoheitsrechte in allen Gewässern, die sie mit ihrer Küstenartillerie bestreichen konnten, und zwar auch dann, wenn an der betreffenden Küste kein Geschütz stand. Die internationale Rechtsprechung neigte immer mehr zur Festsetzung eines für alle Staaten verbindlichen Hoheitsgebiets von 3 Seemeilen Breite.
»An Deck!« rief Orrock von oben. »Ich sehe jetzt Masten, sie sind eben zu unterscheiden.«
»Zählen Sie sorgfältig, wie viele Sie sehen können!«
Orrock fuhr mit seinen Meldungen fort, er hatte einen erfahrenen Seemann bei sich im Topp. Hornblower hörte sich an, was Orrock ihm zu melden wußte, aber er hatte keine Lust, sich ganz auf seine Beobachtungen zu verlassen. Bush zappelte ohnedies schon vor Ungeduld.
»Mr. Bush«, sagte Hornblower, »ich will in fünfzehn Minuten halsen, würden Sie die Güte haben, sich sogleich mit einem Glas zu bewaffnen und in den Kreuztopp zu entern? Sie können sich dort am besten davon überzeugen, ob Orrock richtig beobachtet hat. Bitte schreiben Sie auf, was Sie feststellen.«
»Aye, aye, Sir«, sagte Bush.
Er eilte an die Kreuzwanten und lief in einem Tempo die Webeleinen hinauf, das jedem jungen Seemann Ehre gemacht hätte.
»Zwölf Linienschiffe, Sir!« schrie Orrock. »Ohne Stengen und Rahen.«
Der Matrose neben ihm unterbrach seine Meldung: »Brecher in Lee voraus!«
Die Pierres Noires auf der einen Seite, La Parquette auf der anderen und etwas weiter landeinwärts das Plateau des Fillettes, das waren die hauptsächlichsten Untiefen zu seiten der Einfahrt nach Brest. Bei klarer Sicht und leichtem Wind wie heute waren sie nicht gefährlich, bei stürmischem Wetter hatten sie jedoch schon vielen hundert Menschen den Tod gebracht.
Prowse nahm eine Peilung nach der anderen und wanderte dabei rastlos zwischen Kompaß und Karte hin und her. Hornblower schätzte mit aller Sorgfalt die Windrichtung. Wenn die französische Marine kein Linienschiff seeklar hatte, brauchte man nichts mehr zu riskieren. Ein Umspringen des Windes konnte jederzeit zur Folge haben, daß sich die HOTSPUR unversehens auf Legerwall befand. Mit dem Kieker suchte

Hornblower die zerklüftete Küste ab, die inzwischen rings um die Kimm immer höher aus dem Wasser gestiegen war.
»Es ist gut, Mr. Prowse, wir wollen jetzt halsen, solange wir La Parquette noch in Luv passieren können.«
»Aye, aye, Sir.«
Prowse war sichtlich erleichtert. Sein Amt war es ja, für die Sicherheit des Schiffs zu sorgen, darum ging er drohenden Gefahren gern möglichst weit aus dem Wege. Hornblower sah sich nach dem Wachoffizier um.
»Mr. Poole, bitte halsen Sie.«
Die Pfeifen schrillten, Befehle wurden ausgesungen. Die Männer eilten an die Brassen, als das Ruder zum Abfallen gelegt wurde. Hornblower ließ unterdes die Küste nicht aus den Augen.
»Recht so wie es geht!«
Die HOTSPUR ließ sich willig auf den neuen Kurs einsteuern. Hornblower lernte ihre Eigenschaften immer besser kennen, er spielte sich auf sein Schiff ein wie ein Bräutigam auf seine Braut, nein, das war ein schlechter Vergleich, den mußte er gleich wieder fallenlassen. Er hoffte immerhin, daß er sich mit der HOTSPUR besser zusammenfand als mit Maria. Aber Schluß damit, jetzt gab es anderes zu bedenken.
»Mr. Bush! Mr. Orrock! Bitte kommen Sie wieder herunter, wenn Sie nichts mehr entdecken können, was für uns interessant ist.«
An Bord der HOTSPUR wehte ein frischer Wind. Hornblower fühlte das in den Fingerspitzen, wenn er die Mannschaft beim Dienst beobachtete. Jeder Mann an Bord war sich bewußt, daß sie Bonaparte mit Nadelstichen traktierten, indem sie vorwitzig den größten Kriegshafen Frankreichs in Augenschein nahmen und damit zum Ausdruck brachten, daß England jeder Herausforderung zur See in Ruhe entgegensah. Es gab keinen, der sich nicht darüber klargewesen wäre, daß das große Abenteuer schon für die nächste Zukunft zu erwarten war. Hornblower fühlte beglückt, daß er sich in den letzten Tagen eine Waffe geschmiedet hatte, die ihm gut in der Hand lag. Schiff und Besatzung brannten darauf, sich zu bewähren, er selbst fühlte sich wie ein Fechter, der mit vertrauter, bestens ausgewogener Klinge in den Zweikampf geht.
Orrock trat mit der Hand am Hut vor ihn hin, und Hornblower hörte sich an, was er zu berichten hatte. Gut, daß Bush im Kreuztopp noch freie Sicht in den Goulet besaß und darum oben geblieben war, denn die Berichte der beiden Offiziere sollten unabhängig voneinander erstattet werden, so daß einer den anderen nicht hören konnte. Es wäre taktlos gewesen, Bush solange abseits warten zu lassen, bis der junge

Mann fertig war. Darum war es ihm recht, daß er noch nicht an Deck erschien, sondern noch einige Minuten in seinem Topp verweilte. Bush hatte sich mit Papier und Bleistift versehen und genaue Aufzeichnungen über das gemacht, was er sah. Orrock konnte man kaum einen Vorwurf daraus machen, daß er nicht so gründlich gearbeitet hatte. Von den 13 oder 14 Linienschiffen, die auf der Reede vor Anker lagen, war kein einziges seeklar, dreien fehlte sogar je ein ganzer Mast. Weiter waren da noch sechs Fregatten, drei davon hatten ihre Stengen aufgebracht, eine einzige hatte schon die Rahen geheißt und die Segel untergeschlagen.

»Das wird die Loire sein«, bemerkte Hornblower an Bush gewandt, der nun ebenfalls erschienen war.

»Haben Sie von ihr gehört, Sir?« fragte Bush.

»Ich weiß, daß sie dort liegt«, gab ihm Hornblower zur Antwort. Er hätte gern erklärt, wie er zu dieser Kenntnis gekommen war, aber Bush fuhr bereits mit seiner Darlegung fort, und Hornblower kam es nicht ungelegen, daß er seinen Ruf, allwissend zu sein, wieder einmal bewähren konnte.

Im übrigen herrschte auf der Reede offenbar reger Betrieb. Bush hatte Leichter und Tender kreuz und quer fahren sehen und meinte sogar, eine Hulk mit Kranbalken unterschieden zu haben, ein Fahrzeug, das eigens zu dem Zweck zurechtgetakelt war, neue Masten in große Schiffe zu setzen.

»Besten Dank, Mr. Bush«, sagte Hornblower. »Ihre Wahrnehmungen sind ausgezeichnet. Wir müssen, wenn irgend möglich, jeden Tag feststellen, was da drinnen vorgeht.«

»Jawohl, Sir.«

Laufende Beobachtung mehrte ihr Wissen in geometrischer Proportion – es galt zu erfahren, welche Schiffe den Ankerplatz verlegten, welche ihre Stengen aufbrachten, Rahen heißten, Segel unterschlugen. Solche Veränderungen verrieten mehr als alle Schlußfolgerungen, die aus einer einmaligen Beobachtung abgeleitet werden konnten.

»Jetzt gehen wir wieder auf die Suche nach Fischerbooten«, fuhr Hornblower fort.

»Jawohl, Sir.«

Bush richtete sein Glas auf La Parquette. Die düsteren schwarzen, von einer Bake gekrönten Felsen dieses Riffs schienen in den gewaltigen Rollern der Dünung auf- und niederzutauchen.

»Dort in Lee des Riffs liegt ein Fischer, Sir«, sagte Bush.

»Was tut er dort?«

»Er nimmt wohl Hummerkörbe auf, Sir«, sagte Bush. »Wahrscheinlich ist er dabei, seinen Fang einzubringen, Sir.«
»Was Sie nicht sagen!«
Zweimal im Leben hatte Hornblower Hummer gegessen, beide Male in jenen harten, bitteren Tagen, als er sich unter dem Druck von Hunger und Kälte in den Long Rooms zum Berufsspieler erniedrigt hatte. Reiche Männer hatten dort zu Abend gegessen, und für ihn war dabei eine Einladung abgefallen. Unvorstellbar, daß diese schauerlichen Zeiten erst vor vierzehn Tagen zu Ende gegangen waren.
»Ich glaube«, sagte Hornblower langsam, »Hummer stünde mir heute zum Abendbrot nicht schlecht zu Gesicht. Mr. Poole, fallen Sie etwas ab, daß wir dem Riff näher kommen. Mr. Bush, bitte lassen Sie das Heckboot klarmachen zum Fieren.«
Welcher Unterschied zwischen damals und heute! Man genoß die köstlichen Apriltage und lebte dabei in einem seltsamen Schwebezustand zwischen Krieg und Frieden, man hatte alle Hände voll zu tun, es gab freundschaftliche Unterhaltungen mit Fischern, in deren Verlauf man Goldstücke springen ließ und dafür einen winzigen Bruchteil des Fangs eintauschte. Man hatte wieder die Aufgabe, eine Besatzung in Schwung zu bringen und bei den Manövern, die dazu nötig waren, herauszufinden, wie sich die HOTSPUR benahm. Man war befugt, nein sogar beauftragt, einen Blick in den Goulet zu wagen, um herauszufinden, wie es um die französische Flotte stand, wann sie vor allem zum Auslaufen bereit war. Man war dabei in der Lage, den Golf d'Iroise – mit anderen Worten, die Ansteuerung von Brest – mit den hier herrschenden schwierigen Gezeitenströmungen genau zu erforschen. Wenn man hier den Verkehr beobachtete, dann konnte man einen Einblick in die Schwierigkeiten gewinnen, mit denen die französischen Marinebehörden in Brest zu kämpfen hatten.
Die Bretagne war eine arme Provinz, weder fruchtbar noch dicht bevölkert, sie lag am äußersten Ende Frankreichs, und die Landverbindungen zwischen Brest und dem Landesinneren ließen so gut wie alles zu wünschen übrig. Es gab keine schiffbaren Flüsse und keine Kanäle. Die ungeheuren Gewichte, die zur Ausrüstung einer Flotte herangeschafft werden mußten, waren auf dem Landwege unmöglich nach Brest zu schaffen. Allein die Artillerie für ein Linienschiff erster Klasse wog zweihundert Tonnen. Geschütze, Anker und Munition konnten also nur auf dem Wasserwege von den belgischen Gießereien nach Brest und auf die Schiffe geschafft werden. Der Großmast eines Linienschiffes war dreißig Meter lang und einen Meter dick. Solche Rundhölzer konn-

ten nur Schiffe, und noch dazu nur eigens zu diesem Zweck ausgerüstete Schiffe befördern.

Wenn man eine Flotte bemannen wollte, wie sie in Brest auflag, dann brauchte man dazu zwanzigtausend Mann. Diese Seeleute – um sie einmal so zu nennen – mußten von den Handelshäfen Marseille und Le Havre Hunderte von Meilen marschieren, wenn sie nicht über See an ihren Bestimmungsort gebracht werden konnten. Zwanzigtausend Mann brauchten Nahrung und Kleidung, und zwar beides in einer dem Seedienst angemessenen Form. Wo sollten die Rohstoffe herkommen, die man mit einem Schlag dazu brauchte? Das Mehl für das Hartbrot, die Rinder und die Schweine und dazu das Salz, das nötig war, um ihr Fleisch einzupökeln? Die Dauben für die Fässer, in die man das Salzfleisch verstauen mußte? Wo sollte man das alles hernehmen? Es ging ja überdies nicht darum, sich nur von heute auf morgen, von der Hand in den Mund zu versorgen. Nein, schon ehe die Schiffe in See gingen, mußten Rationen für hundert Tage da sein – das heißt zwei Millionen Rationen über den täglichen Bedarf hinaus. Um diese Mengen herbeizuschaffen, brauchte man Hunderte von Küstenseglern. Hornblower hatte schon beobachtet, daß Fahrzeuge dieser Art ständig nach Brest einsickerten: die einen rundeten Ouessant vom Norden her, die anderen Raz de Sein aus dem Süden. Angenommen, es gab Krieg, dann oblag es der Royal Navy, diesen Verkehr zu unterbinden. Dafür kamen aber wiederum besonders die kleinen Fahrzeuge in Frage, mit in erster Linie seine HOTSPUR. Je genauer er also über diese Verhältnisse Bescheid wußte, desto besser war es.

Mit solchen Überlegungen gab sich Hornblower ab, während die HOTSPUR zum zweitenmal an La Parquette vorüber nach Land zusteuerte, um festzustellen, was in Brest vor sich ging. Der Wind stand an diesem Nachmittag aus Südost, und die HOTSPUR lag voll und bei – unter Marssegeln und ohne viel Fahrt – mit Ausguckposten in allen drei Toppen, die die Wohltat des sonnigen frischen Morgens mit vollen Zügen genossen.

Vom Fockmast und Kreuzmast kamen nacheinander zwei Meldungen.

»An Deck! Es kommt ein Schiff durch das Fahrwasser seewärts!«

»Eine Fregatte, Sir!« Das war Bush, der Cheesemans Meldung ergänzte.

»Verstanden!« rief Hornblower zurück. Es konnte natürlich sein, daß das Erscheinen dieser Fregatte nicht mit seinen eigenen Operationen in der Iroise-Bucht zusammenhing, wesentlich näher lag allerdings die umgekehrte Vermutung, daß nämlich eins das andere verursacht hatte.

Er ließ den Blick über sein Schiff wandern, die Männer scheuerten gerade das Deck mit Sand und Steinen, wie es die Routine vorschrieb, aber dieses friedliche Bild konnte sich auf seinen Befehl hin jederzeit von Grund auf wandeln. Entweder ließ er Klarschiff anschlagen oder alle Segel setzen — eins wie das andere war in Windeseile vollzogen.
»Recht so wie es geht«, befahl er knurrend dem Rudergänger.
»Mr. Cargill, bitte lassen Sie die Flagge setzen.«
»Da ist sie«, sagte Prowse. Mit dem Glas waren die Bramsegel einer Fregatte zu unterscheiden. Sie steuerte mit günstigem Wind seewärts durch den Goulet. Ihr Kurs schnitt den der Hotspur einige Meilen voraus.
»Mr. Bush! Ich möchte Sie gern bei mir an Deck haben, kommen Sie herunter, sobald Sie mit Ihren Beobachtungen fertig sind.«
»Aye, aye, Sir.«
Die Hotspur zog in aller Ruhe weiter ihres Wegs, es hatte keinen Sinn, jetzt hastig mehr Segel zu setzen und den Harmlosen zu spielen. Das französische Flottenkommando hatte sicher schon aus einem Dutzend Quellen erfahren, daß das Schiff dauernd vor der Einfahrt nach Brest kreuzte.
»Sie werden doch diesen Burschen nicht trauen, Sir?« bekam Hornblower sofort von Bush zu hören, als dieser auf dem Achterdeck anlangte. Bush machte sich offenbar Sorgen, er ließ sich zwar dadurch nicht aus seiner eisernen Ruhe bringen, man konnte es aber daraus schließen, daß er sich dazu verstieg, dem Kommandanten so formlos nahezulegen, was ihm geboten schien.
Hornblower wollte nicht weglaufen. Er hatte die Luvstellung, er konnte im Nu alle Segel setzen, aufbrassen und mit Kurs nach See das Weite suchen, aber das kam für ihn nicht in Frage. Er wußte im voraus, daß ihm in diesem Falle die Fregatte sofort nachsetzen würde, dann blieb ihm nichts anderes übrig, als mit eingezogenem Schwanz bis weit in den Atlantik hinaus zu fliehen — beschämendes Ende eines kühnen Unterfangens. Nein, so ging es nicht. Er mußte sich zu einem Wagnis entschließen, das seine Männer begeisterte, das die Franzosen beeindruckte und — darauf kam es ihm vor allem an — das ihm seinen eigenen Wert bewies. Was er jetzt unternahm, sollte also in erster Linie ein Test sein. Sein Instinkt mahnte ihn immer zur Vorsicht, aber er fragte sich, ob diese Vorsicht nicht etwa nur ein Deckmantel für seine Feigheit war. Nüchterne Überlegung sagte ihm überdies, daß es keinen Anlaß zur Vorsicht gab, dennoch wollte ihm die Angst weismachen, daß ihn die französische Fregatte nur in den Schußbereich ihrer Artil-

lerie locken wollte, um ihn zu vernichten. Nein, jetzt hatte er nur dem Ergebnis seiner Überlegung zu folgen und weit von sich zu weisen, was ihm die Angst einblasen wollte. Er hätte sich nur brennend gewünscht, daß sein Herz nicht so fiebrig klopfte, daß seine Handflächen nicht naß von Schweiß gewesen wären und daß er nicht das Gefühl gehabt hätte, als stäche man seine Beine mit spitzen Nadeln. Es war ihm auch schrecklich lästig, daß ihn Bush just in diesem Augenblick an den Finknetzen gestellt hatte und daß es ihm daher verwehrt war, ein paar Schritte auf dem Achterdeck auf und ab zu gehen. Aber im nächsten Augenblick sagte er sich, daß er jetzt unmöglich auf und ab gehen konnte, weil er damit aller Welt eingestanden hätte, daß er nicht wußte, was er wollte.

Heute waren Küstensegler in großer Zahl aus Brest ausgelaufen, um den günstigen Wind zu nutzen. Wenn der Krieg schon erklärt gewesen wäre, hätten sie dies bestimmt unterlassen. Er hatte mit drei Fischern gesprochen, keiner hatte auch nur mit einem Wort erwähnt, daß mit Krieg zu rechnen sei — aber war es nicht möglich, daß sich diese Leute alle verschworen hatten, ihn in Sicherheit zu wiegen? Nein, das war denn doch zu unwahrscheinlich. Gesetzt, in Brest hätte man erst vor einer Stunde erfahren, daß der Krieg erklärt war, so hätte die Fregatte in der seither verflossenen Zeit niemals auslaufen und den Goulet passieren können. Um seine Überlegungen auch am Standpunkt der Gegenseite zu messen, sagte er sich, daß die französischen Marinebehörden auf jeden Fall so handeln mußten, wie sie es taten, auch wenn der Krieg noch nicht erklärt war. Wenn sie an Land von der kühnen britischen Korvette hörten, die draußen kreuzte, dann war es nur natürlich, daß sie eine Fregatte mit dem Auftrag vor den Hafen hinausschickten, den frechen Eindringling zu verscheuchen. Leute dafür fanden sie bestimmt genug, indem sie die Stammbesatzungen der anderen Schiffe rücksichtslos kürzten. Nein, er durfte sich hier nicht fortgraulen lassen. Der Wind konnte leicht noch tagelang durchstehen, und wenn er da erst einmal nach Lee weggelaufen war, dann brauchte er Tage, um Schlag für Schlag zurückzukreuzen, Tage, bis er seine Beobachtung von Brest fortsetzen konnte.

Die Fregatte war nun mit dem Rumpf schon über der Kimm, durchs Glas konnte er sie bis zur Wasserlinie betrachten. Sie war sehr groß, an der Bordwand entlang zählte er zwanzig gemalte Geschützpforten. Dazu kamen noch die Kanonen auf dem Achterdeck und auf der Back. Wahrscheinlich führte sie Achtzehnpfünder. Sie hatte also doppelt so viele Geschütze wie die HOTSPUR, und das Gewicht ihrer Breitseite

war sogar viermal so groß. Die Geschütze waren allerdings nicht ausgerannt. Jetzt hob Hornblower das Glas abermals ans Auge, um sich die Takelage des Franzosen genauestens anzusehen. Er gab sich alle Mühe, wirklich zu erkennen, was es da zu entdecken gab — diesmal galt es, neben dem Verstand auch die Augen zu Rate zu ziehen. Eines stand fest: weder die Fockrah noch die Vormarsrah, weder die Großrah noch die Großmarsrah waren durch Kettenstropps gesichert. Wäre die Fregatte gefechtsklar gewesen, so hätte sie diese vorsorgliche Maßnahme bestimmt nicht unterlassen. Sie konnte nicht die Absicht haben, zu kämpfen. Sie hatte offenbar auch nicht im Sinn, ihn in einen Hinterhalt zu locken.
»Haben Sie Befehle für mich, Sir?«
Bush hätte für sein Leben gern Klarschiff angeschlagen, die Geschützpforten geöffnet und die Geschütze ausgerannt. Es gab kaum eine Handlungsweise, die rascher offene Feindseligkeiten nach sich gezogen hätte. Hornblower erinnerte sich, wie Cornwallis ihm mündlich und schriftlich immer wieder ans Herz gelegt hatte, alles zu vermeiden, was England den Vorwurf eintragen konnte, einen Krieg vom Zaun gebrochen zu haben.
»Ja«, antwortete Hornblower auf Bushs Frage, und diesem sah man daraufhin sofort an, wie ihm das Herz leichter wurde. Aber ehe noch ein Wort gewechselt war, verdüsterte sich seine Miene wieder, als er den seltsamen Schimmer in Hornblowers Augen sah.
»Wir müssen paradieren, Mr. Bush«, sagte Hornblower trocken.
Es war, um aus der Haut zu fahren, wenn man sich zwingen mußte, kühle Formen zu zeigen, während man innerlich vor Erregung kochte. So ungefähr mochte es im Inneren von Mr. Watts Dampfmaschine aussehen, wenn das Sicherheitsventil verstopft war.
»Aye, aye, Sir«, sagte Bush — das war die Antwort des disziplinierten Soldaten, die einzige, die es gab, wenn ein Vorgesetzter seinen Willen kundtat.
»Wissen Sie auch, was dabei zu beachten ist?«
Hornblower hatte noch nie im Leben einem französischen Kriegsschiff eine Ehrenbezeigung erwiesen; solange er in der Navy diente, hatte jedes Sichten eines solchen Schiffes immer sofort ein Gefecht bedeutet.
»Jawohl, Sir.«
»Gut, dann geben Sie bitte die nötigen Befehle.«
»Aye, aye, Sir. Alle Mann auf, alle Mann auf! Antreten zum Paradieren! Mr. Wise, bitte achten Sie auf Ruhe und Ordnung. Der Feldwebel der Seesoldaten! Lassen Sie auf dem Achterdeck antreten! Los, machen

Sie rasch! Tambour am rechten Flügel. Die Bootsmannsmaate! Klar zum Seitepfeifen, wenn der Trommler seinen Wirbel anschlägt!« Dann erklärend zu Hornblower gewandt: »Wir haben außer der Trommel und den Pfeifen keine Musik an Bord.«

»Sie werden von dem kleinen Schiff nicht mehr erwarten«, sagte Hornblower, ohne das Auge vom Glas zu nehmen. Ein Feldwebel, ein Unteroffizier, zwölf Mann und ein Trommler, mehr Seesoldaten standen einer Korvette eben nicht zu. Was sollte er sich also weiter damit befassen, zumal die französische Fregatte jetzt seine ganze Aufmerksamkeit verlangte? Man sah, daß dort mindestens ein Dutzend Gläser auf die HOTSPUR gerichtet waren. Als hier das allgemeine Gerenne begann, setzte es gleich darauf auch drüben bei den Franzosen ein. Eine unglaubliche Menge Menschen trat dort zum Paradieren an. Über das Wasser her drang der Lärm von gut vierhundert aufgeregten Franzosen, die auf ihre Stationen eilten.

»Ruhe!« befahl Bush in eben diesem Augenblick. Als er dann fortfuhr, wirkte seine Stimme seltsam ungewohnt, weil er nicht wollte, daß man auf dem Franzosen hören konnte, was er sagte. Darum versuchte er sich in der schwierigen Kunst, sotto voce zu schreien: »Zeigt den Froschfressern, wie sich eine britische Besatzung benimmt! Köpfe hoch da und Mund gehalten!«

Blaue Röcke und weiße Kniehosen! Es waren französische Seesoldaten, die sich jetzt auf dem Achterdeck der Fregatte formierten. Stahl blitzte auf, Hornblower sah durch das Glas, wie sie ihre Bajonette aufpflanzten, das Messing der Musikinstrumente blinkte golden in der Sonne. Die Schiffe näherten sich einander mit konvergierenden Kursen, die Fregatte mit ihrer weitaus größeren Segelfläche war dabei natürlich schneller. So kamen sie stetig aufeinander zu. Die HOTSPUR war das besuchende Schiff.

Hornblower setzte den Kieker ab.

»Jetzt«, sagte er.

»Tambour, schlag an!« befahl Bush.

Der Trommler schlug einen langgezogenen Wirbel.

»Präsentiert das — Gewehr!« kommandierte der Feldwebel der Seesoldaten, dann viel leiser: »Eins, zwei *und* drei.«

Die Musketen der Seesoldaten und die Pike des Feldwebels wurden mit den schönen Bewegungen des Exerzierreglements zur Ehrenbezeigung präsentiert. Die Pfeifen der Bootsmannsmaate zwitscherten einen endlosen, markerschütternden Triller, Hornblower nahm den Hut ab und hielt ihn vor die Brust — der formlose Gruß mit der Hand an der

Krempe war bei dieser feierlichen Gelegenheit nicht am Platze. Auf dem Achterdeck der Fregatte stand der französische Kommandant, ein vierschrötiger Mann, der seinen Hut nach französischem Brauch grüßend über dem Kopf hielt. Auf seiner Brust glitzerte ein Stern, sicher der Orden der neugebackenen Ehrenlegion, die Boney gegründet hatte. Hornblower fand wieder in die Wirklichkeit zurück. Er hatte als Gast mit der Ehrenbezeigung begonnen und mußte sie nun daher auch als erster beenden. Mit unterdrückter Stimme richtete er ein Wort an Bush.

»Tambour – halt!« befahl Bush, und der lange Wirbel verstummte. Zugleich damit erstarb auch das Gezwitscher der Pfeifen, leider nicht so sauber und gleichmäßig, wie es Hornblower gewünscht hätte.

Auf dem französischen Achterdeck hob ein Mann – wahrscheinlich der Tambourmajor – einen langen, mit Messingglocken behangenen Stab hoch über den Kopf und setzte ihn mit hartem Stoß an Deck. Sogleich begannen sechs Trommler mit einem langgedehnten, aufpeitschenden Wirbel, dann hallte Musik über das Wasser her, jenes unverständliche Durcheinander von Tönen, das für Hornblower von jeher ein Buch mit sieben Siegeln war. Im Takt hob und senkte sich dazu der Stab des Tambourmajors. Endlich verstummte die Musik mit einem letzten Trommelwirbel, Hornblower setzte seinen Hut wieder auf, und der französische Kommandant tat desgleichen.

»Das Gewehr – über!« schrie der Feldwebel der Seesoldaten.

»Alle Mann weggetreten!« rief Bush, dann wieder leiser: »Ruhe da! Haltet doch den Mund!«

Die Männer waren in heller Aufregung und wollten natürlich sofort losschnattern, als es »Weggetreten« hieß – es hatte ja auch wirklich noch keiner jemals ein französisches Schiff passiert, ohne daß dabei die Geschütze sprachen. Aber Bush setzte jetzt alles daran, den Franzosen eine HOTSPUR vorzuführen, die nur von stoischen Helden besetzt war. Wise schwang sein spanisches Rohr und schaffte Ordnung, die Männer gingen ruhig auseinander, nur ein einziger, rasch unterdrückter Schrei störte dieses friedliche Schauspiel, als das spanische Rohr blitzschnell auf das Hinterteil eines frechen Burschen niedersauste.

»Es war in der Tat die LOIRE, Sir«, sagte Bush. Sie hatten beide den Namen gesehen, der sich in vergoldeten Buchstaben aus dem Rankenwerk der Heckverzierung abhob. Hornblower fiel wieder ein, daß Bush ja immer noch nicht ahnte, woher er sein Wissen um dieses Schiff bezogen hatte. Für allwissend gehalten zu werden war nicht übel, selbst wenn man von Rechts wegen keinen Anspruch darauf erheben konnte.

»Sie hatten recht, Sir, daß Sie nicht weggelaufen sind«, fuhr Bush fort.
Warum war es nur so schwer zu ertragen, daß ihn Bush mit dem Ausdruck höchster Bewunderung ansah? Ja, der ahnte eben nichts von seinem klopfenden Herzen und von dem Schweiß, der ihm die Handflächen näßte.
»Auf diese Art bekamen unsere Kerle einmal einen Franzosen aus der Nähe zu sehen«, meinte Hornblower, nur um etwas zu sagen.
»Ja, diese Gelegenheit haben Sie ihnen verschafft, Sir«, sagte Bush zustimmend. »Mein Gott, ich hätte nie gedacht, daß ich diese Melodie einmal von Bord einer französischen Fregatte zu hören bekäme!«
»Welche Melodie?« entfuhr es Hornblower unversehens. Im nächsten Augenblick ärgerte er sich wütend über sich selbst, daß er auf diese Art seine Unmusikalität verraten hatte.
»Nun, ›God save the King‹, Sir«, antwortete Bush in aller Harmlosigkeit. Glücklicherweise kam er gar nicht auf den Gedanken, daß jemand die Nationalhymne nicht zu erkennen vermochte. »Hätten wir Musik an Bord gehabt, dann hätten wir die Marseillaise spielen müssen.«
»Gewiß«, sagte Hornblower lakonisch. Er fand es hoch an der Zeit, daß endlich etwas anderes zur Sprache kam. »Da, sehen Sie! Er birgt seine Bramsegel. Rasch! Zeiten Sie sein Manöver. Wir wollen doch sehen, wie es um die Seemannschaft dieser Burschen bestellt ist.«

6

Heute wehte es hart, es herrschte ein ausgewachsener Zweireff-Sturm aus westlicher Richtung. Das unwahrscheinlich schöne Wetter der vergangenen Woche war zu Ende, und der Atlantik zeigte wieder sein gewöhnliches Gesicht. Die Hotspur lag unter dicht gerefften Marssegeln mit Backbord-Halsen hart am Wind und wühlte sich tapfer durch die schwere See. Sie bot ihren Backbordbug den gewaltigen Rollern dar, die unbehindert über die dreitausend Meilen Seeraum von Kanada bis Frankreich auf sie losgestürmt kamen. Sie holte über, sie hob den Bug, sie setzte ein und holte dann von neuem über. Der überaus starke Druck des Windes auf ihre Marssegel stützte sie so kräftig, daß sie sich kaum nach Luward neigte, sie holte nur immer wieder weit nach Steuerbord über, blieb einen Augenblick liegen und richtete sich dann wieder auf. Waren die Querschiffbewegungen auf diese Art auch ge-

dämpft, so setzte sie dafür um so wilder in die See ein. Das ganze kleine Fahrzeug wurde hochgehoben, sooft es eine See auf ihren Rücken nahm, und stürzte dann wieder in einen Abgrund. Wer an Deck stand, fühlte deutlich, wie sich der Druck seines Körpergewichts vermehrte oder verminderte, wenn sich das Deck unter ihm hob oder senkte. Der Sturm heulte in der Takelage, der ganze Schiffsrumpf stöhnte unter der Einwirkung der wechselnden Kräfte, die ihn der Länge nach, bald in der Mitte, dann wieder an den Enden aufbiegen wollten. Aber dieses an- und abschwellende Stöhnen hatte nichts Beunruhigendes, es gab da weder lautes Krachen noch sonst irgendwelche ausgefallenen Geräusche. Was man hörte, war nur ein Zeichen, daß die HOTSPUR kein starres, sprödes Gebilde war, sondern alle auf sie einwirkenden Kräfte weich und elastisch abfing.
Hornblower betrat das Achterdeck. Er war blaß und seekrank, weil ihm die veränderte Bewegung zu schaffen machte. Aber der Anfall war nicht so schlimm wie der erste im Kanal. Sein hochgeschlossener Mantel hielt ihn warm; sooft das Schiff hart überholte, suchte er mit den Händen irgendwo Halt, denn seine Seebeine hatten die Lektion für Fortgeschrittene noch nicht gelernt. Bush, gefolgt vom Bootsmann, kam von mitschiffs auf ihn zu, er legte zum Gruß kurz die Hand an den Hut und wandte sich dann, von Wise unterstützt, gleich wieder der Aufgabe zu, das Schiff in allen Einzelheiten genauestens zu überprüfen.
»Man wird erst beim ersten Sturm gewahr, was sich alles losschlagen kann, Sir«, sagte Bush.
Irgendwelches Gerät oder Geschirr, das man bestens gesichert glaubte, zeigte zuweilen plötzlich eine erschreckende Neigung, sich aus seinen Zurrings oder Halterungen loszureißen, wenn es den unberechenbaren Kräften ausgesetzt war, die ihm bei anhaltendem schwerem Wetter zusetzten. Bush und Wise hatten eben auf einem ausgedehnten Rundgang durch das Schiff geprüft, wie es sich damit verhielt.
»War etwas nicht in Ordnung?« fragte Hornblower.
»Außer ein paar Kleinigkeiten nur der Warpanker, Sir. Der ist jetzt aber auch wieder gut festgezurrt.«
Bush strahlte über das ganze Gesicht, sein Blick schien förmlich zu tanzen, offenbar hatte er seine helle Freude an dem veränderten Wetter, an dem tosenden Sturm und dem Krafteinsatz, den er verlangte. Er rieb sich immer wieder die Hände, weitete die Brust und atmete den Wind ein, der ihm ins Gesicht blies. Hornblower mußte sich damit trösten, daß er in vergangenen Tagen selbst an schlechtem Wetter

Freude gefunden hatte, und wagte sogar zu hoffen, daß diese Zeiten bald wiederkehrten. Doch in seinem heutigen Zustand mußte er sich dann sofort eingestehen, daß seine Erinnerung hohl und seine Hoffnung eitel war.
Verdrossen griff er zum Glas und nahm einen Rundblick. Im Augenblick war es ziemlich klar geworden, und das Gesichtsfeld hatte sich entsprechend geweitet. Steuerbord achteraus entdeckte er mit dem Kieker einen hellen Schimmer, der sich immer wieder zeigte und verschwand. Er verankerte sich auf dem tanzenden Deck so gut es ging, um das Ding wieder ins Gesichtsfeld zu bekommen. Da war es wieder! Es war die Brandung auf Ar Men — seltsamer bretonischer Name —, dem südlichsten der Riffe, die um die Einfahrt nach Brest überall verstreut sind. Während er noch hinsah, kam wieder eine See angerollt und traf mit aller Wucht auf den aus dem Wasser aufragenden Felsen. Da brandete eine schneeweiße Gischtwolke auf, hoch wie die Marsrah eines Linienschiffs, und zerstob vom Sturm gepackt schon im nächsten Augenblick wieder zu nichts. Abermals zog eine Bö mit peitschendem Regen über das Schiff, die Sichtgrenze rückte von allen Seiten näher und die Hotspur war wieder Mittelpunkt einer winzigen Welt schäumender grauer Wogen und niedrig einherjagender Wolken, die fast die Masttoppen zu berühren schienen.
Sie waren der Leeküste so nahe, wie es nach Hornblowers Meinung eben noch zu vertreten war. Ein ängstlicher Kommandant hätte sich schon beim ersten Anzeichen einer Wetterverschlechterung weiter nach See zurückgezogen. Aber einem solchen Angsthasen konnte es nur zu leicht blühen, daß er bei einem Umspringen des Windes unversehens weit in Lee des Küstenstriches stand, den er überwachen sollte. Dann vergingen vielleicht Tage, bis er wieder auf seinem Posten anlangte — ausgerechnet Tage, an denen der Wind den Franzosen günstig war, so daß sie ungesehen ganz nach ihren Wünschen operieren konnten. Eine Linie, parallel den Längengraden auf der Karte gezogen, mochte man sich als die Grenze denken, die berechnende Kühnheit von dummer Waghalsigkeit schied. Hornblower bewegte sich genau auf dieser Grenze des Allzugewagten. Für den Augenblick gab es nichts weiter zu tun, als — wie es in der Navy die Regel war — die Augen offenzuhalten und zu warten. Dieses Warten war ein unermüdlicher Kampf gegen Wind und See, wobei es jede noch so kleine Änderung der Windrichtung zu beachten galt. Ein Schlag führte nach Norden, der nächste wieder nach Süden, so kreuzte er geduldig vor Brest auf und ab, bis es wieder möglich war, näher heranzugehen. So hatte er es schon den

ganzen gestrigen Tag getrieben, so trieb er es heute und wahrscheinlich eine endlose Folge weiterer Tage, wenn der drohende Krieg zum Ausbruch kam. Er zog sich wieder in seine Kajüte zurück, damit niemand etwas von dem neuen Anfall von Seekrankheit merkte, den er nahen fühlte.

Als ihm schon wieder etwas besser war, wurde plötzlich heftig an seine Tür geklopft.

»Was ist los?«

»Der Ausguck meldet etwas aus dem Topp, Sir; Mr. Bush läßt ihn eben herunterkommen.«

»Ich komme.«

Hornblower tauchte grade auf dem Achterdeck auf, als der Ausguckposten nach dem Backstag griff und daran bis an Deck herunterrutschte.

»Mr. Cargill«, sagte Bush, »schicken Sie an seiner Stelle einen anderen Mann hinauf.«

Bush wandte sich an Hornblower.

»Ich konnte nicht verstehen, was der Mann sagte, Sir, weil der Wind so stark ist. Darum rief ich ihn herunter. Na, was gibt's zu melden?«

Der Ausgucksmann hielt seine Mütze in der Hand und war etwas verschüchtert, als er sich den beiden Offizieren gegenüber sah.

»Ich weiß nicht, ob es so wichtig ist, Sir, aber als es eben wieder aufklarte, sichtete ich die französische Fregatte.«

»In welcher Richtung?« Hornblower besann sich im letzten Augenblick und unterließ es, den Mann anzufahren, weil er nicht gleich die Peilung angegeben hatte. Er sagte sich, daß dadurch nichts zu gewinnen, wohl aber einiges zu verlieren war.

»Zwei Strich in Lee, Sir. Der Rumpf war noch unter der Kimm, aber ich erkannte sie an ihren Marssegeln.«

Seit der gegenseitigen Ehrenbezeigung war die LOIRE von der HOTSPUR häufig an verschiedenen Stellen der Iroise-Bucht gesichtet worden — ihr gegenseitiges Verhalten glich in der Tat einer Art Katz-und-Maus-Spiel.

»Welchen Kurs steuerte sie denn?«

»Sie lag unter doppelt gerefften Marssegeln am Wind, Sir, mit Steuerbord-Halsen, Sir.«

»Es war sehr gut, daß Sie das Schiff gemeldet haben. Und jetzt beziehen Sie wieder Ihren Ausguck. Der zweite Mann soll bei Ihnen oben bleiben.«

»Aye, aye, Sir.«

Der Mann wandte sich zum Gehen, und Hornblower ließ den Blick über die See hinwandern. Es war wieder dick geworden, und die Sicht war auf ein paar Schiffslängen eingeengt. Warum war die Loire ausgelaufen, warum ritt sie hier draußen vor ihrem Hafen den Sturm ab? Wie war das zu erklären? Ob etwa ihr Kommandant die Besatzung bei schlechtem Wetter eintrimmen wollte? Nein, er mußte die Dinge so sehen wie sie waren; was ihm da eben durch den Kopf geschossen war, wäre ganz unfranzösisch gewesen. In der französischen Marine pflegte man nämlich das Schiffsmaterial mit einer Sorgfalt zu schonen, die geradezu krankhaft wirkte.

Plötzlich wurde er gewahr, daß Bush neben ihm stand und offenbar wartete, bis er ihn ansprach.

»Nun, Mr. Bush, was halten Sie davon?«

»Ich nehme an, Sir, daß die Loire während der vergangenen Nacht in der Berthon-Bucht vor Anker lag.«

»Das würde mich nicht wundern.« Bush meinte die Bertheaume-Bucht, die nahe dem Ausgang des Goulet gelegen war. Dort konnte man bei allen Windrichtungen nördlich von West vor langer Trosse zu Anker liegen. Hatte die Loire dort gelegen, dann hatte sie bestimmt Verbindung mit Land gehabt und Nachrichten aus dem zehn Meilen entfernten Brest empfangen. Dabei hatte sie vielleicht erfahren, daß der Krieg erklärt war, und mochte, wenn das der Fall war, hoffen, die Hotspur durch einen überraschenden Schlag vernichten zu können. Die Vorsicht gebot auf jeden Fall, stark mit dieser Möglichkeit zu rechnen und entsprechend zu handeln. Für den Augenblick war es entschieden das sicherste, sofort über Stag zu gehen. Wenn die Hotspur mit Steuerbord-Halsen auf südlichem Kurs lag, so hatte sie vor allem genügend Seeraum und lief auf keinen Fall Gefahr, auf Legerwall zu geraten. Ihr Vorsprung vor der Loire war dann so groß, daß sie dem Verfolger eine Nase drehen konnte. Aber -- Hornblower ging es wie Hamlet an jener berühmten Stelle seines Monologs, wo er ausruft: »Ja, da liegt's!« — wohin geriet er dabei? Vielleicht vergingen Tage, bis er wieder in das Gebiet gelangte, das er überwachen sollte. Und wenn Cornwallis unterdessen erschien? Nein, diesmal blieb ihm keine andere Wahl, er durfte, er mußte sein Schiff aufs Spiel setzen.

Die kleine Hotspur fiel bei dem Zusammenstoß der beiden mächtigen Flotten als Kampfkraft kaum ins Gewicht. Ihm persönlich galt sie eine Menge, aber für Cornwallis waren die Nachrichten vom Feind, die sie ihm übermittelte, hundertmal wichtiger als das kleine Schiff für ihn selbst.

»Wir halten weiter Kurs, Mr. Bush«, sagte Hornblower.

»Sie war eben zwei Strich in Lee, Sir«, sagte Bush. »Wir liegen gut in Luv, wenn sich unsere Kurse kreuzen.«
Hornblower hatte sich das auch schon ausgerechnet. Wäre er zu einem anderen Ergebnis gekommen, so hätte er die HOTSPUR vor fünf Minuten auf den anderen Bug gelegt und wäre dem Gegner längst auf südlichem Kurs davongelaufen.
»Es klart wieder etwas auf, Sir«, bemerkte Bush. Im gleichen Augenblick hörte man wieder einen Ruf aus dem Topp: »Die Fregatte ist wieder in Sicht! An Steuerbord, einen Strich vorlicher als dwars!«
»Danke!«
Nach dem Abflauen der Bö konnte man sich von Deck aus zur Not mit dem Ausguck im Topp verständigen.
»Richtig, da ist sie«, sagte Bush mit dem Kieker am Auge.
Als die HOTSPUR von einer See angehoben wurde, konnte Hornblower deutlich ihre Marssegel erkennen. Sie waren hart angebraßt, so daß sie nur von der Schmalseite zu sehen waren. Die HOTSPUR lag mindestens vier Meilen zu luward der Fregatte.
»Da, sie geht über Stag, Sir.«
Ihre Marssegel wurden zu länglichen Rechtecken und blieben einen Augenblick so, dann wurden sie rund gebraßt und standen zum Schluß des Manövers parallel zu den Marssegeln der HOTSPUR.
»Sie ging durch den Wind, sowie sie ausgemacht hatte, wer wir sind, Sir. Es sieht so aus, als wollte sie immer noch mit uns Verstecken spielen.«
»Verstecken spielen, sagen Sie? Mr. Bush, ich glaube, wir haben Krieg.«
Es war alles andere als einfach, diese gewichtige Feststellung in dem ruhigen Gesprächston zu treffen, der sich für einen Mann mit eisernen Nerven geziemte. Hornblower tat sein Bestes, diese Rolle zu spielen, Bush waren solche Hemmungen fremd. Er starrte Hornblower mit runden Augen an und stieß einen leisen Pfiff durch die Zähne. Alsbald hatte er auch begriffen, wie Hornblower zu dieser Behauptung gekommen war.
»Mir scheint, Sie haben recht, Sir.«
»Sehr freundlich, Mr. Bush.« Hornblower bedauerte sofort den sarkastischen Ton, in dem ihm das herausgefahren war. Es war zumindest ekelhaft von ihm, daß er seinen Ersten Offizier für die Belastung der Nerven entgelten ließ, die er als Kommandant durchzustehen hatte, vor allem wollte es durchaus nicht zu Hornblowers Leitbild des unerschütterlichen Mannes passen, wenn sich innere Spannung nach außen-

hin verriet. Glücklicherweise sollte Bush keine Zeit haben, sich über seine Worte lange Gedanken zu machen, weil sofort der nächste Befehl fällig war.
»Bitte schicken Sie die Leute auf Gefechtsstationen, Mr. Bush. Lassen Sie Klarschiff anschlagen, aber ohne die Geschütze auszurennen.«
»Aye, aye, Sir.«
Bush strahlte über das ganze Gesicht, als er das vernahm. Alsbald donnerte er seine Befehle über Deck, die Pfeifen der Bootsmannsmaate trillerten durch das Schiff, der Trommlerbube der Seesoldaten krabbelte den Niedergang hoch. Der war in der Tat noch ein halbes Kind, kaum zwölf Jahre mochte er zählen. Der Uniformrock schlotterte ihm um die mageren Schultern. In der Aufregung fiel seine Ehrenbezeigung auf dem Achterdeck recht dürftig aus, und dann hatte er es so eilig, mit seinem langen Wirbel einzusetzen, daß er ganz vergaß, zuvor die Arme mit den Schlegeln hoch über dem Kopf zu recken, wie es die Vorschrift verlangt hätte.
Jetzt erschien Prowse. Als Navigationsoffizier hatte er seine Gefechtsstation beim Kommandanten auf dem Achterdeck.
»Sie ist nun steuerbord querab, Sir«, sagte er, den Blick nach der LOIRE gerichtet. »Ihr Wendemanöver hat ziemlich lange gedauert, das war ja wohl auch zu erwarten.«
Hornblower hatte bei seinen Überlegungen schon in Betracht gezogen, daß die HOTSPUR wohl ein ganzes Teil schneller manövrierte als die schwerfällige LOIRE. Bush trat auf ihn zu und legte grüßend die Hand an den Hut.
»Schiff ist gefechtsklar, Sir.«
»Danke, Mr. Bush.«
So sah das Leben überall in der Navy aus, diese kurzen Minuten lieferten ein gutes Beispiel dafür: Sekundenschnell fällt eine Entscheidung, alles rennt hastig und aufgeregt durcheinander – dann ist der Trubel vorbei, und es heißt wieder warten, endlos warten. Die beiden Schiffe stampften in vier Seemeilen Abstand hart am Wind durch die grobe See, und die HOTSPUR genau in Luv der LOIRE. Diese vier Meilen machten die HOTSPUR bei der herrschenden Windrichtung unverwundbar. Solange sie den Abstand halten konnte, war sie in Sicherheit. Gelang ihr das nicht, ging zum Beispiel in der Takelage etwas zu Bruch, dann machten die vierzig Achtzehnpfünder der LOIRE kurzen Prozeß mit ihr. Um der Ehre willen mochte sie sich zur Wehr setzen, ein Sieg war auf keinen Fall zu erwarten. So war denn auch dieses Klarschiff nicht viel mehr als eine tapfere Geste. Männer mußten ster-

ben, Männer wurden grauenvoll verstümmelt, aber am Ende kam dabei nichts anderes heraus, als wenn sich die Hotspur kampflos ergeben hätte.
»Wer ist am Ruder?« fragte Prowse, ohne sich an jemand Bestimmten zu wenden und ging dann hin, die Steuerkünste des Rudergängers zu prüfen — wahrscheinlich hatte er eben die gleichen Überlegungen angestellt wie Hornblower.
Der Bootsmann kam mit wiegenden Schritten achteraus, er war der Deckoffizier, dem die allgemeine Überwachung der Segel und der Takelage oblag, darum hatte er keine feste Gefechtsstation und konnte sich auch bei Klarschiff frei bewegen. In diesem Augenblick war sein Benehmen auffallend dienstlich. Er nahm seinen Hut vor die Brust, statt ihn nur mit der Hand zu berühren, und hielt ihn in dieser Stellung fest, sein Zöpfchen peitschte ihm im Sturm um die Schulter. Wie es die Vorschrift verlangte, bat er sprechen zu dürfen.
»Sir«, gab Bush das Gehörte weiter, »Mr. Wise läßt im Namen der Besatzung fragen, ob wir uns im Kriegszustand befinden.«
Was war darauf zu sagen? Ja oder nein?
»Die Froschfresser wissen es, wir nicht — noch nicht.« Es machte nichts aus, wenn er als Kommandant zugab, daß er noch nicht klar sah, jeder mußte ja einsehen, woher das kam, wenn er nur ein bißchen überlegte. Ob er eine zündende Ansprache an die Männer halten sollte? Nein, dazu war jetzt nicht der gegebene Augenblick. Zugleich sagte ihm aber sein untrüglicher Instinkt, daß die Lage doch etwas mehr verlangte, als die dürftige Antwort, die er eben gegeben hatte.
»Jeder Mann an Bord dieses Schiffes, der etwa meint, im Frieden brauche er es mit seinen Pflichten nicht so genau zu nehmen, muß damit rechnen, daß ihm der Buckel angekratzt wird. Sagen Sie das den Männern, Mr. Wise.«
Damit war einstweilen Klarheit geschaffen. Prowse kam vom Ruder zurück, warf einen Blick in die Takelage und sah sich noch einmal prüfend an, wie das Schiff in der See lag.
»Meinen Sie nicht, daß wir das Großstengestagsegel setzen könnten, Sir?«
Dazu wäre allerhand zu sagen gewesen, dennoch gab es nur eine Antwort.
»Nein«, sagte Hornblower.
Das Großstengestagsegel gab der Hotspur vielleicht etwas mehr Fahrt durchs Wasser, aber es legte sie zugleich stärker über. Dies im Verein mit der größeren Segelfläche, die dem Winddruck ausgesetzt

war, gab dem Schiff aber zugleich einen merkbar größeren Leeweg. Hornblower hatte die HOTSPUR im Trockendock gesehen, er kannte die Form ihres Unterwasserschiffs und konnte daher schätzen, wie weit man sie überlegen durfte, ohne den Widerstand gegen die Abtrift zu schwächen. Vorteile und Nachteile hielten sich also ungefähr die Waage, aber dazu kam noch eine weitere Überlegung, die unter diesen Umständen natürlich den Ausschlag gab: Mit jeder Vergrößerung der Segelfläche wuchs auch die Gefahr, daß etwas brach. Eine Havarie, ganz gleich ob leicht oder schwer, angefangen vom Brechen einer Leine bis zum Verlust einer Stenge, hatte zur Folge, daß die HOTSPUR hilflos in den Feuerbereich der feindlichen Geschütze trieb.

»Wenn es abflauen sollte, ist dies das erste Segel, das ich setzen lasse«, fuhr Hornblower fort, um sein barsches »Nein« etwas zu mildern, und fügte dann hinzu:

»Notieren Sie laufend, wie die LOIRE peilt.«

»Wird bereits gemacht, Sir«, gab Prowse zur Antwort — das war entschieden ein Punkt zu seinen Gunsten.

»Mr. Bush, Sie können die Freiwache wegtreten lassen.«

»Aye, aye, Sir.«

Diese Jagd, diese Wettfahrt konnte Stunden, ja Tage dauern, es hatte wirklich keinen Sinn, die Besatzung vorzeitig zu ermüden. Das Sturmtief gebar wiederum eine Bö, Regen und Gischt jagten über das Deck, und die LOIRE entschwand wieder dem Blick. Die HOTSPUR setzte ihren Kampf gegen Wind und See unverdrossen fort, obwohl sie dabei wie ein Spielzeugschiff umhergeworfen wurde.

»Ich möchte wissen, wer da drüben alles seekrank ist«, sagte Hornblower und kaute das verhaßte Wort, als ob er Zahnweh hätte.

»Manch einer, möchte ich sagen, Sir«, meinte Bush in ganz unpersönlichem Ton.

»Bitte rufen Sie mich, wenn die LOIRE wieder in Sicht kommt«, sagte Hornblower, »und natürlich auch, wenn sonst etwas vorliegt.«

In diese Worte legte er alle Würde hinein, die ihm zu Gebote stand. Dann mußte er sich den Weg in seine Kajüte erkämpfen, ein atemberaubendes Unterfangen, da er, schwindelig wie er war, das Deck noch ärger auf- und niedertanzen sah, als es sich wirklich bewegte. Auch seine Koje schien ihm übertrieben hin- und herzuschwingen, als er sich endlich stöhnend quer darüber hinwerfen konnte. Bush selbst weckte ihn nach einer Weile wieder aus dem Schlaf.

»Es klart auf, Sir«, hörte er durch die geschlossene Tür seine Stimme, die den Lärm des Sturms übertönte.

»Danke, ich komme.«
Als er bald darauf das Deck betrat, war an steuerbord schon ein schattenhafter Umriß zu erkennen, dann wurde die Luft immer klarer, und bald hob sich die LOIRE deutlich gegen den Horizont ab. Sie lag hart über, ihre Rahen waren scharf an den Wind gebraßt, man konnte leicht die Geschützpforten zählen, wenn sie sich aufrichtete. Der Gischt sprühte in ganzen Wolken von Luv her über ihr Vorschiff hinweg, und sooft sie dann wieder weit nach Lee überholte, leuchtete kurz das Rotbraun ihres gekupferten Unterwasserschiffs auf. Hornblower hatte sofort gesehen, was Bush und Prowse im selben Augenblick zum Ausdruck brachten.
»Sie holt auf!« sagte Bush.
»Sie peilt jetzt einen ganzen Strich vorlicher als dwars«, meinte Prowse.
Offenbar machte die LOIRE mehr Fahrt durchs Wasser als die HOTSPUR und mußte daher letzten Endes das Rennen gewinnen. Jedermann wußte, daß sich die französischen Schiffbauer besser auf ihr Handwerk verstanden als die englischen, die französischen Schiffe waren in der Regel schneller. In diesem Fall konnte das eine Katastrophe bedeuten. Aber es sollte noch schlimmer kommen:
»Mir scheint«, sagte Bush langsam, als ob ihm jedes Wort Schmerzen bereitete, »sie luvt uns auch aus.«
Bush meinte damit, daß die LOIRE durch den Winddruck nicht so weit nach Lee versetzt wurde wie die HOTSPUR, die auf diese Art dem Gegner und seinen mächtigen Geschützen immer näher kam. Hornblower mußte sich bedrückt eingestehen, daß sein Erster Offizier recht hatte. Wenn das Wetter so blieb, konnte man sich ausrechnen, wann die LOIRE ihre Geschützpforten öffnen und die erste Salve lösen würde. Damit war ihm endgültig der Weg verstellt, der Gefahr zu entrinnen. Wäre die HOTSPUR das schnellere der beiden Schiffe gewesen, hätte sie am Wind die besseren Eigenschaften entwickelt, dann hätte er seinen Abstand vom Gegner nach Belieben wählen können. So wie die Dinge lagen, sah er seine erste Verteidigungslinie durchbrochen.
»Kein Wunder«, sagte er und bemühte sich dabei um einen kalten, unbeteiligten Tonfall, weil er unter allen Umständen als Kommandant seine Haltung wahren wollte. »Sie ist ja auch zweimal so groß wie wir.«
Beim Kreuzen war die Größe eines Schiffes besonders wichtig. Die gleichen Seen krachten gegen kleine wie gegen große Schiffe, aber sie

warfen ein kleines Schiff natürlich weiter nach Lee, dazu kam, daß der Kiel eines großen Schiffs natürlicherweise weiter in die Tiefe, weiter unter die aufgewühlte Oberfläche reichte und in dem ruhigeren Wasser dort unten besseren Halt fand.

Die drei Kieker richteten sich wie von einem einzigen Willen regiert auf die Loire.

»Sie luvt ein bißchen«, sagte Bush.

Hornblower sah, wie die Marssegel der Loire für einen kurzen Augenblick killten. Sie opferte etwas von ihrem Vorsprung in der Fahrtrichtung, um ein paar Meter Luv zu gewinnen. Da sie höhere Fahrt durchs Wasser lief, konnte sie sich diesen Luxus leisten.

»Ja, wir liegen jetzt wieder gleich hoch«, sagte Prowse.

Der französische Kapitän da drüben verstand sich weiß Gott auf sein Geschäft. Wer ein Schiff jagte, hielt es nach mathematischen Grundsätzen immer am besten in der Peilung, aus der der Wind kam, und ebendort lag von der Loire aus gesehen die Hotspur. Die Loire, die nun, immer hart am Winde, den alten Kurs wieder aufnahm, war ihr inzwischen in der Windrichtung zwanzig bis dreißig Meter näher gerückt. Wenn sich dieser Gewinn von zwanzig bis dreißig Metern nur oft genug wiederholte und zu dem stetigen Vorteil der geringeren Abdrift hinzutrat, dann mußte sich in absehbarer Zeit die Lücke zwischen den beiden Schiffen schließen.

Die drei Kieker senkten sich von den drei Augen, und Hornblower begegnete dem Blick seiner beiden Untergebenen. Sie erwarteten offenbar, daß er den nächsten Zug tat, um dieser häßlichen Lage auf irgendeine Art ein Ende zu machen.

»Bitte lassen Sie ›Alle Mann‹ pfeifen, Mr. Bush. Ich will wenden.«

»Aye, aye, Sir.«

Das war ein gefährliches Unterfangen. Wenn das Manöver mißlang, dann war die Hotspur verloren. Man brauchte nur anzunehmen, daß sie im Wind liegenblieb, wie damals unter Cargills Kommando, dann sackte sie minutenlang steuerlos nach Lee, während ihr die Loire rasch aufkam. Zudem war anzunehmen, daß dabei in diesem Sturm die Segel in Fetzen gingen, so daß das Schiff auch ohne schwerere Havarien hilflos dem Feind entgegentrieb. Das Manöver mußte also einwandfrei gelingen. Cargill hatte zufällig wieder die Wache, ihn hätte daher die Aufgabe getroffen. Auch Bush, auch Prowse hätte er damit betrauen können. Aber Hornblower hätte es nicht über sich gebracht, jemand anderen mit dieser Verantwortung zu belasten, er war es sich und seiner Besatzung schuldig, daß er unter diesen Umständen das Kommando selbst übernahm.

»Ich werde das Schiff über Stag bringen, Mr. Cargill«, sagte er und legte sich damit unwiderruflich in der Verantwortung fest. Er trat ans Ruder und warf einen Blick in die Runde. Nein, er war alles andere als ruhig, sein Herz klopfte und doch – war es nicht seltsam? – fand er Freude an dieser Gefahr. Aber dann schlug er sich alles aus dem Kopf, was nichts mit dem Manöver zu tun hatte. Die Männer waren auf ihren Stationen, aller Augen ruhten auf ihm. Der Sturm pfiff ihm um die Ohren, er aber schien an Deck seines Schiffes Wurzel zu schlagen und beobachtete scharfen Blicks die anrollenden Seen. Jetzt war es soweit:

»Achtung!« rief er den Männern am Ruder zu. »Luven!«

Es dauerte eine Weile, bis die Hotspur darauf ansprach. Jetzt begann sie zu drehen.

»Rhee!« rief Hornblower. Vorschoten und Buliens wurden bedient. Hornblower überwachte das Verhalten des Schiffes wie ein Tiger, der seine Beute beschleicht.

»Klar bei Halsen und Schoten!« Und dann, zum Ruder gewandt: »Hart backbord.«

Die Hotspur schoß schnell in den Wind.

»Rund achtern!« Die Aufregung dieses Augenblicks hatte die ganze Besatzung erfaßt. Buliens und Brassen wurden losgeworfen, die Rahen schwenkten just in dem Augenblick schwerfällig herum, da die Hotspur mit dem Bug genau in den Wind zeigte.

»Stütz, hart Steuerbord!« rief Hornblower dem Rudergänger zu. Die Hotspur drehte schnell und hatte noch so viel Fahrt, daß das Ruder den Dreh abfangen konnte, ehe sie zu weit abfiel.

»Beim Wind überall!« Es war geschafft. Die Hotspur war auf dem anderen Bug, ohne einen Meter oder eine Sekunde mehr verloren zu haben als nötig war und hieb jetzt mit dem Steuerbordvorschiff in die schäumenden Seen. Aber Hornblower hatte keine Zeit, sich darüber zu freuen und erleichtert aufzuatmen, er eilte sofort nach Backbord achtern und richtete sein Glas auf die Loire. Sie wendete natürlich mit, denn die mathematische Theorie der Verfolgung nach Luv verlangte, daß der Verfolger gleichzeitig mit dem Verfolgten durch den Wind ging. In der Praxis hinkte das verfolgende Schiff natürlich immer ein bißchen nach, denn auf der Loire konnte man erst ahnen, daß die Hotspur durch den Wind gehen wollte, als deren Vormarssegel zu killen begann. Selbst wenn dann die Loire alle Mann bereits auf Stationen zum

Wenden hatte, erlangte die HOTSPUR allein durch den verspäteten Beginn des Manövers an die zwei Minuten Vorsprung. Dazu kam, daß das größere Schiff weitaus langsamer durch den Wind ging. Das trat auch jetzt wieder deutlich in Erscheinung. Die HOTSPUR lag längst auf dem neuen Bug und wurde von kräftig ziehenden Segeln vorangetrieben, während die LOIRE noch immer mit losem Vormarssegel im Wind lag und drehte. Je länger sie zum Überstaggehen brauchte, desto weiter mußte sie bei dieser Verfolgung gegen den Wind zurückfallen.

»Wir haben Luv gewonnen, Sir«, sagte Prowse, ohne das Auge vom Glas zu nehmen, »und jetzt machen wir auch unseren Verlust in der Fahrtrichtung gut.«

Ja, beides stimmte, die HOTSPUR hatte ein gut Teil ihres anfänglichen Vorsprungs wiedergewonnen. Es zeigte sich, daß Hornblowers zweite Verteidigungslinie jedenfalls stärker war als die erste.

»Nehmen Sie noch eine Peilung«, befahl er.

Als die LOIRE wieder mit ziehenden Segeln am Wind lag, kam auch ihre Überlegenheit alsbald aufs neue zur Geltung. Wieder zeigte sie, wie schnell sie war und wie hoch sie anliegen konnte. Abermals lief sie der HOTSPUR von vier Strich achteraus bis zur Querabrichtung auf, dann konnte sie wieder ab und zu kurz luven und kam auf diese Art von Lee her näher an den verfolgten Gegner heran. Die HOTSPUR aber stampfte unverdrossen weiter gegenan, der Sturm pfiff durch ihre Takelage, die Männer ihrer Besatzung stützten sich allenthalben ab, um auf dem stark geneigten Deck nicht den Halt zu verlieren. Dabei flogen die Minuten wie Sekunden, und eine Stunde ging dahin wie eine kurze Minute.

»Wäre es nicht an der Zeit, wieder zu wenden, Sir?« erkühnte sich Bush zu fragen, aber der theoretisch richtige Augenblick sollte ungenutzt verstreichen.

»Wir wollen noch etwas warten«, sagte Hornblower, »lassen wir erst dort die Bö herankommen.« Schwarz und drohend zog sie von Luv herauf, und als sie die HOTSPUR erreichte, verschwand die Umwelt im peitschenden Regen. Hornblower kehrte den Finknetzen den Rücken, über die er nach Lee hinausgepeilt hatte, und kroch das schrägliegende Deck hinauf zum Ruder. Dort griff er nach dem Megaphon:

»Klar zum Wenden!!!«

Im Geheule der Böen konnten ihn die Männer kaum hören, aber aller Augen waren auf ihn gerichtet, jeder paßte scharf auf, und da sie alle gut ausgebildet waren, konnten sie seine Befehle nicht mißverstehen.

Mitten in der Bö über Stag zu gehen war ein riskantes Unterfangen, weil man damit rechnen mußte, daß der Wind im Verlauf des Unwetters unversehens um einen oder zwei Striche umsprang. Aber die Hotspur war so handig – vorausgesetzt, daß man das Manöver richtig einteilte –, daß für unvorhergesehene Zwischenfälle immer noch genügend Spielraum blieb. Dieses leidige Umspringen des Windes, das die Segel backschlagen ließ, brauchte er nicht zu fürchten, weil die Hotspur beim Wenden so viel Fahrt behielt, daß sie dem Ruder gehorchte und weiter drehte. Die Bö zog wieder ab. Der kalte, blindmachende Regen hörte auf, während die Wache noch sorgfältig Halsen und Schoten trimmte. Nur in Lee sah man das Unwetter noch toben, und die Loire stak noch mittendrin.

»Den haben wir abgehängt«, sagte Bush zufrieden. Er malte sich genießerisch aus, wie die Loire noch immer gutgläubig auf dem alten Bug lag, während die Hotspur auf dem anderen Bug ungesehen das Weite suchte und während sich vor allem der Abstand zwischen den beiden Schiffen rasch vergrößerte.

Die Bö zog über die schaumgestreiften Seen davon und warf sich heulend auf die französische Küste. Jetzt löste sich aus dem grauen Regendunst in Lee ein dunklerer Kern, der immer schärfere Umrisse zeigte.

»Verd . . .«, stieß Bush hervor. Er war im Augenblick so perplex, daß ihm der Fluch im Hals steckenblieb. Denn was da in Sicht kam, war die Loire. Sie lag wieder auf dem gleichen Bug wie die Hotspur, sie hielt noch den gleichen Abstand und setzte die Jagd auf ihren Gegner erbarmungslos fort.

»Das ging daneben«, sagte Hornblower und verzog den Mund zu einem erzwungenen Lächeln. »Den Kniff brauchen wir kein zweites Mal zu versuchen.«

Der französische Kommandant war ein listiger Fuchs. Es war ihm nicht entgangen, daß die Hotspur den günstigsten Augenblick zum Wenden ungenutzt verstreichen ließ, er hatte gesehen, wie sie in der Bö verschwand und daraus richtig auf ihre Absicht geschlossen. Jedenfalls mußte er im gleichen Augenblick wie Hornblower gewendet haben, so daß er beim Überstaggehen nur wenig Raum verlor und selbst dieses bißchen schon wieder aufgeholt hatte, als die beiden Schiffe einander wieder ansichtig wurden. Zweifellos war dieser Mann ein gefährlicher Gegner. Allem Anschein nach gehörte er zu jener kleinen Elite von Kommandanten, die die französische Marine besaß. Einige dieser Männer hatten sich im letzten Krieg ausgezeichnet, die meisten von ihnen waren dann allerdings der britischen Übermacht zur See erlegen und in

Gefangenschaft geraten. Aber der Friede von Amiens hatte ihnen allen wieder die Freiheit geschenkt.
Hornblower kehrte Bush und Prowse den Rücken und versuchte, auf dem schrägen Deck auf und ab zu gehen, um zu überdenken, was sich aus dieser bösen Erfahrung ergab. Er war in einer höchst gefährlichen Lage, der schlimmsten, die ihm bisher begegnet war. Unerbittlich trieben Wind und See die HOTSPUR immer näher zur LOIRE. Selbst jetzt, während er versuchte, an Deck auf und ab zu schreiten, fühlte er, wie das Schiff aus dem Rhythmus seiner Stampfbewegung fiel und zitternd mit einem Ruck nach Lee geworfen wurde. Das kam von einem der sogenannten »wilden Brecher«, die durch ein ungewöhnliches Aufeinandertreffen von Wind und Strömung hervorgerufen wurden. So ein Brecher hieb wie ein Rammbock gegen die Luvbordwand der HOTSPUR, und diese Attacken wiederholten sich alle paar Sekunden. Sie stoppten natürlich die Fahrt des Schiffes und warfen es jedesmal heftig nach Lee. Wohl setzten die gleichen wilden Brecher der LOIRE ebenfalls zu, aber ihr konnten sie nicht viel anhaben, weil sie wesentlich größer war. Im Verein mit allen anderen Naturkräften trugen also auch die wilden Brecher dazu bei, die Lücke zwischen den beiden Schiffen zu schließen.
Wie, wenn er sich im weiteren Verlauf doch dazu gezwungen sah, einen Kampf auf nächste Entfernung durchzufechten? Nein, davon hatte er von früher her mehr als genug. Gewiß, sein Schiff und seine Besatzung waren in jeder Hinsicht in Ordnung, aber dieser Vorteil wurde bei dem herrschenden Seegang reichlich dadurch aufgehoben, daß die LOIRE ihrer Artillerie eine ruhigere Plattform bot. Das Geschoßgewicht einer Breitseite der LOIRE war viermal so groß als das entsprechende der HOTSPUR, ein Mißverhältnis, das ihm von vornherein jede Aussicht auf einen Sieg verbaute. Hornblower sah sich in diesem kritischen Augenblick schon in künftigen Werken der Seekriegsgeschichte verewigt. Womöglich hieß es da, er sei in diesem Kriege der erste britische Kommandant gewesen, der sein Leben im Kampf gegen die französische Flotte verlor. Welche Ehre! Trotz des eisigen Sturmes, der ihm um die Ohren pfiff, stieg ihm das Blut heiß in die Wangen, als er sich dieses Ende mit Schrecken vorstellte. Wie Macbeth nach seiner Untat sah er Greuel aller Art vor seinem inneren Auge vorüberziehen. Da war der Tod, das Ende, da war ein verstümmelter Körper, sein Körper, da waren Höllenqualen unter dem Messer des Chirurgen, da sah er sich ohne Beine in einem Rollstuhl, hilflos, in einer endlosen Folge schmerzlicher Tage von mitleidiger Hand umhergeschoben. Da

war das Los der Kriegsgefangenschaft, er hatte es in Spanien ausgekostet, nur ein Wunder hatte ihn am Ende befreit. Der letzte Krieg hatte volle zehn Jahre gedauert, dieser mochte ebensolange währen. Zehn Jahre in Gefangenschaft! Zehn Jahre, in deren Verlauf die Kameraden zu Ruhm und Ehren gelangten, Vermögen an Prisengeldern verdienten, während er sich hinter Gefängnismauern seelisch zerrieb und am Ende als kranker Sonderling nach Hause kam, von dem die anderen Menschen – seine Maria eingeschlossen – nichts mehr wissen wollten. Nein, lieber ein Ende mit Schrecken, lieber den Tod, als solch ein Schicksal. Auch einer Verstümmelung zog er den Tod vor, wenigstens – er gestand es sich rücksichtslos ein – solange er nicht ernstlich vor die Wahl gestellt war. Wäre es wirklich darauf angekommen, so hätte er sich wahrscheinlich dennoch anders entschieden – weil er nicht sterben wollte. Er versuchte sich einzureden, daß er den Tod durchaus nicht fürchtete, sondern nur schmerzlich bedauern würde, all das Interessante und Aufregende missen zu müssen, das das Leben noch für ihn bereithielt. Aber alsbald verzog er den Mund zu einem hämischen Grinsen über sich selbst, weil er innewurde, wie er sich durch allerlei Kniffe der schauerlichen Wahrheit verschloß, daß er ganz einfach Angst, Angst um sein Leben hatte.

Schluß damit! Mit einem energischen Willensakt verjagte er die dummen Gedanken. Er war in Gefahr, das war nicht der Augenblick, sich törichten Skrupeln hinzugeben. Was die Lage von ihm verlangte, war Entschlußkraft und Erfindungsgeist. Als er Bushs und Prowses Blicken begegnete, versuchte er, sich nicht anmerken zu lassen, was ihm eben noch so zu schaffen machte.

»Mr. Prowse«, sagte er, »bringen Sie mir doch bitte das Logbuch. Und dann wollen wir einen Blick auf die Karte werfen.«

In der Logkladde war jede Kursänderung, jede der allstündlichen Fahrtmessungen mit Uhrzeit eingetragen. Ausgehend vom letzten Abgangspunkt bei Ar Men konnten sie mit Hilfe dieser Aufzeichnungen den augenblicklichen Schiffsort errechnen oder besser gesagt gissen, d. h. schätzen.

»Wir haben volle zwei Strich Abtrift«, sagte Prowse in bedrücktem Ton. Sein Gesicht schien länger und länger zu werden, während er dem am Kartentisch sitzenden Hornblower über die Schulter sah.

»Ach woher, höchstens eineinhalb. Außerdem hat uns in den letzten zwei Stunden die Tide geholfen.«

»Ich hoffe, Sie haben recht, Sir«, sagte Prowse.

»Wenn ich mich irren sollte«, sagte Hornblower und verschob dabei

das Parallellineal, »dann müssen wir uns eben etwas Besseres einfallen lassen.«
Mutlosigkeit ging ihm auf die Nerven, wenn er sie bei anderen erlebte, wußte er doch mehr davon, als ihm lieb war.
»In zwei Stunden«, meinte Prowse, »hat uns der Franzose in Schußweite.«
Hornblower musterte ihn mit einem starren Blick, der kein Ende nahm, bis Prowse endlich merkte, was er vergessen hatte, und seine Unterlassung durch ein schüchternes »Sir« wiedergutzumachen suchte. Hornblower ließ keine Lockerung der Disziplin durchgehen, auch in der ernstesten Lage nicht, da er nur zu genau wußte, wie verheerend sich solche Nachsicht auswirken konnte, auch wenn sich nicht sagen ließ, ob es für die Hotspur noch eine Zukunft gab, die solche Auswirkungen erlaubte. Als er seinen Zweck erreicht hatte, sah er keinen Anlaß mehr, noch ein Wort darüber zu verlieren.
»Wie Sie sehen, haben wir genügend Luv, um an Ouessant vorüberzukommen«, sagte er mit einem Blick auf die mit Bleistift eingezeichnete Kurslinie.
»Das könnte gelingen, Sir«, sagte Prowse.
»Mit Leichtigkeit gelingt uns das«, versicherte Hornblower.
»Mit Leichtigkeit würde ich nicht gerade sagen, Sir«, wandte Prowse ein.
»Je dichter wir passieren, desto besser«, sagte Hornblower. »Aber das haben wir nicht in der Hand, denn wir können nicht riskieren, auch nur einen Zoll Höhe zu opfern.«
Er hatte schon mehr als einmal überlegt, ob es nicht möglich war, Ouessant so dicht in Luv zu passieren, daß die leewärts stehende Loire nicht durchhalten konnte. Dann wäre die Hotspur ihre Verfolgerin losgeworden wie ein Wal, der eine Entenmuschel an einem Felsen abstreift. Das Ganze war ein geistreicher und obendrein lustiger Einfall, leider ließ er sich nur verwirklichen, wenn der Wind weiter stetig aus der augenblicklichen Richtung blies.
»Selbst wenn wir Ouessant in Luv passieren«, gab Prowse zu bedenken, »kann ich mir nicht vorstellen, was uns das helfen soll. Bis dahin sind wir längst in Schußweite, Sir.«
Hornblower knallte seinen Bleistift auf die Karte. Er hätte Prowse am liebsten ins Gesicht gesagt, ob er ihm etwa den Rat geben wolle, der Einfachheit halber gleich die Flagge niederzuholen, aber er besann sich eben noch zur rechten Zeit, daß ein Wort von »Übergabe«, selbst wenn es sarkastisch gemeint war, den Kriegsartikeln zuwiderlief. Für

Prowse gab es noch eine andere Strafe. Er wollte ihm kein Wort von dem Plan verraten, der bei ihm allmählich fest Form gewann. Das hatte überdies den Vorteil, daß er sich nichts vergab, wenn seine Absicht fehlschlug und eine neue Art der Abwehr auszudenken war.

»Warten wir ab«, sagte er kurz und erhob sich von seinem Stuhl. »Wir werden an Deck gebraucht, es ist Zeit, daß wir wieder wenden.«

An Deck wehte es noch so hart wie immer, der Gischt flog in Wolken über das Schiff, in Lee stampfte die Loire gegenan und luvte ab und zu etwas auf, um den Zwischenraum zwischen ihr und der Hotspur wieder ein ganz klein wenig zu verringern. Die Wache arbeitete an den Pumpen, denn bei diesem Wetter mußte alle zwei Stunden eine halbe Stunde lang lenzgepumpt werden, um das Schiff von dem Seewasser zu befreien, das durch die arbeitenden Plankennähte hereindrang.

»Mr. Poole, wir wollen über Stag gehen, sobald die Pumpen lenz schlagen.«

»Aye, aye, Sir.«

Irgendwo voraus lag Ouessant, die Stelle, wo er die Loire endgültig abschütteln wollte, aber bis dorthin mußte er mindestens noch zweimal wenden. Zweimal konnte es also noch geschehen, daß ihm ein böser Fehler unterlief, der ihn samt seiner Hotspur dem Gegner in die Hände spielte. Wie, wenn er über ein Hindernis vor seinen Füßen stolpern würde, nur weil sein Blick nach fernen Horizonten schweifte? Er zwang sich also, ganz bei der Sache zu sein, und führte auch dieses Manöver wieder sauber und fehlerlos durch. Es hatte geklappt, das Schiff lag auf dem anderen Bug, dennoch gab es für ihn noch kein Aufatmen.

»Diesmal haben wir mindestens eine Kabellänge gewonnen, Sir«, sagte Bush, als auch die Loire querab in Lee der Hotspur wieder Kurs anlag.

»Wer weiß, ob uns das Glück treu bleibt«, meinte Hornblower, »aber das wird sich bald zeigen, weil wir diesen Schlag nicht lang ausdehnen wollen.«

Jetzt, über Backbordbug, entfernte er sich von seinem Ziel. Wenn er nachher wieder auf Steuerbordbug lag, mußte er den Schlag bedeutend länger durchhalten, aber es sollte aussehen, als ob das von ungefähr geschah. Konnte er Bush damit täuschen, so sprach das dafür, daß sich auch der französische Kommandant hinters Licht führen ließ.

Die Besatzung schien an dieser »Regatta« einen Heidenspaß zu haben. Die Männer machten sich keine Gedanken, sie gingen darin auf, Höhe zu schinden und der Hotspur jeden Zoll Fahrt abzuluchsen. Es

konnte ihnen nicht entgehen, daß die LOIRE das Rennen gewinnen mußte, aber das focht sie nicht an, lachend und scherzend suchten sie den Gegner immer wieder mit den Blicken. Gefahr? Wer dachte schon daran? Und wenn, dann nahm man diese Sorge auf die leichte Schulter. Das sprichwörtliche Glück der Britischen Navy, die Unfähigkeit der Franzosen halfen ihnen gewiß aus der Patsche. Oder schätzten sie etwa das Können ihres Kommandanten so hoch ein? Ohne ihr grenzenloses Vertrauen zu ihm hätten sie ganz bestimmt mehr Angst gehabt.
Es wurde Zeit, wieder über Stag zu gehen und Ouessant anzuliegen. Hornblower übernahm das Kommando und brache das Schiff durch den Wind. Erst nach beendigtem Manöver stellte er mit Genugtuung fest, daß alle Erregung von ihm abgefallen war, weil ihn die Erfordernisse des Augenblicks ganz und gar in Anspruch nahmen.
»Der Abstand verringert sich rasch, Sir«, meldete Prowse mit düsterer Miene. Er hatte noch den Sextanten in der Hand, mit dem er den Winkel vom Topp zur Wasserlinie der LOIRE zur Bestimmung des Abstandes gemessen hatte.
»Das sehe ich selbst, danke, Mr. Prowse«, fuhr ihn Hornblower an. Bei diesem Seegang war die Schätzung mit bloßem Auge in der Tat mindestens so zuverlässig wie eine Beobachtung mit dem Winkelinstrument.
»Meine Pflicht, Sir«, sagte Prowse.
»Ich stelle mit Genugtuung fest, daß Sie Ihre Pflicht tun, Mr. Prowse«, entfuhr es Hornblower in einem Ton, als hätte er sagen wollen: »Ich pfeife auf Ihre Pflicht«, was man ihm wohl als Verstoß gegen die Kriegsartikel hätte ankreiden können.
Die HOTSPUR steuerte wieder stetig nordwärts. Eine Bö hüllte sie ein und machte sie blind. Die Rudergänger taten ihr Bestes. Weil es nicht anders ging, fielen sie bei den schlimmsten Windstößen etwas ab, legten aber sofort wieder Luvruder, wenn der Wind zwischendurch um einen Strich zurückdrehte.
Die letzte Bö zog ab, sie schlug Hornblower die Rockschöße um die Beine und peitschte die weiten Hosen der Rudergänger, daß ein unbeteiligter Beobachter meinen konnte, sie tanzten alle zusammen einen seltsamen kultischen Tanz. Als das Unwetter endlich verschwunden war, wanderten wie immer aller Blicke wieder nach Lee, um nach der LOIRE Ausschau zu halten.
»Ha!« schrie Bush. »Schauen Sie doch, Sir! Diesmal ist sie gründlich hereingefallen.«
Die LOIRE hatte gewendet und war im Begriff, über Backbordbug

Fahrt aufzunehmen. Der französische Kommandant war zu schlau gewesen. Er hatte sich eingebildet, die HOTSPUR werde über Stag gehen, sobald sie in der Bö versteckt war, und alles darangesetzt, ihr zuvorzukommen. Hornblower ließ die LOIRE nicht aus dem Auge. Der Franzose kochte sicher vor Wut, weil er in seiner Überschlauheit so böse danebengegriffen hatte. Auch vor seiner ganzen Besatzung hatte er sich gründlich blamiert. Vielleicht trübte dieser Fehlschlag fortan seine Urteilskraft, vielleicht machte er ihn übervorsichtig. Einstweilen war von einer Wirkung dieser Art allerdings nicht viel zu erkennen. Soeben war er noch im Begriff gewesen, die Buliens durchzuholen, nun aber faßte er blitzschnell einen sehr klugen Entschluß. Eine nochmalige Wendung hätte verlangt, daß er so lange auf seinem augenblicklichen Kurs blieb, bis das Schiff wieder Fahrt aufgenommen hatte und damit manövrierfähig geworden war. Darum sah er davon ab und benutzte statt dessen den Dreh, den das Schiff noch besaß, indem er hart Leeruder legen ließ und den begonnenen Kreis durch Halsen vollendete, so daß sein Schiff dem Wind für einen Augenblick das Heck bot, ehe es wieder auf dem alten Bug an den Wind kam. Mit kühler Überlegung hatte der Mann auf diese Art immerhin noch die beste Lösung gewählt, die sich in seiner verfahrenen Lage bot, aber die LOIRE war dabei doch erheblich zurückgefallen.
»Sie peilt zwei volle Strich achterlicher als querab«, meldete Prowse.
»Außerdem liegt sie jetzt auch noch viel weiter in Lee«, ergänzte Bush.
Hornblower ließ die Fregatte nicht aus dem Auge. Der größte Gewinn, sagte er sich, war darin zu sehen, daß jetzt der lange Schlag nach Norden, den er zur Durchführung seines Vorhabens brauchte, eine einleuchtende Erklärung fand. Er war nun in der Lage, bis auf weiteres über Steuerbordbug nach Norden zu liegen, ohne daß der französische Kommandant das auffallend finden konnte.
»Fahrt! Fahrt!« rief er dem Rudergänger zu. »Fallen Sie eine Kleinigkeit ab! So, recht so, wie's jetzt geht!«
Das Rennen war wieder im Gange, im Heulen des Sturms stampften beide Schiffe unermüdlich hart gegenan. Hornblower sah, wie weit sich die Toppen der LOIRE beim Überholen zur Seite neigten, wie sich ihre Rahnocken jedesmal der tobenden See entgegensenkten. Die HOTSPUR benahm sich ohne Zweifel ebenso, nein, wahrscheinlich holte sie sogar noch ein gutes Stück weiter über. Auch das Deck, auf dem er stand, lag ja ganz unwahrscheinlich schräg, und er tat sich etwas darauf zugute, daß er seine Seebeine so rasch wieder gewann. Das eine Bein stand durchgedrückt, das andere federnd gebogen, so parierte er,

wenn das Schiff überholte, und verstand es fast schon so geschmeidig wie Bush, bei allen Bewegungen das Gleichgewicht zu halten. Auch die Seekrankheit war entschieden besser – nein, wie dumm, daß ihm die wieder eingefallen war, denn schon glaubte er zu fühlen, wie sie ihn von neuem zu würgen begann.

»Wenn wir diesen Schlag durchhalten, Sir, hat er alle Aussicht, uns einzuholen«, murmelte Prowse, in einer Hand den Kieker, in der anderen den Sextanten. »Er kommt uns wieder rasch auf.«

»Wir tun, was wir können«, gab ihm Hornblower zur Antwort.

Um sich von der Seekrankheit abzulenken, studierte er die LOIRE in allen Einzelheiten durch das Glas. Als er den Kieker wieder absetzte, um sein Auge auszuruhen, fiel ihm plötzlich etwas auf: Die Geschützpforten an der Luvseite schienen mit einem Male ihr Aussehen zu ändern, dann tauchten erst in einer, dann in der zweiten und schließlich in allen die Mündungen der Geschütze auf. Die unsichtbaren Bedienungsmannschaften legten sich offenbar mit aller Kraft in die Takel, um die gewichtigen Rohre über das schrägliegende Deck aufwärts in Schußstellung zu holen.

»Sie rennen ihre Geschütze aus, Sir«, bemerkte Bush überflüssigerweise.

»Ja.«

Es hatte noch keinen Zweck, diesem Beispiel zu folgen, denn die HOTSPUR hätte ja die Leegeschütze ausrennen müssen. Dann hätte sie sich der Gewichtsverschiebung wegen noch weiter übergelegt, außerdem hätte ihre Seetüchtigkeit bestimmt darunter gelitten. Nach ihrer augenblicklichen Lage zu urteilen, hätte sie beim Überholen höchstwahrscheinlich mit den Sülls der Pforten Wasser geschöpft. Endlich und vor allem hätten die Rohre infolge des großen Neigungswinkels so gut wie ständig unter die Waagerechte gezeigt und wären daher gegen ein Ziel in einiger Entfernung nutzlos gewesen, auch wenn sich die Geschützführer noch so gut darauf verstanden, im rechten Augenblick abzukommen.

Die Ausguckposten im Vortopp schrien etwas Unverständliches, dann enterte einer der beiden nieder und kam achteraus gerannt.

»Warum benutzen Sie nicht das Backstag, wie es sich für einen Seemann gehört?« fuhr ihn Bush an, aber Hornblower fiel ihm ins Wort:

»Was ist?«

»Land in Sicht, Sir«, stieß der Matrose hervor. Er war naß bis auf die

Haut, das Wasser rann nur so an ihm herab, die Tropfen versprühten sofort im Wind.

»In welcher Richtung?«

»In Lee voraus, Sir.«

»Wieviel Strich?«

Er dachte einen Augenblick nach: »Gute vier, Sir.«

Hornblower suchte Prowse mit dem Blick.

»Das wird Ouessant sein, Sir«, meinte der, »wir kommen also sehr gut frei.«

»Ich möchte da ganz sichergehen. Es wird daher gut sein, wenn Sie sich selbst nach oben begeben, um sich ein Bild von der Lage zu machen. Schätzen Sie so genau Sie können.«

»Aye, aye, Sir.«

Die ermüdende und anstrengende Klettertour konnte Prowse nicht schaden.

»Er wird wohl bald Feuer eröffnen, Sir«, sagte Bush, womit natürlich nicht der abziehende Prowse, sondern der Franzose gemeint war. »Einstweilen haben wir noch nicht viel Aussicht, es ihm heimzuzahlen, aber vielleicht später, auf dem anderen Bug, Sir.«

Bush war immer für Kampf, auch wenn alles dagegen sprach. Er wußte nicht, daß Hornblower nicht mehr wenden wollte.

»Kommt Zeit, kommt Rat«, sagte Hornblower.

»Da! Er eröffnet das Feuer, Sir.«

Hornblower fuhr herum und sah gerade noch, wie der Sturm die erste Qualmwolke verwehte, der sogleich weitere folgten. Sie alle huschten an der Bordwand der Loire entlang, es verging nicht einmal eine halbe Sekunde, bis der Wind die Kraft des Pulvers überwand, das sie aus den Rohren trieb. Das war alles. Von der Breitseite drang gegen den Wind kein Laut zu ihnen herüber, und auch Einschläge waren nicht zu entdecken.

»Die Entfernung ist reichlich groß, Sir«, sagte Bush.

»Gute Gelegenheit zum Geschützexerzieren«, meinte Hornblower. Durch das Glas sah er, wie die Geschützmündungen der Loire im Schiff verschwanden, als die Kanonen eingerammt wurden, um wieder geladen zu werden. Das ganze Geschehen dieser Augenblicke kam ihm seltsam unwirklich vor, die unhörbare Breitseite, die Vorstellung, daß die Hotspur unter Feuer war und daß er selbst schon im nächsten Augenblick von einem Zufallstreffer getötet werden konnte.

»Er hofft wohl auf einen Glückstreffer, Sir«, sagte Bush und sprach damit wörtlich aus, was Hornblower im gleichen Augenblick dachte.

Dadurch wurde das Erlebnis dieser Minuten nur noch seltsamer und unheimlicher.
»Gewiß . . .« Hornblower mußte sich förmlich zwingen, dieses Wort auszusprechen. Es war plötzlich alles so anders, so vollkommen ungewohnt. Seine Stimme, die er gegen den Wind erhoben hatte, schien ihm aus weiter Ferne zu kommen.
Wenn der Franzose gegen eine wüste Munitionsverschwendung kein Bedenken trug, dann konnte er natürlich auf diese Entfernung, die an der Grenze seiner Reichweite lag, Feuer eröffnen, um der HOTSPUR womöglich diesen oder jenen Schaden in der Takelage zuzufügen und sie auf solche Art zu lähmen. Hornblower konnte das alles sehr klar durchdenken, aber es war ihm dabei zumute, als wohnte er dem Erlebnis eines anderen nur als Zuschauer bei.
Jetzt erschien Prowse wieder auf dem Achterdeck.
»Wir kommen gute vier Meilen luvwärts frei von Land, Sir«, meldete er.
Der von Luv über Deck stiebende Gischt hatte ihn genauso durchnäßt wie zuvor den Matrosen. Er warf einen Blick nach der LOIRE hinüber.
»Abfallen dürfte nicht gut möglich sein, Sir«, meinte er.
»Natürlich nicht«, sagte Hornblower. Ehe dieses Manöver nutzen konnte, ehe er hoffen durfte, die LOIRE so weit nach Lee mitzunehmen, daß sie wenden mußte, um nicht auf Grund zu geraten, hätte sie ihn längst in ein Gefecht auf nächste Entfernung verwickelt. »Wann haben wir das Land querab?.
»In weniger als einer Stunde, vielleicht schon in einer halben. Es dürfte jeden Augenblick von Deck aus zu sehen sein.«
»Richtig!« rief Bush. »Da ist es, Sir!«
Jetzt entdeckte auch Hornblower in Lee voraus die dunkle Steilküste der Insel Ouessant. Diese, die HOTSPUR und die LOIRE bildeten ein Dreieck, das er jetzt deutlich vor Augen hatte. Damit war er in der Lage, den Zeitpunkt für die nächste Maßnahme zu bestimmen. Fürs erste mußte er noch eine ganze Weile weiter Kurs halten und eine Anzahl Breitseiten der LOIRE in Kauf nehmen, ob ihm das nun gefiel oder nicht — eine lächerliche Ausdrucksweise, denn wem konnte es schon gefallen, wenn man ihn unter Feuer nahm? Er richtete sein Glas auf das Land und beobachtete, wie sich seine Peilung langsam verschob. Als er einen Augenblick wegsah, flitzte plötzlich etwas Dunkles über den Rand seines Gesichtsfeldes. Er wußte nicht gleich, was das war, eine Wassersäule, dann eine Zehntelsekunde später und dreißig Meter weiter eine zweite verrieten es ihm: eine Kanonenkugel war von

dem Kamm einer Woge abgesprungen und in den nächsten eingeschlagen.
»Sie schießen hartnäckig weiter«, sagte Bush.
Hornblower faßte die LOIRE gerade noch rechtzeitig ins Auge, um den nächsten Puff Pulverqualm aus ihrer Bordwand schießen zu sehen – die Kugel war nicht zu entdecken. Gleich darauf löste sich abermals eine Wolke von einem der Geschütze.
»Es sieht aus«, sagte Hornblower, »als hätten sie einen Scharfschützen an Bord, der von einem Geschütz zum anderen läuft.«
Wenn er sich so verhielt, dann mußte dieser Mann jedesmal abwarten, bis das schwerarbeitende Schiff einen Augenblick so lag, daß er abkommen konnte. Das gab ein sehr langsames Feuer. Wenn man andererseits in Betracht zog, wieviel Zeit für das Wiederladen und Ausrennen der Geschütze nötig war, dann stellte sich heraus, daß man mit vollen Breitseiten am Ende doch nicht so viel schneller war, wie es im ersten Augenblick scheinen mochte.
»Jetzt können Sie die Schüsse hören, Sir. Das Wasser trägt den Schall sehr gut.«
Richtig, auf jeden Ballen Mündungsqualm folgte ein abscheulicher dumpfer Schlag.
Hornblower fühlte, wie ihn angesichts der nahenden Entscheidung fiebernde Spannung ergriff. Er setzte seine Worte betont langsam, als er sich jetzt an Bush wandte.
»Ich darf doch annehmen, daß Sie ihre Manöver- und Klarschiffrolle im Kopfe haben?«
»Jawohl, Sir«, antwortete Bush ohne Umschweife.
»Ich brauche –« Hornblower warf wieder einmal einen abschätzenden Blick nach der LOIRE, »ich brauche genügend Leute an den Brassen und Buliens, um das Schiff manövrieren zu können. Aber zugleich brauche ich auch Geschützbedienungen für eine Seite – die Hälfte der Geschütze.«
»Die Aufgabe ist nicht ganz einfach, Sir.«
»Geht es oder geht es nicht?«
»Es ist kaum zu machen, Sir, aber ich denke doch, daß ich es irgendwie schaffen werde.«
»Dann tun Sie, was Sie können. Mit den Geschützbedienungen besetzen Sie bitte die Backbordseite.«
»Die Backbordseite, aye, aye, Sir.«
So war es in der Navy üblich, man wiederholte einen Befehl, damit es kein Mißverständnis gab. In diesem Fall klang allerdings eine leise

Frage mit an, denn die Backbordseite war ja dem Gegner abgewandt.
»Ich möchte«, fuhr Hornblower immer noch betont langsam fort, »daß die Backbordgeschütze ausgerannt werden, wenn ich wende. Ich werde den Befehl dazu geben. Dann will ich, daß sie schnell wie der Blitz wieder eingerannt und die Pforten geschlossen werden. Auch das werde ich besonders befehlen.«
»Ausrennen und wieder einrennen, aye, aye, Sir.«
»Dann sollen die Bedienungen sofort nach Steuerbord hinüberwechseln, die Steuerbordgeschütze ausrennen und schußklar machen. Haben Sie das alles genau verstanden, Mr. Bush?«
»Ja – jawohl, Sir.«
Hornblower blickte wieder nach der LOIRE und nach der Insel Ouessant.
»Gut, Mr. Bush. Halt, noch eins: Mr. Cargill braucht vier Mann für eine besondere Aufgabe, die übrige Besatzung steht Ihnen zur Verfügung.«
Die Würfel waren gefallen. Wenn seine Rechnung nicht aufging, machte er sich in den Augen seiner Besatzung zum Narren, außerdem stand ihm dann entweder der Tod oder die Gefangenschaft bevor. Aber sein Temperament duldete jetzt kein Zurück mehr, der Kampfgeist kochte in seinen Adern wie ehedem, als er die RENOWN enterte, um sie dem Feind wieder zu entreißen. Da, plötzlich ein zischender Pfiff hoch oben in der Takelage, daß selbst Bush erschrocken den Schritt verhielt, als er eben nach vorn gehen wollte. Ein Tau war dort oben von unsichtbarer Hand mittendurch gerissen worden, sein oberes Ende wehte waagerecht aus, das untere flog im Bogen nach Lee und schleppte längsseit nach. Das war der erste bescheidene Glückstreffer der LOIRE, er war 20 Fuß über das Deck der HOTSPUR hinweggegangen.
»Mr. Wise«, rief Hornblower durchs Megaphon, »sorgen Sie dafür, daß das Fall neu geschoren wird.«
»Aye, aye, Sir.«
Seltsam, die wachsende Erregung weckte in Hornblower zugleich die Lust zu boshaften Scherzen. Er hob das Megaphon aufs neue an die Lippen:
»Noch eins, Mr. Wise: Wenn Sie meinen, können Sie jetzt den Leuten sagen, daß wir uns im Kriegszustand befinden.«
Wie er erwartet hatte, weckten seine Worte im ganzen Schiff schallendes Gelächter, aber für weitere Witze war jetzt keine Zeit mehr.
»Ich lasse Mr. Cargill bitten.«
Cargill eilte herbei, sein rundes Gesicht verriet, daß ihm nicht ganz wohl zumute war.

»Keine Angst, ich habe nichts an Ihnen auszusetzen. Im Gegenteil, Sie sollen eine höchst wichtige Aufgabe übernehmen.«
»Sir?«
»Lassen Sie sich von Mr. Bush vier zuverlässige Leute geben, und besetzen Sie mit diesen das Klüverfall und die Klüverschoten. Ich werde sehr bald über Stag gehen, während des Manövers werde ich es mir anders überlegen und auf den alten Bug zurückfallen. Jetzt werden Sie auch verstehen, was Sie zu tun haben. Sobald ich Ihnen das Zeichen gebe, lassen Sie den Klüver blitzschnell an seinem Stag emporsausen und setzen ihn an Backbord mit steifer Schot back. Kann ich mich darauf verlassen, daß Sie mich richtig verstanden haben?«
Cargill brauchte Sekunden, um das Gehörte zu verarbeiten, endlich antwortete er: »Jawohl, Sir.«
»Ich verlasse mich auf Sie, Sie müssen uns auf jeden Fall davor bewahren, daß wir mit backen Segeln im Winde hängenbleiben. Nachher können Sie nach eigenem Ermessen verfahren. Sobald das Schiff dreht und Fahrt aufnimmt, holen Sie den Klüver wieder nieder. Kommen Sie mit dieser Geschichte klar?«
»Jawohl, Sir.«
»Gut, dann bereiten Sie gleich alles vor.«
Prowse stand in der Nähe und strengte sich sichtlich an, Hornblowers Worte zu erlauschen. Sein Gesicht wirkte dabei noch länger als sonst.
»Ist vielleicht der Sturm daran schuld, daß Sie so mit den Ohren wedeln, Mr. Prowse?« fuhr ihn Hornblower an. In seiner augenblicklichen Stimmung bekam jeder offen zu hören, was er von ihm dachte. Dennoch taten ihm seine Worte leid, kaum daß sie ihm entfahren waren. Er hätte sie gern wiedergutgemacht, aber dazu war keine Zeit mehr.
Die Loire lag jetzt genau in Lee, und hinter ihr lag Ouessant. An der der See zugekehrten Seite der Insel hatte sich im Vorübersegeln die Bucht von Lampaul aufgetan und begann nun eben, sich wieder zuzuschieben. Der Augenblick zum Handeln war gekommen – nein, vielleicht war es doch besser, noch eine Minute zu warten. Da heulte eine Kugel heran, und zugleich krachte berstendes Holz. In der Luvreeling klaffte ein Loch. Der Schuß war über das geneigte Deck gefegt und hatte sich dort einen Weg nach draußen gebahnt. Ein Matrose an dem dort stehenden Geschütz blickte ganz benommen auf seinen linken Arm, der aus einer Splitterverletzung zu bluten begann.
»Klar zum Wenden!« schrie Hornblower.
Jetzt ging's ums Ganze. Er mußte einen französischen Kommandanten

überlisten, der ihm schon gezeigt hatte, daß er jeder Kriegslist gewachsen war.

»Mr. Prowse, beobachten Sie den Franzosen und melden Sie mir alles, was er unternimmt. Rudergänger: etwas Luvruder, nur wenig — gut so —, Rhee!«

Das Vormarssegel kam lose. Jetzt war jeder Augenblick kostbar, und doch mußte er das Manöver absichtlich verzögern, damit der Franzose zu dem von ihm gewünschten Entschluß kam.

»Er hat Ruder gelegt, Sir, er dreht in den Wind.«

Der Augenblick war gekommen — das heißt, eigentlich war er ja schon vorbei — da der Franzose von ihm erwartete, daß er über Stag ging, um seinem Geschützfeuer auszuweichen. Natürlich war der französische Kommandant bestrebt, die Wendung möglichst gleichzeitig mitzumachen.

»So, Rudergänger, jetzt hart Backbord! Klar bei Halsen und Schoten!«

Die Hotspur kam in den Wind, trotz der kleinen Verzögerung gehorchte sie noch gut dem Ruder.

»Mr. Bush!«

An der Luvseite öffneten sich die Geschützpforten, und die Geschützbedienungen holten mit gespannten Muskeln die schweren Kanonen das schräge Deck hinauf. Eine Kabbelsee schlug gegen die Bordwand, drang durch die Pforten ein und setzte das Deck knietief unter Wasser — aber dem Franzosen konnte nicht entgehen, wie die Reihe der Mündungen an Backbord zum Vorschein kam.

»Er wendet, Sir!« meldete Prowse. »Er wirft die Brassen los!«

Jetzt — nein, noch nicht, er mußte ganz sichergehen.

»An die Großbrassen!«

Dies war der gefährliche Augenblick.

»Er ist durch den Wind, Sir, sein Vormarssegel kommt schon herum.«

»Fest holen! Zurück das Kommando!«

Hornblower brüllte das mit aller Kraft seiner Lungen durchs Megaphon, und die überraschte Besatzung hielt im gleichen Augenblick mit Holen inne.

»Zurückbrassen! Los! Beeilt Euch! Rudergänger: hart Steuerbord! Mr. Cargill!«

Hornblower winkte mit der Hand nach vorn, und der Klüver sauste am Stag empor. Mit seinem gewaltigen Hebelarm an der Nock des Klüverbaums drückte dieses Segel das Schiff unwiderstehlich zurück, wenn es richtig gehandhabt wurde. Der Wind kam grade noch so weit von Backbord ein, daß es sich backsetzen ließ. Na? Was wurde daraus?

Ja doch, ja! Die Hotspur drehte zurück, sie rächte sich nicht für die üble Behandlung, die sie eben erfahren hatte, sie nahm es auch nicht übel, daß eine See recht von vorn über ihre Back hereinbrach. Sie drehte schnell und immer schneller, Cargill und seine Männer holten den Klüver nieder, dem bei dem Manöver die entscheidende Rolle zugefallen war.

»An die Brassen! Wir kommen vor den Wind. Achtung, Rudergänger, stütz! Recht so! Mr. Bush!«

Die Geschützbedienungen warfen sich in die Takel und rannten die Geschütze wieder ein. Es war eine Freude zu sehen, wie Bush ihren Eifer dämpfen mußte, damit die Kanonen ja sicher festgezurrt wurden. Die Pforten knallten dicht, und schon rannten die Männer nach Steuerbord. Jetzt, da die Hotspur die Drehung beendet hatte, konnte Hornblower wieder einen Blick auf die Loire werfen. Prowse machte laufend weiter seine Meldungen, wie es ihm befohlen war.

»Sie liegt mit backen Segeln im Wind, Sir.«

Eben darauf hatte Hornblower gehofft. Er hatte ziemlich sicher damit gerechnet, daß ihm mit Hilfe seines Manövers ein Entkommen nach Lee gelang, wenn auch vielleicht nach Austausch einiger Breitseiten. Die Lage, die jetzt eingetreten war, hatte er wohl als möglich ins Auge gefaßt, aber er hatte nicht im Ernst zu hoffen gewagt, daß sie wirklich eintraf. Die Loire trieb hilflos im Wind. Ihr Kommandant hatte das Zurückdrehen der Hotspur einen Augenblick zu spät erkannt. Statt nun vollends auf den anderen Bug zu gehen, um das Schiff wieder in die Gewalt zu bekommen und dann mit einer weiteren Wendung die Jagd wiederaufzunehmen, hatte er versucht, dem Beispiel der Hotspur zu folgen und wieder auf den alten Bug zurückzufallen. Aber so ein Manöver war aus dem Handgelenk, ohne gut eingefahrene Besatzung und ohne genaue Vorbereitung, einfach nicht zu machen, darum war es auch gründlich danebengegangen. Hornblower sah deutlich, wie die Loire steuerlos und mit backstehenden Segeln hin- und hergierte und wie ein verängstigter Gaul hartnäckig den Gehorsam versagte. Und die Hotspur lief ihr platt vor dem Wind entgegen. Hornblower maß den schwindenden Abstand zwischen den beiden Schiffen mit Augen, die in der Erregung noch schärfer sahen als sonst.

»Mr. Bush!« rief er. »Passiergefecht! Schicken Sie ihm einen heißen Gruß hinüber.«

Vor dem Wind brauchte er kein Megaphon, um sich verständlich zu machen. »Geschützführer! Schießt erst, wenn Ihr den Großmast im

Visier habt. Rudergänger! Etwas Steuerbord. Wir wollen möglichst nah heran.«

»Pistolenschußweite« war nach alter Tradition die ideale Entfernung für eine Breitseite, ja, manche redeten sogar der »halben Pistolenschußweite« das Wort, das waren im ersten Fall zwanzig, im zweiten nur zehn Meter. Die HOTSPUR lief Steuerbord zu Steuerbord an der LOIRE vorbei, sie hatte ihre Geschütze ausgerannt, besetzt und schußbereit, die LOIRE dagegen zeigte ihr nichts als eine Reihe geschlossener Stückpforten — kein Wunder bei der Verwirrung, die da drüben herrschen mußte. Jetzt waren sie auf gleicher Höhe mit ihr. Das erste Geschütz entlud sich donnernd, Bush stand neben ihm und gab die Feuererlaubnis, anscheinend hatte er die Absicht, die ganze Batterie entlang zu laufen und einem Geschütz nach dem anderen den Feuerbefehl zu geben, aber die HOTSPUR war vor dem Wind für diese Absicht viel zu schnell. Die anderen Geschütze entluden sich in unregelmäßiger Folge. Hornblower sah, wie die Splitter an der Bordwand des Franzosen auseinanderstoben, wie die Kugeln Löcher in seine Planken schlugen. Vor dem Wind rollte die HOTSPUR kaum, sie stampfte zwar in der auflaufenden See, aber jeder vernünftige Geschützführer war natürlich ohne weiteres imstande, sein Ziel aus fünfzehn Metern Entfernung zu treffen. Jetzt sah Hornblower, wie sich auf der LOIRE eine einzige Geschützpforte auftat. Offenbar versuchten sie drüben noch rasch die Geschütze fertigzumachen — zu spät. Er war auf gleicher Höhe mit dem Achterdeck der LOIRE, die Mannschaft drüben rannte wild durcheinander, eine Sekunde lang glaubte er die Gestalt des französischen Kommandanten zu erkennen, aber in diesem Augenblick detonierte die Karronade neben ihm ganz unerwartet mit einem Krach, daß er vor Schreck fast in die Luft gegangen wäre.

»Ich habe eine Kartätsche auf die Kugel gesetzt, Sir«, sagte der Geschützführer grinsend zu ihm.

»Das wird ihnen die Hölle heiß machen.«

Eine Kartätschenladung von 150 Musketenkugeln mußte über das Achterdeck der LOIRE hinfegen wie ein mörderischer Besen. Die an Deck postierten Seesoldaten bissen alle frische Patronen ab und hantierten mit ihren Ladestöcken, auch sie mußten also gefeuert haben, ohne daß er etwas davon gemerkt hatte. Bush trat an seine Seite.

»Jeder Schuß ein Treffer«, stieß er aufgeregt hervor, »kein einziger ging daneben.«

Es war seltsam und interessant, Bush so erregt zu sehen, aber für Nebensächliches war jetzt noch keine Zeit. Hornblower warf einen

Blick achteraus nach der LOIRE – sie lag noch immer steuerlos im Wind. Die Breitseite hatte offenbar aller Zucht und Ordnung ein Ende gemacht. Und dort drüben lag schwarz und unwirtlich die Insel Ouessant.

»Zwei Strich backbord«, sagte er zum Rudergänger. Kein vernünftiger Mensch opferte unnötig Seeraum.

»Wollen wir nicht an den Wind gehen und dem Burschen den Rest geben, Sir?« fragte Bush.

»Nein.«

Trotz aller Kampflust und Siegestrunkenheit kam er zu diesem höchst vernünftigen Entschluß. Wohl hatte die HOTSPUR eine Breitseite unbeantwortet auf ihren Gegner abfeuern können, aber sie war trotz dieses anfänglichen Vorteils immer noch viel zu schwach, um freiwillig einen Zweikampf mit der LOIRE wagen zu können. Hätte die LOIRE einen Mast verloren, wäre sie manövrierunfähig gewesen, so hätte er es versucht. Die beiden Schiffe waren jetzt schon eine Meile auseinander; in der Zeit, die er brauchte, um diese Strecke aufzukreuzen, hatte der Gegner bestimmt den erlittenen Schock überwunden und war bereit, ihn gebührend zu empfangen. Da, jetzt hatte die LOIRE glücklich aus dem Wind gedreht und kam soeben wieder in Fahrt. Es wäre ausgemachter Unsinn gewesen, sich nochmals mit ihr einzulassen.

Die Männer schnatterten wie Affen durcheinander und tanzten in ihrem Siegestaumel wie Affen an Deck herum. Hornblower griff nach dem Megaphon, um seinem Befehl mehr Nachdruck zu geben:

»Ruhe an Deck!«

Auf sein lautes Kommandowort hin hüllte sich das ganze Schiff sofort in Schweigen, und aller Augen richteten sich auf ihn. Merkwürdigerweise schien er gar nichts davon zu merken, er schritt quer über das Achterdeck und wieder zurück, schätzte den Abstand von Ouessant, das jetzt an Steuerbord achtern unter die Kimm sank, und von der LOIRE, die nun vor dem Wind lag. Eine Weile wartete er. Sein Entschluß stand schon beinahe fest, aber er wartete immer noch. Endlich gab er seinen Befehl.

»Luv das Ruder, Mr. Prowse, bitte setzen Sie das Großmarssegel back.«

Sie waren jetzt in der Mündung des Englischen Kanals, hatten die LOIRE in Luv und einen endlosen offenen Fluchtweg in Lee. Hielt die LOIRE auf ihn ab, dann lockte er sie in den Kanal hinein. Bei einer Verfolgungsjagd vor dem Wind setzte er sich keiner großen Gefahr aus, zumal die Nacht bald hereinbrach. Die LOIRE dagegen verzichtete bei einem solchen Unternehmen auf ihren sicheren Rückhalt in den heimischen Gewässern und lief obendrein Gefahr, auf überlegene Einheiten der britischen Navy zu stoßen. Beigedreht wartete er nun, ob der Franzose nicht doch der gefährlichen Versuchung erlag, ihn zu jagen. Aber dann sah er, wie seine Rahen herumschwangen und wie er mit Steuerbordhalsen davonzog. Die Loire strebte nach Hause, sie wollte die Einfahrt nach Brest in Lee behalten. So gebot es die Vernunft, so verlangten es die überkommenen Regeln der Seekriegsführung. Aber nach außen hin, für jeden Mann auf der Hotspur — und übrigens auch für jeden Mann auf der Loire —, sah alles ganz anders aus. Für sie alle hatte die Hotspur die Loire zum Kampf herausgefordert, und diese war darauf mit eingezogenem Schwanz ausgerückt. Als die Besatzung der Hotspur sie davonsegeln sah, brach sie in wildes Hurrageschrei aus, so daß Hornblower abermals zum Megaphon griff:

»Ruhe! Ruhe an Deck!«

Seine Heiserkeit war ein Zeichen der körperlichen Erschöpfung, die ihn just im Augenblick des Sieges in die Knie zwingen wollte. Nein, er brachte kein Wort heraus, nur denken, denken ... Ob sein Gehirn noch einen klaren Befehl hergab? Er hängte das Megaphon in seinen Halter und wandte sich an Bush. Diese beiden spontanen Gesten wirkten seltsam dramatisch auf die Männer der Besatzung, die ihm mit ihren Blicken folgten, weil sie etwas wie eine Ansprache von ihm erwarteten.

»Mr. Bush! Wollen Sie die Güte haben, die Freiwache zu entlassen.«

Diese paar Worte hatten ihn erhebliche Anstrengung gekostet.

»Aye, aye, Sir.«

»Lassen Sie die Geschütze festmachen und die Männer von Klarschiffstationen wegtreten.«

»Aye, aye, Sir.«

»Mr. Prowse!« Hornblower schätzte mit einem Blick auf Ouessant, wieviel kostbares Luv sie im Verlauf der letzten Manöver verloren hatten. »Bitte bringen Sie das Schiff mit Steuerbordhalsen an den Wind.«

»An den Wind, mit Steuerbordhalsen. Aye, aye, Sir.«

Genaugenommen war das der letzte Befehl, den er im Augenblick zu geben hatte. Jetzt war es soweit, jetzt konnte seine Sehnsucht nach Schlaf, nach Ruhe endlich Erfüllung finden. Aber schuldete er seinen Offizieren nicht doch noch ein paar Worte der Erklärung? Sie waren bestimmt von Nutzen, vielleicht sogar nötig.

»Wir müssen jetzt zurückkreuzen. Lassen Sie mich bitte bei Wachwechsel wecken.« Während er das sagte, stellte er sich vor, was es für ihn bedeutete. Er durfte sich endlich auf seine Koje werfen, seine müden Beine entlasten, seine Nerven entspannen und dem Schlaf sein Recht einräumen. Endlich durfte er die brennenden Augen schließen und sich an der Vorstellung laben, daß in den nächsten paar Stunden niemand eine Entscheidung von ihm verlangen werde ... Er schrak zusammen. Das waren ja alles Phantasiegebilde. In Wirklichkeit stand er immer noch auf dem Achterdeck, und immer noch waren aller Augen auf ihn gerichtet. Er wußte, was er zu sagen hatte, er wußte, was jetzt vor allem wichtig war: Er mußte sich einen Abgang verschaffen, nicht viel anders, als so ein jämmerlicher Schauspieler, der beim Fallen des Vorhangs abtritt. Diesen einfachen Seeleuten machte so etwas einen Eindruck, der alle Anstrengung aufwog. Eine solche Szene vergaßen sie bestimmt nicht. Monate später würden sie sich daran erinnern und seine Worte zitieren, und alles das sollte – es war sein eigentlicher Zweck – den Männern eine kleine Entschädigung für die endlosen Härten bieten, die sie bei der Blockade von Brest zu erdulden hatten.
Mit müden Beinen setzte er sich nach seiner Kajüte in Bewegung und machte an der Stelle halt, wo er am besten zu verstehen war, wo die meisten Leute hören und später wiedergeben konnten, was er gesagt hatte.
»Wir segeln wieder zurück, um Brest weiter zu überwachen.« – Dramatische Pause. – »Die Loire kann uns gestohlen bleiben.«

7

Hornblower saß in dem entsetzlich engen Kartenhaus und verzehrte sein Dinner. Das Salzfleisch stammte sicher aus dem neu angebrochenen Faß, es war durchaus eßbar, hatte aber einen anderen, ungewohnten Geschmack. Wahrscheinlich war es bei einem anderen Proviantamt mit einer anderen Sorte Salz eingesalzen worden. Er tauchte mit der Spitze seines Messers in den Senftopf. Diesen Senf hatte er von der Offiziersmesse entliehen, um nicht zu sagen erbettelt. Das reute ihn jetzt, weil er sich sagte, daß die Offiziersmesse wohl bald knapp an Vorräten war – aber er hatte eben glatt vergessen, vor dem Inseegehen Senf zu besorgen. Natürlich hatte man den Kopf immer anderswo, wenn man ausgerechnet während der Indienststellung heiraten mußte.
»Herein!« rief er, als es klopfte.

Es war Cummings, einer der »jungen Herren«, Freiwillige erster Klasse oder wie man sagte: »King's Letter Boys«. Sie waren – ihrer vier – an Stelle erfahrener Fähnriche an Bord gekommen, und das Schiff mußte sich mit ihnen abfinden, nur weil es mit solcher Hast in Dienst gestellt worden war.

»Mr. Poole hat mich geschickt, Sir. Zum Küstengeschwader stößt soeben ein neues Schiff.«

»Gut, ich komme.«

Es war ein herrlicher Sommertag, einzelne Kumuluswolken schwammen im azurblauen Himmel. Die HOTSPUR lag beigedreht mit backgesetztem Kreuzmarssegel und bewegte sich kaum, denn dort wo sie lag – weit drinnen in der Einfahrt nach Brest –, konnte die über Land kommende schwache östliche Brise noch keinen Seegang erzeugen.

Hornblower sah sich zunächst einmal um, als er das Achterdeck betrat; sein erster Blick galt natürlich der Küste. Die HOTSPUR lag in der Mündung des Goulet, dort wo man die äußere Reede von Brest bequem überblicken konnte. Im Norden lag der Petit Minou, im Süden der Point des Capuchins, die HOTSPUR lag wie in Friedenszeiten, aber diesmal aus sehr handgreiflichen Gründen, genau in der Mitte und eben außer Reichweite der Batterien, mit denen die beiden Huks bestückt waren. Ein wenig weiter landeinwärts nach Brest zu lag das Plateau des Fillettes, »die Untiefe der kleinen Mädchen«, mit seinem Ausläufer, dem Pollux-Riff, und jenseits dieses Flachs, auf der äußeren Reede von Brest, lag die französische Flotte vor Anker. Notgedrungen mußte sie diese freche unablässige Überwachung dulden, denn draußen, eben hinter der Kimm, drohte die Übermacht der britischen Kanalflotte.

Dorthin richtete sich Hornblowers zweiter Blick. Das Gros war hinter der Kimm außer Sicht, damit seine Stärke verborgen blieb, auch Hornblower wußte nicht, wie stark es zur Zeit war – er nahm an, daß es rund ein Dutzend Linienschiffe zählte. Gut in Sicht, nur drei Meilen weiter nach See zu, lag das Küstengeschwader – dicke Zweidecker – friedlich beigedreht, aber jede Minute bereit, der HOTSPUR und den beiden Fregatten DORIS und NAJADE zu Hilfe zu kommen, wenn die Franzosen ja den Versuch unternahmen, diese frechen Späher zu verjagen. Aus dreien dieser Schiffe hatte das Küstengeschwader bisher bestanden, ein viertes kam, wie Hornblower sofort entdeckte, eben hart am Wind langsam näher, um es zu verstärken. Unwillkürlich warf Hornblower sofort einen Blick nach dem Petit Minou. Wie erwartet tanzten dort die Arme des Semaphors schon wieder lustig auf und ab.

Die Ausguckposten signalisierten der französischen Flotte, daß ein viertes Schiff zum Küstengeschwader stieß. Jede, auch die unbedeutendste Bewegung der britischen Streitkräfte wurde von dort oben sofort bemerkt und gemeldet, so daß der französische Admiral bei sichtigem Wetter binnen weniger Minuten genau unterrichtet war. Das war ein unhaltbarer Zustand, denn dieser Meldedienst kam vor allem den Küstenseglern zugute, die ständig versuchten, durch die Passage du Raz von Süden her heimlich nach Brest zu gelangen. Gegen diese Signalstation mußte unbedingt etwas unternommen werden.

Bush brachte grade Foreman in Schwung, den er – mit mehr oder weniger Geduld – zum Signaloffizier der Hotspur ausbildete.

»Na, haben Sie das Erkennungssignal noch immer nicht?« fragte er.

Foreman starrte angestrengt durch den Kieker, er hatte noch nicht gelernt, das linke Auge offen zu lassen, während er mit dem rechten durchs Glas blickte. Es war auch wirklich nicht einfach, die Flaggen abzulesen, da der Wind fast genau von dem einen Schiff auf das andere zu stand.

»Neunundsiebzig, Sir«, meldete Foreman endlich.

»Sieh einer an, es stimmt sogar«, staunte Bush. »Aber weiter, weiter, was tun Sie jetzt?«

Foreman schnalzte mit den Fingern, als es ihm einfiel. Er eilte zum Signalbuch, das seinen Platz im Kartenhaus hatte. Als er darin blätterte, rutschte ihm der Kieker unter dem Arm heraus und fiel polternd an Deck. Er hob ihn rasch wieder auf und hatte auch alsbald gefunden, was er suchte. Schon wollte er sich wieder an Bush wenden, aber der wies ihn durch einen stummen Wink mit dem Daumen an Hornblower.

»Es ist die Tonannt, Sir.«

»Aber, Mr. Foreman, haben Sie denn alles vergessen? Machen Sie Ihre Meldung vollständig, wie es sich gehört.«

»Die Tonnant, Sir, vierundachtzig Geschütze, Kommandant Kapitän Pellew.«

Hornblower blieb stumm und sah ihn mit unbewegter Miene an. Da fiel ihm ein, was er noch hinzuzusetzen hatte: »Tritt zum Küstengeschwader.«

»Danke, Mr. Foreman«, sagte Hornblower mit vollendeter Förmlichkeit. Schon im nächsten Augenblick nahm sich Bush den Ärmsten aufs neue vor. Er schrie ihn so laut an, als stünde er vorn auf der Back und nicht nur drei Meter vor ihm.

»Mr. Foreman! Sehen Sie nicht, daß die Tonannt signalisiert? Nun aber dalli!«

Foreman stürzte an die Reling und hob das Glas ans Auge.
»Es ist an uns!« rief er.
»Habe ich schon vor fünf Minuten gesehen. Lesen Sie ab, was das Signal bedeutet.«
Foreman starrte wieder durch den Kieker, eilte zum Buch und versicherte sich dann noch einmal, daß er richtig gesehen hatte. Bush raste vor Ungeduld, als er endlich fertig war.
»Es heißt: ›Sendet Boot‹, Sir.«
»Natürlich heißt es das. Habe ich Ihnen nicht gesagt, Sie sollten diese immer wiederkehrenden zweistelligen Signale endlich auswendig lernen? Zeit genug hatten Sie dazu.« Zu Hornblower gewandt fuhr er dann fort: »Sir, Signal der Tonnant: ›Sendet Boot‹.«
»Danke, Mr. Bush, zeigen Sie ›verstanden‹ und lassen Sie das Heckboot klar machen.«
»Aye, aye, Sir. – Mr. Foreman, heißen Sie ›verstanden‹!« Eine Sekunde später brüllte Bush von neuem los: »Nicht diese Flaggleine, du Rind ... Sie gedankenloser Mensch, Verzeihung junger Herr, Sie! Merken Sie denn nicht, daß die Tonnant unser Signal nicht sehen kann, wenn Sie es hinter dem Kreuzmarssegel setzen? Dort, an der Großmarsrah muß es geheißt werden! Los!«
Bush blickte Hornblower wortlos an und zuckte resigniert die Achseln. Das sollte wohl heißen, daß er die Hoffnung aufgab, solchen Nullen von Untergebenen etwas Vernünftiges beizubringen, aber es konnte ebensogut sein, daß sich seine stumme Geste auf Hornblowers unglaubliche Marotte bezog, zu verlangen, daß man diesen Foreman einen »jungen Herrn« nannte, statt ihn mit den kräftigen Ausdrücken zu bedenken, die er verdiente. Jetzt wandte er sich ab und verfolgte mit kritischem Blick, wie Cummings eben das Heckboot ausschwang. Man mußte diesen jungen Leuten vieles zugute halten, denen die Vorgesetzten das Leben so grausam schwer zu machen pflegten. Hornblower teilte keineswegs die allgemeine Ansicht, daß ihnen diese ewige Schinderei zum Besten gereichte. Wenn sie unterblieb, lernten sie ihre Aufgaben ganz bestimmt nur um so schneller meistern. Foreman war dann vielleicht schon sehr bald in der Lage, mitten im Pulverqualm und allgemeinen Wirrwarr einer blutigen Seeschlacht seine Signale abzulesen und zu heißen, und Cummings lernte sicher eher als erwartet, in fliegender Eile ein Boot für einen nächtlichen Überfall zu Wasser zu bringen und zu bemannen.
Jetzt fiel Hornblower sein unterbrochenes Dinner ein. »Mr. Bush, bitte lassen Sie mir melden, wenn das Boot zurückkommt.«

Von der schwarzen Johannisbeermarmelade war nicht mehr viel da. Hornblower stellte wehmütig fest, wie rasch der Inhalt des letzten Topfes zusammenschmolz. Weil es nichts anderes gab, hatte er allmählich an diesem Zeug Geschmack gewonnen. Jetzt, nach vierzig Seetagen, war seine Butter zu Ende, auch die Eier waren längst aufgegessen. Die nächsten einundsiebzig Tage, solange der Schiffsproviant noch reichte, mußte er sich wohl oder übel mit der Mannschaftskost begnügen, ungewässertem Salzfleisch und Salzspeck, getrockneten Erbsen und Hartbrot. Dazu gab es zweimal in der Woche Käse und am Sonntag einen Pudding aus Nierentalg.

Bis das Boot wiederkam, konnte er jedenfalls noch ein Nickerchen machen – aus Vorsorge für den Fall, daß ihn der leidige Dienst um die Nachtruhe brachte. Dank der Seemacht Britanniens durfte er in Ruhe und Frieden schlafen, obwohl keine fünf Meilen entfernt zwanzigtausend Feinde standen, von denen ihn jeder einzelne je eher, je lieber ins Jenseits befördert hätte.

»Das Boot kommt längsseit, Sir.«

»Danke«, antwortete Hornblower schlaftrunken.

Das Boot war so schwer beladen, daß es bis zum Dollbord im Wasser lag. Offenbar hatten die Männer lange und hart zu pullen gehabt, um zur HOTSPUR zurückzugelangen, es war reines Pech gewesen, daß sie ausgerechnet ohne Ladung zur TONNANT hinsegeln konnten und dann mit der schweren Last den ganzen Rückweg gegen die leichte Brise anrudern mußten. Als das Fahrzeug näher kam, drangen seltsame Laute herüber, die man für tierisches Gebrüll halten konnte.

»Mein Gott, was bringen die?« fragte sich Bush, der neben Hornblower am Fallreep stand.

Im Boot türmten sich prallgefüllte Säcke.

»Endlich frischer Proviant«, meinte Hornblower.

»Los, schert einen Klappläufer an der Rahnock«, schrie Bush.

Merkwürdig, aus dem Boot tönte es ganz ähnlich herüber.

Jetzt kam Foreman das Fallreep herauf, um sich zurückzumelden. »Kohl, Kartoffeln, Käse, Sir. Und einen Ochsen.«

»Weiß Gott, auch Frischfleisch!« rief Bush begeistert.

Ein halbes Dutzend Matrosen holten am Klappläufer und hatten die Säcke bald an Deck geheißt. Erst als die Ladung des Bootes soweit gelöscht war, kam in der Bilge, ein formloses, in ein starkes Netz geschnürtes Etwas zum Vorschein, das ab und zu ein stöhnendes Gebrüll vernehmen ließ. Alsbald waren Stroppen darum genommen, und gleich darauf landete das elende Bündel leise muhend an Deck – ein armes, halbverhungertes Öchslein. Mit rollenden Augen stierte es verängstigt durch die engen Maschen des Netzes. Als Foreman mit seiner Meldung zu Ende war, wandte sich Bush an Hornblower.

»Die TONNANT hat vierundzwanzig Stück Vieh von Plymouth mitgebracht, Sir, dies hier ist unser Anteil. Wenn wir den Ochsen morgen schlachten und einen Tag hängen lassen, bekommen Sie am Sonntag ein Steak, Sir.«

»Ja«, sagte Hornblower.

»Solange das Blut nicht eingetrocknet ist, können wir es leicht wieder vom Deck spülen, Sir, darüber mache ich mir keine Sorgen. Herrlich! Da gibt's Kuttelfleck, Sir! Und eine Ochsenzunge!«

»Ja«, sagte Hornblower.

Er konnte diesen Tierblick nicht vergessen, aus dem das blanke Entsetzen sprach. Wenn ihm Bush nur nicht so vorschwärmen wollte, er fühlte sich richtig angewidert. Seine lebhafte Phantasie zeigte ihm in allen Einzelheiten, wie dieses arme Tier abgeschlachtet wurde — wie sollte ihn im gleichen Augenblick nach seinem Fleisch gelüsten? Das beste war, man redete von etwas anderem.

»Mr. Foreman! Haben Sie keine Post von der Flotte mitgebracht?«

Foreman fuhr schuldbewußt zusammen, angelte sofort mit der Rechten in seiner Tasche und brachte ein dickes Bündel Briefe zum Vorschein. Er wurde richtig bleich, als er Hornblowers zornige Miene sah.

»Lassen Sie sich das ein für alle Male gesagt sein, Mr. Foreman, die Post geht allem anderen vor! Höchste Zeit, daß Sie einen Denkzettel bekommen, damit Sie das nicht wieder vergessen.«

»Soll ich Mr. Wise kommen lassen?« fragte Bush.

Es war für Foreman bestimmt kein Spaß, sich über das Bodenstück eines Geschützes legen zu lassen und vom Bootsmann mit dem Spanischen Rohr traktiert zu werden. Hornblower sah dem Bürschchen an, daß ihm vor Angst richtig übel wurde. Er starrte genauso entsetzt wie der Ochse; offenbar empfand er vor einer körperlichen Züchtigung jenes unsagbare Grauen, das man unter den Mannschaften der Navy immer wieder einmal feststellen konnte. Auch ihm, Hornblower selbst, war dieses Grauen nicht fremd. Für fünf lange Sekunden hielt er dem verzweifelt flehenden Blick des Jungen stand, damit er die Lehre bestimmt nicht so bald wieder vergaß.

»Nein«, sagte er endlich, »das würde höchstens vierundzwanzig Stunden vorhalten. Ich möchte aber, daß er eine Woche lang jeden Tag daran erinnert wird. Mr. Foreman erhält sieben Tage keine Rumzuteilung. Wenn in der Fähnrichsmesse einer auf den Gedanken kommen sollte,

ihm etwas abzugeben, dann wird dem Betreffenden die Zuteilung für vierzehn Tage gesperrt. Mr. Bush, bitte sorgen Sie dafür, daß meine Anordnung durchgeführt wird.«
Hornblower riß Foreman das Briefbündel aus der Hand und kehrte ihm verächtlich den Rücken. Es konnte einem fünfzehnjährigen Jungen nicht schaden, wenn er eine Woche lang keine scharfen Getränke bekam.
In seiner Kajüte mußte er das Federmesser zu Hilfe nehmen, um das in geteertes Segeltuch eingenähte Päckchen zu öffnen. Das erste, was herausfiel, waren ein paar bleierne Kartätschenkugeln, die nach jahrhundertealtem Brauch in keinem Postpaket fehlen durften. Das geteerte Segeltuch schützte den Inhalt des Pakets vor Seewasser, wenn es bei stürmischem Wetter im Boot befördert werden mußte, und die Bleikugeln bewirkten, daß es unterging, wenn Gefahr bestand, daß es in Feindeshand fiel. Drei dienstliche Schreiben und eine Menge Privatpost waren der Inhalt. Zunächst riß Hornblower gleich die Dienstbriefe auf. Der erste war »Wm. Cornwallis, Vice Adm.« gezeichnet und begann wie üblich mit Ausführungen über die neue Lage. Kapitän Sir Edward Pellew, K. B., Kommandant der TONNANT, habe als ältester Offizier das Kommando des Küstengeschwaders übernommen. »Sie werden daher ersucht und angewiesen, den Befehlen des besagten Sir Edward Pellew Folge zu leisten und ihn in der Durchführung seiner Absichten nach bestem Vermögen zu unterstützen, da er in Vollmacht seitens des Oberkommandos operiert.«
Der zweite Brief war »Ed. Pellew, Kapitän zur See« gezeichnet und stellte in drei trockenen Zeilen fest, daß Hornblower und die HOTSPUR fortan Pellew unterstellt waren.
Das dritte Schreiben war ebenfalls von Pellew, begann aber nicht mit der förmlichen Anrede »Sir«:

Mein lieber Hornblower,
Zu meiner größten Freude vernehme ich, daß Sie mir unterstellt sind. Was mir bereits über Ihr Wirken in dem unlängst ausgebrochenen Krieg berichtet wurde, bestärkt mich in der hohen Meinung, die ich von Ihnen gewonnen habe, als Sie auf der alten INDEFATIGABLE *mein bester Fähnrich waren. Ich stelle Ihnen ausdrücklich anheim, mir operative Maßnahmen vorzuschlagen, die Ihnen geeignet zu sein scheinen, den Gegner zu schwächen und die Absichten Bonapartes zu durchkreuzen.*

Ihr aufrichtiger Freund, Edward Pellew.

Dieser Brief war wirklich schmeichelhaft, er wärmte ihm das Herz und machte ihm neuen Mut. Ja, er wärmte ihm im wahren Sinne des Wortes das Herz, denn als er mit dem Blatt in der Hand an seinem Schreibtisch saß, fühlte er deutlich, wie ihm das Blut rascher durch die Adern strömte. Zugleich war ihm, als spürte er fast körperlich, wie es in seinem Gehirn zu arbeiten begann. Wie von selbst wanderten seine Gedanken zu der Signalstation auf dem Petit Minou, und schon begann die Saat eines Planes zu sprießen. Der Plan nahm immer festere Formen an, in der Treibhausluft seines rastlosen Gehirns näherte er sich überraschend schnell der Reife. Hornblower erhob sich unwillkürlich von seinem Stuhl, denn nur im raschen Auf- und Abschreiten auf dem Achterdeck gelang es ihm, letzte Klarheit zu finden, schaffte er der Unruhe Luft, die ihn immer stärker bedrängte. Da fielen ihm plötzlich all die anderen Briefe ein, die das Paket enthielt, er durfte doch nicht in denselben Fehler verfallen wie Foreman! Auch für ihn waren Briefe dabei, einer, zwei – sechs Briefe in der gleichen Handschrift. Sie mußten von Maria sein – komisch, daß er die Schrift seiner eigenen Frau nicht gleich erkannte. Schon war er im Begriff, sie zu öffnen, aber er hielt sofort wieder damit inne. Keiner der anderen Briefe war an ihn gerichtet, so mancher seiner Leute wartete wahrscheinlich schon voll Spannung auf eine Nachricht.
»Ich lasse Mr. Bush bitten!« rief er. Als Busch erschien, erhielt er wortlos die ganze übrige Post ausgehändigt, er wartete auch gar nicht darauf, angesprochen zu werden, da sein Kommandant so in die Lektüre vertieft war, daß er nicht einmal den Blick hob.
Hornblower bekam mehr als einmal zu lesen, daß er Marias Herzallerliebster war. In den ersten beiden Briefen berichtete sie ihm, wie hart sie ihren Engelsgatten entbehrte, wie glücklich sie an den beiden ersten Tagen ihrer Ehe gewesen sei, wie brennend sie sich wünsche, daß ihr Held nie, nie in Gefahr gerate und – daß er doch darauf achten möge, die Strümpfe zu wechseln, wenn sie einmal naß geworden seien. Der dritte Brief kam aus Plymouth. Maria hatte erfahren, daß die Kanalflotte dort ihren Stützpunkt hatte, und war sogleich dorthin übergesiedelt, um auf jeden Fall zur Stelle zu sein, wenn die HOTSPUR aus irgendwelchen dienstlichen Gründen diesen Hafen anlaufen sollte. In Plymouth, so meinte sie außerdem, hätte sie das Gefühl, ihrem Ein und Alles näher zu sein. Sie hatte die Reise auf einem Küstensegler gemacht und sich dabei (ganz in Gedanken an ihren Liebsten) zum erstenmal im Leben der »salzigen Tiefe« anvertraut. Als sie – so hieß es weiter – von Bord aus nach der fernen Küste Ausschau hielt,

habe sie bestimmt besser verstehen gelernt, was das Herz ihres tapferen Seehelden bewegte. Inzwischen sei sie in der Wohnung einer hochanständigen Frau, der Witwe eines Bootsmanns, angenehm untergekommen.

Im vierten Brief überfiel sie ihren über alles Geliebten gleich zu Beginn mit der schönsten, der allerwichtigsten Nachricht. Sie fand kaum Worte, um dem Angebeteten, dem einzigen, von ihrem gemeinsamen Glück zu berichten. Ihrer Ehe, die schon so glücklich begonnen, stehe noch weit höherer Segen in Aussicht – wenigstens habe sie Grund, das anzunehmen.

In aller Hast riß Hornblower den fünften Brief auf und überflog zunächst die eilige Nachschrift. Dem Vernehmen nach, schrieb da Maria, habe ihr kühner Held seinem Lorbeer schon wieder ein neues Reis hinzugefügt, indem er die Loire mit solchem Erfolg bekämpfte. Sie hoffe nur, daß er bei diesen Kriegshandlungen sein Leben nicht mehr aufs Spiel setze, als Sieg und Ehre von ihm verlangten. Dann fand er sehr bald eine Bestätigung der ersten Nachricht. Maria war nun bereits davon überzeugt, daß ihr das unfaßbare Glück beschieden sei, ihrem über alles Geliebten ein Kind zu schenken. Hornblower stellte schmunzelnd fest, daß sich ihre letzten Briefe viel mehr mit dem erhofften Sprößling befaßten als mit ihm selbst, dem heißersehnten, aber ach so fernen Herzensschatz. Wenn ihr kleines Engelchen ein Junge würde, so hoffte sie mit allen Fasern ihres Herzens, daß er das Ebenbild seines hochgemuten Vaters werden möchte, brachte sie aber ein Mädchen zur Welt, so sollte es jedenfalls seinen vornehmen, edlen Charakter erben.

Soweit die Briefe. Sie lagen kunterbunt durcheinander vor ihm auf dem Tisch, und in seinem armen Kopf sah es ähnlich verworren aus. Was er erfahren hatte, wollte ihm noch nicht in den Sinn, er brauchte Zeit, damit fertig zu werden. Vielleicht war es darum, daß er sich zunächst einmal in Gedanken mit seinen eigenen zwei Briefen an Maria befaßte; sie waren nach Southsea adressiert und brauchten bestimmt sehr lange, bis sie ihr zu Händen gelangten. Wie förmlich, wie ernüchternd hatte er da seine Worte gewählt! Das mußte unbedingt wiedergutgemacht werden, sein nächster Brief sollte von Liebe überströmen und sein Entzücken über ihre Freudenbotschaft zum Ausdruck bringen, ganz gleich, ob er damit die Wahrheit sprach oder nicht. – Seltsam, daß es ihm so schwerfiel, sich darüber klarzuwerden. Zur Zeit nahmen ihn seine beruflichen Aufgaben und Probleme ganz und gar in Anspruch, die Hochzeit und alles, war mit ihr zusammenhing, lebte nur noch wie ein verschwommenes Traumbild in einem Winkel seines Bewußtseins. Die ganze Feier war so schnell an ihm vorbeigehuscht, und er war dabei wegen der vielen Pflichten, die mit dem Auslaufen zusammenhingen, so wenig bei der Sache gewesen, daß es ihm seltsam vorkam, wie fest und dauerhaft die Bindung war, die sich daraus ergeben hatte. Was er eben gelesen hatte, deutete nun gar darauf hin, daß es aus diesem »Ehe« genannten Bündnis wirklich so gut wie kein Entrinnen gab. Er sollte also Vater werden. Nicht um alles in der Welt hätte er sagen können, ob er sich darüber freute oder nicht. Er konnte das Unglückswurm nur bedauern, wenn es seine eigenen unglücklichen Charakteranlagen mit auf den Weg bekam. Je ähnlicher ihm das Kind wurde, sei es äußerlich oder in seinem Wesen, desto mehr verdiente es sein Mitleid. Aber wie? Stimmte das denn auch wirklich? War es nicht im Grunde schmeichelhaft, war es nicht ein schöner Gedanke, daß seine Eigenschaften in einem neuen Menschen weiterleben sollten? Wahrlich, es war nicht einfach, aufrichtig gegen sich selbst zu sein.

Seine Gedanken waren endlich einmal von den nächstliegenden Problemen abgeschweift, darum gelang es ihm auch ganz gut, sich seine allzukurzen Flitterwochen ins Gedächtnis zu rufen. Er sah sie wieder vor sich, seine Maria, in ihrer närrischen, unbändigen Verliebtheit. Sie war der felsenfesten Überzeugung, daß sie selbst nur so fanatisch lieben konnte, weil er ihre Liebe ebenso glühend erwiderte. Nie, nie durfte sie erfahren, wie es wirklich um seine Gefühle für sie bestellt war, das wäre eine Grausamkeit gewesen, an die er gar nicht denken durfte.

Er langte nach Papier und Feder. Dieser eine Griff zauberte ihn blitzschnell zurück in die Welt der kleinen Alltäglichkeiten, denn er mußte sich wie immer darüber ärgern, daß er einen Gänsekiel vom linken Flügel besaß. Federn vom linken Flügel der Gans waren billiger als die vom rechten, weil sie beim Schreiben auf das Auge des Schreibenden zeigten und nicht wie die anderen bequem über den Ellbogen hinweg. Aber er hatte wenigstens eine gute Spitze geschnitten, und die Tinte war auch noch nicht dick geworden. Verbissen machte er sich ans Werk. Eigentlich hatte er vor, einen Aufsatz zu schreiben, eine Art Essay über Liebe ohne Grenzen. Aber was war denn das? Er merkte, wie er beim Schreiben leise zu lächeln begann, wie er echte Zärtlichkeit für seine Maria empfand, die ihm wie von selbst durch den Arm in die Feder entströmte. Ja, am Ende stellte er sich die Frage, ob er denn wirklich der kalte, gewissenlose Egoist war, für den er sich allen Ernstes hielt.

Als er gegen Ende des Briefes sinnend aufsah, weil er nach anderen Worten für »Frau« und »Kind« suchte, blieb sein Blick an Pellews beiden Schreiben haften. Da hielt er unwillkürlich den Atem an und war mit den Gedanken sogleich wieder beim Dienst, bei seinen grausamen Vernichtungsplänen, kurz, in der rauhen Luft der Welt, in der er lebte. Die HOTSPUR wiegte sich sachte in der ruhigen See, aber allein aus dem Kurs, auf dem sie beigedreht lag, ging ja hervor, daß eine günstige Brise von Brest her wehte. Jeden Augenblick konnte da ein lauter Ruf des Ausgucks melden, daß die französische Flotte die Fahrt nach See zu angetreten hatte, um sich im Qualm und Donner der Geschütze die Seeherrschaft zu erkämpfen. Vor allem aber hatte er ja auch seine eigenen Pläne. Als er die letzten Sätze seines Briefes an Maria noch einmal überflog, verschwammen ihm die Worte vor den Augen, weil er gar nicht mehr bei der Sache war, sondern nur noch die Ansteuerung von Brest mit allen ihren Einzelheiten im Geiste vor sich sah. Er mußte sich richtig zusammenreißen, um den Brief an Maria in dem Stil zu Ende zu bringen, in dem er ihn begonnen hatte. Endlich waren die abschließenden Worte geschrieben und durchgelesen, der Bogen wurde gefaltet, ein Ruf nach dem Posten brachte Grimes mit brennender Kerze herbei, damit er ihn versiegeln konnte. Als auch diese langwierige Arbeit glücklich geschafft war, durfte er den Brief aufatmend beiseite legen. Ohne Verzug griff er nach einem frischen Bogen Papier.

Seiner Majestät Korvette HOTSPUR, *in See, Petit Minou in Nord drei Seemeilen, 14. Mai 1803*
Sir, . . .

Gott sei Dank, nun war es endlich aus mit dem honigsüßen Wortgeplätscher und all den tapsigen Versuchen, einer völlig ungewohnten Lage gerecht zu werden, nun schrieb er nicht mehr (wie im Traum) an die »Herzallerliebste Lebensgefährtin künftiger glücklicher Jahre«. Jetzt hatte er eine Aufgabe vor sich, die ihn fesselte und der er sich gewachsen fühlte. Um sie in Worte zu fassen, genügte ihm die harte, ungeschminkte Dienstsprache der Navy, die ihm von einer Unzahl dienstlicher Schreiben her so vertraut war. Er schrieb rasch und ohne viel zu überlegen, denn sein Plan war erstaunlicherweise in aller Heimlichkeit vollends ausgereift, während er seiner Meinung nach in Gedanken ganz bei Maria weilte. Der Bogen füllte sich, er drehte ihn um und schrieb noch die halbe Rückseite voll, dann war sein Plan in allen Einzelheiten dargelegt. Der Schluß lautete:
Vorstehendes wird Ihnen zur Genehmigung unterbreitet von Ihrem gehorsamen Diener

Horatio Hornblower

Darauf kam die Adresse:

Herr Kapitän zur See Edward Pellew, K. B.
Seiner Majestät Schiff TONNANT

Als auch dieser Brief gesiegelt war, wog er die beiden Schreiben in den Händen. Von neuem Leben handelte der eine, von Tod und Verderben der andere – ein wunderlicher Gedanke. Viel wichtiger war ihm die Frage, ob Pellew seinen Vorschlag gutheißen würde.

8

Hornblower lag müßig auf seiner Koje und konnte kaum erwarten, daß es Abend wurde. Viel lieber hätte er geschlafen, aber am hellichten Nachmittag wollten sich seine Augen nicht schließen. Dennoch war es besser, liegenzubleiben, denn in der bevorstehenden Nacht brauchte er seine ganze Kraft. Ging er dagegen seiner wahren Neigung entsprechend an Deck, dann verausgabte er sich ohne Not und verriet überdies den Untergebenen, wie gespannt und aufgeregt er dem bevorstehenden Unternehmen entgegensah. Also blieb er so ruhig und gelöst, wie es ihm gelingen wollte, auf dem Rücken liegen und hielt die Hände hinter dem Kopf verschränkt. Die Geräusche, die von Deck her an sein Ohr drangen, verrieten ihm den Ablauf des Routinedienstes. Gerade über seinem Kopf hing der Kontrollkompaß des Kommandanten, der sogenannte »Spion«, und verriet ihm – wie sein Name sagte – die kleinen Kursschwankungen der beigedrehten HOTSPUR, und diese harmonierten wiederum mit dem Wandern der Sonnenstrahlen, die durch die Heckfenster hereinfielen. Diese waren neuerdings mit Vorhängen versehen, aber die Strahlen suchten ihren Weg rechts und links an ihnen vorbei, wenn sie im Einklang mit den Bewegungen des Schiffs leicht hin und her schwenkten. Die meisten Kommandanten beschafften sich Vorhänge – und Möbelbezüge – aus farbigem Chintz oder, wenn sie besonders reich waren, sogar aus Damast, aber Hornblowers Vorhänge waren aus ganz gewöhnlichem Segeltuch, dem leichtesten – es trug die Nr. 8 –, das es an Bord gab. Sie hingen erst seit zwei Tagen an ihrem Platz und machten Hornblower aufrichtige Freude, weil sie ein Geschenk der Offiziersmesse waren. Diese, bestehend aus Bush, Prowse, dem Arzt Wallis und dem Zahlmeister Huffnell, hatte ihn damit überrascht. Bush war ihm mit der geheimnisvollen Bitte gekommen, ob die

Herren seine Kajüte nicht einmal ganz kurz betreten dürften, während er abwesend war. Als er nach einer Weile seinen Raum wieder betrat, fand er die Genannten dort in einer völlig veränderten Umgebung. Da gab es jetzt Vorhänge und mit Twist gestopfte Kissen, da gab es eine Bettdecke auf seiner Koje, alles hübsch bunt mit roten und blauen Rosen und grünen Blättern gemustert, die ein namenloser Künstler aus der Mannschaft mit Außenbordfarben auf das Segeltuch gezaubert hatte. Hornblower war über diese Gaben so überrascht, daß es ihm nicht gelang, die Freude zu verheimlichen, die sie ihm bereiteten. Er fand gar nicht die Zeit, die Stirn zu runzeln und streng dreinzuschauen, wie neun von zehn Kommandanten auf diese aller Ordnung Hohn sprechende Eigenmächtigkeit der Messemitglieder reagiert hätten. Befangen, mit stockenden Worten drückte er den Spendern seinen Dank aus, das war alles. Die richtige, große Freude überkam ihn erst nachträglich, als er das Geschehene noch einmal nüchtern bedachte. Ein Scherz war das auf keinen Fall gewesen, ebensowenig konnte man darin etwa eine törichte Liebedienerei erblicken – blieb also nur noch ein einziges, das unwahrscheinlichste Motiv für ihr Tun: daß sie ihm ehrlich zugetan waren. Offenbar, sagte er sich, war es um ihr Urteilsvermögen nicht eben gut bestellt, und in die Freude mischte sich das bittere Gefühl der eigenen Unzulänglichkeit. Aber wie dem auch war, das dienstlich betrachtet ohne Zweifel gewagte Unterfangen schien ihm auf ungewöhnliche und doch überzeugende Weise zu bestätigen, daß sich die HOTSPUR zu einer vollwertigen Kampfeinheit entwickelt hatte.

Grimes klopfte an die Tür und trat ein.

»Wachwechsel, Sir«, sagte er.

»Danke, ich komme.«

Bei dem zwitschernden Lärm der Pfeifen und den Rufen der Bootsmannsmaate, die durch die Decks hallten, hätte er der Worte Grimes' kaum bedurft, aber Hornblower hatte die Rolle eines Mannes zu spielen, der eben aus dem Schlaf gerissen wurde. Er knotete seine Halsbinde neu, zog Rock und Schuhe an und ging an Deck. Dort kam ihm Bush mit Papier und Bleistift in der Hand entgegen.

»Der Semaphor hat signalisiert, Sir«, meldete er. »Zwei lange Winksprüche, einen um vier Uhr fünfzehn, den anderen um vier Uhr dreißig. Dann zwei kurze und – da, eben fängt er wieder an!«

Die langen dünnen Arme des Semaphors tanzten hektisch auf und ab.

»Danke, Mr. Bush.« Es genügte ihm zu wissen, daß der Semaphor in vollem Betrieb war. Hornblower nahm das Glas ans Auge und blickte

»Mars- und Bramsegel bergen!«
Die Männer enterten eilends nach oben. In der stillen Nacht hörte man das klingende Vibrieren der Wanten, als die fünfzig Mann über die Webeleinen in die Höhe stürmten.
»Mr. Bush, bitte halsen Sie. Neuer Kurs Süd zu West.«
»Süd zu West, Sir.«
Bald wurde es Zeit, den nächsten Befehl zu geben.
»Fier die Bramstengen!«
Jetzt mußte sich zeigen, was durch fleißiges Üben und Exerzieren erreicht worden war. Siehe da, dank der vielgelästerten ewigen Schinderei ging das Manöver jetzt im Stockdunkeln ohne Störung vonstatten.
»Heiß Vor- und Großstengestagsegel! Fock klar zum Bergen!«
Hornblower trat an den Kompaß.
»Wie gehorcht das Schiff unter diesen Segeln dem Ruder?«
Darauf kam eine Weile keine Antwort, der Rudergänger drehte prüfend das Rad nach beiden Richtungen.
»Ganz gut, Sir«, sagte er schließlich.
»Ausgezeichnet.«
Hornblower hatte das Aussehen der HOTSPUR so stark geändert, wie es überhaupt möglich war. Unter Stagsegeln und Großsegel, vor allem aber ohne Bramstengen hätte in dieser dunklen Nacht sogar ein besonders erfahrener Seemann nicht auf den ersten Blick erkannt, was er für ein Fahrzeug vor sich hatte. Im schwachen Licht der Kompaßlaterne warf Hornblower einen Blick auf die Karte. Noch einmal wollte er sie mit voller Sammlung studieren, kam aber alsbald zu dem Ergebnis, daß das ganz überflüssig war. Zwei Tage lang hatte er sich das Kartenbild des in Frage kommenden Küstenstrichs unermüdlich eingeprägt, und darum stand es ihm jetzt mit allen, selbst den kleinsten Einzelheiten so deutlich vor Augen, daß ihm schien, als könnte es ihm bis zum Tage seines Todes nicht mehr verlorengehen — bis zu seinem Todestag ..., o Gott, der konnte ja schon morgen sein. Er hob den Kopf und stellte wie erwartet fest, daß der Schein der schwachen Kompaßlampe genügt hatte, ihn für eine Weile richtig nachtblind zu machen. Das durfte er nicht ein zweites Mal riskieren.
»Mr. Prowse, bitte, ziehen Sie von nun an die Karte zu Rate, wenn Sie es für nötig halten. Mr. Bush, bitte wählen Sie die beiden zuverlässigsten Lotgäste aus und schicken Sie sie zu mir achteraus.«
Als sich die beiden dunklen Schattengestalten bei Hornblower meldeten, befahl er ihnen: »In die Großrüsten, einer an Steuerbord, einer an Backbord. Vermeidet jedes unnötige Geräusch. Wartet mit dem Loten,

bis ich es befehle. Nach dem ersten Wurf holt eure Leinen ein und steckt sie dann auf vier Faden wieder aus. Wir machen jetzt drei Meilen Fahrt durchs Wasser, wenn nachher die Flut einsetzt, haben wir so gut wie keine Fahrt über Grund. Haltet die Leinen ständig in den Fingern und meldet leise, was ihr fühlt. Ich werde Leute aufstellen, die eure Meldungen weitergeben. Habt ihr verstanden?«

»Aye, aye, Sir.«

Vier Glasen verkündeten das Ende der zweiten Vorabendwache.

»Mr. Bush, von jetzt an wird nicht mehr geglast. Und nun: Klarschiff zum Gefecht. Halt, noch eins: Lassen Sie bitte die Geschütze mit je zwei Kugeln laden und ausrennen. Befehlen Sie den Geschützführern, ihre Keile unter die Bodenstücke zu treiben und die Mündungen soweit wie möglich zu senken. Wenn das alles geschehen ist, will ich keinen Laut mehr hören, kein einziges Wort, nicht das leiseste Geflüster. Wer auch nur eine Handspake an Deck fallen läßt, hat zwei Dutzend Hiebe verwirkt. Es hat lautlose Stille zu herrschen.«

»Aye, aye, Sir.«

»Das wäre alles, bitte fangen Sie an.«

Während die Mannschaften auf ihre Gefechtsstationen eilten, die Geschützpforten öffneten und die Kanonen ausrannten, gab es natürlich Lärm und Gepolter, dann aber wurde es geradezu unheimlich still. Vom Feuerwerker unten in der Pulverkammer bis zum Ausguck hoch oben im Vortopp war jedermann bereit und auf dem Posten, als die HOTSPUR mit der leichten Brise, die einen Strich achterlicher als querein kam, geräuschlos nach Süden glitt.

»Ein Glas auf der Abendwache, Sir«, flüsterte Prowse und drehte das Stundenglas im Kartenhaus um. Vor einer Stunde hatte die Flut eingesetzt. Noch eine halbe Stunde, und der ganze Schwarm der Küstenfahrer, die südwärts unter den Batterien von Camaret Schutz gesucht hatten, mußte Anker auf gehen – nein, das war sogar jetzt in diesem Augenblick schon fällig, weil sie wohl bereits genügend Wasser unter dem Kiel hatten. Sicher pullten sie jetzt schon mit ihren langen Riemen oder warpten sich mühsam aus ihrem Schlupfwinkel heraus, um mit der Flut durch die gefährliche Toulinguet-Passage zu gelangen, die Huk zu runden und in den Goulet hineinzusegeln. Gewiß hofften sie mindestens die Fillettes zu erreichen, weil sie dort in Sicherheit waren. Wenn ihnen das Glück günstig war, trug sie die Flut sogar noch weiter, bis zur Reede von Brest, wo ihre Ladungen – Proviant, Tauwerk und Segeltuch – von der französischen Flotte mit so brennender Ungeduld erwartet wurden. Hornblower suchte sich vorzustellen, wie es jetzt nördlich des Goulet aussah, welch aufgeregte Geschäftigkeit gerade um den Petit Minou herrschen mochte. Dort hatte man die Bewegungen des Küstengeschwaders bestimmt genau verfolgt. An der französischen Küste hatten scharfe Augen die offenbar ungenügend getarnten Ansätze zum Sammeln der Streitkräfte beobachtet – ängstliche Gemüter mußten daraus sofort auf einen bevorstehenden schweren Schlag geschlossen haben. Vier Linienschiffe und zwei schwere Fregatten konnten auch ohne Verstärkung durch das Gros der Flotte ein Landungskorps von tausend Mann und mehr auf die Beine stellen. Wohl war die französische Infanterie und Artillerie an dieser Küste wahrscheinlich doppelt so stark, aber diese Truppen waren auf eine Strecke von über fünf Meilen auseinandergezogen und darum kaum in der Lage, einem kräftigen Angriff zu begegnen, den der Feind in dieser dunklen Nacht an unerwarteter Stelle ansetzte. Auch im Norden lag eine ganze Flotte von Küstenseglern, die unter den Batterien jenseits des Cap Saint Mathieu Schutz gefunden hatten. Hunderte von Meilen hatten sich diese kleinen Schiffe von Batterie zu Batterie geschlichen. Wochen waren darüber vergangen, und nun lagen sie überall in den kleinen Buchten und Flußmündungen versteckt und warteten auf eine günstige Gelegenheit, den letzten gefährlichsten Abschnitt ihrer Reise, den Durchbruch nach Brest, zu wagen. Die bedrohliche Annäherung des Küstengeschwaders regte sie bestimmt entsetzlich auf. Wer konnte wissen, ob die Briten nicht einen ihrer teuflischen Schläge im Sinne hatten: einen nächtlichen Überfall mit Booten, einen Angriff mit Brandern, mit Bombenfahrzeugen oder gar mit den sagenhaften neumodischen Raketen. Aber zumindest schaffte diese Konzentration der britischen Streitkräfte im Norden endlich im Süden Luft, das hatte der Semaphor auf Petit Minou gewiß längst festgestellt und gemeldet. Die Küstensegler hinter Camaret, fast alles sogenannte Chasse-Marées, »Gezeitenjäger«, hatten also endlich das Glück, mit der Flut durch die furchtbar gefährliche Toulinguet-Passage und weiter in den Goulet zu gelangen. Hornblower hoffte, nein, er war überzeugt, daß die Hotspur nicht gesehen worden war, als sie kehrtmachte, um dieses Schlupfloch zu stopfen. Sie hatte sechs Fuß, also nahe an zwei Meter weniger Tiefgang als eine Fregatte, kaum mehr als die großen Chasse-Marées. Wenn er sie nur mit Bedacht und doch draufgängerisch führte, dann konnte sie ganz unerwartet zwischen den Riffen und Untiefen von Toulinguet in Erscheinung treten.

»Zwei Glasen, Sir«, flüsterte Prowse. Um diese Zeit setzte die Flut am stärksten – mit vier Meilen in der Stunde – landeinwärts, das

Wasser stieg um volle zehn Meter und strömte durch die Toulinguet-Passage, um die Rochers de Conseil, die »Ratsfelsen«, herum in den Goulet hinein. Die Mannschaft benahm sich musterhaft, nur zweimal hatten ein paar »notorische Umtreiber« versucht, im Dunkeln ihre Mätzchen zu machen, waren aber augenblicklich durch die Maate zischend zurechtgewiesen worden.
»Steuerbordseite Grund, Sir«, war von der Fallreepspforte her zu hören und gleich hinterher: »Backbordseite Grund.«
Die Lotgäste hatten zwischen Blei und Wasseroberfläche vierundzwanzig Fuß Leine gesteckt, aber die Lotkörper schleppten selbst bei der geringen Fahrt, die das Schiff machte, etwas nach, so daß man höchstens mit sechzehn Fuß Wasser rechnen durfte — das waren nur noch fünf Fuß unter dem Kiel.
»Weitergeben: Was für Grund ist zu fühlen?«
Zehn Sekunden später kam die Antwort: »Sandgrund, Sir.«
»Demnach müssen wir querab von den Ratsfelsen sein, Sir«, flüsterte Prowse.
»Ja. Rudergänger, einen Strich steuerbord.«
Hornblower starrte durch sein Nachtglas. Der dunklere Schatten der Küste war gerade noch auszumachen. Ja, und der weiße Schimmer dort, das war das bißchen Brandung, das heute auf den Ratsfelsen stand. Wieder eine geflüsterte Meldung von der Fallreepspforte: »Felsiger Grund, Sir. Tiefe nimmt etwas ab.«
»Gut.«
Steuerbord voraus konnte er etwas Weißes unterscheiden. Das war die Brandung über dem Gewirr von Riffen und Untiefen seewärts der Durchfahrt: Corbin, Trepieds und wie sie sonst noch hießen. Die Nachtbrise wehte stetig weiter.
»Weitergeben: Wie ist der Grund?«
Es dauerte eine Weile, bis die Antwort kam, weil die Melderkette versagte, so daß sie wiederholt werden mußte. Endlich gelang es doch, sie durchzubringen:
»Felsboden, Sir. Schiff macht kaum Fahrt über Grund.«
Die Hotspur stemmte sich jetzt gegen die steigende Flut und hielt sich zwischen Strom und Wind auf der Stelle. Dabei hatte sie kaum noch einen Meter Wasser unter dem Kiel. Die Strömung gurgelte an der Bordwand entlang achteraus, der Wind preßte sie gegenan. Hornblower stellte im Kopf seine Berechnungen an.
»Rudergänger, zwei Strich backbord.«
Die Schätzung mußte genauestens stimmen, denn jetzt lag die Hot-

SPUR hart am Wind. Zweimal hatten sogar die Stagsegel schon warnend zu schlagen begonnen. Vor allem galt es, den Leeweg in Rechnung zu stellen, den die HOTSPUR machte, während sie sich nach Art eines Dwarsläufers quer durch den Flutstrom bewegte.

»Mr. Bush, bitte gehen Sie nach den Großrüsten und melden Sie mir, was Sie dort feststellen können.

Die Nacht war einzig schön, die duftgeschwängerte Brise sang leise im stehenden Gut, die Sterne funkelten am Himmel, in der Ferne rauschte leise die Brandung.

»Wir bewegen uns ganz langsam über Grund, Sir«, flüsterte Bush. »Der Grund ist felsig, die Backbordlotleine zeigt unter das Schiff . . .«

Das letztere kam natürlich daher, daß sich die HOTSPUR wie ein Dwarsläufer quer über den Grund schob.

»Drei Glasen, Sir«, meldete Prowse.

Die Küstenfahrzeuge hatten jetzt unter allen Umständen Wasser genug, um über die Bänke von Rougaste hinwegzugelangen. Man durfte annehmen, daß sie schon im Begriff waren, die Durchfahrt von Toulinguet zu passieren. Es konnte nicht mehr lange dauern, bis sie erschienen, denn die Flut lief nur viereinhalb Stunden, sie hatten daher keine Zeit zu verlieren – so hatte er sich das wenigstens zurechtgelegt, als er Pellew seinen Vorschlag machte. Die heutige Nacht und dazu die im passenden Augenblick einsetzende Flut, das waren die Voraussetzungen für seine Aktion. Natürlich konnte es nur zu leicht geschehen, daß er einen blamablen Fehlschlag erlitt, auch wenn es ihm erspart blieb, daß er die HOTSPUR auf einen der garstigen Felsen setzte, die sie hier auf allen Seiten bedrohten.

»Dort, Sir! Schauen Sie nur, dort!« flüsterte Bush ganz aufgeregt. »Einen Strich vorlicher als querab.«

Richtig, da war eine schattenhafte Form, ein dunklerer Kern auf der nächtlichen Wasserfläche. Mehr noch, jetzt hörte man das klatschende Geräusch eines langen Riemens. Und weiter ab sah man gleich darauf noch mehr solche schwarzen Schiffsumrisse. Nach den letzten Meldungen hatten bei Camaret nicht weniger als fünfzig Küstenfahrzeuge gelegen, und man konnte damit rechnen, daß sie alle zugleich den Durchbruch versuchten.

»Gehen Sie zu den Steuerbord-Batteriegeschützen und bereiten Sie die Bedienungen vor. Es wird erst geschossen, wenn ich es befehle, dann muß aber jeder Schuß sitzen.«

»Aye, aye, Sir.«

Trotz aller Maßnahmen, die er getroffen hatte, war die HOTSPUR natürlich viel weiter zu sehen als die kleinen Küstenschiffe, diese mußten sie also inzwischen längst gesichtet haben, es sei denn, daß die Franzosen über ihren gefährlichen Navigationsproblemen alles andere unbeachtet ließen. Da! Plötzlich scholl ein Schreckensschrei vom nächsten Fahrzeug herüber, ihm folgte sogleich ein wildes Gebrüll warnender Rufe.

»Eröffnen Sie das Feuer, Mr. Bush!«

Eine rote Flamme erhellte die Nacht, es gab einen ohrenzerreißenden Knall, beißender Pulverqualm erfüllte die Luft. Wieder ein flammender Blitz, wieder ein Knall. Hornblower tastete nach dem Megaphon, um sich trotz des Lärmes Gehör zu schaffen. Es war nicht nötig. Bush machte seine Sache wieder einmal ganz großartig, die Geschützführer handelten ruhig und überlegt, jeder löste einzeln seinen Schuß, wenn er das Ziel genau im Visier hatte. Da die Mündungen gesenkt waren, fegten die beiden Kugeln, mit denen jede Kanone geladen war, vernichtend über die ruhige See. Hornblower glaubte sogar das Geschrei zu hören, das von den getroffenen Schiffen herüberscholl, aber die Geschütze feuerten so rasch hintereinander, daß er dessen nicht sicher war. Die leichte Brise trieb den Mündungsqualm über Deck achteraus, dichte Schwaden hüllten Hornblower ein, so daß er sich weit über die Reling beugen mußte, um freie Sicht zu behalten. Der Lärm hielt in voller Stärke an, die Schüsse donnerten, die Lafettenräder polterten über das Deck, die Geschützführer brüllten ihre Befehle. Mündungsfeuer warf seinen Schein auf ein schwimmendes Etwas dicht neben der Bordwand — ein sinkendes Fahrzeug, dessen Deck schon kaum noch über Wasser ragte. Wahrscheinlich hatte ein halbes Dutzend Kugeln seine schwachen Planken durchschlagen. Ein Schrei aus der Gegend der Großrüsten übertönte schneidend den ganzen Lärm der Artillerie:

»Da entert einer an Bord!«

Offenbar hatte ein verzweifelter Schwimmer die Hotspur erreicht. Hornblower konnte es ruhig Bush überlassen, sich mit solchen Gefangenen abzugeben, er selbst hatte dazu keine Zeit. An Steuerbord tauchten immer neue Umrisse von Schiffen auf, die Masse der Küstensegler wurde von dem mit dreieinhalb Meilen Geschwindigkeit setzenden Strom vorübergetrieben, die die Hotspur mit Hilfe des Windes eben aussegeln konnte.

Gegen diesen Strom wären die Franzosen auf keinen Fall vorangekommen, wenn ihre Besatzungen auch noch so kräftig an ihren langen Riemen gerissen hätten. Kehrtzumachen verbot sich für sie darum von selbst. Seitlich auszubrechen wäre eher möglich gewesen, aber da lagen auf der einen Seite die Rochers de Conseil, auf der anderen Corbin, Trepieds und das ganze übrige Gewirr von Riffen und Bänken. Die Hotspur spielte hier die Rolle Gullivers, eines Riesen inmitten dieser Liliputanerschar von Küstenschiffchen, nachdem sie bei der Begegnung mit der gewaltigen Loire eben erst selbst das Zwerglein gewesen war. An Backbord voraus erblickte Hornblower jetzt ein halbes Dutzend rötlicher Blitze. Die Batterie von Toulinguet schoß aus einer Entfernung von gut zweitausend Metern. Aus diesem Abstand mochten sie ruhig ihr Glück versuchen und auf das Mündungsfeuer der Hotspur zielen. Die Hotspur, die immer noch langsam über Grund dahintrieb, war immerhin ein bewegliches Ziel, außerdem konnten die Franzosen nur zu leicht ihre eigenen Küstenfahrzeuge treffen und fühlten sich durch diese Gefahr auf alle Fälle behindert. Nächtliches Schießen unter solchen Bedingungen war die reine Verschwendung von Pulver und Kugeln. Foreman schrie außer sich vor Erregung auf die Bedienung der Achterdecks-Karronade ein:

»Der sitzt doch fest! Laßt ihn, der hat sein Fett!«

Hornblower überzeugte sich, was da los war. Richtig, das Fahrzeug dort saß ohne Zweifel auf den Felsen, es hatte also keinen Sinn, weiter darauf zu schießen. Foreman hatte einen Pluspunkt verdient, das durfte er nicht vergessen. Der Junge hatte trotz aller Aufregung immer noch einen klaren Kopf, das war ihm hoch anzurechnen, auch wenn seine Ausdrucksweise zu wünschen übrigließ.

»Vier Glasen, Sir«, meldete Prowse inmitten des Höllenlärms. Da riß sich Hornblower zusammen und sagte sich, daß er selbst unbedingt einen klaren Kopf behalten müsse.

Bei allen diesen Ablenkungen fiel es ja so bitter schwer, zu denken und zu rechnen, noch härter kam es ihn an, sich das Kartenbild vorzustellen, und doch mußte das alles sein, sofort und ohne Aufschub. Die Hotspur hatte nach Land zu offenbar nicht mehr viel Raum.

»Mr. Prowse – Halsen«, sagte er. Gott, da hatte er sich wieder einmal in der Form vergriffen. »Bitte, legen Sie das Schiff auf den anderen Bug.«

»Aye, aye, Sir.«

Prowse griff nach dem Megaphon, und irgendwo in der Finsternis eilten gehorsam Männer an die Schoten und Brassen. Als die Hotspur den Dreh aufnahm, kam wieder so ein Schatten von der Durchfahrt her auf sie zugetrieben.

»Je me rends! Je me rends!« hörte man eine Stimme herüberrufen.

Auf diesem Fahrzeug wollte man sich ergeben, ehe ihm eine Breitseite der HOTSPUR den Garaus machte. Aber es kam nicht dazu, der Küstenfahrer klappte in der Strömung krachend längsseit der HOTSPUR und war im nächsten Augenblick wieder frei. Er hatte sich voreilig ergeben, denn nun war er glücklich vorbei und verschwand in der Dunkelheit.

»Großrüsten!« rief Hornblower. »Lotwurf!«

»Zwei Faden«, rief es zurück. Er hatte nur mehr einen halben Fuß Wasser unter dem Kiel, aber jetzt entfernte er sich bereits von den Gefahren auf der einen Seite, doch nur um sich denen zu nähern, die auf der anderen drohten.

»Backbord-Geschütze besetzen! Steuerbord Lotgast weiterloten!«

Als die HOTSPUR stetig auf ihrem neuen Kurs lag, tauchte wieder so ein armes Küstenfahrzeug auf. Da gerade einen Augenblick Stille herrschte, konnte Hornblower hören, wie Bush die Backbord-Geschützbedienung alarmierte, dann krachte auch schon der erste Schuß. Aus den Pulverschwaden, die über das Schiff zogen, hörte man die Stimme des Lotgasten:

»Graaade drei!«

Da stimmte doch etwas nicht. Die gelotete Tiefe und die Zugrichtung des Pulverqualms reimten sich nicht zusammen.

»Einhalb über drei!«

»Der Wind dreht offenbar links, Mr. Prowse, bitte achten Sie gut auf den Kompaß.«

»Aye, aye, Sir. Es ist fünf Glasen, Sir.«

Die Flut lief um diese Zeit am stärksten, auch das war wohl zu beachten. Plötzlich wurde die backbord achtere Karronade samt ihrer Bedienung so weit herumgerissen, wie es irgend ging. Hornblower warf daraufhin einen Blick achteraus und sah dort ein Küstenschiff, das eben hinter dem Heck der HOTSPUR das Weite suchte. Zweimal blitzte es an Deck des schattenhaften Fahrzeugs auf, und gleichzeitig krachte es unter Hornblowers Füßen. Der Kerl war also bewaffnet, er hatte aus seinen Kanönchen eine richtige Breitseite gefeuert, und einer der beiden Schüsse hatte offenbar getroffen. Gewiß, es waren eine Art Spielzeugwaffen, die da geschossen hatten, aber ein Vierpfünder genügte ja schon, um ein Loch in die schwachen Planken der HOTSPUR zu schlagen. Die Karronade erwiderte das Feuer mit ohrenbetäubendem Lärm.

»Etwas luven«, befahl Hornblower dem Rudergänger. Gleichzeitig verfolgte er aufmerksam die Meldung des Lotgasten.

»Mr. Bush! Schiff luvt an. Bitte klar bei Backbordgeschützen.«

Die HOTSPUR luvte an den Wind. Vom Oberdeck her hörte man das

Quietschen und Ächzen der Lafetten, als die Geschützbedienungen ihre »Stücke« mit Kuhfuß und Handspake herumwuchteten.
»Richt!« kommandierte Bush und dann nach ein paar Sekunden der Spannung: »Feuer!«
Die Schüsse fielen fast alle im gleichen Augenblick, Hornblower meinte unmittelbar danach die Einschläge auf dem Küstenschiff zu hören, obwohl er sich sagen mußte, daß das bestimmt ein Irrtum war. Deutlich vernahm er jedoch gleich darauf das Geschrei der Menschen aus der gleichen Richtung, während ihm der Pulverqualm noch die Sicht nahm. Aber er konnte den armen Teufeln unmöglich Zeit opfern. Die Flut lief nur noch eine halbe Stunde. Durch die Passage konnte kein Küstenfahrer mehr erscheinen, weil er vor dem Einsetzen der Ebbe nicht mehr frei von den Ratsfelsen gekommen wäre. Es war höchste, allerhöchste Zeit, die Hotspur aus diesem Hexenkessel von Riffen und Untiefen herauszuholen. Dazu brauchte sie unbedingt die letzte Flut, die sie aus dem Gefahrenbereich forttrug. Schon bei mittlerem Wasserstand konnte es geschehen, daß sie auf Grund geriet und bei Hellwerden als jämmerlich gestrandetes Wrack den Batterien von Toulinguet vollends zum Opfer fiel. Er riß sich mit aller Energie zusammen und schüttelte diese düsteren Vorstellungen von sich ab. Nur unter Aufwand seiner ganzen Willenskraft bekam er sich wieder in die Gewalt.
»Ich übernehme das Kommando«, sagte er zu Prowse und hob zugleich das Megaphon.
»An die Brassen! Klar zum Halsen!«
Ein Ruderkommando brachte das Schiff schnell auf den anderen Bug, Prowse stand dabei am Kompaß und meldete laufend, was durchging. Jetzt galt es den Ausweg durch die Gefahren zu finden, die die Hotspur rings umgaben. Die Männer kümmerte das nicht, ihre Begeisterung machte sich hier und dort in lauten Scherzen Luft, aber ein strenges Machtwort von Bush setzte allem Lärm sofort ein Ende. An Bord der Hotspur war es augenblicklich mäuschenstill wie in einer Kirche, als sie nun ihren Weg ins freie Fahrwasser suchte.
»Seit Sonnenuntergang hat der Wind drei Strich nach links gedreht, Sir«, meldete Prowse.
»Danke.«
Mit halbem oder noch ein wenig raumerem Wind ließ sich die Hotspur sehr gut manövrieren, aber in der Navigation mußte jetzt der Instinkt an die Stelle exakter Berechnung treten. Hornblower hatte es gewagt, in diesen Hexenkessel einzudringen, und war dabei über Untiefen hinweggesegelt, die ihm selbst bei höchster Flut kaum genügend

Wasser unterm Kiel boten. Jetzt mußte er sich den Ausweg aus diesem Labyrinth richtig ertasten; was ihm dabei half, war nur das Lot und das wenige, was man in der stockfinsteren Nacht von der Küste und von den Riffen und Untiefen zu erkennen vermochte. Nach Backbord und nach Steuerbord wirbelte das Rad, als sich die HOTSPUR so den Weg ins Freie suchte. Ein paar gefährliche Sekunden lang schlugen ihre Segel back, aber Hornblower ließ blitzschnell Ruder legen, so daß sie noch rechtzeitig abfiel.

»Stauwasser«, meldete Prowse.

»Danke.«

Stauwasser, ja, wenn nicht einer der vielen unberechenbaren Einflüsse anderes bewirkt hatte. Der Wind hatte seit mehreren Tagen leicht, aber stetig aus Südost geweht. Er mußte das zusammen mit all den anderen Faktoren ständig im Auge behalten.

»Geradeee fünf!« rief der Lotgast.

»Gott sei Dank«, murmelte Prowse.

Zum erstenmal wieder hatte die HOTSPUR fast zwanzig Fuß Wasser unter dem Kiel, aber immer gab es noch ein paar gefährliche Felsen, die ihr zum Verhängnis werden konnten.

»Einen Strich Steuerbord«, befahl Hornblower.

»Sechs Faden und keinen Grund!«

»Mr. Bush!« Hornblower sagte sich, daß er gleichmütig und ruhig erscheinen mußte. Er durfte kein Aufatmen, keine menschliche Regung verraten, obwohl er zum Umfallen müde war und dabei doch am liebsten laut hinausgelacht hätte wie ein Narr. »Bitte lassen Sie die Geschütze festmachen und dann von Gefechtsstationen wegtreten.«

»Aye, aye, Sir.«

»Ihnen, Mr. Prowse, möchte ich für Ihre besonders wertvolle Unterstützung danken.«

»Wie hätte ich das verdient, Sir?« Prowse suchte stammelnd nach Worten, um kundzutun, wie bescheiden sein Beitrag zum Erfolg gewesen sei. Hornblower hörte gar nicht hin, was er sagte, aber er glaubte trotz der Dunkelheit zu sehen, wie das Pferdegebiß vor Überraschung ruhelos mahlte.

»Bitte legen Sie das Schiff jetzt bei, Mr. Prowse. Es wäre bestimmt nicht angenehm, wenn wir uns im Morgengrauen im Feuerbereich von Petit Minou wiederfänden.«

»Nein, gewiß nicht, Sir.«

Es war wieder einmal gutgegangen. Die HOTSPUR war in die gefährlichen Gewässer um Toulinguet eingedrungen und heil wieder herausgekommen. Die Küstenfahrer aus dem Süden hatten eine Lehre bekommen, die sie bestimmt nicht sobald vergaßen. Und jetzt war offenbar auch die Nacht nicht mehr so dunkel. Das kam nicht etwa daher, daß sich die Augen angepaßt hatten und nun besser sahen – nein, dazu war der Unterschied doch zu groß. Jetzt erkannte man sogar schon menschliche Gesichter als verschwommene weiße Flecken. Als Hornblower einen Blick achteraus warf, sah er, daß sich dort die niederen Höhen von Quelern in dunkler Silhouette vom helleren Himmel abhoben. Noch hatte er den Blick nicht wieder abgewandt, da leuchtete es über ihrem Kamm silbern auf – jetzt erst fiel ihm wieder ein, daß ja um diese Zeit der Mond aufging, ein Umstand, den er nicht vergessen hatte, in seinem Schreiben an Pellew zu erwähnen. Langsam schwebte der Halbmond über dem Land empor und ergoß seinen milden Schein über die weite Bucht. Die Bramstengen wurden geheißt, die Marssegel gesetzt und die Stengestagsegel festgemacht.

»Was ist das für ein Geräusch?« fragte Hornblower, als er weiter vorn ein dumpfes Klopfen hörte.

»Der Zimmermann macht ein Schußloch dicht, Sir«, erklärte Bush. »Der letzte Küstenfahrer hat uns an Steuerbord vorn dicht über der Wasserlinie getroffen.«

»Ist jemand verletzt?«

»Nein, Sir.«

»Das ist gut.«

Es hatte ihn richtig Anstrengung gekostet, diese Fragen zu stellen und das Gespräch zu beenden, wie es sich gehörte.

»Ich kann mich ja wohl darauf verlassen, daß Sie sich hier zurechtfinden, Mr. Bush«, sagte er. Unwillkürlich bediente er sich dieser scherzhaften Wendung, obwohl er fühlte, daß sie nicht sehr echt klang. Die Männer an den Brassen holten eben das Großmarssegel back, und die Hotspur konnte friedlich beigedreht den neuen Tag erwarten.

»Sie können jetzt Seeposten aufziehen lassen. Bitte veranlassen Sie, daß ich um acht Glasen auf der Mittelwache geweckt werde.«

»Aye, aye, Sir.«

Vier Stunden Ruhe und Frieden lagen jetzt vor ihm. Mit allen Fasern seines Wesens sehnte er sich danach, ausruhen und vor allen Dingen vergessen zu dürfen. Spätestens eine Stunde nach Hellwerden erwartete Pellew seinen Bericht über den Verlauf der nächtlichen Unternehmung, und eine Stunde brauchte er, um dieses Schriftstück zu verfassen. Außerdem mußte er die Gelegenheit nutzen, um auch Maria zu schreiben, denn dieser Brief gelangte so zusammen mit seinem Bericht auf die TONNANT und von dort auch wohl bald in die ferne Welt da draußen. Zu dem Brief an Maria brauchte er länger als zu seinem Bericht an Pellew. Plötzlich kam ihm noch ein Gedanke, und er mußte sich abermals mit aller Gewalt zusammenreißen.

»Ach, Mr. Bush!«

»Sir?«

»Während der Morgenwache schicke ich ein Boot auf die TONNANT. Wenn von den Offizieren oder Mannschaften jemand Post absenden will, hat er Gelegenheit, sie mitzugeben.«

»Aye, aye, Sir, besten Dank, Sir.«

Auch in der Kajüte galt es noch Kraft aufzuwenden. Die Schuhe mußten herunter. Da erschien Grimes just im rechten Augenblick und nahm ihm alle weitere Mühe ab. Er zog ihm die Schuhe von den Füßen, half ihm aus dem Rock und löste ihm die Halsbinde. Hornblower ließ alles mit sich geschehen, er war einfach zu müde, um selbst noch einen Handgriff zu tun. Einen Augenblick ließ er genießerisch die befreiten Zehen in den Strümpfen spielen, dann sank er mit gelösten Gliedern halb vornüber, halb seitlich auf seine Koje und blieb, den Kopf auf den Armen, regungslos liegen. Grimes deckte ihn zu und zog sich leise zurück.

Später, als ihn Grimes wieder wachrüttelte, merkte er sofort, wie töricht er gewesen war, daß er sich so unbesonnen auf die Koje geworfen hatte. Alle Glieder taten ihm weh, und sein Brummschädel wollte auch einer gründlichen Waschung mit frischem Seewasser nicht weichen. Die Nachwirkungen der anhaltenden Nervenanspannung machten ihm ebenso zu schaffen wie anderen die Folgen eines Trinkgelages. Aber das Schlimmste war bald überwunden. Als er sich niedersetzte und zu seiner linksgeschwungenen Feder griff, um den Bericht zu schreiben, war er wieder ganz frisch und auf der Höhe.

Sir,

In Ausführung ihres Befehls vom 16. des Monats ging ich am Nachmittag des 18. Anker auf ...

Mit dem letzten Absatz mußte er noch warten, bis sich bei Hellwerden zeigte, was er an Erfolgen zu melden hatte. Also legte er das Blatt beiseite und nahm einen anderen Bogen zur Hand. Bei diesem zweiten Brief machte ihm schon die Anrede Kopfzerbrechen, er kaute eine ganze Weile an seiner Feder, ehe er sich für *Meine liebe Frau* entschied. Und wieder hatte er die Feder zwischen den Zähnen, um zu überlegen, wie er fortfahren sollte. Er atmete richtig auf, als Grimes wieder erschien.

»Mr. Bush läßt melden, Sir, es werde bald hell sein.«
Das war ein triftiger Grund, den Brief an Maria rasch zu Ende zu bringen.
Und nun mein ... Hornblower warf rasch einen Blick in Marias Brief, um einen passenden Kosenamen zu finden, *geliebter Herzensschatz, ruft mich die Pflicht wieder an Deck, darum muß ich jetzt leider schließen. Mit* – nein, *in* ... wieder ein Blick auf das, was sie geschrieben hatte, *in unauslöschlicher Liebe zu Dir, der Mutter unseres erhofften Kindes,*

bin ich alle Zeit Dein treuergebener Horatio.

Als er an Deck kam, war es schon fast Tag.
»Mr. Young, bitte brassen Sie das Großmarssegel voll, wir wollen ein wenig nach Süden laufen. Guten Morgen, Mr. Bush.«
»Guten Morgen, Sir.«
Bush war schon dabei, durch das Glas nach Süden zu spähen. Bei zunehmender Helligkeit und abnehmender Entfernung zeigte sich bald, was er suchte.
»Da sind sie, Sir! Mein Gott, Sir, einer, zwei, drei ... und zwei weitere liegen da drüben auf den Ratsfelsen. Voraus, im Fahrwasser, scheint ein Wrack zu liegen – ich möchte wetten, wir haben auch den versenkt.«
Im glitzernden Morgenlicht kamen jetzt bei halber Ebbe überall an der Küste und auf den Untiefen die gestrandeten Küstenfahrer in Sicht, die den Versuch, die Blockade zu brechen, teuer hatten bezahlen müssen. Die Rümpfe der Wracks lagen wie schwarze Flecken in der kristallenen Helle des jungen Tages.
»Die sind alle leck und vollgelaufen«, bemerkte Bush, »kein einziger wird noch zu bergen sein.«
Hornblower war schon dabei, den letzten Absatz seines Berichts zu formulieren:
›Ich habe Grund anzunehmen, daß bei diesem Unternehmen mindestens zehn Küstensegler versenkt beziehungsweise gezwungen wurden, auf Grund zu laufen. Dieses glückliche Ergebnis ...‹
»Da haben wir ein Vermögen eingebüßt«, brummte Bush vor sich hin. »Ein tüchtiger Batzen Prisengeld liegt dort gestrandet auf den Felsen.«
Damit hatte er ohne Zweifel recht, aber heute nacht, im entscheidenden Augenblick, konnte natürlich von einer Kaperung keine Rede sein. Die HOTSPUR hatte die Aufgabe, möglichst viel Nachschub der Franzosen zu vernichten, es ging nicht an, daß sich ihr Kommandant die leeren

Taschen füllte, indem er Boote aussandte, um das eine oder andere Fahrzeug wegzunehmen, darüber jedoch die Hälfte des kostbaren Jagdwilds entkommen ließ. Das wollte Hornblower eben sagen, aber er kam nicht mehr dazu, weil an Steuerbord querab in der ruhigen See plötzlich hintereinander drei Wasserfontänen aufsprangen. Eine Kugel kam rekochettierend auf sie zugeflogen und verschwand eine Kabellänge vor der Bordwand endgültig in der Tiefe. Zugleich hörte man den Donner eines Geschützes, und die augenblicklich herumgerissenen Gläser zeigten die Qualmwolke, die die Batterie von Toulinguet noch immer in ihre Schwaden hüllte.
»Schieß du nur, Monseer le Frog«, sagte Bush, »unsere Arbeit ist getan.«
»Immerhin brauchen wir uns nicht unbedingt in Schußweite zu begeben«, meinte Hornblower. »Bitte gehen Sie über Stag.«
So gut es ging, versuchte er, genau wie Bush im Feuer sein kaltes Blut zu wahren. Dabei sagte er sich, daß es klug und nicht etwa feige war, wenn er jetzt sicherging, daß seine HOTSPUR nicht durch eine Salve von Vierundzwanzigpfündern eingedeckt wurde.
Als er sich bei diesem Gedanken ertappte, hätte er am liebsten höhnisch über sich selbst die Nase gerümpft. Dabei hatte er doch einen anderen, recht triftigen Grund, mit sich zufrieden zu sein. Als Bush wieder von dem leidigen Prisengeld anfing, hatte er wohlweislich den Mund gehalten. Schon beim ersten Wort war er drauf und dran gewesen, dieses ganze System als Krebsschaden der Navy in Grund und Boden zu verdammen, aber dann hatte er sich doch noch beherrscht. Bush hielt ihn sowieso für einen komischen Kauz, das wußte er. Wenn er ihm nun gar noch seine Meinung über die Prisengelder – die Art, wie sie verdient und bezahlt wurden – entwickelt hätte, dann wäre er seinem Ersten Offizier bestimmt geradezu unheimlich geworden. Für Bush war er dann einfach nicht mehr normal, sondern ein höchst verdächtiger Freigeist, ein gefährlicher Umstürzler, vor dem man sich sehr in acht zu nehmen hatte.

9

Hornblower stand bereit, über das Seefallreep in das wartende Boot zu steigen, und sprach zur Erfüllung der Form die gesetzlich vorgeschriebenen Worte:
»Mr. Bush, Sie übernehmen das Kommando.«

»Aye, aye, Sir.«
Dann, im letzten Augenblick, fiel es ihm ein, sich noch einmal umzusehen. Da standen die Fallreepsgäste in den weißen Handschuhen, die Bush eigens für solche feierlichen Zwecke aus weißem Zwirn hat anfertigen lassen. Ein Seemann, der mit einem winzigen Häkchen — Crochet nannte man es auf französisch — umzugehen verstand, hatte sie gemacht. Dann fiel sein Blick auf die Reihe der Bootsmannsmaate, deren Pfeifen ihm eben den Abschiedsgruß trillerten. Jetzt betrat er die Jakobsleiter. Die Pfeifen schwiegen, als er mit dem Fuß nach der Ducht des Bootes tastete, und hieraus konnte man ziemlich genau auf den Freibord der HOTSPUR schließen. Nach der Vorschrift hatte nämlich die Ehrenbezeigung aufzuhören, wenn der von Bord gehende Offizier mit dem Kopf in Deckshöhe war. Hut, Handschuhe, Säbel und Bootsumhang machten Hornblower das Leben schwer, als er in die Achterplicht des Bootes kletterte, ärgerlich gab er Hewitt den Befehl zum Ablegen. Der Bootshaken ließ den Halt an der Bordwand fahren, und einen Augenblick ging scheinbar alles drunter und drüber, als das Boot abdrehte und vier kräftige Arme an seinem Mast das Luggersegel heißten. Für Hornblower war es ein seltsames Gefühl, so tief unten zu sitzen, daß er die grünen Wogen in greifbarer Nähe hatte, denn immerhin war es nun schon acht Wochen her, seit er das letztemal von Bord seines Schiffes gegangen war.
Bald lag das Boot auf seinem Kurs, es konnte raumschoots laufen, denn der Wind hatte ein paar Strich nach Süden gedreht. Hornblower warf einen langen Blick achteraus nach der HOTSPUR, die dort beigedreht lag. Sachverständig betrachtete er die Linien ihres Rumpfes, gab sich — endlich wieder einmal aus einiger Entfernung — Rechenschaft über die verschiedene Höhe ihrer Masten, über den Abstand, den sie untereinander hatten und über den Fall ihres Bugspriets. Er wußte nun schon recht gut, wie sich sein Schiff unter Segel benahm, dennoch gab es immer noch etwas hinzuzulernen. Jetzt war dazu allerdings keine Zeit, denn eine einsetzende Bö legte das Boot hart über, und schon war es um Hornblowers ganze Selbstsicherheit geschehen. Der bescheidene Seegang, von dem die HOTSPUR überhaupt keine Notiz nahm, gewann hier, von dem kleinen Boot aus gesehen, geradezu unheimliche Dimensionen. Das unangenehme Fahrzeug lag nicht nur über, sondern hob sich zugleich mit schwindelerregender Hast wie schwebend über die Seen. Wo war jetzt das feste Deck der HOTSPUR, wo ihre gemessenen Bewegungen, an die er sich unter so vielen Leiden endlich gewöhnt hatte? Ihm, der dem bevorstehenden Ereignis ohnedies mit zitternden

Nerven entgegensah, gab dieses Boot mit seinen ungewohnten Bocksprüngen vollends den Rest. Würgend und schluckend kämpfte er gegen die Seekrankheit, die ihn hier sozusagen aus dem Hinterhalt anfiel. Dann, um sich abzulenken, richtete er sein Augenmerk auf die TONNANT, die langsam, ach, viel zu langsam, höher wuchs.
Von ihrem Großtopp wehte an Stelle des üblichen Kommandowimpels in Dienst befindlicher Schiffe der begehrte Breitwimpel eines Kommodore. Er war das Kommandozeichen eines Kapitäns, dem außer dem eigenen auch andere Schiffe unterstellt waren. Pellew hatte eine hohe Stelle in der Rangliste der Kapitäne inne, aber darüber hinaus stand jetzt schon fest, daß er für wichtige Stellungen ausersehen war, sobald er den Rang eines Flaggoffiziers erreichte. In der Kanalflotte gab es bestimmt so manchen Konteradmiral, der Pellew um sein schönes Küstengeschwader bitter beneidete. Jetzt sah er, wie ein Boot an der Steuerbordseite der TONNANT längsseit ging. Es war weiß, mit roten Streifen abgesetzt und hatte in der Form keine Ähnlichkeit mit den üblichen Dienstfahrzeugen, die von der Navy gestellt wurden. Die Besatzung trug rotweiße Uniformen, die zu den Farben des Bootes paßten. Der Kommandant, der da seine Aufwartung machte, mußte ein rechter Geck sein – aber eher konnte man schon annehmen, daß es ein Flaggoffizier war. Hornblower sah, wie eine mit Ordensband und Epauletten geschmückte Gestalt das Fallreep hochstieg, und über das Wasser her hörte man das Zwitschern der Pfeifen und ein dröhnendes Bum-bum, das ihm verriet, daß dort offenbar eine Kapelle spielte. Im nächsten Augenblick wehte im Vortopp eine weiße Admiralsflagge aus. Ein Vizeadmiral der weißen Flagge! Das konnte kein anderer sein als Cornwallis selbst. Jetzt war sich Hornblower darüber klar, daß diese Zusammenkunft, zu der er durch das Signal: »Alle Kommandanten an Bord des Flaggschiffes« befohlen worden war, mehr bedeutete, als ein gewöhnliches kameradschaftliches Treffen. Ganz unglücklich sah er an seiner schäbigen Uniform hinunter, aber dabei fiel ihm wenigstens ein, seinen Bootsumhang zu öffnen und das Epaulett auf seiner linken Schulter zu zeigen, dieses schäbige messingbeschlagene Stück, das er noch von seiner ersten, nicht bestätigten Beförderung zum Korvettenkapitän her besaß. Mein Gott, seitdem waren nun auch schon wieder zwei Jahre vergangen! Und jetzt malte er sich aus, wie der Wachhabende Offizier am Fallreep den Kieker sinken ließ und seinen Befehl gab, der vier von den acht Fallreepsgästen verschwinden hieß, damit ein kleiner Korvettenkapitän auf keinen Fall mit dem Zeremoniell empfangen wurde, das nur einem Vizeadmiral zustand. Das Admiralsboot

hatte inzwischen abgelegt und machte dem Boot der HOTSPUR Platz. Hornblower war nicht so seekrank und aufgeregt, daß es ihn kaltgelassen hätte, ob sein Boot eine gute Figur machte oder sein ganzes Schiff blamierte. Aber diese Sorge wurde alsbald durch die bevorstehende Aufgabe verdrängt, mit gebührender Haltung über das Seefallreep an Bord zu gelangen. Die TONNANT war ein hochbordiger Zweidecker, darum war es für den nervösen Hornblower nicht so ganz einfach, in seiner hinderlichen Uniform über die Jakobsleiter an Deck zu entern, obwohl ihm die geschickte Ausnutzung der Schiffsbewegungen nicht unwesentlich dabei half. Irgendwie gelangte er schließlich ans Ziel, irgendwie dachte er trotz aller Gehemmtheit daran, grüßend die Hand an den Hut zu heben, als er die Front der präsentierenden Wache abschritt.

»Kapitän Hornblower?« erkundigte sich der Wachhabende Offizier. Er erkannte ihn an dem einen Epaulett auf der linken Schulter, war er doch der einzige Korvettenkapitän des Küstengeschwaders, vielleicht sogar der einzige in der ganzen Kanalflotte. »Der junge Herr hier zeigt Ihnen den Weg.«

Nach der Enge auf der HOTSPUR kam ihm das Deck der TONNANT phantastisch weit und geräumig vor. Die TONNANT trug ja auch nicht nur die üblichen vierundsiebzig, sondern vierundachtzig Geschütze, in ihren Maßen und in ihrer Bauart entsprach sie sogar einem richtigen Dreidecker, sie stammte ja aus einer Zeit, da die Franzosen noch solche mächtigen Schiffe bauten, weil sie die kleineren englischen Vierundsiebziger durch brutale Übermacht statt durch Taktik und Disziplin zu schlagen hofften. Wie dieses Unterfangen ausgegangen war, konnte man daraus entnehmen, daß auf der TONNANT jetzt die englische Kriegsflagge wehte.

Da kein Flaggoffizier an Bord ständig eingeschifft war, hatte man die beiden großen Achterkajüten für Pellew zusammengelegt. Die Räume waren mit allem erdenklichen Überfluß ausgestattet. War man an dem Posten Kajüte vorüber, so versank der Fuß in dicken, weichen Wilton-Teppichen, die jedes Geräusch verschluckten. In einem Vorraum wartete ein Steward in strahlend weißer Montur, der Hornblower Hut, Handschuhe und Umhang abnahm.

Der »junge Herr« riß die Tür zur Kajüte auf und meldete: »Kapitän Hornblower, Sir.«

Die Decksbalken waren lichte sechs Fuß über dem Teppich. Pellew hatte sich so an diese Höhe gewöhnt, daß er, ohne sich zu bücken, auf Horn-

blower zutrat, um ihm die Hand zu schütteln, während dieser mit seinen fünf Fuß elf Zoll Größe unwillkürlich den Kopf einzog.
»Ich freue mich, Sie zu sehen, Hornblower«, sagte Pellew. »Das ist herzlich und aufrichtig gemeint. Es gibt ja so vieles, was ich Ihnen sagen möchte, denn schriftlich läßt sich das immer nur in höchst unbefriedigender Weise tun. Aber lassen Sie sich zunächst einmal vorstellen. Soviel ich weiß, sind Sie dem Admiral ja schon bekannt, nicht wahr?«
Hornblower reichte Cornwallis die Hand und murmelte dabei wieder dieselben höflichen Redensarten wie eben bei der Begrüßung Pellews. Anderen wurde er vorgestellt und hörte dabei Namen, die jedermann kannte, der in der Gazette die Berichte über Siege zur See gelesen hatte. Da war Grindall von der PRINCE, Marsfield von der MINOTAUR, Lord Henry Paulet von der TERRIBLE und noch ein halbes Dutzend mehr. Hornblower war durch all das Gold wie geblendet, obwohl er doch eben erst aus der hellen Sonne draußen gekommen war. Einen einzigen anderen Offizier entdeckte er inmitten der glitzernden Pracht, der auch nur ein Epaulett trug, aber nicht wie er auf der linken, sondern auf der rechten Schulter. Das hieß, daß dieser Mann bereits den glanzvollen Rang eines Fregattenkapitäns erklommen hatte. Wenn er nur lange genug lebte, um in der Altersrangliste noch drei Jahre aufzurücken, durfte er sich auch auf die andere Schulter ein Epaulett heften. Schenkte ihm das Schicksal dazu noch eine lange Reihe weiterer Jahre, dann brachte er es womöglich gar zu der traumhaften Würde eines Flaggoffiziers. Schon heute stand er ja ungleich höher über einem kleinen Korvettenkapitän als dieser über dem bescheidensten Leutnant.
Hornblower nahm auf dem angebotenen Stuhl Platz und schob ihn unwillkürlich etwas zurück, um als Jüngster, ach, als weitaus Jüngster dieser Runde möglichst nicht aufzufallen. Die Wände der Kajüte waren mit kostbarem Stoff — Hornblower riet auf Damast — bespannt, dessen dezentes aus blauen und braunen Tönen gemischtes Muster eine wahre Wohltat für die Augen war. Durch das riesige Heckfenster drang helles Licht herein und spielte blitzend auf den sachte schwingenden silbernen Hängelampen. Auf einem Regal stand eine Reihe Bücher, einige davon in schönes Leder gebunden, aber auch andere, die Hornblowers scharfes Auge sogleich entdeckte: zerlesene Exemplare des Segelhandbuchs und der gesammelten Nachrichten der Admiralität über die Küsten Frankreichs. Ganz achtern ragten zwei großmächtige vierkante Kästen in den Raum, die so verkleidet waren, daß sie leidlich in diese Umgebung paßten. Kein Unkundiger hätte vermutet, daß sich unter dieser Tarnung zwei Achtzehnpfünder-Karronaden verbargen.

»Wie lange brauchen Sie, um diese Kajüte gefechtsklar zu machen, Sir Edward?« fragte Cornwallis. »Nach meiner Schätzung dauert es mindestens fünf Minuten.«

»Nach der Uhr genau vier Minuten und zehn Sekunden, Sir«, gab Pellew zur Antwort. »Dabei ist alles inbegriffen, auch das Niederlegen der Schotten.«

Jetzt kam ein weiterer Steward, ebenfalls in blendendweißem Zeug, zur Tür herein. Formvollendet wie der Butler eines fürstlichen Hauses flüsterte er Pellew etwas ins Ohr, worauf sich dieser erhob.

»Darf ich zum Dinner bitten, meine Herren«, verkündete er. »Erlauben Sie, daß ich vorangehe.«

Eine Tür im Querschott wurde weit aufgerissen, dahinter lag der Speisesaal. Auf einem langen, mit schneeweißem Damast gedeckten Tisch blitzte es von Silberbestecken und blanken Gläsern, dahinter, an der Schottwand, standen weißgekleidete Stewards aufgereiht. Über die Tischordnung gab es kaum eine Unklarheit, denn jeder Kommandant in der Navy wußte natürlich seit seiner Beförderung ganz genau, wo sein Platz in der Rangliste war. Hornblower und der andere Kommandant mit einem Epaulett wollten sich schon nach dem unteren Ende der Tafel begeben, als Pellew der allgemeinen Platzsuche plötzlich ein Ende machte.

»Einer Anregung seiner Exzellenz entsprechend wollen wir heute einmal nicht in der Reihenfolge des Dienstalters bei Tisch sitzen. Jeder der Herren findet seinen Namen auf einer Tischkarte.«

Mit fiebernder Hast suchte nun jeder nach seinem Namen. Hornblower fand sein Kärtchen zwischen Lord Henry Paulet und dem Kapitän Hosier von der FAME; ihm gegenüber saß Cornwallis.

»Ich habe Sir Edward diesen Vorschlag gemacht«, meinte Cornwallis, während er sich niederließ, »weil wir ja sonst immerzu neben dieselben Nachbarn in der Rangliste zu sitzen kommen. In dem langweiligen Blockadedienst ist jede Abwechslung doppelt willkommen.«

Erst als er saß, folgten die Untergebenen seinem Beispiel. Hornblower achtete scharf auf sein eigenes Benehmen, dennoch schoß ihm in diesem Augenblick unwillkürlich die boshafte Idee durch den Kopf, daß man den »Dienst an Bord« unter »Ehrenbezeigungen« um eine Bestimmung bereichern könnte. Dem Satz der Vorschrift: »Wenn der Offizier mit dem Kopf die Höhe des Oberdecks erreicht«, entspräche sinngemäß der Satz: »Wenn der Admiral mit seinem Hosenboden die Stuhlfläche berührt ...«

»Bei Pellew gibt es gut zu essen«, sagte Lord Henry und ließ seinen

Blick lüstern über die Platten und Schüsseln wandern, die die Stewards jetzt auf die Tafel setzten. Die größte Schüssel wurde vor ihn hingestellt, und als der riesige Silberdeckel abgenommen war, kam darunter eine herrliche Pastete zum Vorschein. Sie war von einer richtigen Burg aus Backwerk gekrönt, deren Turm einen kleinen Union Jack aus Papier trug.

»Phantastisch, Sir Edward!« rief Cornwallis. »Wollen Sie uns nicht verraten, was in den Verliesen dieser Festung an Schätzen verborgen ist?«

Pellew schüttelte betrübt den Kopf. »Nur Ochsenfleisch mit Nieren, Sir. Das Ochsenfleisch ist zu Fasern zerkocht. Unser Schlachtochse war wie immer für gewöhnliche Sterbliche zu zäh, wir konnten sein Fleisch nur durch Kochen verdaulich machen. Ein Glück, daß er uns mit seinen Nieren half, so gab es wenigstens Rindsnierenpastete.«

»Und das Mehl, wie kamen Sie zu dem?«

»Der Proviantmeister sandte mir einen Sack davon, Sir. Leider kam es, wie es kommen mußte, das Zeug landete im Bilgewasser, aber obenauf blieb doch noch so viel trocken, daß es für den Überzug der Pastete reichte.«

Pellew wies achselzuckend auf die silbernen Körbe voll Hartbrot, als wollte er sagen, daß er seine Gäste unter anderen Umständen bestimmt mit frischen Brötchen bewirtet hätte.

»Ich bin überzeugt, daß uns die Pastete köstlich schmecken wird«, sagte Cornwallis. »Lord Henry, würden Sie die Güte haben, mir aufzutun, sofern Sie das Herz haben, diese großartige Festung zu zerstören.«

Paulet ging mit Tranchiermesser und Gabel daran, die Pastete zu zerteilen. Hornblower machte sich unterdessen Gedanken über den erstaunlichen Fall, daß hier der Sohn eines Marquis den Sohn eines Grafen mit Rindsnierenpastete bediente, die aus dem Fleisch eines zähen Proviantochsen und verdorbenem Mehl bereitet war.

»Neben Ihnen steht Schweineragout, Kapitän Hosier«, sagte Pellew. »So nennt es wenigstens mein Küchenchef. Wahrscheinlich schmeckt es salziger als sonst, weil er bittere Tränen hinein vergossen hat. Kapitän Durham besitzt nämlich das einzige lebendige Schwein, das in der Kanalflotte noch übrig ist, aber er wollte sich nicht davon trennen, keine Mine Goldes konnte ihn dazu bewegen. Darum mußte mein armer Koch mit dem vorliebnehmen, was er im Salzfaß fand.«

»Die Pastete ist ihm jedenfalls glänzend gelungen«, bemerkte Cornwallis. »Er ist wirklich ein Künstler in seinem Fach.«

»Ich habe ihn noch im Frieden eingestellt«, sagte Pellew, »und nahm ihn bei Ausbruch des Krieges mit mir an Bord. Bei ›Klarschiff‹ ist er Richtschütze an einem Geschütz der Steuerbord-Unterbatterie.«
»Wenn er so gut zielt wie er kocht«, sagte Cornwallis und griff nach dem Glas, das ihm ein Steward eben gefüllt hatte, »dann wehe den Franzosen!«
Der Toast wurde unter allgemeinem Beifallsgemurmel getrunken.
»Frisches Gemüse!« rief Lord Henry begeistert. »Blumenkohl!«
»Ihr Anteil ist bereits zu Ihnen unterwegs, Hornblower«, sagte Cornwallis. »Glauben Sie nicht, daß wir Sie vergessen.«
»Die HOTSPUR ist wie Urias, der Hethiter«, sagte ein ernster Mann am Ende der Tafel, der, wie sich herausstellte, Collins hieß: »Immer in vorderster Linie.«
Hornblower war Collins für diese Worte dankbar, weil sie ihm plötzlich zum Bewußtsein brachten, was er bis dahin noch nicht so recht bedacht hatte. Besser, man stand mit schmalen Rationen in vorderster Front, als daß man sich — bestens mit Gemüse versorgt — beim Gros herumdrückte.
»Junge Karotten!« fuhr Lord Henry fort und inspizierte eine Gemüseschüssel nach der anderen. »Ja, was ist denn das? Kaum zu glauben!«
»Frischer Spinat, Lord Henry«, sagte Pellew. »Auf Erbsen und Bohnen müssen wir leider noch warten.«
»Herrlich!«
»Wie stellen Sie es an, Sir Edward, daß Sie Ihre Hühner so fett bekommen?« fragte Grindall.
»Das ist nur eine Frage der Fütterung — auch so ein Geheimnis meines Küchenchefs.«
»Sie sollten es im Interesse der Allgemeinheit verraten«, sagte Cornwallis. »Seekranke Hühner setzen selten Fleisch an.«
»Also gut, wenn es Sie interessiert: Wir haben sechshundertfünfzig Mann an Bord. Für die werden tagtäglich dreizehn Fünfzigpfundsäcke Hartbrot geleert. Das Geheimnis liegt in der Behandlung dieser Säcke.«
»Wie meinen Sie das?« fragten ein paar.
»Man muß die Säcke beklopfen und schütteln, bevor man sie entleert, nicht so stark, daß das Hartbrot zerkrümelt, aber doch kräftig genug. Dann nimmt man das Hartbrot schnell heraus und siehe da: in jedem Sack bleiben eine Menge Maden und Würmer zurück, die so rasch kein Versteck mehr finden. Glauben Sie mir, meine Herren, nichts macht die Hühner so fett wie dieses Wurmzeug, das sich an Hartbrot vollge-

fressen hat. Hornblower! Was ist denn das, Ihr Teller ist ja leer. So nehmen Sie doch, Mann Gottes!«

Hornblower hatte sich vorgenommen, es einmal mit Huhn zu versuchen, aber irgendwie hielt ihn das eben Gehörte davon ab. Er mußte innerlich grinsen, als er sich das eingestand. Die Rindfleischpastete war sehr gefragt, viel war nicht mehr davon da, und er als der Jüngste durfte sich beileibe nicht erlauben, älteren Herren vorzugreifen, wenn sie zum zweiten Mal nehmen wollten. Und das Schweineragout mit den herrlichen braunen Zwiebeln stand leider ganz am Ende der Tafel.

»Ich nehme einmal von dem hier«, sagte er und wies dabei auf eine noch unberührte Schüssel, die vor ihm stand.

»Sieh einer an«, meinte darauf Pellew, »dieser Hornblower versteht mehr von der feinen Küche als wir alle zusammen. Das ist eine richtige Delikatesse, der ganze Stolz meines Chefs. Lassen Sie sich raten, Hornblower, nehmen Sie dazu von dem Kartoffelpüree dort.«

Es handelte sich um eine Art Schweinesülze, Hornblower schnitt sich ein paar Scheiben davon ab, nicht zu dick, aber auch nicht zu dünn. Das Gericht schmeckte ohne Zweifel köstlich, in seinem Inneren enthielt es seltsame dunkle Bröckchen. Hornblower machte sein ganzes Wissen mobil, um herauszufinden, was diese kleinen schwarzen Dinger waren, und kam am Ende zu dem Ergebnis, daß es Trüffeln sein mußten, die er vom Hörensagen kannte, aber noch nie gekostet hatte. Und das Kartoffelpüree war etwas ganz anderes als der grobe Stampf, wie man ihn für gewöhnlich an Bord oder in billigen englischen Kneipen vorgesetzt bekam. Diese Kartoffeln hier waren auf das feinste gewürzt und schmeckten geradezu himmlisch. Wenn Engel Kartoffelpüree aßen, ließen sie es ganz bestimmt auch von Pellews Chefkoch zubereiten. Zu diesen Herrlichkeiten kam jetzt noch junger Spinat und frische Möhren, nach denen er förmlich gierte. Das Ganze ergab einen Teller voll unausdenkbarer Genüsse. Alsbald ertappte er sich dabei, daß er wie ein Wolf in sich hineinschlang, darum riß er sich mit aller Willenskraft zusammen, aber ein verstohlener Blick nach rechts und links verriet ihm schon im nächsten Augenblick, daß auch die anderen wie die Wölfe schlangen. Die Unterhaltung kam dabei natürlich zu kurz, zwischen dem allgemeinen Geklapper der Messer und Gabeln hörte man nur dann und wann ein paar halblaut gesprochene Worte.

»Darf ich einschenken, Sir?« – »Auf Ihr Wohl, Exzellenz!« – »Ach, Grindall, reichen Sie mir doch bitte die Zwiebeln«, und dergleichen mehr.

»Lord Henry«, fragte Pellew, »wollen Sie nicht auch die Gelatine versuchen? Steward, einen frischen Teller für Lord Henry.«
So lernte Hornblower, wie die Sülze hieß, die er grade verzehrte. Jetzt gelangte das Schweineragout in seine Reichweite. Der Steward wechselte blitzschnell seinen Teller, und er nahm sich reichlich davon heraus. Wie köstlich dufteten und schmeckten die zarten gekochten Zwiebeln, die in dieser wunderbaren Sauce schwammen. Nach einer Weile wurde die Tafel wie durch Zauberei abgeräumt, und schon tauchten wieder neue Schüsseln auf. Da war ein Pudding, üppig mit Rosinen und Korinthen bespickt, dazu gab es Gelee in zwei Farben. Welche Arbeit mußte es gekostet haben, die Rinderknochen erst zu zerkochen und dann durch ein Sieb zu pressen, um diese köstliche Gelatine zu gewinnen.
»Leider ist an dem Pudding kein Mehl«, entschuldigte sich Pellew. »Die Kombüse hat sich bemüht, aus Hartbrotkrümeln etwas Genießbares zu produzieren.«
Dieses »Genießbare« war wieder so vollendet, wie man sich nur denken konnte, es gab dazu eine süße, nach Ingwer schmeckende Sauce, in der die ganze Würze dieser Frucht zur Geltung kam. Hornblower sah sich im Geist als frischgebackenen Fregattenkapitän, der in Prisengeldern schwamm. Was galt es in solcher Stellung zu überlegen und zu bedenken, bis man seine Kajüte mit allem Nötigen versehen hatte! Maria, sagte er sich in einem Anflug von Kleinmut, konnte ihm dabei wenig helfen. Er war in Gedanken noch immer bei seiner Maria, als der Tisch ein zweites Mal abgeräumt wurde.
»Caerphilly? Sir?« flüsterte ihm ein Steward ins Ohr. »Wensleydale? Oder Roter Cheshire?«
Das waren die Käsesorten, die man ihm anbot. Er nahm sich aufs Geratewohl – ein Name sagte ihm ja soviel oder sowenig wie der andere – aber alsbald fiel ihm eine epochemachende Entdeckung in den Schoß: Wensleydale-Käse und alter Portwein waren ein himmlisches Zwillingspaar, Kastor und Pollux in Person. Höhepunkt einer unvergleichlichen Folge von Genüssen. Satt von köstlichen Speisen und nach dem Genuß von zwei Gläsern Wein – denn mehr hatte er sich nicht erlaubt – machte ihm seine Entdeckung mindestens ebensoviel Freude, wie sie Kolumbus oder Cook empfunden haben mochte. Im selben Augenblick entdeckte er schon wieder etwas, das ihm höchst spaßig vorkam. Die getriebenen Fingerschalen, die jetzt auf dem Tisch erschienen, waren besonders elegant, er hatte ähnliche nur einmal als Fähnrich in Gibraltar beim Dinner im Haus der Regierung zu Gesicht

bekommen. In jeder dieser Schalen schwamm ein Stück Zitrone, aber das Wasser, in dem es schwamm, war — Hornblower stellte es fest, indem er sich heimlich die Lippen netzte — ganz gewöhnliches Seewasser. Diese Entdeckung hatte für ihn irgendwie etwas Tröstliches.

Jetzt traf ihn ein Blick aus Cornwallis' blauen Augen.

»Dem Jüngsten obliegt der Toast auf den König«, sagte Cornwallis. Hornblower fand aus seiner weinseligen Stimmung wieder in die harte Wirklichkeit zurück. Er mußte sich wieder einmal zusammenreißen, genau wie vor kurzem, als er, verfolgt von der LOIRE, mit der HOTSPUR gewendet hatte. Hier galt es zunächst abzuwarten, bis ihm ein ruhigerer Augenblick ermöglichte, bei der Tafelrunde Gehör zu finden. Dann stand er auf, hob sein Glas und sprach nach uraltem Brauch als jüngster Offizier die Worte:

»Gentlemen, es lebe der König!«

»Es lebe der König!« wiederholte jeder der Anwesenden. Einige fügten hinzu: »Gott segne ihn«, oder »Lange soll er herrschen«, ehe sie wieder Platz nahmen.

»Seine Königliche Hoheit, der Herzog von Clarence«, ließ sich jetzt Lord Henry vernehmen, »erzählte mir einmal, bei seiner Größe, die Sie ja kennen, hätte jeder Trinkspruch auf seinen Vater zur Folge gehabt, daß er sich den Kopf an irgendeinem Decksbalken der Navy blutig stieß. Am Ende hätte er ernstlich erwogen, Seine Majestät für die ganze Marine um das Vorrecht zu bitten, im Sitzen auf sein Wohl trinken zu dürfen.«

Am anderen Ende der Tafel nahm Andrews, Kommandant der FLORA, sein eben unterbrochenes Gespräch wieder auf.

»Fünfzehn Pfund pro Kopf«, sagte er, »bekamen meine Männer an Prisengeld. Dabei lagen wir klar zum Auslaufen in der Cawsand-Bucht. Die Weiber waren schon von Bord, kein Bumboot war mehr in Rufweite, die Leute, wohlgemerkt jeder einfache Matrose, haben also fünfzehn Pfund in der Tasche.«

»Das gibt ein rundes Fest, wenn sie Gelegenheit haben, das Geld auf den Kopf zu hauen«, meinte Marsfield.

Hornblower überschlug rasch im Kopf: Die FLORA mochte dreihundert Mann Besatzung haben, die zusammen ein Viertel der Prisengelder bekam. Ein weiteres Viertel stand dem Kommandanten zu, also hatte Andrew — wenn nicht in einer Summe, so doch in Raten — an die viertausendfünfhundert Pfund kassiert. Das Ganze war das Ergebnis einer glücklich verlaufenen Kreuzfahrt, bei der vielleicht nichts auf dem Spiel stand und kein Mensch sein Leben verlor. Man hatte französische Handelsschiffe auf See angehalten und gekapert, dafür gab es das Geld. Hornblower dachte ganz geknickt an Marias letzten Brief und malte sich aus, was er mit viertausendfünfhundert Pfund alles anfangen könnte.

»Ja, in Plymouth wird sich etwas tun, wenn die Kanalflotte einläuft«, sagte Andrews.

Das war das Stichwort für Cornwallis: »Ich habe den Herren eine Erklärung abzugeben«, sagte er. Seine Stimme klang dabei trocken und ausdruckslos, und seine heitere Miene schien sich hinter einer Maske zu verstecken, so daß alle gespannt an seinen Lippen hingen.

»Die Kanalflotte wird nicht in Plymouth einlaufen«, sagte er. »Dies ist wohl der richtige Augenblick, Sie, meine Herren, darüber zu unterrichten.«

Daraufhin herrschte Grabesstille, Cornwallis wartete eine ganze Zeit vergebens auf ein Stichwort zur Fortsetzung seiner Ausführungen. Endlich wurde es ihm von dem ernsten Collins geboten.

»Woher bekommen wir Wasser und Proviant, Sir?«

»Das schickt man uns heraus.«

»Auch Wasser, Sir?«

»Ja. Ich habe eigens vier Wasserleichter bauen lassen, die uns mit Frischwasser versorgen können. Proviantschiffe bringen uns die Lebensmittel, die wir brauchen. Jedes Kriegsschiff, das zu uns stößt, bringt Frischproviant, Gemüse und lebendes Vieh, soviel es davon befördern kann. Das schützt uns gegen Skorbut. Ich brauche also kein Schiff zur Ergänzung seiner Vorräte nach Hause zu schicken.«

»Also werden wir die Winterstürme hier abreiten müssen, ehe wir Plymouth wiedersehen?«

»Nein, auch dann ist es noch nicht so weit«, sagte Cornwallis.

»Kein Schiff, kein Kommandant darf Plymouth ohne meinen ausdrücklichen Befehl anlaufen. Muß ich Ihnen, erfahrenen Offizieren, wirklich auseinandersetzen, warum das nötig ist?«

Die Gründe lagen für Hornblower wie für alle anderen auf der Hand. Bei Südweststurm konnte die Kanalflotte natürlich in England Schutz suchen, denn da war es auch den Franzosen unmöglich, aus Brest auszulaufen. Aber der Plymouth-Sund war ein schwieriges Fahrwasser. Winde aus östlicher Richtung konnten das Wiederauslaufen der britischen Flotte leicht tagelang verhindern — eben diese Windrichtung aber ermöglichte es den französischen Kriegsschiffen zu entkommen. Außer diesem einen gab es noch eine Menge andere Gründe, so z. B. die Sorge, Krankheiten zu verhüten. Jeder Kommandant wußte, daß die Besatzungen um so gesünder wurden, je länger die Schiffe in See waren. Auch die Desertationen durfte man nicht vergessen. Es war nicht zu leugnen, daß Ausschreitungen an Land der Borddisziplin einen harten Stoß versetzen konnten.

»Wie, wenn wir schweren Sturm aus West bekommen, Sir?« fragte einer der Kommandanten. »Da könnte es doch sein, daß wir weit ostwärts in den Kanal hineingetrieben werden.«

»Nein«, antwortete Cornwallis in bestimmtem Ton. »Wenn wir durch Sturm von hier abgetrieben werden, ist die Tor Bay unser Treffpunkt. Dort gehen wir dann zu Anker.«

Allgemeines Stimmengewirr verriet, daß man damit nicht so leicht fertig wurde. Die Tor Bay war eine unangenehme offene Reede, die nur gegen westliche Winde schützte. Ihr offenkundiger Vorzug bestand darin, daß die Flotte beim ersten Ausschießen des Windes ohne Verzug auslaufen konnte und wieder vor Ouessant eintraf, ehe die schwerfälligen französischen Geschwader Schiff um Schiff durch den Goulet die See erreichten.

»Nach dem, was Sie sagen, Sir«, meinte Collins, »werden wir keinen Fuß mehr auf englischen Boden setzen, ehe der Krieg zu Ende ist.«

Über Cornwallis' Züge huschte ein leises Lächeln. »So sollten wir nicht reden. Sie alle, jeder von Ihnen kann an Land gehen ...«, er hielt inne, dabei strahlte sein Lächeln immer heller, »sobald ich selbst den Fuß an Land setze.«

Man lachte gezwungen, als er zu Ende war, aber dabei klang doch für jeden unüberhörbar auch die Bewunderung mit, die man dem Flottenchef zollte. Hornblower folgte dem ganzen Vorgang mit gespannter Aufmerksamkeit und machte dabei unversehens eine überraschende Entdeckung. Waren Collins' Fragen und Bemerkungen nicht allzu treffend und geschickt gewesen? Hornblower fragte sich nachgerade, ob er nicht einer richtigen Theaterszene, einem vorbereiteten Zwiegespräch beigewohnt hatte, und sah sich in seinem Argwohn noch bestärkt, als ihm einfiel, daß Collins ja Flagg-Kapitän, nach französischer Ausdrucksweise Chef des Stabes, unter Cornwallis war. Wieder warf er einen Blick um sich. Wahrlich, Cornwallis war zu bewundern. Wie arglos und aufrichtig wirkte er, und wieviel taktisches Geschick verbarg sich hinter dieser Maske! Ja, und er selbst durfte sich wohl auch beglückwünschen. Ausgerechnet er, der Allerjüngste inmitten dieser Tafelrunde älterer und ältester Kapitäne von höchstem Verdienst oder vornehmster Abkunft, ausgerechnet er war diesem Geheimnis als erster auf die Spur gekommen. Er tat sich richtig etwas darauf zugute, und das war ein höchst ungewohntes, im wahrsten Sinne des Wortes erhebendes Gefühl. Sein solcherart gehobenes Selbstbewußtsein und die Wirkung des edlen Portweins trübten ihm zunächst den Blick für die Folgen, die sich aus dem eben Gehörten für ihn ergaben. Aber dann kam die Erkenntnis urplötzlich über ihn, und er sah sich mit einem Schlag in einen Abgrund der Vernichtung geschleudert. Er spürte wieder ein ähnliches Gefühl in der Magengegend wie unlängst auf der HOTSPUR, als sie hart am Wind den Kamm einer Woge erklettert hatte und weit überholend die Rückseite hinabglitt. Maria! Wie fröhlich hatte er ihr mitgeteilt, daß sie nun bald zusammen sein würden. Für fünfzig Tage hatte die HOTSPUR noch Proviant und Wasser an Bord, der Nachschub an frischen Nahrungsmitteln bewirkte, daß diese Vorräte länger reichten. Aber mit dem Wasser, hatte er gemeint, sei das etwas anderes. Das sei wohl nicht so leicht heranzuschaffen. Eben darum hatte er sich darauf verlassen, daß die HOTSPUR regelmäßig Plymouth anlaufen würde, um Proviant, Wasser und Feuerholz zu ergänzen. Damit war es nun nichts. Maria mußte während ihrer Schwangerschaft auf seine Besuche verzichten, die ihr doch so unendlich viel bedeuteten. Und ihm war es auch versagt, sie in diesen Monaten begrüßen zu dürfen – seltsam, wie schwer es ihm plötzlich fiel, darauf verzichten zu müssen. Zu allem Überfluß mußte er ihr auch noch selber schreiben, daß er seine Versprechungen nicht einhalten konnte, daß es fürs erste keine Aussicht auf ein Wiedersehen gab. Damit tat er ihr natürlich bitter weh, denn was sollte sie – um nur eines herauszugreifen – davon halten, daß sich ihr unvergleichliches Idol als ein Mann entpuppte, der sein Wort nicht halten konnte oder schlimmer noch, vielleicht gar nicht halten wollte.

Plötzlich sah er sich aus diesen Gedanken, dieser intensiven Vergegenwärtigung Marias, brutal herausgerissen, als er in der allgemeinen Unterhaltung da und dort seinen Namen nennen hörte. Fast alle Gäste schienen ihn erwartungsvoll zu mustern, und er mußte sich in aller Eile aus dem unbewußt Aufgenommenen zusammenreimen, wovon die Rede war. Irgendwer – bestimmt war es Cornwallis selbst – hatte gesagt, seine Nachrichten von der französischen Küste seien aufschlußreich und wertvoll gewesen. Aber Hornblower konnte sich um die Welt nicht darauf besinnen, was dann noch gesprochen worden war. Da saß er nun im Kreuzfeuer der Blicke und bemühte sich nach Kräften, aller Aufregung zum Trotz, eine gelassene Miene zur Schau zu tragen.

»Wir sind alle sehr gespannt zu hören«, sagte Cornwallis, »aus welchen Quellen Sie sich Ihre Nachrichten beschaffen konnten.«

Offenbar wiederholte er damit nur, was er schon einmal gesagt hatte. Hornblower schüttelte daraufhin sofort energisch den Kopf. Damit wußte jeder, was er zu erwarten hatte, noch ehe er lange Erklärungen abgab und ehe er vor allem Zeit fand, seine Ablehnung in wohlgesetzte Worte zu kleiden.
»Nein«, sagte er nur, um seine Gebärden zu unterstreichen.
Hier wimmelte es von Menschen. Wenn die alle hörten, was er zu berichten hatte, dann blieb nichts davon geheim. Er dachte an die Sardinenfischer und die Leute mit den Hummerkörben, mit denen er heimlich zusammengetroffen war, und denen er so viel britisches — nein, genaugenommen französisches Gold hatte zukommen lassen. Mit allen diesen Männern würde kurzer Prozeß gemacht, wenn die französischen Behörden erfuhren, was sie in den letzten Wochen getrieben hatten. Sie büßten dafür mit ihrem Leben, und für ihn fielen sie als wichtige Nachrichtenquellen aus. Darum war er so ängstlich darauf erpicht, sein Geheimnis zu wahren. Wenn ihn nur alle diese hohen Herren, von denen jeder seine fernere Laufbahn beeinflussen konnte, nicht so erwartungsvoll angeschaut hätten. Ein Glück, daß er sich im ersten Augenblick der Überraschung mit seinem kategorischen »Nein« bereits festgelegt hatte, denn nun gab es für ihn kein Zurück, und das hatte er im Grund seiner Maria zu verdanken. Aber an sie durfte er jetzt nicht denken, er mußte wenigstens versuchen, jenes starre »Nein« ein wenig zu mildern.
»Das läßt sich leider nicht so leicht preisgeben wie ein Rezept zum Mästen von Hühnern, Sir«, sagte er, dann spielte er, einer plötzlichen Eingebung folgend, die Verantwortung seinem Vorgesetzten zu: »Jedenfalls möchte ich über mein Vorgehen nicht ohne ausdrücklichen Befehl Auskunft geben.«
Seine aufs äußerste gespannten Nerven verrieten ihm sofort, daß er bei Cornwallis auf Verständnis rechnen durfte.
»Lassen Sie nur, Hornblower, Sie brauchen uns nichts zu erzählen«, sagte er und wandte sich dann wieder den anderen zu. Hatte er bei seinen Worten nicht mit dem linken, ihm zugewandten Auge ein bißchen gezwinkert? Oder irrte er sich? Hornblower war nicht ganz sicher, ob er richtig gesehen hatte.
Während sich das allgemeine Gespräch jetzt wieder der Planung künftiger Operationen zuwandte, machte sich Hornblower noch einmal Gedanken über das eben Erlebte. Seiner fast telepathisch anmutenden Empfindsamkeit tat sich dabei eine Erkenntnis auf, die ihm die Zornesröte ins Gesicht trieb. Diese hohen Offiziere, diese Herren Linienschiffs-

kommandanten überließen das Sammeln der Nachrichten vom Feind, die schmutzige Kleinarbeit der Spionage immer kurzerhand dem Jüngsten, dem kleinen Mann, von dem sie für gewöhnlich in ihrem Hochmut kaum Notiz nahmen. Sie selbst dachten nicht daran, sich mit solchen Geschäften ihre zarten, weißen Hände zu beschmutzen. Wenn sich so ein junger Dachs als Kommandant einer unbedeutenden kleinen Korvette dazu bereitfand, ließen sie ihn gnädig, aber ohne jede Achtung vor seinem Wirken gewähren.

Diese Geringschätzung beruhte durchaus auf Gegenseitigkeit. Jeder Kommandant eines Schiffes der Flotte hatte seinen Platz im Verband und spielte dort eine recht unbedeutende Rolle. So ein Kommandant war also gar nichts Besonderes, jeder konnte es werden, auch wenn er lernen mußte, sein klopfendes Herz zu beruhigen und seine Nerven zu meistern, wenn ihm die Glieder zu fliegen begannen. Hornblower bekam in diesem Augenblick ganz ähnliche Symptome zu kosten, obwohl von Gefahr keine Rede war. Der edle Portwein, das gute Essen, seine immer wiederkehrenden Gedanken an Maria und dazu sein Zorn auf die Kommandanten, das alles verquirlte sich in ihm zu einem wahren Höllenbrei, der nachgerade überzukochen drohte. Es war ein Glück, daß sich aus dieser brodelnden Mischung am Ende eine Reihe von Einfällen herausdestillierte, einer nach dem anderen, sämtlich Glieder einer einzigen logischen Kette. Hornblower fühlte bei aller Aufregung deutlich, wie ihm das pulsende Blut unter der Haut verriet, daß der Plan feste Form gewinnen wollte, so wie die Hexe in Macbeth der Daumen juckte, wenn ein »Sündensohn nahte«. Bald war denn auch der Plan fix und fertig ausgereift, da klang die Erregung ab, Hornblower fand seine innere Ruhe wieder und gewann den klaren Kopf zurück, es war ein Klarwerden des Bewußtseins, vergleichbar jenem, das man nach dem Abklingen eines Fieberanfalls genießt – und um Fieber mochte es sich in der Tat auch bei Hornblower gehandelt haben.

Sein Vorhaben setzte eine dunkle Nacht voraus, ferner mußte eine Stunde vor der Morgendämmerung halbe Flut sein. Nach den unwandelbaren Gesetzen der Natur war bestimmt zu erwarten, daß sich diese Bedingungen früher oder später erfüllten. Zum Gelingen gehörte ferner etwas Glück, Entschlußkraft und rasches Handeln, aber all das brauchte man schließlich bei jedem kriegerischen Unternehmen. Natürlich war auch ein Fehlschlag denkbar, aber gab es denn je einen Plan, der nicht mißlingen konnte; unerläßlich war endlich ein Mann, der fließend Französisch sprach. Hornblower gab sich kühlen Sinnes Rechenschaft über sein eigenes Können und mußte sich sagen, daß er nicht der geeignete Mann dazu war. In seinen Knabenjahren hatte ihn ein armer adeliger französischer Flüchtling wohl mit einigem Erfolg in Französisch und Betragen unterrichtet (seine Bemühungen, ihm Musik und Tanzen beizubringen, waren kläglich gescheitert), aber das Elend war, daß er seinem tontauben Schüler keine richtige Aussprache beibringen konnte. In Grammatik und Satzkonstruktion war er ausgezeichnet, aber jeder merkte beim ersten Wort, das er sprach, daß er kein Franzose war.

Bis die Einladung zu Ende ging, war auch Hornblower mit allen Einzelheiten seines Vorhabens ins reine gekommen. Als das Admiralsboot längsseit gerufen wurde, schob er sich wie zufällig neben Collins.

»Gibt es in der Kanalflotte einen Mann, der perfekt Französisch spricht?« fragte er.

»Sie sprechen doch selbst Französisch«, gab Collins zur Antwort.

»Für mein Vorhaben leider nicht gut genug«, sagte Hornblower mehr überrascht als geschmeichelt, daß Collins so genau Bescheid wußte. »Ich hätte Verwendung für einen Mann, der so spricht, daß man ihn für einen Franzosen hält.«

Collins rieb sich eine Weile nachdenklich das Kinn: »Da wäre Côtard«, sagte er schließlich. »Er ist Leutnant auf der MARLBOROUGH. Stammt aus Guernsey und spricht Französisch wie ein geborener Franzose. Ich glaube, er ist damit aufgewachsen. Wozu brauchen Sie ihn denn?«

»Admiralsboot kommt längsseit, Sir«, wurde Pellew von einem atemlosen Läufer gemeldet.

»Das kann ich Ihnen unmöglich so rasch erklären, Sir«, sagte Hornblower. »Ich möchte Sir Edward ein Unternehmen vorschlagen, aber ohne einen Mann, der perfekt Französisch spricht, kann ich leider nichts machen.«

Die Gesellschaft bewegte sich nun langsam dem Fallreep zu. Der Bordetikette entsprechend mußte Collins vor Cornwallis an der Bordwand hinunter und in das Boot steigen.

»Ich werde Côtard zur besonderen Verwendung von seinem Schiff abkommandieren«, sagte er noch in aller Eile. »Dann schicke ich ihn zu Ihnen an Bord, daß Sie einen Eindruck von ihm gewinnen können.«

»Besten Dank, Sir.«

Jetzt bedankte sich Cornwallis bei seinem Gastgeber und verabschiedete sich von den anderen Kommandanten. Collins tat in aller Eile das gleiche und verschwand als erster über die Seite, Cornwallis folgte ihm, geleitet von dem altehrwürdigen Zeremoniell der paradierenden Wache, der Fallreepsgäste und von den schmetternden Klängen der Musik, während seine Flagge langsam aus dem Vortopp niedergeholt wurde. Als er abgelegt hatte, kam Boot auf Boot längsseit, jedes in lustigen Farben frisch gemalt, jede Besatzung in tadellos schmuckem Zeug, das der Kommandant aus eigener Tasche angeschafft hatte. In der Reihenfolge des Dienstalters stiegen die Kommandanten die Bordwand hinunter in ihre Boote, ließen absetzen und machten sich auf den Rückweg nach ihren Schiffen.

Als letztes kam das kleine graue Heckboot der HOTSPUR längsseit. Seine Besatzung trug das Zeug, das sie beim Anbordkommen aus Kammerbeständen empfangen hatte.

»Auf Wiedersehen, Sir«, sagte Hornblower und streckte Pellew die Hand entgegen.

Pellew hatte schon so viele Hände geschüttelt und so viele Abschiedsworte gesprochen, daß Hornblower darauf bedacht war, seinen eigenen Abschied so kurz wie möglich zu machen.

»Leben Sie wohl, Hornblower«, sagte Pellew. Da trat Hornblower rasch einen Schritt zurück und hob die Hand an den Hut. Die Pfeifen trillerten, bis er mit dem Kopf unter die Kante des Oberdecks tauchte, dann noch ein gewagter Sprung, und er saß wieder in seinem Boot, samt Hut, Handschuhen und Säbel, arm und schäbig, wie er gekommen war.

10

»Ich möchte diese Gelegenheit benutzen, Mr. Bush«, sagte Hornblower, »um zu wiederholen, was ich bereits zum Ausdruck brachte: Es tut mir aufrichtig leid, daß Sie diesmal zurückstehen müssen.«

»Das ist nun einmal so, Sir, Dienst ist Dienst«, kam es von der Schattengestalt zurück, die Hornblower auf dem nächtlichen Achterdeck gegenüberstand. Aus diesen Worten sprach weise Gelassenheit, dennoch hatten sie einen bitteren Klang. Die verrückte Logik des Krieges brachte es mit sich, daß Bush ausgerechnet deshalb enttäuscht war, weil er sein Leben nicht aufs Spiel setzen durfte und daß Hornblower, im Begriff eben dies zu tun, ihn förmlich und gemessen ob seines Mißgeschicks bedauerte, so ruhig, als wäre ihm jede Aufregung fremd — als plagte ihn nicht schon jetzt die nackte Angst um sein Leben.

Hornblower kannte sich selbst genau genug, um zu wissen, daß er erleichtert aufatmen würde, wenn im letzten Augenblick ein Wunder geschähe, indem man ihm untersagte, persönlich an dem geplanten Überfall teilzunehmen. Damit wäre ihm nicht nur eine Zentnerlast von der Seele genommen worden, ja, es hätte ihn geradezu glücklich gemacht. Aber so etwas war völlig ausgeschlossen, in dem Befehl hieß es ausdrücklich: »Das Landungskommando steht unter dem Befehl des Kommandanten der HOTSPUR, Korvettenkapitän Horatio Hornblower.« Warum das sein mußte, wurde einen Satz vorher erklärt: »Weil Leutnant Côtard dienstälter ist als Leutnant Bush.« Man konnte Côtard unmöglich vorübergehend auf ein anderes Schiff kommandieren und ihm dort gleich die Landungsabteilung anvertrauen, ebensowenig konnte man andererseits von ihm verlangen, daß er unter einem jüngeren Offizier Dienst tat. Der einzige Ausweg aus dieser Klemme war der, daß Hornblower selbst den Befehl über das Landungskommando übernahm. Als Pellew in der Stille seiner prachtvollen Kajüte diesen Befehl formulierte, spielte er die Rolle einer Walküre aus der nordischen Göttersage, die seltsamerweise gegenwärtig in England so viel Interesse fand: Auch er verteilte unter den Helden die Todeslose. Seine Federstriche konnten bedeuten, daß Bush am Leben blieb, während Hornblower sterben mußte.

Aber man konnte die Dinge auch anders sehen. Widerstrebend mußte sich Hornblower eingestehen, daß es ihm ebensowenig behagt hätte, wenn Bush die Führung übertragen worden wäre. Das Unternehmen konnte nur Erfolg haben, wenn es schwungvoll und zugleich genau nach Plan durchgeführt wurde – man konnte mit Fug Zweifel hegen, ob Bush dafür der rechte Mann war. Also war es ihm im Grunde doch lieb, daß er selbst die Führung hatte. »Absurd«, dachte er und fand, daß es an seinem Charakter doch einiges auszusetzen gab.

»Mr. Bush, Sie sind hoffentlich im Bilde, was Sie bis zu meiner Rückkehr zu beachten haben?« fragte er ... »Auch für den Fall, daß ich nicht zurückkomme?«

»Jawohl, Sir.«

Hornblower fühlte, wie es ihm kalt über den Rücken lief, als er so beiläufig die Möglichkeit seines Todes erwähnte. In einer Stunde schon war er vielleicht ein verstümmelter, langsam erstarrender Leichnam.

»Gut, dann mache ich mich jetzt fertig«, sagte er so obenhin, als ob ihn nichts in der Welt erschüttern könnte, und wandte sich zum Gehen.

Kaum war er in seiner Kajüte angelangt, als Grimes hinter ihm eintrat.

»Sir«, sprach er ihn an; darauf wandte sich Hornblower um und sah ihn fragend an. Grimes war ein hagerer, übernervöser und erregbarer junger Mensch Anfang Zwanzig. Im Augenblick war er leichenblaß –

als Steward kam er ohnehin wenig an Deck und in die Sonne –, seine Lippen zuckten entsetzlich.
»Was ist denn los?« fragte ihn Hornblower kurz angebunden.
»Bitte verlangen Sie nicht, daß ich mitkomme, Sir!« stammelte Grimes. »Sie werden mich doch ganz bestimmt nicht brauchen!«
So etwas! In seiner ganzen Dienstzeit hatte Hornblower noch nie etwas erlebt, das man mit diesem Ansinnen auch nur entfernt hätte vergleichen können, darum verschlug es ihm im ersten Augenblick die Sprache. Das war Feigheit vor dem Feind, unter Umständen konnte man es sogar als Meuterei auslegen. Grimes hatte in diesen fünf Sekunden eine Schuld auf sich geladen, die nicht mehr mit der neunschwänzigen Katze, sondern nur noch durch den Henkerstrick zu sühnen war. Hornblower starrte ihn noch immer sprachlos an.
»Ich bin doch zu nichts gut, Sir«, wimmerte Grimes. »Ich – ich könnte womöglich schreien.«
Das war in der Tat zu bedenken. Als Hornblower seine Leute für den Überfall einteilte, hatte er Grimes zu seinem Adjutanten und Befehlsübermittler bestimmt. An eine Auswahl nach Eignung hatte er dabei nicht gedacht, allein der Zufall hatte ihm bei der Verteilung der Todeslose die Hand geführt. Jetzt erkannte er, wie falsch das gewesen war. Dieser Bursche, der vor Angst nicht mehr ein noch aus wußte, konnte das ganze Unternehmen gefährden, wenn er ihn zu seinem persönlichen Beistand und Gehilfen machte. Aber die ersten Worte, die er fand, entsprachen noch dem, was ihm zuvor durch den Kopf geschossen war.
»Bei Gott, ich könnte dich hängen lassen!« schrie er ihn an.
»Nein, Sir! Nein, Sir! Bitte nicht!« Grimes konnte sich kaum noch auf den Beinen halten, im nächsten Augenblick lag er bestimmt vor ihm auf den Knien.
»Also nicht, in Gottes Namen«, sagte Hornblower. Die Verachtung, die er dabei empfand, galt nicht dem Feigling, der da vor ihm stand, sondern dem Mann, der seine Feigheit so offen verriet. Sogleich stellte er sich die Frage, mit welchem Recht er diesen Mann eigentlich zu verachten wagte. Daraus ergab sich die Überlegung, was das Wohl der Navy von ihm verlangte, und dann wiederum ... Ach was, er hatte jetzt für solche unfruchtbaren Haarspaltereien keine Zeit.
»Gut«, fuhr er Grimes an, »Sie bleiben also an Bord. Halten Sie aber gefälligst den Mund!«
Grimes wollte seinen Dank zum Ausdruck bringen, doch Hornblower schnitt ihm das Wort ab.

»Ich nehme Hewitt von der zweiten Bootsbesatzung mit. Der kann mich an deiner Stelle begleiten. Sag ihm, er solle so bald wie möglich zu mir kommen.«

Die Minuten flogen dahin wie immer, wenn es die letzte Hand an ein geplantes Unternehmen zu legen galt. Hornblower schob sein Koppel durch die Schlaufe an der Scheide seines Entermessers und schnallte sich die Waffe um. Ein lang herabhängender Säbel war immer im Weg und schlug laut klappernd gegen jedes Hindernis. Für das, was er im Sinn hatte, gab es keine handlichere Waffe als das Entermesser. Zuletzt überlegte er noch einmal, ob er nicht doch eine Pistole mitnehmen sollte, aber er ließ diesen Gedanken gleich wieder fallen. In gewissen Lagen mochte eine Pistole von Nutzen sein, aber sie war eben doch über die Maßen lästig und hinderlich. Viel lieber war ihm eine andere Waffe, die wesentlich weniger Lärm machte – eine lange, mit Sand gefüllte Wurst aus starkem Segeltuch mit einem Stropp für das Handgelenk. Hornblower brachte sie griffbereit in seiner rechten Tasche unter.

Jetzt meldete sich Hewitt und mußte in kurzen Worten über seine Aufgabe unterrichtet werden. Der schräge Blick, den er auf Grimes warf, verriet ein gut Teil seiner Gedanken, aber für lange Ehrenrettungen war jetzt keine Zeit – der traurige Fall mußte später noch einmal ausgepaukt werden. Im Augenblick galt es, Hewitt den Inhalt des Beutels zu zeigen, der ursprünglich für Grimes bestimmt gewesen war – den Feuerstein und den Stahl, die weiterhelfen mußten, wenn die verdunkelte Laterne ausging, die öligen Lappen, die langsame und die schnelle Lunte, die Blaulichter für Sofortzündung. Hewitt ließ sich alles mit ernster Miene erklären und wog den Sandsack, der ihm als Waffe dienen sollte, behutsam in der Hand.

»Fertig? Dann können wir gehen«, sagte Hornblower.

»Sir!« rief da Grimes in flehendem Ton, aber Hornblower wollte, nein, konnte sein Gejammer jetzt nicht mehr anhören.

An Deck war es stockfinster, Hornblower brauchte eine ganze Weile, bis sich seine Augen an die Dunkelheit gewöhnt hatten.

Ein Offizier nach dem anderen meldete, daß alles klar sei.

»Mr. Côtard, wissen Sie auch genau, was Sie zu sagen haben?«

»Jawohl, Sir.«

Côtard besaß wirklich nichts von dem leicht erregbaren Temperament eines Franzosen. Er war so ruhig und gleichmütig, wie es sich der Anführer eines Überfalls nur wünschen konnte.

»Einundfünfzig Mann angetreten«, meldete der Hauptmann der Seesoldaten.

Diese Seesoldaten waren erst am Abend zuvor an Bord gekommen. Sie hatten den ganzen Tag über in drangvoller Enge unter Deck gelegen, damit sie kein Fernglas von Petit Minou erspähen konnte.

»Danke, Hauptmann Jones. Haben Sie sich auch überzeugt, daß keine Muskete geladen ist?«

»Jawohl, Sir.«

Bis der Gegner Alarm schlug, durfte kein Schuß fallen. Bajonette, Kolben und Sandsack hatten geräuschlos ihr Werk zu tun, aber dessen konnte man nur sicher sein, wenn die Musketen bestimmt nicht geladen waren.

»Die Landungsabteilung ist vollzählig an Bord des Fischerboots, Sir«, meldete Bush.

Das Hummerboot, das zur grenzenlosen Bestürzung seiner Besatzung schon am frühen Abend aufgebracht worden war, lag längsseit. Die französische Crew saß gefangen unter Deck. Die Männer waren deshalb so überrascht, weil Hornblowers Maßnahme einen Bruch der Neutralität bedeutete, deren sich alle Fischer während der langen Kriegszeiten nach stillschweigendem Übereinkommen erfreuten. Gewiß, sie kannten Hornblower schon lange, sie hatten ihm oft gegen gutes Geld einen Teil ihres Fangs verkauft, dennoch waren sie keineswegs beruhigt, als ihnen eröffnet wurde, daß sie ihr Fahrzeug später zurückbekommen würden. Jetzt lag es längsseit, Hewitt stieg als erster hinein, ihm folgte Côtard, und Hornblower machte den Beschluß. Acht Mann hockten bereits in der Bilge, wo sonst die Hummerkörbe zu liegen pflegten.

»Sanderson, Hewitt, Black und Downes besetzen die Riemen, die anderen bleiben unter dem Dollbord. Sie, Mr. Côtard, setzen sich bitte vor mich in die Plicht und lehnen sich an meine Knie.«

Hornblower wartete, bis alles Platz gefunden hatte, der schwarze Umriß des Bootes zeigte in der dunklen Nacht bestimmt keine auffallende Veränderung. Jetzt war es soweit.

»Absetzen!« befahl Hornblower.

Die Riemen wurden durchs Wasser gezogen, etwas kräftiger bei den ersten beiden Schlägen, leichter und leiser vom dritten an, und das Boot ließ die Hotspur hinter sich. Das Abenteuer hatte begonnen, und Hornblower konnte nicht umhin, sich vorzuhalten, daß es einzig und allein durch ihn dazu gekommen war. Hätte ihn dieser dumme Einfall nicht so behext, dann könnten sie jetzt alle friedlich an Bord schlummern; so aber erwartete morgen früh so manchen braven Mann der Tod, der ohne seinen verfluchten Tatendrang fröhlich am Leben geblieben wäre.

Er wies diese krankhaften Selbstquälereien energisch von sich, und als ihm gleich darauf Grimes in den Sinn kam, schüttelte er auch diesen Gedanken schnell von sich ab. Grimes konnte warten, bis er wieder zurück war, es bestand wahrlich kein Anlaß, jetzt schon über seinen Fall nachzugrübeln. Hornblower suchte sich ganz auf das Steuern des Hummerboots zu konzentrieren, und doch blieben dabei seine Gedanken wie eine Art Unterströmung am Werk — den Schiffsgeräuschen vergleichbar, die selbst bei wichtigsten Erörterungen von jedem vernommen werden. So fragte er sich, was denn wohl Grimes von der Besatzung an Bord widerfahren werde, denn Hewitt hatte seinen guten Freunden die Geschichte natürlich brühwarm erzählt.

Hornblower hielt die Pinne mit festem Griff und steuerte mit nördlichem Kurs den Petit Minou an. Eine und eine viertel Meile waren bis dorthin zurückzulegen, und zuletzt durfte er auf keinen Fall die kleine Mole dort verfehlen, denn das hätte ein klägliches Fiasko seines kühnen Unterfangens bedeutet. Die schwachen Umrisse der steilen Höhen am Nordufer des Goulet dienten ihm zur Orientierung, er hatte sie so viele Wochen ständig vor Augen gehabt, daß er sie in allen Einzelheiten kannte. Die wichtigste dieser Landmarken war für ihn die steile Bergschulter eine Viertelmeile westlich des Semaphors, wo ein kleiner Flußlauf in die See mündete. Er mußte diesen Einschnitt in den Bergen offenhalten, während sich das Boot der Küste näherte; aber schon nach wenigen Minuten gelang es ihm, die Kuppe mit dem Semaphor selbst auszumachen, die sich ganz schwach gegen den Nachthimmel abhob. Alles Weitere war dann ein Kinderspiel.

Die Riemen knarrten in den Dollen, ihre Blätter platschten zuweilen ins Wasser, die leichten Wellen, die das Boot wiegten, wirkten wie schwarzes Glas. Es war nicht nötig, daß sie besonders leise oder verstohlen herankamen, das Hummerboot sollte ganz im Gegenteil den Eindruck machen, als ginge es seinen täglichen Geschäften nach. Am Fuß der Steilküste gab es eine bei halber Flut oder Ebbe benutzbare winzige Mole. Dort pflegten die Hummerboote anzulegen und ein paar Mann mit den schönsten Tieren des Fanges an Land zu setzen. Diese eilten dann, jeder einen Korb mit einem Dutzend lebender Hummer auf dem Kopf tragend, über den Höhenpfad nach Brest, um auf jeden Fall zur Stelle zu sein, wenn der Markt eröffnet wurde. So waren sie unabhängig von den Einflüssen des Wetters und der Tide, die die

Boote selbst oft so aufhielten, daß sie erheblich zu spät kamen. Hornblower war eine Zeitlang Nacht um Nacht mit seiner Jolle losgefahren, um diese Gepflogenheiten auszukundschaften, soweit ihm die Fischer selbst nicht schon gesprächsweise davon berichtet hatten.

Aha! Da war die Mole. Hornblower spürte, wie sich seine Hand fester um die Pinne krampfte. Jetzt hörte man die laute Stimme des Postens auf dem Molenkopf:

»Qui va là?«

Hornblower schubste Côtard ganz unnötigerweise mit dem Knie, denn der hatte auch schon die Antwort bereit.

»Camille!« rief er und fuhr dann auf französisch fort: »Hummerboot, Kapitän Quillien.«

Im nächsten Augenblick waren sie auch schon längsseit, und jetzt kam der kritische Augenblick, von dem alles Weitere abhing. Black, der stämmige Backsgast, wußte, was er zu tun hatte, sobald der Augenblick zum Handeln gekommen war. Aus der Tiefe der Bilge sprach Côtard weiter:

»Ich habe den Hummer für deinen Offizier.«

Hornblower erhob sich und griff nach dem Molenrand, dabei unterschied er die Schattengestalt des Postens, der auf das Boot heruntersah. Mit einem wahren Panthersatz sprang jetzt Black vom Bug des Bootes zu ihm hinauf, Downes und Sanderson waren wie der Blitz hinter ihm her. Hornblower sah nur dunkle Gestalten kurz durcheinanderwirbeln. Zu hören war nichts, nicht der leiseste Laut.

»In Ordnung, Sir«, meldete Black.

Die Achterleine in der Hand kletterte Hornblower an der schlüpfrigen Kaimauer hinauf und landete oben auf Händen und Knien. Dort stand Black und hielt den leblosen Körper des Postens in den Armen. Sandsäcke machten keinen Lärm, ein kräftiger Schlag von hinten auf den dargebotenen Nacken des Mannes, ein rascher Griff und alles war vorbei. Der Posten hatte nicht einmal seine Muskete fallen lassen, er ruhte samt seiner Waffe sicher in Blacks gewaltigen Armen.

Dieser ließ jetzt den Leblosen — ob er ohnmächtig oder tot war, spielte keine Rolle — auf die schlammüberzogenen Steinplatten der Mole niedergleiten.

»Wenn er einen Laut von sich gibt, schneidest du ihm die Kehle durch«, zischte Hornblower.

Es klappte wie am Schnürchen, und doch wirkte alles so geisterhaft wie ein Alptraum. Hornblower ging daran, seine Leine mit einem Pahlsteek über einen Poller zu streifen, und machte dabei die Entdeckung, daß er seine Oberlippe noch immer wie eine fauchende wilde Bestie hochzog. Côtard war schon bei ihm, Sanderson hatte das Boot bereits mit der Vorleine festgemacht.

»Wir müssen weiter.«

Die Mole war nur ein paar Meter lang. Am inneren Ende, dort wo die Wege zu den Batterien auseinanderliefen, stand bestimmt ein zweiter Posten. Sie holten aus dem Boot ein paar leere Hummerkörbe herauf, Black und Côtard nahmen sie auf den Kopf, und dann marschierten sie los, Côtard in der Mitte, Hornblower links und Black rechts, so daß er mit dem rechten Arm ungehindert seinen Sandsack schwingen konnte. Da war auch schon der Posten. Er rief sie nicht erst vorschriftsmäßig an, sondern grüßte sie scherzend, worauf Côtard wieder die Geschichte von dem Hummer erzählte, der dem Offizier der Wache als inoffizieller Tribut für die Benutzung der Mole entrichtet würde. Bis jetzt bot alles den Anschein einer ganz alltäglichen Begegnung, bis Black plötzlich seinen Korb fallen ließ und mit geschwungenem Sandsack auf den Posten losging. Die beiden anderen folgten blitzschnell seinem Beispiel. Côtard fuhr dem Posten an die Gurgel, Hornblower hieb voll Angst um das Gelingen des Überfalles wie wild mit dem Sandsack drein. Im Augenblick war alles vorüber. Hornblower blickte in die stille dunkle Nacht hinaus, zu seinen Füßen lag die leblose Gestalt des französischen Postens. Er und Black und Côtard waren die scharfe Schneide eines Keils, der die französische Verteidigung an dieser einen Stelle aufgebrochen hatte. Jetzt war keine Zeit zu verlieren, der Keil mußte sofort weiter hineingetrieben werden. Hinter ihnen kamen zunächst die sechs, die sich im Hummerboot verborgen hatten, und dann folgten die insgesamt siebzig Seesoldaten und Matrosen in den Booten der HOTSPUR.

Sie zerrten den zweiten Posten zurück auf die Mole und ließen ihn dort unter Aufsicht von zwei Bootsgasten. Hornblower hatte ganze acht Mann hinter sich, als er sich daranmachte, den steilen Pfad hinaufzuklettern, den er bis jetzt nur vom Deck der HOTSPUR aus durchs Glas gesehen hatte. Hewitt war hinter ihm; in der stillen Nachtluft glaubte er Fett und heißes Metall zu riechen, woraus er schloß, daß die verdunkelte Laterne noch brannte. Der Weg war steinig und schlüpfrig, Hornblower mußte sich zusammenreißen, um den Aufstieg mit einigem Anstand zu bewältigen. Es hatte keinen Sinn, sich übermäßig zu beeilen. Zwar befanden sie sich innerhalb der Postenkette in einem Gebiet, wo sich die Zivilbevölkerung offenbar recht frei bewegen durfte, dennoch wäre es unzweckmäßig gewesen, durch geräuschvolle Hast unnötige Aufmerksamkeit zu erregen. Jetzt nahm die Steigung ab, jetzt ging es eben weiter, und gleich darauf schnitt ein zweiter Pfad den ihren im rechten Winkel. »Halt!« zischte Hornblower über die Schulter zu Hewitt, tat aber selbst noch zwei Schritte vorwärts, während Hewitt seinen Befehl nach hinten weitergab. Hätte er ohne Warnung plötzlich haltgemacht, wären die Männer von hinten ineinandergerannt.

Offenbar war dies wirklich der Gipfel. Da er abgeflacht war, hatte man ihn von der Hotspur aus nicht mit Gläsern einsehen können. Selbst wenn das Schiff weit draußen in der Iroise-Bucht lag, war man vom Großtopp aus nicht imstande zu erkennen, wie es dort nahe dem Erdboden aussah. Der ragende Semaphor war natürlich weithin zu sehen, an seinem Fuß erkannte man eben noch die Umrisse eines Daches, aber was sich darunter befand, war einstweilen noch ein Geheimnis. Hornblower hatte nicht einmal bei seinen Gesprächen mit den Fischern etwas davon erfahren.

»Warten!« befahl er flüsternd über die Schulter. Er selbst ging vorsichtig Schritt für Schritt mit vorgestreckten Armen weiter. So ertastete er alsbald die hölzernen Pfähle eines ganz gewöhnlichen Zauns, der militärisch gesehen durchaus kein Hindernis war. Und hier war sogar eine Pforte, eine harmlose Gartentür mit einem einfachen hölzernen Verschluß. Offenbar war diese Signalstation kaum gesichert, Zaun und Pforte konnten höchstens dazu dienen, unbefugte Besucher auf höfliche Weise fernzuhalten. Schließlich waren besondere Schutzmaßnahmen hier inmitten all der Küstenbatterien ja auch wirklich überflüssig.

»Hewitt! Côtard!« Die beiden kamen herbei, und alle drei starrten angestrengt in das Dunkel.

»Können Sie etwas erkennen?«

»Dort scheint ein Haus zu sein«, flüsterte Côtard.

Schätzungsweise war es zwei Stock hoch. Unten hatte es Fenster, darüber lag eine Art Plattform. Hier wohnte offenbar die Besatzung, die den Semaphor bediente. Hornblower machte sich vorsichtig an der Klinke zu schaffen, das Gatter ließ sich ohne weiteres öffnen. Ein plötzlicher Laut ganz in der Nähe bewirkte, daß er für Sekunden zu Stein erstarrte — ach, nur ein Hahn, jetzt krähte er, und er hörte ihn mit den Flügeln schlagen. Die Besatzung des Semaphors hielt sich anscheinend Hühner, und der Hahn verkündete ihnen jetzt schon den nahenden Morgen. Warum länger zögern? Er holte seine Leute an die Pforte im Zaun und gab ihnen flüsternd seine Befehle. Der Augenblick zu handeln war gekommen, die Abteilung Seesoldaten mußte den Anstieg zur Batterie halb zurückgelegt haben. Eben schickte er sich an, das letzte Wort zu sprechen, da verschlug es ihm plötzlich die Stimme, und im gleichen Augenblick packte ihn Côtard an der Schulter. Da! Hinter zwei Fenstern vor ihnen schimmerte Licht, es war nur ein ganz schwacher Schein, aber er reichte immerhin aus, auch den Nachzüglern Lage und Umriß des Hauses zu zeigen.

»Los!«

Sie stürmten voran, Hornblower, Côtard, Hewitt und zwei Mann mit Äxten blieben geschlossen zusammen, die vier anderen mit Musketen bewaffneten Männer zogen sich auseinander, um das Haus zu umzingeln. Der Pfad führte geradewegs zu einer Tür, die wieder mit einer hölzernen Klinke verschlossen war. Aufgeregt drehte Hornblower an ihrem Griff — umsonst, die Tür war von innen verriegelt. Auf sein lautes Gerüttle hin ertönte aus dem Inneren des Hauses plötzlich ein erschrockener Schrei. Eine Frauenstimme! Der Schrei klang schrill und laut, nur eine Frau konnte ihn ausgestoßen haben. Der Mann an Hornblowers Seite hob bereits seine Axt, um die Tür einzuschlagen, aber schon hatte der andere Axtträger ein Fenster zertrümmert und sprang, gefolgt von Côtard, ins Innere des Hauses. Die Frauenstimme erhob sich zu einem wilden Gekreisch, da wurde der Riegel zurückgeschoben, die Tür flog auf, und Hornblower stürmte hinein.

Ein Talglicht warf seinen matten Schein auf ein seltsames Bild. Hewitt öffnete sofort den Schirm der abgeblendeten Laterne, damit man besser sehen konnte, und leuchtete mit ihrem Strahl im Halbkreis herum. Schwere hölzerne Balken zogen sich im Winkel von fünfundvierzig Grad durch den Raum; das waren offenbar die Stützen für den Signalmast. Wo es irgend ging, hatte die Einrichtung Platz gefunden, ein Tisch, Stühle, eine Rohrmatte auf dem Boden, ein Ofen. Côtard stand bewaffnet mit Säbel und Pistole in der Mitte, jenseits von ihm, an der gegenüberliegenden Wand stand das schreiende Weib. Sie war unglaublich dick, schwarzes Haar hing ihr in wirren Strähnen um den Kopf, sie trug nichts als ein Nachthemd, das ihr kaum bis zu den Knien reichte. Aus einer Tür, die weiter ins Innere führte, tauchte jetzt ein bärtiger Mann auf, unter dessen Hemdsaum ein Paar nackte Beine hervorlugten. Das Weib schrie noch immer. Aber Côtard sprach unentwegt mit erhobener Stimme französisch auf sie ein und fuchtelte dazu mit der — wahrscheinlich ungeladenen — Pistole. Da hörte das Geschrei endlich auf, wahrscheinlich nicht auf Côtards Drohungen hin, sondern weil die Frau vor Neugier brannte und erfahren wollte, was es mit diesem unverhofften Besuch am frühen Morgen für eine Bewandtnis hatte. Sie glotzte die Männer aus großen Augen an und bemühte sich kaum, ihre Blöße zu bedecken.

Jetzt galt es, einen Entschluß zu fassen, und zwar sofort. Das Geschrei der Frau konnte Alarm ausgelöst haben, ja, man konnte sogar ziemlich sicher damit rechnen. An dem dicken Mast des Semaphors führte eine Leiter zu einer Falltür hinauf. In dem Stockwerk darüber mußte sich die Vorrichtung zum Bewegen der Arme des Semaphors befinden. Der bärtige Mann im Hemd war aller Wahrscheinlichkeit nach der Telegrafist, vielleicht war er überhaupt kein Soldat und wohnte mit seiner Frau hier an seiner Arbeitsstelle. Wahrscheinlich kam es ihnen sehr gelegen, daß ihnen die Anlage der erhöhten Signalplattform die Möglichkeit bot, sich darunter häuslich einzurichten.

Hornblower wollte den Semaphor niederbrennen, und von diesem Vorhaben ging er nicht ab, auch wenn dabei die Wohnung eines Nichtkombattanten in Flammen aufging. Das Wohnzimmer füllte sich mit dem Rest seiner Schar, zwei der Musketenträger erschienen aus dem Schlafzimmer, in das sie sich offenbar durch ein anderes Fenster Zutritt verschafft hatten. Hornblower sann eine Weile angestrengt nach, um der neuen Lage gerecht zu werden. Was er erwartet hatte, war ein erbittertes Gefecht mit französischen Soldaten; statt dessen sah er sich kampflos im Besitz der Signalstation – sein einziger Gegner war eine Frau gewesen. Als er seine Bestürzung erst überwunden hatte, brachte er auch rasch wieder Ordnung in seine Gedanken.

»Die Leute mit den Musketen gehen hinaus an den Zaun«, befahl er, »und übernehmen dort die Wache. Côtard, Sie steigen die Leiter hinauf. Bringen Sie alle Signalbücher, die sie finden können, herunter. Nehmen Sie auch alle anderen Papiere dort an sich. Machen Sie rasch, ich gebe Ihnen zwei Minuten Zeit. Hier ist die Laterne. Black, bringen Sie der Frau etwas zum Anziehen, meinetwegen Bettzeug, dann führen Sie beide hinaus und bewachen sie. Hewitt, sind Sie bereit, die Bude hier anzuzünden?«

Der Moniteur de Paris schlug bestimmt einen Höllenlärm über die »rohe Behandlung einer armen Frau durch zügellose britische Seeleute«. So schoß es ihm durch den Kopf, aber dann sagte er sich, daß er mit einer solchen Anklage rechnen mußte, auch wenn er rücksichtsvoll mit ihr verfuhr. Black warf ihr eine zerfetzte Steppdecke um die Schultern, dann führte er seine beiden Gefangenen durch die vordere Tür ins Freie. Hewitt stand noch immer stirnrunzelnd da und über-

legte. Er hatte noch nie Feuer an ein Haus gelegt, und es fiel ihm offenbar schwer, sich in ungewohnten Lagen zurechtzufinden.
»Hier, das ist die Stelle!« fuhr ihn Hornblower an und wies auf den Fuß des Telegrafenmastes. Rings um den Mast ragten die schweren, geneigten Stützbalken auf, und Hornblower machte sich im Verein mit Hewitt daran, die Möbel unter sie hineinzuschieben. Dann eilten sie ins Schlafzimmer, um dort in gleicher Weise zu verfahren.
»Ein paar Lappen her!« rief er.
Côtard kam mit einem Arm voll Büchern die Leiter heruntergeklettert.
»So, jetzt wollen wir Feuer anlegen«, sagte Hornblower. Es war ein seltsames Gefühl, kalten Blutes einen Brand zu entfachen.
»Vielleicht geht es mit dem Ofen?« meinte Côtard. Hewitt öffnete die Ofentür, aber damit hatte es sein Bewenden. Das Ding war so heiß, daß man es nicht anrühren konnte. Darum stellte er sich mit dem Rücken an die Wand, stemmte seine Füße gegen den Ofen und schob. Der Ofen fiel um, rollte durch den Raum und verstreute seinen glühenden Inhalt auf den Boden. Mittlerweile hatte Hornblower eine Handvoll Blaulichter aus Hewitts Bündel geholt. Das Talglicht brannte noch, so daß er ihre Lunten daran anbrennen konnte. Schon zischte die erste auf, gleich darauf spuckte der Feuerwerkskörper Flammen. Schwefel, Salpeter und dazu etwas Pulver bildeten seinen Inhalt. Blaulichter eigneten sich großartig für den Zweck, dem sie hier zu dienen hatten. Er warf das sprühende Ding auf die ölgetränkten Lappen, entzündete ein zweites, dann noch ein drittes, um sie dem ersten nachzuschleudern.
Man konnte meinen, die Hölle hätte sich aufgetan. Die unheimliche Glut erhellte den Raum, der Rauch hüllte alles in düsteren Nebel, Schwefeldämpfe setzten den Nasen der Männer zu, und die Blaulichter krachten und zischten betäubend. Hornblower zündete immer neue Lunten an und warf die brennenden Patronen an die Stellen in Wohn- und Schlafzimmer, wo sie die beste Wirkung erzielten. In einem Augenblick der Erleuchtung riß Hewitt die Rohrmatte vom Fußboden und warf sie über die lichterloh brennenden ölgetränkten Lappen. Jetzt begannen die Balken schon zu knistern und zu krachen. Dabei sprühten sie ganze Schauer goldener Funken, die sich der blauen Glut und dem dichten Qualm würdig zugesellten.
»Jetzt brennt es richtig!« sagte Côtard.
Die Flammen der brennenden Matte spielten um einen der schrägen Stützbalken und entzündeten neue Brände, die an dem grobbehauenen Holz immer höher leckten. Die drei starrten wie gebannt in das pras-

selnde Feuer. Hier oben auf dem Felsengipfel gab es bestimmt weder einen Brunnen noch eine Quelle. Kein Mensch brachte es zuwege, dieses Feuer zu löschen, wenn es erst richtig brannte. Die Latten der Trennwand brannten schon an den beiden Stellen, wo Hornblower Blaulichter in die Ritzen gesteckt hatte. Jetzt sah er, wie die Flammen an einer dieser Stellen plötzlich krachend und prasselnd zwei Fuß die Trennwand hinaufsprangen und wie dabei aufs neue ein wahrer Regen von Funken niederging.

»Wir wollen gehen«, sagte er. Die Luft draußen war frisch und klar, die drei kniffen geblendet die Augen zu und stolperten über Unebenheiten des Bodens. Und doch verspürte man schon eine Ahnung von Helligkeit, den ersten Schimmer des neuen Tages. Hornblower erblickte sogleich die Schattengestalt der dicken Frau. Eingehüllt in ihre Steppdecke stand sie da und schluchzte auf eine merkwürdige Art, indem sie alle paar Sekunden ein würgendes Geräusch von sich gab. Irgendwer mußte den Hühnerstall umgestoßen haben, denn wo man auch hinsah, trieb sich im Zwielicht des Morgens gackerndes Federvieh herum. Im Inneren des Hauses brannte es lichterloh. Der Himmel war jetzt schon so hell, daß sich der mächtige Telegrafenmast mit den herabhängenden Semaphorarmen als unheimliche Schattengestalt dagegen abhob. Acht starke Drahtstagen liefen strahlenförmig von seinem Topp zur Erde und endeten hier auf Pfeilern, die fest im Felsen verankert waren. Diese Kabel stützten den gewaltigen Mast gegen den Druck der atlantischen Stürme, ihre Pfeiler hielten zugleich den wackeligen Staketenzaun, der die ganze Anlage umgab. Auf ein paar kleinen Fleckchen Erde, die man wahrscheinlich mühsam aus dem Tal heraufgeschleppt hatte, sah man die rührende Andeutung eines Gärtchens, ein paar Stiefmütterchen, etwas Lavendel und zwei arme Geranien, die irgendein Schafskopf niedergetreten hatte. Noch war vom Tageslicht nicht viel zu bemerken, die Flammen, die das Haus verschlangen, waren viel heller. Hornblower sah, wie rötlich schimmernder Qualm seitlich aus dem oberen Stockwerk quoll, und gleich darauf schossen auch schon die Flammen zwischen den Stützbalken des Mastes hervor.

»Da oben sah ich ein tolles Gewirr von Enden, Blöcken und Hebeln«, sagte Côtard, »aber jetzt dürfte nicht viel davon übrig sein.«

»Das Feuer da löscht so rasch niemand«, sagte Hornblower. »Wo bleiben nur unsere Seesoldaten? Kommt Männer, wir rücken ab.«

Er hatte damit gerechnet, daß er die Leute mit den Musketen einsetzen mußte, um den anrückenden Gegner so lange hinzuhalten, bis die Anlage richtig in Flammen stand. Nun war der Überfall so glatt gelungen,

daß sich auch dies als unnötig erwies. Alles war so ohne Störung abgelaufen, daß man sich jetzt ruhig ein paar Minuten Zeit nehmen konnte, bis sich die kleine Schar gesammelt hatte. Ohne Hast, denn die war nun wahrlich nicht mehr vonnöten, trat einer nach dem anderen durch die Pforte im Zaun. Der Tag hatte weitere Fortschritte gemacht, leichter Dunst lag unten über der sommerlichen See, die Marssegel der HOTSPUR – das Großmarssegel back – waren deutlicher zu erkennen als ihr Rumpf, der sich wie eine graue Perle aus dem perlmuttenen Dunstschleier hervorhob. Die dicke Frau stand an der Pforte, die Steppdecke war ihr von den Schultern geglitten, maßlose Wut verzerrte ihre Züge. Sie fuchtelte mit den Armen in der Luft umher und schleuderte den Männern kreischende Flüche entgegen.
Als sie sich jetzt an den Abstieg machten, hörten sie aus dem nebligen Taleinschnitt zu ihrer Rechten das Geschmetter einer Trompete oder eines Horns.
»Das ist ihr Weckruf«, bemerkte Côtard, der auf Hornblowers Fersen den Pfad hinunterschlitterte. Er hatte kaum zu Ende gesprochen, da wurde das Signal von anderen Hörnern aufgenommen. Ein paar Sekunden später hörte man einen Musketenschuß, dem noch einige weitere Schüsse folgten. Zugleich damit ertönte der hallende Wirbel einer Trommel, in den gleich darauf andere Trommeln einfielen. Das bedeutete Alarm.
»Unsere Seesoldaten!« sagte Côtard.
»Ja«, sagte Hornblower. »Los, weiter!«
Gewehrfeuer bedeutete nichts Gutes für das Landungskommando, das gegen die Batterie vorging. Wahrscheinlich stand dort ein Wachtposten, den sie lautlos hätten überwältigen müssen. Aus irgendeinem Grund hatte es dabei doch Alarm gegeben. Darauf war die Wache angetreten, wahrscheinlich an die zwanzig Mann, bewaffnet und gefechtsmäßig ausgerüstet, und jetzt wurde bereits die ganze Truppe alarmiert, eine Artillerieeinheit, die in Baracken am Fuße des Höhenkamms untergebracht war. Im Kampf mit Muskete und Bajonett taugten diese Männer vielleicht nicht allzuviel, aber drüben auf der anderen Seite lag ein ganzes Bataillon Infanterie, das in diesem Augenblick ebenfalls aus dem Schlaf aufgeschreckt wurde. Noch ehe Hornblower mit diesen Überlegungen zu einem klaren Ergebnis gekommen war, hatte er schon seinen ersten Befehl gegeben und bog im Laufschritt in den Pfad ein, der zur Batterie führte. Als sie den Kamm erreichten, war sein Plan fix und fertig.
»Halt!«

Die Männer sammelten sich hinter ihm.
»Geladen!«
Die Patronen wurden aufgebissen, die Pfannen mit Zündpulver gefüllt, die Pulverladungen in die Läufe der Musketen und Pistolen geschüttet. Darauf stopfte jeder einen Ladepfropfen in die Mündung, setzte die Kugel obenauf und trieb das Ganze mit dem Ladestock kräftig hinein.
»Côtard, Sie holen mit den Schützen nach der Flanke zu aus, alle anderen folgen mir.«
Vor ihnen lag die schwere Batterie mit den vier mächtigen Zweiunddreißigpfündern, deren Mündungen durch die Scharten der bogenförmigen Brustwehr ragten. Jenseits davon war eine Schützenkette der Seesoldaten zu erkennen, deren scharlachrote Röcke im Morgendunst deutlich herüberleuchteten. Sie hielten eine französische Einheit in Schach, die nur am Aufblitzen der Musketen und ihrem Mündungsqualm zu erkennen war. Als Côtard mit seinen Leuten die Franzosen völlig unvermutet von der Flanke her angriff, wichen sie fürs erste vorsichtig zurück.
An der Innenseite der Brustwehr und in deren Mitte bemühte sich Hauptmann Jones in seinem roten Rock mit vieren seiner Männer, eine Tür aufzubrechen, die ihm hartnäckig Widerstand leistete. Neben ihm lagen ganz ähnliche Gerätschaften ausgebreitet, wie sie Hewitt in seinem Bündel mitgeführt hatte: Blaulichter und Rollen von langsam und schnell brennenden Lunten. Ganz in seiner Nähe lagen zwei tote Seesoldaten, einem davon hatte ein Treffer das Gesicht gräßlich verstümmelt. Jones sah sich um, als Hornblower näher kam, aber dieser verlor keine Zeit mit langen Reden.
»Weg da! Die Leute mit den Äxten her!«
Die Tür war aus starken, eisenbeschlagenen Bohlen, aber sie war eben doch nur dazu bestimmt, diebische Zivilpersonen fernzuhalten, und wurde überdies von einem Posten bewacht. Den krachenden Axthieben der Matrosen hielt sie nicht lange stand.
»Die Geschütze sind alle vernagelt«, meldete Jones.
Das war der einfachste Teil der Aufgabe. Ein eiserner Nagel, den man in das Zündloch einer Kanone trieb, setzte diese für den Augenblick des Kampfes außer Gefecht, aber ein Büchsenmacher konnte die Störung mit einem Bohrer binnen einer Stunde beseitigen. Hornblower stellte sich auf den Absatz der Brustwehr und warf einen Blick über ihre Krone; da sah er, daß sich die Franzosen wieder zum Angriff sammelten. An der Tür hatte man inzwischen den Griff einer Axt in

einen Spalt getrieben und benutzte ihn als Hebel. So bekam Black ein Brett der Füllung an der Kante zu fassen und riß es mit einem gewaltigen Ruck los. Noch ein Dutzend Axthiebe, wieder das Krachen und Splittern losgerissener Bohlen, und der Weg war frei. In gebückter Haltung war es möglich, den dunklen Innenraum zu betreten.
»Ich gehe selbst«, sagte Hornblower. Weder auf Jones noch auf die Seesoldaten schien ihm genügend Verlaß zu sein; wenn er sichergehen wollte, mußte er mit eigenen Händen tun, was zu tun war. Er griff nach der Rolle mit schnell brennender Lunte und quetschte sich durch das Loch in der zertrümmerten Tür. Dahinter kamen gleich hölzerne Stufen, er war darauf gefaßt gewesen und stürzte darum nicht hinunter. Unter der niederen Decke tastete er sich in gebückter Haltung treppab. Da war ein Absatz, es ging um die Ecke, dann in noch tieferer Finsternis eine weitere Treppe hinab. Endlich griffen seine vorgestreckten Hände einen weichen, wollenen Vorhang. Er schob ihn beiseite und ging behutsam weiter. Hier herrschte rabenschwarze Finsternis, es war die Pulverkammer, der Ort, wo das Feuerwerkspersonal Filzpantoffeln tragen mußte, weil Schuhnägel Funken geben und so das Pulver entzünden konnten. Vorsichtig tastend suchte er sich zurechtzufinden. Mit einer Hand berührte er aufgeschichtete Kartuschen, fertig gefüllte Beutel aus Seide, die andere ertastete die rauhe Oberfläche einer hölzernen Tonne. Hier standen also die Pulverfässer – unwillkürlich zuckte seine Hand zurück, als hätte er eine Schlange berührt. Aber für solche Dummheiten war hier keine Zeit, wo ihn von allen Seiten der Tod umlauerte.
Er riß sein Entermesser aus der Scheide und machte in dem finsteren Fuchsbau seiner Erregung Luft, indem er seltsame knurrende Laute ausstieß. Zweimal stieß er mit der Waffe in den Stapel der Kartuschen und hörte gleich darauf befriedigt, wie die Pulverkörner leise raschelnd wie Kaskaden aus den Löchern strömten. Jetzt galt es noch einen festen Halt für die Zündschnur zu schaffen, darum beugte er sich nieder und stieß das Blatt des Entermessers noch in einen dritten Kartuschbeutel. Dann rollte er ein Stück der schnell brennenden Zündschnur ab, belegte eine Bucht davon fest um den Griff der Waffe und steckte ihr Blatt in das lose Pulver, das sich auf dem Boden gehäuft hatte. Diese Maßnahme war vielleicht übertrieben zu nennen, da doch ein einziger Funke genügte, die Detonation auszulösen. Jetzt rollte er die schnell brennende Zündschnur weiter hinter sich ab und ließ dabei die größte Vorsicht walten, damit er das Entermesser nicht leichtfertig losriß. Langsam schob er sich durch den Vorhang, stieg dann Stufe um Stufe

die Treppe hinauf und kam schließlich um die Ecke, wo ihn der junge Tag mit zunehmender Helle empfing. Das Licht, das durch die zerschlagene Tür hereinfiel, blendete ihn so, daß er die Lider zusammenkneifen mußte, als er, die Rolle mit der schnell brennenden Zündschnur immer noch weiter abwickelnd, in gebückter Haltung ins Freie trat.
»Hier abschneiden!« befahl er, worauf Black sein Messer zückte und die schnell brennende Zündschnur bei Hornblowers Daumen durchschnitt.
Schnell brennende Zündschnur brannte so rasch, daß das Auge nicht folgen konnte, die fünfzig Fuß vom Eingang bis in die Pulverkammer waren in weniger als Sekundenfrist abgebrannt.
»Jetzt brauche ich einen Meter von der da«, sagte Hornblower und wies dabei auf die langsam brennende Zündschnur.
Diese Luntenart wurde stets sorgfältig getestet. Bei ruhiger Luft brannten von ihr in der Stunde genau dreißig Zoll ab, also ein Zoll in zwei Minuten. Hornblower hatte natürlich nicht die Absicht, eine volle Stunde und mehr verstreichen zu lassen, bis dieser Meter abgebrannt war. Draußen vor der Brustwehr hörte man schon wieder die Musketen knallen und die Trommelwirbel von den Bergen widerhallen. Jetzt galt es vor allem Ruhe zu bewahren.
»So, jetzt schneiden Sie noch einen Fuß davon ab und zünden Sie dieses kurze Stück an.«
Während Black diesen Befehl ausführte, knotete Hornblower die schnell brennende mit der langsam brennenden Zündschnur zusammen und gab dabei sorgfältig acht, daß sie auch fest verbunden waren. Neben diesen entscheidenden Einzelheiten durfte er aber die allgemeine Lage nicht vergessen.
»Hewitt!« rief er und blickte kurz von seiner Arbeit auf. »Passen Sie gut auf, was ich sage. Laufen Sie rasch zu dem Leutnant, der dort vorne die Seesoldaten führt. Sagen Sie ihm, wir gingen jetzt zurück, er solle am letzten Berghang über den Booten unseren Rückzug decken. Verstanden?«
»Aye, aye, Sir.«
»Dann rennen Sie los!«
Wie gut, daß er nicht Grimes mit diesem Auftrag losschicken mußte. Jetzt waren die Zündschnüre fest verknotet, und Hornblower warf einen suchenden Blick in die Runde.
»Holen Sie den Gefallenen dort her!«
Black fragte nicht lange, sondern zog den Leichnam bis dicht an die Türschwelle. Hornblower hatte erst nach einem passenden Stein Aus-

schau gehalten, aber der Tote eignete sich in jeder Hinsicht besser. Er war noch nicht steif, sein Arm lag genau am Knoten schlaff über der schnell brennenden Zündschnur, nachdem Hornblower alle Lose durch die zertrümmerte Tür zurückbefördert hatte. So diente der Tote dazu, das Vorhandensein der Lunte zu verbergen. Sollten die Franzosen zu früh zur Stelle sein, so gewann er dadurch wertvolle Sekunden. Sobald das Feuer die schnell brennende Zündschnur erreichte, flammte diese unter dem Arm des Toten auf und zündete im Augenblick das Pulver. Zogen sie den Gefallenen beiseite, um in die Pulverkammer zu gelangen, dann zog das Gewicht der Zündschnur innerhalb der Tür den Knoten nach innen, was wiederum kostbare Sekunden einbrachte – möglicherweise fiel das brennende Ende dann die Treppe hinunter und landete, wenn es das Glück wollte, sogar in der Pulverkammer selbst.
»Hauptmann Jones! Befehl an alle: Klarhalten zum Rückzug. Bitte sorgen Sie dafür, daß jeder dies sofort erfährt. Black, jetzt geben Sie mir Ihr brennendes Stück Zündschnur.
»Lassen Sie mich das machen, Sir.«
»Halten Sie den Mund!«
Hornblower nahm die glimmende Lunte und blies darauf, um sie anzufachen, dann warf er den Blick auf das Stück langsam brennender Zündschnur, die an die schnell brennende geknotet war. Ein Punkt, eineinhalb Zoll vor dem Knoten, schien ihm der richtige, ein schwarzer Fleck dort erlaubte ihm, die Stelle genau festzuhalten. Eineinhalb Zoll, das waren zwei bis drei Minuten.
»Black, steigen Sie auf die Brustwehr! Los! Rufen Sie den Leuten, sie sollen laufen, los, rufen Sie!«
Als Black zu schreien begann, drückte Hornblower das glimmende Ende in seiner Hand auf den schwarzen Fleck. Nach zwei Sekunden zog er es zurück. Die langsam brennende Zündschnur brannte nach zwei Richtungen, in einer harmlos nach dem überschüssigen Tampen zu, in der anderen zu dem Knoten hin, der ganze eineinhalb Zoll entfernt war. Hornblower kauerte nieder, um zu sehen, ob das Ding auch wirklich brannte, im nächsten Augenblick war er wieder auf den Beinen und eilte in großen Sätzen die Brustwehr hinauf.
Die Seesoldaten zogen bereits ab. Côtard mit seinen Matrosen machte den Beschluß. Noch eineinhalb Minuten – noch eine Minute – die Franzosen folgten ihnen auf dem Fuß. Sie hielten sich knapp außer Musketenschußweite.
»Wir wollen uns lieber beeilen, los, kommen Sie, Côtard.«
Sie fielen beide in Laufschritt.

»Was soll denn das? Langsam, langsam!« schrie Jones. Er war besorgt, daß unter seinen Männern eine Panik ausbrechen könnte, wenn sie vor dem Feind wegliefen, statt sich langsam zurückzuziehen, aber das alles galt eben nur zu gegebener Zeit. Die Seesoldaten begannen ebenfalls zu laufen. Jones brüllte vergebens auf sie ein und fuchtelte wirkungslos mit dem Säbel in der Luft herum.
»So kommen Sie doch mit, Jones«, sagte Hornblower, als er an ihm vorüberkam, aber Jones hörte nicht, er war von wilder Kampfeswut wie besessen. Ganz allein bot er den Franzosen immer noch die Stirn und schrie ihnen herausfordernde Schimpfworte entgegen. Dann geschah es; die Erde tat einen Ruck, daß alle stolperten und taumelten, zugleich damit gab es eine gewaltige, ohrenbetäubende Detonation, und der Himmel schien sich plötzlich zu verfinstern. Hornblower sah sich um. Eine schwarze Qualmwolke schoß höher und immer höher empor, er sah, wie zahllose Brocken und Trümmer in ihr hochgewirbelt wurden. Zuletzt, ganz oben, breitete sie sich wie ein gewaltiger Pilz nach allen Seiten aus. Jetzt krachte keine zehn Meter entfernt eine schwere Masse zur Erde nieder und schleuderte beim Aufprall einen Regen von Splittern und Steinen bis vor Hornblowers Füße. Da, schon wieder heulte etwas durch die Luft, noch gewaltiger, noch schwerer zog es wirbelnd seine Bogenbahn. Ein Fels von einer halben Tonne Gewicht, der wohl zur Decke der Pulverkammer gehörte, flog wie von Geisterhand gezielt genau der Stelle zu, wo Jones in seinem roten Uniformrock stand, und zerquetschte ihn unter sich wie einen hilflosen Wurm. Vor Grauen wie gelähmt starrten Hornblower und Côtard auf das steinerne Ungeheuer, als es zwei Meter zu ihrer Linken liegenblieb.
Hornblower sagte sich, daß er trotz allem seinen klaren Kopf behalten oder richtiger wiedergewinnen mußte, wenn ihm das auch kaum je so schwergefallen war wie just in diesem Augenblick. Mühsam löste er sich aus der bleiernen Betäubung, die ihn in ihrem Bann halten wollte. »Los, wir müssen weiter!«
Jeder Schritt wollte genau überlegt sein. Jetzt waren sie an dem letzten Hang angelangt, über den der Weg zu den Booten hinunterführte. Der Leutnant, den er mit seinen Seesoldaten als Flankendeckung eingesetzt hatte, war bis hierher zurückgegangen und setzte sich nun lebhaft feuernd gegen die bedrohliche Übermacht der Franzosen zur Wehr. Diese trugen auf ihren blauen Röcken weiße Aufschläge, es waren also keine Artilleristen, wie ihre Widersacher rings um die Batterie, sondern richtige, ausgebildete Fußsoldaten. Hinter ihnen sah man bereits eine wei-

tere lange Infanteriekolonne, die unter den anfeuernden Rhythmen des »Pas de Charge«, geschlagen von einem Dutzend Trommeln, im Eilmarsch herangestürmt kam.
»Ihr macht, daß ihr schleunigst in die Boote kommt«, sagte Hornblower zu den Matrosen und Seesoldaten, die mit ihm in der Batterie gewesen waren und sich jetzt wieder bei ihm sammelten. Dann wandte er sich an den Leutnant.
»Hauptmann Jones ist tot. Sobald die andere Gruppe die Mole erreicht, kommen Sie nach, so schnell Sie die Beine tragen. Halten Sie sich dazu bereit, verstanden?«
»Jawohl, Sir.«
Hornblower kehrte dem Feind den Rücken. Da hörte er hinter sich plötzlich einen harten Schlag, ähnlich dem Axthieb eines Zimmermannes, und fuhr erschrocken herum. Côtard taumelte wie trunken, sein Säbel, die Bücher und die Papiere, die er die ganze Zeit getragen hatte, lagen vor ihm auf der Erde. Jetzt entdeckte Hornblower, daß sein linker Arm baumelnd herabhing, als ob er nur ganz lose mit der Schulter verbunden wäre. Da schoß auch schon das Blut hervor. Eine Musketenkugel hatte Côtards Oberarmknochen zerschmettert. Einer der Axtträger, der noch nicht abgerückt war, fing ihn gerade noch auf, als er zusammenbrechen wollte.
»Ah – ah – ah!« stöhnte Côtard bei der geringsten Bewegung seines zerschmetterten Arms. Er starrte Hornblower mit bestürztem Ausdruck an.
»Sie Ärmster«, sagte Hornblower, und dann zu dem Axtträger: »Bringen Sie ihn zum Boot hinunter.«
Côtard wies mit der Rechten immer wieder nach der Erde, da befahl Hornblower einem anderen Axtträger: »Heben Sie diese Papiere da auf und bringen Sie sie auch zum Boot hinunter.«
Aber Côtard war damit noch nicht zufrieden.
»Mein Säbel, mein Säbel!«
»Ich kümmere mich um Ihren Säbel«, sagte Hornblower. Diese närrischen Ehrbegriffe waren so tief eingewurzelt, daß sich Côtard selbst in seinem augenblicklichen Zustand nicht bereit fand, seinen Säbel auf dem Schlachtfeld zurückzulassen. Als sich Hornblower gleich darauf nach Côtards Säbel bückte, fiel ihm ein, daß er ja selbst sein Entermesser nicht mehr besaß. Der Axtträger hatte inzwischen die Bücher und Papiere aufgesammelt.
»Helfen Sie Mr. Côtard«, sagte ihm Hornblower. Da kam ihm plötzlich ein Gedanke, so daß er gleich fortfuhr: »...binden Sie ihm ober-

halb der Wunde sofort ein Tuch um den Arm, und ziehen Sie es fest zusammen, verstanden?«
Von dem anderen Axtträger gestützt, wankte Côtard bereits den Pfad hinunter. Jede Bewegung tat ihm natürlich furchtbar weh, und Hornblower hörte noch eine ganze Weile bei jedem Schritt sein herzzerreißendes ah-ah-ah.
»Jetzt kommen sie«, sagte der Leutnant der Seesoldaten.
Ja, die französischen Plänkler griffen an, das heranrückende Gros hatte ihnen offenbar dazu Mut gemacht. Mit einem raschen Blick überzeugte sich Hornblower, daß alle anderen inzwischen auf der Mole angelangt waren, ja, das Hummerboot setzte, mit Menschen voll beladen, sogar bereits ab.
»Sagen Sie Ihren Leuten, sie sollen rennen, so schnell sie können«, sagte er und setzte ihnen nach, sobald sie losgelaufen waren.
In wilder Jagd ging es gleitend und stolpernd zur Mole hinunter, die Franzosen kamen sofort schreiend hinterher, aber der Rückzug wurde von den eigenen zwölf Seesoldaten der HOTSPUR unter ihrem Feldwebel wirksam gedeckt, wie Hornblower tags zuvor in weiser Voraussicht angeordnet hatte. Auch die Barrikade, die die Männer zu diesem Zweck quer über die Molenwurzel errichtet hatten, war eine Idee Hornblowers, die ihm gekommen war, als er diesen hastigen Rückzug in der Vorstellung vorwegnahm. Diese Verschanzung war kaum hüfthoch und in aller Hast aus Felsbrocken und steingefüllten Fischfässern errichtet. Die rennende Schar setzte ohne Aufenthalt darüber hinweg. Hornblower riß alle Kraft zusammen und sprang mit fliegenden Gliedern als letzter über das Hindernis. Beim Aufsprung stolperte er und blieb nur wie durch ein Wunder vor einem bösen Sturz bewahrt.
»Seesoldaten der HOTSPUR! Die Verschanzung besetzen! Die anderen in die Boote, marsch, marsch!«
Zwölf Seesoldaten kauerten hinter der Barrikade nieder, zwölf Musketenmündungen lugten drohend darüber hinweg. Bei ihrem Anblick verhofften die Verfolger, ihr Angriff geriet ins Stocken.
»Tief halten!« schrie der Leutnant der Seesoldaten.
»Zurück, Sie! Schaffen Sie lieber Ihre Leute in die Boote!« herrschte ihn Hornblower an. »Die Barkaß soll sich klarhalten zum Absetzen, Sie selbst besetzen die Jolle und fahren damit los!«
Die Franzosen rückten wieder vor. Hornblower warf einen Blick über die Schulter und sah, wie der Leutnant eben hinter dem letzten Soldaten von der Mole ins Boot sprang.
»So, Feldwebel, jetzt geben Sie's ihnen!«

»Feuer!« befahl der Feldwebel.
Die Salve war gut gezielt, aber es blieb keinen Augenblick Zeit, ihren Erfolg abzuschätzen.
»Los!« rief Hornblower. »Jetzt rasch ins Boot!«
Der Schwung der von der Mole herabspringenden Männer hatte die Barkaß ein Stück von der Mauer abgedrückt, bis Hornblower als letzter an die Reihe kam. Einen Meter schwarzen Wassers galt es zu überspringen, er schnellte sich ab, landete mit den Füßen auf dem Dollbord und stürzte vornüber zwischen die dichtgedrängten Männer. Glücklicherweise hatte er daran gedacht, Côtards Säbel fallen zu lassen, so daß er, ohne jemand zu verletzen, in der Bilge des Bootes landete. Die Barkaß wurde mit Riemen und Bootshaken abgesetzt, während sich Hornblower durch das Gedränge einen Weg in die Achterplicht bahnte. Dabei hätte er um ein Haar Côtard ins Gesicht getreten, der dort augenscheinlich bewußtlos auf den Bodenbrettern lag.
Jetzt knarrten schon die Riemen in den Dollen. Zwanzig Meter — dreißig Meter hatten sie sich von der Mole entfernt, da kamen die Franzosen brüllend angerannt und führten am Ende der Mauer vor Wut und Enttäuschung richtige Tänze auf. Eine kostbare Sekunde lang vergaßen sie darüber sogar die Musketen, die sie in den Händen trugen. In der Barkaß aber erhob sich aus der dichtgedrängten Menschenmasse plötzlich ein lautes Hohngeschrei, über das sich Hornblower wütend ärgerte.
»Ruhe! Ruhe im Boot!«
Da wurde es plötzlich lautlos still, aber dieses Schweigen war ihm fast noch unangenehmer als zuvor der laute Lärm. Auf der Mole knallten ein paar Musketenschüsse, Hornblower warf einen Blick über die Schulter und sah, wie dort ein französischer Soldat niederkniete, ruhig seine Muskete hob und sorgfältig zielte. Der Lauf der Waffe verkürzte sich für sein Auge immer mehr, bis das winzige Rund der Mündung haargenau auf ihn zeigte. Ob er sich rasch auf die Bodenbretter warf? Noch hatte er sich nicht dazu durchgerungen, da fiel der Schuß. Er empfing von hinten einen heftigen Schlag und stellte alsbald erleichtert fest, daß die Kugel in dem schweren eichenen Spiegel des Bootes stak, der ihm als Rückenlehne diente. Als er den Schreck einigermaßen überwunden hatte, sah er, wie sich Hewitt nach achtern durchzudrängen suchte, um zu ihm zu gelangen. So ruhig, wie es seine Erregung zuließ, sagte er zu ihm: »Hewitt! Gehen Sie nach vorn an das Bootsgeschütz. Es ist mit Kartätschenkugeln geladen. Wenn Sie das Ziel gefaßt haben, feuern Sie.« Gleich darauf befahl er den Männern an den Riemen

und Cargill an der Pinne: »Hart Steuerbord! Steuerbordseite halt Wasser!«
Die Barkaß begann schwerfällig zu drehen.
»Backbordseite halt Wasser!«
Jetzt hörte der Dreh auf, der Bug des Bootes zeigte genau auf die Mole. Hewitt hatte die anderen Leute beiseite geschoben und zielte kalten Blutes über Visier und Korn der Vierpfünderkarronade im Bug des Bootes. Ab und zu korrigierte er die Erhöhung mit dem dazu dienenden Keil. Endlich beugte er sich zur Seite und riß an der Abzugsleine. Der Rückstoß durchfuhr das ganze Boot so heftig, als ob es bei voller Fahrt mit dem Bug auf einen Felsen gelaufen wäre, und der Mündungsqualm hüllte plötzlich alles in dichten Nebel.
»Steuerbordseite Ruder – an! Hol weg! Hart Backbord!« Das Boot begann alsbald zurückzudrehen. »Überall!«
Zweieinhalb Pfund Kartätschenkugeln hatten in die Ansammlung auf der Mole eingeschlagen. Dort sah man jetzt Gestalten, die sich am Boden wanden, und andere, die sich nicht mehr rührten. Bonaparte hatte eine Viertelmillion Soldaten unter Waffen, jetzt hatte er einige davon verloren, nicht einmal einen Tropfen, höchstens ein winziges Molekül von der riesigen Menge, über die er gebot. Nun waren sie außer Schußweite der Musketen, und Hornblower wandte sich an Cargill, der neben ihm in der Achterplicht saß.
»Sie haben Ihre Sache ganz gut gemacht, Mr. Cargill.«
»Danke, Sir.«
Cargill hatte den Auftrag gehabt, die Seesoldaten an Land zu bringen, das Kommando über die Boote zu übernehmen und sie für den Rückzug vorzubereiten.
»Ich meine nur, es wäre vielleicht besser gewesen, wenn Sie zuerst die Barkaß losgeschickt und statt ihrer die Jolle zurückbehalten hätten. Dann hätte die Barkaß die anderen aus einiger Entfernung mit der Kanone decken können.«
»Daran hatte ich gedacht, Sir. Aber ich konnte ja bis zum letzten Augenblick nicht wissen, wie stark die letzte Gruppe sein würde, die herunterkam. Darum mußte ich die Barkaß als letztes Boot zurückbehalten.«
»Hm, vielleicht haben Sie recht«, meinte Hornblower widerstrebend. Aber sein Gerechtigkeitssinn gebot ihm, sich zu verbessern: »Doch, ich sehe, Sie konnten nicht anders handeln.«
»Danke, Sir«, sagte Cargill abermals und fügte nach einer Pause hinzu: »Ich wollte, Sie hätten mich mitgenommen, Sir.«

Wie man nur an so etwas Geschmack finden kann? dachte Hornblower nicht ohne Bitterkeit. Sein Blick ruhte dabei auf dem armen Côtard, der mit zerschmettertem Arm bewußtlos zu ihren Füßen lag. Aber jetzt galt es vor allem, diesen ach so leicht verletzten jungen Mann zu beruhigen, der nichts im Sinn hatte, als sich auszuzeichnen und dabei vielleicht eine Beförderung zu ernten.

»Überlegen Sie doch, Mensch«, sagte er und nahm sich noch einmal zusammen, um den Fall hübsch folgerichtig darzulegen. »Einer mußte doch auf der Mole das Kommando übernehmen, und Sie waren für diesen Auftrag der geeignetste Mann.«

»Danke, Sir«, sagte Cargill aufs neue, aber sein bockiger Ton verriet, daß er die vermeintliche Zurücksetzung noch nicht überwunden hatte.

Wie von einem plötzlichen Schreck befallen, riß Hornblower den Kopf herum und starrte achteraus. Obwohl er wußte, wonach er Ausschau hielt, traute er zunächst seinen Augen nicht. Aber es stimmte. Der Höhenzug bot nicht mehr den gewohnten Anblick, vom Kamm stieg, deutlich sichtbar, schwarzer Rauch auf, und der Semaphor war verschwunden. Das gewaltige Ding, das alle Schiffsbewegungen ausgespäht und jede Maßnahme des Küstengeschwaders sofort gemeldet hatte, war zerstört. Ausgebildete britische Seeleute, Takler und Zimmerleute hätten mindestens eine Woche angestrengter Arbeit gebraucht, um einen neuen, ähnlichen Mast zu errichten, Franzosen kamen sicher kaum in zwei, nach seiner Meinung nicht einmal in drei Wochen damit zu Rande.

Vor ihnen lag mit backgesetztem Großmarssegel geduldig wartend die HOTSPUR, so wie er sie vor einer halben Stunde von oben erblickt hatte, einer halben Stunde, die sich zu einer endlosen Woche hingezogen hatte. Das Hummerboot und die Jolle rundeten eben ihr Heck, um an Backbord längsseit zu gehen, und Cargill hielt auf die Steuerbordseite zu. In diesen geschützten Gewässern und bei der leichten Brise bestand kein Anlaß, nur in Lee anzulegen.

»Riemen ein!« befahl Cargill, und die Barkaß schor längsseit. An der Reling dicht über ihnen stand Bush und blickte auf sie herab. Hornblower griff nach den Strecktauen und schwang sich an Deck — als Kommandant hatte er das Recht und damit zugleich die Pflicht, das Boot als erster zu verlassen. Als ihn Bush mit Glückwünschen empfing, schnitt er ihm kurz das Wort ab.

»Schaffen Sie die Verletzten so schnell wie möglich aus dem Boot — schicken Sie vor allem auch nach einer Bahre für Mr. Côtard.«

»Ist er verwundet?«

»Ja.« Hornblower hatte keine Lust zu langen Erklärungen. »Sie müssen ihn anlaschen und die Bahre mit einem Klappläufer von der Rahnock aufheißen lassen. Er hat einen zerschmetterten Arm.«
»Aye, aye, Sir.« Bush hatte inzwischen begriffen, daß Hornblower durchaus nicht zum Reden aufgelegt war.
»Ist der Arzt bereit?«
»Er ist bereits an der Arbeit, Sir.«
Dabei zeigte Bush auf ein paar Verletzte, die mit der Jolle an Bord gekommen waren und eben unter Deck gebracht wurden.
»Gut.«
Hornblower strebte sofort nach seiner Kajüte, er brauchte nicht erst zu erklären, daß er als erstes seinen Bericht abzufassen hatte. Es bedurfte also keiner Entschuldigung für sein rasches Verschwinden. Wie nach jedem Gefecht lechzte er förmlich nach der Einsamkeit seiner Kajüte. Dieses Verlangen war sogar noch stärker als der Wunsch, sich auszustrecken und alle Müdigkeit zu vergessen. Aber schon beim zweiten Schritt verhielt er wieder, als ihm plötzlich etwas Arges in den Sinn kam. Der Handstreich war gelungen, aber er durfte sich noch nicht unbeschwert darüber freuen, noch blieb ihm die Entspannung versagt, nach der er verlangte, darum fluchte er verärgert vor sich hin und gebrauchte dabei so häßliche Ausdrücke, wie sie ihm nur selten über die Lippen kamen.
Er mußte sich Grimes vornehmen, und das sofort. Aber was sollte er mit ihm machen? Bestrafen? Konnte man eine Strafe über einen Mann verhängen, weil er ein Feigling war? Ebensogut hätte man jemand bestrafen können, weil er rote Haare hatte. Hornblower verlegte sein Gewicht von dem einen Fuß auf den anderen, aber er brachte es nicht fertig, einen Schritt zu tun. Dabei spornte er seine müden Verstandeskräfte mit aller Willenskraft zu weiterer Arbeit. Sollte er Grimes bestrafen, weil er seine Feigheit hemmungslos verraten hatte? Das war schon eher zu vertreten. Grimes hatte davon keinen Vorteil, aber andere wurden dadurch vielleicht abgeschreckt, ihre Feigheit offen zu zeigen. Es gab Offiziere, die nicht um der Manneszucht willen straften, sondern weil Strafe nach ihrer Überzeugung eine Art Preis war, der für Verfehlungen gezahlt werden mußte, so wie Sünder für ihre Verletzung der göttlichen Gebote in die Hölle kamen. Hornblower brachte es nicht fertig, sich jene göttliche Autorität anzumaßen, die manche Offiziere als ihr selbstverständliches Recht in Anspruch nahmen.
Aber jetzt galt es zu handeln. Er malte sich aus, wie eine kriegsgerichtliche Verhandlung verlaufen würde. Der einzige Zeuge war er selbst,

aber das Gericht zweifelte natürlich nicht daran, daß er die Wahrheit sagte. Seine Worte entschieden also über Grimes Schicksal, und das Ende für ihn war — der Henkerstrick oder als mindestes fünfhundert Hiebe. Er glaubte zu hören, wie Grimes vor Schmerzen immer wieder aufschrie, bis er das Bewußtsein verlor. Dann päppelte man ihn für einen zweiten und noch einmal für einen dritten Tag unsäglicher Qualen wieder auf und stieß ihn zuletzt als stammelnden, kraft- und willenlosen Idioten wieder ins Leben hinaus.

Hornblower konnte diese Vorstellung nicht ertragen. Er war sich wohl darüber klar, daß die Besatzung im Bilde war und daß Grimes allein darum bitter büßen mußte, aber hier ging es um die Disziplin an Bord seines Schiffes, die zu wahren seine Aufgabe war. Diese Pflicht hatte er zu erfüllen, damit zahlte er für die Ehre, Seeoffizier zu sein, damit so gut wie mit der leidigen Seekrankheit — ja, und wie mit dem Einsatz seines Lebens. Er wollte Grimes sofort in Eisen legen lassen und binnen vierundzwanzig Stunden entscheiden, was mit ihm zu geschehen hatte. Als er nun seiner Kajüte zustrebte, war alle Vorfreude auf die so sehnlich erwartete Entspannung verflogen.

Sowie er die Tür auftat, sah er sogleich, daß das Problem Grimes bereits seine Lösung gefunden hatte. Was blieb, war nach all dem Erlebten wieder neues, unbarmherziges Grauen. Grimes hing tot an einem Strick, der am Haken der Kajütlampe befestigt war. Er hing so tief, daß seine Knie beinahe das Deck berührten, seine Füße schleiften beim leisen Schlingern des Schiffes kratzend hin und her. Er war schwarz im Gesicht, und die Zunge hing ihm aus dem Mund, die schauerliche Gestalt, die da hing, hatte mit dem lebendigen Grimes überhaupt keine Ähnlichkeit mehr. Er hatte nicht den Mut gehabt, an dem Überfall teilzunehmen, aber dann, als er merkte, wie die Besatzung über sein Verhalten dachte, war er zu dem viel härteren Entschluß gelangt, sich auf grausame Weise ums Leben zu bringen, indem er mit dem Strick um den Hals von der Koje herabsprang, auf der er offenbar vorher gekauert hatte, und auf diese Art bewußt einen langsamen Erstickungstod auf sich nahm.

Von der ganzen Besatzung der Hotspur war er als einziger in der Lage gewesen, sich zur Ausführung seiner Tat von den anderen abzusondern. Er hatte sicher kommen sehen, daß man ihn hängen oder auspeitschen würde, Hohn und Verachtung der Bordkameraden gaben ihm einen Vorgeschmack dessen, was ihm bevorstand. Lag nicht eine bittere Ironie darin, daß der Semaphor, den er nicht mit anzugreifen wagte, nur von einem Zivilisten und einer Frau verteidigt worden war?

Die HOTSPUR wiegte sich sachte in der leichten Dünung, der hängende Kopf und die lose baumelnden Arme des Toten machten schlenkernd jede Bewegung des Schiffes mit, und seine Füße rutschten dabei kratzend auf den Decksplanken hin und her. Hornblower kämpfte das Grauen nieder, das ihn im ersten Augenblick geschüttelt hatte, und zwang sich mit aller Gewalt, trotz Ekel und Müdigkeit, klar zu denken und besonnen zu handeln. Er öffnete die Kajütentür; erklärlicherweise war hier noch kein Posten aufgezogen, da die Seesoldaten der HOTSPUR eben erst an Bord zurückgekehrt waren.
»Ich lasse Mr. Bush bitten«, rief er dem Nächstbesten zu, der in Hörweite kam. Binnen einer Minute kam Bush zur Tür herein und fuhr beim Anblick des Erhängten entgeistert zurück.
»Bitte lassen Sie den Toten sofort wegschaffen und über Bord bestatten. Dazu mag er eine kurze christliche Leichenfeier bekommen.«
»Aye, aye, Sir.«
Nach dieser Bestätigung des erhaltenen Befehls tat Bush den Mund nicht mehr auf, weil er deutlich genug merkte, daß Hornblower jetzt noch weniger zum Reden aufgelegt war als vorher an Deck. Hornblower ging ins Kartenhaus, zwängte sich dort in den Stuhl und blieb regungslos sitzen; seine Hände hatte er flach vor sich auf den Tisch gelegt. Alsbald hörte er, wie die von Bush abgeteilten Leute die Kajüte betraten. Sie stießen bestürzte Rufe aus, einer schien hämisch aufzulachen. Aber als sie dann gewahr wurden, daß er nebenan war, wurde es plötzlich mäuschenstill. Nur heiseres Geflüster drang jetzt noch herüber. Ein-, zweimal polterte etwas dumpf an Deck, und dann, nach einer Weile, folgte ein Geräusch, als würde etwas fortgeschafft. Da wußte Hornblower, daß der grausige Leichnam aus seiner Kajüte verschwunden war.
Jetzt erhob er sich, um auszuführen, was er als Ergebnis seiner gegen alle Müdigkeit erkämpften Überlegungen beschlossen hatte. Festen Schrittes ging er in seine Kajüte zurück, fast wie ein Mann, der sehr gegen seinen Willen zu einem Zweikampf antreten muß. Jeder Schritt war ihm zuwider, er haßte diesen Ort, aber auf einem winzigen Schiff wie der HOTSPUR gab es keinen anderen für ihn. Es half nichts, er mußte sich eben daran gewöhnen. Die lächerliche Idee, sich in einer der abgeschotteten Kammern im Zwischendeck einzuquartieren und dafür zum Beispiel den Deckoffizieren seine Kajüte einzuräumen, wies er sofort weit von sich. Das hätte endlose Ungelegenheiten für ihn selbst und — was noch wichtiger war — endloses Gerede heraufbeschworen. Er mußte hier wohnen bleiben, soviel stand fest, ebenso stand aber

auch fest, daß ihm diese Aussicht um so weniger gefallen wollte, je länger er sich in Gedanken damit befaßte. Dabei war er so müde, daß er sich kaum noch auf den Beinen hielt. Als er jetzt auf seine Koje zutrat, sah er im Geist, wie Grimes mit dem Strick um den Hals darauf kauerte, um sich in den Tod zu stürzen. Er brachte es schließlich doch zuwege, das ganze schreckliche Geschehen kalten Blutes als etwas Gewesenes, Erledigtes zu betrachten. Jetzt und hier war die Gegenwart, seine Gegenwart. So wie er war, ließ er sich auf sein Lager sinken, die Schuhe an den Füßen, die Scheide seines Entermessers an der Seite und den Sandsack noch in seiner Tasche. Er hatte ja keinen Grimes mehr, der ihm beim Auskleiden geholfen hätte.

11

Hornblower hatte schon die Adresse, das Datum und das Wort »Sir« geschrieben, als er sich darüber Rechenschaft gab, daß dieser Bericht gar nicht so leicht abzufassen war. Daß sein Schreiben in der Gazette erscheinen würde, stand für ihn fest, damit hatte er schon gerechnet, ehe er noch die Feder in die Hand nahm. Dies wurde unter allen Umständen ein »Gazette-Bericht«, einer der wenigen aus der Unzahl in der Admiralität einlaufenden Berichte, die man dort zur Veröffentlichung freigab. Es sollte dies übrigens auch das erstemal sein, daß er sich gedruckt las. Er hatte sich vorgenommen, seinen Vorgesetzten nach altehrwürdiger Überlieferung eine nüchterne Darlegung von Tatsachen zu liefern, aber jetzt hielt er plötzlich inne, um zu überlegen. Nicht als ob ihn so etwas wie Lampenfieber angewandelt hätte, aber immerhin: Wenn dieser Bericht in Druck ging, dann hieß das, daß er von aller Welt gelesen wurde. In erster Linie las ihn natürlich die ganze Navy, und dazu gehörten auch seine Untergebenen. Er aber wußte nur zu genau, mit welchen Gefühlen empfindliche Gemüter jedes unüberlegte Wort auf die Waagschale zu legen pflegten.

Viel wichtiger war noch ein weiteres: Sein Bericht wurde in ganz England gelesen, also auch von seiner Maria. Er öffnete ihr damit eine Art Guckloch in sein Leben, das ihr bis jetzt verschlossen gewesen war. Für seinen Ruf in der Navy war es natürlich durchaus förderlich, wenn er die Gefahren, die zu bestehen waren, mit bescheidenen Worten erwähnte, aber eine solche Schilderung stand dann in klarem Widerspruch zu dem fröhlichen, unbeschwerten Ton, in dem er Maria zu schreiben gedachte. Maria war eine gerissene kleine Person, die sich

nicht so leicht hinters Licht führen ließ. Wenn sie die Gazette mit seinem Bericht später zu lesen bekam als seinen Brief, dann wurde sie womöglich just zu der Zeit von Angst und Argwohn gequält, da die Geburt des Kindes bevorstand, das seinen Namen tragen sollte. Dies konnte für Mutter und Kind die schlimmsten Folgen haben.
Er hatte jetzt zu wählen und entschied sich zugunsten Marias. Das bedeutete, daß er von den Schwierigkeiten und Gefahren seines Unternehmens nicht viel Aufhebens machte. Dabei durfte er damit rechnen, daß man in der Navy dennoch zwischen den Zeilen las, was Maria entgehen mußte, weil sie als Außenstehende nicht mit den Umständen vertraut war. Er tauchte seine Feder zum zweitenmal ein und kaute zunächst eine Weile an ihrem Ende, weil er hin und her überlegte, ob wohl die anderen Berichte, die er in der Gazette gelesen hatte, unter ähnlichen Schwierigkeiten entstanden waren. Am Ende sagte er sich, daß dies wohl für eine Mehrzahl davon zutreffen mochte. Aber nun galt es zu beginnen, es blieb nichts anderes übrig, die Arbeit duldete keinen Aufschub.
Die üblichen einleitenden Worte: »Ihrem Befehl entsprechend«, gaben den ersten Anstoß, alles weitere floß ihm dann glatt aus der Feder. Er durfte beileibe nichts von all dem vergessen, was zu erwähnen war: »Mr. William Bush, mein Erster Offizier, meldete sich in anerkennenswerter Weise freiwillig zur Teilnahme an dem Unternehmen, aber ich war genötigt, ihn mit meiner Vertretung als Kommandant zu betrauen.« Später fiel es ihm nicht schwer zu schreiben: »Leutnant Charles Côtard von H. M. S. Marlborough, der sich freiwillig zu dem Unternehmen gemeldet hatte, leistete mir mit seiner perfekten Kenntnis der französischen Sprache unschätzbare Dienste. Ich bedaure außerordentlich, Ihnen berichten zu müssen, daß ihm der linke Arm zerschmettert wurde und amputiert werden mußte. Er schwebt noch in Lebensgefahr.«
Dann kam wieder etwas, das unbedingt erwähnt werden mußte: »Der Steuermannsmaat, Mr. ...«, wie hieß er doch gleich mit Vornamen? Richtig – »... Mr. Alexander Cargill, war von mir mit der Leitung der Wiedereinschiffung der gelandeten Abteilung beauftragt. Er hat diese Aufgabe zu meiner vollsten Zufriedenheit gelöst.« An dem nächsten Absatz hatte Maria bestimmt ihre helle Freude: »Die Telegrafenstation wurde durch eine von mir persönlich geführte Abteilung ohne den geringsten Widerstand in Brand gesetzt und völlig zerstört. Alles vorhandene Geheimmaterial wurde vorher sichergestellt.« Einsichtige Seeoffiziere schätzten seine Unternehmung wegen ihres unblutigen Ver-

laufs bestimmt höher ein, als wenn sie Ströme von Blut gekostet hätte. Jetzt kam er zu der Batterie, einen Abschnitt, der besonderer Achtsamkeit bedurfte: »Hauptmann Jones von den Königlichen Seesoldaten gelang es an der Spitze seiner Abteilung durch überraschenden Angriff die Batterie wegzunehmen. Bedauerlicherweise wurde er bei der Explosion des Pulvermagazins unter einem Felsblock begraben, und ich habe die traurige Pflicht, seinen Tod melden zu müssen. Einige weitere Seesoldaten seiner Abteilung sind ebenfalls gefallen oder vermißt.« Ach ja, einer von diesen hatte ihm als Toter noch so treu gedient wie im Leben. Hornblower riß sich zusammen — jene Minuten vor dem Pulvermagazin waren ihm auch in der Erinnerung noch ein Greuel. Dann fuhr er fort: »Leutnant Reid von den Königlichen Seesoldaten hatte die Aufgabe, die Flanke zu sichern, und deckte dann mit geringen Verlusten den Rückzug. Sein Verhalten verdient uneingeschränkte Anerkennung.«

Das stimmte alles aufs Haar, und es machte Freude, darüber zu berichten. Der nächste Absatz schrieb sich ebenso angenehm: »Ich freue mich, Ihnen berichten zu können, daß die Batterie vollständig zerstört ist. Die Brustwehr ist niedergelegt, die Geschütze mit ihren Lafetten sind vernichtet. Das kam dadurch zustande, daß in der Batterie nicht weniger als eine Tonne Schießpulver zur Detonation gebracht wurde.« Auch das stimmte. Die Batterie bestand aus vier Zweiunddreißigpfündern, die Ladung eines dieser Geschütze bestand aus zehn Pfund Pulver. Das Magazin, tief unter der Brustwehr, barg mindestens fünfzig Pulverladungen je Geschütz. Ein Krater gähnte jetzt dort, wo sich einst die Brustwehr erhoben hatte.

Viel mehr gab es nicht zu schreiben: »Der Rückzug wurde in guter Ordnung durchgeführt. Ich füge die Liste der Gefallenen, Verwundeten und Vermißten bei.« Das Konzept dieser Liste lag vor ihm, und er machte sich daran, es sorgfältig ins reine zu schreiben. Sicher waren da Witwen und trauernde Eltern, die aus dem Anblick dieser Namen in der Gazette Trost schöpften. Ein Matrose war gefallen, einige waren leicht verwundet worden. Er schrieb ihre Namen säuberlich in seine Liste und begann dann einen neuen Absatz: »Königliche Seesoldaten, gefallen: Hauptmann Henry Jones. Mannschaften: ...« Da überfiel ihn plötzlich ein Gedanke, so daß er mitten im Schreiben innehielt. Einen Namen in der Gazette zu lesen war nicht nur tröstlich, nein, Witwen und Eltern des Gefallenen erhielten sein rückständiges Gehalt und überdies noch eine kleine Prämie ausgezahlt. Das alles ging ihm noch durch den Kopf, als Bush hereingestürzt kam.

»Herr Kapitän, ich hätte Ihnen an Deck gern etwas gezeigt.«
»Gut, ich komme gleich.«
Hornblower überlegte noch einen Augenblick. In der Rubrik der Gefallenen des seemännischen Personals stand nur ein einziger Name: »James Johnson, Matrose.« Er fügte als zweiten hinzu: »John Grimes, Kommandantensteward«, dann legte er die Feder aus der Hand und ging an Deck.
»Sehen Sie dorthin, Sir«, sagte Bush und wies dabei aufgeregt nach einem Punkt an Land. Dann reichte er Hornblower seinen Kieker.
Die Küstenlandschaft wirkte noch immer ungewohnt, seit der Semaphor verschwunden war und nur noch ein Erdhügel aus dem Gelände ragte, wo bisher die leicht erkennbare Batterie gestanden hatte. Aber das hatte Bush nicht gemeint. Was er im Auge hatte, war die ansehnliche Reiterschar, die sich dort eben an den Küstenhängen entlangbewegte. Durch das Glas meinte Hornblower Federbüsche und Goldstickereien zu erkennen.
»Das sind doch Generäle, Sir«, sagte Bush in erregtem Ton. »Bestimmt sind sie alle gekommen, um den Schaden zu besichtigen, der Festungskommandant, der Gouverneur, der Chef des Ingenieurkorps und wen es sonst noch angeht. Wir sind beinahe in Schußweite, Sir, ohne daß sie es merken, könnten wir noch ein Stück näher herangehen, fix die Geschütze ausrennen und mit höchster Erhöhung eine Salve hinüberschicken. Man kann doch annehmen, daß mindestens ein Schuß der Breitseite in ein Ziel dieses Umfanges einschlüge.«
»Ja, das wäre zu machen«, stimmte ihm Hornblower bei. Er warf einen Blick auf den Verklicker und einen nach der Küste. »Wir könnten halsen und dann . . .«
Bush wartete eine ganze Weile vergeblich darauf, daß Hornblower den begonnenen Satz zu Ende sprach. Endlich fragte er:
»Soll ich die nötigen Befehle geben?«
Wieder eine Pause.
»Nein«, sagte Hornblower nach einer Weile, »es ist besser, wir lassen es.«
Als guter Untergebener enthielt sich Bush jedes Einwandes gegen diese Entscheidung, aber die Enttäuschung darüber stand ihm so deutlich im Gesicht geschrieben, daß es Hornblower geraten schien, ihm mit einer Begründung seines »Nein« darüber hinwegzuhelfen. Gewiß, bei der Aktion mochte ein General ums Leben kommen, aber wenn es der Zufall wollte, vielleicht auch nur ein einfacher Dragoner. Auf alle Fälle aber wiesen sie durch einen solchen Feuerüberfall den Gegner nach-

drücklich darauf hin, wie schwach dieser Küstenstrich zur Zeit verteidigt war.
»Dann kommen sie uns mit Feldartillerie«, fuhr Hornblower fort, »das sind zwar nur Neunpfünder, aber ...«
»Jawohl, Sir, sie könnten uns dennoch recht lästig werden«, mußte Bush wohl oder übel zugeben. »Haben Sie sonst einen Plan, Sir?«
»Ich nicht, Er«, sagte Hornblower und wies dabei nach dem Flaggschiff des Küstengeschwaders, auf dem Pellews Breitwimpel wehte; Pellew trug für alle Unternehmungen des Küstengeschwaders die Verantwortung, darum erntete er auch das Verdienst, wenn sie gelangen. Kurz darauf sollte sich herausstellen, daß er seinen Breitwimpel schon sehr bald niederholen würde. Das Boot, das mit Hornblowers Bericht zur TONNANT gefahren war, brachte außer Proviant auch dienstliche Post zurück.
»Sir«, sagte Orrock, als er Hornblower die Briefe übergab, »der Kommodore sandte einen Mann mit, der Ihnen ein persönliches Schreiben überbringen soll.«
»Wo ist er?«
Der Bote war ein ganz gewöhnlicher Matrose. Er trug das übliche Zeug, wie es aus der Schlappkiste geliefert wurde, sein dicker blonder Zopf wies ihn als alten Seemann aus, als er mit dem Hut in der Hand vor Hornblower stand. Der griff sofort nach dem Schreiben und erbrach das Siegel.

Mein lieber Hornblower,
es tut mir unendlich leid, Ihnen persönlich bestätigen zu müssen, was Sie aus den dienstlichen Nachrichten entnehmen werden. Ihr neuester Bericht ist der letzte aus Ihrer Hand, den entgegenzunehmen ich das Vergnügen hatte. Meine Flagge ist eingetroffen, und ich werde sie als Konteradmiral auf dem Flaggschiff des Geschwaders setzen, das sich zur Zeit versammelt und die Blockade von Rochefort übernehmen soll. Das Küstengeschwader übernimmt Konteradmiral William Parker. Ihm habe ich Sie bereits allerwärmstens empfohlen, nachdrücklicher als alle Worte sprechen allerdings Ihre Taten für Sie. Aber so ein Admiral kennt nun einmal diesen oder jenen näher und fördert ihn natürlich, wo er kann. Wir können uns darüber nicht mit gutem Gewissen beklagen, denn Sie wissen ja, daß auch ich in einem jungen Mann namens Horatio Hornblower meinen besonderen Schützling erblicken durfte.
Aber lassen wir es nun dabei bewenden. Befassen wir uns lieber mit

einer anderen Angelegenheit, die Ihnen vielleicht sogar wichtiger ist. Ich entnehme Ihrem Bericht, daß Sie das Unglück hatten, Ihren Steward zu verlieren. Darum nehme ich mir die Freiheit, Ihnen James Doughty als Ersatz zu schicken. Er war Steward des verstorbenen Kapitäns Stevens auf der MAGNIFICENT *und hat sich auf gutes Zureden freiwillig bereit erklärt, sich zu Ihnen auf die* HOTSPUR *versetzen zu lassen. Soviel ich weiß, ist er in allen Handreichungen sehr erfahren, die zur Bedienung eines Gentleman gehören, daher hoffe ich, daß Sie mit ihm zufrieden sind und seine Dienste lange Jahre in Anspruch nehmen werden. Sollten Sie sich gelegentlich meiner erinnern, wenn er um Sie ist, so würde mich das herzlich freuen. Ihr aufrichtiger Freund*

Edward Pellew.

Als Hornblower mit dem Lesen fertig war, brauchte er trotz seines lebendigen Geistes eine ganze Weile, um alles zu verarbeiten, was ihm da mitgeteilt worden war. Der Inhalt des Briefes war ja alles andere als erfreulich, schlimm war der Wechsel des Geschwaderchefs, schlimm aber auch, daß man ihm einen »Gentlemans Gentleman« auf den Hals hetzte, dem seine bescheidene Lebensführung höchstens ein hämisches Grinsen entlockte. Aber was half's — eins mußte man nun einmal lernen, wenn man in der Navy vorankommen wollte: daß man jeden noch so drastischen Wechsel der Verhältnisse mit philosophischem Gleichmut hinnahm.
»Sie heißen also Doughty?« fragte Hornblower.
»Jawohl, Sir.«
Doughty stand in ehrerbietiger Haltung vor ihm, man hätte höchstens aus seinem Blick etwas wie Spott herauslesen können.
»Sie sollen mein Steward sein, tun Sie Ihre Pflicht, dann haben Sie nichts zu fürchten.«
»Jawohl, Sir — nein, Sir.«
»Haben Sie Ihre Sachen mitgebracht?«
»Aye, aye, Sir.«
»Der Erste Offizier wird Ihnen durch einen Mann zeigen lassen, wo Sie Ihre Hängematte aufhängen können. Sie wohnen mit meinem Sekretär zusammen in einer Kammer.«
Der Kommandantensteward war der einzige Matrose, der nicht mit der Masse der anderen im Deck schlafen mußte.
»Aye, aye, Sir.«
»Sie können Ihren Dienst gleich antreten.«
»Aye, aye, Sir.«

Schon kaum fünf Minuten später erlebte Hornblower in seiner Kajüte, daß eine stumme Gestalt plötzlich leise zur Tür hereinschlüpfte. Doughty wußte offenbar, daß er nicht anzuklopfen brauchte, wenn ihm der Posten sagte, daß der Kommandant allein sei.
»Haben Sie schon Ihr Dinner gehabt, Sir?«
In diesem Augenblick, am Abend eines aufregenden Tages und nach einer ganz ohne Schlaf verbrachten Nacht, mußte er wahrhaftig einen Augenblick überlegen, bis er die richtige Antwort fand. Doughty blickte ihm dabei respektvoll über die linke Schulter. Seine Augen waren von einem wunderbar leuchtenden Blau.
»Nein, ich habe noch nicht gegessen«, sagte Hornblower. »Sehen Sie doch zu, daß Sie etwas für mich auftreiben können.«
»Jawohl, Sir.«
Die blauen Augen wanderten suchend in der Kajüte herum, aber sie konnten nichts entdecken.
»Leider habe ich keine Kommandantenvorräte, Sie müssen schon in die Kombüse gehen. Mr. Simmonds wird Ihnen etwas für mich richten.« Als Deckoffizier hatte Mr. Simmonds Anspruch darauf, daß man seinem Namen ein »Mister« voransetzte. »Nein, da fällt mir etwas anderes ein. Irgendwo müssen hier an Bord noch zwei Hummer zu finden sein. Soviel ich weiß, stehen sie in einer Balje mit Seewasser auf der Barring. Ach richtig, dieses Wasser ist ja nicht erneuert worden, seit Ihr Vorgänger tot ist, das ist jetzt schon fast vierundzwanzig Stunden her. Sie müssen das jetzt gleich nachholen. Bestellen Sie dem Wachhabenden Offizier meine Empfehlung, er möge zu dem Zweck die Deckwaschpumpe besetzen lassen. Dann bleibt der eine Hummer am Leben und ich bekomme jetzt den anderen.«
»Jawohl, Sir. Darf ich mir einen Vorschlag erlauben, Sir? Wenn ich jetzt beide Hummer koche, dann könnten Sie heute abend den einen warm und morgen den zweiten kalt verspeisen.«
»Ja, das wäre eine Möglichkeit«, räumte Hornblower, ohne sich festzulegen, ein.
»Dazu gehörte natürlich Mayonnaise«, sagte Doughty. »Haben wir Eier an Bord, Sir? Und vielleicht auch Salatöl?«
»Ach woher«, fuhr ihn Hornblower an. »Habe ich Ihnen nicht gesagt, daß außer den beiden verfluchten Hummern keine Kommandantenvorräte an Bord sind?«
»Jawohl, Sir. Dann werde ich Ihnen den einen heute abend mit zerlassener Butter servieren. Was ich morgen tun kann, wird sich herausstellen.«

Da platzte Hornblower heraus: »Ach, tun Sie doch, was Sie wollen, und lassen Sie mich jetzt gefälligst in Ruhe!«

Seine Stimmung verschlechterte sich zusehends. Er hatte Batterien zu stürmen, aber er durfte auch nicht vergessen, daß ein paar Hummer frisches Wasser bekamen, damit sie am Leben blieben. Und Pellew, sein Pellew verließ die Flotte vor Brest, eben erst hatte er den Befehl gelesen, der den Salut beim morgigen Flaggenwechsel regelte. Ach, morgen! Da lag ihm dieser Doughty wieder mit seiner Mayonnaise (der Teufel wußte, was das war) in den Ohren und fing dann womöglich gar noch an, in seinen geflickten Hemden zu kramen.

»Jawohl, Sir«, sagte Doughty und verschwand so leise, wie er gekommen war.

Hornblower ging an Deck, um seine schlechte Laune durch Bewegung zu vertreiben. Schon der erste Atemzug in der köstlichen Abendluft stimmte ihn milder, im gleichen Sinne wirkte die Eile, mit der alles verschwand, um ihm die Luvseite des Achterdecks zu überlassen. Hier hatte er so viel Raum, wie sein Herz begehrte — fünf lange Schritte nach vorn und fünf nach achtern, aber alle anderen Offiziere konnten jetzt die Luft nur in drangvoller Enge genießen. Sollten sie. Ihm war es auferlegt gewesen, seinen Bericht an Pellew nicht weniger als dreimal zu schreiben: einmal im Entwurf, dann in Reinschrift und endlich als Abschrift in sein geheimes Briefbuch. Einige Kommandanten überließen diese Arbeit ihren Sekretären, aber Hornblower wollte das nicht gefallen. Es gab nämlich Sekretäre, die ihre Vertrauensstellung in übelster Weise mißbrauchten. Auf jedem Schiff waren ja Offiziere, die darauf brannten, zu hören, was ihr Kommandant über sie sagte, oder solche, die sich lebhaft dafür interessierten, was dem Schiff bevorstand. Sein Sekretär Martin bekam bestimmt keine Gelegenheit, aus solchem Wissen Kapital zu schlagen. Er hatte sich auf Musterrollen, Bestandsmeldungen und all den anderen lästigen Papierkram zu beschränken, der einem Kommandanten das Leben sauer machte.

Jetzt verschwand also Pellew, das war eine Katastrophe. Erst heute hatte er mit dem Gedanken gespielt, eines nicht zu fernen Tages könnte ihm vielleicht doch der unvorstellbare Sprung vom Commander oder Korvettenkapitän zum richtigen Kapitän zur See gelingen. Dazu brauchte man aber in jedem Falle die wirksamste Fürsprache, sowohl in der Flotte wie in der Admiralität. Mit Pellews Versetzung hatte er seinen besten Freund in der Flotte verloren, mit Parrys Rücktritt in den Ruhestand den einzigen in der Admiralität — jetzt kannte er dort keinen Menschen mehr. Seine Beförderung zum Commander war ein ganz außergewöhnlicher Glücksfall gewesen. Wurde die Hotspur zeitweilig außer Dienst gestellt, dann lauerten schon dreihundert junge Commander darauf, an seine Stelle zu treten, und hinter jedem stand irgendein einflußreicher Onkel oder Vetter, der ihn nach Kräften unterstützte. Ihm aber blühte dann wieder das Los, sich an Land auf Halbsold kümmerlich durchschlagen zu müssen — und das mit Maria, mit Maria und dem Kind. Das war die Kehrseite der Medaille, ihr Anblick war so wenig verlockend wie der ihrer Vorderfront.

Wenn er so weiter grübelte, gelang es ihm nie und nimmer, der düsteren Stimmung Herr zu werden, die ihn schon fast zu verschlingen drohte. Dabei hatte er doch Maria eben erst einen Brief geschrieben, auf den er sich etwas zugute halten durfte. Sätze voll froher Erwartung und Vertrauen in die Zukunft. Sätze, aus denen alle Liebe sprach, deren er überhaupt fähig war. Dort am Abendhimmel leuchtete hell die Venus, die Seeluft war köstlich anregend und erfrischend. Nein, diese Welt war gewiß nicht so schlimm, wie ihn seine überreizten Nerven glauben machten. Aber er mußte doch noch eine volle Stunde auf seinem Achterdeck auf und ab schreiten, bis er von dieser Erkenntnis ganz und gar durchdrungen war. Erst als diese Zeit um war, hatte die angenehme monotone Bewegung seine jagenden Gedanken gezügelt. Die Erregung hatte sich gelegt und gesunder Müdigkeit Platz gemacht. Jetzt fiel ihm auch wieder sein Dinner ein, und dabei kam ihm zum Bewußtsein, daß er rasend hungrig war. Zwar hatte er Doughty mehrmals über Deck flitzen sehen, denn so sehr sich Hornblower auch oft in seine Gedanken verlor, bewußt oder unbewußt nahm er dennoch blitzschnell von allem Notiz, was sich an Deck seines Schiffes begab. Jetzt peitschte der Hunger seine Ungeduld, und doch mußte er seine Wanderung noch fortsetzen, bis es ganz und gar Nacht geworden war. Dann erst gab es die ersehnte Unterbrechung.

»Ihr Dinner ist bereit, Sir.«

Ehrerbietig hatte sich Doughty vor ihm aufgebaut.

»Gut, ich komme.«

Hornblower setzte sich an den Tisch im Kartenhaus, Doughty drängte sich in dem engen Raum hinter seinen Stuhl.

»Ich bringe das Essen sofort aus der Kombüse, Sir. Darf ich Ihnen bis dahin etwas Apfelwein einschenken?«

»Wie? Was einschenken?«

Aber Doughty füllte auch schon den Becher aus einem Krug und verschwand. Hornblower kostete bedächtig. Kein Zweifel, das war herrlicher Apfelwein, natürlich und doch verfeinert, von köstlich frischem

Geschmack, aber dennoch keineswegs süß. Nach dem abgestandenen Wasser, das monatelang in Fässern gelagert hatte, war das ein himmlischer Genuß. Er tat zuerst nur zwei kleine Schlucke, dann beugte er den Kopf zurück und ließ den ganzen Inhalt des Bechers mit wahrer Wonne durch die Kehle rinnen. Noch hatte er keine Zeit gehabt, sich zu fragen, wie es zu diesem Wunder gekommen war, als Doughty schon wieder zur Tür hereinschlüpfte.

»Vorsicht, Sir, der Teller ist heiß«, sagte er.

»Was soll denn das sein?« fragte Hornblower.

»Hummerfrikadellen, Sir«, sagte Doughty und goß Apfelwein nach. Dann wies er mit gewandter Geste auf den hölzernen Napf, den er ebenfalls auf den Tisch gesetzt hatte:

»Buttersauce, Sir.«

Das war wirklich eine Mahlzeit, die sich sehen lassen konnte. Die feinen braunen Frikadellen auf seinem Teller sahen überhaupt nicht nach Hummerfleisch aus. Hornblower goß etwas Sauce darüber und kostete. Es schmeckte ihm wunderbar: Hummerhaschee gebraten. Jetzt hob Doughty den Deckel von der gesprungenen Glasschüssel und enthüllte einen neuen traumhaften Genuß: prachtvolle, goldgelbe neue Kartoffeln. Er bediente sich gierig und hätte sich um ein Haar den Mund daran verbrannt. Nichts schmeckte so herrlich wie die ersten neuen Kartoffeln des Jahres.

»Sie sind mit der Gemüselieferung an Bord gekommen, Sir«, erklärte Doughty. »Ich habe sie zur rechten Zeit sichergestellt.«

Hornblower brauchte nicht erst zu fragen, vor wessen Zugriff er die Kartoffeln gesichert hatte. Er kannte Huffnell, den Zahlmeister, nur zu genau und konnte sich denken, daß auch die Herren in der Offiziersmesse gern etwas Gutes aßen. Hummerfrikadellen mit neuen Kartoffeln und dieser wunderbaren Buttersauce! Er gab sich ganz dem Genuß dieser Köstlichkeiten hin und war entschlossen, nicht daran zu denken, daß das Hartbrot in seinem Brotkorb dort voller Maden war. Er war diese Maden gewohnt, nach dem ersten Monat in See tauchten sie jedesmal auf – wenn das Hartbrot länger gelagert hatte, wohl auch schon eher. Nein, sagte er sich, eine Made im Hartbrot sollte ihm den Spaß nicht verderben, und führte sich dabei genüßlich einen neuen Bissen Hummer zu Gemüte.

Erst als er wieder nach dem Apfelwein griff, fiel ihm ein zu fragen, wo der denn her sei.

»Ich habe mir erlaubt, ein Viertelpfund von Ihrem Tabak dafür zu geben, Sir«, sagte Doughty.

»Und wer hatte ihn?«
»Sir«, sagte Doughty, »darüber versprach ich zu schweigen.«
»In Ordnung«, sagte Hornblower, »Sie brauchen es mir nicht zu sagen.«
Dieser Apfelwein konnte nur aus einer einzigen Quelle stammen: das war die Camilla, das Hummerboot, das er gestern abend aufgebracht hatte. Die bretonischen Fischer hatten selbstverständlich einen Krug davon an Bord gehabt, und den hatte sich einer von seinen Leuten unter den Nagel gerissen – wahrscheinlich Martin, sein Sekretär.
»Hoffentlich haben Sie den ganzen Krug gekauft«, meinte Hornblower.
»Leider bekam ich nicht alles, nur soviel noch darin war.«
Aus einem Krug mit zwei Gallonen oder neun Liter Inhalt – Hornblower hoffte, daß er noch größer war – konnte Martin in vierundzwanzig Stunden kaum mehr als die Hälfte vertilgt haben. Sicher hatte Doughty den Krug entdeckt, da er ja die Kammer mit ihm teilte. Hornblower war fest überzeugt, daß das Angebot von einem Viertelpfund Tabak nicht genügt hätte, um Martin den Krug abzuhandeln, sondern daß dabei wesentlich stärkere Druckmittel nötig gewesen waren. Aber das ging ihn schließlich nichts an.
»Käse, Sir?« sagte Doughty. Hornblower hatte alles aufgegessen, was auf dem Tisch stand.
Der Käse – er stammte aus den Beständen für die Verpflegung der Mannschaft – war recht schmackhaft, und die Butter war sogar frisch. Offenbar war mit dem Boot ein neues Faß Butter an Bord gekommen, und Doughty mußte ihm gleich zu Leibe gerückt sein, obwohl der ranzige Restbestand von der vorigen Lieferung noch nicht aufgebraucht war. Der Krug Apfelwein war bis zur Neige geleert. Hornblower hatte sich seit Tagen nicht so wohl gefühlt wie eben jetzt.
»So, nun lege ich mich schlafen«, sagte er.
»Jawohl, Sir.«
Doughty öffnete die Tür zur Kajüte, und Hornblower betrat seinen Wohnraum. Die brennende Lampe hing sachte schwankend am Decksbalken, sein Nachthemd mit den aufgesetzten Flicken lag über die Koje gebreitet. Vielleicht war der Apfelwein daran schuld, daß Hornblower Doughtys Anwesenheit nicht als störend empfand, als er seine Zähne putzte und sich auszog. Doughty nahm ihm den Rock ab, Doughty hob ihm die Hose auf, als er sie an Deck rutschen ließ, Doughty war zur Hand, als er in die Koje sank, und deckte ihn fürsorglich zu.
»Ich werde Ihren Rock ausbürsten, Sir. Hier hängt Ihr Schlafrock, falls

Sie während der Nacht herausgeholt werden sollten. Darf ich die Lampe auslöschen, Sir?«

»Ja.«

»Gute Nacht, Sir.«

Hornblower erinnerte sich erst am nächsten Morgen wieder daran, daß sich Grimes hier in seiner Kajüte erhängt hatte. Auch die schrecklichen Minuten dort unten in der Pulverkammer kamen ihm erst am Morgen wieder in den Sinn. Doughty hatte schon am ersten Tag gezeigt, was er wert war.

12

Die Salute waren geschossen, Pellew hatte seine Flagge gesetzt, und die TONNANT war abgesegelt, um die Blockade von Rochefort einzuleiten. Die DREADNOUGHT hatte Admiral Parkers Flagge gesetzt, und jede Flagge war von jedem Schiff mit dreizehn Schuß salutiert worden. Den Franzosen auf ihren Bergen konnten das Geschieße und der Qualm nicht entgangen sein, die Seeoffiziere unter ihnen hatten bestimmt daraus gefolgert, daß wieder ein Konteradmiral zur Kanalflotte getreten war. Dann mochten sie traurig die Köpfe geschüttelt haben, weil sich daraus schließen ließ, daß die Navy den Vorsprung im Wettlauf um die Seeherrschaft mit allen Kräften zu vergrößern strebte.

Hornblower warf einen forschenden Blick den Goulet hinauf. Über die dunklen Umrisse der Fillettes hinweg konnte er die Kriegsschiffe zählen, die auf der Reede von Brest vor Anker lagen. Neunzehn Linienschiffe waren es jetzt und sieben Fregatten, aber ihre Besatzungen hatten noch nicht einmal die erforderliche Mindeststärke, und ihre Ausrüstung ließ alles zu wünschen übrig. Jedenfalls waren sie den fünfzehn erstklassigen Linienschiffen Cornwallis' weit unterlegen, die sie draußen erwarteten und die dabei materiell wie moralisch von Tag zu Tag kampfkräftiger und gefährlicher wurden. Nelson vor Toulon und neuerdings Pellew vor Rochefort banden auf die gleiche Art unterlegene französische Verbände in den Häfen. Unter ihrem Schutz konnten britische Handelsschiffe verhältnismäßig sicher die Meere befahren, es sei denn, daß sie einem Kaperer in die Hände fielen. Aber auch dagegen war Vorsorge getroffen, denn die Handelsflotten, zu riesigen Konvois zusammengefaßt, segelten unter dem ständigen Schutz anderer, eigens dazu aufgestellter britischer Geschwader, die insgesamt sogar mehr Schiffe zählten als die Blockadeflotten. Tauwerk und Hanf, Holz, Eisen und Kupfer, Terpentin und Salz, Baumwolle und Salpeter strömten also ungehindert aus aller Welt nach den Britischen Inseln und wurden dort ebenso ungehindert, nach Maßgabe des jeweiligen Bedarfs, verteilt. Diese ständige Zufuhr machte es den britischen Werften möglich, ihre Bautätigkeit ununterbrochen fortzusetzen, während in Frankreich die Hellinge leer waren, weil dort der Schiffbau von jenem Brand befallen war, der sich überall einstellt, wo der Kreislauf der Lebenssäfte unterbrochen wird.

Und doch war diese anscheinend so günstige Lage für England nicht ohne Gefahren. Bonaparte hatte entlang der ganzen Kanalküste zweihunderttausend Mann unter Waffen, das gewaltigste Heer, das die Welt je gesehen hatte. Und in allen Häfen von St. Malo bis Ostende und darüber hinaus wurden zur Zeit nicht weniger als siebentausend flachbodige Fahrzeuge zusammengezogen. Admiral Keith mit seinen Fregatten sicherte – gedeckt durch eine Anzahl schneller Linienschiffe – die Kanalküste gegen alle bedrohlichen Absichten Bonapartes. Solange England zur See den Kanal beherrschte, war an eine Invasion nicht zu denken.

Aber Keith konnte bei seiner Aufgabe nur zu leicht in ernste Schwierigkeiten geraten. Wenn es den achtzehn Linienschiffen, die auf der Reede von Brest lagen, gelang auszubrechen, Ouessant zu runden und in den Kanal hineinzulaufen, während Cornwallis aus irgendwelchen Gründen anderwärts eingreifen mußte, dann war es immerhin möglich, daß Keiths Streitkräfte verjagt oder gar vernichtet wurden. Drei Tage reichten aus, um Bonapartes Armee einzuschiffen und überzusetzen, dann mochte es dazu kommen, daß der Franzose seine Dekrete im Schloß Windsor erließ, so wie es Mailand und Brüssel bereits hatten erleben müssen. Cornwallis und seine Geschwader, die HOTSPUR und ihre größeren Kameraden durchkreuzten diese Absicht. Aber eine winzige Unachtsamkeit, eine falsche Beurteilung der gegnerischen Absicht konnte zur Folge haben, daß binnen kurzem vom Tower in London die Trikolore wehte.

Hornblower zählte wieder einmal die Schiffe auf der Reede in Brest, und indem er es tat, war er sich eindringlich bewußt, daß diese allmorgendliche Gepflogenheit die englische Übermacht zur See mit einer Unverfrorenheit zur Darstellung brachte, die wirklich nicht zu überbieten war. England hatte ein Herz, ein Gehirn und einen Arm, er und die HOTSPUR stellten die äußerste, mit feinstem Tastgefühl begabte Fingerspitze dieses langen Armes dar. Neunzehn Linienschiffe lagen dort vor Anker, drei davon waren Dreidecker. Dazu kamen noch sieben Fregatten. Die Zahlen waren genau die gleichen wie gestern. Kein Fahrzeug hatte es fertiggebracht, während der Nacht etwa durch den Chenal du Four oder den Raz zu entwischen.

»Mr. Foreman! Bitte Signal an Flaggschiff: Gegner liegt vor Anker, Lage unverändert.«

Foreman hatte dieses Signal schon des öfteren zu heißen gehabt, aber Hornblower, der sein Tun unauffällig verfolgte, stellte fest, daß er dennoch das Signalbuch zu Rate zog. Im Grunde hätte man von Foreman als Signalfähnrich erwarten können, daß er alle ständig wiederholten Signale auswendig wußte, aber wenn es die Zeit erlaubte, war es am Ende doch das beste, wenn er sich davon überzeugte, daß ihn seine Erinnerung nicht trog. Denn wenn er sich auch nur um eine einzige Ziffer irrte, so mochte das bedeuten, daß der Gegner im Begriff sei auszulaufen.

»Flaggschiff gibt verstanden«, meldete Foreman.

»Danke.«

Poole, der Wachhabende Offizier, trug das Signal in die Logkladde ein. Die Mannschaft war beim Deckwaschen, die Sonne erhob sich eben über den Horizont. Offenbar stand ein herrlicher Tag bevor, ein Tag, der sich in nichts von den vergangenen unterschied.

»Sieben Glasen, Sir«, meldete Prowse.

Die Ebbe lief nur noch eine halbe Stunde, es wurde Zeit, sich von der Leeküste zu entfernen, ehe die Flut einsetzte.

»Mr. Poole, bitte halsen Sie, Kurs West zu Nord.«

»Guten Morgen, Sir.«

»Guten Morgen, Mr. Bush.« Bush verzichtete wohlweislich auf einen weiteren Gedankenaustausch, zumal er zufrieden mit ansehen konnte, wie gewandt die Männer das Großmarssegel rundbraßten und wie tadellos Poole das Schiff manövrierte, als sich die Marssegel füllten. Hornblower suchte durch das Glas wie immer die Küste im Norden ab, um festzustellen, ob sich irgend etwas verändert hatte. Sein Augenmerk war eben auf den Grat gerichtet, hinter dem Johnson den Tod gefunden hatte, als Poole herzukam um zu melden:

»Der Wind hat rechts gedreht, Sir. Wir können West zu Nord nicht mehr anliegen.«

»Dann gehen Sie auf Westnordwest«, antwortete Hornblower ohne das Auge vom Glas zu nehmen.

»Aye, aye, Sir. Westnordwest, voll und bei.« Diesen Worten Pooles merkte man an, daß er über das Ergebnis seiner Meldung erleichtert war. Wo gäbe es auch einen Offizier, der seinem Kommandanten un-

beschwert zu verstehen geben könnte, daß sein letzter Befehl nicht auszuführen war.
Jetzt merkte Hornblower, daß Bush neben ihn getreten war und sein Glas auf den gleichen Punkt gerichtet hatte wie er.
»Eine Kolonne Soldaten, Sir«, meinte Bush.
»Ja.«
Hornblower hatte die Spitze der Kolonne entdeckt, als sie den Höhenkamm überschritt, und suchte nun festzustellen, wie lang sie war. Weiter und weiter kam sie über den Kamm gekrochen, sie glich durch das Glas gesehen einer riesigen Raupe, die in aller Eile den Hang herabkam. Ach, darum sah sie so seltsam aus! Neben der endlosen dicken Raupe eilte ja etwas noch schneller den Weg entlang, das sich wie ein Zug Ameisen ausnahm. Feldartillerie! Sechs Geschütze waren es mit Protzen, ein Munitionswagen machte den Beschluß. Die Spitze der Raupe war hinter einer weiter entfernten Höhe verschwunden, als ihr Ende den Kamm erreichte. Diese Infanteriekolonne war gewiß länger als eine Meile und zählte mindestens fünftausend Mann, wenn nicht sogar mehr. Es handelte sich also um eine ganze Division mit der dazugehörigen Feldbatterie. Vielleicht war das nur ein Teil der Brester Garnison, der zu Manövern und Übungen in diesem Hügelland ausgerückt war, aber dafür bewegte sich der Truppenkörper doch wohl mit allzu auffälliger Hast und Zielstrebigkeit.
Hornblower ließ seinen Kieker langsam die Küste entlangwandern. Plötzlich hielt er bestürzt mit dem Suchen inne und fühlte, wie ihn aufsteigende Erregung zum krampfhaften Schlucken zwang. Es gab keinen Zweifel! Das waren die Luggersegel eines französischen Küstenfahrers, der eben im Begriff war, die steile Huk des Kaps St. Mathieu zu runden. Da, noch ein paar solcher Segel, nein, gleich ein ganzer Haufen! War es denkbar, daß sich eine Anzahl dieser Burschen erkühnte, unter den Geschützen der HOTSPUR bei hellichtem Tage die Blockade zu brechen und nach Brest einzulaufen? Nein, das war wohl kaum anzunehmen. Jetzt hörte man das Bummern von Geschützen, wahrscheinlich war das die Feldbatterie, die eine Anhöhe dem Blick entzog. Während sich die Küstenfahrer eben anschickten, durch den Wind zu geben, erschien hinter ihnen erst eine, dann eine zweite britische Fregatte. Nun hatten sie alle gewendet, da sah man deutlich, daß keiner von ihnen eine Flagge fuhr.
»Es sind Prisen, Sir«, sagte Bush, »und die Fregatten sind die NAJADE und die DORIS.«
Die beiden Fregatten mußten während der Nacht durch den Chenal du

Four innerhalb von Ouessant vorgestoßen sein und die Küstenfahrer in den Buchten von Le Conquet überfallen haben, wo sie Schutz gesucht hatten. Das war zweifellos ein hübsches Husarenstück, aber wahrscheinlich war die Aufbringung der Fahrzeuge dort nur möglich gewesen, weil die schwere Batterie auf Petit Minou nicht mehr existierte. Die Fregatten gingen im Kielwasser der Küstenfahrer über Stag wie Schäferhunde, die ihrer Herde folgen. Sie brachten ihre Prisen im Triumph zum Küstengeschwader, von wo sie aller Voraussicht nach zum Verkauf nach England weitergesandt wurden. Bush hatte seinen Kieker vom Auge genommen und starrte Hornblower fassungslos an, Prowse gesellte sich zu den beiden.
»Sechs Prisen, Sir!« meinte Bush.
»Tausend Pfund ist jeder der Kähne wert, Sir«, fiel Prowse ein.
»Wenn sie Kriegsschiffsausrüstung geladen haben — und davon bin ich überzeugt —, dann bringen sie noch bedeutend mehr. Jedenfalls gibt es dafür sechs- bis siebentausend Pfund, und dabei sind sie obendrein bestimmt im Handumdrehen verkauft, Sir.«
Nach der königlichen Verordnung, die bei Kriegsausbruch erlassen wurde, waren Prisen, die von der Royal Navy aufgebracht wurden, uneingeschränktes Eigentum der aufbringenden Schiffe, ganz wie es die bereits bestehende Tradition verlangte.
»Leider waren wir nicht in Sicht, Sir.«
Die Verordnung sah vor, daß der Ertrag der Prisen nach Abzug des Anteils der Flaggoffiziere unter denjenigen Schiffen zu teilen war, die bei der Besitzergreifung bzw. Niederholung der Flagge in Sicht waren.
»Das war ja auch nicht gut möglich«, sagte Hornblower. Er meinte damit ganz harmlos, daß die HOTSPUR durch ihre Aufgabe, den Goulet zu überwachen, an das Gebiet gefesselt war, in dem sie sich aufhielt, aber die beiden deuteten seine Worte ganz anders.
»Nein, Sir«, platzte Bush los, »nicht seit ...« Er brach grade noch rechtzeitig ab, sonst hätte er sich der Meuterei schuldig gemacht. Nicht seit Admiral Parker das Geschwader führt, hatte er sagen wollen, aber da er im letzten Augenblick begriff, was Hornblower meinte, ließ er es zu seinem Glück bleiben.
»Ein Achtel bringt gewiß an die tausend Pfund«, sagte Prowse.
Ein Achtel des Wertes der Prisen war der Verordnung gemäß unter die Leutnants und Steuerleute zu verteilen, die an ihrer Wegnahme teilgenommen hatten. Hornblower stellte eine andere Rechnung auf: Der Anteil der Kommandanten betrug zwei Achtel. Wenn die HOT-

SPUR zusammen mit der NAJADE und der DORIS an dem Unternehmen teilgenommen hätte, wäre er jetzt um fünfhundert Pfund reicher.

»Und wir haben ihnen auch noch die Bahn frei gemacht, Sir«, ließ sich Prowse vernehmen.

»Ja, Sie waren es doch, Sir . . .«, wieder brach Bush den Satz ab.

»Das Kriegsglück, besser gesagt, das Kriegspech wollte es so«, sagte Hornblower leichthin.

Er war fest überzeugt, daß das System der Prisengelder verderbliche Wirkungen hatte, ja, daß es im Kriege sogar die Schlagkraft der Navy ungünstig beeinflußte. Aber dann fiel ihm die Geschichte vom Fuchs und den sauren Trauben ein, und er sagte sich, daß er wahrscheinlich anders darüber dächte, wenn er selbst schon große Summen an Prisengeldern geerntet hätte. Aber auch dieser Gedanke trug nicht viel dazu bei, seine eingewurzelte Ablehnung zu mildern.

»An Deck!« rief Poole vom Kompaß her. »Lotgäste in die Großrüsten, klar zum Loten!«

Die drei Offiziere an den Finknetzen wurden dadurch mit einem Schlag in die Wirklichkeit zurückgerissen. Hornblower lief es eisig über den Rücken, als ihm seine unentschuldbare Nachlässigkeit so recht zum Bewußtsein kam. Er hatte nicht mehr an den Kurs gedacht, den er zuvor befohlen hatte, und die HOTSPUR segelte auf diesem Kurs dem Verderben entgegen. Ja, man mußte jeden Augenblick gewärtig sein, daß sie auf Grund lief – allein durch seine Schuld, als Folge seiner Unachtsamkeit. Aber jetzt war keine Zeit, sich noch lange Vorwürfe zu machen, er mußte handeln, und das sofort. Um einen festen Tonfall bemüht erhob er seine Stimme.

»Danke, Mr. Poole, widerrufen Sie bitte Ihren eben erteilten Befehl und legen Sie das Schiff auf den anderen Bug.«

Bush und Prowse trugen richtige Armesündermienen zur Schau. Beide, besonders aber Prowse, wären verpflichtet gewesen, ihn darauf aufmerksam zu machen, daß sich die HOTSPUR gefährlichen Riffen und Untiefen näherte. Beide vermieden es, ihm in die Augen zu schauen und taten so, als verfolgten sie mit größtem Interesse, wie Poole über Stag ging. Die Rahen knirschten, als die HOTSPUR herumschwang, die Segel flappten, dann begannen sie wieder zu ziehen, und schließlich blies ihnen der Wind von der anderen Seite ins Gesicht.

»Stütz!« kommandierte Poole zum Schluß des Manövers. »Beim Wind überall! Hol die Buliens!«

Die HOTSPUR lag auf dem neuen Kurs und entfernte sich von der

Küste, der sie so gefährlich nahe gekommen war. Damit war alle Gefahr gebannt.
»Meine Herren«, begann Hornblower in eisigem Ton und wartete dann, bis Bush und Prowse ganz Ohr waren, »nach allem können wir feststellen, daß die Einrichtung der Prisengelder viele Schattenseiten hat. Ich selbst habe soeben eine neue entdeckt und hoffe sehr, daß sie auch Ihnen nicht entgangen ist. Lassen Sie sich den Vorfall zur Lehre dienen. Ich danke Ihnen, meine Herren.«
Die beiden schlichen sich davon wie geprügelte Hunde, er aber blieb an den Finknetzen stehen und ging ernstlich mit sich ins Gericht. In seiner zehnjährigen Laufbahn war dies das erstemal, daß ihm eine Unachtsamkeit unterlief. Aus Unwissen, aus jugendlichem Leichtsinn hatte er schon so manchen Fehler begangen, aber nie aus Mangel an Achtsamkeit. Hätte vorhin ein dummer Mensch die Wache gehabt, so wäre es wahrscheinlich zu einer unausdenkbaren Katastrophe gekommen. Wäre die Hotspur bei dieser guten Sicht und dem leichten Wind auf Grund gelaufen, so wäre damit für ihn selbst alles zu Ende gewesen. Kriegsgericht, Entlassung mit Schimpf und Schande — und was dann . . .? Ach, er hatte ja nicht einmal das Zeug, sich das Brot zu erbetteln, das er selbst zum Leben brauchte, geschweige denn das für Maria. Vor dem Mast würde er dann vielleicht wieder zur See fahren, aber sein Ungeschick und seine Geistesabwesenheit hätten auch dort gewiß bald zur Folge, daß er Bekanntschaft mit der neunschwänzigen Katze oder dem spanischen Rohr des Bootsmanns machte. Der Tod wäre besser als dieses grausame Schicksal. Eisige Schauer liefen ihm bei diesen Vorstellungen über den Rücken.
Jetzt begann ihn Poole zu beschäftigen, der gleichmütig neben dem Kompaßhaus stand. Was hatte ihn bewogen, das Lot besetzen zu lassen? War es nur die Vorsicht des Nautikers, oder hatte er mit diesem Befehl versucht, seinen Kommandanten in taktvoller Weise auf die gefährliche Lage des Schiffes aufmerksam zu machen? Sein Ausdruck und sein augenblickliches Verhalten verrieten in keiner Weise, welche Antwort auf diese Frage die richtige war. Seit der Indienststellung der Hotspur hatte Hornblower seine Offiziere wirklich mit aller Sorgfalt beobachtet, um sich ein Urteil über sie zu bilden. Dabei war ihm Poole jedoch nie als besonders findig und taktvoll aufgefallen. Dennoch war es durchaus möglich, daß er insgeheim diese Qualitäten besaß, sein Verhalten ließ es jedenfalls nicht zu, daran zu zweifeln. Er tat ein paar Schritte auf ihn zu und sagte langsam und sehr betont:
»Ich danke Ihnen, Mr. Poole.«

Poole hob zum Dank grüßend die Hand an den Hut, aber aus seinen groben Zügen war nichts, keinerlei Wandel des Ausdrucks abzulesen. Hornblower ging weiter und stellte halb gereizt, halb belustigt fest, daß diesem Manne keine Antwort auf seine Fragen zu entlocken war. Für den Augenblick gelang es ihm, auf diese Weise die Gewissensqualen zu vergessen, die ihm noch immer böse zusetzten.

Dennoch hing ihm die Lehre, die er empfangen hatte, noch den ganzen Sommer über nach und belastete sein Gewissen. Sonst wäre die Blokkade von Brest während dieser goldenen Sommertage für die HOTSPUR und Hornblower ja auch wirklich nichts anderes gewesen als eine Ferienfahrt auf einer Jacht — wenn auch mit einem etwas makaberen Beigeschmack. Wie Sünder in der Hölle, die nach Auffassung einiger Laientheologen zur Strafe ihre im Leben begangenen Sünden immerzu wiederholen müssen, obwohl sie unaussprechlichen Überdruß und Ekel davor empfinden, so verbrachte auch Hornblower diese herrlichen Monate unter ständiger Wiederholung der schönsten Aufgabe, die sich denken ließ, bis er am Ende meinte, es ginge nun nicht mehr. In einem Sommer, so schön wie er seit Menschengedenken nicht mehr gewesen war, kreuzte die HOTSPUR Tag um Tag und Nacht um Nacht in der Einfahrt nach Brest. Mit der letzten Flut drang sie jeweils in den Goulet vor, mit der letzten Ebbe zog sie sich vorsichtig wieder in sichere Entfernung zurück. Sie zählte die französischen Schiffe, sie meldete Admiral Parker das Ergebnis. Beigedreht trieb sie bei leichten Brisen in der glatten See. Bei westlichem Wind kreuzte sie sich gut von Legerwall frei, bei östlichem Wind arbeitete sie sich wieder an die Küste heran und ärgerte die Franzosen, die ohnmächtig in ihrem sicheren Hafen lagen.

In diesen Monaten lauerte drüben über dem Kanal eine entsetzliche Gefahr für ganz England. Die Grande Armée lag, zweihunderttausend Mann stark, nur dreißig Meilen von der Küste der Grafschaft Kent, aber die gleichen Monate waren für die HOTSPUR eine Zeit der Ruhe, obwohl ihr zwei Dutzend feindliche Kriegsschiffe in Sichtweite gegenüberlagen. Zuweilen gab es eine Aufregung, wenn die Küstenfahrer allzu frech versuchten, ein- oder auszulaufen, ab und zu wurde es auch an Bord lebendig, wenn eine sommerliche Bö einfiel und die Marssegel gerefft werden mußten. Und in den Nächten nach Dunkelwerden kamen hie und da Fischerboote längsseit, dann wurden bei einem Glas Rum Gespräche mit den bretonischen Kapitänen geführt, Krabben, Hummer oder Sardinen gekauft — und für gutes Geld die letzte Ver-

ordnung der Inspection Maritime oder ein eine Woche altes Exemplar des Moniteur erworben.
Hornblower mußte durch seinen Kieker feststellen, daß ganze Scharen von Arbeitern wie Ameisen an dem Wiederaufbau der gesprengten Batterie arbeiteten. Auf dem Petit Minou wurden ein paar Wochen lang Gerüste gebaut und ein gewaltiger zweibeiniger Bock errichtet. Dann konnte man drei Tage hintereinander verfolgen, wie sich dort oben der neue Mast des Semaphors langsam bis zur Senkrechten hob. An den nächsten Tagen kamen die kurzen Rahen mit ihren pendelnden Armen hinzu, und ehe der Sommer um war, wirbelten diese Arme wieder wie früher durch die Luft, um die Bewegungen des Blockadegeschwaders zu melden.
Aber was hatten die Franzosen am Ende davon, solange ihre Schiffe die Reede nicht zu verlassen wagten. In der drangvollen Enge an Bord versickerte allmählich der Kampfgeist der armen eingesperrten Burschen, die sich ihrer hoffnungslosen Unterlegenheit immer klarer bewußt wurden. Die Zahl der seeklaren Schiffe mochte allmählich wachsen, denn mit der Zeit ließen sich wohl Besatzungen für sie auftreiben, dennoch verschob sich das Verhältnis der Kampfkraft zur See von Tag zu Tag mehr zugunsten der Briten, die sich unablässig draußen auf See in Übung hielten und durch Nachschub über See aus allen Teilen der Welt immer stärker wurden.
Dafür war selbstverständlich ein Preis zu entrichten, die Seeherrschaft fiel einem Volk nicht einfach in den Schoß. Die Kanalflotte zahlte dafür ihren Tribut in Blut, in Menschenleben, aber auch durch den Verzicht auf Freiheit und Muße, den ein jeder, Offizier wie Mann, an Bord erbarmungslos leisten mußte. Die Besatzungen der Schiffe erlitten laufend Verluste. Die üblichen Krankheiten spielten dabei die geringste Rolle, weil sie kerngesunde junge Leute nicht so leicht befielen, wenn sie auf ihren Schiffen von aller Welt abgeschnitten waren. Allerdings konnte man feststellen, daß die Flotte jedesmal nach der Ankunft der Proviantschiffe aus England von einer wahren Erkältungswelle heimgesucht wurde. Rheuma, die Seemannskrankheit, war natürlich immer und überall zu finden.
Die wirklich fühlbaren Verluste hatten ganz andere Ursachen. Da gab es immer wieder Leute, die aus der Takelage stürzten, nur weil sie einen Augenblick unachtsam waren, andere — es waren ihrer sehr viele — holten sich Brüche, weil es trotz aller sinnreichen Blöcke und Taljen immer wieder schwere Gewichte durch bloße Menschenkraft zu bewegen galt. Nur zu oft gab es gequetschte Finger und Füße, wenn schwere

Fässer mit Salzfleisch von den Proviantschiffen in die Boote gefiert und auf den Kriegsschiffen an Deck gehievt wurden. Oft genug kam es vor, daß eine solche Verletzung – trotz aller Sorgfalt des Arztes – einen Wundbrand, die Amputation des befallenen Gliedes und am Ende den Tod zur Folge hatte. Dann waren da jene leichtfertigen Brüder, die beim gewöhnlichen Übungsschießen einen Arm verloren, weil sie einen Kartuschbeutel in das schlecht ausgewischte Rohr ihres Geschützes stießen, oder jene anderen, die nicht rechtzeitig zur Seite sprangen, wenn ihre Kanone einrannte. Dreimal war es vorgekommen, daß ein Mann im Streit sein Leben einbüßte, weil die übliche Langeweile in Hysterie umschlug und plötzlich die Messer aus den Scheiden flogen. In jedem dieser Fälle wurde nachträglich ein zweites Leben ausgelöscht – Auge um Auge, Zahn um Zahn –, denn der Übeltäter wurde gehängt, ein Schauspiel für die Besatzungen der ringsumliegenden Schiffe, die die Relinge säumten, damit sie sahen, was die Folge war, wenn ein Mensch die Herrschaft über sich selbst verlor. Ein andermal standen sie wieder an der Reling, um Zeuge zu sein, wie so ein unglücklicher junger Matrose für ein Verbrechen büßte, das Mord an Schwere noch übertraf: den tätlichen Angriff auf einen Vorgesetzten. Vorfälle dieser Art waren nicht zu vermeiden, wenn Schiffe Monat um Monat in der grauen Öde einer unwirtlichen See ihre ewig gleichen Bahnen zogen.

Der Hotspur bekam es gut, daß sie von einem Mann geführt wurde, dem Müßiggang oder eintönige Trödelei so gründlich zuwider war. Die Karten der Iroise-Bucht waren berüchtigt ungenau, darum ging die Hotspur daran, eine Lotlinie nach der anderen durch das Fahrwasser zu legen und Reihe um Reihe genauester Kreuzpeilungen von Huks und Berggipfeln zu nehmen. Als der Flotte der Silbersand ausging, der unentbehrlich ist, wenn man die Decks fleckenlos weiß halten will, da war es die Hotspur, die den Mangel behob, indem sie an der Küste kleine verlorene Buchten ausfindig machte, wo ein paar Mann in Bonapartes europäisches Heiligtum eindringen konnten, um ihre Säcke mit dem hochgeschätzten Zeug zu füllen. Es wurden Wettbewerbe im Fischen veranstaltet, die bewirkten, daß die Mannschaft ihre eingewurzelte Abneigung gegen Fischnahrung fast ganz vergaß. Ein Preis von einem Pfund Tabak für den größten Fang, den eine Backschaft erzielte, hatte die Wirkung, daß sich jede Back eifrig darum bemühte, die raffiniertesten Haken und die besten Köder ausfindig zu machen. Ferner gab es Erprobungen von Manövern, bei denen alte Verfahrensweisen mit den neuesten in Vergleich gezogen wurden. Durch sorgfäl-

tige und genaue Messungen mit dem Log wurde etwa festgestellt, wie es sich auswirkte, wenn die Marssegel in der Mitte der Rah festgemacht wurden. Oder es hieß, das Ruder sei ausgefallen, so daß der Wachhabende Offizier und seine Männer so gut es ging versuchen mußten, das Schiff mit den Segeln allein zu steuern.
Hornblower selbst fand geistige Beschäftigung, indem er sich mit nautischen Problemen befaßte. Die Wetterverhältnisse waren für Mondbeobachtungen ausnehmend günstig, und mit ihrer Hilfe war es möglich, in endloser Rechenarbeit die genaue Länge des Beobachtungsortes zu ermitteln, ein Verfahren, das schon in den Tagen der alten Karthager Gegenstand vieler Erörterungen gewesen war. Hornblower war entschlossen, diese Berechnung der sogenannten »Monddistanzen« gründlich zu erlernen, sehr zum Mißvergnügen seiner Offiziere und der jungen Herren, die nun gleichfalls Mondhöhen nehmen und die Ergebnisse den Regeln entsprechend auswerten mußten. Die Länge der Fillettes wurde an Bord der Hotspur in diesem Sommer mindestens hundertmal errechnet, und fast hundertmal kam etwas anderes dabei heraus.
Hornblower selbst fand Spaß an dieser Beschäftigung, um so mehr, als er merkte, daß er allmählich die nötigen Kniffe beherrschen lernte. Eine ähnliche Kunstfertigkeit hoffte er sich auf einem ganz anderen Gebiet zu eigen zu machen, aber es wollte ihm beim besten Willen nicht gelingen, zu einem Ergebnis zu gelangen, mit dem er wirklich zufrieden sein konnte. Er schrieb jede Woche einen Brief an Maria, aber die Zahl der Kosenamen, über die er verfügte, und der Wortschatz, der ihm zu Gebote stand, waren eben viel zu bescheiden, um in immer neuen Wendungen auszudrücken, daß sie ihm fehlte und daß er hoffte, ihre Schwangerschaft werde auch weiterhin günstig verlaufen. Er hatte immer nur ein und dieselbe Erklärung dafür, daß er entgegen seinem Versprechen nicht nach England zurückkehren konnte. Maria schien ihm nachgerade nicht mehr zu glauben, wenn er sich je und je auf die Erfordernisse des Dienstes berief, um sein Fernbleiben zu erklären. Jedesmal, wenn die Wasserfahrzeuge anlangten und das bereits schale Wasser glücklich von der Hotspur übernommen war, ertappte sich Hornblower bei der Überlegung, daß diese achtzehn Tonnen Wasser wieder vier Wochen Briefschreiberei an Maria bedeuteten.

13

Die Schiffsglocke der HOTSPUR schlug zwei Doppelschläge – es war sechs Uhr abends, und die erste Hälfte der geteilten Vorabendwache war bei sinkender Dämmerung zu Ende.
»Sonnenuntergang, Sir«, sagte Bush.
»Ja«, stimmte ihm Hornblower bei.
»Genau um sechs Uhr, Sir, wir haben Tag- und Nachtgleiche.«
»Ja«, bestätigte Hornblower aufs neue, er wußte genau, was nun kam.
»Wir bekommen einen Weststurm, Sir, so wahr ich William Bush heiße.«
»Leicht möglich«, sagte Hornblower. Er hatte schon den ganzen Tag über schnuppernd die Luft eingesogen – aber seine Ansichten in diesem Punkt wichen doch erheblich von der allgemeinen Meinung ab.
Er konnte einfach nicht glauben, daß allein der Übergang von einem Tag, der noch eine Minute länger als zwölf Stunden war zum nächsten, der um ebensoviel hinter zwölf Stunden zurückblieb, Stürme aus westlicher Richtung auslösen konnte. Seiner Meinung nach kam es zu dieser Jahreszeit deshalb zu schweren Stürmen, weil sich der nahende Winter bemerkbar machte. Aber neunundneunzig von hundert Menschen ließen sich nicht davon abbringen, daß es da einen ganz unmittelbaren, wenn auch höchst geheimnisvollen kausalen Zusammenhang gab.
»Der Wind frischt auf, und der Seegang nimmt auch etwas zu, Sir«, fuhr Bush unerbittlich fort.
»Ja.«
Hornblower widerstand der Versuchung, ihm auseinanderzusetzen, daß der Sturm nicht etwa aufkam, weil heute die Sonne um sechs Uhr unterging, denn er war sich darüber klar, daß er damit nicht ankam, sondern höchstens jenes überlegene Lächeln hervorrief, mit dem man die absurden Ansichten von Kindern, Narren oder Kommandanten zur Kenntnis zu nehmen pflegt.
»Unser Wasservorrat reicht noch achtundzwanzig Tage, Sir. Vierundzwanzig, wenn man den Verlust durch Verschütten und nicht ganz entleerbare Fässer abzieht.«
»Also bei gekürzten Rationen sechsunddreißig Tage«, sagte Hornblower.
»Jawohl, Sir«, bestätigte Bush mit einer Betonung, die mehr verriet als Worte ausdrücken können.
»In einer Woche werde ich den Befehl dazu geben«, sagte Horn-

blower. Daß ein Sturm einen ganzen Monat anhielt, war nicht zu erwarten, aber dem ersten konnte ein zweiter folgen, ehe die Wasserfahrzeuge von Plymouth herüberkamen, um die Vorräte zu ergänzen. Dank der guten Regelung des Nachschubs durch Cornwallis war es während der sechs Monate, die die HOTSPUR nun ohne Unterbrechung in See war, noch nie vorgekommen, daß die Wasserrationen gekürzt werden mußten. Sollte es jetzt nötig werden, dann war das eben eine neue, lästige Sorge, die mit dem verrinnenden Jahr auf sie zukam.

»Danke, Sir«, sagte Bush, hob grüßend die Hand an den Hut und ging über das dunkle, schwankende Deck nach vorn, um dort nach dem Rechten zu sehen.

Wahrhaftig, es gab Sorgen aller Art, kleine sowohl wie große. Erst gestern früh hatte Hornblower von Doughty zu hören bekommen, daß sein Rock an den Ellbogen durchgewetzt war, und er hatte außer der Gala doch nur zwei Röcke an Bord. Doughty hatte den Flicken wirklich sauber aufgesetzt, aber trotz allem Suchen war im ganzen Schiff kein Stück Stoff aufzutreiben, das genau den gleichen, etwas ausgebleichten Farbton hatte. Auch mit seinen Hosen sah es böse aus, ihre Sitzflächen waren schon fast so dünn wie Papier, dabei waren ihm die ungestalten Dinger, die die Mannschaft aus der Schlappkiste bekam, doch so gründlich zuwider. Aber was half's! Da auch dieser Vorrat rasch zu Ende ging, mußte er sich eine solche Hose sichern, solange es überhaupt noch welche gab. Er trug jetzt seine dicke Winterunterkleidung, im April waren ihm drei Stell überreichlich erschienen, jetzt aber sah er sich der Möglichkeit gegenüber, daß er bei Sturm immer wieder bis auf die Haut naß wurde und kaum in der Lage war, sein Zeug wieder trocken zu bekommen. Er verfluchte seine eigene Torheit und zog sich schließlich zurück, um noch ein wenig Schlaf zu finden, weil er schon kommen sah, daß ihm eine unruhige Nacht bevorstand. Wenigstens hatte er ein anständiges Dinner im Magen, denn Doughty hatte ihm aus einem Ochsenschwanz, dem mindesten und am wenigsten begehrten Stück des allwöchentlich für die Mannschaft gelieferten Rindes, ein wahrhaft königliches Mahl bereitet. Wenn der Sturm anhielt, war das vielleicht für lange Zeit sein letztes wirklich gutes Dinner. Dazu kam natürlich, daß sich der Winter nicht nur auf See, sondern auch an Land geltend machte; vor dem nächsten Frühjahr war nicht zu erwarten, daß es anderes Gemüse gab, als gekochten Kohl und Kartoffeln.

Hornblowers Erwartung, daß ihm eine unruhige Nacht bevorstand, erwies sich als durchaus berechtigt. Eine Weile hatte er wach gelegen,

weil er die lebhaften Bewegungen der HOTSPUR verspürte und mit dem Entschluß kämpfte, aufzustehen und sich anzuziehen oder, was vielleicht noch besser war, sich eine Lampe kommen zu lassen und zu lesen. Da klopfte es plötzlich mit harten Schlägen an seine Tür.
»Signal vom Flaggschiff, Sir!«
»Ich komme.«
Doughty war wirklich ein Diener, wie es keinen besseren gab — er war im gleichen Augenblick mit einer Sturmlaterne zur Stelle.
»Sie brauchen Ihr Peajackett, Sir, und darüber das Ölzeug. Hier ist Ihr Südwester, Sir. Es wäre zu empfehlen, Sir, den Schal umzunehmen, damit das Peajackett trocken bleibt.«
Doughty packte Hornblower ein, wie eine Mutter, die ihren Jungen winters zur Schule schickt, und beide taumelten und rutschten dabei auf dem unangenehm tanzenden Deck umher. Endlich trat Hornblower in die heulende Finsternis hinaus.
»Eine weiße Rakete und zwei Blaulichter vom Flaggschiff, Sir«, meldete Young. »Sie bedeuten: Abstand von Land vergrößern, Position einnehmen nach Plan.«
»Danke. Welche Segel haben wir stehen?«
Das hatte Hornblower längst aus den Bewegungen des Schiffes geschlossen, aber er wollte sichergehen. Für seine geblendeten Augen war es noch schwarze Nacht, so daß er selbst nichts erkennen konnte.
»Doppelt gereffte Marssegel und Großsegel, Sir.«
»Machen Sie das Großsegel fest und gehen Sie dann auf Steuerbord-Bug.«
»Steuerbord-Bug, aye, aye, Sir.«
Der Befehl, die landfernen Standorte einzunehmen, bedeutete den allgemeinen Rückzug der Kanalflotte von der gefährlichen Küste. Das Gros hielt sich siebzig Meilen seewärts von Brest in sicherer Entfernung von der schrecklichen Leeküste und so weit westlich, daß ihm ein Weg in die Tor-Bai offenstand, der sowohl frei von Ouessant auf der einen wie von Start Point auf der anderen Seite führte — dies für den Fall, daß der Sturm alles gewohnte Maß überschritt und kein Schiff mehr beigedreht draußen bestehen konnte. Das Küstengeschwader hatte seine Position dreißig Meilen weiter nach Land zu. Das waren die seetüchtigsten Schiffe, die darum auch mehr wagen konnten, um Brest möglichst nahe zu sein, falls ein plötzliches Umspringen des Windes den Franzosen erlaubte, auszulaufen.
Aber es ging ja nicht nur um das Auslaufen der blockierten Franzosen, mindestens ebenso wichtig war es, das Einlaufen anderer französischer

Schiffe zu verhindern. Draußen im Atlantik kreuzte mehr als ein kleines Häufchen französischer Schiffe — auf einem davon war angeblich sogar Bonapartes eigener Sohn mit seiner amerikanischen Frau an Bord. Sie alle waren geradezu darauf versessen, einen französischen Hafen zu erreichen, weil ihnen Proviant und Wasser auszugehen drohten. Die NAJADE, die DORIS und die HOTSPUR mußten unter Land bleiben, um solche Unternehmungen zu unterbinden bzw. zur Meldung zu bringen. Sie waren den Gefahren der Leeküste noch am besten gewachsen — und sie waren am leichtesten zu entbehren, wenn ihnen doch etwas zustieß. So kam es, daß sich der befohlene Standort der HOTSPUR nur zwanzig Seemeilen westlich der Insel Ouessant befand, dort wo man noch am ersten erwarten durfte, daß französische Schiffe Land machten, wenn sie vor dem Sturm laufend den Hafen von Brest ansteuerten.

Bush tauchte aus dem Dunkel auf und rief, den Sturm überschreiend, Hornblower zu:

»Die Tag- und Nachtgleiche, habe ich's nicht gesagt, Sir?«

»Ja, ja.«

»Das Schlimmste steht uns noch bevor, Sir.«

Die HOTSPUR lag jetzt mit dichten Schoten am Wind und schwang sich stampfend und rollend über die gewaltigen, dem Auge verborgenen Seen, die von Backbord vorn auf sie einstürmten. Hornblower ärgerte sich im stillen, daß Bush an diesem Szenenwechsel offenbar seine helle Freude hatte. Nach den langen Schönwettertagen kam ihm der Sturm und die Kreuzerei gegen den Wind gerade zupaß, während Hornblower alle Mühe hatte, sich auf den Beinen zu halten und stark im Zweifel war, ob sein empfindlicher Magen diesen plötzlichen Wechsel nicht übelnahm.

Der Wind heulte um sie her, und immer wieder jagten Gischtwolken über Deck, die Nacht war ein einziges lärmendes Chaos. Hornblower hielt sich eisern an den Finknetzen fest — die Zirkusreiter, die er als Kind gesehen hatte, wie sie aufrecht, mit jedem Fuß auf einem Pferd stehend, um die Manege ritten, hatten es dabei gewiß nicht schwerer gehabt, als er in diesem Augenblick. Vor allem war jenen Artisten bei ihrer Vorführung nicht immer wieder eimerweise peitschender Gischt um die Ohren geflogen.

Die Windstärke war während des Sturms leichten Schwankungen unterworfen. Das Auffrischen war nicht so stark, daß man es als Bö bezeichnen konnte, dagegen stellte Hornblower sehr bald fest, daß ihm kein entsprechendes Abflauen folgte. Unter seinen Fußsohlen und an den Händen, mit denen er sich festhielt, fühlte er unverkennbar deutlich, daß die HOTSPUR immer weiter überlag und immer härter einsetzte. Offenbar führte sie bereits zu viel Segel. Aus einem Meter Entfernung schrie er Jones, dem Wachhabenden Offizier, seinen Befehl ins Ohr:

»Vier Reffs in die Marssegel!«

»Aye, aye, Sir.«

In den nächtlichen Lärm des Sturmes mischten sich jetzt auch noch die schrillen Töne der Bootsmannsmaatenpfeifen, auf dem Mitteldeck wurden taumelnde, eilende Gestalten mit kreischenden Kommandorufen angefeuert.

»Alle Mann auf! Vier Reffs in die Marssegel!«

Die Männer strebten, so schnell es auf dem auf- und niedertanzenden Deck möglich war, auf ihre Stationen, und dann trugen die wer weiß wie oft wiederholten Übungen wieder einmal ihre Frucht, denn es fiel den Leuten durchaus nicht besonders schwer, in Nacht und Sturmgeheul die Handgriffe zu wiederholen, die sie unter besseren Bedingungen so gründlich erlernt hatten. Hornblower fühlte sofort, wie die Bewegungen der HOTSPUR weicher wurden, als Young durch leichtes Luven die Marssegel zum Killen brachte, um den auf ihnen lastenden Winddruck zu mindern. Dann enterten die Männer auf und vollführten dort oben artistische Künste, gegen die sein lächerliches Gleichgewicht-Halten ein Kinderspiel war. Welcher Trapezkünstler arbeitete je in stockfinsterer Nacht und gar auf einem Flußpferd, das in einem Sturm wahrlich keinen sicheren Halt bot? Oder gab es einen Artisten, der einem einfachen Matrosen das Kunststück nachgemacht hätte, auf der Rahnock, fünfzig Fuß über der tobenden See, die Refftalje in die Reffkausch einzupicken? Selbst der Löwenbändiger, der seine tückischen Bestien mit wachsamem Auge in Schach hielt, brauchte nicht mit einer so wilden Feindseligkeit zu rechnen, wie sie von der toten Materie eines entfesselten Segels ausgehen konnte, das die Rahgäste von ihrem gefährlichen Standort herunterzuschlagen suchte.

Eine kleine Drehung des Ruders bewirkte, daß die Segel wieder zogen, und die HOTSPUR legte sich von neuem auf die Seite und setzte ihr verbissenes Ringen mit dem Sturm fort. Es gab gewiß kein besseres Beispiel für die Überlegenheit des menschlichen Geistes über das blinde Wüten der entfesselten Natur, als daß ein Schiff sogar in der Lage war, die Gewalt eines Sturms für seine Zwecke zu nutzen, der es doch mit roher Kraft zu vernichten strebte.

Hornblower krabbelte mühsam zum Kompaß und beobachtete eine

Weile, was das Schiff anlag. Dann rechnete er im Kopf aus, wie sich Strom und Abtrift auf den Kurs auswirkten und verglich das Ergebnis dieser Rechnung mit seinem Vorstellungsbild vom Verlauf der französischen Küste. Prowse stand neben ihm und war offenbar mit dem gleichen Problem beschäftigt.

»Ich – möchte – meinen, – wir – hätten – uns – weit – genug – freigesegelt, – Sir!« Er mußte Hornblower Silbe um Silbe ins Ohr schreien, dieser mußte ihm ebenso antworten:

»Solange – es – geht – wollen – wir – noch – durchhalten!«

Es war erstaunlich, wie rasch bei solchem Unwetter die Zeit verflog, der Tag konnte nicht mehr fern sein. Und der Sturm frischte immer noch auf. Seit Hornblower die ersten Anzeichen seines Nahens wahrgenommen hatte, waren schon fast vierundzwanzig Stunden vergangen, dennoch hatte der Wind noch nicht seine volle Stärke erreicht. Wahrscheinlich wehte es jetzt noch tagelang weiter, mit dreien war bestimmt zu rechnen, vielleicht mußte man sogar auf mehr gefaßt sein. Und wenn es dann abflàute, stand der Wind vielleicht noch sehr lange weiter aus Westen und hielt die von Plymouth kommenden Wasser- und Proviantfahrzeuge auf. Wenn es das Unglück wollte, trafen sie unter solchen Umständen gerade erst ein, wenn die Hotspur wieder auf ihrer Station vor dem Goulet lag.

»Mr. Bush!« Hornblower mußte Bush an der Schulter fassen, um sich bei dem Höllenlärm bemerkbar zu machen: »Wir wollen ab heute die Wasserrationen kürzen. Zwei Rationen für drei Mann.«

»Aye, aye, Sir. Es kann auf keinen Fall schaden.«

Härten gab es für Bush nicht, sie machten ihm selbst so wenig aus, daß er sie ohne Bedenken auch der Mannschaft auferlegte. Hier ging es bestimmt nicht darum, Überfluß zu beschneiden; was den Männern bevorstand, bedeutete vielmehr, daß ihr ohnedies hartes Dasein noch um ein Erkleckliches härter werden sollte. Die normale Wasserration von einer Gallone (viereinhalb Liter) pro Mann und Tag war schon knapp genug bemessen, aber sie war die Menge, mit der ein Mann erfahrungsgemäß eben noch auskam. Zwei drittel Gallonen am Tag waren eine schauerliche Zumutung, schon nach wenigen Tagen begann da überall der Durst in den Gehirnen zu spuken. Wie zum Hohn gingen in diesem Augenblick gerade die Pumpen. Die federnde Elastizität der Verbände, die die Hotspur bei dieser gewaltigen Beanspruchung vor dem Aufbrechen schützte, hatte auch die Folge, daß sie bei schwerem Seegang recht erheblich Wasser machte, weil ihre Nähte über und unter der Wasserlinie beim Arbeiten undicht wurden. Das eingedrungene Wasser sammelte sich ein – zwei – drei Fuß hoch in der Bilge. Solange der Sturm anhielt, hatte der größte Teil der Besatzung sechs Stunden im Tag – nämlich eine Stunde auf jeder Wache – zu tun, um dieses Wasser wieder aus dem Schiff zu schaffen.

Der Osthimmel färbte sich schon grau, der Wind frischte immer noch auf, die HOTSPUR konnte unmöglich noch weiter gegenan kreuzen.

»Mr. Cargill!« – Cargill hatte die Wache – »wir wollen beidrehen – unter Großstengestagsegel.«

Hornblower mußte aus Leibeskräften brüllen, bis Cargill durch Nicken kundgab, daß er verstanden hatte.

»Alle Mann auf, klar zum Manöver!«

Ein paar Minuten harter Arbeit brachten einen gründlichen Wandel. Als der gewaltige Hebelarm der Marssegel weggefallen war, lag die HOTSPUR nicht mehr so hart über. Auch der geringere Druck des Großstengestagsegels hielt sie leidlich auf Kurs, und überdies kam es ja von nun an nicht mehr darauf an, das kleine Schiff mit dem Ruder unablässig hart gegenan zu pressen. Jetzt hob sich die HOTSPUR leichter und ungezwungener über die Seen, sie arbeitete dabei zwar noch heftiger als zuvor, dennoch wurde sie nicht mehr so stark beansprucht. Noch warfen die Wogen sie wie einen Spielball umher, noch gischtete eine See nach der anderen über die Luvreling, dennoch benahm sie sich jetzt ganz und gar anders als zuvor, da sie dem Druck des Windes weich nachgab, statt ihm auf Biegen und Brechen Trotz zu bieten.

Bush drückte Hornblower einen Kieker in die Hand und wies nach Luv, wo jetzt grau in grau die Kimm zu erkennen war – nicht als gerade Trennlinie zwischen Himmel und Wasser, sondern wie gezackt von den gewaltigen anrollenden Seen. Hornblower stützte sich ab, um beide Hände für das Glas frei zu haben. See und Wolkenhimmel huschten abwechselnd durch sein Gesichtsfeld, als die HOTSPUR über eine Folge riesiger Wellenberge hinwegtanzte. Es war alles andere als einfach, die Stelle ins Auge zu fassen, nach der Bush gewiesen hatte, man erhaschte sie immer nur für Augenblicke, um sie sogleich wieder zu verlieren. Da, jetzt flitzte etwas über das Gesichtsfeld – weg – da war es wieder. Langjährige Gewöhnung an den Gebrauch des Kiekers hatten Hornblower zu geschickten Reflexbewegungen verholfen, so daß er alsbald imstande war, das Objekt, wenn schon mit Unterbrechungen, so doch genauer ins Auge zu fassen.

»Die NAJADE, Sir«, schrie ihm Bush ins Ohr.

Die Fregatte lag beigedreht wie die HOTSPUR einige Meilen in Luv. Sie hatte eines jener neumodischen, sehr schmal geschnittenen, nicht reffbaren Sturmmarssegel stehen. Wenn man beigedreht lag, mochte ein solches Segel sehr vorteilhaft sein, schon seine geringere Höhe fiel dabei ja stark ins Gewicht. Als Hornblower dann vergleichsweise das Verhalten seiner HOTSPUR unter ihrem Großstengestagsegel kritisch verfolgte, fand er beim besten Willen nichts daran auszusetzen. Die Höflichkeit hätte geboten, daß er beim Zurückreichen des Glases ein paar Worte sprach, allein die Mühe, sich bei solchem Unwetter verständlich zu machen, warf alle gute Erziehung über den Haufen, und so begnügte er sich denn mit einem stummen Nicken. Daß die NAJADE dort in Luv beigedreht lag, gab immerhin eine gewisse Sicherheit, daß auch die HOTSPUR auf ihrer richtigen Position war, zumal Hornblower weiter draußen an der Kimm auch die wild arbeitende DORIS entdeckt hatte. Somit war alles geschehen, was fürs erste zu geschehen hatte. Ein vernünftiger Mann ließ sich jetzt, solange es noch möglich war, sein Frühstück bringen, ein vernünftiger Mann achtete ganz einfach nicht darauf, daß die neuen, ungewohnten Bewegungen des Schiffs seinem Magen nicht besonders zu gefallen schienen. Das mußte, wie vieles auf See, selbstverständlich in Kauf genommen werden.

Als er in die Kajüte kam und Huffnell, der Zahlmeister, dort erschien, um seine Morgenmeldung zu machen, gab es gleich eine gute Nachricht. Sobald sich die ersten Vorboten des Sturmes zeigten, hatten Bush und Huffnell sofort Simmonds, den Koch, herausgeholt und ihn auf Vorrat Essen zubereiten lassen.

»Eine ausgezeichnete Maßnahme, Mr. Huffnell.«

»Sie ist in Ihren ständigen Befehlen niedergelegt, Sir.«

Ja richtig, jetzt erinnerte er sich daran. Er hatte das mit aufgenommen, als er Cornwallis' Befehl gelesen hatte, der sich auf das Verhalten der Schiffe bei westlichen Stürmen bezog. Simmonds hatte also in den größten Kesseln der HOTSPUR dreihundert Pfund Salzfleisch und die gleiche Menge getrocknete Erbsen gekocht, ehe der Sturm dazu zwang, die Kombüsenfeuer zu löschen.

»Das Zeug ist gerade noch halb gar geworden, Sir«, sagte Huffnell.

Für die nächsten drei Tage, zur Not sogar für vier, gab es also für die Leute wenigstens mehr zu essen als nur trockenes Hartbrot. Sie konnten kaltes, halbgares Schweinefleisch und dazu jenen kalten Erbsenbrei bekommen, mit dem sich dem bekannten Kinderlied zufolge der Mann im Mond den Mund verbrannte.

»Danke, Mr. Huffnell, länger als vier Tage wird der Sturm wohl nicht anhalten.«

Genauso lange dauerte er denn auch, jener Sturm, der nach dem schönsten Sommer den härtesten Winter seit Menschengedenken einleiten sollte. Die HOTSPUR lag vom Winde gepeitscht und von mächtigen Seen bedrängt alle vier Tage lang beigedreht auf ihrer Station, Hornblower berechnete besorgt, wie weit ihn Strom und Abtrift nach Lee versetzten. Auch als der Wind weiter nördlich drehte, änderte sich an der Lage nicht viel, nur daß jetzt die Gefahr nicht mehr von Ouessant im Norden, sondern von der Isle de Sein, südlich der Einfahrt nach Brest, drohte. Erst am fünften Tage konnte die HOTSPUR wieder dreifach gereffte Marssegel setzen und auf die befohlene Position zurückkreuzen. Am gleichen Tage gelang es Simmonds, wieder Feuer in seinem Kombüsenherd zu machen und der Besatzung — samt ihrem Kommandanten — heißes, gekochtes Rindfleisch zu bieten, das allen nach dem ewigen kalten Schweinefleisch köstlich schmeckte.

Auch diese Dreireff-Brise reichte noch aus, die atlantischen Roller in ihrer ursprünglichen Größe und Allgewalt zu erhalten. Wie eine Nußschale schwebte die HOTSPUR über ihre Kämme und schlitterte wie ein Häufchen Elend wieder zu Tal. Zu diesen ewigen Auf und Nieder gesellte sich die eigene Schraubenbewegung, sooft sie mit dem Bug in die anrollenden Seen tauchte, und zuweilen überdies noch ein unheimliches Überholen, wenn eine »wilde See« gegen ihr Vorschiff krachte. Ganz schlimm aber kam es, wenn — was gottlob selten geschah — eine besonders hohe See die Segel bekalmte, so daß die HOTSPUR haltlos in die nächste See hineintaumelte, statt ihrem Ansturm unter dem Druck des Windes weich zu begegnen, denn dann brach jedesmal ein mächtiger Schwall grünen Wassers an Deck. Aber eine Stunde pumpen während jeder Wache hielt die Bilgen dennoch ständig lenz. Alle zwei Stunden wurde gewendet, und jeder dieser mühsamen Schläge trug der HOTSPUR eine halbe Meile kostbaren Seeraums ein, so daß sie, ehe der nächste Sturm hereinbrach, die verhältnismäßig sichere Position wieder gewinnen konnte, die sie ursprünglich innehatte.

Die Herbststürme tobten, als forderten sie für den unwahrscheinlich schönen Sommer ihren Tribut — und vielleicht war diese Ansicht nicht einmal so abwegig. Hornblower zum Beispiel neigte zu einer Theorie, derzufolge langanhaltendes Hochdruckwetter im Sommer die Folge haben sollte, daß sich die aufgestauten Schlechtwettergebiete im Westen verheerender austobten als in normalen Jahren. Wie dem auch war, nach dem ersten Sturm hielt die steife Dreireff-Brise vier Tage lang an und frischte dann erneut bis Sturmstärke auf. Der Sturm wurde zum Orkan und heulte wie für alle Ewigkeit aus Westen. Grauen, trüben

Tagen mit niedrig jagenden Wolken folgten schwarze, unheimliche Nächte. Der Wind pfiff ohne Unterlaß in der Takelage, bis das Ohr den Lärm einfach nicht mehr ertrug, bis für fünf Minuten Stille kein Preis zu hoch gewesen wäre. Dabei war kein Preis der Welt hoch genug, um auch nur eine Sekunde Stille einzuhandeln. In das Toben des Windes mischte sich das Knarren und Ächzen der Schiffsverbände, das unablässige Vibrieren der Takelage übertrug sich auf alles Holzwerk, und es schien am Ende, als ob Körper und Geist erschöpft von ewigem Lärm und ewiger Bewegung dieser Hölle keine Minute länger standhalten könnten. Und doch hielten sie in der Folge noch tagelang durch. Endlich flaute der Sturm dann doch zu einer frischen Brise ab, die nur noch ein Reff in den Marssegeln verlangte. Aber dann frischte der Wind – unglaublich, aber wahr – wiederum, es war in einem einzigen Monat das drittemal, zum vollen Sturm auf, und alle Mann holten sich zum drittenmal Beulen und Schrammen, weil sie in dem hart arbeitenden Schiff erbarmungslos umhergeworfen wurden. Während dieser dritten Sturmperiode hatte Hornblower eine seelische Krise durchzustehen. Sie kam nicht dadurch zum Ausbruch, daß seine Rechnung nicht aufging, nein, ihre Ursache reichte viel tiefer. Dennoch gab er sich alle Mühe, unerschütterlichen Gleichmut zur Schau zu tragen, als Bush, Huffnell und der Schiffsarzt Wallis ihre tägliche Meldung machten. Er hätte die drei zu einem offiziellen Kriegsrat einberufen können, er hätte sich dadurch decken können, daß er sie veranlaßte, ihre Stellungnahmen schriftlich niederzulegen, um sie gegebenenfalls einem Ermittlungsgericht vorlegen zu können, aber derartige Schritte entsprachen nicht seiner Wesensart. Verantwortung war die Luft, in der er lebte, er konnte ihrer so wenig entraten wie jener anderen Luft, die der Mensch zum Atmen braucht.

Just als zum erstenmal wieder gereffte Marssegel gesetzt werden konnten, fiel seine Entscheidung.

»Mr. Prowse, ich wäre Ihnen verbunden, wenn Sie einen Kurs absetzen würden, der uns so nahe zur Najade führt, daß sie unsere Signale ablesen kann.«

»Aye, aye, Sir.«

Hornblower stand auf dem Achterdeck im unaufhörlichen, höllischen Brausen des Sturms und nahm es Prowse innerlich übel, daß er ihn so fragend ansah. In der Offiziersmesse hatte man über sein Problem gewiß längst superkluge Reden geführt. Daß das Trinkwasser knapp war, wußten sie längst, und ebenso sicher war ihnen bekannt, daß Wallis drei Fälle von wunden Gaumen untergekommen waren –

einem der ersten Anzeichen nahenden Skorbuts, und das in einer Marine, die für sich in Anspruch nahm, den Skorbut bis auf besonders gelagerte Einzelfälle überwunden zu haben. Natürlich hatten sie sich alle gefragt, wann ihr Kommandant endlich der nun einmal gegebenen Lage Rechnung tragen würde. Vielleicht hatten sie sogar gewettet, an welchem Tage dieses große Ereignis stattfinden werde. Aber das Problem selbst, die Entscheidung war und blieb nicht ihre, sondern Hornblowers ureigenste Angelegenheit.

Die HOTSPUR quälte sich mühsam voran, um an den Punkt in Lee der NAJADE zu gelangen, wo ihre Signalflaggen senkrecht zur Blickrichtung standen.

»Mr. Foreman, bitte signalisieren Sie an NAJADE: Erbitte Erlaubnis, Hafen aufsuchen zu dürfen.«

»Erbitte Erlaubnis, Hafen aufsuchen zu dürfen, aye, aye, Sir.«

Die NAJADE war das einzige Schiff des Küstengeschwaders – und damit der ganzen Kanalflotte –, das in Sicht war, und ihr Kommandant war daher auch der am Ort älteste Seeoffizier. So gut wie jeder Kommandant war er ja dienstälter als der Kommandant der HOTSPUR.

»NAJADE zeigt verstanden«, meldete Foreman und dann, zehn Sekunden später:

»NAJADE an HOTSPUR, Sir: Frage warum?«

Es wäre immerhin möglich gewesen, dieses Ansinnen etwas verbindlicher zu formulieren. Chambers hätte etwa signalisieren können: »Bitte Antrag begründen« oder etwas von ähnlicher Bedeutung. Statt dessen nur den Fragewimpel zu heißen, war natürlich bequem und ging obendrein schnell. Hornblower antwortete ebenso kurz und bündig:

»HOTSPUR an NAJADE: Acht Tage Wasser.«

Er beobachtete gespannt, wie die Antwort an den Signalleinen der NAJADE emporstieg. Sie war kein einfaches Ja, wenn er die Erlaubnis erhielt, war sie zum mindesten an Bedingungen geknüpft.

»NAJADE an HOTSPUR, Sir: Noch vier Tage bleiben.«

»Danke, Mr. Foreman.«

Hornblower tat, als ob ihn das gar nichts anginge, weder sein Gesicht noch seine Stimme verrieten die geringste Bewegung.

»Ich möchte wetten, daß er für zwei Monate Wasser an Bord hat, Sir«, sagte Bush verärgert.

»Wir wollen es hoffen, Mr. Bush.«

Sie waren etwa zweihundert Meilen von der Tor Bay entfernt. Mit günstigem Wind konnten sie in zwei Tagen dort sein, aber für die

überflutete, längst ehe sie sich von ihrer Vorgängerin befreien konnte. Das hieß, daß die Pumpen fortan drei von je vier Stunden in Betrieb waren. Die Maate, die Freiwächter, die Kuhlgäste und die Seesoldaten, sie alle taten getreulich ihre Pflicht, noch der letzte Mann an Bord war gehalten, volle zwölf Stunden am Tag die schwere Arbeit an den Pumpen auf sich zu nehmen. Bushs Miene verriet noch offener als sonst seine Gedanken, als er herzutrat, um seine Meldung zu machen:
»Ab und zu«, sagte er, »ist die NAJADE immer noch in Sicht, Sir, Aber zum Signalisieren ist die Entfernung zu groß.«
Das war an dem Tag, als ihnen Kapitän Chambers' Entscheidung endlich erlaubte, den Hafen anzusteuern.
»Ich glaube nicht, daß wir bei diesem Wind und Seegang abfallen können.«
Bushs Ausdruck verriet, wie schwer es ihm fiel, sich das einzugestehen. Die HOTSPUR konnte dem Ansturm der Seen in ihrer jetzigen Lage gewiß nicht auf unbegrenzte Zeit standhalten, aber der Versuch, in diesem Unwetter abzuhalten und vor dem Winde wegzulaufen, war auf jeden Fall ein Wagnis auf Leben und Tod.
»Hat Ihnen Huffnell schon Meldung gemacht, Sir?«
»Ja«, sagte Hornblower.
Im Raum lagen seit nunmehr hundert Tagen zuunterst noch neun Stück Hundert-Gallonen-Fässer (vierhundertfünfzig Liter) Frischwasser. Jetzt hatte sich herausgestellt, daß der Inhalt eines dieser Fässer durch eingedrungenes Seewasser verdorben und kaum noch zu genießen war. Um die übrigen Fässer war es womöglich noch schlimmer bestellt.
»Danke, Mr. Bush«, sagte Hornblower, um zu bedeuten, daß er die Unterredung beenden wollte, »wir wollen mindestens heute noch beigedreht bleiben.«
Es war doch anzunehmen, daß sich ein Sturm von dieser Stärke bald ausgetobt hatte. Hornblower hatte allerdings das Gefühl, als ob diesmal nicht so sicher damit zu rechnen sei.
Dieser Sturm strafte in der Tat alle Erfahrung Lügen. Als der neue Tag zögernd zu dämmern begann, kämpfte die HOTSPUR unter niedrig dahinjagenden Wolken immer noch gegen die tobende See, die an Wildheit so wenig eingebüßt hatte wie der Sturm, der über ihre Kämme dahinpfiff. Als Hornblower in seiner klammen Uniform das Deck betrat, war ihm sofort klar, daß er jetzt die Entscheidung zu fällen hatte. Er kannte die Gefahren, die dabei in Kauf zu nehmen waren, und hatte sich in langen Nachtstunden darauf vorbereitet, ihnen wirksam zu begegnen.

»Mr. Bush, wir wollen das Schiff vor den Wind bringen.«
»Aye, aye, Sir.«
Ehe die HOTSPUR vor den Wind kam, mußte sie ihre verwundbare Seite dem Ansturm der Wogen darbieten. Dabei war sie endlose Sekunden lang in Gefahr, querschiffs überrollt und von den anstürmenden Brechern zum hilflosen Wrack zusammengeschlagen zu werden.
»Mr. Cargill!«
Was jetzt kam, war viel gefährlicher als seinerzeit die Verfolgung durch die LOIRE. Cargill, der sich schon einmal so gut bewährt hatte, als es ums Ganze ging, sollte heute wieder einen ganz ähnlichen Auftrag von ihm erhalten. Dicht vor ihm stehend, schrie er ihm zu, was er von ihm wollte.
»Gehen Sie nach vorn! Machen Sie alles klar, um das Vorstengestagsegel zu setzen! Auf meinen Wink heißen sie es vor!«
»Aye, aye, Sir.«
»Wenn ich zum zweitenmal winke, holen Sie es wieder nieder.«
»Aye, aye, Sir.«
»Mr. Bush, wir brauchen das Vormarssegel!«
»Aye, aye, Sir.«
»Die Mitte bleibt fest, nur die Schothörner werden gesetzt.«
»Aye, aye, Sir.«
»Halten Sie die Leute klar bei den Schoten und warten Sie auf meinen zweiten Wink!«
»Aye, aye, Sir.«
Das Heck der HOTSPUR war fast so verletzlich wie ihre Seite. Wenn sie es den Seen darbot, solange sie noch keine Fahrt lief, konnte es sein, daß ein Brecher über ihr Achterschiff hereinbrach und mit aller Wucht bis zum Bug über das Deck hinfegte. Einen solchen Schlag hätte die kleine HOTSPUR wahrscheinlich nicht überlebt. Darum war es so wichtig, daß ihr das Vormarssegel alsbald die nötige Fahrt verlieh, und doch durfte es auf keinen Fall gesetzt werden, ehe sie nicht wirklich vor dem Wind lag, weil es sie sonst zum Kentern nach Lee gedrückt hätte. Die Schothörner des großen Segels genügten vollständig, um die gewollte Wirkung zu erzielen, die Mitte konnte festgemacht bleiben. Auf diese Art bot man dem Wind weniger Fläche als mit dem gerefften Segel und doch genug, um dem Schiff bei dem herrschenden Sturm genügend Fahrt zu geben.
Hornblower stellte sich neben den Rudergänger, wo man ihn von vorn gut sehen konnte. Mit einem Blick in die Takelage verschaffte er sich die Gewißheit, daß das Vormarssegel in der befohlenen Weise klar-

gemacht war. Eine Weile verfolgte er noch, in welchem Winkel die Toppen über die mit dem Wind jagenden Wolken fegten. Danach galt seine Aufmerksamkeit den gewaltigen Seen, die unablässig von Luv auf das Schiff zugerollt kamen, er beobachtete genau, wie die HOTSPUR jedesmal überholte und wie sie einstampfte, er schätzte die Stärke des heulenden Sturms, der ihn immer wieder umzublasen suchte. Dieser Sturm hatte überdies eine betäubende, ja eine lähmende Wirkung. Er mußte sich alle Mühe geben, um wenigstens im innersten Kern seines Wesens wach zu bleiben und sich die Fähigkeit zum klaren Denken zu bewahren, obwohl der heftige Sturm seinen Leib taub und gefühllos machte.

Eine wilde See brach mit einer gewaltigen Gischtwolke über das Vorschiff herein, grüne Wassermassen schäumten über Deck achteraus, und Hornblower schluckte nervös, denn es sah eine Weile wirklich so aus, als könnte die HOTSPUR diesen Schlag nicht überleben. Aber langsam, müde schwankend, gelang es ihr doch, die Last, die ihr Deck beschwerte, wieder loszuwerden. Endlich, als sie die letzte Beweglichkeit wiedergewonnen hatte, war der Zeitpunkt zum Handeln gekommen. Ein Augenblick, der immer wiederkehrte, sooft sich der Bug hob, um der nächsten anrollenden See zu begegnen. Hornblower hob den Arm, und schon sah er, wie der schmale Kopf des Vorstengestagsegels an seinem Stag emporkroch, und fühlte, wie sich das Schiff unter dem zusätzlichen Segeldruck sofort hart überlegte.

»Hart Steuerbord!« befahl er jetzt schreiend den Rudergängern.

Die gewaltige Hebelkraft des Stagsegels, die ganz vorn am Bugspriet angriff, schwenkte die HOTSPUR wie eine Windfahne herum. Da der Wind im Drehen immer weiter von achtern einfiel, nahm sie allmählich mehr Fahrt auf, so daß nun auch das Ruder zu wirken begann und seinerseits den Dreh beschleunigte. Jetzt war sie im Wellental angelangt, aber sie drehte dabei ohne Unterlaß weiter. Wieder hob Hornblower winkend den Arm. Hüben und drüben wurde ein dreieckiges Stück des Vormarssegels sichtbar, als die Männer an den Schoten rissen, und die HOTSPUR schoß förmlich nach vorn, sobald der Wind das bißchen Leinwand füllte. Einen Augenblick schien die nächste Woge von achtern über sie hereinzubrechen, aber dann entzog sie sich Hornblowers ängstlichem Blick, als sie die HOTSPUR erst schräg von achtern, dann mit dem Heck voran auf ihren gewaltigen Rücken nahm.

»Stützt! Mittschiffs!«

Der Zug des Segels vor dem Fockmast schwenkte die HOTSPUR auch ohne Gebrauch des Ruders vor den Wind, ja, das Ruder konnte sogar einer möglichst raschen Beschleunigung der Fahrt hinderlich sein. Wenn die HOTSPUR erst so viel Fahrt lief, wie sie überhaupt hergeben konnte, war es immer noch früh genug, das Ruder wieder zu gebrauchen. Hornblower suchte Halt, um für die nächste See gewappnet zu sein, die jetzt von achtern angerollt kam. Sekunden verstrichen, dann war sie da, aber das Heck hob sich ihr sofort entgegen und beraubte sie ihrer gefürchteten Kraft. Nur eine bescheidene Menge Wasser klatschte über die Reling an Deck und strömte wieder achteraus, als die HOTSPUR den Bug hob. Jetzt segelten sie mit den mächtigen Rollern um die Wette, und diese kamen nur um ein winziges bißchen schneller voran als sie. Damit liefen sie bei der gegebenen Lage genau die richtige Fahrt, es war nicht nötig, die Segelfläche des zur Hälfte festgemachten Marssegels auch nur um ein weniges zu vergrößern oder zu verkleinern. Das bedeutete, daß man für den Augenblick sicher war, aber diese Sicherheit war von höchst fragwürdiger Art, sie glich einem Tanz auf des Messers Schneide. Jedes noch so geringe Ausscheren konnte das Ende der HOTSPUR bedeuten.

»Geben Sie acht, daß sie Ihnen nicht aus dem Ruder läuft«, rief Hornblower den Männern zu. Der dienstälteste Rudergänger, dem die nassen grauen Locken unter dem Südwester hervor um die Wangen klatschten, nickte daraufhin nur stumm mit dem Kopf, ohne den Blick vom Vormarssegel abzuwenden. Hornblower wußte – ja, er fühlte es bei seiner lebhaften Phantasie geradezu in den Armen –, wie unsicher und fragwürdig die Bedienung des Ruders war, wenn das Schiff vor Wind und See lief. Da fühlte man plötzlich beim Ruderlegen keinen Gegendruck, da schien das Schiff zu verhalten, wenn eine von achtern anrollende See dem Vormarssegel den Wind teilweise wegnahm, da war immer wieder dieses unangenehme Abgleiten, sobald es an der Rückseite einer See wieder zu Tal ging. Ein unbedachter Augenblick – das kleinste Versehen – und die Katastrophe brach über sie herein.

Aber noch lagen sie sicher vor dem Wind und steuerten in den Kanal hinein. Prowse starrte wie gebannt auf den Kompaß und schrieb den anliegenden Kurs auf die Koppeltafel. Auf einen Befehl von ihm turnten Orrock und ein Matrose achteraus, um mittels des Logs die Fahrt zu ermitteln. Und jetzt kam auch noch Bush auf das Achterdeck geklettert, er strahlte über das gelungene Manöver und war begeistert, daß es endlich wieder Neues zu erleben gab.

»Kurs Nordost zu Ost, Sir«, meldete Prowse, »Fahrt über sieben Meilen.«

Jetzt tauchte bereits eine ganze Anzahl neuer Probleme auf. Sie liefen in den Kanal hinein, vor ihnen lagen Kaps und Untiefen, und dann waren da die Tiden – die unendlich verwickelten Gezeitenströme des Kanals –, mit denen man unbedingt zu rechnen hatte. Auch in der Höhe und Länge der Seen vollzog sich bestimmt schon sehr bald ein Wandel, denn die immer geringeren Wassertiefen, die zusammenrükkenden Küsten des Kanals und die Gezeitenströme blieben natürlich nicht ohne Einfluß auf die atlantischen Roller. Allgemein galt es zu vermeiden, daß man am Ziel vorbei und weit in den Kanal hineingeblasen wurde, im besonderen aber ging es um den Versuch, in die Tor Bay einzulaufen.

Das alles erforderte genaue Berechnung, vor allem war es unerläßlich, die Gezeitentafeln zu Rate zu ziehen, zumal sich bei solcher Fahrt vor dem Wind der Gebrauch des Lots von selbst verbot.

»Auf diesem Kurs müßten wir Ouessant in Sicht bekommen, Sir«, schrie Prowse.

Das war natürlich wichtig, denn man bekam damit eine sichere Grundlage für weitere Berechnungen und einen neuen Abgangspunkt für den Koppelkurs. Ein lauter Befehl sandte Orrock mit einem Kieker bewaffnet zur Verstärkung des Ausgucks in den Vortopp, zugleich sah sich Hornblower schon dem ersten all der neuen Probleme gegenüber, die nun erbarmungslos auf ihn zukamen, nämlich der Frage, ob er sich erlauben durfte, unter Deck zu gehen, und daran schloß sich unmittelbar die zweite: ob er Prowse nicht auffordern sollte, sich an seiner nautischen Rechenarbeit zu beteiligen. Die Antwort auf beide Fragen lautete selbstverständlich ja. Bush war ein guter Seemann, man konnte sich darauf verlassen, daß er Ruder und Segel nicht aus dem Auge ließ; Prowse war ein tüchtiger Nautiker und trug nach dem Gesetz die Mitverantwortung für den abzusetzenden Kurs. Er konnte sich also mit vollem Recht beklagen, wenn ihn Hornblower dabei überging, weil er keinen Wert darauf legte, den Mann immer um sich zu haben.

So kam es, daß Prowse und Hornblower im Kartenhaus die Gezeitentafeln wälzten, als Foreman dessen Klopfen im allgemeinen Lärm untergegangen war, ohne »Herein« die Tür auftat und damit allen Krach in voller Lautstärke einließ.

»Meldung von Mr. Bush, Sir. Ouessant an Steuerbord querab in Sicht, Abstand sieben bis acht Meilen, Sir.«

»Danke, Mr. Foreman.«

Das war Glück! Der erste Lichtstrahl in der Finsternis. Aber der Kampf ging weiter, denn nun galt es, sofort die nächsten Maßnahmen zu planen, um die entfesselten Kräfte der Natur dem menschlichen Willen dienstbar zu machen. Ja, das Ganze war in der Tat ein zäher, verbissener Kampf mit diesen Gewalten, der allen Beteiligten das Letzte abverlangte, den Rudergängern, die ihre Kräfte so schnell verausgabten, daß sie halbstündlich abgelöst werden mußten, und dem verantwortlichen Kommandanten, Hornblower selbst, den seine Aufgabe volle dreißig Stunden ununterbrochen in Atem und Spannung hielt. Da galt es zum Beispiel, am Ruder immer wieder zu versuchen, ob man den Wind nicht doch ein paar Strich von Backbord achtern einfallen lassen konnte. Dreimal setzten sie dazu an, dreimal gaben sie das Unterfangen schleunigst wieder auf, weil das Schiff sofort vollends querzuschlagen drohte. Erst beim viertenmal hatten sie endlich Erfolg, weil der Seegang um so kürzer wurde, je weiter sie in den Kanal hineingelangten und weil drüben an der französischen Küste der Gezeitenstrom gekentert war. Obwohl der neue Kurs einen erheblichen Druck auf das Ruder zur Folge hatte, rauschten sie mit unverminderter Fahrt dahin. Die Rudergänger hatten jetzt ständig mit ihrem Rad zu kämpfen, das unter ihren Händen um sich schlug wie ein böses lebendiges Tier, und die Besatzung holte mit ganzer Kraft an den Brassen, um die Rah so genau nach dem Wind zu trimmen, daß das Segel auf keinen Fall back schlagen konnte.

Zum mindesten bestand jetzt keine Gefahr mehr, daß die Hotspur unterschnitt, daß sie, mit anderen Worten, ihren Bug in die Rückseite einer etwas langsamer ablaufenden See bohrte und nicht mehr hochkam. Um die Hebelwirkung des Vormarssegels auszugleichen, setzten sie das Kreuzstagsegel, das auch den Rudergängern etwas Erleichterung schaffte, obwohl sich die Hotspur unter seinem Druck so weit überlegte, daß ihre Steuerbordgeschützpforten ins Wasser tauchten. Das Segel stand eine aufreibende Stunde lang, Hornblower war es dabei zumute, als hielte er die ganze Zeit über den Atem an. Dann riß es krachend wie ein Zwölfpfünder plötzlich mittendurch und zerfaserte sofort in schmale Streifen, die wie Peitschenschnüre im Winde knallten. Im gleichen Augenblick hatten sich die Rudergänger mit aller Kraft dagegen zu stemmen, daß die Hotspur wieder abfiel. Solange das Segel stand, hatte es sich immerhin als nützlich erwiesen, daß es richtig schien, nun an seiner Stelle das Kreuzstengestagsegel zu setzen, von dem allerdings nur das Schothorn ziehen sollte, während Kopf und Hals mit Zeisings beschlagen blieben. Dieses Segel war nagelneu, es hielt dem gewaltigen Winddruck stand und lohnte so wenigstens die Mühe, die es gekostet hatte, und die Schwierigkeiten, die zu überwinden waren, bis es stand.

Der kurze dämmrige Tag neigte sich schon dem Ende zu, das hieß, daß nun von neuem jeder Handgriff, jede Verrichtung in heulender Finsternis zu geschehen hatte. Infolge des Mangels an Schlaf verstärkten sich obendrein die Benommenheit und die müde Gleichgültigkeit, die dem erbarmungslos wehenden Sturm zuzuschreiben waren. Abgestumpft wie er war, merkte Hornblower erst nach einer ganzen Weile, daß sich das Deck der Hotspur unter seinen Füßen anders bewegte als zuvor. Der Übergang vollzog sich zwar ganz allmählich, aber der Wandel war am Ende so auffallend, daß er ihm nicht mehr entgehen konnte. Statt des Auges verriet ihm im Dunkeln das Gefühl, daß die Seen kürzer und steiler geworden waren — das war der typische stuckrige Seegang des Kanals und nicht mehr der lange stetige Schwung der atlantischen Roller.

Die Bewegungen der Hotspur waren dadurch schneller, ja man mochte sogar sagen, heftiger geworden. Häufiger als zuvor brandete eine See über ihr Vorschiff, dabei nahm sie allerdings nicht mehr so viel Wasser über. Man bekam eben hier zu spüren, daß sich, wenn auch noch weit unter der Oberfläche, der Meeresgrund des Kanals von hundert auf vierzig Faden Tiefe hob, und der gegen den Wind setzende Gezeitenstrom spielte natürlich ebenfalls eine Rolle, obwohl der Weststurm das Wasser im Kanal bestimmt weit über die normale Höhe aufgestaut hatte. Vor allem aber wurde der Kanal immer enger, und die Roller, die zwischen Ouessant und den Scilly-Inseln noch reichlich Raum hatten, bekamen mehr und mehr Druck von der Seite. Alle diese Einflüsse bewirkten, daß die aufgewühlte See hier ganz andere Kräfte und Eigenschaften entwickelte. Das Deck der Hotspur stand jetzt so gut wie ständig unter Wasser, nur ununterbrochene Arbeit an den Pumpen hielt das Wasser in ihrem Raum noch im Schach, Arbeit, geleistet von müden, dürstenden, hungernden Männern, die sich dennoch unverdrossen mit ihrem ganzen Gewicht auf die langen Pumpenhebel warfen und dabei jedesmal das Gefühl hatten, daß sie es vielleicht nicht mehr vermochten, diesen Kraftaufwand auch nur ein einziges Mal zu wiederholen.

Um vier Uhr morgens wurde Hornblower gewahr, daß der Wind um ein weniges raumer einkam, und konnte eine kostbare Stunde lang etwas nördlicher steuern. Als der Wind dann unvermittelt wieder aus der alten Richtung wehte, war es damit leider vorbei, aber er rechnete sich aus, daß er auch so schon ein ansehnliches Stück nach Norden gelangt war. Dieses Ergebnis stimmte ihn so froh, daß er an seinem Tisch im Kartenhaus den Kopf auf die Arme sinken ließ und ein paar Minuten lang herrlich schlief. Erst als er bei einer besonders heftigen Bewegung des Schiffes hart mit der Stirn aufschlug, riß er sich wieder hoch und nahm seinen müden Trott auf dem Achterdeck von neuem auf.

»Ich wünschte, wir könnten loten, Sir«, schrie ihm Prowse ins Ohr.

»Ja.«

Es hatte wirklich keinen Sinn, mit solcher Kundgabe von Wünschen Kräfte zu vergeuden.

Und doch ... mitten in der dunklen Nacht machte sich Hornblower plötzlich klar, daß eigentlich nichts dagegensprach, wenn er für eine Weile beidrehte. Er war erstens soeben wider Erwarten ein gutes Stück nach Norden gelangt und hatte zweitens auch von dem zahmer gewordenen Seegang nichts mehr zu befürchten. Mit Aufwand aller Energie brachte er es fertig, sich über die Größen der Stromversetzung und der Abtrift klarzuwerden. Dann galt es, sein Herz gegen alles Mitgefühl zu wapnen, weil er die völlig erschöpften Toppsgasten zum Bergen des Vormarssegels aus ihren Hängematten aufscheuchen mußte. Während dies geschah, stand er aufmerksam klar, um das Schiff unter dem Kreuzstagsegel an den Wind zu bringen. Dabei kam es darauf an, genau im rechten Augenblick Ruder zu legen, um den anrollenden steilen Seen möglichst schnell mit dem Bug zu begegnen. Am Wind tanzte die Hotspur verrückter denn je, dennoch gelang es, das Tiefseelot zu gebrauchen. Die Mannschaft stand dazu an der Reling aufgereiht, einer um den anderen rief: »Achtung!«, wenn er sein Stück Leine losließ. Achtunddreißig Faden – siebenunddreißig – wieder achtunddreißig. Drei Lotwürfe waren es im ganzen, sie nahmen eine Stunde in Anspruch, alles war naß bis auf die Haut und zu Tode erschöpft, als es geschafft war. Das Ergebnis war ein willkommener Beitrag zu den Unterlagen für die Besteckberechnung. Solange das Schiff beigedreht lag, durften außerdem die völlig ausgepumpten Rudergänger ein wenig verschnaufen, und die Nähte des Schiffs waren während dieser ganzen Zeit so viel weniger beansprucht, daß die Pumpen endlich wieder die Oberhand über das Wasser im Raum gewannen.

In der ersten wässrigen Helle des Morgens wurde das in der Mitte beschlagene Vormarssegel von neuem gesetzt. Hornblower war es gelungen abzudrehen, bis der Wind wieder vier Strich von achtern einfiel, ohne daß sich das Schiff dabei zum Kentern überlegte. Dann brausten sie wieder los wie zuvor, das Deck stand ständig unter Wasser, die Hotspur rollte, daß alle Verbände krachten und stöhnten. Orrock saß frierend mit seinem Kieker im Vortopp. Es wurde Mittag, bis er

Land in Sicht bekam, eine halbe Stunde später kam Bush aus dem Topp zurück, wo er gewesen war, um Orrocks Entdeckung nachzuprüfen. Bush war ärger mitgenommen, als er zugeben wollte, seine schmutzigen hohlen Wangen waren mit dichten Stoppeln bedeckt, aber er konnte doch immer noch Freude und Überraschung zeigen.

»Bolt Head, Sir!« schrie er. »Gut frei an Backbord voraus! Und Start Point war auch auszumachen!«

»Danke.«

Bush wollte diese nautische Leistung gebührend würdigen, obwohl er das nur schreiend bewerkstelligen konnte, aber Hornblower hatte dafür keine Zeit, keine Geduld, und um es offen zu sagen, keine Kraft. Er hatte jetzt vor allem dafür zu sorgen, daß er in dieser elften Stunde nicht zu weit nach Lee geriet, er mußte ein Ankermanöver vorbereiten, das unter den gegebenen Umständen sicherlich alles andere als einfach war. Es galt, die Tücken des Gezeitenstroms vor Start Point in Rechnung zu stellen, es galt im Auge zu behalten, daß er so dicht wie möglich unter Berry Head an den Wind gehen mußte. Als sie dann in Lee von Start Point gelangten, waren Wind und See mit einem Schlag wie verwandelt, diese kurzen steilen Wellen hier waren ein Nichts verglichen mit dem, was die Hotspur noch fünf Minuten zuvor an Seegang zu erdulden hatte. Hier unter Land hatte außerdem auch der Orkan seine volle Stärke eingebüßt, er wehte jetzt nur noch als ausgewachsener Sturm, und doch trieb er die Hotspur noch immer mit fliegender Fahrt vor sich her. Da lag der Newstone und die Blackstones – »Schwarze Steine«, genau wie die Pierres Noires in der Iroise-Bucht – und dann kam der letzte kritische Augenblick, wenn es galt, Berry Head zu runden.

»Kriegsschiffe vor Anker, Sir«, meldete Bush, der die Tor Bay mit dem Glas absuchte, als sie sich vor ihnen auftat. »Dort liegt die Dreadnought, und das da ist die Temeraire. Die ganze Kanalflotte liegt hier vor Anker. O Gott! Dort auf der Reede von Tor Bay sitzt einer auf Grund. Es ist ein Zweidecker – wahrscheinlich haben seine Anker nicht gehalten.«

»Ja, so wird es gewesen sein. Wir wollen unseren großen Buganker verkatten, ehe wir ihn fallen lassen. Am besten nehmen wir dazu die Bootskanone der Barkaß. Sie haben noch genug Zeit, das vorzubereiten.«

»Aye, aye, Sir.«

Auch in der Tor Bay wehte voller Sturm; wo ein Zweidecker auf Trift gegangen war, mußte man alle Vorsicht walten lassen und durfte den

Aufwand an Kraft und Arbeit nicht scheuen, den das nach all den überstandenen Strapazen noch verlangte. Zurrte man die fünf Zentner schwere Bootskanone fünfzig Fuß hinter dem größten Buganker, der eine Tonne wog, an der Ankertrosse fest, so war immerhin anzunehmen, daß dieser Anker nicht ausgerissen und durch den Grund gezogen wurde. Unter ihrem mittschiffs beschlagenen Marssegel und einem Sturm-Kreuzstagsegel rauschte die HOTSPUR in die Bucht hinein, rundete unter den Augen der ganzen Kanalflotte Berry Head und strebte zuletzt am Wind auf die Pier von Brixham zu. Endlich war es Zeit aufzudrehen; während der Anker fiel, machten erschöpfte Männer das Vormarssegel fest, und dann wurden noch mit letzter Kraft die Stengen gestrichen. Prowse und Hornblower nahmen genaue Peilungen, um sicherzugehen, daß die HOTSPUR nicht trieb. Erst dann war Zeit, dem Flaggschiff das Unterscheidungssignal zu zeigen.

»Flaggschiff zeigt verstanden«, krächzte Foreman.

»Danke.«

Noch etwas gab es zu veranlassen. Auch das schaffte man, ohne daß man zusammenbrach:

»Mr. Foreman, bitte signalisieren Sie: ›Brauche Trinkwasser.‹«

14

Die Tor Bay glich einer rasenden Schimmelherde. Das Land brach wohl die Gewalt des Windes, und die Wogen des Kanals fanden keinen ungehinderten Zugang, weil ihnen Berry Head im Wege lag, dennoch pfiff der Wind auch hier noch heftig genug, und die kanaleinwärts jagenden Seen brachten es irgendwie fertig, links einzuschwenken. Sie verloren dadurch viel von ihrer ursprünglichen Wucht, aber dafür liefen sie jetzt quer zum Wind. Da auch die Gezeitenströme ihr Teil zum allgemeinen Aufruhr beitrugen, kochte die Tor Bay wie ein Hexenkessel. Noch vierzig Stunden nach dem Einlaufen der HOTSPUR wehte auf der HIBERNIA, Cornwallis' mächtigem Dreidecker, das Signal 715 mit dem Wimpel »Nein« darunter. Das bedeutete, daß keine Boote benutzt werden durften.

Selbst die Brixham-Fischer, die wegen ihrer Fertigkeit in der Handhabung kleiner Boote berühmt waren, wagten sich bei diesem schrecklichen Wetter nicht in die Tor Bay hinaus. Darum mußte die arme Besatzung der HOTSPUR noch bis zum übernächsten Tag nach dem Einlaufen ihr Dasein mit ganzen zwei Litern verdorbenen Wassers fristen. Hornblower war dabei ganz bestimmt der Mann an Bord, den dieses Schicksal sowohl körperlich wie geistig am härtesten traf. Die kleine, von Vorräten fast völlig entblößte HOTSPUR war ein wehrloses Spielzeug des Windes, des Seegangs und der Gezeiten, sie bockte vor ihrem Anker wie ein störrisches Pferd. Ob sie ausschor oder ihren Bug in die Seen bohrte, immer wieder wurde sie von der hart einruckenden Ankertrosse zurückgerissen. Mit den gestrichenen Stengen entwickelte sie daneben eine kurze, schnelle Schlingerbewegung. Das alles zusammen ergab einen Tanz, der auch den stärksten Magen hart auf die Probe stellte, und den stärksten Magen, den hatte Hornblower auf keinen Fall. Zu allem Überfluß fiel ihm dabei noch ein, was er am ersten Tage an Bord eines Kriegsschiffs erleben mußte: wie er damals auf der alten JUSTINIAN wegen seiner Seekrankheit zum allgemeinen Gespött geworden war.

Während dieser ganzen vierzig Stunden spuckte er sich buchstäblich die Seele aus dem Leib, aber zu diesem Elend der Seekrankheit kam auch noch das niederdrückende Bewußtsein, daß seine Maria nur dreißig Meilen von ihm entfernt in Plymouth weilte. Nur dreißig Meilen, und die sogar auf bester Straße! Cornwallis' Vorstellungen hatten die Regierung veranlaßt, diese Straße quer durch den Ausläufer des Dartmoor anzulegen, damit die Kanalflotte auf ihrer Reede bequem von dem bedeutenden Flottenstützpunkt aus versorgt werden konnte. Nur einen halben Tag auf einem guten Pferd, dann könnte er Maria in seinen Armen halten und endlich aus erster Hand hören, wie es um das erwartete Kind stand, dem zu seiner eigenen Überraschung immer häufiger sein ganzes Sinnen galt. Die Männer verbrachten ihre Freizeit meist auf der Back rund um die Kattdavits und starrten unentwegt nach Brixham und seiner Pier hinüber. Selbst in diesem Sturm mit seinen wolkenbruchartigen Regenböen tauchten dort gelegentlich Frauen auf, Gestalten in Röcken, nach denen jeder Matrose wie ein Tantalus Ausschau hielt. Die Männer hatten eine Nacht fest geschlafen und brauchten auf jeder Wache nur noch eine halbe Stunde zu pumpen, ihre Kräfte kehrten wieder, und dazu gab es Zeit im Überfluß: was Wunder, daß da die Phantasie über die Stränge schlug. Man träumte von Weibern und man träumte von Schnaps — den meisten schwebte wohl als höchstes aller Gefühle vor, sich mit Brixhams geschmuggeltem Brandy auf viehische Art vollaufen zu lassen. Hornblower war unterdessen mit seiner Übelkeit und seinen quälenden Gedanken vollauf in Anspruch genommen.

Erst in der zweiten Hälfte der zweiten Nacht fand er endlich Schlaf, denn da flaute der Wind ab und drehte zugleich zwei Strich nördlicher. Wie durch Zauberei änderte sich damit die Lage in der Tor Bay plötzlich von Grund auf. Noch um Mitternacht hatte sich Hornblower auf der Back vergewissert, daß der Anker hielt, dann übermannte ihn die Müdigkeit, so daß er ohne ein Glied zu rühren sieben Stunden lang durchschlief. Er war erst halb wach geworden, als Doughty hereingestürzt kam.

»Signal vom Flaggschiff, Sir.«

Reihen bunter Flaggen wehten unter den Rahen der HIBERNIA, und als der Wind einmal kurz umsprang, waren sie vom Achterdeck der HOTSPUR aus leicht abzulesen.

»Da weht auch unser Bezeichnungssignal, Sir«, sagte Foreman mit dem Glas am Auge. »Es kommt an erster Stelle.«

Cornwallis gab seine Befehle für die Versorgung der Flotte mit Proviant und Wasser. Er setzte dabei fest, in welcher Reihenfolge die Schiffe bedacht werden sollten. Das Signal gab der HOTSPUR den Vorrang vor allen anderen Schiffen.

»Zeigen Sie verstanden«, befahl Hornblower.

»Wir haben Glück, Sir«, bemerkte Bush.

»Mag sein«, stimmte ihm Hornblower bei. Ohne Zweifel hatte Cornwallis bereits erfahren, daß die HOTSPUR unbedingt Trinkwasser brauchte, aber es war immerhin möglich, daß er außerdem andere Pläne verfolgte.

»Schauen Sie dorthin, Sir«, sagte Bush. »Man tut offenbar, was man kann.«

Zwei Leichter, jeder von acht langen Riemen bewegt und von einer sechsriemigen Jolle unterstützt, kamen langsam hinter dem Kopf der Mole von Brixham zum Vorschein.

»Ich werde mich um die Fender kümmern, Sir«, sagte Bush und entfernte sich in aller Eile. Das waren also die berühmten Wasserleichter, die man Wunder des Schiffbaus nannte. Jeder von ihnen enthielt eine ganze Anzahl riesiger gußeiserner Tanks. Hornblower hatte schon von ihnen gehört: Sie trugen 50 Tonnen, und jeder konnte 10 000 Gallonen oder 45 000 Liter Trinkwasser laden. Die HOTSPUR brachte nicht ganz 15 000 Gallonen oder 67 500 Liter unter, wenn jedes Faß und jedes Oxhoft randvoll waren. Die Besatzung feierte wahre Orgien, als das Wasser längsseit kam. Es war klares, sauberes Quellwasser, das höchstens ein paar Tage in den gußeisernen Tanks gewesen war. Die Leichter scheuerten unruhig längsseit, ein Arbeitskommando der HOTSPUR ging hinunter, um die schönen, modernen Pumpen zu bedienen, mit denen die Leichter ausgerüstet waren. Sie pumpten das Wasser durch vier prachtvolle Leinenschläuche hoch, die durch Geschützpforten binnenbords und dann nach unten gegeben wurden. Das Decksfaß, das solange leergestanden hatte, wurde gründlich gespült und dann gefüllt, aber die Besatzung machte es im Augenblick wieder leer, um es aufs neue zu füllen – es hatte den Anschein, als stünde den Männern wenigstens in diesem Augenblick der Sinn mehr nach ganz gewöhnlichem Wasser als nach irgendwelchen scharfen Getränken.

Wie schön war es, wieder einmal richtig planschen und spritzen zu können! Die Fässer unten im Raum wurden gründlich gereinigt und mit Frischwasser ausgeschrubbt, dieses Spülwasser ließ man einfach in die Bilge rinnen, von wo es dann später mit Hilfe der Pumpen über Bord geschafft werden konnte. Jedermann trank sich endlich wieder einmal richtig satt, und so mancher tat dabei sogar des Guten zuviel. Auch Hornblower leerte ein Glas um das andere, bis er meinte, es ginge nicht mehr – und doch trank er schon nach einer halben Stunde wieder. Er fühlte sich wie eine Wüstenpflanze, die nach einem langentbehrten Regen aufblüht.

»Schauen Sie dorthin, Sir«, sagte Bush mit dem Kieker in der Hand und wies aufgeregt nach Brixham hinüber.

Durch das Glas sah man eine ganze Menge emsig arbeitender Leute und mitten unter ihnen da und dort ein Stück Vieh.

»Da wird geschlachtet«, bemerkte Bush, »wir bekommen Frischfleisch.«

Schon bald kam wieder ein Leichter langsam auf sie zugepullt. Er trug ein Gestell, das mittschiffs von vorn bis achtern reichte, und daran hingen aufgereiht die Seiten geschlachteter Ochsen und dazwischen ganze Schweine und Schafe.

»Ein Hammelbraten stünde mir nicht schlecht zu Gesicht, Sir«, bemerkte Bush.

Man hatte die Rinder, Schafe und Schweine über das Moor nach Brixham getrieben und hier am Strand geschlachtet und zerteilt, unmittelbar, ehe das Fleisch an Bord kam, damit es so lange wie möglich frisch blieb.

»Das Fleisch reicht für vier Tage aus, Sir«, schätzte Bush mit dem geübten Auge des Ersten Offiziers. »Dazu kommen noch ein lebender Ochse und vier Schafe und vier Schweine. Entschuldigen Sie mich, Sir, ich muß an der Reling Wachen aufstellen.«

Die meisten Leute hatten Geld in der Tasche und hätten es freudig für Schnaps ausgegeben, sobald sich dazu Gelegenheit bot. Natürlich hät-

ten ihnen die Besatzungen der Proviantleichter das Zeug gerne verkauft, wenn man solche Geschäfte nicht durch schärfste Überwachung unterband. Die Wasserleichter hatten ihre Aufgabe erfüllt und legten wieder ab. Ihr Erscheinen hatte für kurze Zeit alle Bande der Ordnung gelöst, nun aber, da die Schläuche wieder eingezogen waren, trat die strenge Zucht des Borddienstes wieder in Kraft. Eine Gallone Wasser pro Tag hatte jedem Mann von nun an für alle Zwecke zu genügen.
Wo die Wasserleichter gelegen hatten, legte sich jetzt die Barkaß mit dem Trockenproviant längsseit. Sie brachte Säcke mit Hartbrot, Säcke mit getrockneten Erbsen, Fäßchen mit Butter und eine Anzahl Säcke mit Hafermehl. Obenauf aber erkannte man schon von weitem ein ganzes Dutzend Netze voll frischer Brote — es waren zweihundert Vierpfundlaibe. Bei ihrem bloßen Anblick wurde Hornblower der Mund wäßrig, weil er bereits den Geschmack dieser knusprigen Delikatesse auf der Zunge zu spüren glaubte. Eine wohltätige Regierung sandte ihnen — von Cornwallis mit kräftiger Hand gesteuert — alle diese köstlichen Dinge an Bord. Die Härten des Seemannslebens waren eben doch in erster Linie auf höhere Gewalt zurückzuführen und nicht allein auf behördliche Torheit.
Den ganzen Tag über gab es keine ruhige Minute. Schon stand Bush, die Hand grüßend am Hut, wieder vor ihm und erbat sich mit dieser stummen Geste Gehör.
»Sie haben noch nicht über Bordbesuche von Frauen entschieden, Sir.«
»Besuche von Frauen?«
»Jawohl, von Frauen, Sir.«
Hornblower hatte unwillkürlich fragend die Stimme erhoben, Bush dagegen blieb bei seinem dienstlichen, völlig unbeteiligten Ton. Wenn ein Kriegsschiff Seiner Majestät im Hafen lag, war es üblich, daß man den Frauen erlaubte, an Bord zu kommen. Ein paar von ihnen mochten dann immerhin mit Angehörigen der Besatzung wirklich verheiratet sein. Dieser Brauch sollte ein kleiner Ausgleich für die Härte sein, daß man dem Mann so strikt verbot, einen Fuß an Land zu setzen, damit er nicht desertierte. Aber die Weiber schmuggelten natürlich Schnaps an Bord, und das pflegte dann unter Deck zu Ausschweifungen zu führen, die einen Vergleich mit den Sitten am Hofe Neros nicht zu scheuen brauchten. Krankheit und schlechte Disziplin waren die natürliche Folge. Es brauchte Tage und Wochen, um die Besatzung wieder zu einer kampfkräftigen Einheit zusammenzuschweißen. Hornblower wollte sich sein gutes Schiff auf keinen Fall verderben lassen, aber wenn die HOTSPUR natürlich lange in der Tor Bay vor Anker liegenblieb,

dann durfte er nicht verbieten, was nach uralter Überlieferung als durchaus berechtigtes Verlangen galt. Nein, ein Verbot kam hier auf keinen Fall in Frage.

»Warten wir noch etwas«, sagte er. »Ich werde das später entscheiden.«

Es war nicht allzu schwierig, das Wort ein paar Minuten später an Bush zu richten, als gerade ein Dutzend Matrosen in Hörweite waren.

»Ja, ja, Mr. Bush!« Hornblower hoffte, daß seine Stimme nicht so gespreizt und theatralisch klang, wie er fürchtete. »Für Sie wird es eine Menge zu schaffen geben, solange wir vor Anker liegen.«

»Jawohl, Sir, ich möchte allerlei stehendes Gut ersetzen lassen . . . und dann die Farbe . . .«

»Schön, Mr. Bush, sobald das Schiff in jeder Hinsicht wieder auf der Höhe ist, will ich erlauben, daß die Frauen an Bord kommen, eher auf keinen Fall. Wenn wir vorher auslaufen müssen, nun, dann hatte es das Pech eben so gewollt.«

»Aye, aye, Sir.«

Nun kam die Post, Briefe und immer wieder Briefe. Das Postamt in Plymouth mußte von der Ankunft der Hotspur in der Tor Bay erfahren haben und hatte daraufhin die Post über Land hierher geschickt. Nicht weniger als sieben Briefe kamen von Maria, Hornblower riß den letzten zuerst auf und erfuhr, daß es seiner Frau gut gehe und daß die Schwangerschaft günstig verlaufe. Dann überflog er die anderen sechs und entnahm ihnen wie erwartet, daß sie über den Brief ihres tapferen Helden in der Gazette sehr glücklich war, obwohl ihr gar nicht gefallen wollte, daß sich ihr Alexander zur See immer wieder solchen Gefahren aussetzte, und obwohl sie vor Kummer verging, weil ihr der ewige Dienst den Anblick ihres Heißgeliebten so lange vorenthielt. Hornblower war mit der Antwort auf diese Briefe erst halb fertig, als man einen fremden Fähnrich mit einer Nachricht zu ihm geleitete.

H.M.S. Hibernia, Tor Bay

Lieber Kapitän Hornblower,

sofern Sie sich überhaupt von Bord Ihres Schiffes locken lassen, möchte ich Sie für heute nachmittag drei Uhr zum Dinner auf mein Flaggschiff bitten. Sie können versichert sein, daß ich mich über Ihre Zusage besonders freuen würde.

Ihr sehr ergebener William Cornwallis, Vizeadmiral.

P. S. Flagge »Ja« auf der Hotspur *genügt mir als Antwort.*

Hornblower ging sofort auf das Achterdeck.
»Mr. Foreman, ›Signal: HOTSPUR an Flaggschiff — Ja.‹«
»Sonst nichts, Sir?«
»Sie haben doch gehört, was ich sagte.«
Eine Einladung des Flottenchefs war ebensogut ein königlicher Befehl, wie wenn sie wirklich mit »George Rex« unterschrieben gewesen wäre — daß in der Nachschrift auf eine förmliche Antwort verzichtet wurde, änderte daran nicht das geringste.
Als nächstes mußte Pulver an Bord genommen werden, und dazu gehörten natürlich alle Vorsichtsmaßnahmen, die dieses gefährliche Geschäft verlangte. Die HOTSPUR hatte eine von den fünf Tonnen Pulver verschossen, die ihre Pulverkammer faßte. Als die Übernahme beendet war, brachte Prowse einen Mann achteraus, der zur Besatzung des Pulverschiffes gehörte.
»Der Kerl sagt, er habe eine Nachricht für Sie, Sir.«
Der schwarzhaarige Bursche mit dem Zigeunergesicht hielt Hornblowers forschendem Blick sicher nur deshalb so selbstbewußt stand, weil er genau wußte, daß er einen Talisman in der Tasche hatte, der ihn gegen Gepreßtwerden schützte.
»Was ist denn?«
»Ich habe eine Nachricht für Sie von einer Dame, Sir. Sie sagte, Sie würden mir einen Schilling geben, wenn ich Ihnen die Nachricht überbrächte.«
Hornblower musterte ihn von Kopf bis zu den Füßen. Es gab nur eine Dame, die ihm etwas bestellen konnte.
»Ist ja nicht wahr, die Dame hat Ihnen nur Sixpence in Aussicht gestellt. Na, habe ich recht?«
Trotz seiner kurzen ehelichen Erfahrung kannte Hornblower seine Maria gut genug, um das schlankweg zu behaupten.
»Hm — ja, das ist richtig, Sir.«
»Da haben Sie den Schilling. Nun sagen Sie mir, was Sie zu bestellen haben.«
»Die Dame sagte, Sie sollten drüben auf der Pier von Brixham nach ihr Ausschau halten, Sir.«
Hornblower nahm das Glas aus seinen Stroppen und ging nach vorn. Obwohl der Dienst überall in vollem Gang war, gab es um die Kattdavits doch wie immer ein paar Müßiggänger, die sich sofort erschrokken aus dem Staub machten, als der Kommandant höchstselbst hier in ihrem Schlupfwinkel erschien. Er faßte mit dem Kieker sogleich die Pier von Brixham ins Auge. Wie zu erwarten war, drängten sich dort

die Menschen. Lange Zeit suchte er unter ihnen ohne Erfolg, indem er sich eine Frau nach der anderen sehr genau ansah. Da, endlich! War sie es, oder war sie es nicht? Sie trug als einzige einen Hut und nicht wie alle anderen ein Kopftuch. Doch, es gab keinen Zweifel, das war Maria. Im Augenblick hatte er ganz vergessen, daß sie schon im siebenten Monat schwanger war. Sie stand ganz vorn in der ersten Reihe, und jetzt, während er noch hinsah, hob sie den Arm und winkte mit einem Schal. Ohne Fernglas konnte sie ihn auf diese Entfernung wohl kaum sehen, geschweige denn erkennen. Wie alle die anderen, die aus Plymouth herbeigeeilt waren, hatte offenbar auch sie erfahren, daß die HOTSPUR in der Tor Bay angekommen war, und daraufhin ohne Zögern die lange und anstrengende Reise mit dem Botenfuhrwerk angetreten, daß über Totnes mit Brixham verkehrte.
Wieder und wieder winkte sie mit ihrem Schal in der rührenden Hoffnung, daß er vielleicht gerade zu ihr hinsah. Da er bei jeder Verrichtung nebenbei auf alles zu achten pflegte, was an Bord seines Schiffes vorging, hörte er jetzt auch den Pfiff des Bootsmannsmaates der Wache — einen der vielen, die von morgens bis abends zur Ankündigung von Befehlen durch die Decks schallten.
»Das Kommandantenboot klar!«
Nie war es Hornblower so eindringlich zum Bewußtsein gekommen, daß man in Königs Diensten nichts als ein besserer Sklave war. Er mußte jetzt von Bord gehen, weil er beim Flottenchef zum Dinner geladen war. Pünktlichkeit war in der Navy geheiligter Brauch, den er auf keinen Fall verletzen durfte. Da erschien auch schon Foreman atemlos noch vom raschen Lauf nach vorn.
»Meldung von Mr. Bush, Sir. Das Boot liegt klar.«
Was sollte er jetzt tun? Bush bitten, Maria eine Nachricht an Land zu schicken? Nein, das ging nicht, er konnte, er durfte sie ausgerechnet jetzt in ihrem Zustand nicht mit einer Botschaft aus zweiter Hand abspeisen. Das wäre zu hart, zu grausam gewesen. Er selbst schuldete ihr einen Gruß — und wenn er zu spät kam. Hastig warf er mit der links geschwungenen Feder einen Satz aufs Papier:

Mein Herzensliebling!
Wie habe ich mich gefreut, Dich zu sehen, aber jetzt muß ich fort, kann keine Minute mehr bleiben. Werde Dir ausführlich schreiben.

In Liebe, Dein H

Alle Briefe an sie unterschrieb er mit diesem *H*, weil ihm sein Vorname zuwider war, und »Horry« zu schreiben, nein, das brachte er erst recht nicht fertig. Es war schon ein Elend: da lag der halbfertige Brief an Maria, man hatte ihn beim Schreiben immer wieder unterbrochen, so war er nicht damit zu Ende gekommen. Ärgerlich schob er das Blatt beiseite und bemühte sich, das eben geschriebene Billett mit einer Oblate zu schließen, aber sieben Monate Seefahrt hatten das Ding aller Klebekraft beraubt. Was er auch versuchte, es wollte nicht mehr halten. Hinter ihm wartete Doughty mit Säbel, Hut und Mantel – er wußte genau wie er selbst, daß Pünktlichkeit unerläßlich war. Hornblower übergab Bush die unverschlossene Nachricht.

»Bitte versiegeln Sie das«, sagte er, »und senden Sie es mit einem Zivilboot an Land. Meine Frau wartet dort auf der Pier – ja, sie steht dort und wartet. Benutzen Sie auf jeden Fall ein Zivilboot dazu – ich möchte nicht, daß auch nur ein Mann der Besatzung seinen Fuß an Land setzt.«

Dann stieg er über die Jakobsleiter in das wartende Boot. Er konnte sich denken, wie sich jetzt in der Menge auf der Pier allgemeines Gemurmel erhob, weil die Leute einander erklärten, was eben vorging. So erfuhr es bestimmt auch Maria von Leuten, die besser darüber Bescheid wußten als sie.

»Der Kommandant geht von Bord, da, eben steigt er ins Boot!« Mußte sie da nicht vor Glück und Erwartung fiebern? Das Boot setzte ab, Wind und Strömung fügten es, daß sein Bug zunächst recht auf die Pier wies und ihr damit letzte, vollendete Gewißheit gab. Dann aber drehte das Fahrzeug ab, die Männer holten am Fall, und das Luggersegel stieg am Mast empor. Im nächsten Augenblick brauste es schon dem Flaggschiff zu, fort von Maria, ohne ein Wort, ohne das leiseste Zeichen der Erklärung. Hornblower fühlte, wie sich sein Herz vor Mitleid und bitterem Schuldgefühl zusammenkrampfte.

Hewitt antwortete auf den Anruf des Flaggschiffs, dann schoß er sauber in den Wind, ließ das Segel bergen und brachte das Boot mit seiner letzten Fahrt so nahe an die Steuerbordgroßrüsten, daß der Bugmann dort einhaken konnte. Hornblower paßte einen günstigen Augenblick ab und turnte an der Bordwand hoch. Als sein Kopf in Höhe des Großdecks war, schrillten die Pfeifen der Bootsmannsmaate ihren Willkommengruß, und durch ihren Lärm hindurch hörte er drei harte Doppelschläge der Schiffsglocke. Sechs Glasen auf der Nachmittagswache – drei Uhr, der Zeitpunkt, zu dem er geladen war.

Die große Achterkajüte der HIBERNIA war längst nicht mit dem Luxus eingerichtet, den Pellew auf seiner TONNANT trieb; aller Überfluß war hier verpönt, ja, man hätte die Ausstattung dieses Raumes fast spartanisch nennen können, und doch herrschte durchaus solide Behaglichkeit. Hornblower wunderte sich ein wenig, keine anderen Besucher vorzufinden, denn anwesend waren nur Cornwallis selbst, Collins, der hämisch grinsende Flaggkapitän, und ein Flaggleutnant, der, wie Hornblower zu verstehen glaubte, einen jener neumodischen Doppelnamen mit Bindestrich trug.

Hornblower mußte erleben, daß ihn Cornwallis mit seinen blauen Augen lange Zeit in so kritischer, abschätzender Weise musterte, daß er unter anderen Umständen bestimmt die Fassung verloren hätte. Aber heute war er in Gedanken immer noch bei seiner Maria, und was sein Äußeres betraf, so waren sieben Monate ununterbrochener Seedienst und drei Wochen Sturm wahrhaftig der Entschuldigung genug, daß sein Rock schäbig war und daß er eine einfache Seemannshose trug. So hielt er denn Cornwallis' prüfendem Blick ohne Scheu stand. Im übrigen erzielte Cornwallis mit seinem trotz aller Güte doch betont ernsten Ausdruck nicht die gewünschte Wirkung, weil seine Perücke schief saß. Der Admiral bevorzugte immer noch jene kurzgestutzten Roßhaarperücken, die nach dem Willen der Modeschöpfer nur noch von den Kutschern des hohen Adels getragen werden sollten. Heute nun saß ihm dieses Ding so flott und lustig auf dem Kopf, daß die Ehrerbietung seines Gegenübers notwendig darunter leiden mußte. Aber wie es auch immer um die Wirkung dieser Perücke bestellt war, irgend etwas lag hier in der Luft, man sprach sich nicht aus, es herrschte eine undefinierbare Spannung, obwohl Cornwallis den Pflichten des Gastgebers mit vollendeter Grazie und Gewandtheit nachkam. Die Atmosphäre war so geladen, daß Hornblower kaum von all den köstlichen Dingen Notiz nahm, die die Tafel bedeckten, weil er fast körperlich spürte, daß hinter den höflichen Worten des Gesprächs ganz andere Dinge lauerten. Man unterhielt sich über das Wetter der letzten Wochen. Die HIBERNIA lag schon seit mehreren Tagen in der Bay, sie war gerade noch rechtzeitig eingelaufen, um dem letzten Sturm zu entgehen.

»Was hatten Sie denn noch an Proviant, als Sie einliefen, Herr Kapitän?« fragte Collins.

Wieder dieses seltsam steife Gehabe, diese geschraubte, gekünstelte Form der Rede! Collins' Frage hatte so anzüglich geklungen, sein förmliches »Herr Kapitän« hatte dies noch unterstrichen, um so deutlicher, als es einem simplen jungen Korvettenkapitän galt. Plötzlich war sich Hornblower darüber klar, was ihm da geboten wurde. Das war – wie konnte es auch anders sein – eine gespreizte, Wort für Wort vorbereitete Rede, genau wie er sie Bush gehalten hatte, als es um das An-Bord-Kommen der Frauen ging. Was da gespielt wurde, war ihm jetzt aufgegangen, aber warum sie dieses Spiel trieben, blieb ihm noch immer ein Rätsel. Er hatte auf Collins' Frage eine ehrliche, unbefangene Antwort bereit, so ehrlich und unbefangen, daß sie wie etwas ganz Selbstverständliches über seine Lippen kam.

»Wir hatten noch reichlich, Sir, mindestens für einen Monat Ochsen- und Schweinefleisch.«

Die Pause im Gespräch, die diesem Satz folgte, dauerte um eine Spur länger als sonst, als müßten die Hörer mühsam verarbeiten, was sie da eben vernommen hatten. Dann stellte Cornwallis mit einem einzigen Wort seine zweite Frage.

»Und Wasser?«

»Damit war es leider schlecht bestellt. Ich war nie in der Lage, meine Fässer aus einem Wasserfahrzeug ganz zu füllen. Als wir einliefen, waren wir ziemlich am Ende, darum hatte ich hierher abgehalten.«

»Wieviel hatten Sie denn noch?«

»Für zwei Tage bei halben Rationen, Sir. Eine Woche lang waren wir schon auf halben Rationen und vordem vier Wochen lang auf Zwei-Drittel-Rationen.«

»So ist das also«, sagte Collins und im gleichen Augenblick war die Atmosphäre wie verwandelt.

»Da hatten Sie aber recht wenig Spielraum, für den Fall, daß Ihre Rechnung nicht aufging«, meinte Cornwallis und verzog den Mund dabei zu einem Lächeln. In seiner Unschuld kam Hornblower erst jetzt dahinter, worum es hier ging. Man hatte ihn im Verdacht gehabt, daß er ohne Not eingelaufen war, daß er zu jenen Kommandanten gehörte, die es bei schwerem Wetter allzu rasch sattbekamen, sich draußen herumzuschlagen. Cornwallis war es sehr darum zu tun, seine Kanalflotte von solchen Elementen zu säubern, er hatte sich bereits gefragt, ob nicht auch Hornblower auf diese schwarze Liste gehörte.

»Sie hätten mindestens vier Tage eher einlaufen müssen«, sagte Cornwallis.

»Gewiß, Sir ...« Hornblower hätte sich gegen diese Vorhaltung des Admirals decken können, indem er den Befehl erwähnte, den ihm Chambers von der Najade gegeben hatte. Aber wozu? Es war besser, darüber zu schweigen, darum wählte er seine Worte im letzten Augenblick anders: »Aber am Ende kam ich ja doch noch ganz gut zurecht.«

»Sie werden doch Ihre Logbücher einreichen, Sir, nicht wahr?« fragte der Flaggleutnant.

»Selbstverständlich«, gab ihm Hornblower zur Antwort.
Das Logbuch war der dokumentarische Beleg für das, was Hornblower mündlich vorgebracht hatte. Die Frage danach war taktlos, ja fast beleidigend, hieß sie doch, daß seinem Wort nicht unbedingt zu trauen war. Cornwallis wies den Flaggleutnant wegen dieser Ungehörigkeit denn auch sofort zornig zurecht.
»Kapitän Hornblower kann es damit halten, wie es ihm richtig scheint«, sagte er und knüpfte daran gleich die Frage: »Nun, hätten Sie noch Lust auf ein Glas Wein?«
Jetzt war das Eis endgültig gebrochen, und es wurde recht nett. Die Stimmung hatte sich so gründlich gewandelt wie die Beleuchtung in der Kajüte, als die Stewards die brennenden Kerzen hereinbrachten. Die Unterhaltung der vier plätscherte unter Lachen und Scherzen dahin, als Newton, der Kommandant des Schiffes, die Kajüte betrat, um seine Meldung zu machen und sich Hornblower vorstellen zu lassen.
»Der Wind weht stetig aus West-Nordwest, Sir«, meldete Newton.
»Danke.«
Cornwallis packte Hornblower mit einem Blick aus seinen blauen Augen: »Sind Sie klar?«
»Jawohl, Sir«; eine andere Antwort gab es darauf nicht.
»Der Wind muß nun bald auf Ost drehen«, überlegte Cornwallis. »In den Downs, im Spithead, im Plymouth Sund, überall wimmelt es von Schiffen, die auslaufen sollen und auf günstigen Wind warten. Für die Hotspur genügt es schon, wenn er nur einen Strich weiter rechts dreht.«
»Mit zwei Schlägen könnte ich auch bei diesem Wind schon Ouessant erreichen«, sagte Hornblower. Irgendwo in Brixham hauste zur Zeit seine arme Maria, aber es ging nicht anders, diese Worte waren fällig, er mußte sie aussprechen.
»Hm«, machte Cornwallis immer noch in Gedanken, »ich kann nicht ruhig sein, wenn ich Sie nicht vor dem Goulet weiß, Hornblower; aber einen Tag vor Anker will ich Ihnen noch gönnen.«
»Besten Dank, Sir.«
»Das heißt, wenn der Wind nicht weiter ausschießt.«
Cornwallis hatte sich entschieden. »Folgendes ist mein Befehl für Sie: Morgen bei Dunkelwerden gehen Sie Anker auf. Wenn jedoch der Wind noch einen Strich weiter rechts dreht, laufen Sie sofort aus. Das heißt, sobald er auf Nordwest zu West herumgegangen ist.«
»Aye, aye, Sir.«
Hornblower erinnerte sich daran, welche Antwort er von seinen eige-

nen Untergebenen erwartete, wenn er ihnen einen Befehl gab, und richtete sich jetzt selbst nach dem, was er von jenen verlangte. Cornwallis fuhr fort, ohne seinen prüfenden Blick von ihm zu wenden:
»Vor einem Monat bekamen wir aus Prisenbeständen einen Posten recht trinkbaren Rotweins. Wollen Sie mir die Freude machen, ein Dutzend Flaschen davon anzunehmen?«
»Mit dem größten Vergnügen, Sir.«
»Gut, dann lasse ich sie gleich in Ihr Boot schaffen.«
Cornwallis gab seinem Steward den entsprechenden Befehl. Dieser mußte ihm etwas ins Ohr geflüstert haben, denn gleich darauf hörte ihn Hornblower sagen: »Ja, ja, selbstverständlich.«
Als ihm der Admiral wieder seine Aufmerksamkeit schenkte, sagte er: »Vielleicht könnte der Steward gleich veranlassen, daß mein Boot längsseit bleibt, Sir.« Er war überzeugt, daß sein Aufenthalt nach Cornwallis' Begriffen lange genug gedauert hatte.
Es war schon dunkel, als Hornblower die Bordwand hinunter in sein Boot stieg und dort gleich zu seinen Füßen die Kiste mit dem Wein fand. Der Wind war zu einer mäßigen Brise abgeflaut. Über den dunklen Gewässern der Tor Bay blinkten die Ankerlampen der Schiffe, und rings an den Ufern sah man die Lichter von Torquay, Paignton und Brixham. Dort war jetzt seine Maria irgendwo untergekrochen, wahrscheinlich höchst beengt und unbequem, denn in den kleinen Nestern an der Tor Bay wimmelte es in diesen Wochen bestimmt von wartenden Seeoffiziersfrauen.
»Rufen Sie mich sofort, wenn der Wind auf Nordwest zu West dreht«, sagte Hornblower zu Bush, als er den Fuß an Deck setzte.
»Nordwest zu West, aye, aye, Sir. Leider haben es die Leute doch fertiggebracht, Schnaps an Bord zu schmuggeln.«
»Haben Sie etwas anderes erwartet?«
Ein britischer Seemann brachte es immer fertig, sich Schnaps zu verschaffen, wenn er irgendwie mit Land in Berührung kam. Hatte er kein Geld, ihn zu kaufen, dann gab er Kleidung, Schuhe, ja sogar seine geliebten Ohrringe im Tausch dafür hin.
»Mit einigen gab es Schwierigkeiten, Sir, besonders nach der Bierausgabe.«
Wenn Bier zu haben war, wurde es immer an Stelle von Rum ausgegeben.
»Sind Sie mit den Burschen fertig geworden?«
»Jawohl, Sir.«
»Dann ist es gut.«

Ein paar Leute schafften unter Aufsicht Doughtys die Weinkiste aus dem Boot. Als Hornblower seine Kajüte betrat, sah er, daß sie am Schott festgelascht war und fast den ganzen übrigen Raum einnahm. Doughty beugte sich darüber, als suchte er etwas, er hatte sie eben mit einem Brecheisen aufgestemmt.

»Ich weiß leider keinen anderen Platz«, sagte er wie zur Entschuldigung. Das war wohl sogar in doppelter Hinsicht richtig. Das Schiff war so mit Vorräten vollgestopft, daß rohes Fleisch an den unmöglichsten Stellen herumhing, da war beim besten Willen kein Platz mehr für die Kiste zu finden. Außerdem aber war dieser Wein nur hier sicher vor dem Zugriff durstiger Kehlen, weil er da ständig von einem Posten bewacht war. Plötzlich brachte Doughty ein großes Paket aus der Kiste zum Vorschein.

»Was ist denn das?« fragte ihn Hornblower. Es war ihm schon aufgefallen, daß Doughty etwas nervös war. Als er ihm nun die Antwort schuldig blieb, wiederholte er die Frage noch bestimmter.

»Nur ein Paket vom Steward des Admirals, Sir.«

»Zeigen Sie mir doch, was darin ist.«

Hornblower erwartete, daß Flaschen mit Schnaps oder andere geschmuggelte Dinge zum Vorschein kamen.

»Nur Proviant für die Kajüte, Sir.«

»Los, vorzeigen!«

»Wie ich sagte, Sir, nur Proviant für die Kajüte.«

Doughty sah sich prüfend an, was er auspackte, offenbar wußte er selbst noch nicht, was er bekommen hatte. »Das hier ist süßes Öl, Sir, Olivenöl. Dies sind getrocknete Kräuter: Majoran, Thymian, Salbei. Hier ist Kaffee drin, scheint leider nur ein halbes Pfund zu sein. Pfeffer, Essig und ...«

»Ja, Donnerwetter, wie sind Sie denn an all das Zeug gekommen?«

»Ich habe dem Steward des Admirals einen Brief geschrieben, Sir, den hat ihm Ihr Bootssteurer übergeben. Es wäre Unrecht, wenn Sie all die guten Zutaten entbehren müßten. Jetzt kann ich endlich richtig für Sie kochen.«

»Weiß denn der Admiral davon?«

»Das ist kaum anzunehmen, Sir.«

Doughty schien seiner Sache ganz sicher zu sein. Die überlegene Miene, die er bei seinen Worten zur Schau trug, gab Hornblower plötzlich Kunde von einer Welt, die ihm bis dato ganz und gar verborgen geblieben war. Da gab es Flaggoffiziere, da gab es Kommandanten, aber unter dieser goldglitzernden Oberfläche wirkte unsichtbar der Ring der

Stewards, die, verbunden durch geheime Riten und Losungsworte, für das Wohl ihrer Vorgesetzten sorgten, ohne daß sie sie mit ihren Anliegen zu belästigen brauchten.

»Sir!« Bush kam mit eiligen Schritten hereingestürmt. »Der Wind ist jetzt Nordwest zu West. Es sieht aus, als ob er weiter rechts drehen wollte.«

Hornblower brauchte eine Sekunde, um Ordnung in seine Gedanken zu bringen. Jetzt galt es vom Steward und getrockneten Kräutern schleunigst auf das Schiff und den Seeklar-Befehl umzuschalten. Sofort war er wieder bei der Sache und sprudelte seine Anordnungen hervor: »Lassen Sie alle Mann pfeifen, bringen Sie die Stengen auf, und heißen Sie die Rahen. Ich möchte in zwanzig, nein, in fünfzehn Minuten Anker lichten.«

»Aye, aye, Sir.«

Die Ruhe an Bord wurde jäh unterbrochen, als die Pfeifen schrillten und die Maate die Besatzung auf ihre Stationen trieben. Die anstrengende Arbeit und der frostig kalte Nachtwind vertrieben rasch den Bier- und Schnapsdunst und machten die benommenen Köpfe wieder klar. Ungeschickte Finger griffen nach Fallen- und Taljenläufern, Männer stolperten und fielen, Maate rissen sie schimpfend wieder hoch. Den Maaten saßen die Deckoffiziere und diesen wieder Bush und Prowse im Nacken. Die riesigen, schwer zu hantierenden Würste der aufgetuchten Segel wurden von der Barring geholt, wo sie verstaut gewesen waren.

»Schiff klar zum Segelsetzen«, meldete Bush.

»Gut. Lassen Sie das Spill besetzen. Mr. Foreman, was ist das Nachtsignal für: ›Laufe aus‹?«

»Einen Augenblick, Sir.« Foreman hatte seine Nachtsignale noch immer nicht so im Kopf, wie man es nach diesen langen Monaten erwarten durfte. »Ein Blaulicht und ein bengalisches Feuer, gleichzeitig gezeigt, Sir.«

»Gut. Halten Sie beides bereit. Mr. Prowse, bitte einen Kurs von Start Point nach Ouessant.«

Damit erfuhren die Männer endgültig, was ihnen bevorstand, wenn sie es nicht schon geahnt hatten. Nur Maria wußte noch nichts, die erfuhr es erst, wenn sie morgen auf die Tor Bay hinausblickte und den Ankerplatz der Hotspur verlassen sah. Als Trost blieb ihr nur der kurze Gruß, den er ihr vor dem Dinner beim Admiral übersandt hatte — weiß Gott, ein kümmerlicher Trost. Nein, er durfte nicht an Maria denken, auch nicht an das Kind, das sie trug.

Das Spill drehte sich klickend, als sie das Schiff an den Steuerbord-Anker hievten. Dabei mußten sie das zusätzliche Gewicht der Karronade bewältigen, mit der sie diesen Anker verkattet hatten. Diese Mehrarbeit war der Preis für die Sicherheit, die sie die letzten Tage genossen hatten. Es war ein hartes, mühseliges Unternehmen.
»Soll ich das Schiff am Backbord-Anker kurzstag hieven, Sir?«
»Bitte tun Sie das, Mr. Bush, und gehen Sie Anker auf, sobald alles klar ist.«
»Aye, aye, Sir.«
»Mr. Foreman, geben Sie das Signal.«
Plötzlich war das Achterdeck in helles Licht getaucht, das geisterhafte Blaulicht vermengte sich mit dem ebenso unheimlichen Rot des bengalischen Feuers. Kaum war dieses Schauspiel versprüht, da kam auch vom Flaggschiff schon die Antwort: Ein Blaulicht, das dreimal aufleuchtete, weil es immer kurz abgeschirmt wurde.
»Flaggschiff zeigt verstanden, Sir.«
»Danke.«
Das war nun das Ende seiner Hafenzeit, seines Besuchs in England. Für Monate bekam er Maria nicht mehr zu Gesicht, und wenn er sie eines Tages wiedersah, war sie bestimmt schon Mutter.
»Hol die Schoten!« Die Hotspur nahm Fahrt auf und hielt ab, um Berry Head raumschots zu runden. Hornblower ließ sich alles mögliche durch den Kopf gehen, um seiner düsteren Stimmung Herr zu werden. Dabei fiel ihm der kurze leise Meinungsaustausch ein, den Cornwallis mit seinem Steward gepflogen hatte. Es gab für ihn keinen Zweifel, daß dieser seinem Admiral von dem Paket berichtet hatte, das für die Hotspur bestimmt war. Doughty war offenbar längst nicht der gerissene »Besorger«, für den er sich hielt. Diese Entdeckung entlockte ihm ein leises Lächeln. Die Hotspur pflügte unterdessen bereits die Wogen des Kanals, schwarz und drohend ragte Berry Head an Steuerbord querab aus den Fluten.

15

Jetzt war es kalt, bitter kalt, die Tage waren kurz und die Nächte sehr, sehr lang. Mit der Kälte kamen östliche Winde — das eine hing ja mit dem anderen eng zusammen —, und daraus ergab sich eine Umkehrung der taktischen Lage. Bei Ostwind war die Hotspur zwar die Sorge los, auf Legerwall zu geraten, aber dafür war die Last der Verantwortung entsprechend größer, die jetzt auf den Schultern des Kommandanten ruhte. Von nun war es mehr als überflüssiger Zopf oder bloß nautische Routine, daß Windrichtung und -stärke allstündlich aufgeschrieben wurden. Wenn nämlich dieser Wind aus zehn von den insgesamt zweiunddreißig Strichen der Kompaßrose kam, dann war es für die Franzosen bei all ihrer Schwerfälligkeit ein leichtes, durch den Goulet auszulaufen und den Atlantik zu erreichen. Wenn sie einen solchen Ausbruchversuch unternahmen, war es die Aufgabe der HOTSPUR, die Kanalflotte schnellstens davon zu unterrichten, damit sie den Franzosen in Gefechtsformation entgegentreten konnte, wenn sie tollkühn den Kampf suchten, damit sie aber auch alle Wege nach draußen – durch den Raz du Sein, den Chenal de l'Iroise oder den Chenal du Four – abriegeln konnte, wenn der Gegner, was wohl eher zu erwarten war, versuchte, den Ring der Blockade zu brechen und zu fliehen.

Heute lief die Flut bis gegen zwei Uhr nachmittags. Das war ganz besonders ungünstig, weil die HOTSPUR so lange warten mußte, ehe sie sich bei ihrer täglichen Aufklärungsfahrt auf nächste Entfernung heranwagen konnte. Ging sie dennoch eher heran, dann lief sie Gefahr, daß sie als hilfloser Spielball der Strömung in den Goulet hineingetrieben wurde, wenn der Wind sie einmal im Stich ließ, und daß sie dabei in den Schußbereich der Batterien auf Petit Minou und den Capuchins – das war die Toulinguet-Batterie – geriet. Viel gefährlicher aber als alle Batterien zusammen waren die mitten im Goulet liegenden Riffe: Pollux und das Plateau des Fillettes.

Hornblower kam beim ersten Tagesgrauen an Deck – heute, am kürzesten Tag des Jahres, war das nicht zu besonders früher Stunde –, um sich über den Schiffsort zu unterrichten, während Prowse Peilungen des Petit Minou und des Grand Gouin nahm.

»Fröhliche Weihnachten, Sir«, sagte Bush. Der militärische Brauch verlangte, daß er bei diesen Worten die Hand an den Hut legte.

»Vielen Dank. Auch Ihnen alles Gute zum Fest.«

Bezeichnenderweise hatte Hornblower ganz vergessen, daß heute Weihnachten war, obwohl er sehr genau wußte, daß man den 25. Dezember schrieb. Die Gezeitentafeln nahmen eben von den Kirchenfesten keine Notiz.

»Haben Sie Nachricht von Ihrer verehrten Gattin?« fragte Bush.

»Noch nicht«, antwortete Hornblower mit einem Lächeln, das nur halbwegs gekünstelt war. »Der Brief, den ich gestern bekam, datierte vom achtzehnten. Bis dahin war noch alles beim alten.«

Auch hier hatte das Umspringen des Windes seine Wirkung getan: Der Brief von Maria war nur sechs Tage unterwegs gewesen, ein Proviantschiff hatte ihn mitgebracht. Das hatte aber auch zur Folge, daß seine Antwort sechs Wochen brauchte, bis sie Maria erreichte; in diesen sechs Wochen – nein, schon in einer Woche – war bestimmt alles vorüber und das Kind auf der Welt. Ein Seeoffizier, der seiner Frau schrieb, mußte genauso auf den Verklicker achten, wie die Lords der Admiralität, wenn sie die Operationsbefehle für ihre Flotten entwarfen. Der Neujahrstag war das Datum, das sich Maria und ihre Hebamme für die Geburt ausgerechnet hatten, dann bekam Maria also die Briefe zu lesen, die er etwa vor Monatsfrist geschrieben hatte. Er wünschte, er hätte damals wärmere Worte gefunden, aber was half's, jene Briefe waren durch keine Macht der Welt mehr zurückzuholen, zu ändern oder zu ergänzen.
Für ihn gab es jetzt nur eins, er konnte einen Teil dieses Vormittags darauf verwenden, ihr einen Brief zu schreiben, der sie für die Mängel seiner Vorgänger entschädigen sollte – dabei stellte Hornblower schlechten Gewissens fest, daß er sich das nicht etwa zum erstenmal vornahm ...
Bei diesem Brief war es noch schwieriger als sonst, die gewollte Wirkung zu erzielen, weil er bei seiner Abfassung alle Möglichkeiten im Auge behalten mußte. Hornblower machte in diesem Augenblick alle Ängste eines werdenden Vaters durch.
Bis elf Uhr zwang er sich, bei dieser unerfreulichen Stilübung auszuharren, dann stieg er aufatmend und eben darob schuldbewußt auf das Achterdeck, um die HOTSPUR mit der letzten Flut weiter in den Goulet hineinzubringen, wobei die wohlbekannten Küsten zu beiden Seiten immer näher rückten. Die Luft war ziemlich klar, wohl herrschte kein strahlendes Weihnachtswetter, aber der winterliche Dunst hatte sich um die Mittagszeit verzogen, als Hornblower den Befehl zum Beidrehen gab. Er war so nah an das Pollux-Riff herangegangen, wie es ihm eben noch vertretbar schien. Während er seinen Befehl gab, hallte der dumpfe Knall eines Schusses vom Petit Minou herüber. Die wiederaufgebaute Batterie feuerte ihren üblichen Schuß zur Ermittlung ihrer Reichweite. Wahrscheinlich hoffte man da drüben, daß er diesmal vielleicht zu nahe herangekommen war. Ob sie das Schiff erkannten, das ihnen seinerzeit solchen Schaden zugefügt hatte? Man durfte es annehmen.
»Ihr Morgensalut«, sagte Bush.
»Ja.«

Hornblower griff mit seinen behandschuhten und dennoch kalten Händen nach dem Kieker und setzte ihn ans Auge, um wie immer in den Goulet hineinzuspähen. Dort gab es oft neue Dinge zu sehen. Heute waren ihrer eine ganze Menge.

»Auf der Reede liegen vier neue Schiffe vor Anker«, sagte Bush.

»Ich meine, es sind fünf. Die Fregatte dort, die mit dem Kirchturm in eins peilt – ist sie nicht auch neu?«

»Ich glaube nicht, Sir. Sie hat nur den Ankerplatz gewechselt. Neu sind meiner Zählung nach nur vier.«

»Ja, stimmt, Sie haben recht, Mr. Bush.«

»Sie haben alle die Rahen aufgebracht, Sir. Und – Sir, wenn Sie ihre Marsrahen einmal näher ins Auge fassen wollen ...«

Hornblower hatte sein Glas bereits darauf gerichtet.

»Ich weiß nicht ... Was meinen Sie?«

»Sind das nicht untergeschlagene Marssegel – nach mittschiffs festgemacht?«

»Das könnte sein.«

Ein nach mittschiffs festgemachtes Segel war auf der Rah viel dünner und weniger sichtbar als ein auf die übliche Art beschlagenes, weil die Masse seines losen Tuchs vor dem Mast zu einer festen Bunsch zusammengeschnürt war.

»Ich entere selbst in den Topp, Sir. Der junge Foreman hat gute Augen, den nehme ich mit mir.«

»Gut – nein, einen Augenblick, Mr. Bush – ich mache das lieber selbst. Bitte übernehmen Sie solange das Schiff. Aber Foreman schicken Sie mir hinauf.«

Hornblowers Entschluß, selbst zu entern, zeigte deutlich, wieviel ihm daran lag, jene neuen Schiffe genau in Augenschein zu nehmen. Mißmutig stellte er alsbald fest, wie langsam und schwerfällig er geworden war; es kostete ihn Überwindung, dies vor seiner beschwingten, leichtfüßigen Mannschaft zur Schau zu stellen. Aber jene Schiffe ließen ihm keine Ruhe ...

Schwer atmend erreichte er endlich die Focksaling und mußte erst eine Weile verschnaufen, ehe es ihm gelang, die Schiffe im Gesichtsfeld seines Kiekers festzuhalten. Aber beim Entern war ihm wenigstens richtig warm geworden. Foreman war bereits zur Stelle, der Ausguckposten der Wache barg sich angesichts der hohen Obrigkeit bescheiden »aus den Kinken«. Weder Foreman noch er hatten die beschlagenen Marssegel sicher ausgemacht.

Beide meinten, sie zu erkennen, aber sie legten sich nicht darauf fest.

»Mr. Foreman, fällt Ihnen an diesen Schiffen vielleicht noch etwas anderes auf?«
»N — nein, Sir, das könnte ich nicht behaupten.«
»Finden Sie nicht, daß sie auffallend hoch aus dem Wasser liegen?«
»Das könnte sein, jawohl, Sir.«
Zwei der neuen Schiffe waren kleine Zweidecker — wahrscheinlich mit vierundsechzig Geschützen —, die untere Reihe der Geschützpforten lag anscheinend bei beiden ein Stück höher über der Wasserlinie, als man es bei solchen Schiffen gewohnt war. Von einer exakten Feststellung konnte dabei natürlich keine Rede sein, es handelte sich vielmehr um einen unbestimmten Eindruck, der dem Gefühl für richtige Maße, ja, man mochte sagen dem Formgefühl entsprang. Irgend etwas an diesen Schiffsrümpfen stimmte nicht, obwohl Foreman bei aller Dienstbereitschaft seiner Meinung anscheinend nicht folgen wollte.
Hornblower suchte mit seinem Glas den Küstenstrich rund um die Ankerplätze ab, um womöglich weitere Anhaltspunkte zu finden. Dort standen in Reihen die Baracken, in denen die Truppen untergebracht waren. Der französische Soldat war dafür bekannt, daß er sich in jeder Lage zu helfen wußte. Er verstand es, sich überall wohnlich einzurichten, so sah man denn auch allerorts deutlich den Rauch, der von den brennenden Kochherden aufstieg, denn heute zum Weihnachtsfest sorgte man natürlich allenthalben für ein besonders schmackhaftes Mahl. Von hier war auch jenes Bataillon gekommen, das ihn seinerzeit nach der Sprengung der Batterie in die Boote zurückgetrieben hatte. Hornblower hielt das Glas einen Augenblick an, suchte wieder weiter und richtete es schließlich auf den Punkt zurück, den er eben gefunden hatte. Bei der herrschenden Windrichtung war er seiner Sache nicht ganz sicher, aber es schien ihm doch, daß von zweien der Barackenreihen kein Rauch aufstieg. Das war alles recht vage und unbestimmt, er hätte auch nicht annähernd sagen können, wie viele Mann in jenen Baracken unterkamen: waren es zweitausend oder gar fünftausend? Vor allem war er noch immer im Zweifel, ob da wirklich kein Rauch aufstieg.
»Herr Kapitän«, rief Bush von unten herauf, »die Tide ist umgesprungen.«
»Gut, ich komme hinunter.«
Er war tief in Gedanken versunken, als er das Deck erreichte.
»Mr. Bush, ich möchte bald wieder Fisch zum Dinner. Bitte lassen Sie nach den Djukes Friirs Ausschau halten.«

Er mußte den Namen des Fischerbootes so aussprechen, daß ihn Bush auch bestimmt richtig verstand. Schon nach zwei Tagen saß er mit dem Kapitän der DEUX FRÈRES in seiner Kajüte und trank Rum – oder tat zum mindesten so. Er hatte dem Mann ein halbes Dutzend unbekannte Fische abgekauft, die ihm dieser als besonders schmackhaft empfohlen hatte. »Carrelets« nannte sie der Kapitän, Hornblower vermutete, daß es Flundern waren. Jedenfalls hatte er sie mit einem seiner Goldstücke bezahlt, das der Fischersmann wortlos in der Tasche seiner schuppenbedeckten Sergehose verschwinden ließ.
Wie von selbst wandte sich die Unterhaltung den Dingen zu, die man zur Zeit im Goulet zu sehen bekam. Vom Allgemeinen kam man sehr bald zu den Einzelheiten, und hier befaßte man sich schließlich vor allem mit den neuen Schiffen auf der Reede. Der Kapitän tat ihr Erscheinen mit einer wegwerfenden Geste als völlig belanglos ab.
»Armes en flute«, sagte er in beiläufigem Ton.
En flute! Das war das Stichwort zur Lösung des Rätsels, mit ihm fügte sich alles zu einem geschlossenen Bild. Hornblower nahm einen unachtsamen Schluck aus seinem Glas mit gewässertem Rum und kämpfte den Hustenreiz nieder, der ihn daraufhin befiel. Es kam jetzt vor allem darauf an, so zu tun, als ob ihn diese ganze Sache nicht im geringsten interessierte. Ein Kriegsschiff ohne Geschütze sah doch aus wie eine Flöte, wenn seine Geschützpforten geöffnet waren – in seiner Bordwand gähnte dann eine Reihe leerer schwarzer Löcher.
»Sie sind nicht zum Kämpfen da«, erklärte ihm der Kapitän, »nur zum Befördern von Truppen, von Gütern, von allen möglichen Dingen.«
Natürlich vor allem von Truppen. Güter verschiffte man immer am besten mit Handelsschiffen, die für die Aufnahme von Ladungen gebaut waren, Kriegsschiffe dagegen waren besonders geeignet, eine Menge Menschen zu laden – ihre Kombüsen und ihr Fassungsvermögen für Frischwasser waren darauf berechnet. Wenn so ein Schiff nur so viele Seeleute an Bord hatte, wie zu seiner Bedienung nötig waren, gab es reichlich Raum für Soldaten. Die Geschütze waren dann überflüssig, sie fanden in Brest sofort Verwendung zur Bewaffnung neuer Schiffe. Nahm man die Kanonen von Bord, so gewann man damit unter Deck eine Menge Platz, den man ebenfalls mit Soldaten vollstopfen konnte. Je mehr ihrer wurden, desto schwieriger wurde allerdings ihre Verpflegung und ihre Versorgung mit Wasser, aber auf einer kurzen Reise hatten die Männer ja nicht lange Mangel zu leiden. Auf einer kurzen Reise! Westindien kam also nicht in Frage, das Kap

der Guten Hoffnung auch nicht und Indien am allerwenigsten. Eine Vierzig-Kanonen-Fregatte, en flute bestückt, konnte an die tausend Mann unterbringen. Das waren im ganzen dreitausend Mann, und dazu kamen ein paar hundert mehr auf den bewaffneten Geleitfahrzeugen. Aus dieser geringen Kopfstärke konnte man schließen, daß England nicht das Ziel dieser Unternehmung war: Nicht einmal Bonaparte, dem Menschenleben so wenig galten, hätte ein paar tausend Mann für einen sinnlosen Invasionsversuch in England hingeopfert, wo es immerhin eine, wenn auch kleine, reguläre Armee, neben ihr aber auch eine starke Miliz gab. Es kam also nur noch ein Ziel für diese Unternehmung in Frage, und das war Irland, wo die Miliz wegen der Aufsässigkeit der Bevölkerung nur sehr schwach war.

»Dann können sie mir auch nicht gefährlich werden«, sagte Hornblower, um den Faden des Gesprächs wieder aufzunehmen. Hoffentlich war seinem Gast nicht aufgefallen, daß er so lange stumm geblieben war, während er aus dem Gehörten seine Schlüsse zog.

»Sie können nicht einmal diesem kleinen Schiff etwas anhaben«, pflichtete ihm der bretonische Kapitän lachend bei.

Nur unter Aufgebot aller Willenskraft gelang es Hornblower, die Unterhaltung fortzusetzen, ohne dabei seine innere Erregung zu verraten. Es drängte ihn, sofort zu handeln, dennoch durfte er jetzt keine Ungeduld zeigen. Der Bretone wünschte sich noch ein drei Finger hoch gefülltes Glas Rum und dachte nicht an Aufbruch. Da fiel ihm glücklicherweise ein, daß ihm Doughty vorgeschlagen hatte, dem Mann nicht nur Fisch, sondern auch Apfelwein abzukaufen, und das brachte er jetzt zur Sprache. Ja, sagte der Kapitän, er hätte an Bord der DEUX FRÈRES einen Krug Apfelwein, leider wisse er aber nicht, wieviel noch darin sei, denn sie hätten tagsüber schon daraus getrunken. Was noch davon übrig sei, wolle er ihm gern verkaufen.

Hornblower zwang sich, darum zu feilschen, weil er dem Bretonen nicht verraten wollte, daß die Kunde, die er eben von ihm erhalten hatte, mindestens noch ein Goldstück wert war. Darum meinte er, es wäre recht und billig, wenn er den Rest Apfelwein, dessen Größe nicht feststand, als Dreingabe, also umsonst erhielte. Aber davon wollte der Kapitän nichts wissen. Nackte Habgier schimmerte in seinen braunen Augen, als er das Ansinnen entrüstet zurückwies.

»Also gut, ich zahle Ihnen einen Franc«, sagte Hornblower schließlich, »das sind zwanzig Sous.«

»Zwanzig Sous und ein Glas Rum«, erwiderte der Kapitän. Hornblower mußte sich also wieder eine Weile gedulden, aber diesen Preis

zahlte er gern, weil er sich damit die Achtung des Bretonen erhielt und vor allem jeden Argwohn im Keim erstickte, der bei dem Mann etwa aufkommen wollte.
So kam es, daß ihm von der Rumtrinkerei der Kopf schwindelte – ein Zustand, den er verabscheute –, als er seinen standhaften Gast endlich losgeworden war und Zeit fand, sich hinzusetzen, um die fällige dringende Meldung zu schreiben. Durch Signal konnte er unmöglich alles übermitteln, was da zu sagen war, außerdem waren Signale auch nicht geheim genug. So überlegt, wie es ihm nach dem Rumgenuß gelingen wollte, brachte er in dem Bericht seine Vermutung zum Ausdruck, daß die Franzosen eine Landung in Irland planen könnten, und führte dann die Gründe auf, die diesen Verdacht in ihm wachgerufen hatten. Endlich war er mit dem Ergebnis zufrieden und setzte sein »Horatio Hornblower, Commander« darunter. Dann drehte er das Blatt um und schrieb auf die Rückseite die Adresse: »Konteradmiral William Parker, Chef des Küstengeschwaders.«
Zuletzt faltete er das Schreiben und verschloß es mit dem Dienstsiegel. Parker, sein Chef, war einer aus dem riesigen Parker-Clan. Heute wie früher gab es und hatte es unzählige Admirale und Kapitäne dieses Namens gegeben, aber keiner von ihnen hatte sich je besonders hervorgetan. Nun, vielleicht machte er mit seinem Bericht dieser leidigen Tradition ein Ende.
Er schickte ihn sogleich ab – das Boot hatte einen beschwerlichen Weg zurückzulegen – und wartete voll Ungeduld auf die Antwort.

Sir,
Ihr Bericht vom heutigen Datum ist hier eingegangen. Ich werde seinem Inhalt eingehende Beachtung schenken.
Ihr ergebener Diener William Parker.

Hornblower hatte die wenigen Worte blitzschnell überflogen, in seiner Spannung war er mit dem Brief nicht erst in die Kajüte verschwunden, sondern hatte ihn gleich auf dem Achterdeck aufgerissen. Jetzt steckte er ihn rasch in die Tasche und hoffte, daß er nicht durch seine Miene verriet, wie enttäuscht er war.
»Mr. Bush«, sagte er, »wir werden den Goulet fortan gründlicher denn je überwachen müssen, besonders nachts und bei unsichtigem Wetter.«
»Aye, aye, Sir.«
Wahrscheinlich brauchte Parker Zeit, um seinen Bericht zu verarbei-

ten, und gab daher seinen Operationsplan erst später heraus. Bis dahin war Hornblower verpflichtet, ohne Befehl zu handeln.
»Ich werde bis zu den ›Kleinen Mädchen‹ vorstoßen, wann immer das ungesehen möglich ist.«
»Bis zu den ›Kleinen Mädchen‹? Aye, aye, Sir.«
Bush warf einen messerscharfen Blick nach seinem Kommandanten. Kein vernünftiger Mensch wagte sich mit seinem Schiff bei schlechter Sicht in ein so gefährliches Fahrwasser, wenn ihn nicht wichtigste Gründe dazu zwangen. Richtig — aber solche zwingenden Gründe waren eben gegeben. Dreitausend wohlausgebildete Soldaten, französische Soldaten, die in Irland landeten, würden auf dieser unseligen Insel einen Brand entfachen, dessen Flammen von einem Ende zum anderen gen Himmel schlügen — schlimmer noch als jener Brand, der im Jahr 1798 aufgelodert war.
»Wir wollen es heute nacht versuchen«, sagte Hornblower.
»Aye, aye, Sir.«
Die »Kleinen Mädchen« lagen genau in der Mitte der Goulet genannten Zufahrt nach Brest. An ihren beiden Seiten führten Fahrrinnen vorbei, die kaum eine Viertelmeile breit waren und durch die Ebbe und Flut mit besonders hoher Geschwindigkeit aus- und einwärts strömten. Man konnte annehmen, daß die Franzosen nur mit der Ebbe ausliefen — nein, das stimmte nicht ganz, bei günstigem Wind war es durchaus möglich, daß sie den Flutstrom aussegelten —, und dieser kalte Ostwind kam ihnen dazu wie gerufen. Der Goulet mußte also jederzeit schärfstens überwacht werden, wenn schlechte Sicht herrschte, und diese Aufgabe oblag der Hotspur.

16

Bush blieb zögernd stehen, nachdem er seine Nachmittagsmeldung erstattet hatte.
»Verzeihung, Sir«, begann er und hielt dann inne, ehe er über die Lippen brachte, was ihm auf der Seele lag.
»Ja, was ist, Mr. Bush?«
»Ich mache mir Sorgen, Sir. Ihr Aussehen will mir gar nicht gefallen.«
»Finden Sie?«
»Sie übernehmen sich, Sir. Tag und Nacht sind Sie auf den Beinen.«
»Das sagen Sie einem Seemann, Mr. Bush? Und noch dazu einem Königlichen Seeoffizier?«

»Dennoch stimmt es, Sir. Seit Tagen haben Sie kaum eine Stunde geschlafen; Sie sind so mager, wie ich Sie noch nie gesehen habe.«
»Und doch muß ich durchhalten, es bleibt mir keine andere Wahl.«
»Dazu kann ich nur sagen: Ich wünschte, Sie wären davon erlöst.«
»Ich danke Ihnen, Mr. Bush, und jetzt, denken Sie, lege ich mich aufs Ohr.«
»Darüber bin ich sehr froh, Sir.«
»Sorgen Sie bitte dafür, daß ich sofort geweckt werde, wenn die Anzeichen vermuten lassen, daß es dicker wird.«
»Aye, aye, Sir.«
»Kann ich mich auch wirklich auf Sie verlassen, Mr. Bush?«
Diese Frage zauberte ein lindes Lächeln auf die allzu ernsten Mienen der beiden Männer.
»Das können Sie, Sir.«
»Danke, Mr. Bush.«
Nach Bushs Abgang fand er es interessant, einen Blick in den fleckigen, gesprungenen Spiegel zu werfen, um selbst zu sehen, was seinem Ersten Offizier aufgefallen war: seine Magerkeit, die eingefallenen Wangen und Schläfen, die scharfe Nase, das spitze Kinn. Aber was er da sah, war ja nicht der wirkliche, der echte Hornblower; der hauste verborgen in seinem Inneren, dem machte Anstrengung und Mangel an Schlaf – zum mindesten bis jetzt – nichts aus. Dieser echte Hornblower blickte ihm im Spiegel aus einem Paar tiefliegender Augen entgegen und grüßte ihn mit einem Zwinkern des Erkennens, das sich rasch in ein belustigtes Grinsen verwandelte. Aus seiner Miene sprach nicht etwa Hohn auf sich selbst, aber doch etwas Verwandtes: eine Art zynischen Vergnügens beim Anblick seines wahren Ichs, das sich hier sein schwaches Fleisch vor Augen führte. Aber die Zeit war kostbar, man durfte sie nicht verschwenden, der müde Leib, den der echte Hornblower umherschleppen mußte, verlangte nach Ruhe. Und – was das schwache Fleisch betraf – wie schön, wie angenehm war es, sich die Wärmflasche auf den Leib zu packen, die ihm der tüchtige Doughty in die Koje gelegt hatte! Das gab trotz des feuchten Bettzeugs und der naßkalten Luft in der Kajüte ein köstliches Gefühl von Wärme und Geborgenheit.
Noch schien ihm kaum eine Minute vergangen, aber seine Uhr verriet ihm, daß schon volle zwei Stunden um waren, als Doughty wieder in die Kajüte kam.
»Sir«, sagte er, »Mr. Prowse sendet mich. Ich soll melden, Sir, daß es schneit.«

»Gut, ich komme.«
Wie oft hatte er diese Worte schon gebraucht! Sobald es dicker wurde, war er jedesmal weit in den Goulet hinein vorgedrungen und hatte dabei immer wieder die schwere Verantwortung auf sich genommen, ohne Sicht ein Revier zu befahren, in dem überall die schrecklichsten Gefahren lauerten. Dabei galt es unablässig auf Wind und Strömung zu achten, die genauesten Berechnungen anzustellen und ständig auf eine Änderung der bestehenden Verhältnisse gefaßt zu sein, um beim ersten Anzeichen einer Besserung der Sicht sofort kehrtzumachen und davonzusegeln. Das mußte sein, damit er nicht in das Feuer der Küstenbatterien geriet, und damit vor allem die Franzosen nicht entdeckten, wie dicht er ihnen auf den Leib gerückt war.
»Es hat eben erst angefangen zu schneien, Sir«, sagte Doughty, »aber Mr. Prowse sagt, es würde die ganze Nacht über anhalten.«
Mit Doughtys Hilfe hatte sich Hornblower wie ein Automat in sein dickes Winterzeug geworfen, ohne von seinem eigenen Tun Notiz zu nehmen. Dann trat er in eine verwandelte Welt hinaus: Ein dünner Schneeteppich breitete sich über das Deck unter seinen Füßen, und Prowses Gestalt tauchte im schneebedeckten Ölzeug hellschimmernd aus dem Dunkel auf.
»Der Wind ist Nord zu Ost, mäßig stark. Wir haben noch eine Stunde Flut.«
»Danke. Wecken Sie alle Mann und schicken Sie sie auf Gefechtsstation. Sie können an den Geschützen schlafen.«
»Aye, aye, Sir.«
»Von jetzt gerechnet in fünf Minuten will ich keinen Laut mehr hören.«
»Aye, aye, Sir.«
Das gehörte alles zur gewöhnlichen Routine bei einem solchen Vorstoß. Je schlechter die Sicht war, desto rascher mußte das Schiff bereit sein, das Feuer zu eröffnen, falls plötzlich in nächster Nähe ein Gegner auftauchte. Nur für Hornblowers eigene Pflichten gab es keine feste Regel, denn bei jedem Vorstoß waren die Bedingungen anders, wehte der Wind aus anderer Richtung, war die Tide verschieden alt. Heute hatte der Wind zum erstenmal so weit nördlich gedreht. Das hieß, daß er die Untiefen von Petit Minou so dicht passieren mußte, wie er irgend wagen durfte. Dann konnte die HOTSPUR hart am Wind und geschoben von der letzten Flut durch die nördliche Fahrrinne segeln, wobei die Fillettes die »Kleinen Mädchen« – an Steuerbord blieben.
Die Besatzung war noch immer guter Dinge. Es wurde gescherzt und

gelacht, man hörte überraschte Rufe, als die Männer aus der Hitze und dem Gestank des Zwischendecks in den Schnee heraustraten, aber scharfe Befehle unterbanden sofort jeden Lärm. Als erst die Rahen getrimmt und die Ruderbefehle gegeben waren, verstummte auf der HOTSPUR jeder Laut; wie ein Geisterschiff glitt sie durch die rabenschwarze Nacht, deren Dunkel der dichte Flockenwirbel noch undurchdringlicher machte.

An der Heckreling hing eine abgeblendete Laterne, damit man das Log ablesen konnte, obwohl das nicht viel besagte, weil die Fahrt über Grund ja stark von der geloggten Fahrt durchs Wasser abweichen konnte. Viel wichtiger als alle Hilfsmittel waren hier Instinkt und Erfahrung. Zwei Mann bedienten in den Backbord-Großrüsten das Lot. Vom Luv Achterdeck aus konnte Hornblower auch ihre leisen Meldungen noch verstehen, für den Notfall stand auf halbem Wege ein Mann, um sie zu wiederholen. Fünf Faden – vier Faden. War seine Navigation fehlerhaft, dann saßen sie vor dem nächsten Lotwurf schon auf Grund – gestrandet unter den Geschützen von Petit Minou, verloren und erledigt. Unwilkürlich spannte Hornblower alle Muskeln seines Körpers und ballte die behandschuhten Hände zu Fäusten. Sechseinhalb Faden! Darauf hatte er gerechnet, aber er atmete doch erleichtert auf, als die Meldung kam. Schlimm genug, dachte er, daß er gegen sein eigenes seemännisches Urteilsvermögen so mißtrauisch war.

»Voll und bei!« befahl er.

Sie waren so dicht unter Petit Minou, wie es überhaupt möglich war, nur eine Viertelmeile von jenen wohlbekannten Höhen entfernt. Allein es war nichts, rein gar nichts von ihnen zu sehen. Wohin Hornblower den Blick auch wandte, meinte er eine undurchdringliche schwarze Wand dicht vor Augen zu haben. Elf Faden – das war der Rand des Fahrwassers. Heute, zwei Tage nach den niedrigsten Nipptiden, bei letzter Flut und Wind aus Nord zu Ost, war der Flutstrom kaum noch eine Meile stark und der Wirbel vor dem Mengam-Riff nicht mehr zu fürchten.

»Keinen Grund!«

Also mehr als zwanzig Faden, die Rechnung stimmte.

»Eine gute Nacht für die Froschfresser, Sir«, murmelte Bush neben ihm; er hatte das schon eine ganze Weile sagen wollen.

Gewiß, wenn die Franzosen ausbrechen wollten, war diese Nacht ausnehmend günstig für sie. Über Ebbe und Flut wußten sie genauso Bescheid wie er selbst, und den Schnee sahen sie auch. Die Zeit reichte noch bequem, um Anker zu lichten, Segel zu setzen und mit günstigem Wind, unterstützt vom Ebbstrom, durch den Goulet auszulaufen. Durch den Chenal du Four konnten sie bei dieser Windrichtung unmöglich entkommen, die Iroise-Bucht war – hoffentlich – durch das Küstengeschwader blockiert, aber in einer so dunklen Nacht wie dieser versuchten sie vielleicht dennoch lieber auf diesem Weg zu entkommen als durch den schwierigen Raz de Sein.

Neunzehn Faden – er war also gut luvwärts der »Kleinen Mädchen« und konnte damit rechnen, daß er vom Mengam-Riff freikam. Wieder neunzehn Faden.

»Wir dürften Stauwasser haben, Sir«, murmelte Prowse, der gerade beim Licht der abgeblendeten Kompaßbeleuchtung nach der Uhr gesehen hatte.

Jetzt waren sie in Luv des Mengam-Riffs, für die nächsten Minuten war eine etwa gleichbleibende Tiefe von neunzehn Faden zu erwarten. Es wurde Zeit, sich für die nächste – nein, lieber gleich die übernächste – Maßnahme zu entschließen. Sofort entrollte sich das Bild der Karte vor seinem inneren Auge.

»Horchen Sie!« Bush stieß Hornblower aufgeregt mit dem Ellbogen in die Rippen.

»Ausscheiden mit Loten!« befahl Hornblower. Er sprach mit erhobener Stimme, um sicherzugehen, daß er verstanden wurde. So, wie der Wind stand, waren seine Worte gewiß nicht weit in der Richtung zu hören, nach der sie jetzt lauschten.

Da war es wieder, das Geräusch, und gleich darauf gesellten sich ihm auch noch andere Töne zu. Jetzt trug der Wind ein langgedehntes einsilbiges Wort herüber, und Hornblower faßte es mit seinen überwachen Sinnen sofort auf. Ein Franzose hatte seize – Sechzehn – gerufen. Die französischen Lotsen benutzen zum Messen der Wassertiefe immer noch das altmodische Maß der Toise, die um ein weniges länger war als der englische Faden.

»Da sind Lichter«, murmelte Bush und rammte Hornblower seinen Ellbogen erneut in die Rippen. Richtig, da und dort sah man jetzt einen Schimmer – der Franzose hatte sein Schiff längst nicht so wirksam abgeblendet wie die HOTSPUR. Der schwache Lichtschein genügte, um den Beobachtern einige Klarheit über die Lage zu verschaffen. Ein Geisterschiff glitt in Steinwurfweite vorüber. Unvermittelt sah man seine Marssegel, ihre Hinterfläche mußte ein dünnes Schneekleid tragen, dessen schimmernde Weiße jedes Licht reflektierte, das sich an Deck zeigte. Man sah ...

»Drei rote Lichter nebeneinander an der Kreuzmarsrah«, flüsterte

Bush. Jetzt waren sie gut zu sehen, wahrscheinlich waren sie nach vorn abgeblendet und leuchteten nur nach achtern, um nachfolgende Schiffe zu führen. Hornblower fühlte plötzlich, wie ihm seine Eingebung zwingend vorschrieb, was zu tun war, jetzt sofort, in fünf Minuten, auf lange Sicht.

»Los«, zischte er Bush zu, »lassen Sie auch bei uns an der gleichen Stelle drei Lampen heißen. Sie bleiben vorläufig abgeblendet, aber so, daß sie ohne Verzug gezeigt werden können.«

Bush war beim letzten Wort verschwunden, Hornblower mußte schnell weiterdenken, blitzartig mußten seine Entscheidungen fallen. Eine Wendung war für die Hotspur zu gewagt, also mußte sie halsen.

»Halsen!« befahl er Prowse kurz. Für die höflichen Formeln, die ihm sonst so leicht über die Lippen flossen, war jetzt keine Zeit. Als die Hotspur herumschwang, sah er, wie die drei nebeneinandergesetzten roten Laternen fast in eins zusammenrückten und wie im gleichen Augenblick ein blauer Schein aufleuchtete. Das französische Schiff änderte Kurs, um den Goulet seewärts zu passieren, und brannte als Signal für die nachfolgenden Schiffe ein Blaufeuer ab, damit sie der Reihe nach in seinem Kielwasser abfielen. Jetzt erkannte Hornblower auch das zweite französische Schiff – einen zweiten schwachen Schatten –, das Blaufeuer half ihm, es zu entdecken.

Als Hornblower seinerzeit in Ferrol gefangensaß, hatte Pellew mit der alten Indefatigable einem aus Brest flüchtenden französischen Geschwader schwere Kopfschmerzen bereitet, indem er die französischen Signale kopierte, aber das war in dem vergleichsweise offenen Fahrwasser der Iroise-Bucht gewesen. Hornblower hatte schon mit dem Gedanken gespielt, eine ähnliche Taktik zu versuchen, aber hier, in dem engen Goulet, war Gelegenheit, dem Gegner härtere Schläge zu versetzen.

»Mit Steuerbordhalsen an den Wind!« befahl er Prowse kurz und barsch, und die Hotspur drehte weiter – unsichtbare Männer holten an den unsichtbaren Brassen.

Das zweite Schiff des französischen Verbandes beendete eben seine Kursänderung, der Bug der Hotspur zeigte fast recht darauf zu.

»Etwas Backbord!« Die Hotspur drehte. »Stütz! Recht so!«

Er wollte so dicht herankommen, wie es ohne Kollision überhaupt möglich war.

»Ich habe einen zuverlässigen Mann mit den Laternen nach oben geschickt, Sir«, meldete Bush. »In zwei Minuten sind sie klar.«

»Kümmern Sie sich jetzt um die Geschütze«, fuhr ihn Hornblower an,

und da es jetzt nicht mehr auf Leisesein ankam, griff er nach dem Megaphon:
»Oberdeck! An die Steuerbordgeschütze! Ausrennen!«
Was für Schiffe waren es, aus denen dieses französische Geschwader bestand? Ganz bestimmt war ihnen ein bewaffnetes Geleit beigegeben, nicht um ihnen kämpfend den Weg durch die Kanalflotte zu bahnen, wohl aber, um die Transportschiffe nach gelungenem Durchbruch vor einzelnen britischen Fregatten zu schützen, die den Atlantik unsicher machten. Mit zwei großen französischen Fregatten war da bestimmt zu rechnen, von denen wahrscheinlich die eine führte, die andere den Beschluß bildete. Alles andere waren voraussichtlich wehrlose Transporter, Fregatten, die en flute bewaffnet waren.
»Hart Backbord!«
»Recht so!«
Rahnock an Rahnock ging es mit dem zweiten Schiff der französischen Linie durch den Goulet, zwei Geisterschiffe rauschten Seite an Seite durch die finstere, schneeverhangene Nacht. Das dumpfe Rollen der Lafetten war verstummt.
»Feuer!«
An zehn Geschützen rissen zehn Arme die Abzugsleinen zurück, aus der Bordwand der HOTSPUR brachen zuckende Flammen und warfen ihren hellen Schein auf Segel und Rumpf des Franzosen. In der blitzenden Helle nahmen sich die Schneeflocken aus, als hielten sie sich schwebend auf der Stelle.
»Schießt, Männer, schießt!«
Drüben erhob sich sofort wildes Geschrei, eine französische Stimme rief ihm erregte Worte geradewegs ins Ohr – das war der Kommandant dort drüben, nur dreißig Meter entfernt, der mit dem Megaphon genau auf ihn zielte. Seine Worte klangen entrüstet, der Mann war offenbar empört, weil er annahm, daß er von einem der eigenen Schiffe beschossen wurde – denn daß ein Brite so weit vorgedrungen war, konnte er natürlich nicht vermuten. Seine aufgeregte Rede wurde mitten im Satz abgeschnitten, als der erste Schuß der zweiten Breitseite krachte. Ihm folgten alsbald die anderen, denn die Männer luden und schossen, so schnell sie nur konnten. Bei jedem Aufblitzen tauchte das französische Schiff für den Bruchteil einer Sekunde aus dem Dunkel auf, um sogleich wieder in der pechschwarzen Nacht zu versinken. Die Neunpfünderkugeln der HOTSPUR krachten ohne Pause in das mit seiner Menschenfracht vollgepackte Schiff. Während Hornblower starr und reglos auf seinem Achterdeck stand, starben drüben – in seiner

nächsten Nähe – Dutzende einen qualvollen Tod, nur weil sie der Tyrann des Kontinents in seinen Dienst gezwungen hatte. Dieses furchtbare Erlebnis, diesen überraschenden, unerklärlichen Beschuß ihres wehrlosen Schiffes standen die Franzosen bestimmt nicht gleichmütig durch, es war unvermeidlich, daß sie versuchten, ihm zu entgehen. Aha, jetzt drehten sie ab, obwohl sie damit auf die Klippen und Sände der nahen Nordküste des Goulet zusteuerten. Schon sah man die drei roten Laternen an der Kreuzmarsrah des Franzosen. Ob er mit Absicht oder nur infolge eines eingetretenen Schadens Ruder gelegt hatte? Hornblower mußte herausfinden, was da drüben los war.

»Langsam Steuerbord!«

Die HOTSPUR drehte dem Gegner nach, ihre Kanonen spien Feuer. Genug, weiter ging es nicht.

»Stütz! Etwas Backbord! Recht so wie's jetzt geht!«

Nun ein Griff nach dem Megaphon: »Feuer einstellen!«

In der Stille, die jetzt eingesetzt hatte, hörte man es laut krachen, als der Franzose auf Grund lief: Spieren stürzten polternd an Deck, Menschen schrien verzweifelt durcheinander. In der Finsternis, die den hellen Feuerblitzen folgte, war Hornblower ärger geblendet denn je, und doch mußte er handeln, als ob er einwandfrei sehen könnte, er durfte keinen Augenblick verlieren.

»Großmarssegel back! An die Brassen!«

Die übrigen französischen Schiffe mußten auch noch erscheinen, ob sie nun wollten oder nicht. Der achterliche Wind, der Ebbstrom unter dem Kiel und die Felsen zu beiden Seiten ließen ihnen keine andere Wahl. Er brauchte nur schneller zu denken als sie, denn noch hatte er den Vorteil der Überraschung, es war nicht anzunehmen, daß der Kommandant des nächsten französischen Schiffes schon Zeit gefunden hatte, Ordnung in seine Gedanken zu bringen.

Die »Kleinen Mädchen« lagen jetzt genau in Lee, er durfte keinen Augenblick länger zögern.

»Braß voll!«

Da tauchte er auf, der Franzose, er war ganz nah, kam immer näher, von seiner Back tönte aufgeregtes Geschrei herüber.

»Hart Backbord!«

Die HOTSPUR machte gerade so viel Fahrt durchs Wasser, daß sie dem Ruder gehorchte. Die Vorsteven der beiden Schiffe schwenkten auseinander, der Zusammenstoß war um Haaresbreite vermieden.

»Feuer!«

Die Segel des Franzosen killten, er verlor rasch Fahrt und gehorchte darum nur schlecht dem Ruder. Da jetzt obendrein die Neunpfünderkugeln über sein Deck fegten, bekam ihn sein Kommandant wohl auch nicht so bald wieder in die Gewalt. Die Hotspur durfte jetzt nicht weglaufen, denn der Gegner hatte immer noch Zeit und Raum für ein neues Manöver.

»Großmarssegel back!«

Die Besatzung war glänzend ausgebildet, das Schiff manövrierte so präzise wie eine Maschine. Selbst die Pulverjungen, die in stockdunkler Nacht die Niedergänge herauf- und hinuntereilten, taten eifrig und zuverlässig ihre Pflicht und versorgten die Geschütze unermüdlich mit Pulver. Denn das Feuer ging ohne Unterlaß weiter, die Salven krachten betäubend, ihr Mündungsfeuer übergoß die Franzosen wieder und wieder mit seinem rötlichen Schein, während sich der Qualm in dicken Schwaden leewärts wälzte.

Aber jetzt durfte er keine Minute länger mit dem backgesetzten Großsegel nach Lee abtreiben. Es gab nur eins: vollbrassen und Fahrt aufnehmen, auch wenn er sich damit vom Gegner löste.

»An die Brassen!«

Bis jetzt hatte er gar nicht beachtet, welchen infernalischen Lärm die beiden Achterdeckskarronaden neben ihm machten. Sie feuerten rasch hintereinander und überschütteten das Deck des Transporters mit gehacktem Blei. Sooft sie aufblitzten, konnte man sehen, daß sich die Masten des Franzosen um so weiter entfernten, je mehr Fahrt die Hotspur wieder gewann. Als dann abermals ein Mündungsfeuer aufleuchtete, sah Hornblower plötzlich etwas ganz anderes – wieder das Bild eines Augenblicks. Da war das Bugspriet eines weiteren Schiffes, das sich von der der Hotspur abgewandten Seite her über das Deck des Franzosen schob. Dann hörte man ein Krachen und gleich darauf Geschrei. Das nachfolgende französische Schiff war seinem Vordermann mit dem Bug in die Seite gerannt. Dem ersten krachenden Stoß folgten noch einige schwächere. Hornblower eilte achteraus, um möglichst noch etwas zu sehen, aber die Nacht hatte sich schon wieder wie eine Mauer um seine geblendeten Augen geschlossen. Nur lauschen konnte er, und was er hörte, verriet ihm, was sich dort hinten zutrug. Das rammende Schiff wurde nach dem Zusammenstoß vom Wind herumgedrückt, seine Bugspriet sprengte Wanten und Stagen, bis es gegen den Großmast schlug, die Vorstenge krachte ab, Rahen kamen von oben. Die beiden Schiffe waren hilflos ineinander verhakt und hatten dabei die »Kleinen Mädchen« in Lee. Jetzt sah man Blaufeuer aufleuchten, offenbar versuchten sie, ihre hoffnungslose Lage noch auf irgendeine Art zu meistern. Da die Schiffe herumschwojten, kreisten diese Blaufeuer und die roten Laternen an den Rahen wie ein Planetensystem umeinander. Sie hatten keine Aussicht, heil davonzukommen, — Hornblower glaubte sogar noch zu hören, wie sie krachend auf das Riff der »Kleinen Mädchen« stießen. Aber er war seiner Sache nicht sicher und hatte — selbstverständlich — auch keine Zeit, noch einen Gedanken daran zu wenden. In diesem Stadium der Ebbe gab es hier einen Wirbelstrom, der auf das südwestlich der »Kleinen Mädchen« gelegene Pollux-Riff zu setzte und den er daher unbedingt in Rechnung stellen mußte. Dann war er endlich wieder draußen in der Iroise-Bucht, deren Gewässer ihm so gefährlich erschienen waren, ehe er sich in den Goulet hineingewagt hatte. Von Brest her waren jetzt noch Schiffe in unbekannter Zahl zu erwarten, denen das Geschützfeuer und all der sonstige Tumult verraten hatte, daß sich mitten unter ihnen ein Gegner herumtrieb.

Er warf einen raschen Blick nach dem Kompaß und schätzte die Windstärke nach dem Gefühl auf seinen Wangen. Die feindlichen Schiffe — so viele es ihrer noch gab — steuerten bei diesem Wind ganz sicher den Raz de Sein an und ließen dabei die Untiefe Le Trépied gut frei an Backbord. Er mußte also versuchen, ihnen den Weg dorthin zu verlegen. Das nächstfolgende Schiff der gegnerischen Kolonne war ihm auf jeden Fall dicht auf den Fersen, aber schon in ein paar Sekunden war es ebenfalls aus der engen Fahrrinne des Goulet heraus und hatte dann freies Manöver. Vor allem aber: Was unternahm die erste Fregatte, jene, die er vorbeigelassen hatte, ohne sie anzugreifen?

»Achtung, Großrüsten! Weiter loten!«

Er mußte sich so weit in Luv halten, wie es das Fahrwasser erlaubte.

»Zwanzig Faden und keinen Grund!«

Das hieß, daß er gut frei vom Pollux-Riff war.

»Ausscheiden mit Loten!«

Sie liefen mit Steuerbordhalsen den gleichen Kurs weiter. In der undurchdringlichen Finsternis hörte er neben sich nur Prowses schwere Atemzüge, sonst war es ringsum totenstill. Da, was war das? Wind und Wasser hatten einen ganz eindeutigen Laut an sein Ohr getragen, einen Plumps wie von etwas Schwerem, das ins Wasser fiel. So hörte sich nur ein Lotwurf an — und nach angemessener Pause folgte denn auch richtig der hohe singende Ruf des Lotgasten. In Luv, ganz in der Nähe, mußte sich also ein Schiff befinden. Da ihm die HOTSPUR offenbar immer näher kam und Hornblower überdies angestrengt in die Richtung lauschte, aus der die ersten Laute gekommen waren, hörte er

sehr bald auch noch einiges andere: menschliche Stimmen, das Knarren von Rahen. Er lehnte sich weit über die Querreling und gab auf das Großdeck hinunter mit leiser Stimme den Befehl:
»Klar bei den Geschützen.«
Da war das Schiff, Steuerbord voraus, ein kaum erkennbarer dunkler Schatten.
»Zwei Strich backbord! Stütz!«
Drüben hatte man die HOTSPUR im gleichen Augenblick ebenfalls gesichtet, aus der Dunkelheit drang durchs Megaphon ein Anruf herüber, aber Hornblower fiel dem Rufer sogleich ins Wort, indem er mit lauter Stimme aufs Großdeck hinabrief:
»Feuer!«
Die Schüsse lösten sich fast zur gleichen Zeit, so daß Hornblower fühlte, wie sich der leichte Rumpf der HOTSPUR unter der Wucht des Rückstoßes nach Feuerlee überlegte. Jetzt sah man wie vorhin im hellen Schein des Mündungsfeuers für einen Augenblick die Umrisse des anderen Schiffes. Hornblower konnte nicht hoffen, auch diesen Gegner zum Auflaufen zu zwingen, dazu gab es hier zuviel Seeraum. Mit einem Griff hatte er das Megaphon in der Hand.
»Geschütze hochrichten! Auf die Takelage zielen!«
Das eine konnte er: Den Gegner manövrierunfähig schießen. Der erste Schuß der neuen Breitseite löste sich, kaum daß er diesen Befehl gegeben hatte – irgendein Trottel hatte nicht aufgepaßt. Dann erst, nach der Pause, die zum Herausschlagen der Richtkeile nötig war, folgten Blitz auf Blitz und Knall auf Knall die anderen Schüsse, einer, noch einer, wieder einer. Bald schon zeigte ein neuer Mündungsblitz, daß das aufscheinende Kreuzmarssegel des Franzosen plötzlich anders aussah als zuvor. Es schien sich soeben langsam achteraus zu drehen. Der Franzose hatte in der Verzweiflung alle Segel backgeholt, um seinem Peiniger zu entgehen. Auf die Gefahr hin, längsschiffs bestrichen zu werden, wollte er es wagen, hinter der HOTSPUR herumzugehen, um vor den Wind zu kommen. Hornblower seinerseits wollte daraufhin augenblicklich halsen und den Gegner mit seinen Backbordgeschützen unter Feuer nehmen, um ihn so auf den Trépied zu jagen. Eben setzte er das Megaphon an die Lippen, da verwandelte sich die Dunkelheit voraus urplötzlich in einen feuerspeienden Vulkan.
Chaos! Aus der schwarzen, von wirbelnden Flocken erfüllten Nacht brach heulend eine Salve herein, die die HOTSPUR längsschiffs vom Bug bis zum Heck bestrich. In den Donner der Geschütze mischte sich das Krachen berstender Hölzer, lautes metallisches Klingen, als eine

Kugel eine Geschützmündung traf und das Pfeifen wirbelnder Splitter. Gleich darauf hörte man die Schmerzensschreie der Verwundeten, die nach dem Verklingen des Lärms messerscharf durch die nächtliche Stille schnitten.

Eine der bewaffneten Geleitfregatten — wahrscheinlich das Spitzenschiff des Verbandes — hatte das Geschützfeuer der Hotspur gesehen und war ihm nah genug gewesen, um eingreifen zu können. Also war sie quer vor ihrem Bug vorübergelaufen und hatte sie mit einer Breitseite längsschiffs bestrichen.

»Hart Backbord!«

Selbst wenn er die Gefahr in Kauf nahm, mit seiner sicherlich schwer mitgenommenen Takelage nicht durch den Wind zu kommen, konnte er unmöglich wenden, weil er von dem in Luv liegenden Transporter nicht klargekommen wäre. Er mußte halsen, obwohl er dabei ein zweites Mal längsschiffs bestrichen wurde.

»Halsen!«

Die Hotspur drehte, während ihre letzten Geschütze noch auf den Transporter schossen. Jetzt barst die Dunkelheit zum zweiten Male, und wieder kamen Bruchteile von Sekunden nacheinander die Geschosse angeheult. Eine um die andere krachten die Kugeln in das grausam zerschmetterte Vorschiff. Hornblower stand auf dem Achterdeck, er gab sich alle Mühe, eisern die Ruhe zu bewahren und überlegte, was als nächstes zu tun war. Ob der Schuß eben der letzte der Salve war? Da hörte er von vorn plötzlich wieder ein splitterndes Krachen, dann eine Folge reißender Geräusche und zuletzt einen zweiten donnernden Krach, dem von der Back her wildes Geschrei folgte. Kein Zweifel, der Fockmast war gebrochen, und dann war die Vormarsrah auf das Deck heruntergestürzt.

»Das Schiff gehorcht nicht dem Ruder, Sir«, rief der Rudergänger.

Natürlich, ohne Fockmast hatte die Hotspur das unwiderstehliche Bestreben in den Wind zu schießen, und die über Bord gefallenen Trümmer der Takelage, die im Wasser treibend wie ein Treibanker wirkten, leisteten dieser Tendenz noch Vorschub. Er fühlte schon auf der Gesichtshaut, wie der Wind allmählich weiter von vorn einfiel. Die Hotspur war nun ein hilfloses Wrack, das der Vernichtung durch einen Feind entgegensah, der zweimal so groß war, dessen Breitseite das Vierfache der ihren wog und dessen doppelt so starke Verbände für das schwache Feuer der Hotspur undurchdringlich waren. Jetzt galt es, sich mit dem Mute der Verzweiflung zur Wehr zu setzen, bis das bittere Ende da war. Es sei denn ...

Man durfte annehmen, daß der Gegner jetzt Backbord Ruder legte, um die HOTSPUR diesmal von achtern her zu bestreichen. Spätestens war das zu erwarten, sobald er trotz der Dunkelheit ausmachen konnte, welchen Schaden er bereits angerichtet hatte. Die Zeit verging sehr rasch, der Wind war Gott sei Dank beständig, und der Transporter lag noch immer dicht an der Steuerbordseite. Hornblower befahl laut durchs Megaphon:

»Ruhe an Deck! Ruhe!«

Der Lärm und das Getöse auf dem Vorschiff, wo sich die Männer mit den herabgestürzten Spieren abmühten, erstarb augenblicklich, ja, selbst das Stöhnen der Verwundeten verstummte. Das war Disziplin, eine andere, bessere als jene, die nur der Neunschwänzigen Katze zu verdanken war! Hornblower hörte gerade noch das Poltern der Lafettenräder und ein paar laute Befehle, als die Geschütze der Fregatte für die nächste Breitseite ausgerannt wurden. Offenbar drehte der Franzose bereits, um seinem Widersacher den Coup de Grace — den Gnadenstoß — zu versetzen, sobald er ihn im Dunkeln wiederfand. Hornblower richtete das Megaphon steil aufwärts, als ob er den Himmel selbst anrufen wollte und versuchte möglichst leise und deutlich zu sprechen. Er wollte vermeiden, daß man ihn auf der französischen Fregatte hörte.

»Kreuzmarsrah! Die Laternen aufblenden!«

Das waren schlimme Sekunden. Wie leicht konnten die Lampen erloschen sein. Und der Junge auf der Rah war womöglich tot, gefallen. Er mußte den Befehl zum zweiten Male geben.

»Die roten Laternen zeigen!«

Eiserne Disziplin verbot es dem Mann dort oben, zurückzurufen. Aber da waren sie ja: eine, zwei, drei rote Laternen längs der Kreuzmarsrah. Selbst gegen den Wind hörte Hornblower den erregten Befehl, der auf der französischen Fregatte schreiend gegeben wurde. Die Stimme verriet fassungslose Bestürzung, ja Panik. Der französische Kommandant verbot seiner Artillerie weiterzufeuern. Wahrscheinlich meinte er, es sei ein schauerlicher, nicht wiedergutzumachender Irrtum vorgekommen. Vielleicht sei die verwirrende Finsternis daran schuld gewesen, daß er die HOTSPUR mit ihrem letzten, ganz in der Nähe treibenden Opfer verwechselte. Wie dem auch war, jedenfalls stellte er das Feuer ein, jedenfalls entfernte er sich jetzt nach Lee. Hundert Meter Abstand nach Lee waren aber in dieser Dunkelheit mindestens so viel wert wie eine ganze Meile am Tage.

»Laternen wieder abblenden!«

Es war unnötig, den Franzosen ein leuchtendes Ziel für ihr Geschützfeuer zu bieten oder ihnen zu zeigen, wohin sie ihren Schlag zu richten hatten, wenn es ihnen gelang, die Lage schnell zu klären. Jetzt hörte er aus der Dunkelheit dicht neben sich eine Stimme:
»Leutnant Bush, Sir. Ihr Einverständnis voraussetzend habe ich die Leute für den Augenblick von den Geschützen weggenommen, Sir. Das Vormarssegel liegt über der Steuerbordbatterie, diese Geschütze sind also zur Zeit ohnedies nicht schußbereit.«
»Danke, Mr. Bush. Welche Schäden haben Sie sonst noch festgestellt?«
»Der Fockmast ist sechs Fuß über Deck gebrochen, Sir, sein ganzes Geschirr ist nach Steuerbord über Bord gegangen. Die meisten Wanten haben gehalten, daher treibt jetzt alles längsseit.«
»Dann wollen wir uns gleich an die Arbeit machen — aber bitte mäuschenstill. Als erstes möchte ich, daß jeder Fetzen Segel festgemacht wird, dann erst befassen wir uns mit der Havarie.«
»Aye, aye, Sir.«
Wenn man alle Segel festmachte, war das Schiff für den Gegner viel schwerer zu erkennen, außerdem trieb die Hotspur dann vor ihrem seltsamen Treibanker nicht so rasch nach Lee. Jetzt erschien der Zimmermann aus den unteren Räumen auf dem Achterdeck.
»Wir machen sehr schnell Wasser, Sir. Im Raum haben wir schon zwei Fuß. Meine Leute sind gerade dabei, ein Schußloch zu dichten, das achtern bei der Pulverkammer liegt, aber vorn im Kabelgatt muß noch ein zweites sein. Wir brauchen Leute an den Pumpen, Sir, und auch für das Kabelgatt hätte ich gern noch eine Handvoll Burschen.«
»Gut, die sollen Sie haben.«
So unendlich viel gab es jetzt zu tun, und das in einer Lage, die für Hornblower etwas seltsam Unwirkliches, etwas Gespenstisches an sich hatte. Zum Teil fand dieses Gefühl, in einer Traumwelt zu leben, wohl darin seine Erklärung, daß ein halber Fuß Schnee das Deck überzog und sich vor allen senkrechten Wänden sogar noch höher türmte; Schnee, der jedes Geräusch verschluckte und jeder Bewegung hinderlich war. In der Hauptsache aber war diese Benommenheit doch wohl einfach eine Folge davon, daß er nach all dem Erlebten körperlich erschöpft und mit der Nervenkraft am Ende war. Aber während die Arbeit jetzt ihren Fortgang nahm, durfte er das beileibe nicht gelten lassen, er mußte vielmehr versuchen, in dieser betäubenden Finsternis weiter klar zu denken, er mußte sich insbesondere vor Augen halten, daß jetzt, bei fallender Ebbe, ganz nahe in Lee die Untiefe Le Trépied lag. Dann, als die Trümmer beseitigt waren und wieder Segel gesetzt

werden konnten, stellte sich ihm wieder die Aufgabe, nur mit Hilfe seines seemännischen Instinkts herauszufinden, wie sich die HOTSPUR ohne Fockmast manövrieren ließ. Nur der Druck des Windes auf seinen Wangen und die unruhige Kompaßrose im Nachthaus kamen ihm dabei zu Hilfe. Und wenn seine Rechnung nicht stimmte, lauerte in nächster Nähe das Riff.

»Mr. Bush, bitte lassen Sie das Sprietsegel setzen.«

»Aye, aye, Sir.«

Für die Männer war es nicht ungefährlich, dieses Segel im Dunkeln unter dem Bugspriet zu setzen, da ja die gewohnten Stage, die ihnen sonst Halt geboten hatten, mit dem Sturz des Fockmastes alle verschwunden waren. Aber darauf konnte man jetzt keine Rücksicht nehmen; dieses Segel war nötig, weil es vorn als Hebel diente, der die HOTSPUR daran hinderte, in den Wind zu schießen. Weiter galt es, das ungeschlachte Großsegel zu setzen, weil man es nicht mehr wagen konnte, die Großstenge dem Druck des Marssegels auszusetzen. So schlich sich die HOTSPUR mit trübsinnig klappernden Pumpen langsam westwärts davon. Allmählich wich die Schwärze der Nacht einem dunklen Grau, das heller wurde, als die Dämmerung fortschritt und der Schneefall ein Ende nahm. Endlich war es hell genug, daß man das Durcheinander an Deck und die Fußspuren im zertrampelten Schnee unterscheiden konnte – in diesem Schnee, der da und dort große rötliche Flecken zeigte.

Dann kam die DORIS in Sicht, das bedeutete Hilfe, ja man mochte sagen, Sicherheit, wenn man außer Betracht ließ, daß sie später vielleicht gegen widrige Winde, mit Not-Fockmast und leckem Schiff nach Plymouth kreuzen mußten, um dort in die Werft zu gehen.

Als sie schließlich beobachteten, wie die DORIS Boote aussetzte, um Mannschaften zur Verstärkung herüberzuschicken, sah sich Bush endlich in der Lage, Hornblower ein persönliches Wort zu sagen. Er ahnte natürlich nicht, wie er aussah: sein Gesicht war schwarz vom Pulverdampf, seine Wangen waren hohl und von dichten Bartstoppeln bedeckt, aber auch ohne dieses Wissen bot ihm schon der groteske Anblick des ganzen Schiffes Anlaß genug, seinem etwas grobschlächtigen Humor die Zügel zu lockern.

»Ich wünsche Ihnen alles Gute zum neuen Jahr, Sir«, sagte er und grinste dabei, daß man unwillkürlich an einen Totenschädel dachte.

Ja, heute war der Neujahrstag. Dabei kam den beiden Männern im gleichen Augenblick der gleiche Gedanke, und Bushs Grinsen wich sogleich einem gesetzteren Ausdruck.

»Ich hoffe, Ihre verehrte Gattin ...«
Unvorbereitet wie er war, fand Hornblower nicht gleich die angemessene Antwort: »Danke, Mr. Bush.«
Heute am Neujahrstag wurde ja das Kind erwartet. Während sie sich hier unterhielten, lag Maria vielleicht schon in den Wehen.

17

»Haben Sie die Absicht, an Bord zu dinieren, Sir?« fragte ihn Doughty.
»Nein«, gab ihm Hornblower zur Antwort. Er zögerte ein wenig auszusprechen, was ihm eben durch den Kopf geschossen war, fuhr aber dann ungeachtet aller Hemmungen fort: »Heute abend wird Horatio Hornblower bei Horatio Hornblower dinieren.«
»Jawohl, Sir.«
Kaum je war ein Scherz so ins Leere gefallen wie dieser. Daß Doughty die Anspielung auf das klassische Zitat begreifen sollte, das war vielleicht — nein, ganz bestimmt — zuviel verlangt, aber lächeln hätte er wenigstens können, da es immerhin auf der Hand lag, daß sein Kommandant zu scherzen geruhte.
»Sie werden Ihr Ölzeug brauchen, Sir«, sagte er statt dessen mit unerschütterlichem Ernst, »es regnet noch immer sehr stark.«
»Danke.«
Seit die HOTSPUR endlich im Plymouth Sound Unterschlupf gefunden hatte, schien es wahrhaftig in einem fort zu regnen. Als Hornblower durch das Werfttor schritt, prasselten die dicken Tropfen wie Hagelkörner auf seinem Ölzeug, und dabei blieb es, bis er den ganzen weiten Weg nach Drivers Alley zurückgelegt hatte. Die kleine Tochter der Wirtin öffnete auf sein Klopfen die Haustür. Als er dann die Treppe zu seiner Wohnung hinaufstieg, hörte er bereits, wie der andere Horatio Hornblower seinen Kummer laut in die Welt hinausschrie. Er öffnete die Wohnungstür und betrat das kleine, stickig heiße Zimmer, in dem sich Maria mit ihrem Säugling aufhielt. Sie stand mit dem Kleinen im Arm mitten im Raum, das lange Gewand des Kindes fiel ihr bis über die Hüften herab. Als sie ihn erblickte, strahlte sie vor Freude und ließ ihm kaum Zeit, sein triefendes Ölzeug abzulegen, ehe sie ihm in die Arme flog. Hornblower küßte ihre heißen Wangen und warf dabei einen verstohlenen Blick auf den kleinen Horatio, aber der barg nur sein Gesicht an der Schulter der Mutter und weinte.

»Heute ist ihm gar nichts recht«, meinte Maria, als wollte sie das Verhalten des Kleinen rechtfertigen.
»Armer Junge! Und wie geht es dir, mein Liebling?« Hornblower achtete ängstlich darauf, sich ganz auf Maria einzustimmen, wenn er bei ihr war.
»Wie es mir geht? Ich bin schon wieder ganz gut zuwege, Liebster, Treppen steigen kann ich schon wieder, als ob ich Flügel hätte.«
»Das ist ja großartig.«
Maria beklopfte den Rücken des Kleinen.
»Ach, wenn er nur brav sein wollte. Wie gern möchte ich, daß er seinem Vater ein Lächeln gönnt!«
»Nun, vielleicht bringe ich ihn dazu.«
»Nein, nein, lieber nicht.«
Maria war darüber entsetzt, daß es einem Mann einfallen könnte, ein Kind auf den Arm zu nehmen, selbst wenn es sein eigenes war. Trotz ihres erregten Protestes war sie über sein Ansinnen dennoch froh bewegt, darum gab sie auch sehr schnell nach und legte das Kind in seine ausgestreckten Arme. Hornblower trug seinen Jungen — immer ein wenig erstaunt, wie leicht dieses winzige Kleiderbündel war — und betrachtete das unfertige Gesichtchen mit der triefenden Nase.
»Siehst du!« Der kleine Horatio hatte sich, wohl infolge der Abwechslung, zum mindesten für eine Weile beruhigt.
Maria schwamm in Glück, als sie ihren Mann mit dem Sohn im Arm vor sich sah. Hornblowers Gefühle waren seltsam gemischt. Er staunte vor allem, daß es ihm so viel Freude machte, das Kind zu tragen, weil er bis zur Stunde nicht geahnt hatte, daß er überhaupt einer solchen Empfindung fähig war. Maria hielt die Lehne des Armsessels am Kamin, daß er sich bequem mit dem Kind niederlassen konnte, und küßte ihm dann kühn den Scheitel.
Zärtlich über seine Schulter gelehnt, fragte sie: »Wie weit ist das Schiff?«
»Beinahe wieder seeklar«, gab Hornblower kurz zur Antwort.
Die Hotspur war im Dock gewesen und bereits wieder ausgeschleust, ihr Boden war gereinigt, die Nähte waren frisch kalfatert, die Schußlöcher kunstvoll verschlossen. Der neue Fockmast war eingesetzt, die Takler hatten das stehende Gut erneuert. Jetzt fehlten nur noch Proviant und Ausrüstung.
»Ach Gott«, sagte Maria.
»Der Wind weht stetig aus Westen«, sagte Hornblower darauf. Das hinderte ihn natürlich nicht, gegenan aus dem Kanal hinauszukreuzen,

wenn er erst den Plymouth Sound hinter sich hatte – er konnte sich nicht erklären, warum er Maria diesen Strohhalm der Hoffnung geboten hatte.

Der kleine Horatio begann wieder zu weinen.

»Der Ärmste!« sagte Maria. »Ich werde ihn wieder nehmen.«

»Warum denn? Ich komme ganz gut mit ihm klar.«

»Nein, nein. Das – das gehört sich nicht.« In den Augen Marias war es ein grober Verstoß, wenn sie zugab, daß der Vater durch die Launen seines Kindes belästigt wurde. Aber da fiel ihr auch schon etwas anderes ein:

»Willst du dir das nicht anschauen, Liebster? Mutter brachte das Heft erst heute mittag aus Lockharts Buchhandlung mit.«

Sie holte vom Nebentisch eine Zeitschrift, nahm das Kind in Empfang und drückte es aufs neue an ihre Brust.

Das Heft war die neueste Nummer des Naval Chronicle, Maria half Hornblower mit ihrer freien Hand beim Umblättern.

»Da!« Die Nachricht, auf die es ihr ankam, war endlich gefunden, sie stand auf der vorletzten Seite:

»Es zeigen an:«, begann der Absatz, es konnte also nur die Geburt des kleinen Horatio betreffen. »Am 1. Januar die Gattin des Kapitäns Horatio Hornblower R. N. die Geburt eines Sohnes«, las ihm Maria vor. »Das bin ich und der kleine Horatio. Ich – ich bin dir ja so dankbar, Liebster, daß ich keine Worte finde, es auszudrücken.«

»Das ist doch Unsinn«, gab ihr Hornblower zur Antwort, und das war auch wirklich seine Meinung. Aber er zwang sich sogleich, mit einem Lächeln zu ihr aufzublicken, das seinen Worten alle Schärfe nahm.

»Man bezeichnet dich hier als Kapitän«, fuhr Maria fort. Die unausgesprochene Frage stand ihr dabei im Gesicht geschrieben.

»Ja«, sagte Hornblower. »Du mußt wissen . . .«

Er gab sich wieder einmal alle Mühe, ihr auseinanderzusetzen, daß ein Commander oder Korvettenkapitän zwar höflicherweise als Kapitän bezeichnet und angeredet wurde, aber darum noch längst nicht den Dienstgrad eines Postkapitäns oder Fregattenkapitäns besaß. Wie oft hatte er nicht schon versucht, ihr das begreiflich zu machen!

»Ich weiß nicht, ich finde, daß das nicht in Ordnung ist«, meinte Maria, als er mit seiner Erklärung zu Ende war.

»Was ist schon wirklich in Ordnung, Liebste«, sagte Hornblower etwas zerstreut. Er war gerade dabei, das Naval Chronicle von hinten beginnend nochmals Seite für Seite durchzublättern. Jetzt hatte er die

Hafenmeldungen aus Plymouth gefunden, und da stand auch schon etwas von dem, was er suchte.

»Eingelaufen: HM Korvette HOTSPUR unter Notbesegelung von der Kanalflotte kommend. Das Schiff ging ohne Verzug ins Dock. Kapitän Horatio Hornblower begab sich sofort nach dem Einlaufen mit Depeschen an Land.« Es folgten Nachrichten aus dem Gebiet der Rechtsprechung, Berichte über Kriegsgerichtsverhandlungen in der Marine, dann kam die allmonatliche Zusammenstellung aller Ereignisse zur See, ein Auszug aus den Marinedebatten des Parlaments und endlich, zwischen den Debatten und dem Feuilleton, die Briefe aus der amtlichen »Gazette«. Da stand nun endlich, worauf es ihm ankam. Zuerst, in Kursivschrift, die Einleitung:

»Abdruck eines Schreibens des Vizeadmirals Sir William Cornwallis an Sir Evan Nepean Bart., datiert an Bord HMS HIBERNIA vom 2. dieses Monats.«

Dann kam der Text des Briefes:

»Sir, anbei lege ich zur Unterrichtung Eurer Lordschaft Abschriften zweier Schreiben vor, die ich von den Kapitänen Chambers von HMS NAJADE und Hornblower von HM Korvette HOTSPUR erhielt. Durch diese Schreiben bekam ich Kenntnis von der Wegnahme der französichen Fregatte CLORINDE und von einem Versuch der Franzosen, mit starken Truppenverbänden aus Brest zu entkommen, den unsere Schiffe zum Scheitern brachten. Die beiden genannten Offiziere haben sich bei diesen Operationen hervorragend bewährt. Ich füge ferner die Abschrift eines Schreibens bei, das ich von Kapitän Smith von HMS DORIS erhielt. – Mit ausgezeichneter Hochachtung habe ich die Ehre zu sein: Euer Gnaden ergebenster Diener Wm. Cornwallis.«

Es folgten die Anlagen. Zuerst der Bericht Chambers': Die NAJADE hatte die Fregatte CLORINDE bei der Insel Molène gestellt, durch Beschuß bewegungsunfähig gemacht und aufgebracht. Die ganze Aktion hatte nur vierzig Minuten gedauert. Allem Anschein nach war die zweite Fregatte, die die Transporter geleitet hatte, durch den Raz de Sein entkommen, jedenfalls war sie nicht mehr gesehen worden.

Zum Schluß kam sein eigener Bericht an die Reihe. Hornblower spürte beim Lesen seiner eigenen Worte wieder jene heiße Wallung des Blutes, die ihm so wohlbekannt war. Jetzt, nach gewonnenem Abstand von jenem Geschehen, vertiefte er sich wieder in das damals Geschriebene und gab sich nicht ohne Vorbehalt mit seiner Darstellung zufrieden. Er hatte in sachlichen, nüchternen Worten berichtet, wie er im Goulet die drei Transporter auf Strand gejagt hatte und wie die HOT-

SPUR dann beim Angriff auf den vierten mit einer französischen Fregatte ins Gefecht geraten war, wobei ihr Fockmast über Bord ging. Über die Bewahrung Irlands vor einer Invasion hatte er kein Wort verloren. Auch die Dunkelheit, der Schnee und die nautischen Gefahren waren nur so ganz nebenbei erwähnt. Aber Männer, die von all dem eine Ahnung hatten, verstanden schon, was da zwischen den Zeilen stand.

Smiths Bericht von der DORIS war auch kurz gehalten. Nach dem Zusammentreffen mit der HOTSPUR war er in Richtung Brest vorgestoßen. Unterwegs hatte er eine en flute bewaffnete französische Fregatte angetroffen, die auf dem Trépied gestrandet war und die eingeschifften Truppen soeben durch herbeigerufene Fischerfahrzeuge an Land setzen ließ. Die DORIS hatte ihre Boote im Feuer der französischen Küstenbatterien längsseit geschickt und die Fregatte in Brand gesteckt.

»In diesem Chronicle steht noch etwas, das dich interessieren dürfte, mein Liebling«, sagte Hornblower, reichte ihr die Zeitschrift und wies mit dem Finger auf seinen Bericht.

»Oh, wieder ein Brief von dir, mein Schatz!« sagte Maria. »Gewiß freust du dich darüber!« Dann überflog sie rasch, was er berichtet hatte. »Ich hatte einfach noch keine Zeit, das alles zu lesen«, sagte sie aufblickend, »der kleine Horatio hielt mich dauernd in Atem. Ja – und weißt du, Liebling, ich verstehe beim besten Willen nichts von dem Zeug, das da drinnen steht. Jedenfalls hoffe ich, daß du auf deine Taten recht stolz bist. Das bist du doch, nicht wahr?«

Zum Glück begann der kleine Horatio gerade im rechten Augenblick wieder zu schreien und ersparte Hornblower auf diese Art eine Antwort. Maria brauchte eine Weile, den Kleinen zu beruhigen, und fuhr dann fort:

»Morgen wissen alle Kaufleute schon darüber Bescheid, dann reden mich alle daraufhin an.«

Die Tür ging auf, Mrs. Mason kam mit klappernden Holzschuhen herein, auf ihrem Schal glitzerten Regentropfen. Während sie den Mantel ablegte, tauschte sie mit Hornblower ein »Guten Abend« aus.

»Gib mir das Kind«, sagte sie dann zu ihrer Tochter.

»Horry hat wieder einen Bericht im Chronicle«, schoß Maria sofort los.

»Oh, wirklich?«

Mrs. Mason setzte sich Hornblower gegenüber an den Kamin und las genauer als Maria, aber wahrscheinlich mit ebensowenig Verständnis, was da zu lesen stand.

»Der Admiral meint, du hättest dich hervorragend bewährt«, sagte sie aufblickend.
»Ja.«
»Warum befördert er dich dann nicht zum richtigen Kapitän — ›Postcaptain‹, wie ihr diese Leute nennt?«
»Das kann er gar nicht«, sagte Hornblower, »und wenn er es könnte — ich möchte sehr bezweifeln, ob er es täte.«
»Kann denn ein Admiral niemandem zum Kapitän befördern?«
»Nicht in heimischen Gewässern.«
Die gottähnliche Vollmacht, Offiziere zu befördern, von der auf fernen Auslandsstationen so freigebig Gebrauch gemacht wurde, blieb den Oberbefehlshabern hier in der Heimat versagt, weil sie jeweils die Möglichkeit hatten, rasch mit der Admiralität in Verbindung zu treten.
»Und wie steht es mit den Prisengeldern?«
»Die HOTSPUR bekommt keine.«
»Aber diese — diese CLORINDE wurde doch aufgebracht, wie da steht?«
»Ja, aber wir waren dabei nicht in Sicht.«
»Aber ihr habt doch mit ihr gekämpft, nicht wahr?«
»Das schon, Mrs. Mason, aber nach den Bestimmungen haben nur Schiffe ein Anrecht auf Prisengeld, die bei der Wegnahme in Sicht sind. Ausgenommen sind allein die Flaggoffiziere.«
»Bist du denn kein Flaggoffizier?«
»Nein, ein Flaggoffizier ist ein Admiral, Mrs. Mason.«
Mrs. Mason räusperte sich.
»Das kommt mir alles recht merkwürdig vor. Der Bericht da nützt dir also praktisch gar nichts?«
»Nein, Mrs. Mason.« Jedenfalls nützte er ihm nicht so, wie sich Mrs. Mason das vorstellte.
»Es wird allmählich Zeit, daß du dich um Prisengeld bemühst. Immer wieder hört man von Schiffen, die Tausende gescheffelt haben. Acht Pfund im Monat — was ist das für meine Maria, wo sie jetzt doch das Kind hat. Dabei zahlt man jetzt für das Pfund Hammelrücken schon drei Penny! Alles wird teurer, ich weiß nicht, wohin das noch führen soll.«
»Ja, ja, Mutter. Aber Horry gibt mir wirklich alles, was er irgend entbehren kann, das weiß ich ganz bestimmt.«
Als Kommandant eines Kriegsschiffes, das noch nicht einmal der sechsten Größenordnung angehörte, erhielt Hornblower im Monat nur zwölf Pfund Gehalt. Dabei brauchte er dringend neue Uniformen. We-

gen der durch den Krieg bedingten starken Nachfrage stiegen auch dafür wie überall die Preise. Andererseits war es der Admiralität noch nicht gelungen, eine Gehaltserhöhung für ihre Seeoffiziere durchzusetzen.

»Aber es gibt doch Kapitäne, die Unsummen verdienen.«

Die Einrichtung der Prisengelder und die guten Aussichten, daran Anteil zu haben, trugen wohl wesentlich dazu bei, daß die Besatzungen der Navy trotz der oft unerträglichen Anforderungen des Kriegsdienstes bei der Stange blieben und Ruhe hielten. Seit den großen Meutereien im Spithead und im Nore waren noch keine zehn Jahre vergangen. Wenn Mrs. Mason noch lange so weiterredete, sah es Hornblower wahrhaftig kommen, daß er sich dazu aufraffte, für die Prisengelder einzutreten, obwohl er in Wirklichkeit so wenig davon hielt. Glücklicherweise schlug aber die Unterhaltung von selbst andere Bahnen ein, als jetzt die Wirtin eintrat, um den Tisch zu decken. Solange jemand Fremdes im Zimmer war, wollten weder Mrs. Mason noch Maria so unfein sein, über Geld zu sprechen. Darum plauderte man eben über irgendwelche anderen belanglosen Dinge. Und als die Wirtin zuletzt die dampfende Suppenterrine brachte, setzte man sich zu Tisch.

»Die Graupen sind auf dem Grund, Horatio«, sagte Mrs. Mason, die ihn beim Austeilen der Suppe überwachte.

»Ja, Mrs. Mason.«

»Gib doch Maria das andere Kotelett, dieses da ist für dich bestimmt.«

»Ja, Mrs. Mason.«

Damals, auf der alten RENOWN unter Kapitän Sawyer, hatte Hornblower wohl gelernt, daß man unter der Fuchtel eines Tyrannen seine Zunge zügeln mußte, aber diese Lehre war seinem Gedächtnis längst entschwunden, darum mußte sie jetzt mühsam aufgefrischt werden. Er hatte Maria aus freien Stücken zur Frau genommen – noch vor dem Altar wäre ein »Nein« möglich gewesen. Oh, er erinnerte sich genau an das, was ihm damals durch den Kopf gegangen war. Jetzt aber galt es, wenigstens das Beste aus einer verfehlten Sache herauszuholen. Es hatte keinen Zweck, wenn er sich mit seiner Schwiegermutter herumstritt. Ein Jammer, daß die HOTSPUR just in dem Augenblick zum Docken eingelaufen war, als Mrs. Mason eintraf, um ihre Tochter im Wochenbett zu pflegen. Er brauchte natürlich nicht zu fürchten, daß sich solch dumme Zufälle künftig – in dem langen Leben, das ihnen beiden hoffentlich noch bevorstand – wiederholen würden.

Es gab Hammelbraten mit Graupen, Kartoffeln und Kohl. Das hätte ein schönes, schmackhaftes Dinner abgegeben, aber Hornblower war leider

nicht in der Lage, es zu genießen, weil ihm die Atmosphäre sowohl im übertragenen wie auch im buchstäblichen Sinne nicht behagte. Das Zimmer mit seinem Steinkohlenfeuer war nämlich unerträglich heiß. Wegen des Regens konnte man gewaschene Wäsche nicht im Freien aufhängen, ja, Hornblower zweifelte stark, ob man in der Gegend der Drivers Alley Wäschestücke überhaupt unbewacht vor die Tür hängen durfte. Jedenfalls hing das Zeug des kleinen Horatio am anderen Ende des Zimmers auf einem Trockengestell, und die Natur wollte es, daß jedes Stück, das der Junge auf den Leib bekam, mehrmals am Tag gewaschen werden mußte. Dort hingen die langen bestickten Säuglingskleider, die Flanellüberkleider mit den gezackten Rändern, die Flanellhemden, die Bänder, die alles zusammenhielten, und – nicht zuletzt – die unzähligen Windeln, jene Vorhut, die sich zum Schutz des Ganzen opfern mußte und darum als erste dem Ansturm der Naturgewalten entgegentrat. Hornblowers nasses Ölzeug und Mrs. Masons triefender Umhang bereicherte die Symphonie von Gerüchen in diesem Zimmer um eine neue, eigene Note. Hornblower hatte sogar den Verdacht, daß auch der kleine Horatio in seiner Wiege neben Marias Stuhl mit seinem Beitrag dazu nicht hinter dem Berg hielt.
Jedenfalls war ihm zumute, als ob ihm die Lungen bersten wollten, er bekam richtig Heimweh nach der frischen Luft des Atlantiks und gab sich alle Mühe, Appetit zu heucheln, aber es wurde nicht viel daraus.
»Was ist denn, Horatio, schmeckt es dir nicht?« sagte Mrs. Mason mit einem argwöhnischen Blick auf seinen Teller.
»Ich bin nicht besonders hungrig.«
»Ach so, dieser Doughty hat dich natürlich wieder zu gut versorgt«, sagte Mrs. Mason.
Auch ohne daß ein Wort darüber gefallen war, hatte Hornblower längst gemerkt, wie eifersüchtig diese Frauen auf seinen Doughty waren und wie unsicher sie sich in seiner Gegenwart fühlten. Doughty hatte den Reichen und den Großen der Erde gedient, Doughty verstand sich auf die raffinierteste Kochkunst, Doughty verlangte nach Geld, um die Kajüte der HOTSPUR so ausstatten und versorgen zu können, wie es seine Vorstellung von einem »Herrendasein« verlangte. Wahrscheinlich rümpfte der Kerl (so dachten die beiden) hochmütig die Nase über die Wohnung hier in Drivers Alley und erst recht natürlich über das Kind kleiner Leute, das sich sein Kommandant zur Frau erwählt hatte.
»Ich kann diesen Doughty nicht ausstehen«, sagte Maria. Nun war endlich heraus, was schon lange in der Luft lag.
»Aber warum denn, Liebling? Er ist doch ein harmloser Bursche.«

»Harmlos!?« Mrs. Mason sagte nur dieses eine Wort. Aber sie brachte damit so viel Haß und Ablehnung zum Ausdruck wie der alte Demosthenes in einer ganzen langen Philippika. Als in diesem Augenblick die Wirtin erschien, um den Tisch abzudecken, nahm sie blitzschnell einen ganz anderen Ausdruck an und war mit einem Mal wieder ganz Dame.

Die Wirtin war kaum wieder verschwunden, da sah sich Hornblower durch seinen Instinkt plötzlich zu einer Handlung hingerissen, deren er sich gar nicht recht bewußt war. Er schob das Fenster hoch und sog die eiskalte Nachtluft in seine Lungen.

»Das kann sein Tod sein!« rief hinter ihm Maria, so daß er bestürzt herumfuhr. Sie hatte den kleinen Horatio aus der Wiege gerissen und drückte ihn an die Brust wie eine Löwin, die ihr Junges vor den offenkundigen und wohlbekannten Gefahren der Nachtluft in Schutz nimmt.

»Verzeih mir, Liebling«, sagte Hornblower, »das war gedankenlos von mir.«

Ja, er wußte sehr wohl, daß stickige, überheizte Räume nach allgemeiner Ansicht für kleine Kinder das Richtige waren, und war darum über diesen ungewollten Anschlag auf seinen kleinen Horatio ehrlich zerknirscht. Aber als er sich nun wieder umwandte, nachdem er das Fenster geschlossen hatte, segelte er im Geiste wieder in den Gewässern um die Pierres Noires und das Plateau des Fillettes, immer, ob an kalten, frostklirrenden Tagen oder in dunklen, gefährlichen Nächten, auf einem Deck, das er sein eigenes nennen durfte ... Hornblower brannte darauf, wieder in See zu gehen.

18

Mit dem Frühling kam neues Leben in die Blockade von Brest. In allen französischen Häfen hatte man den Winter über eine Menge Fahrzeuge mit flachem Boden gebaut. Die französische Armee lagerte, zweihunderttausend Mann stark, immer noch an der Kanalküste und wartete auf die Gunst der Umstände, die ihr erlaubte, in England zu landen. Wenn sich diese Aussicht bot, mußten Tausende von kleinen Schiffen bereit sein, um die Truppen überzusetzen. Die Invasionsküste selbst, von Boulogne bis Ostende, konnte kein Zehntel, ja kein Hundertstel der Fahrzeuge stellen, die dazu nötig waren. Also mußte man sie bauen, wo immer das möglich war, und die fertigen Fahrzeuge längs der Küste in die Sammelzonen der Invasionsarmee bringen.

Nach Hornblowers Meinung hatte Bonaparte – Kaiser Napoleon, wie er sich neuerdings nannte – anscheinend nicht gründlich genug nachgedacht. Seeleute und Schiffbaumaterial waren in Frankreich bekanntlich schwer zu haben, darum war es völlig sinnlos, beides mit dem Bau einer Unzahl von Landungsfahrzeugen zu vertun, obwohl an eine Invasion nicht zu denken war, solange der Schutz einer Flotte fehlte. Der Schiffsbestand der französischen Marine war viel zu klein und konnte darum diese Abschirmung nicht mit Aussicht auf Erfolg übernehmen. Die ganze Navy hatte geschmunzelt, als Lord St. Vincent im Oberhaus das Invasionsgerede mit folgenden Worten abtat:

»Ich behaupte nicht, daß sie nicht kommen können, ich sage nur: Sie kommen bestimmt nicht über See.«

Auf diesen Scherz hin meinten lose Mäuler, Bonaparte werde dann wohl versuchen, seine Invasionstruppen mit Montgolfièren durch die Luft herüberzuschicken. Das wäre gewiß absurd, meinten sie, aber mindestens ebenso abwegig sei die Vermutung, die Franzosen könnten je eine Flotte bauen, die stark genug wäre, den Kanal auch nur so lange zu beherrschen, bis ihn die Fahrzeuge mit den Invasionstruppen überquert hätten.

Erst als der Sommer schon ziemlich weit vorgeschritten war, begann Hornblower die schwierige Lage zu durchschauen, in der sich Bonaparte befand. Er mußte sein lächerliches Unterfangen weiter vorantreiben und alle Hilfsquellen seines Reiches mobilisieren, um Schiffe und Landungsfahrzeuge zu beschaffen, obwohl jeder vernünftige Mensch diesen Plan längst abgeschrieben und mit den verfügbaren Mitteln lieber andere Aufgaben in Angriff genommen hätte, die ihm mehr Erfolg versprachen. Aber damit hätte er weithin sichtbar zugegeben, daß England eine uneinnehmbare Festung war, die er nicht erobern konnte. Ein solches Eingeständnis hätte nicht nur die kontinentalen Mächte, die ihm ohnehin nicht gewogen waren, zu neuen Feindseligkeiten aufgestachelt, sondern auch das französische Volk in seinem Glauben an ihn irregemacht. So war er denn einfach gezwungen, weiterzumachen wie er begonnen hatte, Schiffe und Landungsboote zu bauen, um die Welt glauben zu machen, daß auch Englands Stunde bald schlagen werde, und daß es dann auf diesem Erdenrund nur einen Herrn noch gebe, dem alle Menschheit zu Füßen lag.

Eine Möglichkeit des Gelingens gab es natürlich für ihn immer. Standen seine Aussichten auch nicht eins zu zehn oder eins zu hundert, so doch auf alle Fälle eins zu einer Million. Irgendein außerordentliches, unerwartetes Zusammentreffen von Glücksumständen, wie etwa Fehler der britischen Führung, besonderen Wetterbedingungen oder politischen Ereignissen, mochte ihm die Frist von einer Woche schenken, die er brauchte, um seine Armee über den Kanal zu werfen. Zur Zeit sprach so gut wie alles dagegen, daß ihm ein solcher Erfolg beschieden war; wenn aber das Wagnis dennoch gelang, dann war auch der Siegespreis von unermeßlichem Wert. Eine Spielernatur wie Bonaparte mochte es reizen, sein Glück bei einem solchen Unternehmen auf die Probe zu stellen, auch ohne daß er sich durch die Übermacht der Verhältnisse zum Handeln getrieben fühlte.

So wurden denn in jedem Fischernest an der französischen Küste jene flachbodigen Fahrzeuge gebaut, die dann von ihrem Ursprungsort im Schneckentempo dem großen Militärlager von Boulogne zustrebten. Sie hielten sich immer im flachen Wasser, bewegten sich mehr mit Riemen als unter Segel und suchten notfalls Schutz im Feuerbereich der Küstenbatterien. Jedes Boot hatte eine Besatzung von fünfzig Soldaten und einigen Seeleuten. Weil alle diese Boote einer Weisung Bonapartes folgten, fühlte sich die Royal Navy verpflichtet, ihre Bewegungen nach besten Kräften zu stören.

So kam es, daß die Hotspur zur Zeit von der Kanalflotte detachiert war und einem kleinen Verband angehörte, der unter Chambers von der Najade nördlich von Ouessant operierte. Dieser Verband versuchte mit allen Mitteln zu verhindern, daß ein halbes Dutzend Landungsfahrzeuge entlang der wildzerklüfteteten Küste der nördlichen Bretagne ungeschoren nach Osten gelangte.

»Signal vom Kommodore, Sir«, meldete Foreman.

Chambers traktierte seinen kleinen Verband ausgiebig mit Signalen.

»Ja?« fragte Hornblower. Foreman blätterte im Signalbuch.

»›In Sicht halten in ost-nordöstlicher Peilung.‹«

»Danke, Mr. Foreman, zeigen Sie verstanden. Mr. Bush, wir wollen abfallen.«

Das Wetter war wunderschön, es wehte leichter Wind aus südöstlicher Richtung, über den blauen Himmel schwammen einzelne weiße Wolken. Die See war grün und klar, querab, zwei Meilen entfernt, lag die Küste mit ihren weißen Brechern. Die Karte wies seltsame Namen auf: da gab es etwa ein Aber Wrack und ein Aber Benoit, die beide die enge Verwandtschaft der bretonischen und walisischen Sprache verrieten. Hornblower teilte seine Aufmerksamkeit zwischen der Najade und der Küste, während die Hotspur vor dem Wind weglief, und fühlte sich dabei ein bißchen wie ein Geizhals, der etwas von seinem behüteten Gold opfern muß. Schön, es mochte nötig sein, daß er so nach

Lee weglief, aber jede Stunde, die er damit zubrachte, erforderte womöglich einen ganzen langen Tag, um die zurückgelegte Strecke wieder aufzukreuzen. Der entscheidende strategische Punkt war nach seiner Meinung vor Brest, wo die französischen Linienschiffe lagen, nicht hier, wo diese kleinen mit Kanonen bestückten Landungsboote auf ihrer gefährlichen Reise vorüberkamen.
»Sie können jetzt wieder beidrehen, Mr. Bush.«
»Aye, aye, Sir.«
Sie waren jetzt so weit von der NAJADE entfernt, daß man schon ein gutes Glas brauchte, um ihre Signale abzulesen.
»Wir spielen hier den Terrier vor dem Rattenloch, Sir«, sagte Bush, der gleich wieder zu Hornblower trat, als er mit dem Beidrehen fertig war und der Wind das backstehende Großsegel der HOTSPUR wieder von vorn gegen den Mast drückte.
»Genauso ist es«, stimmte ihm Hornblower bei.
»Die Boote sind klar zum Fieren, Sir.«
»Danke.«
Es konnte leicht sein, daß sie die Landungsfahrzeuge mit ihren Booten angreifen mußten, wenn sie im flachen Wasser, eben außerhalb der Brandung, angekrochen kamen.
»Der Kommodore signalisiert, Sir«, meldete Foreman wieder. »Oh! Das Signal gilt dem Logger, Sir.«
»Der geht jetzt ran«, bemerkte Bush.
Der kleine bewaffnete Logger lief auf die Küste zu.
»Ja, Mr. Bush, der spielt das Frettchen, das ins Loch hineinschlüpft«, sagte Hornblower.
»Jawohl, Sir. Da, ein Schuß! Noch einer!«
Der Wind trug die Detonationen zu ihnen herüber, auch der aufsteigende Mündungsqualm war deutlich zu sehen.
»Gibt es denn dort eine Batterie, Sir?«
»Das ist durchaus möglich, vielleicht feuern aber die bestückten Landungsboote nur mit ihren eigenen Geschützen.«
Jedes dieser Fahrzeuge hatte auf dem Vorschiff eine oder zwei schwere Kanonen stehen, aber diese Bestückung wirkte sich höchst unerwünscht aus, weil so ein kleines Schiffchen schon nach fünf bis sechs Schuß durch den Rückstoß halb in Stücke gerissen war. Wenn man allerdings der Theorie der Strategen folgte, dann sollten diese Geschütze dazu dienen, das Invasionsgebiet durch ihr Feuer von allen Abwehrkräften zu säubern, und dabei sollten die Boote selbst bereits fest und sicher auf Strand liegen.

»Man kann nicht ausmachen, was da los ist«, knurrte Bush wütend. Eine flache Landzunge nahm ihnen die Sicht.

»Das ist schweres Feuer«, sagte Hornblower, »offenbar von einer Batterie.«

Diese ganze Geschichte ging ihm gegen den Strich, seiner Meinung nach opferte die Navy dabei völlig sinnlos Menschenleben und Material. Er schlug die behandschuhten Hände zusammen, damit er sie wieder warm bekam, denn der Wind war auf die Dauer unangenehm frisch.

»Was ist denn das?« rief jetzt Bush und hob aufgeregt den Kieker ans Auge.

»Schauen Sie, Sir! O Gott, er hat keine Masten mehr!«

Dicht hinter der Landzunge tauchte jetzt etwas auf, dem man nicht gleich ansehen konnte, was es war. Aber dann stellte sich sehr bald heraus, daß es der Logger war, der dort als entmastetes hilfloses Wrack umhertrieb. Der ganze Hergang legte die Vermutung nahe, daß das kleine Schiff in einen wohlvorbereiteten Hinterhalt geraten war.

»Sie feuern noch immer auf ihn«, bemerkte Prowse. Durch den Kieker konnte man gerade noch die kleinen Fontänen erkennen, die die Geschosse beim Einschlagen ins Wasser rings um den Logger her aufwarfen.

»Wir müssen ihn herausholen«, sagte Hornblower und gab sich alle Mühe, seinen Ärger bei diesen Worten nicht zu verraten. »Mr. Prowse, lassen Sie vollbrassen und halten Sie auf ihn zu.«

Man konnte wahrlich aus der Haut fahren, wenn man sein Schiff Gefahren aussetzen mußte, nur weil ein anderer bei einem von Anbeginn sinn- und zwecklosen Unternehmen auch noch grobe Fehler beging.

»Mr. Bush, lassen Sie eine Schlepptrosse klarmachen.«

»Aye, aye, Sir.«

»Signal vom Kommodore«, meldete sich Foreman. »An uns: ›Kommt dem beschädigten Schiff zu Hilfe.‹«

»›Verstanden‹ zeigen.«

Chambers hatte das Signal geben lassen, ehe er sehen konnte, daß die Hotspur bereits unterwegs war.

Hornblower suchte mit dem Glas die Küste diesseits der Landzunge ab. Hier sah man nirgends Mündungsqualm, nirgends eine Spur von einer Batterie. Mit etwas Glück mochte es ihm gelingen, den Logger ungeschoren um die Landspitze herumzuschleppen. Auf dem Mitteldeck feuerten Bush und Wise lauthals das Arbeitskommando an, alle Kräfte herzugeben, um die schwere Trosse möglichst schnell achteraus

zu schaffen. Jetzt kam wieder einmal alles Schlag auf Schlag, wie es in kritischen Lagen die Regel war. Eine Kugel heulte hoch über die Hotspur hinweg, als Hornblower nach dem Megaphon griff.
»Grasshopper ahoi! Klar zum Wahrnehmen der Leine!«
Auf dem entmasteten Logger winkte ein Mann mit dem Taschentuch zum Zeichen, daß er verstanden hatte.
»Mr. Prowse, lassen Sie das Großmarssegel backholen und scheren Sie längsseit.«
Während er noch sprach, brach der Logger mit zwei lauten Detonationen und einer mächtigen Qualmwolke buchstäblich auseinander. Das geschah unter Hornblowers Augen, als er sich noch mit seinem Megaphon über die Reling beugte. Eine Sekunde zuvor lag dort noch der beschädigte Rumpf des Loggers, arbeiteten lebende Menschen auf seinem Deck, um die zerschossene Takelage aufzuräumen, in der nächsten blitzten und donnerten die Explosionen, wirbelten Trümmer durch die Luft, wogte stinkender Qualm über einer Stätte des Grauens.
Das mußte eine an Land abgefeuerte Granate gewesen sein, offenbar standen dort Haubitzen oder Mörser. Wahrscheinlich war es nur eine jener leichtbeweglichen Feldhaubitzbatterien, die man hierher an die Küste gezogen hatte, um die Landungsfahrzeuge zu decken. Eine ihrer Granaten hatte den Logger getroffen und war in seinem Pulvermagazin detoniert.
Hornblower hatte alles mit angesehen. Als sich der Qualm endlich verzog, waren Bug und Heck des Unglücksschiffes noch über Wasser. Natürlich waren sie vollgelaufen, aber sie schwammen noch, und einige Menschen waren da ebenfalls, die sich inmitten der Trümmer schwimmend an irgendein Wrackstück klammerten.
»Mr. Young, setzen Sie das Heckboot aus und bergen Sie die Leute dort.«
Es war furchtbar, Granaten mit Zeitzünder waren für ein hölzernes Schiff die größte Gefahr, die sich denken ließ, weil ein einziges dieser Geschosse mit Leichtigkeit einen Brand entfachen konnte, der nicht mehr zu löschen war. Wenn man ein solches Risiko um nichts und wieder nichts auf sich nehmen mußte, dann war das, weiß Gott, zum Rasendwerden. Das Boot war schon auf dem Rückweg, als wieder eine Granate heulend über die Hotspur hinwegflog. Hornblower bemerkte, wie sehr sich dieses Heulen von dem einer gewöhnlichen Kugel unterschied – eigentlich hätte ihm das schon eher auffallen müssen. Die Haubitzgranate hatte in ihrer Mitte rundum eine gürtelähnliche Verstärkung, die während ihres Bogenfluges jenes seltsam drohende

Geheul verursachte, das er schon bei anderen Gelegenheiten wahrgenommen hatte. Im Augenblick lag er demnach im Feuer der französischen Landarmee. Dabei hatte er mit seiner HOTSPUR doch in allererster Linie die Aufgabe, die französische Marine zu bekämpfen. Es war geradezu absurd, kostbare Schiffe und erfahrene Seeleute dem Angriff von Landsoldaten auszusetzen, die sich die französische Regierung mit ihren Zwangsaushebungen so gut wie umsonst verschaffte. Vollendete Narrheit aber war es, diese Schiffe und Seeleute dem Gegner so als Ziel zu bieten, daß sie sein Feuer nicht einmal erwidern konnten. Hornblower trommelte mit seinen behandschuhten Fäusten rasend vor Wut auf den Bezug des Hängemattkastens, vor dem er stand, während Young in dem treibenden Trümmerfeld umherpullte und da und dort einen Überlebenden an Bord nahm. Als er wieder einmal einen Blick nach der Küste richtete, puffte dort eben ein Ballen weißen Qualms empor. Ja, diesmal gab es keinen Zweifel, das war unter allen Umständen eine Haubitze, hatte er doch genau gesehen, wie dieser Mündungsqualm steil nach oben flog, ehe ihn der Wind verwehte. Haubitzen erzielten ja ihre größte Reichweite bei einem Erhöhungswinkel von fünfzig Grad, und am Ende der Flugbahn kamen ihre Granaten mit etwa sechzig Grad Fallwinkel von oben. Die Haubitze, die da eben geschossen hatte, stand wohl hinter einer niedrigen Anhöhe oder irgendwo in einem Graben. Mit dem Glas entdeckte er einen Offizier, der höher stand und offenbar das Feuer des Geschützes zu seinen Füßen leitete.

Jetzt kam wieder dieses heulende Gewimmer der Granate, diesmal schon nicht mehr so hoch. Selbst die Wassersäule, die das Ding hochwarf, als es eintauchte, unterschied sich in Gestalt und Beharrungsvermögen unverkennbar von jenen, die beim Eintauchen runder Kanonenkugeln aufspritzten. Young brachte das Heckboot unter die Taljen und hakte ein, Bush hatte seine Leute klar zum Auflaufen an den Läufern stehen, Hornblower verfolgte das Manöver voller Ungeduld und geriet förmlich in Raserei, wenn es auch nur eine Sekunde lang stockte. Die meisten Überlebenden waren verletzt, einige gräßlich verstümmelt. Er mußte sich persönlich darum kümmern, daß sie gehörig versorgt wurden und schuldete den armen Burschen natürlich einen Besuch, aber das mußte so lange warten, bis die HOTSPUR dieser unnötig heraufbeschworenen Gefahr entronnen war.

»So, Mr. Prowse, gehen Sie jetzt vor den Wind.«

Die Rahen schwenkten knarrend herum, der Rudergänger drehte wirbelnd sein Rad bis zum Anschlag, und die HOTSPUR nahm langsam

Fahrt auf, um von dieser Küste des Grauens abzulaufen. In diesem Augenblick hörte man eine rasche Folge von Geräuschen, alle laut, alle voneinander verschieden und genau unterscheidbar, obwohl zwischen dem ersten und dem letzten kaum zwei Sekunden verstrichen: das Heulen einer Granate, das Krachen splitternden Holzes in der Takelage, einen tiefen Brummton, als das Großstengebackstag brach, einen Bums gegen den Finknetzkasten neben Hornblower und zuletzt einen schweren Fall drei Meter vor seinen Füßen. Hier an Deck rollte der Tod jetzt leise zischend auf ihn zu. Aber da das Schiff stampfte, änderte der rollende Tod mit wechselnden Neigungen des Decks flugs seinen Kurs und beschrieb dabei tolle Kurven, weil ihn der Wulst um seine Mitte immer wieder aus der Richtung warf. Hornblower sah das dünne Wölkchen Rauch am Ende der brennenden Zündschnur, die nur noch ein Achtel Zoll lang war. Zum Überlegen war keine Zeit. Er sprang auf das Ding zu, als es gerade unschlüssig auf seinem Wulst hin und her schwankte, und drückte mit seiner behandschuhten Hand die Zündschnur aus. Um sicherzugehen, daß auch der letzte Funke erloschen war, rieb er sie kräftig zwischen den Fingern, rieb sie ganz überflüssigerweise sogar noch ein zweites Mal, ehe er aus seiner gebückten Haltung wieder hochkam. In der Nähe stand ein Seesoldat, Hornblower winkte ihn heran.

»Wirf das verdammte Ding da über Bord!« befahl er ihm. Daß er sich zu einem Fluch verstiegen hatte, war bei ihm ein Zeichen schlechtester Stimmung.

Dann sah er sich um. Jedermann auf dem kleinen Achterdeck voller Menschen stand stocksteif, wie erstarrt in ganz ausgefallener Haltung, als ob irgendeine Gorgo alles in Stein verwandelt hätte. Erst als ihn die Leute reden hörten und sahen, wie er die Glieder bewegte, wurden sie alle wieder lebendig und vergaßen die Lähmung, die sie eben noch in Fesseln hielt – es war, als hätte die Zeit für alle außer ihm solange stillgestanden. Sein Zorn wurde durch diesen unbegründeten Verzug noch stärker angefacht, darum traktierte er jetzt wahllos einen jeden mit harten Worten des Tadels.

»Was ist denn eigentlich los? Rudergänger, achten Sie gefälligst auf Ihren Kurs! Mr. Bush, schauen Sie sich endlich Ihre Kreuzmarsrah an! Schicken Sie sofort – noch in dieser Minute – Leute hinauf! Sorgen Sie dafür, daß das Backstag gespleißt wird! Ihr da! Warum habt ihr die Fallen noch nicht aufgeschossen? Macht zu, oder ich bringe euch in Schwung.«

»Aye, aye, Sir! Aye, aye, Sir!«

Bei dieser automatischen Bestätigung seiner Befehle schwang ein seltsamer Unterton mit, und mitten in dem geschäftigen Durcheinander, das sich jetzt erhob, bemerkte Hornblower, wie ihn erst Bush von der einen, dann Prowse von der anderen Seite mit einem Ausdruck ansahen, auf den er sich keinen Vers machen konnte.

»Zum Donnerwetter, was haben Sie eigentlich?« fuhr er sie an, aber beim letzten Wort seiner Frage ging ihm die Antwort von selbst auf. Das Ausdrücken der Zündschnur erschien ihnen als eine Leistung, die alles normale Menschenmaß in den Schatten stellte. In ihren Augen war das ein großartiges, ein unvergleichliches Heldenstück gewesen. Was es wirklich damit auf sich hatte, begriffen sie nicht: daß es nämlich das Nächstliegende, ja das einzige war, was in diesem Augenblick noch geschehen konnte. Ebensowenig ahnten sie von dem instinktiven Zwang zum blitzschnellen Handeln, dem er sofort ganz und gar unterlag, als er das letzte Achtel Zoll der Zündschnur entdeckte. Sein ganzes Verdienst bestand am Ende nur darin, daß er rascher als die anderen gesehen und gehandelt hatte. Von Tapferkeit oder gar Heldentum war dabei keine Rede gewesen.

Gelassen erwiderte er die Blicke seiner Untergebenen, und da seine Nerven und Sinne noch aufs äußerste gespannt und für jede Schwingung empfangsbereit waren, spürte er mit aller Deutlichkeit, daß jetzt und hier eine Legende geboren wurde, daß bald die wildesten Geschichten über das eben Erlebte umlaufen würden. Die bloße Vorstellung machte ihn so verlegen, daß er sich am liebsten verkrochen hätte. Er lachte, ohne es zu wollen, und ehe er noch damit zu Ende war, wußte er, daß dieses Gelächter der Selbsterkenntnis entsprang, daß es das sinnlose Gelächter eines Narren war. Das machte ihn noch wütender, als er schon gewesen war, er ärgerte sich mehr denn je über sich selbst, über Chambers von der NAJADE, ach, über die ganze Welt. Für ihn gab es nur noch eins: fort von diesem Affentheater, zurück in die Gewässer vor Brest und zu den Aufgaben, die ihm dort gestellt waren. Was sollte er bei diesen albernen Unternehmungen, die sie dem Endziel ihres Tuns, der Niederlage Bonapartes, um kein Jota näherbrachten. Plötzlich entdeckte er, daß die Zündschnur ein Loch in seinen rechten Handschuh gebrannt hatte. Da wanderten seine Gedanken zu Maria, denn sie hatte ihm diese Handschuhe an jenem dunklen Morgen geschenkt, als er mit ihr vom »George« zum Hafen ging, um mit der HOTSPUR in See zu gehen.

19

In der Iroise-Bucht, gut geschützt vor allen Winden von Süd bis Ost, füllte die Hotspur aufs neue ihre Vorräte auf. Seit der Werftliegezeit in Plymouth hatte sie sich jetzt schon zum zweitenmal diesem mühevollen Geschäft zu unterziehen. Ihre Wasserfässer wurden von den Tankleichtern neu gefüllt, die leeren Salzfleischfässer vom Proviantschiff durch frische ersetzt und alles sonst fehlende Kleinzeug soweit möglich dem schwimmenden Warenhaus abgeschwätzt, das Cornwallis für seine Flotte in Dienst genommen hatte. Die Hotspur war volle sechs Monate ununterbrochen in See gewesen und hatte sich nun für drei weitere Monate ausgerüstet.

Hornblower atmete auf, als das schwimmende Warenhaus endlich ablegte. Die sechs Monate Seetörn hatten kaum genügt, sein Schiff von all dem Ungemach zu säubern, das sich in Plymouth eingeschlichen hatte: Krankheiten, Wanzen, Flöhe und Läuse. Die Wanzen waren weitaus das schlimmste Übel, man jagte sie von einem Versteck im Holzwerk des Schiffes zum anderen, man sengte sie mit schwelendem Twist, man verschloß ihre Schlupfwinkel mit Farbe, und alles das ein um das andere Mal. Denn sooft man auch meinte, das Ungeziefer sei nun endlich ausgerottet, immer wieder kam so ein armer Matrose zu seinem Divisionsoffizier und meldete ihm, die Knöchel der Rechten grüßend zur Stirn erhoben: »Ich glaube, Sir, diesmal habe *ich* die Wanzen.«

Hornblower hatte sieben Briefe von Maria zu lesen – den letzten hatte er zuerst geöffnet, weil er wissen wollte, ob es ihr und dem kleinen Horatio gutging – und war mit seiner Lektüre eben fertig geworden, als Bush nach kurzem Klopfen eintrat. Hornblower blieb am Kartentisch sitzen und hörte sich an, was Bush zu melden hatte. Es waren lauter ganz unwichtige Kleinigkeiten, so daß er sich wundern mußte, warum Bush seinen Kommandanten überhaupt mit all dem völlig gleichgültigen Zeug belästigte. Erst als er zu guter Letzt aus seiner Tasche ein Heft zum Vorschein brachte, gab sich Hornblower seufzend darüber Rechenschaft, was ihn wirklich zu seiner Rücksprache bewogen hatte. Das Heft war die letzte Nummer des Naval Chronicle, die Post hatte es an Bord gebracht, denn die Offiziersmesse hatte die Zeitschrift gemeinsam abonniert. Bush blätterte rasch darin herum, legte sie schließlich aufgeschlagen vor Hornblower hin und wies mit seinem schrundigen Seemannsfinger auf die Stelle, die er gefunden hatte. Hornblower brauchte nur einen Augenblick, um zu lesen, was da stand. Es war Chambers' Bericht an Cornwallis über die Schießerei vor Aber Wrack, der allem Anschein nach deshalb in der »Gazette« erschienen war, weil die Öffentlichkeit erfahren sollte, wie und warum die GRASSHOPPER untergegangen war. Bush wies mit dem Finger abermals auf die letzten vier Zeilen dieses Berichts. »Kapitän Hornblower«, hieß es da, »meldet mir, daß die HOTSPUR keine Verluste hatte, obwohl sie von einer Fünf-Zoll-Granate getroffen wurde, die zwar in der Takelage beträchtlichen Schaden anrichtete, aber glücklicherweise nicht detonierte.«

»Und was weiter, Mr. Bush?« fragte Hornblower so kalt und abweisend wie möglich, um Bush zum Schweigen zu bringen.

»Was da steht, stimmt doch nicht, Sir.«

Der Seedienst so nahe der Heimat hatte schwere Schattenseiten. Nur zwei bis drei Monate nach einem Ereignis las die ganze Flotte darüber in der Gazette und in den Zeitungen, und dabei stellte sich immer wieder heraus, wie empfindlich handfeste Männer auf das reagierten, was da über sie geschrieben stand. Unter Umständen geriet dadurch sogar die Disziplin ins Wanken, und eben dem wollte Hornblower von vornherein begegnen.

»Wollen Sie die Güte haben, mir näher zu erläutern, wie Sie das meinen?«

Bush blieb eisern, er wiederholte nur, was er schon gesagt hatte: »Es ist nicht richtig, Sir.«

»Was heißt nicht richtig? Meinen Sie etwa, es hätte sich nicht um eine Fünf-Zoll-Granate gehandelt?«

»Nein, Sir, es . . .«

»Oder wollen Sie vielleicht damit sagen, daß die Granate keinen erheblichen Schaden in der Takelage verursachte?«

»Nein, Sir, natürlich richtete sie diesen Schaden an, aber . . .«

»Möchten Sie etwa gar behaupten, die Granate sei explodiert?«

»Aber nein, Sir, ich . . .«

»Dann weiß ich wirklich nicht mehr, was Sie gegen den Bericht noch einzuwenden haben.«

Es war alles andere als schön, den guten Bush mit schneidenden Sarkasmen abfertigen zu müssen, doch es war nun einmal nicht zu vermeiden. Aber an Bush prallte das alles wirkungslos ab, er ließ sich durch nichts und niemand irremachen.

»Nein, das ist nicht recht, Sir, es ist nicht fair, was da steht, nicht fair gegen Sie und auch gegen das Schiff.«

»Reden Sie doch keinen Unsinn, Mr. Bush. Was sind wir denn in ihren Augen? Etwa Schauspielerinnen? Oder Politiker? Nein, Mr. Bush, wir sind Offiziere Seiner Majestät, wir haben unsere Pflicht zu erfüllen und nicht die Zeit mit Kinkerlitzchen zu vertun. Bitte verschonen Sie mich künftighin mit solchen Reden, Mr. Bush.«

Bush starrte ihn mit bestürztem Ausdruck an, aber er ließ noch nicht locker:

»Das ist doch unfair gegen Sie, Sir«, wiederholte er.

»Haben Sie meinen Befehl verstanden oder nicht, Mr. Bush? Ich will jetzt nichts mehr von dieser Sache hören, ein für alle Male. Bitte verlassen Sie sofort meine Kajüte.«

Es war schauderhaft, mit ansehen zu müssen, wie sich Bush gekränkt und niedergeschlagen durch die Tür davonschlich; das schlimme war, daß Bush gar keine Einbildungskraft besaß und darum auch nicht fähig war, sich die Kehrseite einer solchen Angelegenheit vorzustellen. Hornblower konnte das, ihm stand vor Augen, was er geschrieben hätte, wenn es nach Bush gegangen wäre: »Die Granate fiel an Deck; im letzten Augenblick, ehe sie detonierte, drückte ich mit eigener Hand die glühende Zündschnur aus.« Nie hätte er es über sich gebracht, so etwas zu schreiben, nie wäre ihm eingefallen, mit einer solchen Darstellung um öffentliche Achtung zu buhlen — ja, er hätte jeden anspucken können, dem solche Großsprecherei nicht unerträglich gewesen wäre. Wenn es das Geschick fügte, daß seine Taten nicht für sich selbst zu zeugen vermochten, ihm fiel es nie und nimmer ein, sie an die große Glocke zu hängen. Es wollte ihm nicht in den Sinn, so etwas auch nur für möglich zu halten, und er gab sich darüber Rechenschaft, daß diese Einstellung nicht auf seinen persönlichen Geschmack zurückzuführen war, sondern allein dem zwingenden Bedürfnis, stets so zu handeln, wie es der Navy zum Besten gereichte. In dieser Hinsicht aber entwickelte er keinen Funken mehr Phantasie als sein Erster Offizier.

Plötzlich gebot er dem Flug seiner Gedanken Halt. Was war denn das? Alles Schwindel, alles Selbsttäuschung, nichts als Angst, der Wahrheit ins Gesicht zu sehen. Warum hatte er sich soviel darauf eingebildet, daß er mehr Phantasie besaß als Bush? Ja, darin war er ihm vielleicht überlegen, aber dafür gebrach es ihm um so mehr an dem Mut, der jenem so selbstverständlich war. Bush ahnte nichts von dem würgenden Grauen, den schrecklichen Sekunden nackter Todesangst, die Hornblower gepackt hatten, als die Granate an Deck fiel. Er wußte nichts davon, daß sich sein bewunderter Kommandant für den Bruchteil eines Augenblicks schon in blutige Fetzen zerrissen sah und daß ihm im Banne dieser blitzartigen Vorstellung das Herz den Dienst versagen

wollte – weil es das Herz eines Feiglings war. Bush wußte überhaupt nicht, was Angst hieß, darum konnte er sie auch bei seinem Kommandanten nicht in Rechung stellen. Wie sollte er also je begreifen, warum dieser Kommandant von dem Vorfall mit der Granate so wenig Wesens machte und warum er so ungenießbar wurde, wenn die Rede darauf kam. Er – Hornblower selbst – wußte das nur zu genau und wurde schmerzlich daran erinnert, sooft er es über sich brachte, sich so zu sehen, wie er wirklich war.
Auf dem Achterdeck wurden Befehle ausgerufen, bloße Füße trampelten über die Planken, laufende Enden klatschten an Deck, und alsbald nahm die HOTSPUR, leicht überliegend, mit neuem Kurs wieder Fahrt auf. Hornblower stand schon an der Kajütentür, um herauszufinden, was dieses nicht von ihm befohlene Manöver zu bedeuten hatte, als er sich dem herbeieilenden Young gegenübersah.
»Signal vom Flaggschiff, Sir: ›HOTSPUR zur Meldung beim Flottenchef!‹«
»Danke.«
Auf dem Achterdeck hob Bush grüßend die Hand an den Hut.
»Ich bin über Stag gegangen, Sir«, erklärte er, »als wir das Signal abgelesen hatten.«
»Das war richtig, Mr. Bush.«
Wenn ein Flottenchef ein Schiff zu sich rief, durfte man nicht einmal warten, bis der Kommandant unterrichtet war.
»Ich habe ›verstanden‹ geheißt, Sir.«
»Danke, Mr. Bush.«
Die HOTSPUR kehrte Brest ihr Heck zu und lief mit günstiger Backstags-Brise nach See hinaus, fort von Frankreich. Wenn der Admiral seinen am weitesten vorgeschobenen Späher von seinem Posten wegrief, so hatte das gewiß einen triftigen Grund. Er hatte ja das Schiff, nicht nur seinen Kommandanten zu sich befohlen, da lag schon etwas mehr in der Luft als diese angenehme leichte Brise.
Bush ließ die Besatzung antreten, um Parkers Flaggschiff, dem Flaggschiff des Küstengeschwaders, beim Passieren die ihm gebührende Ehrenbezeigung zu erweisen.
»Hoffen wir, Sir, daß er einen guten Ersatz für uns findet«, meinte Bush, der allem Anschein nach genau wie Hornblower ahnte, daß sie nach diesem Abschied nicht so bald zur Iroise-Bucht zurückkehren würden.
»Der wird zweifellos zu finden sein«, sagte Hornblower. Er freute sich herzlich, daß ihm Bush die Abfuhr nicht übelnahm, die er ihm

vorhin erteilen mußte. Ohne Zweifel bewirkte der erregende Abbruch des langweiligen Blockadedienstes, daß er leichter über jenes schlimme Erlebnis wegkam, aber Hornblower fand in einem Augenblick tieferer Einsicht doch noch eine andere Begründung dafür: Bush, der Seemann, der sich ein Leben lang mit den Launen von Wind und Wetter abzufinden hatte, war auch Fatalist genug, die unberechenbaren Stimmungen seines Kommandanten gelassen hinzunehmen.
Voraus lag der Atlantik, die weite, offene See, und dort, weit draußen an der Kimm, sah man in genauen Abständen Segel hinter Segel, die Kanalflotte, deren Männer und Geschütze England davor bewahrten, daß Bonaparte seine Trikolore auf Schloß Windsor setzte.
»Flottenchef an uns, Sir: ›In Rufweite passieren.‹«
»Heißen Sie ›verstanden‹. Mr. Prowse, bitte nehmen Sie eine Peilung des Flaggschiffs.«
Es war ein hübsches kleines nautisches Kunststück, zur Ausführung des gegebenen Befehls möglichst ohne Verzug den richtigen Kurs zu wählen, wobei zu berücksichtigen war, daß die HIBERNIA unter kleinen Segeln hart am Wind lag, während die HOTSPUR unter Vollzeug raumschots auf sie zulief. Hornblower zog Prowse eigentlich nur zu Rate, um seinem Selbstgefühl ein wenig Auftrieb zu geben, in Wahrheit war er vom ersten Augenblick an fest entschlossen, dieses Manöver allein nach Augenmaß durchzuführen. Ein Befehl an den Rudergänger, und die HOTSPUR schwenkte so weit herum, daß sie dem Flaggschiff im spitzen Winkel stetig näher kam.
»Mr. Bush, halten Sie sich klar, das Schiff an den Wind zu bringen.«
»Aye, aye, Sir.«
Im Kielwasser der HIBERNIA stampfte schäumend eine große Fregatte. Hornblower blickte forschend hinüber — einmal — ein zweites Mal. Kein Zweifel, das war wirklich die alte INDEFATIGABLE, einst Pellews berühmte Fregatte, das Schiff, auf dem er damals, in jenen wilden Kriegsjahren, als Fähnrich gedient hatte. Er hatte keine Ahnung, daß sie zur Kanalflotte gestoßen war. Die drei Fregatten hinter der INDEFATIGABLE erkannte er sofort: Sie hießen MEDUSA, LIVELY und AMPHION, alle drei Veteranen der Kanalflotte. Auf der HIBERNIA stiegen bunte Signalflaggen hoch.
»Alle Kommandanten an Bord des Flaggschiffs kommen, Sir!«
»Mr. Bush, bitte das Heckboot klar zum Fieren.«
Jetzt zeigte sich wieder einmal, was Doughty als Kommandantensteward wert war, denn wenige Sekunden, nachdem das Signal abgelesen war, erschien er ungerufen mit Säbel und Bootsumhang auf dem

Achterdeck. Es war natürlich Ehrensache, daß man mit seinem Boot mindestens so rasch vom Schiff absetzte wie die Kommandanten der Fregatten, obwohl das für Hornblower die Folge hatte, daß er sich in seinem kleinen Fahrzeug so lange umherwerfen lassen mußte, bis alle Herren höheren Ranges glücklich an Bord gelangt waren. Nur der Gedanke, daß dies alles das Vorspiel irgendeiner neuen wichtigen Unternehmung war, hielt Hornblower während dieser grausamen Wartezeit aufrecht.

In der Kajüte der HIBERNIA bedurfte es nur einer einzigen Vorstellung: Hornblower wurde mit Kapitän Graham Moore von der INDEFATIGABLE bekannt gemacht. Moore war ein kräftig gebauter Schotte mit auffallend ebenmäßigen Zügen. Hornblower hatte einmal gehört, er sei der Bruder des Armeegenerals Sir John Moore, der allgemein als einer der besten Heerführer Englands galt. Die übrigen Kommandanten kannte er: Gore von der MEDUSA, Hammond von der LIVELY und Sutton von der AMPHION, Cornwallis saß mit dem Rücken gegen das große Heckfenster, er hatte Collins zu seiner Linken, die fünf Kommandanten saßen ihm gegenüber.

»Meine Herren«, begann Cornwallis, »ich will Ihnen ohne Umschweife sagen, worum es sich handelt. Kapitän Moore brachte Depeschen aus London, deren Inhalt uns dazu zwingt, sofort die der entstandenen Lage angemessenen Maßnahmen zu ergreifen.«

Trotz seines stürmischen Beginns nahm er sich ein paar Sekunden Zeit, seine gütigen blauen Rollaugen von einem Kommandanten zum anderen wandern zu lassen, ehe er sich in die Einzelheiten vertiefte.

»Unser Botschafter in Madrid ...« sagte er, und schon gab es allen seinen Hörern einen Riß auf ihren Stühlen, denn die Navy hatte schon seit dem Tag des Kriegsausbruchs immer erwartet, daß Spanien seine alte Rolle als Verbündeter Frankreichs weiterspielen werde. Cornwallis sprach schnell, aber doch klar und unmißverständlich. Britische Agenten in Madrid hatten herausgefunden, was die Geheimklauseln des französisch-spanischen Vertrages von San Ildefonso enthielten, und ihre Entdeckung hatte einen langgehegten Argwohn bestätigt. Diesen Klauseln zufolge war nämlich Spanien verpflichtet, England den Krieg zu erklären, sobald Frankreich das verlangte. Solange ein solches Verlangen nicht gestellt wurde, war Spanien verpflichtet, allmonatlich eine Million Francs an den französischen Staatsschatz abzuführen.

»Jeden Monat eine Million Francs in Gold und Silber, wissen Sie, was das heißt, meine Herren?« wiederholte Cornwallis.

Bonaparte brauchte ständig Geld für seine ununterbrochenen Kriege,

Spanien konnte es ihm dank seiner Minen in Mexiko und Peru liefern, Monat für Monat krochen ganze Wagenkolonnen, beladen mit Goldbarren, über die steilen Pyrenäenpässe, um nach Frankreich zu gelangen, und jedes Jahr brachte ein spanisches Geschwader den Ertrag der Minen von Amerika nach Cadiz.

»Die nächste Flota wird im Herbst dieses Jahres erwartet«, sagte Cornwallis. »Meist bringt sie etwa vier Millionen Taler für die Krone Spaniens und den gleichen Betrag für private Rechnung mit.«

Das waren acht Millionen Taler. In England, das den Fluch einer Papierwährung zu tragen hatte, war dieser spanische Silbertaler volle sieben Schillinge wert, so daß sich ein Betrag von nahezu drei Millionen Pfund ergab.

»Was von dieser Summe nicht an Bonaparte bezahlt wird«, sagte Cornwallis, »dient vornehmlich der Wiederaufrüstung der spanischen Flotte, die gegen England eingesetzt werden kann, sobald Bonaparte das wünscht. Sie werden also verstehen, warum uns daran liegen muß, daß die Flota in diesem Jahr Cadiz nicht erreicht.«

»Bedeutet das Krieg, Sir?« fragte Moore, aber Cornwallis schüttelte den Kopf:

»Nein, ich sende ein Geschwader aus, um der Flota den Weg zu verlegen, und Sie werden bereits erraten haben, meine Herren, daß ich Ihre Schiffe dazu ausersehen habe. Aber das bedeutet noch keineswegs den Krieg. Kapitän Moore wird als Kommodore Ihres Verbandes die Anweisung erhalten, die Spanier aufzufordern, ihren Kurs zu ändern und einen englischen Hafen anzusteuern. Dort wird der Schatz von Bord geholt, und die Schiffe sind wieder frei. Aber der Schatz wird dann keineswegs als Beute gelten, er soll nur als Pfand in den Händen Seiner Majestät verbleiben und bei einem allgemeinen Friedensschluß Seiner Allerkatholischsten Majestät zurückerstattet werden.«

»Was für Schiffe verwenden die Spanier, Sir?«

»Fregatten, Kriegsschiffe also. Drei Fregatten, manchmal vier.«

»Und die werden von spanischen Seeoffizieren geführt, Sir?«

»Ja.«

»Dann wird der Plan nie gelingen, Sir. Diese Männer werden uns doch nicht den Gefallen tun, gegen ihre Befehle zu handeln, nur weil wir sie darum ersuchen.«

Cornwallis rollte seine Augen zu den Decksbalken hinauf und wieder herunter.

»Sie bekommen den schriftlichen Befehl, die Spanier gegebenenfalls zum Einlenken zu zwingen.«

»Das heißt, daß wir sie unter Umständen angreifen müssen, Sir?«
»Gewiß, wenn sie so töricht sind, sich zu widersetzen.«
»Das würde also Krieg bedeuten, Sir?«
»Ja. Seiner Majestät Regierung ist der Ansicht, daß Spanien ohne diese acht Millionen Taler und als offener Gegner nicht so gefährlich ist, wie es als versteckter Feind wäre, der über diese Summe verfügen kann. Ist Ihnen die Lage jetzt vollkommen klar, meine Herren?«
Ja, sie hatten alle augenblicklich begriffen, schneller sogar, als sich das Problem für den einzelnen kopfrechnerisch überschlagen ließ. Hier ging es nämlich um Prisengeld – ein Drittel von drei Millionen Pfund für die Kommandanten, das machte an die achtmal hunderttausend Pfund – durch fünf ergab das pro Kopf einen Betrag von einhundertfünfzigtausend Pfund, also ein Riesenvermögen. Damit konnte so ein Kapitän ein Landgut kaufen und hatte dann immer noch ein Vermögen übrig, von dessen Zinsen er angenehm leben konnte, wenn er es in Staatspapieren anlegte. Hornblower merkte, daß sich auch die anderen vier Kommandanten mit dieser Rechenaufgabe befaßten.
»Ich sehe, meine Herren, Sie haben mich alle verstanden. Kapitän Moore wird Ihnen Befehle geben, die wirksam werden, falls einer von Ihnen vom Verband abkommt. Er wird außerdem den Plan zum Abfangen des spanischen Verbandes ausarbeiten. Sie, Kapitän Hornblower« – aller Blicke richteten sich auf ihn –, »laufen mit der HOTSPUR sofort Cadiz an, um von dem dortigen Konsul Seiner Britannischen Majestät die letzten Nachrichten einzuholen, und stoßen dann an dem von Kapitän Moore zu bestimmenden Punkt wieder zum Verband. Wollen Sie bitte die Güte haben, noch einen Augenblick zu verweilen, wenn die anderen Herren gegangen sind.«
Als er sich von den vier Kommandanten mit ausgesuchter Höflichkeit verabschiedet hatte, nahm sich Collins ihrer an, um ihnen ihre Befehle auszuhändigen. Hornblower war allein Auge in Auge mit Cornwallis zurückgeblieben. Soweit er sich erinnerte, sah der Admiral mit seinen blauen Augen wohl immer freundlich drein, abgesehen davon aber verriet ihr Blick meistens so gut wie gar nichts. Es war eine seltene Ausnahme, daß sie heute ein kameradschaftliches Zwinkern umspielte. Jetzt sagte er: »Sie haben in Ihrem ganzen Leben noch nie auch nur einen Penny Prisengeld bekommen, nicht wahr, Hornblower?«
»Nein, Sir.«
»Jetzt sieht es endlich so aus, als ob auch für Sie ein paar Schillinge abfallen könnten.«
»Sie meinen, Sir, daß sich die Dons wehren werden?«

»Sie etwa nicht?«
»Doch, Sir.«
»Nur ein Dummkopf könnte etwas anderes erwarten — und zu denen gehören Sie ja wohl nicht.«
Wenn man sich beliebt machen wollte, sagte man auf eine so schmeichelhafte Bemerkung hin: Besten Dank, Sir. Aber Hornblower brachte es nicht fertig, mit solchen Mitteln für sich zu werben.
»Sind wir denn imstande, gegen Spanien und Frankreich zugleich Krieg zu führen, Sir?«
»Meiner Meinung nach ist das durchaus möglich. Mir scheint, Ihnen ist die Kriegführung wichtiger als das Prisengeld, wie?«
»Selbstverständlich, Sir.«
Inzwischen war Collins wieder in der Kajüte erschienen und hörte sich die Unterhaltung mit an.
»Sie haben sich in diesem Krieg bis jetzt ausgezeichnet bewährt, Hornblower«, sagte Cornwallis. »Ich habe den Eindruck, daß Sie auf dem besten Wege sind, sich einen Namen zu machen.«
»Besten Dank, Sir.« Diesmal fiel es ihm leicht, zu danken, denn ein Name war ja nur Schall und Rauch.
»Sie haben keinen Gönner bei Hofe, nicht wahr? Oder einen Freund im Kabinett? Einen guten Bekannten in der Admiralität?«
»Leider nein, Sir.«
»Der Sprung vom Commander zum Kapitän ist gewaltig, das wissen Sie doch, nicht wahr?«
»Gewiß, Sir.«
»Auf der HOTSPUR haben Sie nicht einmal ›junge Herren‹ an Bord, nicht wahr?«
So ziemlich jeder Kommandant in der Navy hatte ein paar Jungen aus guter Familie an Bord, die als Freiwillige oder Offiziersburschen geführt wurden und sich so auf den Beruf eines Seeoffiziers vorbereiteten. In den meisten Familien gab es einen jüngeren Sohn, der irgendwie untergebracht werden mußte, und die Navy war dafür mindestens so geeignet wie mancher andere Beruf. Für den Kommandanten war es in dieser und jener Hinsicht vorteilhaft, einen solchen Schützling in seine Obhut zu nehmen, besonders aber deshalb, weil er für sein Entgegenkommen erwarten durfte, daß ihm auch die Familie, deren Sprößling er aufnahm, mit ihrem Einfluß zur Seite stand. Es war sogar möglich und kam nicht einmal selten vor, daß ein Kommandant an einem solchen Jungen verdiente, indem er den mageren Sold des Freiwilligen einbehielt und ihm statt dessen nur ein kleines Taschengeld gab.

»Warum eigentlich nicht?« fragte Cornwallis.
»Als ich in Dienst stellte, wurden mir vier Freiwillige von der Marineakademie an Bord geschickt, und später war keine Gelegenheit mehr, an diesem Zustand etwas zu ändern.«
Den Kommandanten waren diese Art »junger Herren« von der Akademie – die sogenannten King's better Boys – vor allem deshalb sowenig willkommen, weil sie jenen anderen in so mancher Hinsicht nützlichen Freiwilligen die Plätze wegnahmen.
»Da haben Sie wirklich Pech gehabt«, sagte Cornwallis.
»Jawohl, Sir.«
»Verzeihung, Sir, wenn ich unterbreche«, sagte jetzt Collins. »Ich habe hier den Befehl für Sie, Kapitän Hornblower. Er gilt für Ihre Aufgaben in Cadiz. Kapitän Moore wird Ihnen alles Weitere selbst befehlen.«
»Danke, Sir.«
Cornwallis hatte offenbar noch keine Lust, das Gespräch zu beenden.
»Als neulich die GRASSHOPPER unterging, hatten Sie ja das große Glück, daß jene Granate nicht detonierte. Das waren sicher aufregende Sekunden, nicht wahr?«
»Jawohl, Sir.«
»Es ist kaum zu glauben«, warf da Collins ein, »was der Klatsch in der Flotte für Orgien feiert. Über diese Granate erzählt man sich ja die tollsten Geschichten.«
Während er das sagte, maß er Hornblower mit einem durchdringenden Blick, dem dieser tapfer standhielt.
»Sie können mich für dieses Geschwätz unmöglich verantwortlich machen, Sir«, sagte er.
»Davon ist natürlich keine Rede«, warf Cornwallis besänftigend ein. »Hoffentlich bleibt Ihnen das Glück auch fürderhin treu, Hornblower.«

20

Hornblower kam in allerbester Stimmung auf seine HOTSPUR zurück. Hundertfünfzigtausend Pfund Prisengelder standen ihm in nächster Zukunft in Aussicht, eine Summe, die sogar Mrs. Mason zufriedenstellen mochte. Wenn er nicht allzu lange bei der Vorstellung verweilte, wie sich seine Maria als Gutsherrin ausnehmen würde, dann lag das vor allem an all dem Neuen, das ihm jetzt bevorstand: Anlaufen von Cadiz, diplomatische Fühlungnahme dort und schließlich das große

Abenteuer des Überfalls auf die spanische Schatzflotte draußen im Atlantik. Und wenn ihm das alles noch immer nicht genug Stoff für angenehme Träume bot, brauchte er sich nur sein Gespräch mit Cornwallis ins Gedächtnis zu rufen. Ein Oberbefehlshaber hatte in heimatlichen Gewässern nur sehr beschränkte Vollmacht, Offiziere zu befördern, aber vielleicht wog seine Empfehlung an höherer Stelle um so schwerer ... vielleicht.

Als er an Bord kam, begrüßte ihn Bush wie immer mit der Hand am Hut, aber diesmal ohne sein gewohntes Lächeln, seine Miene verriet auf den ersten Blick, daß ihm irgend etwas schwer zu schaffen machte.

»Was ist denn los, Mr. Bush?« fragte ihn Hornblower.

»Ein Vorfall, der Ihnen bestimmt keine Freude machen wird, Sir.«

Waren alle schönen Träume ausgeträumt? Konnte die HOTSPUR etwa so leck gesprungen sein, daß sie sich nicht mehr dichten ließ?

»Also, was hat es gegeben?« Hornblower schluckte gerade noch das »verdammt noch mal« hinunter, das er schon auf der Zunge hatte.

»Ihr Steward mußte wegen Meuterei eingesperrt werden, Sir. Er hat einen Vorgesetzten geschlagen.«

Hornblower durfte auf diese Nachricht hin weder Staunen noch Bestürzung verraten; seine Miene wirkte wie aus Stein.

»Signal vom Kommodore, Sir!« unterbrach in diesem Augenblick Foreman. »An uns: ›Sendet Boot.‹«

»Geben Sie ›verstanden!‹, Mr. Orrock, fahren Sie sofort hinüber!«

Moore hatte auf der INDEFATIGABLE bereits den Breitwimpel gesetzt, der ihn als Führer eines Schiffsverbandes auswies. Die Fregatten lagen noch immer beigedreht dicht beieinander. Es waren also genug Kapitäne zur Stelle, um ein Kriegsgericht zu bilden, das Doughty noch am gleichen Nachmittag zum Tod durch den Strang verurteilen konnte.

»Nun berichten Sie mir einmal, Mr. Bush, was Sie über den Fall wissen.«

Das Steuerbord-Achterdeck wurde sofort geräumt, als Hornblower und Bush es zusammen betraten. Man konnte also hier ebenso ungestört sprechen wie in sonst einem Winkel des kleinen Schiffes.

»Nach dem, was mir gemeldet wurde, Sir«, begann Bush, »hat sich folgendes ereignet ...«

Proviantübernahme auf See war eine Arbeit für alle Mann; selbst wenn die Vorräte an Bord geschafft waren, blieb noch alles tätig, um sie im Schiff zu verteilen. Doughty, der zum Mitschiffs-Arbeitskommando gehörte, hatte aus irgendeinem Grunde aufbegehrt, als ihm ein Bootsmannsmaat namens Mayne einen Befehl gab. Daraufhin hatte

Mayne sofort seinen »Starter« geschwungen, jenen geknoteten Tampen, den die Maate zum Antreiben der Leute zu benutzen pflegten, wenn es ihnen nötig schien – viel zu oft, meinte Hornblower. Daraufhin hatte ihm Doughty einen Hieb versetzt. Zwanzig Zeugen gab es dafür, und wenn die nicht reichten, war da außerdem Mayne selbst mit seiner von den eigenen Zähnen zerschnittenen Lippe, von der das Blut niedertropfte.

»Mayne war wohl immer ein rauher Bursche, Sir«, meinte Bush, »aber das ging denn doch zu weit.«

»Ja«, sagte Hornblower.

Er kannte den vierundzwanzigsten Kriegsartikel auswendig. Der erste Absatz handelte von Tätlichkeiten gegen Vorgesetzte, der zweite von Widerrede und Ungehorsam. Der erste Absatz endete mit den Worten: »...wird mit dem Tode bestraft.« Es gab keinen mildernden Nachsatz, wie etwa: »... oder in leichteren Fällen entsprechend milder geahndet.« Doughty hatte Blut vergossen, und es gab Zeugen die Fülle, die es gesehen hatten. Mancher Unteroffizier hätte es selbst unter diesen Umständen vorgezogen, den Fall persönlich zu bereinigen, wozu der schwere Borddienst gerade genug Gelegenheit bot, aber Mayne wäre so etwas nie in den Sinn gekommen.

»Wo ist Doughty jetzt?« fragte er.

»In Eisen, Sir.« Eine andere Antwort gab es darauf nicht.

»Befehl vom Kommodore, Sir!« Orrock kam außer Atem auf die beiden zugestürmt und schwenkte einen versiegelten Brief, den ihm Hornblower aus der Hand nahm.

Doughty konnte warten, ein Befehl duldete keinen Aufschub. Hornblower dachte zunächst daran, sich in seine Kajüte zurückzuziehen und das Schreiben in Muße zu lesen, aber für einen Kommandanten gab es keine Muße. Als er das Siegel aufbrach, zogen sich Bush und Orrock zurück, um ihm wenigstens jenes Mindestmaß an Fürsichsein zu gewähren, das sich hier an Deck, wo jedes müßige Auge neugierig auf ihm ruhte, überhaupt verwirklichen ließ. Gleich der erste Satz drückte klar aus, was seine Aufgabe war:

Sir,
Sie werden ersucht und angewiesen, mit Seiner Majestät Korvette HOTSPUR *ohne Verzug den Hafen von Cadiz anzulaufen ...*

Der zweite Absatz machte es ihm zur Pflicht, in Cadiz die Befehle auszuführen, die er vom Flottenchef erhalten hatte.

Im dritten und letzten Absatz wurde ihm sowohl nach Länge und Breite wie auch nach Abstand und Peilung von Kap St. Vincent ein Treffpunkt aufgegeben. Dorthin sollte er »mit größter Beschleunigung« versegeln, sobald er seine Aufgaben in Cadiz erfüllt hätte.
Ganz unnötigerweise überlas er den einleitenden Absatz des Befehls ein zweites Mal. »Sofort«, hieß es da.
»Mr. Bush, setzen Sie alle Segel, Mr. Prowse, geben Sie mir bitte schnellstens einen Kurs an, der uns gut frei vom Kap Finisterre führt. Mr. Foreman, Signal HOTSPUR an INDEFATIGABLE: ›Erbitte Detachierung.‹«
Nur ein einziges Mal konnte er auf dem Achterdeck hin- und hergehen, da kam bereits die Antwort Kommodore an HOTSPUR: »Detachiert.«
»Danke, Mr. Foreman. Mr. Bush, bitte abfallen, Kurs Südwest zu Süd.«
»Südwest zu Süd. Aye, aye, Sir.«
Die HOTSPUR gehorchte dem Ruder und nahm rasch Fahrt auf.
»Kurs Südwest zu Süd, Sir«, meldete Prowse, als er atemlos aus dem Kartenhaus angestürmt kam.
»Danke, Mr. Prowse.«
Der Wind war etwas achterlicher als querab, und die HOTSPUR jagte schäumend dahin, während die Männer schwitzend die Rahen genau in die Stellung trimmten, die vor Bushs kritischen Augen Gnade fand.
»Bitte setzen Sie die Royals, Mr. Bush, und lassen Sie auch die Leesegelspieren ausrennen.«
»Aye, aye, Sir.«
Die HOTSPUR legte sich unter dem Druck des Windes über, nicht weich und ohne Rückgrat, sondern federnd wie eine gute Säbelklinge, die von kräftigen Händen gebogen wird. In Lee lag ein ganzes Geschwader mächtiger Linienschiffe, die HOTSPUR rauschte in fliegender Fahrt an ihnen vorüber und erwies jedem der Riesen die schuldige Ehrenbezeigung. Hornblower konnte sich vorstellen, wie der blasse Neid alle die Menschen dort packte, wenn sie sahen, wie seine schnelle kleine Korvette dem Abenteuer entgegenstürmte. Dabei hielten sie ihm natürlich nicht zugute, daß er sich volle eineinhalb Jahre zwischen den Felsen und Untiefen der Iroise-Bucht herumgetrieben hatte.
»Soll ich die Leesegel setzen, Sir?« fragte Bush.
»Ja, tun Sie das bitte, Mr. Bush. Mr. Young, was sagt das Log?«
»Neun Knoten, Sir, vielleicht sogar etwas darüber — neuneinhalb möchte ich sagen.«

Neun Knoten, noch ohne Leesegel! Nach den langen Monaten des Eingesperrtseins in engen Revieren war das eine wahre Erlösung, ein befreiendes, lustvolles Wunder.
»Die alte Dame hat das Laufen noch nicht verlernt, Sir«, sagte Bush. Offenbar schlug auch ihm das Herz höher, denn er strahlte über das ganze Gesicht. Dabei ahnte er noch nicht einmal, daß sie hinter acht Millionen Talern her waren und daß – ach so! Von einer Sekunde zur nächsten war Hornblowers freudiger Überschwang wie weggezaubert.
Er stürzte aus dem Himmel seines Glücks in den Abgrund, wie ein Mann, der von der Großroyalrah herabfällt. Im Drang der Ereignisse war ihm sein Doughty ganz und gar entfallen, das Wort »sofort« in Moores Befehl hatte ihm eine Gnadenfrist verschafft. Da ja so viele Kapitäne greifbar waren und der Flottenchef selbst das Urteil bestätigen konnte, wäre Doughty zur Stunde ganz bestimmt schon verurteilt gewesen, möglicherweise wäre jetzt das Urteil sogar bereits vollstreckt und Doughty ein toter Mann. Spätestens hätte er morgen früh sterben müssen. Die Kommandanten der Kanalflotte kannten mit einem Meuterer kein Erbarmen.
Jetzt mußte er den Fall selbst in die Hand nehmen; Eile war dabei nicht vonnöten, denn von Aufruhr, der sofort im Keim erstickt werden mußte, war ja hier nicht die Rede. Er hatte es also nicht nötig, auf das Recht des Kommandanten zurückzugreifen, das ihm im äußersten Notfall zu Gebote stand, und Doughty in eigener Vollmacht hängen zu lassen. Aber wenn ihm dieses Schlimmste auch erspart blieb, waren die Aussichten immer noch trübe genug, da Doughty weiter in Eisen lag und jedermann an Bord wußte, daß einem aus ihrer Mitte der Strick des Henkers gewiß war. Es lag auf der Hand, daß die Leute dadurch um ihr inneres Gleichgewicht kamen, am meisten litt aber – von Doughty einmal abgesehen – Hornblower selbst unter diesem Zustand. Ihm drehte sich förmlich der Magen herum, wenn er daran dachte, daß es ihm oblag, Doughty hängen zu lassen. Auf einmal erkannte er, wie nahe ihm dieser Mann stand: seine Ergebenheit und sein aufmerksames Wesen zwangen ihm echte Wertschätzung ab. Doughty hatte mit unermüdlichem Eifer eine Geschicklichkeit entwikkelt, seinem Kommandanten das Leben angenehm zu machen, die das Durchschnittsniveau ähnlich überragte wie etwa die Fähigkeit mancher besonders geschickter Teerjacken, zwei Enden durch einen kaum sichtbaren Langspleiß zu verbinden.
Hornblower rang in seiner Zerrissenheit verzweifelt um einen Ent-

schluß. Wohl zum tausendstenmal in seinem Leben schalt er des Königs Dienst einen Vampir – wie dieses Tier verführerisch und hassenswert in einem. Noch sah er keinen Ausweg aus dem Zwiespalt, in dem er sich befand. Aber zunächst mußte er sich doch wohl noch genauer über den Fall unterrichten.

»Mr. Bush, würden Sie die Güte haben, Doughty durch den Wachtmeister in meine Kajüte bringen zu lassen?«

»Aye, aye, Sir.«

Kettengeklirr verriet ihm, daß Doughty vor der Tür war; er trug Handschellen an den Gelenken.

»Danke, Wachtmeister, Sie können draußen warten.«

Doughty blickte ihn mit seinen stahlharten blauen Augen unverwandt an.

»Nun, was haben Sie zu sagen?«

»Es tut mir sehr leid, Sir. Bitte verzeihen Sie mir, daß ich Ihnen das angetan habe.«

»Wie kamen Sie nur dazu, sich so gehenzulassen?«

Zwischen Mayne und Doughty hatte schon immer ein gespanntes Verhältnis bestanden – das war Hornblower von vornherein klargewesen. Diesmal hatte es Mayne für richtig gehalten, Doughty eine besonders schmutzige Arbeit aufzutragen, während dieser just darauf bedacht war, seine Hände sauberzuhalten, weil er seinem Kommandanten bald darauf das Dinner servieren sollte. Auf Doughtys Einwand hin sah sich Mayne dann sofort veranlaßt, seinen »Starter« zu schwingen.

»Ich – ich konnte mir den Schlag nicht gefallen lassen, Sir. Vielleicht habe ich mich zu lange unter Gentlemen bewegt, um eine solche Behandlung hinzunehmen.«

Unter Gentlemen konnte ein Schlag nur mit Blut gerächt werden. Die niederen Stände pflegten Hiebe ohne viel Aufhebens hinzunehmen. Hornblower war Kommandant seines Schiffes und als solcher mit nahezu unbegrenzten Vollmachten ausgestattet. Er konnte Mayne befehlen, den Mund zu halten, er durfte Doughtys Handschellen lösen und den Fall für erledigt erklären. Aber war dieser Fall damit auch vergessen? Erweckte er damit bei seinen Leuten nicht den Eindruck, daß man Unteroffiziere ungestraft wiederschlagen durfte? Mußten sie nicht denken, daß ihr Kommandant eine widerwärtige Günstlingswirtschaft trieb?

»Ach, es ist zum ...«, brach Hornblower los und knallte die Faust auf den Kartenhaustisch.

»Ich könnte noch einen Ersatzmann ausbilden, Sir, ehe, ehe ...« Selbst Doughty brachte das Wort nicht über die Lippen.
»Nein, nein, nein!« Es war ganz und gar ausgeschlossen, daß er Doughty unter den krankhaft neugierigen Blicken all der anderen Leute im Schiff herumlaufen ließ.
»Dann versuchen Sie es doch mit Bayley, dem Deckoffizierssteward, er ist noch der beste von der ganzen nichtsnutzigen Bande.«
»Ja, das will ich tun.«
Daß Doughty in seiner verzweifelten Lage immer noch um ihn besorgt war, machte alles nur noch schlimmer. Aber endlich zeigte sich jetzt doch ein winziges Lichtlein, der Schimmer einer Lösung dieses leidigen Problems, einer Lösung, die ihm nicht ganz so zuwider war wie jene, die das Gesetz vorschrieb. Bis Cadiz waren noch dreihundert Meilen zurückzulegen, aber der Wind war günstig.
»Sie kommen zu gegebener Zeit vor ein Kriegsgericht. Wachtmeister, führen Sie den Mann wieder ab. Es ist nicht nötig, daß Sie ihn weiter in Eisen halten, ich werde noch befehlen, wie ihm die nötige Bewegung verschafft werden soll.«
»Leben Sie wohl, Sir.«
Es war grauenhaft, mit ansehen zu müssen, wie dieser Mann auch jetzt noch die unerschütterliche Haltung wahrte, die ihm als Steward zur zweiten Natur geworden war, und dabei zu wissen, daß sich hinter dieser Maske eine von Angst und Verzweiflung verzerrte Fratze verbarg. Es ging einfach nicht an, daß man sich dieses Elend ständig vor Augen hielt. Hornblower mußte nach all dem unbedingt wieder an Deck und mit eigenen Augen sehen, wie seine HOTSPUR unter allen ihren Segeln über die See dahinflog, einem edlen Renner zu vergleichen, der endlos lange im Zaum gehalten war und nun endlich nach Herzenslust ausgreifen durfte. Ganz vergessen konnte er den dunklen Schatten dabei nicht, aber lichter, weniger schwarz erschien er ihm doch, hier unter dem blauen Himmel mit den fliegenden weißen Wolken, beim Anblick der glitzernden Regenbogen, die die Sonne in den aufgewirbelten Gischt der Bugsee zauberte, während sie mit brausender Fahrt die Biskaya durchquerten, einem Abenteuer entgegen, das die Männer gerade deshalb schon im voraus so erregte, weil keiner von ihnen ahnte, worum es dabei eigentlich ging.
Für Hornblower gab es dadurch Ablenkung – sozusagen Ärger als Mittel gegen Ärger –, daß er die ungeschickten Handreichungen Bayleys über sich ergehen lassen mußte, den er aus der Deckoffiziersmesse heraufgeholt hatte. Er hatte die Genugtuung, daß es gelang, vor Kap

Ortegal genau wie berechnet Land zu machen. Dann jagten sie die Küste entlang und bekamen dabei eben noch den Hafen Ferrol in Sicht, wo er so endlos lange Monate der Gefangenschaft erduldet hatte. Vergeblich suchte er nach den Dientes del Diablo, wo sich damals der Weg in die Freiheit für ihn auftat. Weiter ging es um den äußersten Zipfel Europas, und der Wind war wie durch ein Wunder immer noch günstig, als sie von dort, beim Winde jetzt, mit neuem Kurs weiterstampften, um das Kap Roca luvwärts zu passieren.

Eines Nachts schralte der Wind und wehte ihnen, wenn auch nur leicht, entgegen. Hornblower stürmte wohl ein dutzendmal aus der Koje an Deck und schäumte förmlich vor Ungeduld, als die HOTSPUR wenden mußte und mit Backbordhalsen recht von der Küste ablief, aber dann folgte gleich ein herrlicher Morgen, der Wind kam zunächst in leisen Puffs aus Südwest und entwickelte sich im weiteren Verlauf zu einer kräftigen Westbrise, die gerade noch die Führung von Leesegeln erlaubte. So gelangte die HOTSPUR auf einem langen Streckbug nach Süden und hatte um die Zeit des Mittagsbestecks Kap Roca eben außer Sichtweite in Lee.

Für Hornblower gab es dann noch eine weitere unruhige Nacht, als querab von Kap St. Vincent die letzte wichtige Kursänderung fällig wurde. Danach steuerte die HOTSPUR mit raumem Wind von Backbord und immer noch unter allem Zeug, das es zu setzen gab, geradewegs auf ihr Ziel Cadiz zu. Als sie auch am Nachmittag noch immer mit einer Fahrt dahinrauschte, die oft sogar volle elf Meilen erreichte, meldete der Ausguck zum erstenmal einen Schatten niederen Landes gut frei an Backbord voraus. Zugleich wurde die Küstenschiffahrt immer lebhafter, alle diese größeren und kleineren Segler setzten hastig ihre portugiesische oder spanische Flagge, sobald sie das britische Kriegsschiff erkannten. Zehn Minuten später ging aus einer neuen Meldung des Ausgucks hervor, daß die Ansteuerung bestens gelungen war, und nach weiteren zehn Minuten entdeckte Hornblower durch seinen Kieker an Steuerbord voraus bereits die strahlend weißen Häuser der Stadt Cadiz. Hornblower hätte diesen Erfolg ganz gern ein wenig ausgekostet, aber es blieb ihm wie immer keine Zeit, sich darin zu gefallen. Jetzt waren sofort die nötigen Schritte zu tun, um von den spanischen Behörden die Genehmigung zum Einlaufen zu erwirken; nicht minder aufregend war die Aussicht, demnächst mit dem hiesigen Vertreter der britischen Krone in Fühlung zu kommen, und endlich galt es — jetzt oder nie — den Entschluß zu verwirklichen, den er Doughtys wegen gefaßt hatte. Die Sorge um seinen Doughty hatte ihn während der ganzen herrlichen Tage unter Vollzeug nicht losgelassen, er hatte darüber seine Tagträume von Reichtum und Beförderung vergessen, ja, sie hatte ihn sogar davon abgelenkt, sich auf seine Aufgabe in Cadiz gehörig vorzubereiten. Es verhielt sich damit wie mit den dramatischen Nebenhandlungen in den Stücken Shakespeares, die immer wieder von irgendwoher auftauchen und im jeweiligen Augenblick die gleiche Bedeutung gewinnen wie die weitere Entwicklung des dramatischen Hauptproblems.

Hornblower war sich dabei durchaus im klaren, daß für diesen Fall das Wort »jetzt oder nie« besondere Bedeutung hatte. Er mußte sich in dieser Minute entscheiden und ohne Verzug entsprechend handeln, jedes Eher wäre voreilig, jedes Später zu spät gewesen. Im Dienst des Königs hatte er oft genug dem Tod ins Auge gesehen, durfte er nicht sagen, daß ihm dafür nun auch einmal der König ein Leben schuldig war? Eine solche Rechtfertigung seines Tuns wäre mehr als fadenscheinig gewesen, darum gestand er sich am Ende, als die Entscheidung bereits gefallen war, daß es ihm dabei nur um seine eigene innere Ruhe ging. Schließlich schob er seinen Kieker ebenso wildentschlossen zusammen wie damals im Goulet, als er an den Feind heranging.

»Mein Steward soll zu mir kommen«, sagte er. Niemand wäre auf den Gedanken gekommen, daß der Mann, der diese gleichgültigen Worte sprach, eine schwere Verletzung seiner Kommandantenpflicht im Schilde führte.

Bayley hatte trotz seiner Jahre noch die knochige Gestalt und das ungelenke Gehaben eines halbwüchsigen Jungen. Jetzt stand er, die Hand zum Gruß an der Stirn, vor seinem Kommandanten, in Sicht — und was noch wichtiger war — in Hörweite von mindestens einem Dutzend Männern auf dem Achterdeck.

»Ich erwarte heute abend den Konsul Seiner Majestät zum Souper«, sagte Hornblower. »Was könnte ich ihm dabei wohl Besonderes bieten?«

»Ah — hm, Sir ...«, stammelte Bayley. Eben das und nicht um ein Wort mehr hatte Hornblower von ihm erwartet.

»Los, so reden Sie doch endlich«, fuhr er ihn an.

»Ich weiß nicht recht, Sir«, sagte Bayley. Er hatte in den letzten Tagen schon des öfteren unter Hornblowers aufbrausender Art zu leiden gehabt, das erwies sich jetzt als Vorteil.

»Verdammt noch mal, nun lassen Sie sich doch endlich etwas einfallen, Mensch!«

»Wir, wir hätten noch ein paar Scheiben kaltes Rindfleisch, Sir ...«

»Kaltes Rindfleisch? Für Seiner Majestät Konsul? Das ist doch Unsinn!«
Hornblower ging tief in Gedanken bis an die Heckreling und wieder zurück.
»Mr. Bush, bitte entlassen Sie Doughty für heute abend aus dem Arrest. Mit dem Trottel da kann ich nichts anfangen. Doughty soll sich bei mir in der Kajüte melden, sobald ich Zeit habe.«
»Aye, aye, Sir.«
»Bayley, Sie können verschwinden. Mr. Bush, bitte lassen Sie die Karronade Nr. 1 an Steuerbord klarmachen zum Salut. Ist das nicht der Logger der Guarda Costa, der dort auf uns wartet?«
Die Sonne neigte sich schon dem Westen zu und übergoß die weißen Häuser von Cadiz mit romantischem Rosa, als die HOTSPUR auf den Hafen zulief und von Sanitätsoffizieren, See- und Landoffizieren heimgesucht wurde, die dafür zu sorgen hatten, daß Cadiz von ansteckenden Krankheiten und Verletzungen der Souveränität verschont blieb. Hornblower besann sich auf seine spanischen Kenntnisse, sie waren längst eingerostet, weil er seit dem letzten Krieg kein Wort Spanisch gesprochen hatte. Am schlimmsten war es um seine Aussprache bestellt, da er in jüngster Zeit immer nur französisch gesprochen hatte. Aber trotz dieser Mängel tat sein Gestammel wertvolle Dienste bei der Erledigung aller Formalitäten, während die HOTSPUR unter Marssegeln langsam der Bucht zuglitt, die er noch so gut in Erinnerung hatte, obwohl schon so manches Jahr seit dem Tage dahingegangen war, da er auf der alten INDEFATIGABLE hier einlief.
Die Abendbrise trug den Donner der Salutschüsse rund um die Bucht, als die Karronade der HOTSPUR sprach und Santa Catalina die Antwort gab. Unterdessen führte der spanische Lotse die HOTSPUR zwischen den »Schweinen« und den »Säuen« hindurch — Hornblower vermutete, daß mit diesen Schweinen auf spanisch Tümmler gemeint waren —, und die Männer standen klar, die Segel zu bergen und den Anker fallen zu lassen. In der Bucht lagen bereits einige andere Kriegsschiffe vor Anker; sie gehörten nicht der spanischen Marine an, deren Masten Hornblower in den inneren Hafenbecken entdeckte.
»Estados Unidos«, sagte der spanische Seeoffizier und wies dabei auf die zunächstliegende Fregatte. Hornblower sah das Sternenbanner an der Gaffel und den Breitwimpel im Großtopp.
»Mr. Bush! Klar zur Ehrenbezeigung, wenn wir passieren.«
»CONSTITUTION, Kommodore Preble«, erklärte der spanische Offizier.

Die Amerikaner führten selbst gerade Krieg – in Tripolis, drinnen im Mittelmeer, und dieser Preble – Hornblower wußte nicht, ob er den Namen richtig verstanden hatte – war wohl der letzte einer ganzen Reihe amerikanischer Befehlshaber, die dort ihr Glück versucht hatten. Trommeln schlugen an, Männer paradierten an der Reling, und Hüte wurden feierlich zum Gruß gehoben, als die HOTSPUR vorüberglitt.

»Dort liegt die französische Fregatte FÉLICITÉ«, erklärte der Spanier weiter und deutete auf das zweite Kriegsschiff.

Zweiundzwanzig Pforten in der Bordwand, es war also eine der schweren französischen Fregatten, aber man brauchte ihr offiziell keine Beachtung zu schenken. Gegner, die in einem neutralen Hafen zusammentrafen, nahmen voneinander keine Notiz, sie schnitten einander genau wie zwei Herren, die infolge eines dummen Zufalls in der Zeit zwischen Forderung und Zweikampf irgendwo aufeinanderstießen. Im übrigen war es ein Glück, daß er sich mit dem Franzosen nicht mehr zu befassen brauchte, weil ihm beim Anblick des Amerikaners blitzartig für seinen anderen Plan eine neue Lösung eingefallen war – die Nebenhandlung drängte sich wieder einmal in den Vordergrund.

»Sie können hier ankern, Herr Kapitän.«

»Bitte drehen Sie auf, Mr. Bush.«

Die HOTSPUR ging in den Wind, die Marssegel wurden bemerkenswert schnell festgemacht, und die Ankertrosse rauschte dröhnend durch die Klüse. Gut, daß das Manöver fehlerlos gelang, da es immerhin unter den kritischen Blicken von Seeleuten dreier fremder Marinen durchgeführt werden mußte. Ein einzelner Schuß hallte rund um die Bucht.

»Sonnenuntergang. Mr. Bush, lassen Sie bitte die Flagge niederholen.«

Zuletzt stellten sich die spanischen Offiziere mit den Hüten in der Hand nebeneinander auf und verabschiedeten sich mit formvollendeten Verbeugungen. Auch Hornblower bemühte sich um die beste Form, die ihm zu Gebote stand, ausgesucht höflich zog auch er seinen Hut, sagte den Herren einige Worte des Dankes und geleitete sie zum Fallreep.

»Hier kommt bereits Ihr Konsul«, sagte der Seeoffizier, als er eben im Begriff stand, das Seefallreep zu betreten.

In der sinkenden Dämmerung näherte sich von der Stadt her ein Ruderboot. Hornblower beendete die weitschweifige Abschiedszeremonie möglichst schnell, weil er sich noch rasch darauf besinnen mußte, welche Ehrenbezeigung einem Konsul zustand, wenn er nach Sonnenuntergang an Bord eines Kriegsschiffes kam. Der westliche Abendhimmel war blutrot, die Brise flaute ab, nach der köstlichen Frische draußen

auf See empfand man die schwüle, schwere Luft in der Bucht geradezu als erstickend. Dabei ging es für Hornblower gerade jetzt um wichtigste Staatsgeheimnisse – und um seinen Doughty.
Als er sich die Sorgen des Augenblicks durch den müden Kopf gehen ließ, kam ihm eben dabei ein weiteres Anliegen zum Bewußtsein. Seine Briefe an Maria erlitten jetzt selbstverständlich eine Unterbrechung, es konnte Monate dauern, bis sie wieder von ihm hörte, und dieses lange Schweigen mußte bei ihr die schlimmsten Befürchtungen wecken.
Nun aber Schluß mit diesen dummen Gedanken. Grübeln war sinnlose Zeitverschwendung, für ihn galt es jetzt, ohne Verzug zu handeln.

21

Als der Wind nachließ, war die HOTSPUR herumgeschwojt, so daß man jetzt durch das Heckfenster des Kartenraums die erleuchtete US-Fregatte CONSTITUTION liegen sah, die in dem stillen Wasser der Bucht träge vor ihrer schlaffen Ankertrosse lag.
»Darf ich fragen, Sir«, sagte Doughty ehrerbietig wie immer, »wie diese Stadt heißt?«
»Das ist Cadiz«, gab ihm Hornblower zur Antwort. Die Ahnungslosigkeit des unter Deck verwahrten Arrestanten hatte ihn nur im ersten Augenblick überrascht – es war immerhin möglich, daß selbst dieser oder jener Mann der Besatzung noch nicht wußte, wo er sich befand. Er zeigte durch das Heckfenster: »Dort liegt eine amerikanische Fregatte, sie heißt CONSTITUTION.«
»Jawohl, Sir.«
Ehe Hornblower die CONSTITUTION vor Anker liegen sah, hatte er für Doughtys Zukunft schwarzgesehen. Was wollte der Mann anfangen, wenn er erst als mittelloser Flüchtling auf den Piers von Cadiz herumlungerte? Er durfte es ja nicht wagen, sich vor dem Mast auf einem Handelsschiff anheuern zu lassen, weil er dann allzuleicht einem Preßkommando in die Hände fiel und womöglich erkannt wurde. Schlimmstenfalls hätte er sich als Bettler durchhungern müssen, bestenfalls als Soldat in der spanischen Armee. Immerhin wäre beides noch besser gewesen als der Strick. Aber jetzt winkte ihm am Ende doch ein freundlicheres Schicksal. Kriegsschiffe waren immer knapp an Menschen, auch wenn jener Preble nicht gerade einen guten Steward brauchte.
Bayley kam mit der letzten Flasche Rotwein aus der Kajüte herüber.

»Doughty wird diesen Wein in eine Karaffe umfüllen«, sagte Hornblower, und dann: »Doughty, sehen Sie zu, daß die Gläser wirklich sauber sind; ich möchte, daß sie funkeln.«
»Jawohl, Sir.«
»Sie, Bayley, gehen nach vorn in die Kombüse und veranlassen, daß dort ein ordentliches Feuer für die Markknochen angefacht wird.«
»Aye aye, Sir.«
Solange man darauf achtete, Zug um Zug sorgfältig zu zeigen, ging dieses Spiel ganz leicht von der Hand. Doughty machte sich daran, den Rotwein umzufüllen, während Bayley nach vorn verschwand.
»Eine Frage, Doughty: Können Sie schwimmen?« Doughty blickte nicht auf.
»Jawohl, Sir.« Seine Stimme war kaum lauter als ein Flüstern. »Danke, Sir.«
Jetzt klopfte es wie erwartet an der Tür.
»Boot kommt längsseit, Sir.«
»Gut, ich komme.«
Hornblower eilte auf das Achterdeck und von dort zum Fallreep, um den Besucher zu begrüßen. Es war dunkel geworden, die Bucht von Cadiz lag so still und friedlich da wie ein schwarzer Spiegel. Mr. Carron hatte es brandeilig, er rannte mit solchen Riesenschritten vor Hornblower her, daß dieser kaum folgen konnte. Als er sich im Kartenraum in einen Sessel fallen ließ, schien er mit seiner gewaltigen Masse das winzige Gelaß vollständig auszufüllen. Er wischte sich mit einem Taschentuch den Schweiß von der Stirn und rückte dann sorgfältig seine Perücke zurecht.
»Ein Glas Rotwein, Sir?«
»Danke.« Mr. Carron verschwendete keine Minute, er kam sofort zur Sache, während Hornblower noch die Gläser füllte.
»Sie kommen von der Kanalflotte, nicht wahr?«
»Jawohl, Sir, auf Befehl des Admirals Cornwallis.«
»Dann wissen Sie wohl schon, worum es geht. Haben Sie von der Flota gehört?« Carron hatte die letzten Worte nur geflüstert.
»Jawohl, Sir, ich bin hier, um dem Fregattenverband die letzten Nachrichten zu überbringen.«
»Es wird zum Kampf kommen. Madrid gibt um keinen Preis nach.«
»Das ist gut, Sir.«
»Godoy hat eine Höllenangst vor Boney. Das Volk hat nicht die geringste Lust, gegen England zu kämpfen, aber Godoy stürzt sich glatt in einen Krieg, nur um Boney nicht zu verletzen.«

»Jawohl, Sir.«
»Ich bin überzeugt, daß die Spanier nur warten, bis ihre Flota angelangt ist. Dann erklären sie uns den Krieg. Boney braucht nämlich die spanische Flotte zur Unterstützung bei seiner geplanten Landung in England.«
»Jawohl, Sir.«
»Aber die Dons werden ihm nicht viel nützen. Sie haben hier kein einziges Schiff, das seeklar wäre. Nun etwas anderes: Ganz in Ihrer Nähe liegt die FÉLICITÉ – vierundzwanzig Geschütze. Sie haben sie doch gesehen?«
»Gewiß, Sir.«
»Wenn die von unserem Vorhaben den leisesten Wind bekommt, wird sie die Flota warnen.«
»Das ist natürlich anzunehmen, Sir.«
»Meine letzten Informationen sind kaum drei Tage alt, weil der Kurier ungewöhnlich schnell von Madrid hierher gelangte. Godoy weiß noch nicht, daß uns die Geheimklauseln aus dem Vertrag von San Ildefonso zur Kenntnis gekommen sind, aber unsere versteifte Haltung wird ihn wohl bald auf die richtige Spur bringen.«
»Jawohl, Sir.«
»Darum ist es das beste, daß Sie so schnell wie möglich von hier verschwinden. Hier ist der Bericht für den Chef des Verbandes, der die Flota abfangen soll. Ich habe ihn sofort fertiggemacht, als ich Sie in die Bucht einlaufen sah.«
»Danke, Sir, mein Chef ist Kapitän Graham Moore von der INDEFATIGABLE.«
Hornblower steckte den Bericht in die Tasche. Aus der Kajüte nebenan hatte er schon eine ganze Weile Geräusche und unterdrückte Stimmen gehört. Natürlich wußte er sofort, was die Ursache dieser Unruhe war. Jetzt klopfte es sogar an der Tür, und Bush steckte den Kopf herein.
»Einen Augenblick bitte, Mr. Bush, Sie wissen doch, daß ich beschäftigt bin. Wie meinten Sie eben, Mr. Carron?«
Bush war der einzige Mann an Bord, der es wagen durfte, den Kommandanten bei einer so wichtigen Besprechung zu stören, und auch für ihn ging das nur an, wenn er den Fall für besonders dringend hielt.
»Nach dem Gesagten halte ich es für das beste, wenn Sie noch in dieser Stunde den Hafen verlassen.«
»Jawohl, Sir. Ich hatte allerdings gehofft, daß Sie heute abend mit mir soupieren würden.«
»Die Pflicht geht vor. Ich danke Ihnen für Ihre freundliche Absicht.

Jetzt fahre ich gleich an Land und werde bei den spanischen Hafenbehörden sofort alles Nötige veranlassen. Bald kommt die Landbrise auf, so daß Sie leicht in See gelangen.«

»Jawohl, Sir.«

»Machen Sie also alles klar zum Ankerlichten. Die ›Vierundzwanzig-Stunden-Regel‹ ist Ihnen doch bekannt?«

»Jawohl, Sir.«

Nach den Neutralitätsbestimmungen durfte ein Schiff einer kriegführenden Nation einen neutralen Hafen erst verlassen, wenn seit dem Auslaufen eines feindlichen Schiffes volle vierundzwanzig Stunden verstrichen waren.

»Von der FÉLICITÉ werden die Dons wohl nicht erzwingen wollen, daß sie so lange wartet, wohl aber von Ihnen, wenn Sie dem Franzosen den Vortritt lassen. Im Augenblick treiben sich zwei Drittel der Besatzung der FÉLICITÉ in den Tavernen von Cadiz herum, darum gilt es für Sie, die Gelegenheit zu nutzen. Ich werde die Dons energisch an die ›Vierundzwanzig-Stunden-Regel‹ erinnern, wenn sie Ihnen zu folgen versucht. Zum mindesten halte ich sie dadurch auf. Die Dons möchten es auf keinen Fall mit uns verderben, solange ihre Flota noch in See ist.«

»Jawohl, ich habe verstanden, besten Dank, Sir.«

Bei den letzten Worten hatte sich Carron bereits erhoben, und Hornblower folgte seinem Beispiel.

»Rufen Sie das Boot des Konsuls längsseit«, sagte Hornblower, als sie auf das Achterdeck hinaustraten.

Bush wollte immer noch etwas sagen, aber Hornblower achtete nicht auf ihn. Auch als Carron bereits von Bord war, hatte er noch einen Befehl bereit, der Bush von seinem Vorhaben abhielt.

»Bitte lichten Sie den Backbordanker und hieven Sie den Steuerbordanker kurzstag.«

»Aye, aye — darf ich Ihnen etwas melden, Sir?«

»Das soll ganz leise geschehen, Mr. Bush, kein Gepfeife, keine Befehle, die man auf der FÉLICITÉ hören kann. Stellen Sie zwei zuverlässige Leute an das Spill, die mit alten Lappen das Klicken der Pallen dämpfen. Ich will keinen Laut hören.«

»Aye, aye, Sir — aber ...«

»Bitte übernehmen Sie dabei persönlich die Aufsicht, Mr. Bush.«

Niemand anderer wagte es, den Kommandanten anzusprechen, als er nun in der warmen Nacht auf dem Achterdeck auf und ab schritt. Sehr bald erschien dann der Lotse, offenbar war es Carron gelungen, das übliche Tempo der spanischen Ämter zu beschleunigen. Rasch waren die Marssegel gesetzt, der Anker aufgehievt, und schon glitt die Hotspur mit dem ersten Hauch der nächtlichen Landbrise wieder zur Bucht hinaus. Hornblower achtete dabei sehr genau auf den Lotsen, denn offenbar hätte der Zwiespalt, in dem sich die Spanier befanden, eine einfache Lösung gefunden, wenn die Hotspur beim Auslaufen auf Grund geraten wäre. Hornblower war jedenfalls entschlossen, dafür zu sorgen, daß Absichten dieser Art von vornherein zum Scheitern verurteilt waren. Erst als der Lotse von Bord war und die Hotspur mit Südwestkurs in die See hinaussteuerte, nahm er sich die Zeit, Bush anzuhören.

»Sir, Doughty ist weg!«

»Was sagen Sie: weg?«

Auf dem Achterdeck war es so finster, daß man Hornblowers Miene nicht sehen konnte; er gab sich die größte Mühe, daß auch seinem Tonfall nichts anzumerken war.

»Jawohl, Sir, er muß sich durch das Heckfenster Ihrer Kajüte davongemacht haben. Wahrscheinlich ist er an den Fingerlingen des Ruders ins Wasser hinuntergestiegen, dicht unter dem Heck, wo ihn niemand sehen konnte. Dann ist er offenbar schwimmend auf und davon, Sir.«

»Eine böse Sache, Mr. Bush. Ich bin sehr ungehalten. Der Schuldige wird mir dafür gradestehen.«

»Nun, Sir ...«

»Was ist, Mr. Bush?«

»Anscheinend haben Sie ihn allein in der Kajüte gelassen, Sir, als der Konsul an Bord kam. Da war für ihn der Augenblick gekommen ...«

»Wollen Sie damit sagen, daß die Schuld mich trifft?«

»Wenn Sie so wollen, Sir ...«

»Hm — vielleicht haben Sie damit sogar recht.« Hornblower hielt inne, immer noch bestrebt, sich möglichst natürlich zu geben. »Daß einem so etwas passieren muß! Es ist zum Rasendwerden! Wie konnte ich nur so unbedacht sein, ich bin richtig wütend über mich selbst!«

»Ach Gott, Sir, Sie hatten schließlich andere Dinge im Kopf.«

Es war peinlich, anhören zu müssen, wie ihn Bush gegen seine Selbstbezichtigung in Schutz nahm.

»Nein, nein, dafür gibt es keine Entschuldigung, ich werde mir diesen Fehler nie verzeihen.«

»Ich schreibe in der Musterrolle ein *R* neben seinen Namen, Sir.«

»Ja, das wird das beste sein.«

Diese geheimnisvollen Buchstaben in der Musterrolle eines Schiffes

wußten allerlei zu erzählen. *D* hieß discharged oder entlassen, *DT* bedeutete Tod (dead) und *R* stand für run, davongerannt – dersertiert.
»Ich habe wenigstens noch eine gute Nachricht für Sie auf Lager, Mr. Bush. Befehlsgemäß muß ich Sie ja über unsere Aufgabe unterrichten, denn es könnte immerhin sein, daß mir etwas zustößt. Aber die Besatzung darf kein Wort von dem erfahren, was ich Ihnen jetzt sage.«
»Darauf können Sie sich verlassen, Sir.«
»Es geht um einen gewaltigen Schatz, da gibt es Prisengelder: Doublonen und Taler in Fülle. Wir lauern einer spanischen Schatzflotte auf.« Wenn es überhaupt ein Mittel gab, Bush von Doughtys Flucht vor dem Richterstuhl abzulenken, dann war es dieses.
»Das wird ein Millionengeschäft, Sir.«
»Und ob, die Millionen warten auf uns.«
Die Besatzungen der fünf Schiffe bekamen zusammen ein Viertel des Prisengeldes, das waren in diesem Fall pro Mann etwa sechshundert Pfund. Ein weiteres Viertel erhielten die fünf Kommandanten. Leutnants, Steuerleute und die Hauptleute der Seesoldaten teilten sich in ein Achtel. Nach grober Schätzung kamen dabei auf Bush ungefähr fünfzehntausend Pfund.
»Das ist ein Vermögen, Sir.«
Hornblowers Anteil betrug etwa zehn solcher Vermögen.
»Wissen Sie noch, Sir, wie wir damals, ich glaube, es war im 99er Jahr, eine solche Flota erwischten? Als da unsere Burschen ihr Prisengeld in der Tasche hatten, kauften sich einige gleich goldene Uhren und brieten sie wie Spiegeleier auf dem Gosport Hard, nur um zu zeigen, wie reich sie waren.«
»Na, Mr. Bush, überschlafen Sie die Geschichte einmal, ich werde es jetzt auch versuchen. Aber, wie gesagt, lassen Sie kein Sterbenswort darüber verlauten.«
»Nein, Sir. Das versteht sich von selbst, Sir.«
Der Plan konnte ja fehlschlagen. Es war immerhin möglich, daß die Flota entkam und sicher nach Cadiz gelangte. Vielleicht hatte sie kehrtgemacht, vielleicht war sie überhaupt nicht ausgelaufen. Dann war es auf jeden Fall das beste, wenn die spanische Regierung – und die Weltöffentlichkeit – überhaupt nicht erfuhr, daß ein solcher Anschlag in Aussicht genommen war.
Diese Erwartungen, diese Zahlen mußten, so sollte man meinen, auf einen gesunden Mann anregend, befeuernd wirken und ihn in gehobene Stimmung versetzen. Aber Hornblower blieb heute abend von

solchen Wirkungen unberührt. Für ihn war auch die schönste Hoffnung nur eine Frucht des Toten Meeres, die im Mund zu Asche wurde. Er ließ Bayley noch einmal mit harten Worten an und schickte ihn weg, dann setzte er sich schwer bedrückt auf seine Koje. Es ließ ihn gleichgültig, als ihm ihr leises Schwingen erzählte, daß die HOTSPUR wieder in See war und neuen gewinnversprechenden Abenteuern entgegenfuhr. Zerknirscht ließ er den Kopf auf die Brust niedersinken — er hatte gegen Ehre und Gewissen gehandelt, und damit war es auch um seine Selbstachtung geschehen. Fehler hatte er in seinem Leben schon genug gemacht, Fehler, die ihn noch heute zur Raserei bringen konnten, aber was waren solche Fehler gegen das, was heute geschehen war! Gegen diese Verletzung seiner klarumrissenen Pflicht? Er hatte die Flucht eines Meuterers, eines Verbrechers geduldet — nein, mehr noch, sogar selbst geplant. Damit hatte er ohne Zweifel seinen Treueid gebrochen, und das nur aus rein persönlichen Gründen oder, mit dürren Worten gesagt, aus Schwäche. Nicht zum Wohl der Navy, nicht um des Vaterlandes willen hatte er sich zu seiner Handlungsweise hergegeben, sondern weil er ein weichherziger, von seinen Gefühlen beherrschter Mensch war. Jetzt peinigte ihn bittere Scham, und diese Scham brannte nur um so heißer, als ihn seine erbarmungslos bohrende Innenschau zu der Überzeugung brachte, daß er ein zweites Mal kaum anders handeln würde, wenn er die letzten Stunden noch einmal durchleben könnte. Dabei gab es einfach keine Entschuldigung für das, was er getan hatte. Zu Beginn hatte er sich vorgemacht, die Navy könnte ihm als Gegenleistung für all die Gefahren, die sie ihm auferlegte, ein Menschenleben schenken — aber das war natürlich blanker Unsinn. Der mildernde Umstand, daß dank dem bevorstehenden neuen und spannenden Unternehmen die Mannszucht nicht leiden würde, fiel hierbei nicht ins Gewicht. Kurz und gut: Er war ein Verräter, der sich jetzt selbst verdammte, schlimmer noch, ein Verräter, dem man glaubte, dem man vertraute, der seine Pläne mit dem Geschick und der Gewandtheit des geborenen Verschwörers durchzuführen verstand. Die erste Bezeichnung, die ihm für sein Tun eingefallen war, traf genau ins Schwarze: Es verstieß gegen Ehre und Gewissen. Hornblower hatte sein Unbescholtenheit eingebüßt und trauerte um diesen Verlust wie Niobe um ihre toten Kinder.

Graham Moores Befehl an seinen Fregattenverband zum Abfangen der Flota war so gut durchdacht, daß selbst Hornblower nichts daran auszusetzen fand. Die fünf Schiffe bildeten eine nordsüdlich verlaufende Linie, in Abständen, die durch die Grenze der Sichtweite bestimmt waren. Das bedeutete fünfzehn Meilen Abstand von Schiff zu Schiff, und da das nördlichste und das südlichste Flügelschiff auch noch den Seeraum bis zu ihrer Kimm überblickten, ergab es sich, daß ein volle neunzig Meilen breiter Streifen unter Beobachtung war. Bei Tage liefen die Fregatten, sei es am Wind oder raumschots, in Richtung Amerika, nachts steuerten sie die entgegengesetzten Kurse zurück gen Europa. Wollte es also das Pech, daß die Flota ausgerechnet des Nachts an die Linie herankam, dann wurde durch diese Maßnahme der Zeitraum, in dem sie dennoch entdeckt werden konnte, um so länger. Die Position bei Hellwerden sollte die Länge von Kap St. Vicent, also neun Grad West, sein, bei Anbruch der Nacht um so viel weiter westlich, wie es den Umständen nach geboten schien.

Alles in allem war diese Aufgabe, die winzige Stecknadel der Flota in dem gewaltigen Heuhaufen des Atlantiks aufzufinden, nicht ganz so schwierig, wie es im ersten Augenblick scheinen mochte. Zunächst einmal verlangten die starren Gesetzesbestimmungen Spaniens, daß die Flota ihre kostbare Ladung in Cadiz und nirgendwo anders löschte. Dazu kam, daß die herrschende Windrichtung einen recht zuverlässigen Anhalt dafür bot, aus welcher Peilung die Flota auftauchen mußte, und als drittes konnte man annehmen, daß die Flota nach ihrem langen Seetörn wahrscheinlich ihre Längenposition nicht mehr genau kannte, während die Breite mit Hilfe des Sextanten täglich einwandfrei zu ermitteln war. So durfte man damit rechnen, daß sich die Spanier im letzten Teil ihrer Reise auf der Breite von Cadiz — 36 Grad 30 Minuten Nord — hielten, um auf keinen Fall der portugiesischen Küste im Norden oder der afrikanischen im Süden zu nahe zu kommen.

In der Mitte der britischen Linie, genau auf 36 Grad 30 Minuten Nordbreite, lag daher Kommodore Moore selbst mit seiner INDEFATIGABLE, recht nördlich bzw. südlich von ihm waren die anderen Schiffe verteilt. Ein Flaggensignal bei Tage, eine Rakete bei Nacht gab allen Schiffen Kunde, sobald die Flota in Sicht kam, so daß die anderen Schiffe leicht und schnell zu dem Signalgeber stoßen konnten. Dort draußen, 150 Meilen vor Cadiz, hatten sie dann ganz bestimmt Zeit und Seeraum genug, die Erfüllung ihrer Forderung zu erzwingen.

Eine Stunde vor Anbruch der Dämmerung kam Hornblower an Deck, er hatte sich schon die ganze Nacht hindurch – genau wie in den vorangegangenen Nächten auch – alle zwei Stunden auf dem Achterdeck eingefunden. Die Nacht war sichtig gewesen, und daran hatte sich bis zur Stunde noch nichts geändert.
»Wind Nordost zu Nord, Sir«, meldete Prowse. »St. Vincent peilt Nord, Abstand etwa 15 Seemeilen.«
Es herrschte mäßige Brise, man hätte alle Segel, einschließlich der Royals, führen können. Die HOTSPUR hatte dennoch nur die Marssegel stehen und glitt langsam mit Backbordhalsen hart am Winde liegend nach Osten. Hornblower richtete sein Glas nach Steuerbord querab, also nach Süden, dorthin, wo die MEDUSA den nächsten Platz in der Linie besetzt halten sollte. Die HOTSPUR war ihrer geringen Kampfkraft entsprechend als nördlichstes Schiff eingesetzt, dort, wo man am wenigsten mit dem Auftauchen der Flota zu rechnen hatte. Es war noch nicht so hell, daß man die MEDUSA von Deck aus sehen konnte.
»Mr. Foreman, entern Sie mit Ihrem Signalbuch in den Topp.«
Natürlich fragte sich jeder – Offizier wie Mann – auf der HOTSPUR, was dieses tägliche Hin und Her, diese ständige Überwachung einer und derselben Seestrecke zu bedeuten hatte. Wer gewitzt war, mochte vielleicht schon erraten haben, was der Verband im Schilde führte, daran war nun einmal nichts zu ändern.
»Da ist sie«, sagte Prowse plötzlich. »Sie peilt Süd zu West, wir stehen ein wenig vorlicher, als wir sollten.«
»Bitte lassen Sie das Kreuzmarssegel back setzen.«
Sie standen höchstens ein paar Meilen vor der Position, die sie einnehmen sollten, am Ende einer langen Nacht war das ein ganz annehmbares Ergebnis. Es war eine Kleinigkeit, etwas zurückzufallen, um die richtige Peilung nördlich der MEDUSA wiederzugewinnen.
»An Deck!« Foreman meldete sich vom Großtopp. »Signal von MEDUSA: ›Kommodore an alle Schiffe!‹«
Die MEDUSA wiederholte das Signal der INDEFATIGABLE, die außer Sichtweite im Süden stand.
»Halsen!« fuhr Foreman fort. »Kurs West, Marssegel!«
»Mr. Cheeseman, bitte heißen Sie ›verstanden‹.«
Cheeseman war als zweiter Signaloffizier eingeteilt und erlernte dieses Amt als Foremans Stellvertreter. »Mr. Prowse, bitte lassen Sie die Brassen besetzen.«
Es mußte für Moore eine wahre Freude sein, mit einer 60 Meilen

langen Linie von Schiffen durch Heißen und Niederholen von Flaggen nach seinem Willen zu manövrieren.

»An Deck!« Foremans Stimme klang auf einmal ganz anders, nicht mehr so gleichgültig sachlich wie im täglichen Dienstbetrieb. »Backbord voraus Segel in Sicht, fast genau in Luv, Sir. Kommt vor dem Wind sehr schnell auf!«

Die HOTSPUR wartete noch darauf, daß die MEDUSA ihr Signal niederholte, denn damit wurde die Ausführung des signalisierten Manövers befohlen.

»Mr. Foreman, können Sie schon Genaueres ausmachen?«

»Es ist ein Kriegsschiff, Sir, eine Fregatte — sieht fast aus wie ein Franzose, Sir —, mir scheint, es ist die FÉLICITÉ, Sir.«

Es war in der Tat leicht möglich, daß die FÉLICITÉ von Cadiz ausgelaufen war. Die Nachricht von der weitgespannten Linie britischer Kriegsschiffe draußen auf See war inzwischen wohl längst nach Cadiz durchgesickert. Selbstverständlich lief die FÉLICITÉ daraufhin aus. Sie konnte die Flota warnen und zu einer Änderung ihres Kurses veranlassen, wenn es ihr glückte, an der britischen Linie vorbeizukommen. Sie konnte aber auch solange eben an der Grenze der Sichtweite bleiben, bis die Flota erschien, und dann in das weitere Geschehen eingreifen. Dann konnte sich Bonaparte im Moniteur wortreich damit brüsten, daß die heldenmütige französische Marine einer armen, von den bösen Engländern überfallenen neutralen Flotte hilfreich beigesprungen sei. Im übrigen war es durchaus möglich, daß der FÉLICITÉ eine entscheidende Rolle zufiel, wenn es zum Gefecht kam. Dann waren es nämlich insgesamt nicht weniger als eine große französische und vier große spanische Fregatten, mit der sich die britische Streitmacht von nur einer großen und drei kleinen Fregatten sowie einer Korvette zu messen hatte.

»Ich gehe selbst nach oben und schaue mir das Schiff an, Sir«, sagte Bush und traf damit wie immer genau das Richtige. Er rannte die Webeleinen mit einer Gewandtheit hinauf, um die ihn jeder junge Seemann hätte beneiden können.

»Signal nieder, Sir«, schrie Foreman.

Die HOTSPUR hätte in diesem Augenblick Leeruder legen sollen, damit alle fünf Schiffe gleichzeitig halsten.

»Nein, Mr. Prowse, wir wollen warten.«

Fern an der Kimm sah man, daß die MEDUSA drehte. Jetzt war sie vor dem Wind und entfernte sich auf entgegengesetztem Kurs rasch von der HOTSPUR.

»Es ist ganz sicher die FÉLICITÉ!« rief Bush von oben.
»Danke, Mr. Bush. Bitte kommen Sie sofort herunter. Tambour, schlag an! Klarschiff zum Gefecht! Mr. Cheeseman, signalisieren Sie: ›Französische Fregatte in Luv gesichtet‹.«
»Heißen Sie dennoch das Signal.«
Bush kam wie der Blitz von oben gesaust, er tauschte mit Hornblower nur einen stummen Blick und eilte dann weiter nach vorn, um die Gefechtsvorbereitungen zu beaufsichtigen. Sein rascher Blick war nichts anderes gewesen als eine stumme Frage. Außer Hornblower selbst wußte nur er um die Aufgabe dieses britischen Verbandes. Stand die HOTSPUR nicht bei den anderen britischen Schiffen, wenn die Flota in Sicht kam, dann verlor sie ihren Anteil am Prisengeld. Aber vom Prisengeld einmal ganz abgesehen, das Hauptziel der ganzen Operation war doch die Flota. Wenn die HOTSPUR einfach nicht mehr auf die Signale der MEDUSA achtete und damit jenes Hauptziel aus dem Auge ließ, dann tat sie das auf ihre eigene – auf Hornblowers Gefahr. Bush wußte überdies nur zu genau, wie weit die HOTSPUR der FÉLICITÉ an Kampfkraft unterlegen war. Ein Gefecht Breitseite gegen Breitseite konnte für die HOTSPUR nur damit enden, daß ihre arme Besatzung zur Hälfte fiel, zur Hälfte in Gefangenschaft geriet.
»Die MEDUSA ist aus Sicht, Sir. Sie hat nicht mehr ›verstanden‹ gezeigt.«
Das war Foreman, der noch immer im Topp saß.
»Gut, Mr. Foreman, Sie können herunterkommen.«
»Jetzt können Sie den Franzosen schon von Deck aus sehen, Sir«, sagte Prowse.
»Ja, richtig.« Über der Kimm erkannte man deutlich seine Mars- und Bramsegel. Hornblower hatte Mühe, sie mit seinen zitternden Händen im Gesichtsfeld des Kiekers festzuhalten. Er flog nur so vor Erregung und konnte nur hoffen, daß sein Aussehen nichts von den Sorgen und Ängsten verriet, die ihn in diesen Minuten heimsuchten.
»Schiff ist klar zum Gefecht, Sir«, meldete Bush.
Die Geschütze waren ausgerannt, die aufgeregten Mannschaften auf ihren Stationen.
»Da, sie luvt!« rief Prowse.
»Ah!«
Die FÉLICITÉ war mit Steuerbordhalsen an den Wind gegangen und lag nun so an, daß die HOTSPUR weit hinter ihrem Heck passieren mußte. Offenbar wollte sie sich nicht auf ein Gefecht einlassen.
»Was heißt das, will der Bursche nicht kämpfen?« rief Bush.

Hornblowers Spannung ließ ein wenig nach, als sich erwies, daß er die Lage genau richtig beurteilt hatte. Er war der FÉLICITÉ entgegengelaufen, um ihr ein hinhaltendes Gefecht auf weite Entfernung zu liefern. Dabei hoffte er, die Takelage der Fregatte so stark in Mitleidenschaft zu ziehen, daß sie für eine Weile ausfiel und die Flota nicht mehr rechtzeitig warnen konnte. Der Franzose hatte diese seine Absicht erraten, er wollte auf keinen Fall Schäden riskieren, solange seine Aufgabe noch nicht erfüllt war.

»Bitte wenden Sie, Mr. Prowse.«

Die HOTSPUR ging über Stag wie eine Maschine.

»Voll und bei!«

Ihr jetziger Kurs führte im spitzen Winkel vor dem Bug der FÉLICITÉ vorbei. Der Franzose wollte ein Gefecht unter allen Umständen vermeiden, seine offenkundige Absicht war, um die Flanke der britischen Linie herum in die offene See zu entrinnen und vor dem Erscheinen der Briten zu den Spaniern zu stoßen. Hornblower war nun im Begriff, diese Absicht zu vereiteln und ihm den Weg ins Freie zu verlegen. Er beobachtete die Marssegel an der Kimm und sah, wie sie plötzlich herumschwangen.

»Er dreht!«

Was wollte er damit schon erreichen? Weit, weit hinter den Marssegeln zeichnete sich am Horizont eine schwache dunkelblaue Schattenlinie ab – die Steilküste des südlichen Portugal.

»Auf diesem Kurs kommt er nicht von St. Vincent frei«, bemerkte Prowse.

Lagos, St. Vincent, Sagres – alles Namen, die in der Geschichte der See schon große Bedeutung gewonnen hatten – und heute sollte es geschehen, daß dieses weit vorspringende Kap den Versuch der FÉLICITÉ vereitelte, dem Kampf aus dem Weg zu gehen. Es dauerte nicht mehr lange, dann hatte sich der Franzose zum Kampf zu stellen, und Hornblower malte sich bereits bis ins einzelne aus, wie sich dieses Gefecht abspielen mußte.

»Mr. Bush!«

»Sir!«

»Ich möchte zwei Geschütze so aufgestellt haben, daß sie recht achteraus schießen können. Sie werden dazu die Heckbalken wegschneiden müssen. Machen Sie sich bitte sofort an die Arbeit.«

Segelschiffe waren immer stark behindert, wenn sie ihr Feuer voraus oder achteraus richten wollten, eine befriedigende Lösung dieses schwierigen Problems hatte man nie gefunden. Geschütze waren in der

Breitseite meist so wertvoll, daß man es für Vergeudung hielt, sie nach vorn oder achtern zu richten, und der Schiffbau hatte sich diese Auffassung zu eigen gemacht. Heute nun verkündete der Ruf nach den Zimmerleuten zum erstenmal, daß sich die Schiffbauer dieses jahrhundertealte Vorurteil nicht mehr lange zunutze machen sollten. Diesmal hatte die Hotspur eine Schwächung ihrer Verbände in Kauf zu nehmen, um sich in ihrer besonderen Lage einen augenblicklichen Vorteil zu verschaffen. Hornblower spürte, wie unter seinen Füßen die Balken krachten und wie das Deck unter den kreischenden Sägen vibrierte.

»Schicken Sie den Stückmeister achteraus, er wird Takel und Brooken vorbereiten müssen, ehe die Geschütze bewegt werden können.«

Die blaue Küstenlinie zeichnete sich jetzt schon viel deutlicher ab, die mächtige Felsbastion des Kap St. Vincent war bereits genau zu erkennen. Auch die Félicité war nun schon mit dem Rumpf über der Kimm, deutlich sah man die lange, lange Reihe der Geschütze in ihrer Bordwand, sie waren ausgerannt und klar zum Gefecht. Ihr Großmarssegel begann zu schlagen – sie drehte bei. Augenscheinlich war sie jetzt plötzlich bereit, sich zu schlagen, und bot daher den Kampf an.

»Etwas abfallen, Mr. Prowse. Das Großmarssegel back!«

Jede gewonnene Minute war wertvoll. Die Hotspur drehte nun ebenfalls bei, denn Hornblower war nicht im mindesten gewillt, sich auf ein hoffnungsloses Gefecht einzulassen. Konnte der Franzose warten, so konnte er es auch. Bei der leichten Brise und dem mäßigen Seegang hatte die kleine Hotspur manches vor dem schweren französischen Schiff voraus, Vorteile, die nicht leichtfertig geopfert werden durften. Die Hotspur und die Félicité maßen einander mit den Blicken wie zwei Boxer, die eben den Ring betraten. Heute war ein selten schöner Tag mit blauem Himmel über blauer See. Ja, die Welt war wundervoll anzuschauen, aber ach, wie bald traf einen vielleicht das Los, ihr für immer entsagen zu müssen. Das Dröhnen der Lafettenräder verriet ihm, daß zum mindesten ein Geschütz an seinen neuen Platz gebracht wurde. Ausgerechnet in dieser Minute fiel ihm Maria und der kleine Horatio ein. War er denn von Sinnen? Augenblicklich wies er jeden Gedanken an die beiden weit von sich.

Die Sekunden schlichen, vielleicht hielt der französische Kommandant noch Kriegsrat auf seinem Achterdeck. Oder bedeutete sein Zögern, daß ihn dieser schicksalsschwere Augenblick, da es um Wohl oder Wehe zweier Nationen ging, einfach der Fähigkeit beraubte, einen Entschluß zu fassen?

»Meldung von Mr. Bush, Sir: Ein Geschütz ist ausgerannt und geladen, das zweite ist in fünf Minuten klar.«
»Danke, Mr. Orrock. Ich lasse Mr. Bush sagen, er möge für die beiden Geschütze die besten Richtschützen abteilen.«
Das Großmarssegel der Félicité füllte sich wieder.
»An die Brassen!«
Die Hotspur lief jetzt dem Feind entgegen. Hornblower wollte keinen Zoll Seeraum unnötig opfern. »Abfallen!«
Die Schußweite war reichlich groß, als die Hotspur auf ihrem neuen Kurs lag. Die Félicité lief jetzt hinter ihr her, die Hotspur zeigte dem Gegner ihr Heck, denn beide Schiffe waren nun genau in Linie.
»Sagen Sie Mr. Bush, er könne Feuer eröffnen.«
Bush hatte bereits gehandelt, ehe der Befehl zu ihm gelangte. Die Kanonen donnerten los, der Mündungsqualm schoß unter dem Heck hervor und wirbelte, vom achterlichen Wind getrieben, über das Achterdeck. Hornblower hob gespannt den Kieker ans Auge — nichts — nur das Vorschiff der Félicité mit seinen prächtigen Linien, ihr steil aufragendes Bugspriet, das schimmernde Weiß ihrer Segel. Die Lafettenräder drunten polterten über das Deck, als die Geschütze wieder ausgerannt wurden. Bum! Hornblower sah das Ding fliegen. Er stand über der Kanone und folgte mit dem Blick genau der Flugrichtung. Da war das Geschoß, ein winziger Bleistiftstrich im Weiß und Blau des Himmels. Aufwärts flog es zuerst, dann begann es sich zu senken, noch ehe der Qualm bis zu ihm drang. Das war bestimmt ein Treffer! Jetzt nahm ihm der Rauch die Sicht, so daß er den Einschlag des zweiten Schusses nicht sehen konnte.
Der lange britische Neunpfünder war, was die Genauigkeit der Schußleistung betraf, das weitaus beste Geschütz in der Navy. Seine Bohrung war als besonders genau bekannt, daraus ergab sich eine größere Treffsicherheit als bei den schwereren Kalibern. Seine Kugel, die nur neun Pfund wog, aber in der Sekunde über 300 Meter weit flog, konnte einem Gegner übel mitspielen. Krach! Für den Franzosen war es bestimmt kein Vernügen, daß er das alles wehrlos einstecken mußte.
»Schaut nur, schaut!« rief Prowse plötzlich ganz aufgeregt.
Die Stagsegel der Félicité hatte seine gewohnte Form verloren und flappte lose im Wind. Auf den ersten Blick war schwer zu erkennen, was da geschehen war.
»Ihr Vorstag ist ab, Sir«, behauptete Prowse.
Als die Fregatte einen Augenblick später ihr Stagsegel niederholte,

zeigte es sich, daß Prowse nicht geirrt hatte. Die Einbuße des Segels selbst machte wenig aus, aber das Vorstag hatte eine besonders wichtige Funktion in dem ausgeklügelten System von Kräften und Gegenkräften (ähnlich der französischen Verfassung, ehe Bonaparte ans Ruder kam), das die Masten eines Schiffes auch unter dem stärksten Segeldruck wirksam stützte und hielt.
»Mr. Orrock, laufen Sie hinunter und bestellen Sie Mr. Bush: gut gemacht.«
Krach! Als sich der Qualm verzog, sah Hornblower, daß die Félicité luvte. Kaum bot sie seinem Blick die Breitseite, da verschwand sie auch schon in einer Wolke aufschießenden Qualms. Es folgte das schaurige Heulen einer Kanonenkugel, die irgendwo in der Nähe vorbeiflog, Backbord und Steuerbord achteraus sprang je eine Wasserfontäne auf – das war alles, was Hornblower von dieser Breitseite sah oder hörte. Eine aufgeregte Mannschaft, die von einem drehenden Schiff aus schießen mußte, brachte eben auch mit zweiundzwanzig Geschützen nichts Rechtes zustande.
Die Besatzung der Hotspur schrie aus heisernen Kehlen Hurra. Hornblower drehte sich daraufhin um und sah, daß sie alle, die nicht gerade beschäftigt waren, weit aus den Geschützpforten beugten und nach dem Franzosen Ausschau hielten. Dagegen gab es nichts einzuwenden, aber als er den Blick dann wieder nach achtern richtete und die Félicité ins Auge faßte, da hatte er alsbald genug gesehen, um alle Mann schnellstens wieder auf Manöverstationen zu jagen. Der Franzose war nicht etwa nur aus dem Kurs geschoren, um seine Breitseite abzufeuern, nein, er hatte gleich darauf wieder mit backgesetztem Kreuzmarssegel beigedreht, um das gebrochene Vorstag zu spleißen. So, wie er jetzt lag, konnte er seine Geschütze nicht gegen die Hotspur zum Tragen bringen. Aber Hornblower durfte keine Sekunde zögern, die Hotspur lag ja immer noch vor dem Wind, und der damit ständig wachsende Abstand von der Félicité war durch kein Mittel der Welt wieder zu verringern.
»Backbordseite klar bei den Geschützen! An die Brassen!«
Die Hotspur halste federleicht herum und ging mit Backbordhalsen an den Wind. Sie stand jetzt Backbord achteraus von der Félicité in einer Richtung, die kein Geschütz der Franzosen bestreichen konnte. Bush eilte nach vorn an die Backbord-Geschütze, eins nach dem anderen nahm er sich vor und prüfte nach Augenmaß, ob die Erhöhung und die Seitenrichtung stimmten, während die Hotspur den wehrlosen Gegner mit ihren Breitseiten bedachte. Wohl war die Entfernung reich-

lich groß, aber einige Kugeln hatten bestimmt getroffen und Schaden verursacht. Hornblower achtete darauf, wie sich die Peilung der FÉLICITÉ veränderte, während die HOTSPUR allmählich hinter ihr Heck gelangte.

»Nach der nächsten Breitseite klar zum Wenden!«

Wieder dröhnten die neun Geschütze los. Der Qualm der Salve hatte sich noch nicht verzogen, da ging die HOTSPUR auch schon über Stag.

»Klar bei den Steuerbord-Geschützen!«

Aufgeregt rannten die Männer auf die andere Seite, um dort zu zielen und zu richten, so daß die nächste Breitseite fallen konnte. Aber plötzlich schwang das Kreuzmarssegel der FÉLICITÉ herum.

»Abfallen! Hart Backbord!«

Bis der gequälte Franzose wieder vor den Wind gelangt war, hatte ihm die HOTSPUR das gleiche Manöver vorweggenommen, beide Schiffe lagen also wieder in Kiellinie, und Bush eilte achteraus, um abermals das Feuer der Heckgeschütze zu überwachen. Dies war die Rache für das Gefecht mit der LOIRE, das nun schon so lange zurücklag. Bei der mäßigen Brise und der ruhigen See war die kleine handige Korvette der mächtigen schweren Fregatte in jeder Hinsicht überlegen. Was sich bis jetzt zwischen den beiden abgespielt hatte, war nur die erste Runde eines endlosen Turniers bei goldenem Sonnenschein, blauer See und wogendem Pulverqualm, eines Turniers, das die verbissenen Kämpfer den langen Tag über hungrig und müde machte.

Die Leestellung, die die HOTSPUR innehatte, war ein entschiedener Vorteil für sie. In Lee, hinter der Kimm, lag das britische Geschwader, der Franzose wagte es daher nicht, sie längere Zeit in dieser Richtung zu jagen, weil er sonst Gefahr lief, vor dem Wind einer gewaltigen feindlichen Übermacht in die Arme zu laufen. Vor allem aber hatte er eine wichtige Aufgabe, die unbedingt erfüllt werden mußte. Sein Bestreben war in erster Linie darauf gerichtet, die spanische Flota aufzufinden und zu warnen. Aber der lästige kleine Gegner wollte das nicht zulassen. Selbst als die FÉLICITÉ genügend Seeraum hatte, um Kap St. Vincent zu runden und abzudrehen, ließ die kleine Korvette nicht von ihr ab. Immer wieder jagte sie ihr eine Breitseite in ihr zerschmettertes Heck, immer neue Löcher schoß sie ihr in die Segel, ihre Kugeln heulten durch die Takelage der Fregatte und zerrissen ihr das laufende Gut.

Während dieses langen Tages feuerte auch die FÉLICITÉ viele Breitseiten, alle auf große Entfernungen und meist schlecht gezielt, zumal die HOTSPUR immer sofort aus der Feuerlinie schor. Und Hornblower stand den ganzen langen Tag hindurch auf seinem Achterdeck, beobachtete die wechselnde Windrichtung, gab mit lauter Stimme Befehl auf Befehl und führte sein kleines Schiff mit unermüdlicher Sorgfalt und unerschöpflichem Scharfsinn. Zuweilen traf auch ein Schuß der FÉLICITÉ. Unter Hornblowers Augen schlug eine Neunzehnpfünderkugel in eine Stückpforte und fegte fünf seiner Leute nieder, daß sie sich blutend und zappelnd an Deck wälzten. Dennoch blieb die HOTSPUR bis in die späteren Nachmittagsstunden vor größeren Schäden bewahrt. Der Wind holte unterdessen weiter nach Süden aus, und die Sonne kroch langsam über den Himmel nach Westen. Mit dem Schiften des Windes wuchs für die HOTSPUR die Gefahr, zumal Hornblower im Lauf des Tages immer deutlicher fühlte, wie zunehmende Müdigkeit seinen Verstand betäubte.

Auf eine Entfernung von dreiviertel Meilen erzielte die FÉLICITÉ endlich doch ihren ersten schwerwiegenden Treffer, den einzigen von einer ganzen Breitseite, die sie nur abfeuern konnte, indem sie weit aus dem Kurs schor. In der Takelage der HOTSPUR krachte es, und als Hornblower daraufhin den Blick nach oben richtete, sah er gerade, wie seine Großrah in zwei Hälften herabsank. Sie war nahe der Mitte glatt durchschossen, jede der beiden Hälften baumelte wie trunken von oben und drohte, einem Pfeil gleich das Deck zu durchbohren. Es war ein neues und vordringliches Problem, das Verhalten dieser gefährlich schwingenden Ungeheuer zu ergründen und vor allem das Schiff so zu steuern, daß die Segel killten und dadurch der Druck auf die Takelage nachließ.

»Mr. Wise, holen Sie so viele Leute heran, wie Sie brauchen, und sichern Sie die gebrochene Rah!«

Dann hob er das Glas wieder an sein schmerzendes Auge, um zu sehen, was die FÉLICITÉ auf ihren Erfolg hin unternahm. Wenn sie ihren Vorteil sofort voll nutzen wollte, dann erzwang sie jetzt ein Nahgefecht. Das hieß für ihn, für die HOTSPUR, Kampf bis zum letzten Atemzug. Aber sein Glas zeigte ihm sogleich etwas ganz anderes, etwas so Unglaubliches, daß er ein zweites Mal hinschauen mußte, ehe er sich auf seinen schwindeligen Kopf und sein müdes Auge verließ. Die FÉLICITÉ hatte vollgebraßt und abgedreht, mit vollen Segeln lief sie der sinkenden Sonne entgegen. Sie hatte die Flucht ergriffen und strebte mit fliegender Fahrt ins Weite, fort, nur fort von dem unerträglichen Quälgeist, der ihr in neunstündigem ununterbrochenem Kampf den letzten Rest an Kraft abgefordert hatte.

Die Männer sahen das auch, sie sahen, wie der Feind die Flucht ergriff. Irgendwer schrie hurra, und überall an Deck fielen rauhe Stimmen in das Triumphgeschrei ein. Alles grinste und lachte, weiße Zähne leuchteten seltsam aus pulvergeschwärzten Gesichtern. Bush kam aufs Achterdeck, er war genauso schwarz im Gesicht wie alle anderen.
»Sir!« sagte er. »Ich finde keine Worte, Sie zu beglückwünschen.«
»Besten Dank, Mr. Bush. Bitte kümmern Sie sich ein wenig um Wise. Wir haben zwei Leesegelspieren in Reserve, lassen Sie doch die Großrah damit laschen.«
»Aye, aye, Sir.«
Selbst Bush wurde trotz aller Energie seiner Müdigkeit nicht mehr Herr. Dennoch zeigte er jetzt wieder jenen seltsamen Ausdruck, der forschenden Neugier, Bewunderung und Staunen zugleich verriet. Was brannte ihm nicht alles auf der Zunge! Man sah ihm an, welche Willenskraft er aufbringen mußte, sich dennoch schweigend abzuwenden. Und Hornblower feuerte ihm gar noch einen Schuß zum Abschied in den Rücken:
»Ich möchte, daß das Schiff vor Sonnenuntergang wieder gefechtsklar ist.«
Gurney, der Stückmeister, meldete:
»Wir haben die ganze obere Lage Pulverfässer verschossen, Sir, die zweite Lage ist angebrochen. Das sind im ganzen eineinhalb Tonnen Pulver und dazu fünf Tonnen Kugeln. Die Kartuschbeutel sind sämtlich verbraucht, meine Leute nähen gerade neue.«
Nach ihm kam der Zimmermann, dann Huffnell, der Zahlmeister, und Wallis, der Schiffsarzt.
Es ging darum, die Lebenden zu sättigen und die Toten zu begraben, die Toten, die er alle so gut gekannt hatte. Bittere Trauer um den Verlust nahestehender Kameraden erfüllte ihn, als Wallis die Namen der Gefallenen vorlas. Es waren gute und schlechte Seeleute darunter, sie alle hatten heute morgen noch gelebt und waren jetzt aus der Welt geschieden, nur weil er die Pflicht getan hatte, die ihm oblag. Der Dienst, dem er angehörte, war wahrlich hart, so hart und gefühllos wie Stahl, wie eine fliegende Kanonenkugel.
Um neun Uhr abends setzte sich Hornblower zu der ersten Mahlzeit nieder, die er seit dem Abend vorher aufgetischt bekam, und während er Bayleys schwerfällige Handreichungen über sich ergehen ließ, wanderten seine Gedanken wieder einmal zu Doughty, und von Doughty, als ob es so sein müßte, weiter zu den rund acht Millionen spanischen Talern Prisengeld. Sein müder Geist war von jedem Gedanken an

Sünde reingewaschen. Nein, er brauchte sich nicht mit jenen betrügerischen Kommandanten auf eine Stufe zu stellen, von denen man überall munkeln hörte, er war auch besser als die ihm wohlbekannten Offiziere, denen man Unterschlagungen vorwarf. Er konnte, er durfte sich, wenn auch widerstrebend, von aller Schuld freisprechen.

23

Mit zerschossenen Bordwänden und gelaschter Großrah machte sich die HOTSPUR auf den Weg zu dem Treffpunkt, der für den Fall einer Trennung verabredet worden war. Selbst in diesen warmen Breiten des südlichen Europa zeigte jetzt der Winter sein hartes Gesicht. Die Nächte waren kalt, der Wind drang durch Mark und Bein, und die HOTSPUR hatte einen vierundzwanzigstündigen Sturm abzureiten, der sie böse umherwarf. St. Vincent in Nord 45 Meilen ab war der vereinbarte Treffpunkt, aber dort zeigte sich keine Spur von dem Fregattenverband. Hornblower rang auf- und abschreitend um einen Entschluß, er suchte vor allem zu überschlagen, wie weit der eben überstandene Sturm die INDEFATIGABLE und ihre Gefährten nach Lee versetzt haben mochte, und ging mit sich zu Rate, wie er sich nun verhalten sollte. Während er so auf und ab ging, beobachtete ihn Bush von weitem. Obwohl er in das Geheimnis der Flota eingeweiht war, hielt er es für klüger, ihn jetzt nicht zu stören. Endlich kam der ersehnte Ruf des Ausguckpostens aus dem Topp.

»Segel in Sicht! Segel in Luv! An Deck! Ein zweites Segel in Sicht! Es scheint ein Geschwader zu sein, Sir.«

Jetzt konnte Bush an Hornblowers Seite treten.

»Ich nehme an, es sind die Fregatten, Sir.«

»Ja, das ist möglich«, sagte Hornblower. Dann rief er zum Topp hinauf: »Wie viele Segel sind es jetzt?«

»Acht, Sir! Sir, sie sehen aus wie Linienschiffe, einige davon bestimmt, Sir. Jawohl, ein Dreidecker und einige Zweidecker.«

Ein Linienschiffsgeschwader auf dem Weg nach Cadiz. Das konnten natürlich Franzosen sein – Bruchteile von Bonapartes Flotte entkamen ja zuweilen aus der Blockade. In diesem Fall war es seine Aufgabe, sie zu identifizieren, selbst auf die Gefahr hin, daß er dabei sein eigenes Schiff verlor. Aber höchstwahrscheinlich handelte es sich doch um britische Schiffe. Was aber hatte ihre Anwesenheit hier zu bedeuten? so fragte sich Hornblower in plötzlicher Besorgnis.

»Wir wollen darauf zuhalten, Mr. Bush. Mr. Foreman, heißen Sie das Schlüsselsignal.«

Jetzt sah man schon die Marssegel, es waren sechs Linienschiffe, die in Kiellinie durch das Wasser pflügten, je eine Fregatte deckte die beiden Flanken.

»Führerschiff antwortet 264. Das ist der Erkennungssignalschlüssel für diese Woche.«

»Gut, dann setzen Sie unser Erkennungssignal.«

Die graue See und der graue Himmel paßten zu der bedrückten Stimmung, die Hornblowers Gemüt immer stärker belastete.

»Es ist die DREADNOUGHT, Sir — Admiral Parker. Seine Flagge weht im Topp.«

Parker war also von der Flotte vor Ouessant detachiert worden. Hornblowers Besorgnisse nahmen immer bestimmtere Formen an.

»Flaggschiff an HOTSPUR, Sir: Kommandant soll sich beim Geschwaderchef melden.«

»Danke, Mr. Foreman. Mr. Bush, lassen Sie das Heckboot klarmachen.«

Parker wirkte so grau wie das Wetter, als ihm Hornblower auf dem Achterdeck der DREADNOUGHT entgegentrat. Seine Augen, seine Haare, ja selbst sein Gesicht zeigten eine unbestimmte graue Tönung — ganz im Gegensatz zu den dunkelgebräunten Männern rund um ihn her. Der Admiral war auf das eleganteste gekleidet, so daß sich Hornblower in seiner Gegenwart wie ein zerlumpter Zigeuner vorkam. Hätte er sich doch am Morgen wenigstens etwas besser rasiert!

»Was treiben Sie denn hier, Kapitän Hornblower?«

»Ich bin auf dem Treffpunkt, der für den Verband Kapitän Moore bestimmt wurde.«

»Kapitän Moore ist längst in England.«

Die Nachricht ließ Hornblower unberührt, weil er nichts anderes erwartet hatte, aber er schuldete Parker eine Antwort.

»Das überrascht mich, Sir.«

»Haben Sie denn nicht davon gehört?«

»Ich bin seit einer Woche ganz ohne Nachricht.«

»Moore hat die spanische Schatzflotte abgefangen. Wo waren Sie denn unterdessen?«

»Ich hatte ein Gefecht mit einer französischen Fregatte, Sir.«

Ein Blick nach der HOTSPUR, die beigedreht querab der DREADNOUGHT lag, zeigte ihm die gelaschte Großrah und die behelfsmäßigen Flicken auf ihrer Bordwand.

»Sie haben sich ein Vermögen an Prisengeldern entgehen lassen.«
»Darüber bin ich mir klar, Sir.«
»Sechs Millionen Taler. Die Dons setzten sich zur Wehr, eine ihrer Fregatten flog mit der ganzen Besatzung in die Luft, dann ergaben sich die anderen.«
An Bord eines Schiffes mußte im Gefecht unerbittliche Zucht und Ordnung herrschen. Ließ sich ein Pulverjunge oder eine Ladenummer am Geschütz auch nur einen Augenblick gehen, so konnte das für alle den Untergang bedeuten.
Hornblower ließ sich diese Zusammenhänge durch den Kopf gehen und vergaß darüber ganz, wenigstens mit ein paar unverbindlichen Worten auf diese Nachricht einzugehen. Parker wartete gar nicht erst darauf, sondern fuhr unbeirrt fort:
»Wir haben also Krieg mit Spanien, die Dons werden ihn in aller Form erklären, sobald sie erfahren, was geschehen ist — wahrscheinlich haben sie es schon getan. Mein Geschwader wurde von der Kanalflotte detachiert, um sofort mit der Blockade von Cadiz zu beginnen.«
»Jawohl, Sir.«
»Für Sie wird es das beste sein, daß Sie Moore nach Norden folgen. Melden Sie sich bei der Kanalflotte vor Ouessant, um weitere Befehle zu empfangen.«
»Aye, aye, Sir.«
Die kalten grauen Augen verrieten nicht einen Funken menschlichen Gefühls. Ein Bauer betrachtete eine Kuh mit mehr Anteilnahme als dieser Admiral einen Kommandanten.
»Ich wünsche Ihnen eine gute Reise, Kapitän.«
»Danke, Sir.«
Der Wind war ein ganzes Stück nördlicher als West, die HOTSPUR mußte einen langen Schlag nach See zu machen, um von Kap St. Vincent freizukommen, und einen noch längeren, um Kap Roca passieren zu können. Parker und seine Schiffe hatten günstigen Wind nach Cadiz. Obwohl Hornblower seine Befehle gab, sobald er das Deck seines Schiffes betreten hatte, war das Geschwader schon hinter der Kimm verschwunden, kaum daß die HOTSPUR ihr Boot wieder geheißt und mit Steuerbordhalsen hart am Wind Fahrt aufgenommen hatte. So begann sie ihre Reise zurück nach Ouessant. Jedesmal, wenn sie in die Seen einsetzte, gegen die sie sich mit ihrem Vorschiff stemmte, gab es für Ohr und Gefühl immer wieder eine neue ungewohnte Wahrnehmung. Nahm sie den Kamm einer See, und begann dann ihr Bug wieder zu sinken, so hörte man jedesmal ein gedämpftes

Geräusch und zugleich einen kurzen Ruck, der den ganzen Rumpf des Schiffes durchfuhr. Das gleiche wiederholte sich, wenn sie den Abstieg beendet hatte und den Bug wieder zu heben begann. Zweimal geschah das also bei jeder See, so daß Ohr und Verstand es bei jedem Auf und Nieder des Schiffes schon erwarteten. Das Geräusch kam von der gelaschten Großrah, die mittels der beiden Leesegelspieren zusammengeflickt worden war. So steif auch die Laschings durchgeholt waren, die die Rah zusammenhielten, eine kleine Lose blieb dabei immer zurück, und die beiden schweren Stücke der Rah ruckten daher bei jeder See mit einem dumpfen Schlag nach hinten und nach vorn, bis Kopf und Ohr dieses ewige Einerlei gründlich satt bekamen.
Am zweiten Tage, während die Hotspur immer noch mit Steuerbordhalsen in den Atlantik hinaus lag, um genügend Luv zu gewinnen, gab es für Hornblower ein kleines aufregendes Zwischenspiel, verursacht durch seinen Steward Bayley.
»Dieses Papier war in der Tasche Ihres Nachthemds, Sir. Ich fand es, als ich das Hemd waschen wollte.«
Es war ein zusammengefalteter Zettel, auf dem eine kurze Nachricht stand. Allem Anschein nach war sie geschrieben worden, als die Hotspur an jenem Abend in der Bucht von Cadiz vor Anker lag — Bayley war offensichtlich nicht dafür, Nachthemden so oft zu waschen.

Sir,
Von den Vorräten der Kajüte sind Kapern und Cayenne-Pfeffer knapp geworden. Ich danke Ihnen, Sir, ich danke Ihnen.
Ihr ergebener, gehorsamer Diener

J. Doughty.

Hornblower zerknüllte das Papier zornig in der Hand. Es war ihm peinlich, daß ihm der Fall Doughty dadurch von neuem ins Gedächtnis gerufen wurde. Damit mußte nun endgültig Schluß sein.
»Haben Sie gelesen, was da steht?« fragte er Bayley.
»Nein, Sir. Ich bin kein Studierter, Sir.«
Das war in der Royal Navy die übliche Antwort der Analphabeten. Aber Hornblower hatte dennoch keine Ruhe, bis er in der Musterrolle das X neben Bayleys Namen gesehen hatte. Die meisten Schotten konnten lesen und schreiben, er konnte von Glück sagen, daß Bayley eine Ausnahme war.
Hart am Wind, erst mit Steuerbord-, dann mit Backbordhalsen, setzte die Hotspur ihren Weg über den grauen Atlantik fort, wobei die

gelaschte Großrah nur mit größter Zurückhaltung durch ein Segel belastet wurde. Endlich war Kap Finisterre erreicht, so daß man zwei Strich abfallen konnte, um auf der Hypotenuse der Bucht von Biscaya mit geschrickten Schoten nach Ouessant zu laufen. Es schneite am Neujahrsabend, genau wie es an jenem anderen Neujahrsabend geschneit hatte, als die HOTSPUR Bonapartes geplanten Einfall in Irland vereiteln konnte. Kalter Regen fiel, und diesiges Wetter nahm die Sicht, als die HOTSPUR die Breite von Ouessant erreichte und sich auf der Suche nach der Kanalflotte langsam vorantastete. Die THUNDERER tauchte plötzlich aus dem Dunst auf und wies ihr den Weg zur MAJESTIC, und diese sandte sie wieder weiter, bis auf Bushs Anruf endlich das ersehnte HIBERNIA herüberscholl. Es dauerte nur so lange, bis dem Admiral das Eintreffen der HOTSPUR gemeldet war, da kam auch schon der nächste Anruf vom Flaggschiff. Trotz des Megaphons war Collins' Stimme deutlich zu erkennen.

»Kapitän Hornblower?«

»Jawohl, Sir.«

»Würden Sie die Güte haben, an Bord zu kommen?«

Diesmal war Hornblower bereit, er war so glatt rasiert, daß ihm die Wangen brannten, im besten Rock, dazu in der Tasche zwei Exemplare seines Berichts.

Cornwallis schauderte vor Kälte, er saß zusammengekauert in einem Sessel in seiner Kajüte, hatte einen dicken Schal um die Schultern und einen zweiten über die Knie gebreitet. Höchstwahrscheinlich standen seine Füße auf einer Wärmflasche. Mit den wollenen Schals und der Perücke nahm er sich aus wie eine alte Frau, bis er den Blick seiner blitzblauen Augen hob.

»Mein Gott, Hornblower, wo haben Sie sich diesmal herumgetrieben?«

»Ich habe meinen Bericht bei mir, Sir.«

»Geben Sie ihn Collins. So, und nun erzählen Sie.«

Hornblower berichtete so kurz wie möglich, was sich ereignet hatte.

»Moore war wütend, daß Sie sich selbständig machten, aber ich denke, er wird Sie entschuldigen, wenn er das alles erfährt. Die MEDUSA hat also Ihr Signal nicht bestätigt?«

»Nein, Sir.«

»Es war durchaus richtig, daß Sie mit der FÉLICITÉ ständig in Fühlung blieben. Ich werde mich zu Ihrem Bericht in diesem Sinne äußern. Moore sollte froh sein, daß er sein Prisengeld mit einem Schiff weniger zu teilen braucht.«

»Daran hat er bestimmt nicht gedacht, Sir.«
»Damit dürften Sie recht haben. Aber Sie, Hornblower, Sie hätten doch Ihren Kieker an das blinde Auge setzen können, als Sie nach der FÉLICITÉ Ausschau hielten – ich meine, in der Navy hätte das schon einmal jemand vorgemacht, wie? Dann wären Sie schön bei Moore geblieben und bekämen jetzt Ihren Anteil am Prisengeld.«
»Wenn die FÉLICITÉ um das Kap St. Vincent entkommen wäre, gäbe es wahrscheinlich überhaupt kein Prisengeld.«
»Hm, ja, ich verstehe, was Sie sagen wollen.« Er zwinkerte freundlich mit den blauen Augen. »Ich werfe Ihnen ein Vermögen vor die Füße, und Sie lassen es einfach liegen!«
»Nichts hätte mir ferner gelegen, Sir.«
Da überkam es Hornblower plötzlich wie eine Erleuchtung, daß ihn Cornwallis mit seiner HOTSPUR dem Kapitän Moore in der Absicht zugeteilt hatte, ihm einen Anteil an dem zu erwartenden Prisengeld zu verschaffen. Ganz bestimmt hatte jedes andere Schiff darauf gebrannt, dieses Unternehmen mitzumachen; daß die Wahl auf ihn fiel, war wohl der Dank für seinen monatelangen Wachdienst im Goulet.
Jetzt trat Collins herzu und fragte:
»Wie steht es mit Ihren Vorräten?«
»Ich bin noch reichlich ausgerüstet. Proviant und Wasser für sechzig Tage bei vollen Rationen.«
»Wie steht es mit Pulver und Kugeln?« Collins tippte mit dem Finger auf Hornblowers Bericht, den er inzwischen gelesen hatte.
»Ich habe noch genug für ein weiteres Gefecht an Bord.«
»Und wie ist es um Ihr Schiff bestellt?«
»Die Schußlöcher sind sämtlich gedichtet, Sir. Solange es nicht zu hart weht, können wir an der Großrah gut Segel führen.«
Jetzt nahm Cornwallis wieder das Wort:
»Würde es Ihnen das Herz brechen, wenn Sie nach Plymouth zurück müßten?«
»Gewiß nicht, Sir.«
»Dann ist es ja gut. Ich will Sie nämlich zur Überholung dort in die Werft schicken.«
»Aye, aye, Sir. Wann soll ich segeln?«
»Haben Sie es so eilig, daß Sie nicht einmal zum Dinner bleiben wollen?«
»Das nicht, Sir.«
Cornwallis lachte laut auf: »Ich möchte Sie damit gewiß nicht auf die Probe stellen.«

Er warf einen Blick nach dem Windrichtungsanzeiger zwischen den Decksbalken zu seinen Häupten. Männer, die ein ganzes Leben lang mit den Launen des Windes zu kämpfen hatten, waren in einer Hinsicht alle der gleichen Meinung: Wehte ein günstiger Wind, so war es ausgemachte Narrheit, unter irgendeinem lächerlichen Vorwand auch nur eine Stunde zu versäumen.

»Ja, es ist besser, Sie segeln gleich jetzt«, fuhr Cornwallis fort.

»Wissen Sie schon, daß ich einen neuen zweiten Admiral bekommen habe?«

»Nein, Sir.«

»Es ist Lord Gardener. Da ich jetzt neben Boney auch noch gegen die Dons zu kämpfen habe, brauche ich notwendig einen Vizeadmiral.«

»Das überrascht mich nicht, Sir.«

»Wenn Sie bei diesem dicken Wetter lossegeln, brauchen Sie ihn nicht zu salutieren. Auf diese Art erspart der König ein bißchen von dem Pulver, das Sie so eifrig verschießen. Collins, geben Sie Kapitän Hornblower seinen Befehl.«

Nun ging es also wieder zurück nach Plymouth, zurück zu seiner Maria.

24

»Es war wirklich ein großartiges Schauspiel«, sagte Maria.

In dem Heft des Naval Chronicle, das Hornblower während der Unterhaltung mit ihr durchblätterte, war das Ereignis mit genau den gleichen Worten geschildert: »Es war ein großartiges Schauspiel.«

»Ja, das war es wohl, davon bin ich überzeugt«, gab er Maria zur Antwort.

Er hatte gerade die Beschreibung vor sich, wie der spanische Schatz in Plymouth von den durch Moores Verband aufgebrachten Fregatten an Land geschafft wurde. Natürlich war dabei militärische Bedeckung nötig, denn es wurden ja Millionen an Pfunden in Gold und Silber auf Wagen verladen und durch die Straßen der Stadt in die Zitadelle gefahren, aber Art und Umfang dieser militärischen Maßnahmen überstiegen weit das durch die Umstände gebotene Maß. Die zweiten Gardedragoner stellten ein berittenes Geleit, das 71. Infanterieregiment marschierte neben der Wagenkolonne her, die örtliche Miliz bildete in den Straßen Spalier. Und Meilen in der Runde spielten alle Militärkapellen vaterländische Weisen. Als der Schatz dann weiter nach London gebracht wurde, waren die Truppen samt ihren Musikkapellen mitmarschiert, so daß jeder Ort, den der Zug passierte, das gleiche phantastische Schauspiel zu sehen bekam. Hornblower vermutete stark, daß die Regierung nichts dagegen einzuwenden hatte, wenn möglichst viele Leute mit eigenen Augen zu sehen bekamen, wieviel Geld da ins Land strömte, weil sich doch just in diesem Augenblick die Liste der Feinde Englands um ein weiteres Land — Spanien — vermehrte.

»Es heißt, jeder Kapitän werde Hunderttausende von Pfunden erhalten«, sagte Maria. »Uns wird ein solches Glück wohl niemals beschieden sein, nicht wahr, Liebling?«

»Es liegt immer im Bereich der Möglichkeit«, meinte Hornblower. Er mußte staunen, aber es kam ihm doch sehr zupaß, daß Maria offenbar nichts von den Zusammenhängen ahnte, die zwischen seinem Gefecht mit der FÉLICITÉ und Moores Kaperung der Flota bestanden. Maria war klug und gewitzt, aber dienstliche Einzelheiten interessierten sie nicht, die überließ sie ganz ihrem Mann. Darum war es ihr auch nicht eingefallen, zu fragen, wie es kam, daß die HOTSPUR, die doch zur Kanalflotte vor Ouessant gehörte, plötzlich nach dem Kap St. Vincent geraten war. Mrs. Mason wäre da bedeutend neugieriger gewesen, aber sie war Gott sei Dank nach Southsea zurückgekehrt.

»Was ist denn aus Doughty geworden?« fragte Maria.

»Er ist desertiert«, gab Hornblower zur Antwort. Es war wiederum ein Glück, daß Maria auch für die Desertion und ihre Probleme kein Interesse aufbrachte und darum keine weiteren Fragen stellte.

»Weißt du, Liebster, ich bin darüber nicht traurig«, sagte sie nur, »mir war der Kerl immer zuwider. Aber ich fürchte nur, daß er dir arg fehlen wird.«

»Ach«, sagte Hornblower, »ich komme ganz gut ohne ihn aus.«

Jedenfalls hatte es keinen Sinn, hier in Plymouth Kapern und Cayenne-Pfeffer zu kaufen, denn Bayley wußte ja doch nichts damit anzufangen.

»Wie wäre es«, meinte Maria, »wenn ich mich jetzt einmal statt dieser Stewards um deine Wirtschaft an Bord kümmern würde?«

»Niemand könnte das besser als du, Liebling«, gab ihr Hornblower zur Antwort. Das mußte er sagen, denn er konnte und wollte sie nicht verletzen. Er war aus freien Stücken die Ehe mit ihr eingegangen und hatte nun die Pflicht, seine Rolle brav weiterzuspielen. Als sie sich jetzt an ihn schmiegte, legte er ihr den Arm um die Hüften.

»Du bist der liebste aller Männer, mein Schatz«, sagte Maria strahlend. »Ich bin so glücklich mit dir!«

»Nicht so glücklich wie ich, wenn du das sagst«, meinte Hornblower auflachend. Sprach da nicht wieder der elende Intrigant, der abgefeimte

Gauner aus ihm — der Mann, der auch Doughty durch seine List dem Arm der Justiz entzogen hatte? Halt — in dieser Hinsicht war sein Gewissen wieder rein, das mußte er sich endlich merken, das Blut, das über die Decks der Félicité geflossen war, hatte seine Weichheit von damals hinweggespült.

»Ich frage mich oft«, fuhr Maria in verändertem Ton fort, »ja, ich frage mich, warum du so lieb zu mir bist. Wenn ich so denke, du, mein Schatz — und ich ...«

»Ach was«, sagte Hornblower darauf so barsch, wie es ihm gelingen wollte, »das ist doch Unsinn. Sei überzeugt, daß ich dich liebe, basta — und laß alle Zweifel fahren.«

»Ach, mein Herzliebster«, sagte Maria darauf. Alles unsicher Fragende war wieder aus ihrer Stimme gewichen und hatte der alten Zärtlichkeit Platz gemacht. Sie verging förmlich in seinen Armen.

»Ich bin ja so froh, daß du diesmal so lange in Plymouth bleiben konntest.«

»Ein glücklicher Zufall, Liebling.«

Der Ersatz der Heckversteifungen, die Bush für das Gefecht mit der Félicité so mir nichts dir nichts weggeschnitten hatte, erwies sich als ein schwieriges Stück Arbeit. Fast das ganze Heck der Hotspur mußte dabei erneuert werden.

»Unser Kleiner hat den ganzen Nachmittag brav wie ein Lämmchen geschlafen«, fuhr Maria fort. Hornblower konnte nur hoffen, daß er nun nicht dafür die ganze Nacht schrie.

Es klopfte an der Tür, Maria riß sich erschrocken aus Hornblowers Umarmung.

»Ein Herr möchte Sie sprechen«, rief die Wirtin durch die Tür.

Es war Bush. Im Peajackett, einen Schal um den Hals, stand er zögernd auf der Schwelle.

»Guten Abend, Sir, Ihr Diener Madam, ich hoffe, daß ich nicht störe.«

»Nein, gewiß nicht«, sagte Hornblower und fragte sich, was wohl geschehen sein mochte, daß es Bush zu so ungewohnter Stunde hierher trieb. Auch sein Benehmen war bestimmt nicht ganz das übliche.

»Kommen Sie herein, Mann, kommen Sie. Geben Sie mir Ihr Jackett — wenn es sich um nichts Dringendes handelt.«

»Dringend kann man kaum sagen, Sir«, meinte Bush mit etwas schwerer Zunge und war sichtlich verlegen, als ihm Hornblower sein Jackett abnahm, »ich, ich dachte nur, es würde Ihnen Spaß machen.«

Er blickte die beiden mit schwimmenden Augen an, aber trotz seiner Zustandes schien er aus Marias Schweigen zu schließen, daß er ihr

nicht willkommen sein könnte. Maria zeigte ihm jedoch sofort, daß dem nicht so war.
»Nehmen Sie doch Platz, Mr. Bush«, forderte sie ihn auf.
»Besten Dank, gnädige Frau.«
Als er saß, ließ er den Blick wieder langsam zwischen Hornblower und Maria hin- und herwandern. Hornblower konnte jetzt nicht mehr daran zweifeln, daß Bush ein wenig »Schlagseite« hatte.
»Na, was gibt's denn Neues, schießen Sie los!« sagte er auffordernd zu Bush.
Bush verzog sein Gesicht zu einem verklärten Grinsen.
»Ha, die Besitzrechte der Admiralität!« sagte er.
»Was wollen Sie damit sagen?«
»Es ist wegen Moore und der Fregatten – Verzeihung, Sir, ich meinte natürlich Kapitän Moore.«
»Und was soll's mit denen?«
»Ich war in der Kaffeestube des ›Lord Hawke‹, Sir – dort lasse ich mich zuweilen sehen –, als von London eben die neuesten Abendzeitungen eintrafen. Und darin stand zu lesen, Sir: Besitzrecht der Admiralität: Wracks, gestrandete Walfische, über Bord geworfenes Treibgut, diese und ähnliche Dinge fielen unter das ›Besitzrecht der Admiralität‹ und wurden für die Krone beschlagnahmt. Ungeachtet des Namens hatten Ihre Lordschaften mit dieser Einrichtung überhaupt nichts zu schaffen.«
Bushs Grinsen verwandelte sich in lautes Gelächter.
»Geschieht ihnen recht, finden Sie nicht auch, Sir?« meinte er.
»Sie müssen mir etwas näher erklären, was Sie meinen.«
»Es handelt sich um den Schatz, den sie auf der Flota erbeuteten. Das Zeug gilt überhaupt nicht als Prisengeld, es fällt auf Grund des Besitzrechts der Admiralität an die Regierung. Die Fregatten kriegen keinen Penny, denn mit Spanien war ja noch Frieden, Sir!«
Jetzt hatte Hornblower begriffen. Wenn gegen ein anderes Land Krieg ausbrach, wurden alle Schiffe des betreffenden Landes, die in britischen Häfen lagen, auf Grund des Besitzrechts der Admiralität von der Regierung beschlagnahmt. Die Prisengelder stammten aus einer ganz anderen Quelle, denn Prisen, die in Kriegszeiten auf See aufgebracht wurden, fielen nicht der Regierung, sondern der Krone anheim. Aber diese leistete darauf Verzicht und stellte sie auf Grund einer Verordnung des Kronrats ausdrücklich den Schiffen zur Verfügung, die sie aufgebracht hatten.
Gegen die Handlungsweise der Regierung war also vom rechtlichen

Standpunkt aus nichts einzuwenden. Die betroffenen Besatzungen der Fregatten waren natürlich außer sich vor Zorn, aber die ganze übrige Marine machte sich über diesen Reinfall sicher genauso lustig wie eben Bush.

»Wir haben also durch Ihre großartige Heldentat keinen Penny verloren. Ja, großartig war das, Sir, eine Tat sondergleichen. Das wollte ich Ihnen schon immer sagen, Sir.«

»Aber wieso, hätten Sie denn dadurch etwas verlieren können?« fragte Maria verwundert.

»Ja, wissen Sie denn gar nichts davon, gnädige Frau?« fragte Bush und suchte sie mit seinen unsteten Augen festzuhalten. Aber wie dem auch war, wenn er schon nicht mehr geradeaus schauen konnte, weil er des Guten zuviel hatte, er merkte denn doch, daß Maria nichts von der großen Chance auf Reichtum ahnte, die die HOTSPUR ausgeschlagen hatte. Er war so weit bei Verstand, daß er daraufhin den Mund hielt.

»Was hat denn Kapitän Hornblower so Heldenhaftes getan?« erkundigte sich Maria.

»Schweigen ist Gold, gnädige Frau«, sagte Bush, »ich möchte nicht aus der Schule plaudern.« Er fuhr mit der Hand in die Tasche und brachte umständlich eine kleine Flasche zum Vorschein. »Ich habe mir erlaubt, dieses Fläschchen mitzubringen, damit wir auf das Wohl von Kapitän Moore und der INDEFATIGABLE, ja, und auf das Besitzrecht der Admiralität trinken können. Das ist Rum, meine Gnädige. Mit heißem Wasser und Zucker gibt er ein wunderbares Getränk — genau das richtige für diese Tageszeit.«

Hornblower fing Marias flehenden Blick auf.

»Heute abend ist es dafür doch zu spät, Mr. Bush«, sagte er. »Trinken wir lieber morgen darauf. Kommen Sie, ich helfe Ihnen in Ihr Jackett.«

Als sich die Tür hinter Bush geschlossen hatte (daß ihm sein Kommandant eigenhändig in sein Jackett half, brachte ihn so aus der Fassung, daß er kaum noch etwas zu sagen wußte), meinte Hornblower zu Maria:

»Ich glaube, wir brauchen uns keine Sorge zu machen, ob er wieder auf das Schiff zurückfinden wird.«

»Du hast also eine Heldentat vollbracht, Liebster?« sagte Maria.

»Bush war doch betrunken«, gab ihr Hornblower zur Antwort, »er hat lauter dummes Zeug geredet.«

»Ich weiß nicht«, meinte Maria mit leuchtenden Augen, »für mich bist du und bleibst du ein Held, mein Herzallerliebster.«

»Ach, das ist doch alles Unsinn«, sagte Hornblower.
Maria trat vor ihn hin, legte ihm die Hände auf die Schultern und schmiegte sich so fest an ihn, daß er sie wieder in die Arme schließen konnte.
»Selbstverständlich mußt du Geheimnisse vor mir haben«, meinte sie, »du bist ja nicht nur mein geliebter Mann, sondern auch ein Offizier in Königs Diensten.«
Als sie so in seinen Armen lag, mußte sie den Kopf weit in den Nacken beugen, um zu ihm aufzublicken.
»Aber das ist kein Geheimnis«, fuhr sie fort, »daß ich dich liebe, mein Schatz — ja, heldenhaft liebe, denn ich liebe dich mehr als mein Leben.«
Das war die Wahrheit, Hornblower wußte es und fühlte, wie ihm warm ums Herz wurde. Aber sie war noch nicht zu Ende:
»Noch etwas sollst du wissen, etwas, das auch kein Geheimnis ist, aber ich könnte mir denken, daß du es vielleicht schon ahnst.«
»Damit könntest du recht haben«, sagte Hornblower. »Du machst mich sehr glücklich, mein Schatz.«
Maria lächelte ganz verklärt: »Vielleicht wird es diesmal ein Töchterchen — ein süßes kleines Mädchen.«
Hornblower hatte insgeheim schon vermutet, daß ein solches Ereignis bevorstand. Als es ihm nun bestätigt wurde, hätte er nicht sagen können, ob er wirklich so glücklich war, wie er Maria versichert hatte. Es dauerte nur noch einen oder zwei Tage, dann ging er mit seiner HOTSPUR wieder in See, zurück in den Blockadedienst vor Brest, in die Tag um Tag wiederkehrenden Gefahren, die im Goulet von überallher drohten.

25

Die HOTSPUR lag wieder in der Iroise-Bucht, das Proviantschiff hatte in der Nähe beigedreht, und nun begann die mühsame Arbeit der Übernahme. Nach 60 Tagen Blockadedienst gab es da eine Menge zu tun, wenn auch die freundliche Sonne des Frühsommers alles einfacher und leichter machte. Die Fender hingen an der Bordwand, das erste Boot kam von dem Proviantschiff herüber und brachte den Offizier, der die Übernahme in die Wege leiten sollte.
»Hier ist die Post, Sir«, sagte der Offizier und übergab Hornblower das kleine Bündel Briefe, die für die Besatzung bestimmt waren.

»Und hier ist außerdem ein persönliches Schreiben des Flottenchefs, Sir. Es wurde mir von der HIBERNIA an Bord geschickt, als ich das äußere Geschwader passierte.«

»Besten Dank«, sagte Hornblower.

Er gab das Briefbündel an Bush weiter, um es von ihm durchsehen zu lassen, weil es bestimmt auch Briefe von Maria enthielt. Aber ein Schreiben vom Flottenchef ging natürlich allen anderen Nachrichten vor. Es trug die formelle Adresse:

»Horatio Hornblower Esqu.
Kommandant HM Korvette HOTSPUR.«

Der Brief war mit einer einfachen Oblate zugeklebt, Hornblower riß ihn auf und las:

Mein lieber Kapitän Hornblower,
ich hoffe, Sie finden bald Zeit, mich auf der HIBERNIA *zu besuchen, weil ich eine Nachricht für Sie habe, die ich Ihnen am liebsten persönlich übermitteln möchte. Damit die* HOTSPUR *ihre Station nicht zu verlassen braucht und um Ihnen die lange Bootsfahrt zu ersparen, wäre es vielleicht das beste, wenn Sie mit dem Proviantschiff kämen, das Ihnen diesen Brief überbringt. Ich gestatte Ihnen ausdrücklich, sich in der Führung Ihres Schiffes von Ihrem Ersten Offizier vertreten zu lassen. Wenn der Zweck Ihres Besuches erfüllt ist, werde ich Mittel und Wege finden, Sie auf die* HOTSPUR *zurückzubringen.*
Ich freue mich aufrichtig, Sie bald begrüßen zu dürfen.
Ihr gehorsamer Diener Wm Cornwallis.

Nach wenigen Sekunden fassungsloser Bestürzung fühlte sich Hornblower plötzlich von schauerlicher Unruhe gepackt. Er riß Bush das Briefbündel wieder aus der Hand und durchsuchte es eiligst nach einer Nachricht von Maria.

Eine Nachricht, die ich Ihnen am liebsten persönlich übermitteln möchte — Hornblower fürchtete insgeheim, Maria könnte etwas zugestoßen sein und Cornwallis hätte es übernommen, ihn schonend davon in Kenntnis zu setzen. Aber da war ja ein Brief von Maria selbst, er war kaum acht Tage alt, und Maria schrieb ihm, daß sie und der kleine Horatio bei bester Gesundheit seien und daß sich auch das zu erwartende Kindchen gut entwickle. Es war nicht anzunehmen, daß Cornwallis eine Nachricht jüngeren Datums hatte.

Hornblower las das Schreiben noch einmal aufmerksam durch und wog dabei jedes Wort wie ein Liebhaber, der den ersten Brief seiner Geliebten empfängt. Es war nicht zu leugnen, der Ton des Briefes war ausgesprochen herzlich, aber Hornblower ließ das nicht gelten, er redete sich ein, daß die Aufforderung, sich zur Entgegennahme eines Tadels zu melden, in genau der gleichen Form abgefaßt sein könnte. Nur das »mein« in der Anrede war eine Abweichung von der amtlichen Ausdrucksweise – aber das konnte ein Versehen sein. Der Brief bezog sich auf eine »Nachricht«, aber Cornwallis mochte auch eine dienstliche Eröffnung als Nachricht bezeichnen. Hornblower ging einmal an Deck auf und ab und versuchte sich auszulachen. Er benahm sich wahrhaftig wie ein dummer, liebestoller Fant. Wenn er nach allen diesen Dienstjahren noch nicht gelernt hatte, geduldig lange, leere Stunden hindurch einen unvermeidlichen Schlag entgegenzusehen, dann hatte ihn die Navy noch nicht einmal die Anfangsgründe seines Berufes gelehrt. Die Vorräte kamen langsam an Bord, er mußte die Empfangsbescheinigungen unterfertigen, dazu kamen noch eine Menge eiliger Fragen von Leuten, die sich davor scheuten, eine Verantwortung zu übernehmen.

»Das müssen Sie selbst entscheiden«, fuhr Hornblower so einen Gesellen an, oder er sagte: »Mr. Bush wird Ihnen schon sagen, was zu geschehen hat, ich hoffe, er macht Ihnen die Hölle heiß.«

Dann endlich stand er auf einem fremden Deck. Als das Proviantschiff vollbraßte und der Iroise-Bucht den Rücken kehrte, sah er neugierig zu, wie dieses ganz anders gebaute und getakelte Schiff gehandhabt wurde. Der Kapitän des Fahrzeugs stellte ihm seine bequeme Kajüte zur Verfügung, er schlug ihm vor, die neue Rumlieferung zu probieren, aber Hornblower brachte beides nicht über sich und lehnte ab. Er hatte schon alle Mühe, ruhig achtern an der Heckreling stehen zu bleiben, während sie allmählich die Küste hinter sich ließen, die Schiffe des Küstengeschwaders passierten und zuletzt Kurs auf die fernen Marssegel des Gros der Kanalflotte nahmen.

Endlich ragte der gewaltige Rumpf der HIBERNIA vor ihnen aus dem Wasser, demnächst enterte Hornblower die Jakobsleiter hinauf und grüßte die angetretene Wache. Newton, der Kommandant, und Collins, der Flaggkapitän, waren zufällig beide an Deck und empfingen ihn mit herzlichen Worten. Hornblower hoffte, daß sie nicht merkten, wie er vor Aufregung schluckte, als er ihre Grußworte erwiderte. Collins schickte sich an, ihn in die Admiralsräume zu führen.

»Bitte, bemühen Sie sich nicht, Sir, ich finde den Weg allein.«

»Es ist besser«, meinte Collins, »ich führe Sie an all den Cerberussen vorbei, die diese Unterwelt bewachen.«

Cornwallis saß an seinem Schreibtisch, sein Flaggleutnant an einem zweiten. Beide erhoben sich, als Hornblower eintrat, und der Flaggleutnant entschlüpfte unauffällig durch eine mit einem Vorhang verhängte Tür im Schott.

Cornwallis schüttelte Hornblower die Hand — man konnte sich nach all dem kaum vorstellen, daß nun noch ein Verweis folgen sollte. Dennoch war Hornblower so verschüchtert, daß er nur die äußerste Kante des Stuhles benutzte, den ihm Cornwallis anbot. Der Admiral saß bequemer, aber bolzengrade mit gestrecktem Rückgrat, wie es seine Gewohnheit war.

»Nun?« fragte Cornwallis.

Hornblower bemerkte, daß ihm der Admiral seine Stimmung nicht verraten wollte, aber er meinte doch — oder irrte er sich? —, ein lustiges Zwinkern um die blitzblauen Augen entdeckt zu haben. Selbst all die Jahre als Flottenchef hatten es nicht vermocht, den Admiral in einen vollendeten Diplomaten umzuformen. Oder sollte es ihnen doch gelungen sein? Hornblower konnte nur abwarten, er wußte beim besten Willen nicht, was er auf die einsilbige Frage des Admirals antworten sollte.

»Ich habe Ihretwegen ein Schreiben vom Navy Board bekommen«, sagte Cornwallis endlich in strengem Ton.

»Ich wüßte nicht, warum, Sir.« Hornblower hatte diese Antwort rasch zu Hand. Das Navy Board — Marineamt — hatte nur mit Proviant, Ausrüstung und ähnlichen Dingen zu tun. Um Wesentliches konnte es sich dabei nicht handeln.

»Man hat mich auf den Verbrauch der Hotspur an Ausrüstung aller Art hingewiesen. Sie haben England viel Geld gekostet, Hornblower. Pulver, Kugeln, Segel, Tauwerk, das alles haben Sie in Mengen verbraucht, als ob die Hotspur ein ausgewachsenes Linienschiff wäre. Haben Sie dazu etwas zu sagen?«

»Nein, Sir.« Er brauchte hier zu seiner Rechtfertigung nicht vorzubringen, was sich von selbst verstand — vor Cornwallis am allerwenigsten.

»Ich auch nicht.« Cornwallis lächelte plötzlich, als er das sagte, sein ganzer Ausdruck hatte sich im Augenblick gewandelt. »Und dem Navy Board werde ich beibringen, daß es die Pflicht eines Seeoffiziers ist, zu schießen und sich beschießen zu lassen.«

»Besten Dank, Sir.«

»Ich habe Ihnen diese behördlichen Ausstellungen bekanntgegeben, damit bin ich meiner Verpflichtung nachgekommen.«

Cornwallis Lächeln erstarb und machte einem schwermütigen, etwas bedrückten Aussehen Platz. Er wirkte plötzlich viel älter. Hornblower traf Anstalten, sich zu erheben, offenbar hatte ihn Cornwallis zu sich kommen lassen, um dem Tadel des Navy Board jede Schärfe zu nehmen. So erging es einem so oft in der Navy. Ein erwarteter Verweis entpuppte sich nicht selten als sein genaues Gegenteil. Aber Cornwallis sprach weiter, nicht nur sein Gesicht, sondern auch seine Stimme verriet, wie schwer ihm ums Herz war.

»Jetzt können wir Dienst Dienst sein lassen«, sagte er, »und einmal über persönliche Dinge sprechen. Ich werde meine Flagge niederholen, Hornblower.«

»Das tut mir außerordentlich leid, Sir.« Diese Worte mochten klingen wie eine abgedroschene Redensart, aber das waren sie keineswegs. Hornblower war wirklich traurig über diese Kunde, und Cornwallis konnte kaum umhin, das auch zu spüren.

»Ja«, fuhr er fort, »einmal kommen wir alle an die Reihe. Einundfünfzig Jahre habe ich in der Navy gedient.«

»Und es waren weiß Gott schwere Jahre, Sir.«

»Ja, das kann man wohl sagen. Seit zwei Jahren und drei Monaten habe ich keinen Fuß mehr an Land gesetzt.«

»Kein anderer hätte es Ihnen an Leistungen und Verdiensten gleichgetan, Sir.«

Ja, das konnte man wirklich sagen. Kaum ein anderer wäre fähig gewesen, die Kanalflotte während dieser ersten Kriegsjahre in so hoher, nie nachlassender Kampfbereitschaft zu erhalten, daß jeder Versuch Bonapartes, ihrem eisernen Griff zu entkommen, von vornherein zum Scheitern verdammt war.

»Sie schmeicheln mir, Hornblower«, antwortete ihm Cornwallis, »das ist sehr freundlich von Ihnen. Gardener wird mein Nachfolger, er versteht sich mindestens ebensogut auf seine Aufgabe wie ich.«

Obwohl Hornblower immer noch ganz von der eben gehörten schmerzlichen Nachricht erfüllt war, nahm sein immerwacher Geist davon Notiz, daß Cornwallis Gardeners Namen ohne den formellen Zusatz »Lord« oder »Admiral« genannt hatte. Das hieß, daß ein Flottenchef, mochte er auch im Begriff sein, den Dienst zu quittieren, ihm, dem kleinen Commander, die Ehre erwies, ohne Ansehung des Rangunterschieds kameradschaftlich mit ihm zu plaudern.

»Dennoch finde ich kaum Worte, Sir, um Ihnen zum Ausdruck zu bringen, wie sehr ich diesen Wechsel bedaure.«

»Genug davon«, sagte Cornwallis, »befassen wir uns lieber mit erfreulicheren Dingen.« Der Blick seiner blauen Augen war so scharf, daß er Hornblower förmlich damit durchbohrte. Was er dabei entdeckte, mußte ihm besondere Freude machen, denn sein Ausdruck wurde sichtlich milder, ja, er verriet sogar etwas wie persönliche Zuneigung.

»Ist Ihnen denn nichts anderes in den Sinn gekommen, als Sie von meinem bevorstehenden Abschied hörten?«

»Nein, Sir«, gab Hornblower verwundert zur Antwort, »nur was ich sagte: daß ich darüber sehr traurig bin.«

»Sonst nichts?«

»Nein, Sir.«

»Soviel Selbstlosigkeit hätte ich nicht für möglich gehalten. Oder wissen Sie nicht, welches Recht ein ausscheidender Flottenchef in Anspruch nehmen darf?«

»Nein, Sir.« Das stimmte noch, als Hornblower diese Worte sprach. Einen Augenblick später kam ihm dann die Erleuchtung: »Ach ja, richtig ...«

»Endlich scheint es bei Ihnen zu dämmern. Ja, es stehen mir drei Beförderungen zu: einen Fähnrich zum Leutnant, einen Leutnant zum Commander und einen Commander zum Kapitän.«

»Jawohl, Sir.« Hornblower brachte diese Worte kaum heraus, so heftig mußte er plötzlich schlucken.

»Diese Einrichtung ist zweifellos gut«, fuhr Cornwallis fort. »Am Ende seiner Laufbahn kann ein Chef diese Beförderungen aussprechen, ohne jemand zu fürchten und ohne um jemandes Gunst zu buhlen. Er hat ja in dieser Welt nichts mehr zu erwarten und kann daher schon für die nächsten Verdienste sammeln, indem er mit seiner Wahl danach strebt, dem Besten der Navy zu dienen.«

»Gewiß, Sir.«

»Muß ich wirklich noch weiterreden? Grade herausgesagt: Ich werde Sie zum Kapitän befördern.«

»Besten Dank, Sir. Ich — ich — kann nicht ...« Es stimmte aufs Haar, er war in der Tat sprachlos.

»Wie ich schon sagte, ich habe einzig und allein den Nutzen im Auge, der der Navy daraus erwächst. Da konnte ich keinen Besseren wählen als Sie.«

»Danke, Sir.«

»Merken Sie sich aber eins: Dies ist der letzte Dienst, den ich Ihnen erweisen kann. In 14 Tagen bin ich ein Niemand. Haben Sie mir nicht gesagt, daß Sie keine hochgestellten Gönner besitzen?«

»Das ist richtig, Sir.«
»Bei der Verteilung von Kommandostellen spielen aber Beziehungen eine große Rolle. Darum hoffe ich sehr, daß Sie recht bald wichtige Leute zu Freunden bekommen. Ferner möchte ich Ihnen wünschen, daß Sie in Zukunft mit dem Prisengeld mehr Glück haben als bisher. Ich habe in diesem Punkt bestimmt mein möglichstes für Sie getan.«
»Ich bin lieber ein armer Kommandant als irgend so ein reicher Beutemacher.«
»Es sei denn, er wäre Admiral«, sagte Cornwallis und verzog dabei den Mund zu einem belustigten Grinsen.
»Jawohl, Sir.«
Cornwallis erhob sich von seinem Stuhl. Er war jetzt wieder ganz Flottenchef, und Hornblower sah sich von ihm entlassen. Der Admiral rief so laut und weithin tragend, wie es in der Navy allgemein Brauch war: »Ich lasse Kapitän Collins bitten!«
»Ich möchte Ihnen nochmals aufrichtig und von ganzem Herzen danken, Sir.«
»Sie brauchen mir nicht mehr zu danken, das haben Sie schon reichlich getan. Wenn Sie eines Tages Admiral werden sollten und dem einen oder anderen eine Gunst erweisen dürfen, dann werden auch Sie wissen, warum.«
Collins war eingetreten und wartete an der Tür.
»Leben Sie wohl, Hornblower.«
»Leben Sie wohl, Sir.«
Noch ein letzter, wortloser Händedruck, und Hornblower folgte Collins auf das Achterdeck.
»Ich habe einen Wasserleichter für Sie klar liegen«, sagte Collins, »mit ein paar Schlägen gelangt der rasch bis zur HOTSPUR.«
»Danke, Sir.«
»Binnen drei Wochen stehen Sie in der Gazette. Sie haben also reichlich Zeit, Ihre Angelegenheiten zu ordnen.«
»Jawohl, Sir.«
Ehrenbezeigungen, zwitschernde Pfeifen zum Abschied. Hornblower kletterte über die Jakobsleiter ins Boot und wurde zum Wasserleichter übergesetzt. Er mußte sich zusammennehmen, um gegenüber dem Kapitän des Fahrzeugs die Form zu wahren. Die winzige Besatzung hatte die beiden riesigen Luggersegel bereits gesetzt, als sich Hornblower Rechenschaft gab, daß dies eigentlich ein recht interessantes Manöver war. Es tat ihm nachträglich leid, daß er den Vorgang nicht genauer beobachtet hatte. Die Luggersegel wurden ganz flach getrimmt

und die Schoten dichtgeholt, so ging das kleine Fahrzeug erstaunlich hoch an den Wind und brauste, Schaum vor dem Bug, auf die Küste Frankreichs zu.

Collins letzte Worte wollten Hornblower nicht aus dem Kopf. Er mußte die HOTSPUR verlassen, mußte von Bush und all den anderen Abschied nehmen. Diese Aussicht machte ihm das Herz so schwer, daß sein freudiger Überschwang ernstlich darunter litt. Es war ja klar, daß er die HOTSPUR abgeben mußte, als Postcaptain konnte er nicht mehr Kommandant eines so kleinen Schiffes sein. Für ihn galt es nun zu warten, bis man ihm ein anderes Kommando übertrug, als jüngster Kapitän der Rangliste mußte er damit rechnen, daß er das kleinste und unbedeutendste Schiff der sechsten Größenklasse bekam. Aber wie dem auch war, er hatte jetzt den Rang eines Kapitäns erreicht, Maria war darüber ganz gewiß hell begeistert.

Alexander Kent

Die Richard-Bolitho-Romane

Die Feuertaufe *(UB 40044)*

Strandwölfe *(UB 40065)*

Kanonenfutter *(UB 22933)*

Zerfetzte Flaggen *(UB 23192)*

Klar Schiff zum Gefecht *(UB 23063)*

Die Entscheidung *(UB 22725)*

Bruderkampf *(UB 23219)*

Der Piratenfürst *(UB 3463)*

Fieber an Bord *(UB 22460)*

Des Königs Konterbande *(UB 22330)*

Nahkampf der Giganten *(UB 3558)*

Feind in Sicht *(UB 20006)*

Der Stolz der Flotte *(UB 20014)*

Eine letzte Breitseite *(UB 20022)*

Galeeren in der Ostsee *(UB 20072)*

Admiral Bolithos Erbe *(UB 20485)*

Der Brander *(UB 20591)*

Donner unter der Kimm *(UB 20973)*

Die Seemannsbraut *(UB 22177)*

Mauern aus Holz, Männer aus Eisen *(UB 22824)*